KB214383

김대중 자서전

2

김대중 자서전 2

2011년 7월 20일 초판 1쇄 발행
2023년 5월 15일 초판 6쇄 발행

펴낸곳 (주)도서출판 **삼인**

지은이 김대중
펴낸이 신길순

등록 1996.9.16. 제 25100-2012-000046호
주소 03716 서울시 서대문구 성산로 312 북산빌딩 1층
전화 (02) 322-1845
팩스 (02) 322-1846
전자우편 saminbooks@naver.com

표지디자인 (주)끄레어소시에이츠
인쇄 수이북스
제본 은정제책

ISBN 978-89-6436-034-7 04810
ISBN 978-89-6436-032-3 (전2권)

값 16,000 원

김대중 자서전

2

인생은 아름답고 역사는 발전한다

글 싣는 순서

1부

길고 무거운 겨울 (1997. 12. 17~1998. 1) 13

"각하라 부르지 마시오" (1998. 2. 25~1998. 5. 12) 34

나라 체질을 바꾼 4대 부문 개혁 (1998) 51

미국에서의 8박 9일 (1998. 3~1998. 6) 70

2부

소떼, 판문점을 넘다 (1998. 6~1998. 9) 91

기적은 기적적으로 오지 않는다 (1998. 9~1998. 10) 105

금강산 관광 (1998. 11~1999. 9) 123

21세기는 누구 것인가? (1998. 12~1999. 3) 144

4강 외교의 매듭 (1999. 2~1999. 6) 161

순진한, 유약한 정부가 아니다 (1999. 6~1999. 9) 177

"김 대통령 아니면 10만 명이 더 죽었다" (1999. 11~1999. 12) ······ **194**

3부

새 천 년 속으로 (2000. 1~2000. 3) ··· **215**

깊은 밤, 북으로 간 특사를 기다리다 (2000. 2~2000. 6) ················· **233**

"두려운, 무서운 길을 오셨습니다" (2000. 6. 13~2000. 6. 14) ······· **252**

현대사 100년, 최고의 날 (2000. 6. 14~2000. 6. 15) ······················ **276**

4부

햇볕을 받아 피어난 것들 (2000. 6~2000. 9) ································ **301**

복지는 시혜가 아니다, 인권이다 (1998~2000. 10) ······················ **324**

2000년 가을, 부신 날들 (2000. 10) ··· **336**

빌 클린턴과 부시, 그리고 한반도 (2000. 11~2000. 12) ·················· 352

첫 물방울이 가장 용감하다 (2000. 12) ····························· 366

5부

국민의 정부 늦둥이, 여성부 탄생 (2000. 12~2001. 3) ·················· 385

인권 국가 새 등을 달다 (2001. 5~2001. 9) ························· 403

지식 정보 강국, 꿈이 현실로 (2001. 9~2001. 11) ·················· 419

민주당 총재직을 내놓다 (2001. 11~2002. 2) ····················· 433

봄날, 몸이 아팠다 (2002. 3~2002. 6) ·························· 451

붉은 악마와 촛불 (2002. 6~2002. 10) ························· 462

청와대를 나오다 (2002. 10~2003. 2) ························· 480

6부

혼자서 세상을 품다 (2003. 2~2005. 12) ························· 503

국민보다 반걸음만 앞서 가야 (2006. 1~2008. 5) ··················· 520

그래도 영원한 것은 있다 (2008. 5~2009. 6) ····················· 544

인생은 생각할수록 아름답다 ····························· 567

김대중 연보 ·· 575

1부

1997년 12월
~1998년 6월

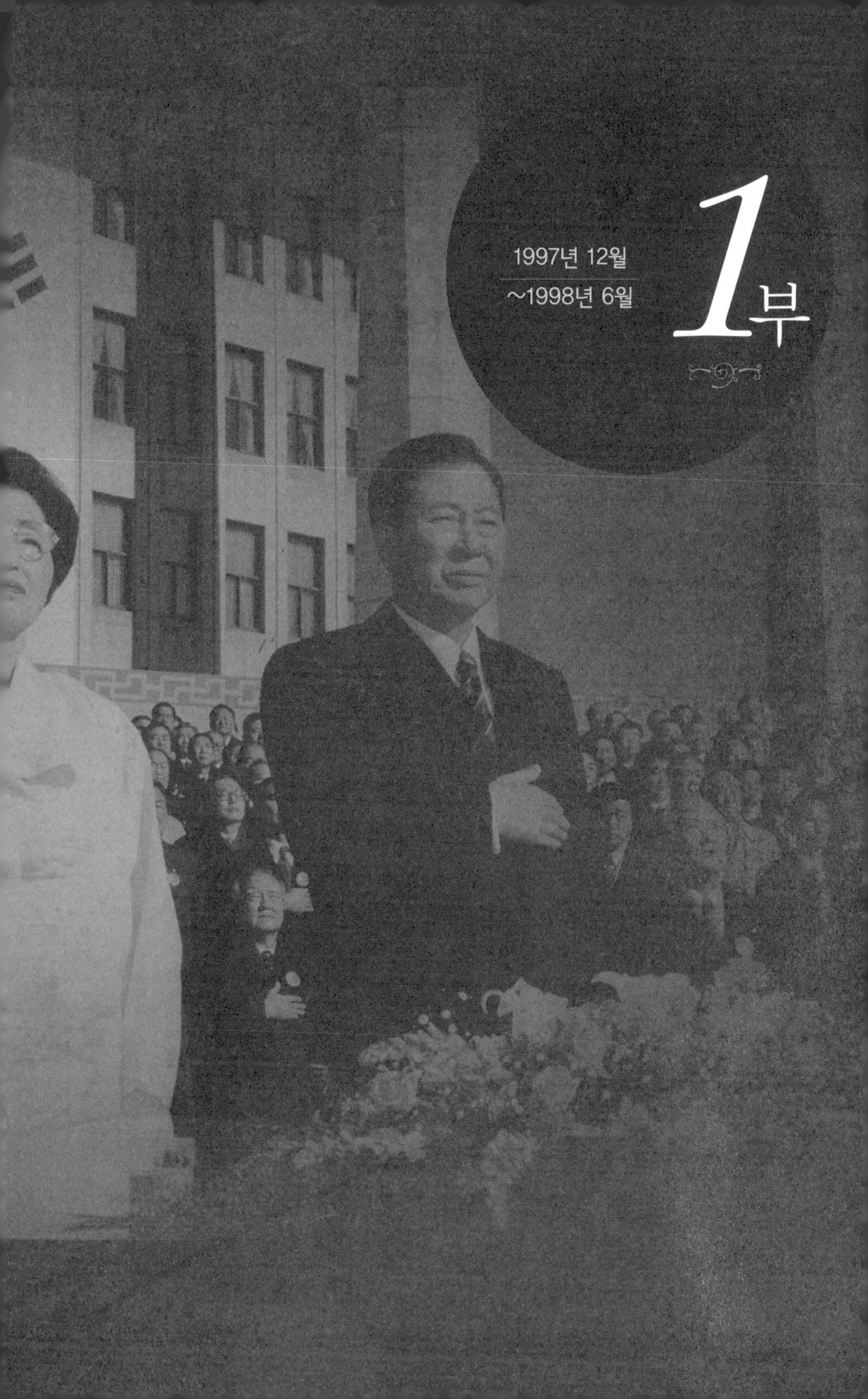

나라의 금고는 텅 비어 있었다. 언제 파산할지 몰랐다. 국가 운영을 책임진 사람들의 큰소리는 다 어디로 갔는가. 일국의 부총리가 풀이 죽어 내 앞에 앉아 있었다. 피 말리는 하루하루였다. 그동안 벌어 놓은 국제적인 명성이 있다면 이를 팔아 모두 달러로 바꾸고 싶었다.

길고 무거운 겨울
(1997. 12. 17 ~ 1998. 1)

　　큰아들 홍일이의 전화를 받았다. 꼭두새벽, 아들의 목소리가 각별했다. 그 마음을 어찌 모르겠는가. 돌아보면 나 때문에 얼마나 많은 사람들이, 얼마나 많은 세월을 고통스럽게 살아야 했는가. 홍일이는 수차례 정보부에 끌려가 고문을 당했다. 오로지 아버지가 김대중이라서 두들겨 맞았다. 나 하나면 됐지, 차라리 나를 더 때리지……. 나의 세 아들 모두는 몸과 마음에 깊은 상처를 받았다. 특히 홍일이는 고문 후유증이 악화되어 제대로 걷지도 못했다. 그런 아들을 보고 있으면 뼛속까지 아팠다. 그러나 내색을 할 수 없었다. 나는 자식들에게 늘 미안했다. 전화를 끊고도 한동안 아들의 목소리가 맴돌았다.

　　대통령 선거를 하루 앞둔 12월 17일 동생 대의가 세상을 떴다. 사랑하는 내 동생 대의. 유년 시절에는 하의도 갯벌에서 함께 뒹굴었고, 바다를 보며 꿈을 키웠다. 한국전쟁 때는 목포형무소에서 죽음의 문턱까지 갔다가 함께 탈출했다. 나의 고난을 기꺼이 자기 것으로 받아들였고, 늘 뒷전에서 나의 그림자로 살았다. 대의는 가족들에게 자신의 죽음을 외부에 알리지 말라고 했다. 건강 시비에 휘말린 나에게 행여 누가 될까 봐 그랬을 것이다. 유권자들이 자신의 죽음에서 내 나이와 건강을 떠올릴까 봐 그랬을 것이다. 나보다 먼저 죽는 것을 미안해하며, 대의는 그렇게 저세상으로 떠났다. 내 어찌 그런 동생을 잊을 수 있겠는가.

김영삼 대통령이 전화를 걸어 당선을 축하한다는 말과 함께 내 건강을 걱정해 주었다. 되도록 빨리 만나자고 했다. 아침 일찍 청와대 정무수석이 화분을 들고 일산 우리 집을 찾아왔다. 이회창 한나라당 후보와 이인제 국민신당 후보에게 전화를 걸어 낙선을 위로했다. 두 사람은 패배를 담담하게 받아들였다. 나는 앞으로 국정에 협력해 줄 것을 정중하게 요청했다.

아내와 함께 뜰 앞에 섰다. 시민들이 우리 집을 에워싸고 있었다. 보도진의 카메라 불빛이 터지고 환호가 쏟아졌다. 나는 대통령 당선자로서 국민들께 첫 인사를 했다.

"국민 여러분께 진심으로 감사드립니다. 건국 이래 처음으로 여야 간 정권교체를 이룸으로써 이제 이 나라의 새로운 역사가 시작되었습니다."

오전 9시 국회 의원회관에서 기자 회견을 가졌다. 나는 경제 위기를 극복하기 위해서는 국제 신인도를 회복하는 것이 무엇보다 중요하다고 강조하며 새 정부는 IMF와 현 정부가 합의한 사항을 충실하게 지키겠다고 밝혔다. 나는 우리 국민의 화해와 통합을 호소했다. 그리고 '민주주의와 시장 경제의 병행 발전'을 강조했다.

"1997년 12월 18일은 국민 전체가 대동단결할 수 있는 역사적 전환점으로 기억될 것입니다. 다시는 이 나라에 정치 보복이나 지역 차별 및 계층 차별이 있어서는 안 됩니다. 저는 모든 지역과 계층을 다 같이 존경하고 사랑합니다. 대통령으로서 모든 차별을 일소하고 모든 국가 구성원의 권익을 공정하게 보장함으로써 다시는 이 땅에 차별로 인한 대립이 발붙이지 못하도록 할 것입니다.

우리는 모든 기업을 권력의 사슬로부터, 그리고 권력의 비호로부터 완전히 해방시킬 것입니다. 앞으로는 시장 경제에 적응해서 세계적인 경쟁을 이겨 내는 기업만이 살아남을 것입니다. 그것이 세계화 시대의 현실입니다. 경제의

14

목적은 국민의 행복에 있습니다. 그런 만큼 서민의 권익을 철저히 보호하여 우리 경제가 민주적 시장 경제로 발전해 나가는, 그런 시대를 열겠습니다. 새 정부는 21세기에 대비한 철학과 통찰력, 그리고 효과적인 전략과 정책을 가지고 국가를 경영해 나갈 것입니다."

회견을 마치고 동작동 국립현충원을 참배했다. 국회로 돌아오니 빌 클린턴 미국 대통령이 전화를 걸어왔다.

"민주주의와 정치 진보를 위해 일생을 헌신한 김 당선자께서 위대한 승리를 한 데 대해 축하와 존경을 보냅니다."

축하 인사는 인상적이었다. 그러나 현실은 그렇게 덕담만을 나눌 수 없었다. 나라가 무너지고 있었기 때문이다. 클린턴 대통령은 나에게 IMF와의 합의를 성실하게 이행할 것을 촉구했다. 한국 경제는 지금 매우 위험한 상태에 빠졌다며 미국의 협상단을 신속하게 보내겠다고 말했다. 나는 솔직히 클린턴 대통령의 이러한 발언들이 지나치다고 생각했다. 당선자와의 첫 통화인데 무례하다는 생각도 들었다. 그러나 그의 말은 과장된 것이 아니었다. 한국이란 나라 전체가 수직으로 추락하고 있었다.

통화가 끝나자 하시모토 류타로(橋本龍太郎) 일본 총리의 전화가 기다리고 있었다. 나는 최대의 국난을 맞은 한국을 도와 달라고 부탁했다. 하시모토 총리는 최선을 다해 돕겠다고 말했다.

오후에는 4·19 묘지를 참배했다. 민주화실천가족운동협의회와 전국민족민주유가족협의회 소속 어머니들이 나를 기다리고 있었다. 어머니들은 내 손을 붙들고 놓아주지 않았다. 저 어머니들의 눈물을 먹고 이 땅에 민주주의가 자라났음을 어찌 모르겠는가. 민주화가 되면 아들 대신 춤을 추겠다던 어머니들이 다시 울고 있었다. 나는 다짐했다. '새로운 세상을 위해 몸 바치리라.' 일산 자택에 돌아와 있으려니 보스워스(Stephen Bosworth) 주한 미국 대사가 찾아왔다. 다시 한국의 경제 위기에 대해서 이야기를 나눴다.

김종필, 박태준 두 사람과 우리 집에서 저녁을 함께했다. 선거 기간 중에 우리 셋은 하나가 되어 뛰었다. 나는 두 사람에게 고맙다는 인사를 했다. 역시 승리는 달콤하고 무용담은 화려했다. 한데 승자들의 만찬이었지만 뭔가 답답했다. 묵직한 그 무엇이 가슴 한 켠을 누르고 있었다. 두 사람도 그걸 알고 있었다. 경제 위기는 정녕 국난이었다.

밤 11시가 넘어서 미셸 캉드쉬 IMF 총재가 전화를 걸어왔다. 이어서 제임스 울펀슨(James Wolfensohn) 세계은행(IBRD) 총재도 전화로 나를 찾았다. 나는 두 사람에게 도움을 요청했다. 그들은 당선을 축하한다는 인사를 건넸지만, 그것보다는 한국을 돕겠다는 말이 더 귀에 들어왔다.

자정을 한참 넘겨서야 잠자리에 들었다. 잠이 오지 않았다. 오히려 정신이 또렷해졌다. 선거가 끝나면 실컷 잠자고 싶었다. 만일 당선이 된다면 한적한 곳에서 차근차근 국정 구상을 하고 싶었다. 그러나 당선이 확정된 순간부터 모두가 나를 찾았다. 숱한 현안들이 나만을 기다리고 있었다. 나는 결단해야 했고 또 말해야 했다. 하루 동안 참 많은 일들이 있었다. 당선자로서의 첫 하루가 그렇게 지나갔다.

외신들은 나의 대통령 당선에 비상한 관심과 많은 의미를 부여했다. 『뉴욕 타임스』와 『워싱턴 포스트』 등 미국과 일본, 유럽의 주요 언론들은 일제히 1면 머리기사로 보도했다. 특히 나의 오랜 정치적 시련과 정치인으로서의 영욕을 자세히 소개했다. "영원한 반대자의 역사적 승리", "한국 민주주의의 혁명"이라며 야당 후보가 국가 지도자로 선출된 것이 한국 역사상 처음 있는 일임을 강조했다.

『월스트리트 저널』은 "남아공의 넬슨 만델라와 폴란드의 레흐 바웬사가 대통령에 선출된 것에 견줄 위대한 정치적 사건"이라 했고, 독일의 『쥐트도이체 차이퉁(Süddeutsche Zeitung)』은 "빌리 브란트 전 독일 총리가 동방 정책을 통해 유럽에서 냉전 종결의 반석을 놓았듯이 많은 한국인들은 김대중 당선자가 남북한 화해의 길을 발견하여 동아시아의 냉전을 끝낼 수 있을 것으로 기대하고 있다"고 보도했다.

그러면서도 외신들은 외환 위기로 내 앞길에는 엄청난 시련이 기다리고 있다며 우려를 표명했다. 심지어 국가 파산의 벼랑에 몰려 있는 현실을 적시하며 "독배(毒杯)를 받은 형국"이라는 표현까지 동원했다.

중국의 『인민일보』는 새벽 1시의 개표 결과를 전하면서 내 사진과 함께 당선이 확실하다고 보도했다. 『인민일보』가 다른 나라의 선거 결과를 이처럼 신속하게 보도한 것은 매우 이례적이었다. 특히 중국 외교부는 공식 논평을 내고 나의 당선을 "열렬히 환영한다"고 했다. 중국 정부가 나를 주시하고 있었다.

정권 인수를 위한 현안 파악에 착수했다. 제일 먼저 나라 살림을 살펴보기로 했다. 20일 오전 10시, 임창열 부총리 겸 재정경제원 장관을 국민회의 당사로 불렀다. 외환 사정이 가장 궁금했다. 곳간 형편부터 챙겨 물었다.

"12월 18일 현재 외환 보유고가 38억 7000만 달러에 불과합니다. IMF 등의 지원을 받더라도 당장 내년 1월 만기의 외채가 돌아오면 갚기 어렵습니다."

충격이었다. 나라의 금고는 텅 비어 있었다. 언제 파산할지 몰랐다. 기가 막혔다. 국가 운영을 책임진 사람들의 큰소리는 다 어디로 가고 일국의 부총리가 풀이 죽어 내 앞에 앉아 있었다. 나라 살림이 이 정도로 심각할 줄은 진정 몰랐다. IMF의 구제 금융으로도 국가 부도의 위기를 해소하지 못한다면 도대체 어쩌란 말인가.

"경제가 이 지경이 될 때까지 정부는 무엇을 했단 말입니까."

그러자 임 부총리가 실정(失政)을 시인했다.

"정부가 적절하게 대응하지 못한 것이 경제가 어려워진 주요인입니다."

임 부총리는 단기 외채와 외환 보유고 관리를 소홀히 하고 환율 방어에만 매달렸던 점이 위기를 키웠다고 고백했다. 나는 재경원의 반성을 촉구했다. 하지만 모두 지난 일이었다. 현실은 나라가 부도 위기에 직면해 있다는 것이었다. 나는 임 부총리에게 이번 경제 위기를 전화위복으로 삼자고 말했다.

"새 정부는 철저하게 시장 경제 원칙에 따라 경제 정책을 운영하겠습니다.

경제 정책에서 정치 논리는 철저히 배제할 것입니다. 경제 논리만 따를 것입니다."

이날은 김영삼 대통령과 청와대에서 오찬을 함께하기로 돼 있었다. 김 대통령은 현관까지 나와서 나를 맞았다. 회담은 내가 주도했다. 당연히 내 의지가 많이 반영되었다.

경제의 긴급한 중요성에 비춰 정부와 인수위가 동수로 6명씩 위원회를 구성하기로 합의했다. 곧바로 12인 비상경제대책위원회가 설치되었다. 위원장에는 김용환 자민련 부총재를 임명했다. 재무부 장관을 지낸 그는 정치력도 뛰어났다. 지난 대선 때 DJP 연합을 위한 협상에서 그가 보여 준 추진력은 대단했다. 여러모로 믿음이 갔다. 이어서 비대위원 인선에 착수했다. 국민회의 쪽에서는 김원길 정책위 의장, 장재식 의원, 유종근 전북도지사를, 자민련 쪽에서는 이태섭 정책위 의장, 허남훈 의원을 선임했다. 정부 측 위원으로는 임창열 경제부총리, 유종하 외무부 장관, 정해주 통상산업부 장관, 김영섭 대통령 경제수석, 이영탁 총리 행정조정실장, 이경식 한국은행 총재 등 6명이었다.

비상경제대책위는 사실상 경제 비상 내각과 다름없었다. 정권 이양 때까지는 현 정부가 책임을 지고 국정을 운영해야겠지만 경제만큼은 차기 정부가 개입하지 않을 수 없었다. 무엇보다 국민들과 국제 사회가 현 정부를 신뢰하지 않았기 때문이다. 자칫 경제 파탄으로 이어질 경우 그 부담은 차기 정부가 그대로 짊어질 수밖에 없었다. 그것은 국가의 재앙이며 국민의 고통이었다.

전·노 전 대통령의 사면·복권은 반발이 거셀 것으로 예상했다. 그러나 피해자가 가해자를 용서해야 진정한 화해가 가능한 것이니, 평소 내가 설파했던 '용서론'을 실천하기로 했다. 두 전직 대통령의 사면·복권은 앞으로 더 이상의 정치 보복이나 지역적 대립은 없어야 한다는 내 염원을 담은 상징적 조치였다.

한때는 신군부 세력에 대한 증오심이 전신을 휘감기도 하고, 그들의 만행이 꿈속까지 휘젓고 나타났지만 그래도 용서하기로 했다. 나는 영국의 민주화

밑을 흐르는 '용서의 정치'를 떠올렸다.

영국은 1649년 청교도혁명 때 국왕 찰스 1세를 처형했다. 그러나 그 같은 정적에 대한 보복은 혼란과 내분을 가져왔다. 그 결과 크롬웰이라는 더 지독한 독재자가 출현했다. 그 후 영국 국민들은 1688년 명예혁명 때는 찰스 1세의 왕권지상주의를 그대로 답습한 그의 둘째아들 제임스 2세를 축출할 때 그가 프랑스로 도망갈 수 있도록 길을 열어 주었다. 제임스 2세는 프랑스에 머물며 망명 정부를 세우고 그 아들, 손자에 이르기까지 무려 3대에 걸쳐 왕권을 수복하겠다고 영국 정부를 괴롭혔다. 영국 정부는 그러한 사태를 예상했지만 그들을 살려 두었다. 정치 보복으로 입게 될 정치적·사회적 후유증에 비하면 오히려 그 편이 낫다고 판단을 내렸던 것이다. 영국이 관용과 질서 속에서 의회 정치의 꽃을 피운 것은 그 밑바탕에 이 같은 용서와 화해의 정신이 흐르고 있기 때문이었다.

루이 16세와 그의 왕비의 국외 탈출을 막고 처형한 프랑스나, 니콜라이 2세 일가를 모조리 처형한 러시아의 혁명과 비교해 보면 영국의 결단은 현명하고 위대했다. 영국은 이러한 관용의 축복을 300년간 누렸고, 이에 따라 민주적이고 평화적인 번영을 유지해 왔다. 나는 이러한 영국인들의 용서와 화해를 떠올리며, 진정 힘들었지만 우선 저들을 용서했다.

전·노 전 대통령은 22일 풀려났다. 전두환 전 대통령의 석방 소감을 유심히 들여다봤다.

"관록을 갖추고 믿음직한 김대중 당선자가 당선된 것을 기쁘게 생각한다."

데이비드 립튼(David Lipton) 미국 재무부 차관 일행이 22일 한국에 왔다. 클린턴 대통령은 미국 사회 최대 공휴일인 크리스마스를 앞두고 이들을 급파했다. 나는 립튼 차관이 오기 전날 유종근 전북지사를 불렀다. 미국 뉴욕 주립대 경제학 박사이며 뉴저지 주지사 수석경제자문관을 오랫동안 지낸 유 지사는 미국 경제통이었다. 나는 곧잘 유 지사에게 조언을 구했고, 그의 조언은 매우 유용했다. 나는 립튼이 무엇을 요구할지를 물었다.

"아마 정리 해고 문제를 거론할 것 같습니다. 미국 측은 당선자의 의중을 탐색하려 들 것입니다. 테스트하러 오는 것입니다."

립튼 일행에게 무엇을 강조해야 하는가. 무엇으로 저들의 마음을 사야 하는가. 밤새 뒤척이며 궁리를 거듭했다.

22일 아침, 김기환 대외협력 특별대사가 집으로 찾아왔다. 김 대사는 미국의 정·재계 주요 인사를 두루 만나고 돌아왔다. 그는 우리의 외환 위기 실체와 미국 정부의 분위기를 전했다. 김 대사는 "연말 외환 보유액이 마이너스 6억 달러에서 플러스 9억 달러로 예상된다"는 한국은행의 자료를 보여 줬다. 믿기지 않았다. 연말이라면 열흘도 남지 않았다. 내가 물었다.

"이게 맞습니까?"

김 대사는 이에 대해 비교적 자세히 설명했다. 나는 어찌하면 미국이 우리를 돕겠냐고 물었다.

"미국은 'IMF 플러스'를 요구하고 있습니다."

나는 또 그 핵심 내용이 대체 어떤 것이냐고 물었다.

"정리해고제 수용, 외환관리법 전면 개정, 적대적 인수·합병(M&A) 허용, 집단소송제 도입 등입니다."

모두 지난 12월 3일 IMF와 맺은 협약에는 없는 것들이었다. 우리에게 당시의 협약 이상의 개혁적 조치를 요구하고 있었다. 어느 것 하나 쉽게 받아들일 수 없었다. 특히 나는 정리해고제 도입에 대해서는 선거 기간 동안에 2년간 유예를 약속했었다. 만약 이를 수용한다면 노동계의 반발은 불 보듯 뻔했다. 하지만 몇 십만 명의 실업자를 구하려다 4천만 명이 살고 있는 나라 전체가 부도를 맞을 수는 없었다. 나는 결심했다.

오전 11시 30분 여의도 국민회의 당사에서 립튼 차관, 보스워스 주한 미 대사와 그 일행을 만났다. 우리 쪽에서는 김원길 국민회의 정책위 의장, 장재식 총재경제특보, 김용환 자민련 정책위 의장, 유종근 전북지사가 배석했다. 나와 새 정부에 대한 미국의 면접이었다.

립튼 차관은 예상대로 앞으로 한국에서의 노동 유연성이 어떨 것인지를 거론했다. 나는 분명하게 말했다.

"지금 공공 기관이나 일반 기업 모두 구조 조정을 통해서 인력을 감축시키지 않으면 재생할 수 없습니다. 이러한 사실을 우리 국민들이 잘 알고 있습니다. 때문에 노동자를 해고할 수밖에 없는 상황이라면 이를 실천하겠습니다. 노동자 10~20퍼센트를 해고하는 것을 주저하다가 기업이 망하면 노동자 100퍼센트가 일자리를 잃습니다. 노동자를 해고해서 기업이 살아나고 경쟁력을 갖추게 되면 해고된 노동자들은 다시 취업할 수 있는 기회가 생깁니다. 그리고 나는 민주주의와 시장 경제를 수레의 양축으로 삼아 경제 정책을 추진시켜 나가겠습니다."

미국 대표단의 표정이 밝아졌다. 나는 그들에게 확실한 믿음을 심었다. 립튼 일행은 의미 있는 미소를 남기고 돌아갔다. 그리고 크리스마스이브에 13개 선진국과 IMF로부터 100억 달러를 조기 지원하겠다는 통보가 왔다. 눈앞의 부도 위기를 넘겼다.

가는 길이 외길이라면 주저할 필요가 없지 않은가. 나의 단호한 입장 표명이 클린턴 미국 대통령을 비롯한 선진국 지도자들의 마음을 움직였을 것이다. 사실 당시 선진국 일부 금융 전문가들 사이에서는 "한국이 모라토리엄(대외 지불 유예)으로 가도록 방치하여 아시아 지역에 본보기로 삼자"는 움직임도 있었다. 외국의 언론들은 만일 내가 정리해고제 등에 확실한 수용 의사를 보이지 않았다면 조기 지원 타결이 여의치 않았을 것이라는 분석을 했다. 『월스트리트 저널』은 사설에서 재벌보다는 노조 세력과 가까운 나의 정치적 입지가 기업 도산 및 정리 해고 등 앞으로 고통스러운 정책들을 수행하는 데 유리하게 작용할 것으로 내다보았다.

"김 당선자의 첫 조치들은 그가 현 상황에 가장 적합한 인물임을 입증할 것이라는 희망을 준다."

문제는 노동계가 기꺼이 동참할 수 있느냐에 있었다. 사실 외환 위기는 노동계의 잘못이 아예 없지는 않지만 직접적인 것은 아니었다. 한국 경제의 외환 위기는 정경 유착과 관치 금융에서 비롯되었다. 대부분의 기업들은 양적 성장의 관행에서 벗어나지 못했고 빚을 내어 그저 덩치만 키웠다. 이른바 대마불사(大馬不死)의 환상에서 벗어나지 못하고 있었다. 정부와 금융 기관은 이를 방치했다. 특혜 대출을 둘러싼 부정부패 시비가 끊이지 않았다.

재벌들은 과잉·중복 투자도 서슴지 않았다. 경쟁력과 수익성은 면밀하게 따지지 않고 심지어 재벌 총수의 '기호'에 의해 투자가 결정되기도 했다. 금융 기관의 자금을 내 돈처럼 끌어다 쓰고 성공하면 좋고, 실패하면 정부가 그 부실을 떠안았다. 그러다 보니 기업은 경쟁력을 잃고 금융 기관은 부실해졌다.

연초부터 동남아시아 일대에 통화 위기가 닥쳐왔다. 1997년 7월 태국 바트화가 폭락하자 인도네시아, 필리핀, 말레이시아 등으로 위기가 번져 나갔다. 홍콩과 싱가포르 등 국제 금융 시장마저 경색되었다. 그러자 우리 금융 기관들은 달러를 차입하기가 어려워졌다. 이때 정부와 금융 당국이 효과적인 대책을 세웠더라면 IMF 체제로 가는 것만은 막았을 것이다. 정부가 환율 방어에 매달려 외환 보유고를 소진하지만 않았어도 유동성 위기가 그토록 빨리 오지는 않았을 것이다.

어쨌든 외환 위기는 오직 성장에만 매달려 온 '박정희식 발전 모델'에 종말을 가져왔다. 노동자와 중소기업의 희생 위에 지어진 정경 유착의 부실 건물이 붕괴하기 시작했다. 이는 우리가 제대로 된 민주주의를 하지 않았기 때문에, 어찌 보면 예고된 재앙이었다. 민주주의와 병행해서 경제를 발전시켰더라면 정경 유착과 관치 금융을 불러들이는 대형 부정부패는 발을 붙일 수가 없었을 것이다. 시장 경제를 하더라도 민주주의를 하지 않으면 결국 나라가 기울게 마련이다. 역사가 이를 증명한다.

사회주의 종주국 구소련과 동구권이 몰락했을 때 많은 이들이 자본주의가 승리하고 사회주의가 패배했다고 말했다. 하지만 내 생각은 달랐다. 구소련과 동구권은 민주주의를 하지 않았기 때문에 급속히 붕괴한 것이다.

12월 24일 전경련 등 경제 단체장들을 만나 기업 정책의 원칙을 밝혔다. 그 뼈대는 경쟁력 없는 기업의 자진 정리, 정부 개입 축소, 대기업과 중소기업의 공조 체제 정립, 정경 유착과 관치 금융의 근절 등이었다. 최종현 전경련 회장의 말이 기억난다.

"경제인으로서 속이 시원한 말씀을 들었습니다. 요즘 경제인들은 할 말이 없습니다. 저희가 잘못해서 이 꼴이 되었습니다. 죄인 중의 죄인입니다."

25일 대통령직 인수위원회 위원장과 24명의 위원을 발표했다. 위원장에는 이종찬 국민회의 부총재를 임명했다. 국민회의 측 위원은 이해찬, 조찬형, 임복진, 박정훈, 박찬주, 추미애 의원, 김정길, 김덕규, 최명헌 전 의원, 신건 총재법률특보, 박지원 총재특보 등 12명을 선임했다. 자민련 측 위원은 김현욱, 함석재, 김종학, 지대섭, 이건개, 정우택, 한호선, 이양희, 이동복 의원과 최재욱, 조부영 전 의원, 유효일 전 육군대학 총장 등 역시 12명이었다.

26일 서울 삼청동 교육행정연수원에서 현판식을 가졌다. 야당이 여당이 되는 역사적 정권 교체라는 점에서 위원들 모두 긴장한 빛이 역력했다. 이종찬 위원장은 "인수위는 현 정부의 과거, 현재, 미래를 총 점검하는 역할을 하게 될 것"이라고 말했다. 이해찬 위원은 "소임을 맡게 되어 무거운 책임을 느낀다"며 각오를 다졌다. 나는 위원 모두를 일일이 격려했다.

처음에는 위원들의 의욕이 넘쳐 세인들에게 마치 권력 기관인 양 비쳤다. 인수위원들은 과거 정부와는 전혀 다른 새 정부의 청사진을 그리고 싶었을 것이고, 나라를 파국으로 이끈 현 정부의 과오를 철저히 규명하고 싶었을 것이다. 나는 위원들의 그러한 충정을 잘 알지만 인수위가 자칫 과거 정부와 국민들 위에 군림하는 기관으로 비쳐지는 것을 철저히 경계하라고 당부했다.

인수위가 업무 보고를 받는 과정에서 청와대와 일부 부처에서 문서를 파기한다는 보고가 들어왔다. 특히 안기부 등 정보기관에서는 대통령 선거가 끝나자마자 각종 기밀 서류를 조직적으로 파기한다는 것이었다. 인수위가 고건 총리에게 문서 파기를 즉각 중단할 것을 요청했다. 그러나 청와대와 주요 부서에서의 문서 파기는 그 뒤로도 계속되었다. 숨길 게 많았을 것이다. 한 번도 수평적 정권 교체가 없었기에 서로가 묵인해 주던 불법·편법들이 오죽 많을 것인가. 수십 년 동안 고여 있던 비리가, 또 어둠 속에서 웅크리고 있던 못된 관행들이 얼마나 많을 것인가.

인수위는 2개월의 활동 후 '100대 국정 과제'를 선정했다. 경제 분야 40개, 통일·외교·국방 분야 20개, 교육·문화·복지·환경 분야 20개, 정무·법무·행정 분야 20개였다. 비록 초기에는 혼선과 시행착오가 있었지만 그들은 밤낮없이 일했다. 일찍이 한 번도 경험하지 않았던 여야의 수평적 정권 교체 앞에 위원들은 무거운 사명감과 책무를 느꼈을 것이다. 열심히 일해 준 인수위원들이 무척 고마웠다. 나는 우리들의 이 소중한 작업을 철저히 기록하여 백서로 만들라고 당부했다. 그 백서는 다음 정부가 유용하게 활용했을 것이다.

김중권 씨를 비서실장에 발탁했다. 주변에서 모두 놀랐다. 경북 출신에 지난 노태우 정부에서 정무수석을 지낸 사람을 전격 발탁한 것은 출신이나 지역을 따지지 않고 '인재를 널리 구하겠다'는 의지를 표명한 셈이다. 또 이로써 전력을 불문하고 능력 위주로 인재를 등용하겠다는 선거 때의 공약을 가시화했다. 물론 나는 평소에 김 실장의 품성과 능력을 평가하고 있었다.

29일에는 전방 군부대를 방문했다. 나는 안보의 주체는 사람이며 그래서 군의 사기가 무엇보다 중요하다는 것을 강조했다. 그리고 공정한 인사를 당부했다. 당시 3성 장군 이상의 고위직에 전라도 출신은 단 한 사람뿐이었다. 나는 이렇게 말했다.

"지역이나 학벌에 관계없이 공정한 인사가 이뤄질 때 군은 서울을 쳐다보는 것이 아니라 북을 향해 모든 힘을 쏟을 것입니다."

다음 날 나는 육·해·공 3군 지휘부가 모여 있는 대전 계룡대를 방문했다. 정적들이 나의 최대 비토 그룹으로 규정한 군의 심장부였다. '차기 군통수권자'의 자격으로 대통령 전용 헬기를 타고 입성했다. 본청 계단에 이르자 계룡대에서 근무하는 준장 이상 장성 70여 명이 도열하여 경례를 올렸다. 이들 어깨에 달린 별이 모두 120개라고 했다. 나는 앞으로 군통수권자로서 군을 보호하며 함께 나아가는 동지가 되겠다고 약속을 했다. 장성들의 박수가 열렬했다. 장성들과 오찬을 함께했다. 3군 총장이 차례로 건배사를 했다.

"통수권자에게 충성을 다하겠습니다."

외환 위기의 급한 불은 껐지만 금융 시장은 불안했다. 한국을 보는 국제 사회의 눈은 여전히 싸늘했다. 신인도 회복을 위해서 노동의 유연화는 피할 수 없었다. 그러나 노동계의 반발은 거셌다. 사회적 합의가 필요했다. 나는 이미 노동계의 모든 현안을 협의하고 조정하기 위해 노사정협의회를 만들 것이라고 공약했었다. 노·사·정이 머리를 맞대고 상생의 길을 찾는 기구를 탄생시킨 것은 참으로 역사적인 일이었다. 노조와 사업주 모두의 희생과 협력 없이 외환 위기는 극복할 수 없었다. 노사정위원회의 탄생을 돌아보겠다.

12월 26일, 박인상 한국노총 위원장을 만나 노사정위원회에 참여할 것을 촉구했다. 그러나 박 위원장은 재벌과 관료들이 먼저 솔선수범할 것을 요구하며 유보적인 태도를 보였다. 27일에 만난 배석범 민주노총 위원장 직무대리는 더 강경했다. 노사정위원회 참여 조건으로 경제 청문회 개최와 책임자 처벌, 재벌 총수의 사과와 개인 재산 헌납 등을 내걸었다. 또한 정리 해고 반대도 분명히 했다. 나는 간곡하게 설득했다.

"IMF 협력을 받아 차관을 더 들여오고 해외의 투자를 유치하려면 정리해고제의 도입은 불가피합니다."

정리 해고의 입법화는 이미 IMF와 합의한 것이었다. 또한 앞으로 전개될 기업과 금융의 구조 조정을 위해서도 필요했다. 하지만 노동계는 요지부동이었다. 정리 해고를 포함하여 모든 현안을 협의할 수 있도록 노사정위원회를 만들자고 했지만 꿈쩍하지 않았다. 참으로 난감했다.

나는 포기하지 않고 끈질기게 설득했다. 우리 경제가 어디에 와 있는지, 그

실상을 정확하게 알리면 노동계도 이해해 줄 것으로 믿었다. 노와 사, 어느 한 쪽에 기울지 않고 공정한 중재를 하면 노동계의 피해 의식도 불식시킬 수 있을 것으로 보았다. 그런데도 노동계의 저항은 완강했다. 그들이 처한 현실을 이해하면서도 다른 한편으론 야속한 생각이 들었다. 나는 노동자를 가장 잘 알고 있다고 감히 자부해 왔다. 그런 내가 노동자들에게 어찌 일방적으로 고통을 강요하겠는가. 그러나 노동계는 의혹의 시선을 거두지 않았다. 하기야 역대 정권이 한 번도 노동자 편에 서 있지 않았기 때문에 그랬을 것이다. 나는 부단히 참고 끝까지 설득했다.

한국노총이 1월 13일 깊은 밤에, 그토록 버티던 민주노총도 14일 새벽에 노사정위원회 참여 의사를 밝혔다. 그날 아침 한광옥 부총재가 노사정위원회 구성이 타결되었다고 보고했다. 반가웠다. 나는 15일 서울 여의도 중소기업회관에서 열린 노사정위원회 창립식에서 노사정위원회가 외환 위기 극복과 21세기 한국 경제의 새로운 틀을 만드는 데 중심축이 되어 줄 것을 당부했다.

"영국 철학자 러스키는 '하늘이 모든 국민들에게 기회를 주는데 이를 선용하지 못한 국민들에게는 무서운 심판을 내린다'고 말했습니다. 이번 외환 위기는 하늘이 준 기회이기도 합니다. 잘하면 행운의 여신으로 다가오지만 못하면 불행의 여신이 파멸을 가져올 것입니다."

노사정위원회(위원장 한광옥)가 출범하고 위원회에서 논의할 10개 의제에 합의했다. 노·사·정 3자가 고통 분담을 어떻게 할 것인지 논의하고 상대방에게 요구하는 내용들을 담았다. 기업 쪽에서는 재벌 체제 개혁 방안과 비업무용 부동산 매각 등을, 정부는 물가 안정과 사회 보장 제도 확충 등을 약속했다. 노동계는 고용 조정 등에 관한 제도 정비 등을 논의하기로 합의했다.

마지막까지 정리 해고 법제화 명시를 싸고 진통을 겪었다. 노동계는 공동 선언문에 정리 해고 입법화를 명시적으로 밝히는 데 반대했다. 결국 "노사정위원회에서 합의 채택한 의제들에 대해 2월 임시국회 일정을 감안해 조속히 일괄 타결하겠다"는 우회적인 표현으로 피해 나갔다. 크게 만족스럽지는 않지만 대화와 타협을 통해 현안을 풀어 나갈 수 있다는 가능성을 대내외에 보여 주었다.

정리 해고 도입 법안은 계속 겉돌았다. 취지에 공감은 하면서도 노조 지도부가 막상 현장의 노동자들을 설득하기는 쉽지 않았을 것이다. 노동계에도 무엇인가를 줘야 했다. 그렇다고 미봉책은 아예 생각하지도 않았다. 정리 해고에 버금갈 명분이 필요했다. 노조의 정치 활동을 허용하고 교원노조를 1999년 7월부터 합법화하기로 약속했다. 또 노동기본권을 대폭 확대했다. 이는 노동계의 숙원이었다. 공무원 직장협의회도 1999년 1월부터 설치할 수 있도록 했다. 4조 4000억 원이던 실업 대책 재원도 5조 원으로 증액하여 실업자들을 지원하기로 했다. 대신 정리해고제를 즉각 시행하고, 근로자 파견제를 도입하기로 했다. 노·사·정이 핵심 쟁점을 주고받는 대타협이었다.

노사정위원회는 2월 6일 10개 의제, 90여 개 과제를 일괄 타결했다. 노사가 대타협을 통해 상생의 길을 열어 갈 수 있다는 저력을 세계에 보여 주었다. 사연도 많고 곡절도 많았지만 노사정위원회는 내 혼이 스며 있는 작품이라고 생각한다. 말썽을 많이 피운 자식이 나중에는 더 애틋하고 사랑스럽듯이 이렇듯 진통 끝에 태어나 우리 노사 문화를 한 차원 끌어올린 노사정위원회의 출범은 지금 생각해도 대견하고 자랑스럽다. 당시의 노사 관계로 볼 때는 기적 같은 일이었다. 관련 법안은 2월 14일 국회를 통과했다.

1998년 새해가 밝았다. 그해 무인(戊寅)년은 우리 한국인에게는 어느 해보다 암울했다. 언론은 새해임에도 올 한 해가 매우 어려울 것이라는 잿빛 전망들을 쏟아 냈다. 참으로 마음이 무거웠다. 나의 새해 구상은 온통 경제 회생 방안뿐이었다. 연휴에는 눈이 참 많이 왔다. 내가 머물고 있는 호텔 창에서 바라보니 멀리 설경이 아름다웠다. 하얀 눈이 국민들의 시름까지 덮어 주었으면 좋겠다는 생각을 했다.

4일 국제 금융 투자가인 조지 소로스(George Soros) 퀀텀펀드 회장을 만났다. 그는 "인도적 통치 철학을 지닌 민주적 지도자가 있는 나라는 국제 사회가 지원을 해야 한다"는 소신을 지니고 있었다. 소로스 회장은 나의 인권과 민주화 투쟁에 많은 감명을 받았다고 했다. 대통령 선거 직전에는 나와 화상 회의를 갖고 외환 위기 극복을 위해 조언을 해 주기도 했다. '환투기의 귀재'라는 국제 사회의 부정적인 시각이 있었지만 그는 구소련 해체 이후에 민주화 바람이 불던 동유럽과 러시아에 막대한 투자와 기부를 해 왔다.

새해 벽두부터 그를 만난 것은 해외 자본을 유치하겠다는 나의 간절함이 서린 것이었다. 내가 초청하자 그는 신년 휴가임에도 달려왔다. IMF 구제 금융으로는 경제 회생은커녕 외환 방어조차 힘든 상황에서 소로스 회장은 한국에 적극 투자하겠다고 약속했다. 나는 이후에도 수많은 개인 및 기관 투자자들을 만났다. 그리고 혼신의 힘을 다해 투자해 달라고 간청했다. 내가 지닌 모든 것을 다 동원했다. 그동안 벌어 놓은 국제적인 명성이 있다면 이를 팔아 모두 달러로 바꾸고 싶었다. 그동안 쌓인 국제 사회의 신뢰가 있다면 이를 담보로 달러 빚을 들여오고 싶었다.

5일 국민회의 여의도 당사에서 열린 시무식에 참석했다. 이 자리에서 나는 노동자에게만 고통을 강요해서는 안 된다고 강조했다. 정부와 기업도 그에 상응하는 노력을 해야 한다고 역설했다. 시무식은 신년 하례를 겸했지만 분위기는 내내 무거웠다. 연설을 마치고 소속 의원 및 당직자들과 악수를 나누며 내가 말했다.

"집권 뒤에도 고생을 시켜 미안합니다. 그러나 이 운명을 함께 짊어지고 나갑시다."

다음 날 6일은 내 생일이었다. 나는 일체의 행사 같은 것은 준비하지 말라고 지시했다. 가족과의 식사도, 생일상도 받지 않았다. 미역국 한 그릇으로 모든 것을 대신했다. 그날은 유독 바빴다. 오전에는 김영삼 대통령과 청와대 정례 회동을 했고, 노동부 장관의 업무 보고를 받았다. 오후에는 시민 사회 단체 공동 신년 하례식에 참석한 후 나카소네 야스히로(中曾根康弘) 전 일본 수상을 면담했다. 다시 인수위 사무실로 돌아와 인수위 활동의 보고를 받았다.

이날 대통령 당선자 대변인에 박지원 총재특보를 임명했다. 그동안 그가 내게 보여 준, 사안의 핵심을 짚는 능력과 특유의 성실함이 미더웠다.

날마다 감동적인 일이 벌어졌다. 바로 전 세계를 감동시킨 금 모으기 운동이었다. 국민들이 장롱 속의 금붙이를 꺼내 은행으로 가져갔다. 전국의 은행마다 금붙이를 든 사람들이 줄을 섰다. 금반지, 금 목걸이가 쏟아져 나왔다. 하나같이 귀한 사연이 담겨 있는 소중한 징표들이었다.

백성들이 나라의 빈 곳간을 자신의 금으로 채우고 있었다. 신혼부부는 결혼반지를, 젊은 부부는 아이의 돌 반지를, 노부부는 자식들이 사 준 효도 반지를 내놓았다. 운동선수들은 평생 자랑거리이며 땀의 결정체인 금메달을 내놓았다. 김수환 추기경은 추기경 취임 때 받은 십자가를 쾌척했다고 한다. 그 귀한 것을 어떻게 내놓으시냐고 주위에서 아까워하자 이렇게 말했다고 한다.

"예수님은 몸을 버리셨는데 이것은 아무것도 아니다."

과연 추기경다운 말씀이었다. 고맙고도 따사로운 사연들이 텔레비전 화면을 가득 채웠다.

나는 우리 국민들을 보면서 형언할 수 없는 감동을 받았다. 이런 국민들이 있는 나라에 내가 살고 있다는 것이, 이런 국민들이 뽑아 준 대통령이라는 것이 실로 가슴 벅찼다. 환란을 너끈히 극복할 수 있다는 자신감이 생겼다. 아내가 행운의 열쇠 4개와 반지 등을 포함 120돈가량을, 나도 이것저것을 모아 100돈 넘게 내놨다.

사실 금 모으기 운동은 지난해 말에 소비자 보호 단체 간부들과 간담회를 하면서 내가 제안했다.

"우리나라가 연간 60억 달러의 금을 수입하는데 상당 부분이 금고에 쌓여 있습니다. 금 모으기 운동을 하여 이를 내다 팔면 달러를 마련할 수 있을 것입니다."

순전히 아이디어 차원이었다. 구한말 백성들이 국채 보상 운동을 벌였듯이 집집마다 장롱 속에 잠들어 있는 금을 모으면 외환 위기를 타개하는 데 도움이 될 것 같았다. 민간 단체들이 모은 금은 달러로 바꿔 외채를 갚는 데 쓰고 3년 정도 후에 이자를 보태 금값을 국민들에게 돌려주면 될 것이라는 구체적인 방법까지 얘기해 주었다.

금 모으기 운동은 시작하자마자 그 반향은 엄청났다. 시민 단체와 방송사들이 참여하여 1998년 3월까지 계속되었다. 전국에서 무려 350만 명이 226톤의 금을 내놓았다. 당시 시세로 21억 5000만 달러어치였다. 모아진 금은 수출하여 달러가 들어왔다. 1998년 2월 수출이 21퍼센트나 급증하여 무역 흑자가 32억 달러에 이르렀다. 그중 금 수출액이 10억 5000만 달러였다. 빈사 직전의 나라에 백성들이 수혈을 했다.

그 효과는 여기서 그치지 않았다. 전 세계가 감동하여 한국을 돕자는 기운이 일어났다. 한국의 이미지가 새로워지고 대외 신인도에도 효과가 미쳤다. 금 모으기 운동 소식은 전파를 타고 지구촌에 퍼졌다. 세계가 한국의 미래를 믿기 시작했다. 그 후에 만났던 장쩌민(江澤民) 중국 주석, 빌 클린턴 미국 대통령, 장 크레티앵(Jean Chrétien) 캐나다 총리는 하나같이 탄복했다.

"경이로운 일이다. 저런 국민이 있는 나라는 도와줄 가치가 있다고 생각했다. 그래서 돕자고 했다. 한국은 반드시 위기를 극복하고 다시 일어설 것이라 확신했다."

1월 18일, 국민과의 텔레비전 대화를 가졌다. 나는 정계에 복귀한 1995년 이후, 국민이 직접 정책 결정에 참여하는 새로운 정치를 해야 한다고 역설했다. 유세를 통해서도 누구나 안방에서 버튼 하나만 누르면 어떤 정책에 대해 찬반 의견을 표시할 수 있고, 그것이 모아져서 정책 결정에 반영되는 진정한 국민들에 의한 민주주의 시대가 열릴 것이라고 말했다.

예나 지금이나 나는 컴퓨터를 잘 다루지 못한다. 내 연배의 사람들 거의가 그렇듯이 새로운 기계에 적응하는 데는 많은 시간이 걸린다. 몇 번이나 배워 보려 시도했지만 쉽지 않았다. 마우스나 만지작거리는 정도였다. 그러나 직접 조작해야만 그 원리를 이해하는 것은 아니다. 내게 필요한 것은 기술이나 기능이 아니라 미래 사회를 진맥하고 전망하는 것이었다. 국민과의 텔레비전 대화는 쌍방향 소통의 국민 참여 민주주의의 한 형태였다. 국민들의 질문에 나는 솔직하게 답변했다.

  "경제 위기의 실상을 말해 주십시오."

  "나도 정치를 했지만 이런 정도일 줄은 몰랐습니다. 당선된 후 실정을 보고 받았을 때의 심정은, 마치 열쇠를 받아 금고를 열어 보니 돈이라고는 1000원도 없고 빚만 산더미같이 쌓여 있는 것을 본 것과 같았습니다. 현 정권의 집권 당시 외채가 400억 달러였는데 어떻게 1500억 달러가 됐는지……. 그간 우

대통령 당선 후 첫 국민과의 대화.

리는 남의 빚을 갖고 살아왔습니다. 그러다 채권국들이 빚을 갚으라고 독촉하면서 파산 지경에 들어가게 됐던 것입니다. 3월 말 안에 갚아야 할 단기 외채가 251억 달러에 달합니다. 그러나 오늘 보고받아 보니 현재 외환 보유고는 120억 달러밖에 없습니다. 이를 해결할 수 있는 길은 빚을 연장, 단기 외채를 장기 외채로 바꾸는 것과 외국 투자를 빨리 많이 유치하는 것입니다. 수출도 증대시켜야 합니다. 현실은 상당히 심각하지만 국제적 신인도가 좋아지고 국민들이 금 모으기 운동 등 열심히 협력해 세계적으로 감동을 불러일으켰습니다. 위기는 조금 넘어가고 있는데 아직도 안심할 단계는 아닙니다."

나는 외국 자본을 적극 유치하겠다며 외국인 투자가 가져오는 세 가지 장점을 얘기했다. 첫째는 외화를 끌어들이고, 둘째는 외국의 우수한 경영 기법을 배워 국내 동종 기업의 체질이 강화되고, 셋째는 그만큼 일자리가 많이 생긴다는 것이다. 다시 출연자가 내게 주문했다.

"국가 부도 위기를 풀기 위해 정부와 재벌의 개혁을 가시적으로 해 주길 바랍니다. 또 정경 유착도 끊어 주십시오."

"1955년부터 『사상계』 등에 노동 문제의 글을 쓰고 노동자에 관심을 많이 가졌습니다. 그래서 지금의 노동 문제에 대해 가슴이 아픕니다. 먼저, 정경 유착의 시대는 지났습니다. 김영삼 정권에서 기업들은 1400억 원의 기탁금을 여당에 주면서 우리에게는 1400원도 주지 않았습니다. 우리는 기업에 빚진 것이 없어 정경 유착을 할 이유가 없습니다. 나는 국제 시장에 가서 달러를 많이 벌어 오고, 국민에게 일자리 많이 주고, 세계에서 제일 질이 좋으면서도 가장 싼 제품을 만드는 기업인을 좋아합니다.

실업 문제에 최선을 다하겠습니다. 기업에게도 과거에는 상상 못할 요구를 해서 체질 개선을 하겠습니다. 결합재무제표도 만들고, 상호 보증도 못하게 하고, 주력 기업을 빼고는 정리하게 하고, 기업 총수에게 사재를 투자하도록 하고, 경영 잘못하면 물러나게 하겠습니다. 결코 노동자에게만 가혹하게 하지 않을 것입니다. 청와대 직원도 절반으로 줄이고 정부도 과감하게 축소할 것입니다."

내가 준비한 것들, 내가 알고 있는 모든 것들을 솔직하게 털어놓았다. 나는 끝으로 우리 모두가 고통을 함께 나누자고 호소했다.

"지금 두 가지 심정이 듭니다. 국민의 고통과 불안을 생각하면 가슴이 아픕니다. 동시에 한편에서는 여러분이 역사의 주인으로 반드시 나라를 구할 수 있다는 생각입니다. 우리는 저력을 보일 수 있습니다. 위기 극복을 위해 정부는 필사의 노력을 다하겠습니다. 사실을 정확하게 국민에게 보고하겠습니다. 금년에는 어쩔 수 없습니다. 어떻게든 이겨 내서 내년 중반부터 희망을 가질 수 있도록 하겠습니다."

"각하라 부르지 마시오"
(1998. 2. 25 ~ 1998. 5. 12)

"당신, 축하해요."

2월 25일 대통령 취임식 날 아침, 아내 이희호가 말했다. 오늘의 영광이 어찌 내 것이겠는가. 다시 내가 말했다.

"당신도 축하합니다."

국립현충원을 참배하고 공무원 출근 시간인 오전 9시쯤 아내와 청와대로 들어섰다. 집무실에 들러 이미 내정한 김종필 국무총리 및 한승헌 감사원장 임명동의안에 '김대중'이라 한글로 서명했다. 첫 공식 업무이자 권한 행사였다.

취임식장인 국회로 향했다. 하늘이 푸르렀다. 2월의 날로는 믿기지 않을 정도로 맑고 포근했다. 부드러운 햇살이 쏟아졌다. 축복이었다. 김영삼, 노태우, 전두환, 최규하 등 전직 대통령 모두가 참석했다. 특별히 사형 선고, 연금, 납치, 망명 때 나의 구명과 안전을 위해 헌신적인 도움을 준 인사들을 초청했다. 폰 바이츠제커 전 독일 대통령, 코라손 아키노 전 필리핀 대통령, 포글리에타 미국 의원 등이 그들이다. 나카소네와 다케시타(竹下登) 전 일본 총리, 고노 요헤이(河野洋平) 전 일본 외상, 도이 다카코(土井たか子) 전 일본 중의원 의장, 사마란치 IOC 위원장, 바자노프(Evgeny P. Bazhanov) 러시아 외교아카데미 부원장, 류슈칭(劉述卿) 전 중국 인민외교학회장, 팝 가수 마이클 잭슨

제15대 대통령 취임식.

(Michael Jackson) 등이 참석했다. 국회 앞 광장에서 4만여 명이 나를 기다리고 있었다. 취임 선서를 했다.

"나는 헌법을 준수하고 국가를 보위하며 조국의 평화적 통일과 국민의 자유와 복리의 증진 및 민족 문화 창달에 노력하며 대통령으로서의 직책을 성실히 수행할 것을 국민 앞에 엄숙히 선서합니다."

예포가 울려 퍼지고 비둘기가 날아올랐다. 이렇게 '국민의 정부'로 이름 붙인 새 정권의 대통령에 취임했다. 성악가 조수미 씨가 〈아, 동방의 아침 나라〉라는 축가를 불렀다. 이어서 나는 "국난 극복과 재도약의 새 시대를 엽시다"라는 제목의 취임사를 읽었다.

먼저 '국민의 정부' 출범에 대해서 그 의미와 감회를 국민들께 얘기했다.

"오늘 이 취임식의 역사적인 의미는 참으로 크다고 할 것입니다. 오늘은 이 땅에서 처음으로 민주적 정권 교체가 실현되는 자랑스러운 날입니다. 또한 민주주의와 경제를 발전시키려는 정부가 마침내 탄생하는 역사적인 날이기도 합니다. 이 정부는 국민의 힘에 의해 이루어진 참된 '국민의 정부'입니다. 모든 영광과 축복을 국민 여러분께 드리면서 제 몸과 마음을 다 바쳐 봉사할 것을 굳게 다짐하는 바입니다."

나는 총체적 개혁을 통해 나라의 체질을 바꿔야 한다고 역설했다. 그러면서 국민들의 고통 분담을 호소했다.

"잘못하다가는 나라가 파산할지도 모를 위기에 우리는 당면해 있습니다. 막대한 부채를 안고 매일같이 밀려오는 만기 외채를 막는 데 급급하고 있습니다. 참으로 어이없는 일이 아닐 수 없습니다. 우리가 이나마 파국을 면하고 있는 것은 애국심으로 뭉쳐 있는 국민 여러분의 협력과 국제통화기금, 세계은행, 아시아개발은행 그리고 미국, 일본, 캐나다, 호주, EU 국가 등 우방들의 도움 덕택입니다. 올 한 해 동안 물가는 오르고 실업은 늘어날 것입니다. 소득은 떨어지고 기업의 도산은 속출할 것입니다. 우리 모두는 지금 땀과 눈물을 요구받고 있습니다."

새 대통령이 국민들에게 땀과 눈물을 요구해야 하는 현실이 기가 막혔다. 잘못은 지도층들이 저질러 놓고 고통은 모든 국민이 당해야 했다. 나도 모르게 목이 메었다.

이어서 '국민의 정부'는 어떠한 정치 보복이나 차별도 하지 않겠다고 선언했다.

"국민의 정부는 어떠한 정치 보복도 하지 않겠습니다. 어떠한 차별과 특혜도 용납하지 않겠습니다. 다시는 무슨 지역 정권이니 무슨 도(道) 차별이니 하는 말이 없도록 하겠다는 것을 굳게 다짐합니다."

나는 또 외환 위기 속에서도 국가의 미래를 위해 정보 강국을 건설하겠다는 포부를 밝혔다.

"우리 민족은 높은 교육 수준과 찬란한 문화적 전통을 가진 민족입니다. 우리 민족은 21세기의 정보화 사회에 큰 저력을 발휘할 수 있는 우수한 민족입니다. 새 정부는 우리의 자라나는 세대가 지식 정보 사회의 주역이 되도록 힘 쓰겠습니다. 초등학교부터 컴퓨터를 가르치고 대학 입시에서도 컴퓨터 과목을 선택할 수 있도록 하겠습니다. 세계에서 컴퓨터를 가장 잘 쓰는 나라를 만들어 정보 대국의 토대를 튼튼히 닦아 나가겠습니다.”

남북문제와 관련해서는 새 정부의 대북 3원칙을 천명하였다.

“저는 이 자리에서 북한에 대해 당면한 3원칙을 밝히고자 합니다. 첫째, 어떠한 무력 도발도 결코 용납하지 않겠습니다. 둘째, 우리는 북한을 해치거나 흡수할 생각이 없습니다. 셋째, 북한과의 화해와 협력을 가능한 분야부터 적극적으로 추진해 나갈 것입니다.

저는 남북 기본 합의서에 의한 남북 간의 여러 분야에서의 교류가 실현되기를 바랍니다. 우선 남북 기본 합의서의 이행을 위한 특사의 교환을 제의합니다. 북한이 원한다면 정상 회담에도 응할 용의가 있습니다.”

끝으로 지금 우리 민족은 전진과 후퇴의 기로에 서 있음을 강조하며 국난을 극복하여 새로운 시대를 열자고 호소했다.

“반만 년 역사가 우리를 지켜보고 있습니다. 조상들의 얼이 우리를 격려하고 있습니다. 민족 수난의 굽이마다 불굴의 의지로 나라를 구한 자랑스러운 선조들처럼 우리 또한 오늘의 고난을 극복하고 내일에의 도약을 실천하는 위대한 역사의 창조자가 됩시다. 오늘의 위기를 전화위복의 계기로 삼읍시다. 우리 국민은 해낼 수 있습니다. 6·25의 폐허에서 일어선 역사가 그것을 증명합니다. 제가 여러분의 선두에 서겠습니다. 그리하여 대한민국의 영광을 다시 한 번 드높입시다.”

취임식을 마치고 의사당 광장을 걸어 나왔다. 양쪽에 도열해 있던 시민들이 박수를 치고 환호성을 질렀다. 나는 기쁘게 받아들이면서도 한편으로는 국민들의 기대에 부응해야 한다는 책임감이 어깨를 짓눌렀다. 주어진 짐이 너무 무거웠다.

청와대에 돌아와 국회 상황을 챙겨 물었다. 아침에 서명한 총리 임명동의안은 한나라당 의원들 전원이 국회에 불참하여 상정조차 하지 못했다는 연락이 왔다. 거대 야당은 새 대통령에게 정면으로 힘자랑을 한 것이다. 김종필 씨가 총리로 적합하지 않다는 것이 이유였다. 나는 이런 상황이 벌어질까 봐서 취임사에서 이렇게 호소했다.

"국회의 다수당인 야당 여러분에게 간절히 부탁드립니다. 오늘의 난국은 여러분의 협력 없이는 결코 극복할 수 없습니다. 저도 모든 것을 여러분과 같이 상의하겠습니다. 나라가 벼랑 끝에 서 있는 금년 1년만이라도 저를 도와주셔야 하겠습니다."

이렇듯 절박한 심정을 공개적으로 표출하며 협조를 당부했다. 그러나 한나라당 의원들은 취임식에도 나오지 않더니 이날 오후 열린 임시국회 본회의에도 불참해 버렸다. 새 총리와 내각은 없고 대통령만 있는 초유의 사태가 벌어지고 말았다. 새 내각의 명단을 국민들에게 발표조차 할 수 없었다. 소수파 정권의 대통령으로서 험난한 5년을 암시하는 예고편이었다.

이미 내정한 신임 수석비서관들을 불렀다. 김중권 비서실장, 강봉균 정책기획수석, 문희상 정무수석, 김태동 경제수석, 임동원 외교안보수석, 조규향 사회복지수석, 박지원 공보수석 겸 대변인에게 임명장을 주었다. 문민정부에서는 11명의 수석비서관과 51명의 비서관이 있었지만 국민의 정부는 6명의 수석비서관과 35명의 비서관으로 출발하였다.

이날 오후 4시 세종문화회관 세종홀에서 열린 대통령 취임 경축 리셉션에는 모두 1000여 명의 내외 귀빈이 참석했다. 나는 이 자리에서도 거대 야당이 국정 운영에 협조해 줄 것을 거듭 당부했다.

"나라 사정이 촌각을 다투고 있는데 여당이 다수 의석을 갖고 있지 못한 탓에 국정이 표류하고 있습니다. 대통령이 일할 수 있도록 총리 임명동의안을 인준해 주십시오."

청와대에 밤이 왔다. 나를 그토록 핍박했던 역대 집권자들이 머무르던 곳,

청와대 관저에서 깊이 생각했다. 그들은 과연 여기서 무슨 생각을 했을까. 취임식장에서 환호하던 시민들의 표정과 환호성이 눈에 어른거렸다. 취임식은 밝으면서도 엄숙했다. 내외 여건은 엄중했지만, 그래도 새 출발은 곧 희망이었다. 그러나 총리 임명동의안을 표결조차 하지 않은 거대 야당은 도무지 이해할 수 없었다. 국민들에게 미안했다. 아내도 뒤척이고 있었다. 아내는 방이 너무 넓어서 놀라는 눈치였다. 그것을 불편해하고 있었다. 70대의 우리 부부가 기거하기에는 너무 커서 썰렁한 느낌이었다. 그 안에서 우리는 잠을 이루지 못했다.

다음 날 아침 집무실로 나와 하루 종일 외국 손님을 맞았다. 18차례에 걸쳐 12개국 79명을 15~20분 간격으로 접견했다. 첫 번째 손님은 폰 바이츠제커 전 독일 대통령. 나는 독일이 우리의 외환 위기 해소를 위해 적극 협력해 준 것에 감사했다. 나카소네, 다케시타 전 총리 등 일본 고위 인사들과 만나 성숙한 한일 관계를 강조했다. 특히 지난 한일 관계는 '표면적인 친선'에 그쳤음을 상기시키고 실질적인 관계 증진에 나설 것을 주문했다. 이어서 제임스 레이니, 도널드 그레그 전 주한 미국 대사 등을 만나 환담했다. 모루아(Pierre Mauroy) 프랑스 총리는 시라크(Jacques Chirac) 대통령의 친서를 가지고 왔고, 아키노 전 필리핀 대통령도 라모스(Fidel Ramos) 대통령의 친서를 가져왔다. 나는 외국 손님들에게 외환 위기를 벗어날 수 있게 적극 도와 달라고 했다. 팝 가수 마이클 잭슨에게도 한국에 투자해 줄 것을 요청했다.

의전비서실에서는 나의 강행군을 우려했다. 오후가 되자 내 목은 많이 잠겨 있었다. 하지만 만나야 할 사람은 모두 만나야 했다. 비서들은 말하기보다는 듣는 데 치중하라고 했다. 그러나 아쉬운 것은 나였다. 우리 경제 사정이나 정치 상황 모두가 나에게 말을 시키고 있었다. 나는 말하고 또 말했다.

취임 이후 첫 경축일 3·1절을 맞았다. 나는 기념사에서 남북 기본 합의서를 이행하기 위한 특사 파견을 북한에 거듭 촉구했다.

"남북한은 상호 체제를 존중하고 어떠한 불이익을 주는 일도 삼가야 한다.

평화 공존, 평화 교류, 평화 통일을 위해 우리는 어떠한 수준의 대화에도 응할 용의가 있다."

나는 당장 통일은 어렵더라도 이산가족의 상봉과 생사 확인만이라도 서둘러야 하며, 이를 위해 어떤 대화에도 응할 수 있음을 밝혔다. 그러나 이에 대해 북은 어떠한 답도 주지 않았다.

3·1절은 일요일이었다. 휴일이었지만 관저에 머물렀다. 매주 일요일마다 성당에서 미사를 보고 아들, 며느리, 손자 손녀들과 점심을 함께하는 것이 오래된 일이었지만 성당에 가지 않았다. 경호 때문에 성당 분위기가 흐려질 수 있었고, 교인들이 불편해할 수도 있었다. 청와대에서 고작 나흘 밤을 잤는데 흡사 1년이 지난 듯했다. 하루가 삼추(三秋)였다. 아내는 밤에 예술의 전당에서 열린 '달러 모으기 특별 연주회'를 관람하러 갔다. 음악인들의 정성이 고왔다. 하지만 고운 선율이 흐르는 연주회에 '달러'라는 제목을 붙임이 참으로 심란했다.

3월 2일 국무총리 임명동의안 표결을 위해 국회가 열렸다. 나와 조순 한나라당 총재는 지난 2월 27일 오찬 회동을 갖고 표결 처리에 합의한 바 있었다. 조 총재는 거듭 김종필 총리의 지명 철회를 요구했다. 내가 분명하게 선을 그었다.

"자민련과의 연합은 국민과의 약속이었고, 자민련과의 합의를 깨는 것은 배신행위입니다. 김 총리 지명이 부당하다고 생각하면 투표에 참여해서 반대하는 것이 마땅합니다."

마음은 온통 국회에 있었다. 나는 특별한 일정도 잡지 않고 국회 쪽을 살폈지만 비관적인 상황 보고만 올라왔다. 한나라당 의원들이 표결에는 참여했지만 이번에는 백지 투표를 했다. 이를 감지한 여권 의원들이 강력하게 항의하는 소동이 벌어져 끝내 투표가 중단되고 말았다. 나는 매우 상심했다. 이것은 대통령 선거 결과에 승복하지 못하겠다는 정치적인 의사 표시였다.

결국 나는 결심해야 했다. 거대 야당에 떠밀려 다닐 수는 없었다. 3월 3일 김종필 총리서리 체제를 출범시켰다. 퇴임을 하루 앞둔 고건 총리의 제청으로 17개 부처의 조각을 마무리 지었다. 고 총리가 진정 고마웠다. IMF 외환 위기를 맞아 작지만 효율적인 정부를 만든다는 목표 아래 경제 및 통일 부총리제를 폐지하고 23개 정부 부처를 17개로 줄였다.

국민회의 몫으로는 통일부 장관 강인덕 극동문제연구소장, 외교통상부 장관 박정수 의원, 법무부 장관 박상천 의원, 국방부 장관 천용택 의원, 행정자치부 장관 김정길 전 의원, 교육부 장관 이해찬 의원, 문화관광부 장관 신낙균 의원, 산업자원부 장관 박태영 전 의원 등을 임명했다.

자민련 추천으로는 재경부 장관 이규성 전 재무장관, 과학기술부 장관 강창희 의원, 정보통신부 장관 배순훈 대우전자 회장, 환경부 장관 최재욱 전 의원, 보건복지부 장관 주양자 전 의원, 건설교통부 장관 이정무 의원, 해양수산부 장관 김선길 의원을 발탁했다.

농림부 장관에는 김성훈 중앙대 교수를 임명했고, 노동부는 이기호 장관을 유임시켰다. 이렇게 국민회의와 자민련의 공동 정부가 출범하였다.

다음 날 나는 국가안전기획부장에 이종찬 대통령직 인수위원장, 기획예산위원장에 진념 기아그룹 회장을 임명했다. 이어서 3월 6일에는 국무조정실장에 정해주 전 통상산업부 장관, 한국은행 총재에 전철환 전 충남대 교수, 금융감독위원장에 이헌재 비상경제대책위 실무기획단장, 여성특별위원장에 윤후정 전 이화여대 총장을 임명하고, 전윤철 공정거래위원장은 유임시켰다.

나는 총리서리를 임명할 수밖에 없었던 사정을 담아 대국민 성명을 발표했다.

"이제 국사를 더 이상 공백 상태로 둘 수가 없습니다. 저는 제 책임을 완수하기 위해서는 어떠한 결단도 주저할 수 없습니다. 사정이 이러한 만큼 참으로 원하지 않고 괴롭기조차 한 일이지만 이제 김종필 총리 지명자를 서리로 임명하여 당분간 국정을 운영해 나갈 수밖에 없게 되었습니다. 하루속히 이러한 상황이 종식되기를 바라는 심정 간절합니다. 국민 여러분의 이해와 협력을 바라 마지않습니다. 김종필 자민련 명예총재를 국무총리로 임명하려는 것은 선거 때부터 이를 국민 여러분께 밝혀 온 사실입니다."

3월 13일 새 정부 출범에 따른 사면·복권을 단행했다. 기업인, 노동자, 공무원, 양심수 등을 대거 포함시켰다. 모두 552만여 명으로 건국 이후 최대 규모였다. 많은 정치인들도 포함되었지만 한보 사건에 연루된 권노갑 전 의원은 제외시켰다. 우리 둘 사이를 잘 아는 인사가 찾아와 권 전 의원의 억울함을 얘기하며 사면을 간청했지만, 나는 들어주지 않았다. 억울하긴 해도 민심을 살피지 않을 수 없었다. 권 전 의원이 이를 순순히 받아들였지만 내 마음은 편치 않았다.

청와대로 들어오기 전날 밤 설훈, 최재승 의원 등 전 비서들이 찾아와 절을 하며 눈시울을 붉혔다. 갖은 고생을 하며 내 곁을 지켜 주던 그들이지만 앞으로 자주 못 볼 것 같아 서운했다. 그들도 그랬을 것이다. 이른바 동교동계 가신들이라 불리는 한화갑, 김옥두, 남궁진, 윤철상 등 비서 출신들은 지난 대통령 선거 당시 내가 집권하면 차기 정권에 불참하겠다고 공개적으로 선언했다. 당선 된 후에도 내가 "민주화 동지는 있어도 가신은 없다"고 측근 배제 원칙을 밝히자 그들은 재차 임명직 공직에는 참여하지 않겠다고 천명했다.

한국 정치사에 동교동계는 엄연히 존재했다. 일각에서는 계파 정치의 폐해를 거론하며 우리 동교동계를 부정적으로 보고 있다는 것 또한 잘 알고 있었다. 하지만 그 출구가 안 보이는 깜깜한 독재 시대에 그들의 용기와 지혜가 없었다면 어찌 되었겠는가. 그리고 나는 어찌 되었겠는가. 뭉쳐 있음이 힘이었다. 나는 그들에게 한없이 고맙지만 그 고마움을 제때, 제대로 표현할 수 없었다.

4월 2일부터 영국 런던에서 아시아·유럽정상회의(ASEM)가 열렸다. 나는 환송 행사를 간소하게 치르라고 지시했다. 기념 아치나 현수막, 태극기 등은 일체 걸리지 않았다. 3군 의장대 사열 행사가 생략되었고, 팡파르도 울리지 않았다. 관례였던 텔레비전 생중계도 없앴다. 서울공항에 배웅 나온 사람은 10여 명에 불과했고, 수행원도 절반으로 줄였다.

ASEM은 내가 정상 외교에 처음 등장하는 무대였다. 하지만 국민들이 고통을 받고 있는데 붉은 카펫을 밟으며 팡파르를 울리고 싶지 않았다. 다만 그동안 준비했던 실사구시(實事求是)의 외교 대통령으로서의 면모를 발휘하고 싶었다. 나는 사뭇 비장했다. 런던에 도착해서 공개적으로 "세일즈를 하러 영국에 왔다"고 천명했다. 영국의 유력 일간지 『더 타임스』는 3개 면에 걸쳐 나와 한국의 경제·국방·사회·문화를 소개하는 특집 기사를 실었다.

나는 촌음을 아껴 정상들을 만났다. 이렇듯 주요 국가들의 정상들을 한꺼번에 만날 수 있다는 것이 행운이며 축복으로 알고 열심히 그들을 설득했다. 정상들과 만나면 처음은 달랐지만 끝은 같았다.

"나를 믿고 돈을 꿔 달라, 한국 국민을 믿고 투자해 달라."

영국은 내게 고마운 곳이다. 대통령 선거에 패배한 나를 케임브리지 대학에서 초청해 주었다. 나는 그곳에서 패배의 상처를 씻고 다시 재기의 힘을 비축할 수 있었다. 그 추억이 고스란히 남아 있는 그곳을 다시 찾고 싶었다. 하지만 도대체 시간을 낼 수 없었다.

나는 장사꾼이 되어야만 했다. 솔직하게 그리고 진심을 다해 정상들을 설득했다. 주룽지(朱鎔基) 중국 총리, 하시모토 류타로(橋本龍太郎) 일본 총리, 토니 블레어(Anthony Blair) 영국 총리, 자크 시라크 프랑스 대통령 등 각국의 정상들은 내 말을 경청했으며 나의 개혁에 대한 집념과 용기를 높이 평가했다. 주룽지 중국 총리에게는 "어려울 때 도와야 진정한 친구"라며 도움을 요청했다.

프랑스와는 예정에 없던 정상 회담을 해야 했다. 시라크 대통령의 간곡한 요청 때문이었다. 언제 어디서라도 시간만 내 달라고 했다. 나는 시라크 대통령에게 외규장각 도서 반환과 관련 결단을 내릴 것을 촉구했다.

ASEM에서 이룬 가장 큰 성과라면 아시아 경제 위기 해결을 위한 구체적인 방안으로 유럽이 '투자 촉진단'을 파견키로 한 것이었다. 이는 내가 제의했고 끝까지 밀어붙여 성사시켰다. 나는 2차 정상회의 때 유럽이 아시아를 지원하는 가시적인 조치로 투자 조사단을 파견해 줄 것을 긴급 제안했다. 그러나 쉽게 채택될 기미가 보이지 않았다. 의장국인 영국의 토니 블레어 총리는 "앞으로 검토해 보자"는 말로 어물쩍 넘어가려 했다. 그러나 그렇게 적당히 넘어갈 수는 없었다. 여왕 엘리자베스 2세(Queen Elizabeth II)가 주최한 만찬석상을 십분 활용키로 했다. 나는 각 정상들을 찾아다녔다. 블레어 총리에게는 협박에 가까운 발언을 했다.

"이럴 때 도와주지 않으면 아시아에서 'ASEM이 필요없다'는 얘기가 나올 수 있습니다. 잘못하면 이번이 마지막 회의가 될 수도 있습니다."

시라크 프랑스 대통령과 하시모토 류타로 일본 총리가 적극 지원해 주었다. 다음 날 속개된 3차 회의에서는 당초 의제였던 'ASEM의 장래'는 제쳐 두고 모두 내가 제안한 의제에 매달렸다. 토니 블레어 의장과 시라크 대통령, 하시모토 총리 등이 분위기를 잡았다. 이에 헬무트 콜 독일 총리와 로마노 프로디 (Romano Prodi) 이탈리아 총리 등도 가세했다. 나의 제안은 '고위급 기업인 투자 촉진단'이라는 더 강한 명칭으로 의장 성명서에 채택됐다. 각국 정상들은 내가 외교 무대 데뷔전에서 월척을 낚았다며 축하해 주었다. 그들이 나의 열정과 그 속의 진심을 알아주었기에 가능한 일이었다.

정말 숨 가쁜 5박 6일이었다. 나는 정상들과의 만남을 통해 자신감을 얻었다.

나는 취임 후 관행으로 굳어진 몇 가지를 하지 말라고 지시했다. 우선 '각하'라는 칭호를 쓰지 말라고 했다.

"대통령 자체가 높임말입니다. 선생도 사장도 그 자체가 경칭입니다. 보통 말할 때는 '대통령'이라고 하고 나를 호칭할 때만 '대통령님'이라고 부르면 됩니다."

내게 '각하'라는 말은 권위 덩어리처럼 여겨져 듣기에 섬뜩할 정도였다. 대통령 당선자 시절에도, 취임 후에도 여러 회의에서 강조했다. 그러나 한동안은 잘 지켜지지 않았다. '각하'를 없애는 데는 시간이 걸렸다.

다음으로는 관공서 등에 내 사진을 걸지 말라고 했다. 대통령을 모르는 국민은 없을 테고 매일 신문이나 텔레비전에 나오는데 따로 대통령 사진을 걸어둘 필요가 없다고 생각했다. 당시만 해도 관공서는 물론이고 동사무소, 파출소까지 대통령 사진이 걸려 있었다. 또한 경제난에 나라 전체가 신음하고 있는데 수만 장의 사진을 새로 보급하는 것 자체가 낭비였다.

그리고 재임 중에 나는 휘호를 써서 현판을 만들거나 돌에 새기는 일을 하지 않았다. 물론 요청은 셀 수 없이 많았다. 내가 거절한 이유는 우선 내 글씨에 자신이 없었고, 아무리 의미가 있어도 세월이 지나면 다 바래지고 지워질 것을 알고 있기 때문이었다.

예외적으로 국가안전기획부가 국가정보원으로 거듭날 때에 이종찬 원장의 부탁으로 원훈(院訓)을 써 준 적이 있다. "정보는 국력이다"는 휘호는 돌에 새겨져 국정원 마당에 세워졌다. 정치 사찰과 민간인 감시 등 그동안의 부정적인 활동을 청산하고 순수 국가 정보기관으로 다시 태어남을 경축해야 한다는 요청에 일리가 있어 보였다.

나는 망설이다가 휘호를 썼다. 국정원 측은 내 뜻을 헤아려 내 이름을 뒷면에 새겼다. 나는 국정원에 들렀을 때 그 사실을 알고 그마저도 지우라고 했다. 나의 임기는 5년이지만 국정원은 계속되는 것이고 다른 사람들이 보았을 때 부담이 되는 일은 하지 말아야 된다는 생각에서 그리했다.

새 원훈이 만들어지고 10년 뒤에 다시 국정원의 원훈이 바뀌었다. 내가 쓴 휘호는 어찌 되었는지 모르겠다. 현실에 최선을 다할 뿐이지, 세상에 변하지 않는 것은 없다. 이렇듯 남기면 마음이 쓰이니 새삼 그 많은 휘호 요청들을 모두 뿌리친 것이 얼마나 다행인가.

안주섭 육군대학 총장을 경호실장에 발탁했다. 안 실장은 과묵했다. 재임 5

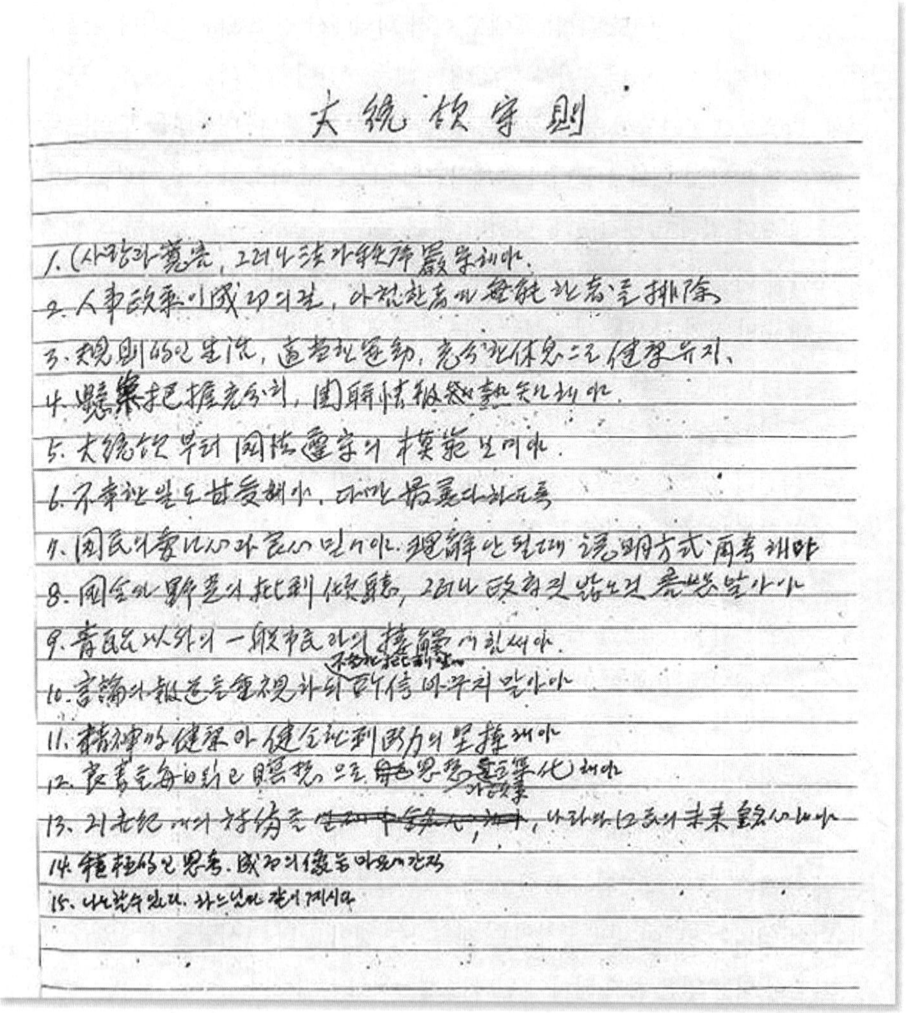

大統領守則

1. (사랑과 薆岩, 그리나 공과 사부는 嚴 돌해야.
2. 人事政策 小成功의 길. 아첨한者 , 無能한者를 排除
3. 規則的인 生活, 適切한運動, 充分한休息으로 健康유지.
4. 懸案記 � 提起하도의, 團結情報然히 흘러들게하야.
5. 大統領 부터 國法嚴守의 模範 보이라.
6. 不幸한 일도 甘受해야. 다같이 最善다하도록.
7. 國民의 愛國心과 良心 믿어야. 理解 안 될때는 說明方式 再考 해야.
8. 國會의 野黨로서 批判 傾聽, 그러나 政治적 없노권 흘발말아야.
9. 靑瓦臺以外의 一般市民과의 接觸에 힘써야.
10. 言論의 報道를 重視하되 不當한 批判 바꾸지 말아야.
11. 精神的 健康이 健全한批判 能力의 모 捧 제야.
12. 良書를 每日이나 耽讀으로 思想을 高潔化 해야.
13. 저名인사의 格言을 늘 애 두울면, 나라와 12들의 未來 없이 내야.
14. 鐘 種類의 思考. 國政의 健全을 이루어간자
15. 나는 할수있다. 하느님이 함께 계시다.

취임 초 국정 노트에 기록한 '대통령 수칙'. "인사 정책이 성공의 길이다. 아첨한 자와 무능한 자를 배제하자", "대통령부터 국법 엄수의 모범을 보여야 한다", "국민의 애국심과 양심을 믿자. 국민들이 이해가 안 될 때는 설명 방식을 재고하자", "언론 보도를 중시하되 부당한 비판 앞에 소신을 바꾸지 말자" 등이다. 임기 중 자주 들여다봤다.

년 동안 국내외 모든 행사를 수행하며 한 번도 실수를 하지 않았다. 나는 그에게 '민주적인 경호'를 당부했다. 대통령 행사를 준비하는 정부 기관이나 민간 기관에게 위세를 부려 원성을 사지 말도록 했다.

과거에는 경호 자체가 권력인 시대가 있었다. 경호실이 막강해지면 곧 권위와 독재가 득세했다. 개방적이고 민주적인 방향으로 경호 업무가 바뀌면서 경호실은 더 긴장해야 하고 업무는 가중되었다. 그래도 경호실은 묵묵히 내 뜻을 따라 주었다. 재임 중 경호실은 경호를 신사적으로 한다는 평가를 받았다. 특히 해외 순방 행사에서 그 진가를 발휘했다. 없는 듯 있으면서 모두들 제 일을 하는 우리 경호원들에게 현지인들은 감탄했다.

나는 경호실에 지시하여 청와대 관람에 제한을 두지 말도록 했다. 남녀노소, 내·외국인을 가리지 말고 누구나 둘러볼 수 있게 만들었다. 연간 25만 명이 찾아와 5년간 127만 명이 관람했다. 나는 간혹 본관으로 출근하거나 퇴근하는 길에 관람객을 보면 차에서 내려 악수를 나누거나 함께 사진을 찍었다. 그러면 경호원들이 놀라 분주하게 움직였다. 경호원들은 나를 참 편하게 해 주었다. 그들에게서 위세와 권위는 찾아볼 수 없었다. 그래서 그들은 나를 경호하는 데 더욱 힘이 들었을 테고, 그래서 그들이 더욱 고마웠다.

취임하고 한 달이 조금 지나 부처별로 업무 보고를 받았다. 법무부와 안전기획부의 업무 보고 자리는 각별했다. 이 두 기관은 지난 세월 나에게 매우 가혹했다. 내 고난의 세월을 뒤져 보면 검찰과 정보부가 들어 있다. 분명 악연이었다. 이제는 내가 대통령이 되어 그들과 마주 앉았다.

4월 9일 법무부 보고를 받았다. 법무부의 올해 계획을 보고받은 뒤 김태정 검찰총장에게 물었다.

"과거 한보 사건 수사 당시 수사 책임자가 교체되고, '깃털'만 당하고 '몸통'은 빠져나갔다는 국민 비난이 쏟아졌는데 총장은 당시 수사가 공정했다고 생각합니까."

김 총장은 그런 질문을 예상치 못한 듯 한동안 답을 하지 못하다가 입을 열었다.

"당시 검찰로서는 최선을 다한 수사였습니다. 하지만 국민이 불신하고 국민의 지지를 받지 못한 데 대해서는 죄송스럽게 생각합니다. 검찰총장으로 있는 동안 모든 수사가 국민들의 지지와 신뢰를 받을 수 있도록 최선을 다하겠습니다."

나는 그 말을 믿고 싶었다. 김 총장이라면 그런 기풍을 조성할 수 있겠다는 기대를 했다. 나는 자유 토론 말미에 내가 생각하는 검찰에 대해서 이렇게 말했다.

"검찰이 얼마나 중요한지는 말로 다 표현할 수 없습니다. 오늘날 우리가 맞고 있는 IMF 경제 위기에 검찰의 책임이 있는 것은 아니지만 검찰이 사명을 다해 정경 유착과 부정부패로 경제 망치는 사태를 제대로 막아 냈으면 우리 경제가 이렇게 되지는 않았을 것입니다. 정경 유착으로 권력자들이 은행장들의 인사를 좌우하고 대출을 결정하는 바람에 한보 사태가 빚어졌습니다. 검찰이 법의 파수꾼 역할을 제대로 했다면 은행이 저런 꼴이 안 됐을 테고 기업체의 경쟁력 상실을 막을 수 있었을 것입니다. 경제 위기 사태의 직접적 책임자는 은행과 기업이고 또 정치인들이지만 검찰도 노력했으면 최소화할 수 있었습니다.

검찰은 대통령 범죄 수사도 하고, 나는 새도 떨어뜨린다는 정치인도 순식간에 구속할 수 있습니다. 일본 검찰이 다나카 총리를 구속한 사례를 보십시오. 검찰이 바로 서면 아무도 부정부패를 저지르지 못할 것입니다. 그러나 과거 검찰은 권력의 지배를 받고 권력의 목적에 따라 표적 수사를 많이 했습니다. 나도 당해 봐서 압니다. 1989년 용공 조작 당시, 밀입북 사건과 관련해 검찰이 서경원 씨를 사흘간 잠 안 재우고 고문까지 해서 나에게 주지도 않은 1만 달러를 줬다고 허위 자백하게 했습니다.

검찰이 바로 서야 나라가 섭니다. 이것은 내가 진짜 하고 싶은 말입니다. 분명히 말하지만 이 정권은 학연, 지연에 구애받지 않고 인사 문제를 깨끗이 할 것이고 권력을 위해 검찰권 행사를 해 달라고 하지도 않을 것입니다."

나는 과거의 타성을 버리고 과감하게 새로운 검찰상을 세워 달라고 당부했다. 또 나의 수감 생활 당시를 회고하며 교도 행정의 전면적인 쇄신도 당부했다. 한 방에 10여 명씩 가둬 놓는 방식으로는 교정은커녕 인간의 악성(惡性)만 키울 우려가 있다고 지적했다.

5월 12일에는 국가안전기획부(안기부)를 방문, 업무 보고를 받았다. 안기부의 전신인 중앙정보부(중정)는 한국 공작 정치의 소굴이었고 그 이름만으로도 공포였다. 안기부로 바뀐 뒤에도 달라지지 않았다. 매수, 협박, 도청, 감시는 물론이고 심지어 구속, 고문, 납치를 일삼기도 했다. 나는 정보기관의 가장 큰 피해자였다. 그들은 1973년 도쿄 납치 살해기도 사건에 개입했고, 가택 연금 때에도 동교동 우리 집 옆집을 사들여 나를 감시했다. 요원들이 상주하며 나의 일거수일투족을 살폈다. 지금의 연세대 김대중도서관 자리가 바로 안가 중 한 곳이었다. 중정과 안기부는 선거 때마다 간첩 사건을 조작하여 선거전을 집권당에게 유리하게 만들었다. 나를 빨갱이로, 거짓말쟁이로 매도하는 흑색선전 자료를 만들어 배포했다. 그러한 탄압과 박해를 생각하면 안기부의 업무 보고 역시 예사로울 수 없었다. 안기부 간부들에게 당부했다.

"과거 불행했던 안기부 역사의 표본은 바로 나입니다. 납치, 사형 선고 등 안기부의 용공 조작 때문에 별일을 다 당했습니다. 내가 당했던 일을 안기부가 다시 해서는 안 됩니다. 완전히 새 출발을 해야 합니다. 대통령은 국가의 원수요 행정 수반으로서 받드는 것이지 정치적으로 받들 필요가 없습니다. 대통령이 정치적으로 부당한 어떤 지시를 해도 들을 필요가 없습니다. 이 정권은 안기부를 정권의 도구로 이용하지 않을 것이며 여러분도 그것을 원하지 않을 것입니다."

이종찬 부장은 안기부 이름을 국가정보원으로 바꾸고 원훈도 "정보는 국력이다"로 정했다고 이미 내게 보고했다. 명실공히 순수한 정보기관으로 거듭나기의 일환이었다. 원훈은 내 마음에도 들었다. 과거 "음지에서 일하며 양지를 지향한다"는 원훈은 뜻도 애매했지만 왠지 음습하게 느껴졌다. 나는 토론을 마치며 이렇게 당부했다.

"안기부는 국민의 마음에 탄식과 걱정을 끼쳤고, 정치적으로는 부정적인 기관으로 보여 온 게 사실입니다. 이제 안기부는 국가정보원으로 다시 태어났습니다. 경제 연구 기관 못지않게 정보 역량을 강화하십시오. 여러분은 경제 전쟁에서 승패를 결정하는 중요한 결정을 해야 합니다. 북한을 어떻게 개방시킬지 노심초사해야 합니다. 국가정보원이 국내에서 군림해서는 안 됩니다. 국가 기관과 정보를 공유하여 국가 위기 원인을 철저히 관리해야 합니다. 국가정보원은 이제 직언하고 경고해야 합니다. 대통령으로서 마지막으로 부탁합니다. 완전 중립을 지켜 주십시오."

모처럼 한가한 일요일에 날벼락 같은 일이 일어났다. 아내가 서재의 책상 앞에 놓인 의자에 앉으려는 순간 바퀴 달린 의자가 뒤로 밀리면서 딱딱한 온돌방에 그대로 주저앉았다. 엉덩이를 크게 다쳐 꼼짝을 못했다. 직원들을 불렀지만 부속실의 누구도 달려오지 않았다. 아내는 20여 분 동안 움직이지 못하고 혼자 있어야 했다. 서재 문이 너무나 육중해서 소리쳐도 들리지 않았던 모양이다. 소식을 듣고 허갑범 주치의와 장석일 의무실장이 달려왔다.

아내는 대퇴부 경골 골절상을 입어 국군서울지구병원에 입원했다. 아내는 결혼 후로 다쳐서 입원한 적이 한 번도 없었다. 아니 아파도 입원할 시간과 여유가 없었다. 그 거친 세월을 그리 견디었는데 정작 청와대에서, 그것도 서재에서 다쳐 입원했다. 매일 밤 업무를 마치면 아내를 보러 병원에 들렀다. 아내가 없는 청와대 관저는 더욱 썰렁했다. 크나큰 방에 홀로 있으니, 아내의 빈자리가 너무도 컸다. 봄밤이 적막하고, 궂기만 했다.

나라 체질을 바꾼 4대 부문 개혁
(1998)

나는 꽃을 좋아한다. 봄꽃은 개나리와 진달래, 가을꽃은 코스모스를 좋아한다. 해마다 봄철이면 서울 북악 스카이웨이, 남산 길을 드라이브하며 꽃구경을 하는 즐거움이 특별했다. 진달래가 피어 있는 봄 산은 진정 황홀했다. 바라보고 있으면 선계(仙界)가 따로 없었다.

어느 주말이었다. 모처럼 시간을 내어 아내와 남산 길을 드라이브했다. 보기에는 좋았지만 개나리와 진달래가 똑같이 개화(開花)한 것이 좀 이상했다. 원래 개나리가 먼저 피고 다음에 진달래가 피는데 동시에 피어 있었다. 꽃들이 순서를 무시하고 서로 먼저 자태를 뽐내야 할 어떤 사연이 있는 것인지. 꽃들에게, 아니 봄날에 무슨 일이 있는 것인지. 자연이 절기를 잃어버린 듯해서 불길했다.

4월 10일, 환경부 업무 보고를 받고 나는 이렇게 말했다.

"우리가 '환경 보존'이라는 말을 하는데, 사실 이 말처럼 오만한 말이 없습니다. 환경을 실컷 망쳐 놓고 마치 무슨 시혜를 베풀 듯이 '보존한다' 이런 말을 합니다. 그럴 때마다 나는 이런 얘기를 꼭 하는데, 인류만큼 환경에 대해서 해악을 끼친 동물이 없습니다.

인류 역사를 보면 우리 조상들은 환경에 대해서 굉장히 친화적인 생각을 가지고 있었습니다. 가령 여러분들이 잘 아는 동양 정신에서 '천하태평'이라는 말이 있는데 천하태평이라는 것은 하늘 아래 모든 것이 태평하다는 것입니다.

부처님은 '흙과 물과 공기가 모두 부처님이다'라고 말했습니다. 자연과 인간을 똑같이 귀중하게 생각한 겁니다. 성경에 보면 하느님이 지구를 만들고, 동식물을 하나하나 만들고, 창조한 피조물을 우리보고 다스리라고 여섯 번째로 사람을 만들었습니다. 여러분이 아시다시피 나라를 다스리라는 것은 백성을 편하게 해 주라는 얘기입니다. 인간보고 자연을 편하게 해 주라는 얘깁니다. 이런 동양의 사상이 여러분의 생각하고 연결이 되어야 합니다.

그런데 우리들은 오늘날 인간 역사상 지금처럼 환경을 파괴한 적이 없고, 이제 파괴한 죄로 뭘 당할지 모르는 거예요. 엘니뇨 현상 같은 것이 그 하나의 예라고 봅니다."

하지만 환경은 '이상'이었고 경제는 '현실'이었다. 경제와 환경이 서로 어울려 의젓하기를 주문했지만 부처에서는 그렇게 따라 주지 않았다. 파괴하기는 쉬워도 복원하기는 얼마나 어려운가.

우리에게 닥친 경제 위기도 마찬가지였다. 빚으로 부를 누렸던 우리 경제를 혁신하려면 모두가 땀과 눈물을 흘려야 했다. 그러나 대통령이 어찌 국민의 눈물을 외면할 수 있겠는가. 경제를 회생시키려면 사정없이, 냉엄하게 개혁을 해야 했고 그러자니 대규모 실업은 피할 수 없었다. 꽃들은 환히 웃고 있는데, 실업 대란은 현실이었다. 1998년 봄은 내 일생에 가장 아픈 날들의 연속이었다. 봄날은 화창했지만 생각은 무겁기만 했다.

외환 위기의 급한 불은 껐지만 불씨는 남아 있었다. 세계가 우리를 믿지 않으면, 또 돕지 않으면 언제든 환란(換亂)이라는 불길에 휩싸여야 했다. 어떤 불씨에도, 어떤 바람에도 흔들리지 않는 튼실한 한국, 그것은 관치 경제를 청산하고 진정한 시장 경제로 옮겨 가야만 가능했다. 위기는 기회이기도 했다. 나 자신이 평소 시장 경제를 신봉했지만 개혁이 없이는 국제적 신인도를 높일 수 없었다. 외채 연장이나 외자 유치, IMF 등 국제 기관의 원조도 개혁 없이는 기대할 수 없었다. 선택의 여지가 없었다. 나는 이 절박함을 환골탈태의 기회로 삼자고 몇 번씩 다짐했다.

시장 경제의 기본 원칙은 자유 경쟁과 책임 경영이다. 그동안 정부의 통제와 보호 아래 있던 기업과 금융 기관들은 이런 원칙이 지배하는 시장 속으로 들어가야 했다. 정부 조직과 공기업 등 공공 부문에도 시장 경제 논리를 적용해야 했다. 노동 부문도 국제적인 흐름에 맞춰 경직된 노동 시장을 유연하게 바꿔야 했다. 나는 기업, 금융, 공공, 노동 부문을 전면적으로 쇄신하기로 했다. 이른바 4대 부문 개혁이었다.

4대 부문 중 가장 역점을 둔 것이 금융 개혁이었다. 금융 개혁의 초점은 은행이었다. 은행이 개혁의 중심에 있어야 했다. 은행이 경쟁력을 회복하여 본래의 기능을 회복하는 것이 모든 개혁의 시작이었다. 그래야 기업에 압력을 행사할 수 있었다. 외환 위기가 온 것도 은행들이 기업 가치를 제대로 평가하지 않고 대기업에 대규모 대출을 해 주었기 때문이다.

그동안 은행 임원들은 금융 관료가 되어 있었다. 정작 돈을 맡기는 선량한 고객들은 주인 행세를 못하고 대기업들이 대출을 독점했다. 관치 금융의 산물이었다. 나는 대통령에 당선되고 나서 그 누구든 은행 인사에 관여하지 말고 대출 등에 영향력을 행사하지 말라고 지시했다. 나 또한 어떤 청탁도 하지 않았다.

부실 은행을 빨리 퇴출시켜야 했다. 부실 은행을 그대로 두면 추가 부실을 막으려 자금을 보수적으로 운용한다. 이는 신용 경색을 심화시켜 기업 부실로 이어지고 다시 금융 자산을 부실화시켰다. 부실의 악순환이었다. 당시 은행의 부실 대출 규모는 무려 120조 원이나 됐다. 부실이 부실을 부르니 나라 전체가 부실해질 수밖에 없었다. 은행이 제 기능을 해야 기업이 바로 서고, 기업이 건강해야 나라 경제가 튼튼해지는 것은 상식이다.

이 상식대로 은행의 구조 조정을 투명하게 진행하라고 지시했다. 금융감독위원회는 1998년 5월 20일 은행경영개선계획평가위원회를 구성하여 12개 은행이 제출한 경영 정상화 계획 심사에 들어갔다. 퇴출 대상 은행들의 윤곽이 드러났다. 그러자 여기저기서 반발이 일어났다. 살아남기 위한 로비가 치열하게 벌어졌다. 연과 줄을 동원하여 읍소와 협박을 했다. 나라 전체가 들끓었다. 나는 금감위원장에게 어떤 경우에도 흔들리지 말고 원칙대로 처리하라고 강조했다.

이헌재 금감위원장은 6월 29일 동화·동남·대동·경기·충청 등 5개 은행의 퇴출을 공식 발표했다. 외환·조흥·한일·상업·평화·강원·충북 등 7개 은행은 경영진 대폭 개편과 유상 증자 규모 확대 등을 조건으로 경영 정상화 계획을 승인했다. 사상 초유의 일이었다.

퇴출 은행이 발표되자 은행 노조의 반발이 거셌다. 예상했던 일이었다. 한국노총과 민노총 모두 퇴출 은행원들의 고용 승계를 요구했다. 노사정위원회 불참과 연대 파업을 선언하며 압박했다. 하지만 인수 은행에서는 재고용을 기피했다. 경영 정상화를 외치는 정부로서는 재고용을 강요할 수 없었다. 강봉균 수석이 "4급(대리급) 이하의 직원들은 인수 은행이 전원 재고용하도록 요청하겠다"고 보고했다. 원칙에는 어긋났지만 할 수 없었다. 나는 "퇴출 은행 직원들이 불이익을 보지 않도록 하라"고 특별히 지시했다. 그러나 5개 은행 8000여 명의 직원 중 5000여 명은 일자리를 잃었다.

조건부로 살아남은 7개 은행도 안심할 수 없었다. 그들에게 한 달간의 시간이 주어졌다. 외자 유치나 합병 등의 경영 정상화 방안을 마련토록 했다. 대형 은행의 합병은 의외로 빨리 이뤄졌다. 한일은행과 상업은행이 합병에 합의했다. 그렇게 해서 자산 규모 100조 원에 세계 90위권의 한빛은행이 탄생했다.

조흥은행은 1999년 2월 강원·충북은행과 합병을 발표했다. 외환은행은 1998년 7월 독일 코메르츠 은행으로부터 3500억 원을 유치해 독자적인 경영 정상화에 나섰다. 우량 은행 중에서도 국민은행과 장기신용은행이 1999년 1월 5일 합병했다. 하루 뒤에는 하나은행과 보람은행이 합병을 발표했다. 이로써 1998년 6월 말, 5개 부실 은행 퇴출로 시작된 1단계 구조 조정은 마무리되었다. 금융계 지형이 바뀌는 엄청난 사건이었다.

1997년 말 2101개나 되었던 금융 기관 중에 회생 가능성이 없는 659개가 문을 닫았다. 뿐만 아니라 금융 기관의 자기 자본 비율(BIS)을 국제 수준으로 높이고 은행의 부실 채권 비율을 12.9퍼센트에서 3.4퍼센트로 크게 낮췄다. 이러한 개혁을 통해 국내 신용 등급이 올랐고, 은행들은 대손 충당금을 적립하고도 2002년 한 해 동안 5조 9000억 원의 당기 순이익을 냈다.

금융 구조 조정을 위해서는 막대한 공적 자금이 필요했다. 금융 기관들이 안고 있는 부실 채권을 정부가 사들여 재무 상태를 건실하게 해 주고, 자본금을 확충해 자금 중개 기능을 원활하게 할 수 있어야 했다. 그러나 공적 자금이 얼마나 필요한지 알 수 없었다. 금융 기관의 부실 규모를 파악하기가 쉽지 않았다. 이규성 재경부 장관은 최소한 50조 원이 필요하다고 보고했다. 5월 20일 경제대책조정회의를 열어 일단 50조 원의 공적 자금을 금융권에 지원키로 했다. 이로써 취임 전 제일은행 등에 투입된 14조 원을 합쳐 모두 64조 원의 공적 자금을 1차로 조성했다.

이 자금으로 1998년 말까지 1단계 금융 구조 조정을 무난히 마칠 수 있었다. 그러나 1999년 들어 대우그룹 부실 사태로 부실 여신이 다시 늘었다. 2000년에는 현대그룹 부실 사태가 터지면서 금융권이 다시 불안했다. 금융권을 안정시키지 않으면 1단계로 마무리한 금융과 기업 구조 조정마저도 다시 흔들릴 수 있었다. 제2의 경제 위기설도 떠돌았다. 2단계 구조 조정이 시급했고, 따라서 추가 공적 자금이 필요했다. 새로 취임한 진념 재경부 장관은 추가로 40조 원이 필요하다고 보고했다. 결국 이를 국회에서 동의해 달라고 요청했다. 그러나 야당이 거세게 반발했다. 한나라당은 공적 자금을 마구잡이로 퍼부었다며 나의 사과와 책임자들의 문책을 요구했다.

공적자금 추가조성 동의안은 한 달 넘게 처리되지 않았다. 나는 공적 자금의 조성과 집행 과정에서 도덕적 해이가 드러난 사람들에게는 엄중한 문책을 하라고 지시했다. 야당이 요구하는 투명성을 확보하기 위해서였다. 그래도 한나라당은 완강했다. 할 수 없이 이회창 총재에게 전화를 걸어 부탁했다. 이런 우여곡절 끝에 12월 초 국회를 통과했다. 그나마 다행이었다. 이로써 공적 자금은 모두 104조에 달했다. 투입액 중 회수해서 다시 투입한 것까지 합치면 재임 중 159조 6000억 원에 이른다.

나는 2차 공적 자금을 조성하면서 부실 기업주나 부실 기관 임직원을 철저히 조사해 엄중히 대처하라고 몇 차례나 강조했다. 실제로 464개 금융 기관을 조사해 1300여 명을 검찰에 고발하도록 조치했다. 많은 논란이 있었지만, 금융 시스템의 붕괴를 막기 위한 공적 자금은 그 손실을 예상하고 조성된 것이었다. 다행히 회수율이 점점 늘어 2006년부터 50퍼센트를 넘었다니 참으로 다행한 일이었다. 외국의 사례에 견주어도 매우 고무적인 결과였다.

기업의 개혁을 위해서는 '대마불사'의 속설을 깨야 했다. 나는 당선자 신분이던 1998년 1월 13일 삼성 이건희, 현대 정몽구, LG 구본무, SK 최종현 회장 등 4대 그룹 총수들과 만나 5개항에 합의했다. 기업 경영의 투명성 제고, 상호 지급 보증 해소, 재무 구조의 획기적 개선, 핵심 주력 사업으로의 역량 집중 및 중소기업과의 협력 강화, 지배 주주와 경영자의 책임성 강화 등이 그것이다.

여기에 덧붙여 총수들에게 '사재 출연'을 요청했다. 나는 이를 두고 막판까지 고민했다. 완전한 시장 경제를 한다면서 개인 재산을 사회에 환원하라고 강요할 수는 없었다. 그러나 재벌들에게 쏟아지는 각계각층의 비난을 무시할 수 없었다. 당시 노동계는 재벌 총수들이 부정 축재했다면서 개인 재산을 환수하라고 요구했다. 이런 사정을 재벌 회장들에게 솔직히 얘기했다. 대안으로 개인 재산을 자기 회사에 투자하는 방안을 제시했다.

그러나 재벌들의 저항은 거셌다. 먼저 LG와 현대가 구조 조정 계획을 발표했으나 그 내용이 매우 실망스러웠다. 재벌들은 이번 기회에 적자 나는 계열사만 정리하려 들었다. 그러나 어물쩍 넘어갈 수 없었다. 30대 재벌의 구체적인 구조 조정안을 제출받도록 비상경제대책위에 지시했다. 그리고 주거래 은행을 통해 그룹별 구조 조정 계획을 평가하도록 했다. 은행을 통한 재벌 개혁이었다. 정부가 재벌들에게 직접 구조 조정을 압박하지 않고 은행이 '그릇된 관행'을 바로잡도록 했다. 정경 유착을 통해 엄청난 대출 특혜를 받은 기업은 다시 돈줄만 죄면 무너지게 되어 있었다. 구조 조정을 하지 않으면 살아남을 수 없었다. 재벌들은 스스로 변하지 않을 수 없었다.

새 정부가 출범했지만 재벌들의 구조 조정은 제자리를 맴돌았다. 개혁의 시늉만 내고 있다는 여론이 외국에서조차 비등했다. 더 이상 이를 방치했다가는 다시 대외 신인도가 급락할 수 있었다. 망할 기업과 살아날 기업이 불분명해지자 모든 기업이 흔들거렸다.

나는 취임 후 경제대책조정회의를 신설했다. 기업 구조 조정 등 현안을 조정하기 위해서였다. 대통령이 의장을 맡고 재경부·산자부·노동부 장관, 기획예산위원장, 금감위원장, 한은 총재, 정책기획수석, 경제수석 등을 참여시켰다. 3월 11일 처음 열린 경제대책조정회의에서 재벌들의 개혁을 독려하라고 채근했다. 개혁은 우리가 사느냐 죽느냐의 문제라고 강조했다.

우리에게는 개혁의 질도 중요하지만 더 중요한 것은 속도였다. 아무리 좋은 안이라도 시간을 끌면 부작용이 생기게 마련이었다. 또 시간이 지나면 정권 초기의 추동력을 상실하여 다시 물거품이 될 수도 있었다. 재벌들은 그걸 노리고 정권이 힘이 빠지기를 기다리고 있는지도 몰랐다. 나는 금융감독위원회에 부실 기업을 5월 말까지 정리하라고 지시했다.

그래도 진척은 더뎠다. 이헌재 금감위원장이 6월 3일 퇴출 기업 명단을 보고했으나 그 내용이 실망스러웠다. 5대 그룹 계열사는 보이지 않았고, 그나마 21개사만 퇴출 대상에 포함시켰다. 당시 심사 기업은 64대 그룹 소속 313개사였다. 나는 다시 선정하라고 다그쳤다. 6월 16일 국무회의에서 나의 입장을 다시 분명하게 밝혔다. 5대 그룹이 앞장서서 구조 조정을 해야 한다며 금감위를 질책했다. 다음 날 금감위원장이 퇴출 대상 기업을 다시 보고했다. 퇴출 대상 기업이 55개로 늘어났고, 5대 재벌 계열사도 20개가 포함되어 있었다. 물론 크게 만족할 수는 없지만 은행이 기업을 한꺼번에 정리했다는 데 의미를 두었다. 이 땅에 은행이 생긴 이후 처음 있는 일이었다.

그러나 이후에도 재벌들은 구조 조정에 소극적이었다. 재벌 총수들은 머뭇거렸다. 끝내 현대그룹은 분리되고 대우그룹은 몰락했다.

김우중 대우그룹 회장은 1998년 1월 24일 기업들이 앞장서서 수출을 대폭 늘려 나라 곳간을 일거에 채우자고 제안했다. 불필요한 수입을 대폭 줄여 500억 달러의 무역 흑자를 올리면 일시에 외환 위기를 극복할 수 있다고 주장했다. 그러면서 재계 전체가 이번만은 구조 조정을 확실하게 해야 살아남을 수 있다면서 "구조 조정에 모범을 보이겠다"고 약속했다. 나는 그런 김 회장이 고마웠다.

그런데 1월 말에 열린 다보스 포럼에 참석해서는 다른 얘기를 했다. 외환위기는 "금융 기관이 멋대로 단기 채무를 늘리다 생긴 일이지 우리 기업이 뭘 잘못했느냐"며 책임을 떠넘겼다. 나는 김 회장이 왜 말을 바꾸는지 의아했다.

김 회장은 아마 거액의 외자를 유치할 수 있다고 믿었는지 모른다. 대우는 2월 2일 GM과 70억 달러 규모의 외자를 유치한다는 양해 각서를 체결했다고 발표했다. 4월 25일에는 GM 회장이 청와대를 찾아와 대우와의 합작 방침을 설명하기도 했다. 나는 합작이 성사되기를 진심으로 바랐다. 대우는 이 70억 달러를 믿고 필요한 자금을 기업 어음(CP)이나 회사채를 발행하여 조달했다. 그러나 미국 GM 본사의 총파업으로 외자 유치가 불가능해졌다. 그러자 대우는 기아차 인수로 방향을 틀었다. 그러나 이마저도 무산되었다. 공개 입찰에서 낙찰을 받은 것은 현대였다.

대우는 자꾸만 수렁에 빠져들었다. 자금을 끌어올 호재는 하나둘 사라졌다. 일본 노무라 증권이 10월 29일 「대우그룹에 비상벨이 울린다」는 보고서를 내자 시장의 반응은 더욱 싸늘해졌다.

나는 김우중 회장의 경영 능력과 품성을 높이 평가하고 있었다. 김 회장은 나와 야당에게 많은 도움을 주었다. 나는 김 회장의 마음씀씀이를 잊지 않고 있었다. 나는 김중권 비서실장에게 김 회장을 만나 더 늦기 전에 강력한 구조 조정에 나서라고 촉구하도록 했다. 김 실장은 김 회장이 나를 만나고 싶어 한다고 전했다.

청와대에서 김 회장을 만났다. 김 회장은 내게 희망적인 얘기를 했다. 구조 조정은 물론이요 부실 기업의 상징인 삼성차를 인수하고 대우전자를 삼성에 넘기겠다는 것이었다. 삼성과의 '빅딜'에 적극 나서겠다니 가히 획기적인 안이었다.

당시 정부는 대기업들에게 '빅딜'을 적극 권장했다. 돈이 되는 분야에 기업마다 무조건 진출하다 보니 업종만 늘어났지 경쟁력은 형편없었다. 이러한 무분별한 중복 투자를 바로잡기 위해서는 기업 간 빅딜이 효율적일 수 있었다. 즉 세계적 경쟁력을 갖춘 업종은 더욱 육성하고, 나머지는 경쟁력이 있는 다른 대기업에 넘겨 상생하는 구도로 만들자는 것이었다. 물론 시장 경제를 하겠다며 개별 기업들의 경제 행위를 간섭하는 이러한 빅딜이 부당할 수도 있다. 그러나 대기업들이 자발적으로 이를 추진한다면 우리 경제 체질이 건강해질 수 있었다. 그리고 대기업이 구조 조정에 앞장서고 있다는 상징성도 있었다.

하지만 대우의 이러한 구상은 너무 늦게 나왔다. 대우의 구조 조정안 자체가 시장의 신뢰를 잃었다. 더욱이 정부가 무역 금융을 제한하자 수출 의존도가 높은 대우는 심각한 자금 압박을 받았다. 김 회장은 나를 만나러 APEC 정상회의가 열리고 있는 베트남 하노이까지 날아왔다. 12월 15일 하노이 대우 호텔에서 조찬을 함께했다. 강봉균 수석을 배석토록 했다. 김 회장은 무역 금융 제재를 풀어 달라고 호소했다. 나는 강 수석에게 검토해 보라고 지시했다.

금감위는 대우의 해외 사업이 불확실하기 때문에 지원해 주기 어렵다는 결론을 내렸다. 정부도, 그리고 나도 다른 방법이 없었다. 그런 와중에도 삼성차와 대우전자의 빅딜은 별 진척을 보지 못했다. 대우는 삼성차를 인수하는 대가로 2조 원의 현금을 요구했다. 나는 다시 김 회장을 청와대로 불렀다. 그를 향한 경고였지만 달리 보면 연민이었다. 나는 가시적인 성과를 보이라고 독촉했다. 그래도 상황은 크게 변하지 않았다.

나는 4월 6일 국무회의에서 5대 재벌의 개혁이 미흡하다고 지적했다. 철저한 구조 조정으로 국제 경쟁력을 갖춰야 한다고 거듭 강조했다. 4월 14일에는 기자 간담을 통해 재벌 개혁에 정부가 개입하겠다는 뜻을 분명히 밝혔다.

"재벌들이 가시적인 조치를 안 하면 은행을 통한 금융 제재를 할 것이고, 이제는 5대 그룹도 워크아웃 대상에 포함될 것입니다."

그동안 5대 그룹은 스스로 개혁에 나서도록 유도했지만 앞으로는 정부가 직접 개입할 것임을 천명했다. 강봉균 수석은 5대 그룹 중 두 곳이 문제라며 대우와 현대를 공개적으로 거론했다. 4월 19일 대우가 자구 계획을 추가로 발표했다. 주력 기업인 대우중공업 조선 부문과 힐튼 호텔 등 11개 계열사 및 사업 부문을 추가로 매각한다는 내용이었다. 김 회장은 "이번 구조 조정을 일생의 마지막 사명으로 알고 추진하겠다"고 했다. 4월 27일 열린 정·재계 간담회에서 김 회장이 거듭 다짐했다.

"구조 조정이 늦어져 송구스럽습니다. 연말까지 약속대로 이행할 것입니다. 더 이상 대통령께 해가 되지 않도록 하겠습니다."

그러나 시장은 반응이 없었다. 대우의 자금난은 갈수록 심해졌다. 삼성차와의 빅딜을 놓고 지루한 신경전이 계속되었다. 그러다 삼성이 빅딜 포기를 선언해 버렸다. 삼성자동차는 법정 관리를 신청했다. 7월 19일 김 회장이 10조 원어치의 전 재산을 담보로 내놓는 등 추가 자구책을 발표했지만 시장은 이미 얼어붙어 있었다. 8월 26일 대우 12개 계열사가 워크아웃에 들어갔다.

재계 3위인 대우그룹은 이렇게 해체되고 말았다. '대마불사'라는 속설도 깨졌다. 김 회장은 전경련 회장직을 사퇴하고 10월 출국했다. 그는 한때 '세계 경영'을 외치며 당당하게 많은 나라들을 누볐지만, 이 나라 저 나라를 유랑하는 신세가 되었다. 젊은이들의 꿈과 야심을 북돋으며 시대의 우상이었던 김 회장의 몰락은 안타까운 일이었다. 간혹 잠행 중인 그가 어느 나라에 출현했다는 소식을 접하면서 나는 많은 생각을 했다.

김 회장의 몰락과 대우그룹의 해체는 진정 내가 바라지 않은 불행한 일이었다. 나는 그를 신뢰했고 대우그룹의 미래를 믿었다. 하지만 그는 내 의지를 경시하고 시장 움직임을 과소평가했다. 그가 왜 구조 조정에 망설였는지는 아직도 모르겠다. 대우그룹의 해체는 빚을 내서 몸집을 불리고, 분식 회계와 같은 탈법적 금융 기법으로 부실의 실체를 가리는 수법이 더 이상 통할 수 없는 새 시대가 도래했음을 보여 줬다. 나는 그가 돌아와 다시 새 출발할 것으로 믿었다. 돌아보면 그의 성장 신화를 묻어야 한다는 것은 참으로 잔인한 일이었다.

정부 조직 또한 개혁에 예외일 수 없었다. 새 정부가 출범하기 전에 정부 조직 개편을 완료하기로 마음먹었다. 1997년 연말에 박권상 씨에게 이 일을 맡아 달라고 부탁했다. 나는 세금을 덜 쓰면서도 능률적이고 효율적으로 일 할 수 있는 조직을 만들어 달라고 요청했다. 박권상 위원장의 정부조직개편심의위원회(정개위)가 1998년 1월 6일 발족했다.

나는 '작지만 효율적인 정부'를 만들 생각이었다. 우선 대통령이 중심이 되어 효과적으로 리더십을 발휘할 수 있게 국정 운영 체계를 개선하기로 했다. 나는 정개위 위원들에게 예산과 인사 기능을 대통령 직속으로 하는 방안을 검토하도록 지시했다. 이에 따라 재경원 예산실을 장관급이 맡는 기획예산처로 바꿔 대통령 직속으로 하고, 중앙인사위원회를 신설하여 역시 대통령 직속으로 두는 안이 마련되었다.

이러한 구상은 곧바로 여당인 한나라당의 반발에 부딪혔다. 한나라당은 예산과 인사 기능을 대통령 직속으로 두는 것은 대통령이 인사를 좌우하고 전횡하려는 포석이라며 강하게 반발했다. 그러나 그것은 오해였다. 중앙인사위를 독립시키면 대통령과 각 부처 장관이 행사하는 인사권을 인사위를 통해 효과적으로 견제할 수 있었다. 나는 이러한 개혁적 조치들을 반드시 관철시키도록 박 위원장에게 당부했지만 결과는 실망스러웠다. 정부 조직 개편안은 결국 3 당 원내총무와 정책위 의장 등 6인 회의에서 타협이 이뤄졌다. 기획예산처는 기획예산위원회와 예산청으로 분리해 각각 대통령 직속과 재경부 산하에 두기로 했다. 예산 편성 지침은 기획예산위원회에서 작성하고, 실무적인 예산 집행은 예산청이 하기로 하는 등 아주 기형적인 조직이 되어 버렸다. 중앙인사위원회는 간단히 백지화되었다.

부총리급 장관이 관할하던 공룡 부처 재경원을 재경부로 바꿨다. 예산 기능은 외청인 예산청으로 떼어 내고 금융 감독 업무는 금융감독위로, 대외 통상 업무는 외교통상부로 넘겼다. 재경원을 이렇게 축소한 것은 재경원이 경제 정책 전반의 핵심 기능을 모두 갖고 있다 보니 잘못된 정책에도 아무런 견제를 받지 않는 등 폐해가 많았기 때문이다. 각 부처에 분산됐던 통상 교섭 기능은 외교부로 통합하여 외교통상부로 개편했다. 1998년 2월 17일 정부조직 개편안이 국회를 통과했다.

취임 후에 다시 정부 조직 개편 작업이 불가피했다. 진념 기획예산위원장이 정부 조직을 진단해 보겠다고 보고했다. 특히 정부 조직을 민간 컨설팅사에 맡겨 진단해 보겠다고 했다. 파격적이었다. 곰곰 생각해 보니 민간 기관의 시각으로 정부 조직을 진단하는 것이 나름의 의미가 있어 보였다. 정부 조직을 관료들이 주무르다 보니 부처이기주의가 기승을 부려 과감한 개편이 이뤄질 수 없었다. 19개 민간 컨설팅사가 정부 조직을 9개 분야로 나누어 조직 진단을 실시했다.

4개월의 작업 끝에 2차 정부 조직 개편안이 마련되었다. 1999년 3월 4일 발표한 개편 시안은 자못 획기적이었다. 기획예산위원회와 예산청을 통합하여 기획예산부를 만들었다. 다시 예산과 인사 기능을 강화한 것이었다. 또 1 차 개편 때 무산된 중앙인사위원회를 신설하기로 했다. 산업자원부, 과학기술부, 정보통신부를 통합하여 산업기술부로 개편하고 노동부와 복지부를 노동

복지부로 통폐합하며 해양수산부를 폐지하는 안이 담겨 있었다. 진념 위원장은 관련 부처 장관들의 의견을 수렴해 보니 대체로 동의했다고 보고했다. 그는 의욕이 넘쳤고 과감했다.

그러나 2차 개편안도 거센 반발에 직면했다. 관련 부처는 물론이고 공동 정부의 한 축인 자민련의 반발이 심상치 않았다. 내각제로의 개헌을 주장하는 자민련은 대통령에게 권한이 집중되는 정부 조직 개편안을 강하게 성토했다. 나는 진념 위원장에게 김종필 총리와도 긴밀하게 협의하라고 지시했다. 김 총리는 국무위원 간담회를 열고 국민회의와 자민련의 당정 회의를 열어 의견을 조율했다.

결과는 부처 통폐합을 거의가 백지화시켰다. 대통령 직속으로 두려 했던 기획예산부도 기획예산처로 바꿔 총리실 산하에 두기로 했다. 중앙인사위원회만 신설키로 했다. 정부 조직 개편 작업에 정치 논리가 개입하니 참으로 어려워졌다. 민간 기관의 컨설팅까지 받아 실시한 2차 정부 조직 개편 작업도 용두사미가 되어 버렸다. '작지만 효율적인 정부'를 만들려는 나의 꿈, 그것은 결국 '미완의 개혁'으로 남게 되었다. 훗날 이런 나의 노력들을 누군가 들춰보기 바란다. 답은 있는데 쓰지 못했기 때문이다.

국경이 없는 무한 경쟁 시대에 규제 개혁은 생존을 위해 불가피했다. 나는 취임과 동시에 규제 개혁을 외쳤다. 그러자 관료들이 판에 박은 대책들을 내놓았다. 물론 예상했던 일이다. 1998년 4월 14일 국무회의에서 규제 개혁 작업을 서두르도록 다그쳤다.

"규제 완화 속도가 너무 완만합니다. 전부 한꺼번에 하려고 생각하지 마십시오. 우선 1차로 쉬운 것부터 빨리 철폐하고 나머지 검토가 필요한 것은 2차로 합시다."

2주 뒤인 4월 28일, 국무조정실장이 '규제 개혁 종합 지침안'을 만들어 국무회의에 상정했다. 요지는 현행 정부 규제를 3분의 2 수준으로 감축하겠다는 것이었다. 그런데 왜 3분의 2인지 명확한 기준이 없었다. 막연하기만 했다. 목표를 정하고 이것저것 채워 넣는 전형적인 구태였다.

다시 모든 규제를 점검하여 꼭 필요한 규제만 남기고 모든 것을 없애라고 지시했다. 국무조정실장은 5월 '1만여 건의 규제 중 폐지 검토 대상은 전체 60퍼센트 선인 7000여 건'이라고 보고했다. 그러나 6월이 되어도 별 진전이 없었다. 쉬운 것부터 풀어 가자고 했지만 아무런 보고도 없었다. 답답한 노릇이었다.

규제 개혁을 추진하는 과정에서 정치권이나 이익 단체들의 반발도 적지 않았다. 규제 개혁 관련 주요 법안들이 국회 심의 과정에서 유보되거나 변질되는 경우도 많았다. 의사나 약사, 세무사, 공인회계사, 관세사 등 전문직 사업자 단체의 복수 설립 허용 등은 상임위에서 심의조차 제대로 하지 않으려 했다.

규제 개혁 관련 법안 268개 중 50개가 국회 심의 과정에서 변질되었다. 규제가 완화되면 독과점 지위를 상실하는 이익 집단이 필사적으로 로비를 펼쳤다. 정부는 이를 '현실적인 어려움'으로 호도했다. 나는 변질된 법률에 대해서 거부권을 행사하려 했다. 하지만 강경 대응하기에는 정치적 부담이 너무 컸다. 일단 모두 공포한 후에 변질된 법안 중 18개 법안을 다시 정부 원안대로 고쳐서 1999년 2월 임시국회에 다시 제출토록 했다. 규제 개혁에 임하는 나의 단호한 의지를 천명한 것이었다.

그럼에도 규제 개혁에 대한 관련 단체 저항과 정치권의 동조는 끈질기게 이어졌다. 여전히 국회는 관련 법안을 변질시켰다. 지우고 바꾸기에 바빴다. 1999년 연말에 다시 국무회의에서 지시했다. 정치권에 대한 경고이기도 했다.

"국회에 계류 중인 법안 가운데 규제 개혁의 기본 취지와 본질을 훼손하는 수정이 있을 경우 정부 차원에서 거부권 행사를 검토하시오."

엄청난 저항에도 불구하고 중앙 부처의 1만 1125건의 규제 중 5430건 (48.8퍼센트)이 1998년에 폐지되고 2411건(21.7퍼센트)이 개선되었다. 1999년에는 1998년 정비 이후 남은 6811건(1998년 신설 규제 511건 포함)을 집중심사하여 503건(7.4퍼센트)은 폐지하고 570건(8.4퍼센트)은 개선했다.

공기업도 개혁에 예외일 수 없었다. 노동조합의 저항이 매우 거셌지만 나는 멈추지 않았다. 11개 공기업을 민영화 대상으로 선정했다. 과거 정부에서도 몇 번이나 공기업 민영화를 시도했지만 성공하지 못했다. 민영화를 구체적으로 어떻게 수행할 것인가에 대한 사회적 기준과 합의가 없었기 때문이었다.

공기업 민영화에 대한 나의 의지를 분명하게 하기 위해서는 대표적인 공기업인 포철을 민영화할 필요가 있다고 생각했다. 포철의 사실상 창업자인 박태준 자민련 총재와 협의할 필요가 있었다. 박 총재는 선뜻 동의해 주었다. 역시 멀리 내다보는 사람이라는 생각이 들었다. 나는 공기업 민영화 업무를 총괄할 진념 기획예산위원장에게 과거 정부의 수차례 시도에도 성과가 없음을 상기시키며 단단히 당부했다.

"국민의 정부는 공기업 민영화를 더 과감하게, 일관성을 가지고 철저히 진행하시오."

그러나 공기업 민영화는 그리 순조롭게 진행되지 않았다. 포철의 경우도 외국 자본의 적대적 인수 합병을 우려한 관련 부처의 매각 반대로 2차 매각 대상에 포함되었다. 한전도 경영진들이 매각 반대를 공공연히 표출했다. 그대로 관망하면 다시 유야무야될 것이 뻔했다. 1998년 6월 16일 국무회의에서 진념 기획예산위원장을 질책했다. 그에게 힘을 실어 주기 위함이었다.

"정부와 공기업의 개혁 노력이 너무 부족합니다. 각 부처 장관들이 안 된다고 한다는데 그것은 있을 수 없는 일이니 원칙을 갖고 조속히 결단을 내리시오."

기획예산위원회는 7월 3일 1차 공기업 민영화 계획을 발표했다. 26개 공기업 중 11개를 민영화 대상으로 선정했다. 포철, 한국중공업, 한국종합화학, 한국종합기술금융, 국정교과서 등 5개는 완전 민영화 대상으로 선정하여 즉시 추진키로 했다. 한국통신, 담배인삼공사, 한국전력, 대한송유관공사, 한국가스

공사, 지역난방공사 등 6개는 단계적으로 추진키로 했다. 여러 어려움은 있었지만 임기 내 8개 공기업을 민영화했다. 한전과 가스공사, 지역난방공사 등 3개 에너지 공기업에 대한 민영화 작업은 끝내지 못했다.

노동 시장 유연화를 위한 정리해고제 도입과 노사정위원회의 출범은 이미 밝혔다. 노동 시장 유연화와 노동기본권 확대는 동전의 양면이다. 그동안 정부와 기업주들은 노동자들의 고용과 임금을 일정 수준에서 보장해 주는 대신 노동기본권은 제약해 왔다. 따라서 노동 시장을 유연화하려면 동시에 노동자들의 권익도 확실하게 보장해 줘야 했다. 나는 교원노조와 민노총을 합법화하고 노조의 정치 활동을 보장해 주었다.

전국교직원노동조합(전교조)은 1989년 5월 공식 활동을 시작했다. 당시 노태우 정부는 이를 불법으로 규정하고 1500여 명을 파면·해임시켰다. 우리 사회에 '해직 교사'란 말이 그때 생겼다. 김영삼 정부 들어서 해직 교사 중 1200여 명이 복직되기는 했으나 전교조의 합법화는 이뤄지지 않았다. 전교조는 법외의 노조로 왕성하게 활동하면서 합법화를 요구하고 있었다.

나는 현실적으로 존재하는 전교조에 대해서 실체를 인정해야 한다고 생각했다. 물론 반대 여론도 만만치 않았다. 교직원 단체인 교총의 반발은 대단했다. 전교조를 허용하면 두 단체가 대립하여 교직 사회가 분열할 것이라는 이유였다. 나는 역으로 두 단체가 선의의 경쟁을 한다면 오히려 교직 사회의 개혁에 도움이 될 것이라고 판단했다.

전교조의 명칭도 논란거리였다. 교총처럼 임의 단체로 인정할 것이냐 아니면 노동조합으로 합법화할 것이냐의 문제와 연관이 있었다. 일부에서는 교사가 어떻게 노동자가 되어 노조를 결성하느냐는 시각도 있었지만 오히려 떳떳하게 교사의 일치된 목소리를 내는 것이 교단의 적폐를 없애는 데 도움을 줄 수 있다고 생각했다. 특히 교사들 스스로가 노동자임을 자처하고 있는 이상 문제가 없다고 보았다. 다만 노동 3권 중에서 단체행동권만은 유보하는 것이 옳다고 여겼다.

민주노총에 대해서는 그 실체를 취임 전에 이미 인정했다. 1998년 1월 노사정위원회에 참여했기에 민주노총을 하루빨리 합법화시켜야 했다. 그 실체를 인정해야 대화를 할 수 있었다. 1999년 11월 23일 마침내 노동부가 민주노총에 노조 신고필증을 교부해 주었다. 민주노총 출범 후 4년 만의 일이었다.

이렇게 4대 부문 개혁에 심혈을 기울였다. 정말 하루하루가 전쟁 같았다. 싫은 소리, 모진 소리도 많이 했다. 그럼에도 나를 믿고 나의 길을 흔들림 없이 따라 준 각료와 공무원들이 고마웠다. 우리는 이런 개혁을 통해 나라의 체질을 바꿨고, IMF 체제에서도 희망을 품고 새 천 년으로 넘어올 수 있었다.

그러나 무엇보다 실업이 걱정이었다. 하루에 1만 명이 일자리를 잃었다. 기업체 1000개가 하루에 문을 닫았다. 밖으로는 외환 문제, 안으로는 실업 문제가 큰일이었다. 외환 문제는 희망적인 조짐이 나타났지만 실업 문제는 깜깜하기만 했다. 3월 26일 3차 경제대책조정회의에서 관련 부처의 보고로는 앞으로 실업자가 150만 명에 이를 것이라고 예상했다. 딸린 식구들까지 감안하면 수백만 명의 생계가 걱정이었다. 나는 국민의 정부는 '실업 대책 정부'라며, 국무회의 때마다 최선의 안을 내놓으라고 다그쳤다.

4월 어느 날에는 실업 대책을 궁리하다가 잠이 오지 않아 수면제를 복용한 일도 있었다. 그날 아침 수석회의에서는 각 부처에서 진행하고 있는 실업 대책을 도표로 만들라고 지시했다. 나는 물론 모든 관리들이 이를 보고 유기적 협력 관계를 유지하라고 했다. 자나 깨나 실업 문제를 생각하자는 것이었다. 나는 모든 공무원들이 실업 대책을 목에 걸고 다녔으면 좋겠다고 생각했다.

나는 마침 서울에 온 앨빈 토플러 박사를 초청하여 실업 대책을 물었다.

"실업 문제에 대해서는 쉬운 해결책이 없는 것으로 알고 있습니다. 미국의 경험에 비추어 보면 지금 대통령께서 강조하시는 중소기업의 육성은 대단히 중요한 것입니다. 지난 10년 동안 미국에서 대기업들은 고용 규모를 감축했습

미래학자 앨빈 토플러 박사와 만났다. 박사는 지식 정보 강국을 향한 대장정에 영감을 주었다.

니다. 이에 반해 중소기업들은 고용을 늘렸습니다. 그래서 결과적으로 중소기업에서 늘린 고용이 대기업에서 줄인 고용보다 많았습니다."

토플러 박사는 우리가 마련한 실업 대책 중에서 중소·벤처 기업 육성 방안이 바람직하다며 힘을 실어 주었다.

나는 실업 문제 대책으로 네 가지를 줄기차게 이야기했다. 첫째는 기업에게 종업원 해고를 늦춰 달라 권고하고 그럴 경우 정부가 보상을 해 줄 것, 둘째 중소·벤처 기업을 육성하여 일자리를 만들 것, 셋째 새로운 일자리에 적응할 수 있도록 직업 훈련을 시킬 것, 넷째 사회안전망을 만들어 최소한의 생계를 국가가 책임질 것 등이다. 아마 관련 공무원들은 귀에 못이 박혔을 것이다.

'국민의 정부' 초기에 벌어진 경제 전쟁의 장수들은 거의가 자민련이 추천한 인사들이었다. 이규성 재무부 장관, 이헌재 금감위원장은 자민련 몫으로 입각했지만 외환 위기를 극복하고 경제를 개혁하는 데 뛰어난 능력을 보여 줬다. 또 김용환 자민련 부총재의 활약도 잊을 수 없다. 장관직을 몇 번이나 제의했지만 거듭 고사하면서도 고비마다 특유의 돌파력으로 정책들이 시장의 신뢰를 얻게 만들었다. 그는 또 이헌재, 이규성 같은 인재를 추천했으니 사람 보는 눈 또한 예사롭지 않았다.

다른 분야에서도 자민련이 추천한 장관들은 열심히 일했다. 나는 각료들을 결코 차별하지 않았다. 일 잘하는 장관을 제일 아꼈다. 그들 또한 대통령인 나를 충심으로 보필했다. 그들의 국정 경험을 나는 신뢰했고, 그들은 믿음을 저버리지 않았다. 그들은 저력이 있었고, 경제 위기를 돌파하는 데 적임이었다.

미국에서의 8박 9일
(1998. 3 ~ 1998. 6)

내가 대통령에 당선되어 취임할 때까지 북한은 한 번도 나와 '국민의 정부'에 대해서 언급하지 않았다. 그러면서도 남북문제와 통일 정책을 면밀히 검토하며 탐색을 했을 것이다. 북한은 1998년 3월 베이징에서 열린 5차 남북 적십자 대표 접촉에서 비료 20만 톤을 지원해 달라고 요청했다. 우리 대표단은 지원 규모로 볼 때 정부 차원에서 결정할 문제라며 당국자 간 회담을 제의하는 것이 좋겠다고 했다. 북한은 차관급 회담을 공식으로 제의해 왔다.

나는 취임사에서 북에 대해 3대 원칙을 밝혔다. 북한의 어떠한 무력 도발도 용납하지 않는다, 북한을 해치거나 흡수할 생각이 없다, 화해 협력을 적극 추진한다는 것이었다. 이러한 3대 원칙은 미국, 중국, 러시아, 일본을 포함하여 모든 나라의 지지를 받았다. 그리고 남북 간의 구체적인 협력 문제에 대해서는 세 가지 원칙을 세웠다. 첫째 인도적 지원, 둘째 정경 분리, 셋째 상호주의이다.

북한이 택할 수 있는 길은 세 가지였다. 첫 번째 길은 이판사판으로 남한에 무력 도발을 하는 것이다. 그것은 북의 절망적 행동이다. 그럴 여지를 완전히 부인할 수는 없지만 남북이 공멸하는 최악의 선택이니 가능성은 거의 없었다.

두 번째 길은 교류도 개방도 거부하며 스스로 고립을 택하는 것이다. 이 경우 경제가 더욱 악화되어 파멸에 이르게 될 것이다. 소련과 동유럽에서 보듯이 고립은 곧 붕괴를 의미했다. 세 번째 길은 개방으로 나오는 것이다. 중국이나 베트남이 그랬다. 나는 북한이 생존을 위해 세 번째 길로 갈 것이라 생각했다. 권위주의 체제는 유지하면서도 경제 발전을 모색할 것이다. 당장은 아니더라도 장기적으로는 그렇게 갈 수밖에 없다고 판단했다.

첫 번째 길은 공멸이고 두 번째 길은 자멸이니, 세 번째 공존의 길로 나올 것이라 믿었다. 한국에 온 노르웨이 석학 요한 갈퉁(Johan Galtung) 교수도 이러한 나의 분석에 동의했다. 국민의 정부의 대북 정책은 북한이 세 번째 길을 선택하도록 유도하고 지원하는 방향에서 추진되었다.

나는 3대 원칙을 천명하고 북의 답을 기다리고 있었다. 결국 남북적십자회담에서 북은 우리를 향해 의미 있는 신호를 보냈다. 윙크까지는 아니더라도 여러 가지 기대가 되었다. 내가 그래도 진보적인 통일론자이고 적극적인 화해론자임을 북도 잘 알고 있을 것이기 때문이었다.

남북 차관급 회담은 4월 11일부터 일주일 동안 중국 베이징 차이나월드 호텔에서 열렸다. 남과 북의 당국자들이 1994년 6월 '김영삼·김일성 정상 회담'을 위한 예비 접촉 이후 3년 9개월 만에 마주 앉았다. 남측 수석대표는 정세현 통일부 차관이었다. 북측은 인도주의적 차원에서 비료 20만 톤을 지원해 달라고 요청했다. 우리 측은 봄에 주겠다고 수락했다. 대신 역시 인도적 문제인 이산가족 상봉을 추석 때까지는 하자고 제안했다. 북측은 "인도주의 문제에 상호주의 원칙을 적용하는 자체가 비인도적"이라며 반발했다.

그러면서 비료 지원 문제를 우선적으로 협의하고 다른 문제를 다루자고 주장했다. 지루한 탐색전 끝에 회담은 결렬되었다.

국민의 정부 출범 후 처음으로 남과 북이 기 싸움을 한 셈이었다. 나는 북에 대화를 강요하지 않되 구걸하지도 않으며, 남북문제는 쉬지도 말고 서둘지도 말아야 한다고 생각했다. 나는 북한이 이산가족 상봉에는 당연히 응할 것으로 보았다. 남한에 내려온 실향민 중 6할 이상이 세상을 떠났기 때문이다. 이산가족들이 세상을 떠나기 전에 한 번만이라도 만나 보게 하는 것, 아니 생사라도 확인시켜 주는 것, 그보다 더 급하고 중요한 것이 무엇이란 말인가.

그러나 북한은 우리의 이런 상호주의를 격렬하게 비난했다. 베이징 회담이 끝난 10여 일 뒤 북한은 평양방송을 통해 '국민의 정부'를 비난했다. 과거 정부의 반북 대결 정책을 그대로 답습하고 있다는 것이었다. '햇볕 정책'에 대해서도 그간의 침묵을 깨고 비난하기 시작했다. 베이징 회담 무산에 국내외에서도 실망감을 감추지 못했다. 어떤 사람은 "이산가족 문제를 조건으로 내건 것이 잘못"이라고 비난했다. 일부 언론은 "이산가족 문제도 해결 못하는 햇볕 정책"이라며 비아냥거렸다.

나는 북측이 생각보다 자존심이 강하다는 것을 알았다. 우리가 더 가졌다면 베푸는 데 더 조심해야 한다는 것도 깨달았다. 물론 남한 사회에는 상호주의를 더욱 강력하게 펼치라고 주장하는 거대 야당과 보수 언론이 있었다.

취임 초기 국가안전보장회의(NSC)의 기능과 운영을 새롭게 했다. 이전 정부까지 NSC는 비상기획위원회 아래에 있었다. 그동안 군 출신 대통령들이 안보 문제만큼은 잘 알고 있다는 발상에서 그리했을 것이다. 그래서 유명무실했다. 비상기획위원회는 전시에 대비한 각종 동원 계획과 전쟁 초기 정부의 행동 방책을 발전시키기 위한 '을지 연습'을 관장하는 기구로서 국가안보회의와는 거리가 멀었다. 이전 정부에서는 남북 관계가 주요 이슈로 대두하면 관계 장관들이 모여서 의견을 교환했다. 그것을 관장하는 기구도 회의 기록도 없었다. 외교, 안보, 대북 정책 수립 등을 협의했지만 임의 기구로서 합법적인 구속력을 지니지 못했다. 당연히 책임감도 없었다.

우리는 NSC를 미국의 경우처럼 외교 안보의 최고 의사 결정 기구로 만들자고 했다. 대통령이 의장을 맡고 국무총리, 통일·외교·국방 장관과 안기부

장 및 안보회의 사무처장(청와대 외교안보수석 겸임)이 참석하는 회의였다. 통일·외교·안보 관련 최고의 정책 결정 기구로 안보회의 6인 상임위원회와 사무처를 설치했다. 6인 상임위는 통일·외교·국방 장관, 안기부장, 사무처장, 국무조정실장이 참여토록 했다.

안보와 남북문제에 관련한 중요한 결정을 해야 할 때는 대통령이 주재하는 NSC가 소집되었다. 매주 정기적으로 소집되는 NSC 상임위는 외교·안보·통일 분야의 의견을 취합하여 나를 보좌했다. 나는 상임위 결정을 신뢰하며 존중했다. 재임 5년 동안 NSC 상임위의 건의를 대부분 수용했다. 국민들도 NSC의 신속하고도 신중한 상황 대처 능력을 차츰 신뢰하게 되었다.

임동원 외교안보수석을 중심으로 한 NSC 상임위는 대북 정책 3원칙을 실현하기 위해 여섯 가지의 대북 정책 추진 기조를 결정하여 보고했다. 이는 3월 19일 열린 국무회의에서 공식으로 채택했다.

여섯 가지 추진 기조는 첫째 안보와 협력의 병행 추진, 둘째 평화 공존과 교류 협력의 우선 실현, 셋째 더 많은 접촉, 더 많은 대화, 더 많은 협력을 통한 북한의 변화 여건 조성, 넷째 남북 간의 상호 이익 도모, 다섯째 남북 당사자 원칙 하에 국제적 지지 확보, 여섯째 투명성과 서두르지 않는 대북 정책 추진이었다.

4월 말에는 '남북 경제 협력 활성화 조치'를 발표했다. '정경 분리 원칙'에 따라 모든 기업인들이 방북할 수 있도록 규제를 풀었고, 생산 설비 반출도 무상 또는 임대를 허용했다. 이에 따라 기업인들이 자체 판단으로 대북 경협 사업을 자유롭게 할 수 있게 되었다.

이즈음 매들린 올브라이트(Madeleine Albright) 미국 국무장관이 한국에 왔다. 한 달 후에 있을 한미 정상 회담을 앞두고 양국의 관심사를 사전 조율하기 위한 방한이었다. 그는 체코슬로바키아 프라하 출생으로 외교관인 부친을 따라 미국에 망명했고, 여러 시련에도 굴하지 않고 여성 최초로 국무장관이 된 사람이다. 5월 1일 청와대에서 그를 만났다. 나는 과거의 인연부터 들춰냈다.

"우방 국가의 장관으로서뿐만이 아니라 존경하는 인권 지도자이며 한국 국민의 진정한 친구로서 환영합니다. 나의 민주화 투쟁을 쉬지 않고 도와준 데 대해 감사드립니다."

"1986년 여름으로 기억됩니다. 저에게 휘호를 주셨는데 아직도 가지고 있습니다."

올브라이트 장관은 그동안 간직하고 있던 휘호를 보여 주었다. '實事求是 (실사구시)'였다. 동교동 우리 집에서 써 준 것이었다. 당시 그는 인권 단체 관계자들과 함께 나를 찾아왔다. 나는 가택 연금 중이었고, 그는 조지타운 대학 교수였다.

우리는 12년 후 대통령으로, 그리고 우방의 국무장관으로 다시 만난 것이다. 유엔 대사로 주목을 받더니 클린턴 대통령의 핵심 측근이 되어 세계를 누비고 있었다. 내가 말했다.

"바르게 살면 이렇게 성공하는 때가 오지 않나 생각합니다."

그도 감회에 젖은 듯했다.

"이 자리에 계신 것을 보니 얼마나 기쁜지 모르겠습니다. 더 이상 무슨 말을 해야 할지 모르겠습니다."

우리는 예정된 30분을 훨씬 넘겨 1시간 20분 동안 얘기를 나눴다. 시간이 어떻게 흘러가는지 몰랐다. 그는 여전히 동지였다. 내가 햇볕 정책을 설명했다. 올브라이트 장관이 시원스레 답해 주었다.

"김 대통령의 대북 접근책이 훌륭하기 때문에 남북한 간 신뢰 구축에 성과가 있을 것으로 믿습니다. 한국의 남북 대화 노력을 전폭적으로 지지합니다."

6월 4일 지방 선거가 있었다. 취임 후 첫 전국 단위 선거였고, 국민회의와 자민련 공동 정부가 국민에게 심판을 받는 날이었다. 결과는 공동 여당의 압승이었다. 16개 광역 단체장 중에서 국민회의 6곳, 자민련 4곳, 한나라당은 6곳에서 승리했다. 특히 여당은 서울, 경기, 인천 등 수도권을 휩쓸어 나와 국민의 정부가 추진하는 개혁에 힘을 실어 주었다.

서울 시장에 고건 국민회의 후보가 당선되었다. 나는 고 후보를 일부의 반대에도 불구하고 영입했다. 반대하는 이들은 바로 전 정권의 총리를 지냈기에 정체성 문제를 제기했다. 충분히 우려할 만했다. 그러나 나는 국정 경험이 있는 후보를 선택하고 싶었다. '법의 날' 수상자 오찬장에서 이렇게 해명했다.

"진정한 정체성이란 국민이 원하는 바를 하는 것입니다. 과거 야당에서 고생한 후보가 있음에도 국민이 그 사람보다는 이 사람이 좋다고 하면 그것을 받드는 것이 정체성입니다. 국민의 뜻에 따라서 모든 문제를 해결해 나가는 정권, 국민을 하늘과 같이 생각하고 받드는 자세, 이것이 바로 국민의 정부의 정체성입니다."

마침 취임 100일을 맞아 공동 여당은 기분 좋은 승리를 거뒀다. 나는 이렇게 국민의 지지를 확인하고 미국 방문길에 올랐다. 빌 클린턴 대통령의 초청으로 6일 출국이 예정되어 있었다. 8박 9일 일정의 국빈 방문이었다.

나는 설레었다. 미국은 내게 특별한 곳이었다. 미국은 내 목숨을 두 번이나 구해 주었다. 미국 방문을 앞두고 『뉴욕 타임스』의 니콜라스 크리스토퍼(Nicholas Christopher) 도쿄 지국장과 회견을 가졌다. 그가 특별한 것을 물었다.

"과거 워싱턴에 체류하면서 백악관에 들어가기 어려웠고 참으로 고초가 많았는데, 이제 의회 연설을 하고 백악관에서 회담을 하게 됩니다. 과거를 회상할 때 개인적으로 흥분이 되십니까?"

"나는 그 점에 대해 두 가지를 느낍니다. 첫째 사람은 오래 살아야 한다는 것이고, 둘째는 바르게 살아야 한다는 것입니다. 그러면 결국 인정받는다고 믿고 있습니다."

내가 미국을 방문한다고 하자 이와 유사한 질문들을 했다. 사형수가 대통령이 되어 '인연의 땅'을 찾는다는 것이 관찰자들에게도 흥미로웠을 것이다.

신군부가 집권하던 시절, 미국에서 보낸 2년 6개월의 망명 생활은 서럽고 힘들었다. 미국 국무부에 들어가면 오른쪽에 동북아시아 담당 관리들이 있었고, 거기에서는 전두환 정권과 교류하고 있었다. 왼쪽에 보면 인권 담당 차관보가 앉아 있는데, 그는 국제사면위원회처럼 한국에 대한 인권 보고서를 과감하게 채택했다. 그래서 나는 그때 친구들에게 미국에 대해 화를 내야 할지 감사해야 할지 모르겠다고 얘기한 적이 있다. 그렇다. 미국은 이렇듯 내게 남다른 곳이다. 나는 기내 간담회에서 "미국의 내 친구들이 신기해할 것이며 감회가 클 것"이라고 솔직한 심경을 털어놓았다.

혈맹 관계에 있는 우방의 대통령으로서 최선을 다하는 것은 나의 의무였다. 준비하고 또 준비했다. 주요 연설문은 모두 영어로 준비했다. 비록 영어를 잘하지 못하지만 미국 국민을 설득시키려면 영어 연설이 나아 보였다. 나의 국빈 방문은 경제 위기를 벗어날 수 있는 호기였고, 미국은 여전히 나와 우리 국민에게 기회의 땅이었다. 영어를 혼자 익혔기에 문법에는 자신이 있으나 발음은 좋지 않았다. 영어 발음에까지 전라도 억양이 섞여 있다는 말도 들었다. 영어 연설문을 발음이 좋은 비서관에게 부탁해 녹음을 했다. 나는 그 테이프를 시간만 나면 들었다. 그리고 따라했다.

15차례 연설을 포함한 70회가 넘는 행사가 나를 기다렸다. 주변에서는 살인적인 일정이라며 내 건강을 염려했지만 나는 그 일들을 즐겁게 기다렸다. 6일 오후, 뉴욕 케네디 국제공항에 도착했다. 스티븐 보스워스 주한 미국 대사가 워싱턴에서 뉴욕으로 날아왔다. 외신 기자 30여 명이 특별기에 근접하여 취재 경쟁을 벌였다.

미국 방문 첫 일정으로 유엔 본부를 방문하여 코피 아난(Kofi Annan) 유엔 사무총장과 환담했다. 저서 『김대중의 3단계 통일론』을 선물하자 코피 아난 사무총장이 과분한 화답을 했다.

"대통령께서는 책을 썼지만 그 시행은 제가 하겠습니다."

숙소인 월도프 아스토리아 호텔에서 국제인권연맹이 주는 '올해의 인권상'을 수상했다. 수상 연설을 통해 국민들에게 진정 감사드렸다.

"이 모든 결과는 한국 국민이 기나긴 고난과 고통의 시간 속에서도 민주주의와 인권을 향한 전진의 발걸음을 한시도 멈추지 않았기 때문입니다. 따라서 오늘의 이 인권상은 내가 받을 영광이 아니라 나와 함께 투쟁하며 민주주의를 쟁취해 낸 한국 국민에게 돌아가야 할 영예라고 생각합니다."

국제인권연맹은 지난 1980년 내가 사형 선고를 받았을 때에도 신군부에 강력하게 항의하며 구명 운동을 벌였다. 국제인권연맹 인권상은 안드레이 사하로프 박사, 폴란드 자유노조 등이 수상했고 넬슨 만델라 남아프리카공화국 대통령이 내년 차기 수상자로 내정돼 있었다. 나는 연설을 통해 명실상부한 '국민의 정부'가 되기 위해 인권법 제정과 국가인권위원회를 설립할 것이라고 밝혔다.

다음 날 오전에 뉴욕증권거래소를 방문했다. 내 연설에 앞서 리처드 그라소(Richard Grasso) 이사장이 인사말을 했다. 그의 유머에 모두 웃었다.

"김 대통령께서 3년 전 이곳을 방문했을 때 다우존스 지수가 4300선이었는데 지금은 9000을 넘어 배가 됐습니다. 3년 후 다시 찾아오실 때도 지수가 배가 되면 좋겠습니다."

나는 "한국 경제의 도전과 비전"이라는 연설을 통해 미국 금융계 인사들에게 한국의 잠재력을 믿고 투자해 줄 것을 당부했다. 뉴욕증권거래소는 그동안 장쩌민 중국 주석, 네타냐후(Benyamin Netanyahu) 이스라엘 수상 등 각국 지도자들이 방문하여 자국의 경제 정책을 설파한 상징적인 곳이었다. 나는 '민주주의와 시장 경제의 병행 발전'을 화두로 미국 금융계에 한국 경제의 개방을 공식으로 선언했다.

그라소 이사장 등 뉴욕증권거래소 고위 관계자들과 함께 객장 2층으로 이동, 오전 9시 30분 증시 개장을 알리는 벨을 눌렀다. 나는 객장을 한 바퀴 돌았다. 중개인들의 박수와 환호가 쏟아졌다. 흡사 한국 경제에 보내는 응원 같았다. 멀리 취재 기자들이 몰려 있는 게 보였다. 그들을 향해 엄지손가락을 치켜 올렸다.

뉴욕증권거래소 개장을 알리는 벨을 누르고 중개인들의 박수와 환호에 엄지를 치켜 올렸다.

6월 8일, 워싱턴에 입성했다. 먼저 주미 대사관저에서 교민들과 리셉션을 가졌다. 관저의 빈 터마다 사람들이 가득 들어차 있었다. 흡사 작은 선거 유세장 같았다. 외국에 나가 서로 같은 말을 하는 사람들 앞에서 우리말로 연설을 한다는 것은 언제나 벅찬 일이었다.

"참으로 감개무량합니다. 여러분과 같이 한국의 민주화를 위해서 이 땅에서 동분서주하던 그날이 어제 같습니다. 정말 여러분, 이제 우리나라가 민주화가 됐습니다. 독재에 맞서 싸우던 제가 국민의 지지에 의해서 또 여러분의 성원에 의해서 대통령이 되어서 왔습니다. 진짜 대통령입니다. 아마 여러분 중에는 제가 대통령으로 이렇게 와서 선 걸 보니 '정권이 바뀌기는 바뀌었구나', '김대중이 대통령이 되긴 됐구나' 하는 실감이 이제야 나는 분들이 상당히 있을 겁니다.

그렇게 우리는 대단히 힘겨운 싸움을 했습니다. 남의 나라에서 민주주의 한다고 했을 때 얼마나 부끄럽게 생각했는가, 해외에서 살면서 '우리나라도 미국이나 영국 못지않은 민주 국가다', 이 말 한마디가 얼마나 하고 싶었던가. 아마 여러분 모두 그런 심정이었을 것입니다.

이제 우리는 경제는 좀 어렵지만 누구 앞에 내놔도 부끄럽지 않은 국민의 자유로운 의사에 의해서, 비밀 선거에 의해서, 국민에 의해서 50년 만에 민주주의를 이룩했습니다. 이것은 우리 국민의 승리인 동시에 그렇게 우리나라 민주 운동과 저를 지지해 주신 여기 모인 여러분 모두의 승리라는 것을 말씀드리면서 여러분께 깊이 감사드립니다."

리셉션에 참석한 프로 골퍼 박세리 선수를 만났다. 박 선수는 맥도널드 여자프로골프협회(LPGA) 챔피언십에서 최연소로 우승하여 고국에 기쁨을 안겨 주었다. 그는 생전 처음 굽이 높은 구두를 신었다고 했다. 내가 "고생이 많다"고 말하자 수줍게 웃었다.

박 선수는 한 달 후에 열린 US 오픈 결승전에서도 우리 국민들에게 잊을 수 없는 명장면을 선사했다. 그는 연못 옆에 떨어진 공을 치려 양말을 벗고 물에 뛰어들었다. 그때 드러난, 박 선수의 구릿빛 장딴지와 하얀 발은 한마디로 감동이었다. 그러한 각고의 노력이 있었기에 정상에 섰을 것이다. 박 선수는 맨발 투혼으로 끝내 우승컵을 들어 올렸다. 경제난으로 시름에 잠긴 국민들을 깨우는 낭보였다. 지금도 나는 그 장면을 잊지 못한다.

그가 귀국했을 때 체육훈장 맹호장을 주었다. 우리 국민들의 사기를 올려준 시대의 영웅이었다. 내가 영웅이라 말하자 어느 언론에서 여성에게 영웅 칭호를 붙일 수 있느냐고 따졌다. 나는 "영웅에는 남녀의 구별이 없다"고 되받았다. 그는 LPGA 대회에서 연달아 세 번을 우승했다. 갓 스무 살이라는 게 믿기지 않았다.

9일은 한미 정상 회담이 열리는 중요한 날이었다. 나와 아내는 백악관 남서쪽 문을 통해 국가 원수들의 출입구에 도착했다. 군악대의 연주가 울려 퍼지고 의전장이 우리를 클린턴 대통령 내외에게 안내했다. 이렇게 클린턴 대통령을 만났다. 고어(Al Gore) 부통령 내외, 올브라이트 국무장관, 합참의장 내외 등 환영위원들을 소개받았다. 클린턴 대통령의 안내로 사열대에 올랐다. 애국가와 미국 국가가 연주되고 21발의 예포가 발사되었다. 클린턴 대통령과 함께 의장대를 사열했다. 클린턴 대통령이 환영사를 했다.

　"우리는 특기할 만한 시대에 살고 있습니다. 1980년대에는 독재 체제 하에서 정치범이었던 폴란드의 바웬사, 체코슬로바키아의 하벨(Václav Havel), 남아프리카공화국의 만델라, 그리고 오랫동안 정부로부터 부당하고 가혹한 탄압을 받다가 결국 사형 선고까지 받았던 한국의 김대중 대통령 등 자유의 영웅들이 있습니다. 지금은 얼마나 달라졌습니까. 바웬사는 폴란드의 대통령으로 선출되었고, 하벨과 만델라도 그들 조국의 대통령입니다. 그리고 김대중 대통령도 대한민국의 50년 역사상 최초의 민주적인 여야 정권 교체 후에 오늘 대통령으로 여기에 서 계십니다.

　인권을 보호하기 위해 일하는 전 세계인들에게 여러분들의 일은 중요하다는 말을 드리고 싶습니다. 여러분들이 바로 나라를 변화시키고, 독재 정치를 종식시킵니다. 여러분들은 생명을 구합니다. 오늘 나의 곁에 살아 있는 증거, 김대중 대통령께서 서 계십니다. 김 대통령께서는 인권의 개척자이고, 용기 있는 생존자이며, 세계를 위해 더 좋은 미래를 건설하려는 미국의 동반자입니다."

　내가 답사를 했다.

　"한국 국민은 50년에 걸친 끈질긴 민주화 노력 끝에 여야 간의 평화적 정권교체라는 민주주의의 역사적 승리를 이끌어 냈습니다. 나는 이와 같은 한국국민의 빛나는 승리 뒤에는 미국 국민이 전해 준 자유와 민주에 대한 희망의메시지가 있었음을 기억합니다.

　이제 한국은 새로운 투쟁을 시작했습니다. 민주주의와 시장 경제를 억압했던 독재의 유산을 일소하고, 이 두 가지를 병행 실천하여 오늘의 국난을 타개함은 물론, 21세기의 세계 선진 대열에 진출하려는 투쟁을 시작한 것입니다. 나는 이러한 투쟁에서 우리 한국 국민과 함께 반드시 승리할 것입니다."

나는 클린턴 대통령과 백악관 오벌오피스에서 예정보다 25분을 넘긴 65분 동안 단독 정상 회담을 가졌다. 우리 측에서는 박정수 외교통상부 장관, 임동원 외교안보수석, 이홍구 주미 대사가 배석했다. 미국 측에서는 고어 부통령, 올브라이트 국무장관, 새뮤얼 버거(Samuel Berger) 국가안보보좌관이 나왔다. 클린턴 대통령이 내게 대북 정책을 설명해 달라고 했다. 나는 그것을 기다리고 있었다. 30분 동안 햇볕 정책과 그 배경을 설명했다.

"햇볕 정책은 따지고 보면 미국의 성공에서 배운 것입니다. 제2차 세계대전 후에 미국은 소련에 대해서 극단적인 냉전 체제를 유지했지만 결국 돌아오는 것은 무기 경쟁뿐이었습니다. 그러다 보니 공멸의 위기감만 고조되었습니다. 그래서 미국은 1970년대 중반부터 데탕트 정책으로 바꿨고, 경제 협력과 교류를 했습니다. 그리고 15년 정도 지나니 세계를 양분해서 지배하던 소련이 그대로 무너져 내렸습니다. 외부에서 총 한 방 쏘지 않고, 안에서 폭동 한 번 일어나지 않았지만 붕괴되었습니다. 이러한 변화는 인류 역사에 일찍이 없었습니다.

미국은 중국에 대해서도 처음에는 전쟁 범죄자로 규정했습니다. 한국전쟁에 참전했다는 이유였습니다. 중국은 악마이니 없어져야 한다며 봉쇄 정책으로 일관했습니다. 이에 중국은 핵무기를 개발하며 극한 반발을 했습니다. 그러다가 닉슨 대통령이 중국의 유엔 가입을 유도하고 직접 중국에 가서 마오쩌둥을 설득했습니다. '개방하시오, 그러면 우리가 도와주겠소.' 두 나라는 이렇게 합의했습니다. 중국이 미국의 화해를 받아들이고 개방을 하자 중국 내에 중산층이 생겨나고 경제는 민간이 주도하게 되었습니다.

또 베트남을 보십시오. 미국은 베트남을 원수로 알고 전쟁을 했지만 결국 패했습니다. 그 후 국교를 수립하고 경제 원조를 하니까 지금 베트남은 친미

국가가 되었습니다. 처음에는 베트남 남쪽만 지키려 했는데 이제 북쪽까지 미국이 침투해 들어갔습니다. 미국의 화해 정책이 성공한 것입니다.

반대로 쿠바를 40년 동안 봉쇄하며 압박했지만 굴복시키지 못했습니다. 만일 쿠바와 국교를 수립하고 교류했다면 쿠바는 이미 개방했을 것입니다. 공산주의는 문을 열면 망하고 닫으면 강해집니다. 우리는 소련, 중국, 베트남을 통해서 배웠습니다. 북한도 마찬가지입니다. 공산주의를 대할 때 군사적 힘으로 다른 도발은 못하게 하고 다른 한쪽으로는 개방을 하도록 유도해야 합니다. 우리의 햇볕 정책은 미국의 대외 정책을 통해 이미 검증을 마친 것입니다."

모두 내 얘기를 경청했다. 클린턴 대통령이 내게 말했다.

"김 대통령의 비중과 경륜을 볼 때 이제 한반도 문제는 김 대통령께서 주도해 주기 바랍니다. 김 대통령이 핸들을 잡아 운전하고 나는 옆자리로 옮겨 보조적 역할을 하겠습니다."

그 말을 듣는 순간 매우 기뻤다. 그것은 우리가 분단 이후 처음으로 대북 정책을 주도하게 되었음을 가리키는 상징적인 발언이었다. 비로소 자주 외교의 새 장이 열리고, 한미 간에 대등하고도 한 차원 높은 관계가 펼쳐질 새 시대를 맞은 것이다. 이러한 내용은 "미국의 포용 정책과 김 대통령의 햇볕 정책에 따라 북한과의 관계 개선을 확대하되, 그 과정에서 양국이 서로 소외되지 않도록 긴밀한 공조를 유지한다는 데 의견을 모았다"는 한미 정상 공동 발표문에 정리되었다.

이와는 별도로 클린턴 대통령은 의회가 포용 정책을 수용하도록 적극 설득해 줄 것을 요청했다.

"김 대통령의 미국 내 영향력을 감안하여 의회에 대해 이 분야에 대한 중요성을 강조하여 주실 것을 요청합니다. 김 대통령께 찬사를 보내는 의원이 많고, 북한에 대해 불신과 혐오를 보이는 의원도 많으나 김 대통령과 같은 비전을 가진 사람은 없습니다."

그런 뒤에 클린턴 대통령은 한미 현안이 아닌 다른 사안으로 내게 의견을 물었다. 어찌 보면 정상 회담에서는 나오기 힘든 얘기였다.

"한 가지 자문을 얻고자 합니다. 미국 내 인권 운동가들은 내가 중국을 방문하는 것을 원하지 않고 있습니다. 본인의 중국 방문과 관련하여 불투명한 사항이 있습니다. 오늘『뉴욕 타임스』지 보도를 보니, 내가 중국을 방문하면 시위를 못하게 하려고 중국이 인권 탄압을 오히려 강화하고 있다 합니다. 천안문광장에서의 환영 행사와 관련해서 일부는 천안문광장에서 인권 연설을 해야 한다고 주장하고, 일부에서는 아예 방문하지 말라고 주장하고 있습니다."

클린턴 대통령이 나를 어찌 생각하는지를 알 것 같았다. 물론 준비한 답변은 없었다. 나는 신중하고 성실하게 내 생각을 말했다.

"중국은 체면을 중시하며, 체면을 잃으면 어떠한 희생도 감수하려 합니다. 중국에 가시기 바랍니다. 가서도 할 말은 다 하길 바랍니다. 이는 미중 간 전략적 협조 관계 추구에도 도움이 될 것입니다. 전략적 관계를 추구하면서 협조할 문제는 협조하되 인권 문제는 분명한 입장을 밝힐 필요가 있습니다. 체면을 세워 주면서 요구할 것은 요구하면 실질적으로 인권 분야에서 성과를 얻을 수 있을 것입니다. 아시아 나라들은 '미국이 역시 할 말은 하는구나, 자기 국익도 추구하지만 원칙도 지키는구나' 하는 인상을 가질 것입니다."

클린턴 대통령은 그 후 중국을 방문하여 천안문광장에서 연설을 했다. 내 조언이 얼마나 그의 마음을 움직였는지는 알 수 없으나 그는 내 얘기를 경청했다.

이어서 확대 정상 회담이 25분간 열렸다. 확대 정상 회담을 통해 미국 투자단을 곧 한국에 파견하고, 이른 시일 안에 한미 투자 협정을 체결한다는 원칙에 합의했다. 클린턴 대통령은 "미국은 김대중 대통령이 착수한 경제 개혁을 강력히 지원할 것이며, 한국이 경제를 완전 회복하도록 협력하겠다"고 밝혔다.

그날 클린턴 대통령 주최 국빈 만찬이 있었다. 백악관 이스트 룸은 아늑했다. 내가 초대한, 아는 얼굴들이 많이 보여서인지 예전에 와 본 느낌이 들었다. 클린턴 대통령은 만찬사에서 "하늘이 무너져도 솟아날 구멍이 있다"는 내

『옥중서신』을 인용하며 우리 경제의 부활과 나의 승리를 기원해 주었다. 재미 성악가 홍혜경 씨가 만찬장에 모습을 드러냈다. 홍 씨가 노래를 부르기 전에 말했다.

"우리 어머니가 너무도 정열적으로 김 대통령을 사랑하기 때문에 우리 집에서는 김 대통령을 '우리 어머니의 보이 프렌드'라고 부릅니다."

만찬장에 폭소가 터졌다. 홍 씨는 나의 생애를 생각하며 〈오 나의 주여〉를, 통일을 위하여 〈그리운 금강산〉을 불렀다.

"금강산은 북한에 있는 아름다운 산입니다. 남쪽 사람들은 50년 가까이 가보지 못한 채 그리워하고 있습니다. 우리는 이 노래를 통일의 염원을 담아 제2의 국가처럼 부르고 있습니다."

그는 혼신을 다해 노래했다. 선율의 간절함이 그대로 느껴졌다. 공연이 끝나자 클린턴 대통령이 감격한 듯 말했다.

"우리는 오늘 이 순간 모두 한국인이 되었습니다."

이날 만찬에 앞서 벌어진 리셉션에서 해프닝이 있었다. 초대 손님 중에는 비디오 아티스트 백남준 씨도 있었다. 클린턴 대통령과 나, 힐러리 여사와 아내가 나란히 서서 참석자들의 인사를 받고 있을 때였다. 백 씨가 휠체어를 타고 나타났다. 그는 건강이 좋지 않아 보였다. 휠체어에서 내려 클린턴 대통령 앞으로 다가섰을 때 그만 그의 바지가 흘러내렸다. 내의도 입지 않아서 모든 것이 드러났다. 백악관 직원들이 깜짝 놀라서 뛰어나와 사태를 수습했다. 나와 클린턴 대통령은 웃음으로 그 순간을 넘겼다. 천재 예술가의 천진한 행위 예술로 간주했다. 그의 삶 자체가 초현실적 예술이었으니 그날 일도 그만의 '계산된 파격'이었는지 모른다. 그의 건강이 염려되었다.

10일 오전 국회의사당에서 상하 양원 합동회의 연설을 했다. 당시 미국 의회는 여소 야대였기에 의회의 협조가 절실했다. 클린턴 대통령도 정상 회담에서 국회를 설득해 달라고 내게 특별히 부탁할 정도였다. 나는 심혈을 기울여 연설문을 작성했다. 퇴고를 거듭하다가 전날 밤에야 연설문을 완성했다. 하원

정상 회담 후 열린 국빈 만찬장에서 클린턴 대통령 내외와 함께.

본회의장에 입장하자 의원 모두가 일어나 박수를 보내 주었다.

"북한을 화해로 이끌기 위해서 한미 양국은 강력한 안보 태세에 바탕을 두고 개방을 유도하는 '햇볕 정책'을 추구해야 합니다. 그리고 북한에 대해서 선의의 진실을 가지고 대함으로써 북한으로 하여금 의구심을 떨치고 개방의 길로 나오도록 해야 합니다. 무엇보다도 먼저 유연한 정책이 필요합니다. 지나가는 행인의 외투를 벗기기 위해서는 강력한 바람보다는 햇볕이 더욱 효과적이기 때문입니다. 우리는 정경 분리 원칙 아래 광범위한 분야에서 경제 협력을 추진하고 있습니다. 우리는 이러한 노력에 대한 미국의 지원을 바랍니다."

최초로 수평적 정권 교체를 이룩한 우방의 대통령이 미국과 각별한 인연을 가지고 있다는 것에 의원들 또한 특별한 관심을 보였다.

숨 가쁜 날들의 연속이었다. 밀려드는 면담 요청을 다 들어주지 못했다. 지미 카터 전 대통령이 만나자고 했지만 시간을 내지 못했다. 두고두고 아쉬웠다.

모처럼 대사관저에서 한국 특파원들을 만났다. 누군가 짓궂은 질문을 했다.

"대통령께서는 『주역』 책도 보신 걸로 알고 있습니다. 요즘 클린턴 대통령은 정치를 잘하지만 스캔들도 많습니다. 이번에 클린턴 대통령을 만나셨는데 관상학적으로 어떤 운인지 말씀해 주십시오."

"스캔들을 생각하면서 얼굴을 봤는데 스캔들 가지고 망할 얼굴은 아니었습니다. 얼굴이 아주 순진하고 어린애 같은 데가 있어서 악운(惡運)이 왔다가도 도로 도망갈 것 같았습니다."

우리는 함께 웃었다.

숙소인 영빈관에서 미셸 캉드쉬 IMF 총재와 제임스 울펀슨 세계은행 총재를 만났다. 외환 위기를 맞아 조언을 아끼지 않은 두 총재에게 사의를 표했다. 울펀슨 총재는 구조 조정에 따른 대량 실업을 걱정하며 사회 복지 정책을 점검해 보라고 말했다.

워싱턴 일정을 마치고 샌프란시스코로 날아갔다. 샌프란시스코 시는 내가 방문한 11일을 '김대중의 날'로 선포했다. 아시아 박물관에서 교민 리셉션이 열렸다. 윌리 브라운(Willie Brown) 시장이 참석하여 '김대중의 날'을 공식 선포하고, 행운의 열쇠를 전달하며 말했다.

"이 열쇠는 이 도시의 시민들이 당신에게로 향한 화합과 감사의 상징입니다. 실제로 이 열쇠는 매우 무겁습니다. 이 열쇠는 샌프란시스코의 문에 맞는 것으로 원하실 때 언제라도 오실 수 있습니다. 이곳은 이제 당신의 집입니다."

격려사를 하러 나서자 교민들이 일제히 박수와 환호성을 보냈다. 돌아보면 샌프란시스코는 망명 생활 동안 어느 도시보다 열렬히 나를 지지하고 성원해 준 곳이었다.

이어서 스탠퍼드 대학과 실리콘밸리를 둘러봤다. 실리콘밸리는 인근에 있는 스탠퍼드, 버클리, 산타클라라 등 명문 대학에서 인재를 끌어모았다. 인종, 나이, 출신 불문의 인재들이 아무런 구속도 받지 않고 연구에 몰두하고 있었다. 자유로운 영혼의 소유자들이 인터넷 세상을 창조하고 있었다. 인류의 미래를 책임지고 있는 지구촌 첨단 산업의 전진 기지였다. 세계의 두뇌들이 집결하여 날마다 미래 산업의 새 장을 열고 있는 현장은 보는 것만으로도 감동이었다. 실리콘밸리 주요 기업인들을 접견하는 자리에서 벤처 기업의 한국 진출을 호소했다.

"세계에서 가장 컴퓨터를 잘 쓰는 나라와 국민을 목표로 하고 있습니다. 한국의 가능성을 보고 투자하십시오."

휴렛팩커드와 인텔 사를 방문했다. 첨단 정보 산업에 대한 현장 체험이었다.

LA에서도 내가 방문한 12일을 '김대중의 날'로 선포했다. LA 시의회를 대표하여 홀트(Senator Holt) 의원이 기념패를 전달했다. 명예시민증도 함께 받았다. 옴니 호텔에서 열린 교민 리셉션에는 메이저리그 LA 다저스 구단에서 활약하고 있는 투수 박찬호 선수가 참석했다. 그는 내게 'DJ KIM'이라고 새겨진 다저스 구단 재킷을 선물했다. 그는 불같은 강속구를 던지는 미국 프로야구계의 샛별이었다. 씩씩하고 듬직해서 보기에 좋았다. 박 선수는 내가 퇴임한 뒤에도 곧잘 나를 찾아왔다. 한번은 약혼녀와 함께 왔다. 나는 두 사람에게 행복하라는 덕담과 함께 조국을 잊지 말라고 당부했다.

이어서 레이건 전 미국 대통령의 부인 낸시 레이건(Nancy Davis Reagan) 여사를 방문했다. 1980년 신군부에 의해 사형 선고를 받았을 때, 레이건 대통령이 나의 구명을 위해 노력해 준 일들을 회고했다. 병석의 레이건 전 대통령의 안부를 물었다.

미국에 머무는 동안 잊을 수 없는 환대를 받았다. 미국 언론들은 나를 '돌아온 영웅'으로 묘사했다. 『뉴욕 타임스』, 『워싱턴 포스트』 등 주요 일간지와 CBS, NBC, ABC, CNN 등 방송들도 나의 고난과 반전의 삶을 깊이 있게 보도했다. 미국에 있는 8박 9일 동안 언론들은 나를 그림자처럼 따라다녔다.

나는 주어진 일정에 최선을 다했다. 시간이 충분하지 못해서 하루하루가 안타까웠다. 나의 세일즈 외교를 두고 한 신문은 "정부가 분위기를 잡아 대외 신인도를 높이고, 민간은 막후에서 실리를 챙기는 새로운 형태의 경제 외교였다"고 평가했다. 그리고 국빈 방문으로 끌어 모은 달러가 167억 9700만 달러라며 구체적인 내용을 보도했다. 당시 외환 보유고 350억 달러의 절반에 육박하는 규모였다. 이를 두고 언론들은 이런 제목을 달았다.

"개혁 열차에 '기름'을 채웠다", "경제 살리기 '종잣돈' 얻었다", "두둑한 '귀국 가방' 개혁 밑천이다."

2부

1998년 6월
~1999년

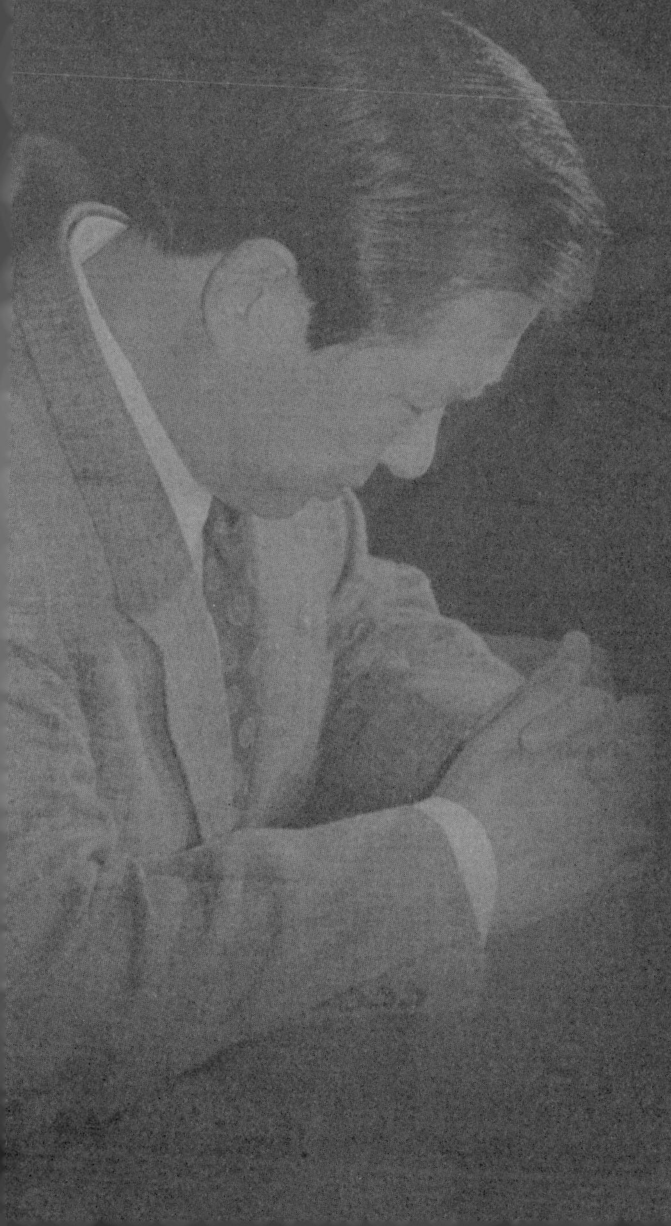

———

지식 정보화의 강국, 대통령이 되어 그 꿈을 현실로 바꿀 수 있는 기회를 얻었다. 인류의 역사는 격변기마다 새로운 승자가 출현했다. 우리 민족에게는 지식 정보화 시대를 앞서 갈 수 있는 저력이 있다. 수천 년 동안 정체성을 유지해 온 문화적 힘이 있다. 지식 정보화의 대국, 그것은 한국이어야 했다.

소떼, 판문점을 넘다

(1998. 6 ~ 1998. 9)

1998년 6월 16일 소떼가 판문점을 넘어 북으로 갔다. 정주영 현대그룹 명예회장이 소 500마리를 몰고 북녘 고향 땅을 밟았다. 그의 동생들과 아들들도 데리고 갔다. 아마 대북 사업을 유업으로 생각했는지도 모른다. 내가 미국 국빈 방문을 마치고 돌아온 지 이틀 만이었다. 귀향길에 오르며 정 회장이 국민들에게 인사를 했다.

"어린 시절 무작정 서울을 찾아 달려온 길, 판문점을 통해 고향에 가게 되어 기쁩니다. 강원도 통천 가난한 농부의 아들로 태어나 18살에 청운의 뜻을 품고 가출할 때 아버님의 소 판 돈 70원을 가지고 집을 나섰습니다. 이제 한 마리의 소가 1000마리가 되어 그 빚을 갚으러 꿈에 그리던 고향산천을 찾아갑니다."

역시 정 회장다웠다. 통이 큰 만큼 추진력도 대단했다. 83세의 나이에도 상상력과 꿈을 지니고 있었다. 세계적인 기업가가 되어 고향을 찾는 그에게 축복이 함께하길 바랐다. 그는 우리 시대에 많은 이야기를 남겼다. 그가 옥수수 5만 톤, 소 500마리를 트럭에 싣고 판문점을 넘는 장면은 한 편의 동화를 보는 듯했다. 그는 동화 속의 큰 목동 같아 보였다.

어떤 미술평론가는 정 회장의 '소몰이 방북'을 본인이 직접 기획, 연출하고 출연까지 한 하나의 행위 예술이라고 평했다. 분단의 현장, 판문점에서 벌어진 소떼 방북에 세계가 감동했다. 정 회장은 걸어서 군사 분계선을 넘었다. CNN을 비롯한 미국 주요 방송들은 이를 실시간 또는 주요 뉴스로 보도했다.

하지만 실향민들은 임진각에 나와 휴전선을 간단하게 넘어가는 소떼와 정 회장을 보며 눈물지었다.

"트럭 한구석에라도 숨어서 고향에 가 보고 싶다."

"소들아, 통일의 밭을 갈아 다오."

"소들아, 내 마음도 지고 올라가 다오."

이산가족들의 눈물을 유심히 지켜보았다. 그날 아침은 마침 국무회의가 열렸다. 강인덕 통일부 장관이 보고했다.

"소떼는 오전 9시부터 전부 넘어갔습니다. 정주영 명예회장 일행도 중립국 감독 회의실을 지나서 북쪽에 들어갔으리라 생각합니다. 소는 약속한 1001두입니다. 원래는 1000두였습니다. 그런데 정 회장이 0을 붙이는 것은 끝자리이니까 하나로 다시 시작하겠다고 해서 1001두로 했습니다. 그중에 500두가 이번에 갑니다. 성우가 287두, 중우가 213두로 8억 7000만 원 상당입니다. 이 소들은 정주영 씨의 고향인 강원도 통천군과 함경남북도, 양강도, 자강도에 지정 기탁했습니다."

강 장관은 정 회장이 이번 방북에서 금강산 관광과 자동차 공장 설립 문제 등도 논의할 것이라고 말했다. 나는 보고를 받으며 참으로 흐뭇했다. 대북 정경 분리 원칙의 첫 결과물이며 북은 남의 햇볕 정책에 처음으로 장갑 한 짝 정도를 벗은 것이었다. 내가 말했다.

"500두 중에서 150두가 임신을 했다니 실상은 650두가 가는 것 아닙니까."

국무위원들 표정이 모두 밝았다.

정 회장은 23일 돌아와 더 큰 보따리를 풀어놓았다. 북한 측과 금강산 관광 및 개발 사업에 합의하고 관련된 계약을 체결했다는 것이었다. 정 회장의 기자 회견은 국민들을 설레게 만들었다.

소떼를 몰고 북으로 간 정주영 현대 명예회장. 그는 제1의 기업인으로는 결단하기 어려운 대북 사업에 열정을 쏟아 민족 공영의 새 장을 열었다.

"이르면 금년 가을부터 정부의 승인을 받는 대로 매일 1000명 이상의 관광객이 유람선을 이용해 관광을 하게 될 것입니다."

우리 민족 마음에 아로새겨진 가장 아름다운 산, 금강산은 노래와 작품 속에서 여전히 신비롭게 존재하고 있었다. 나는 금강산에 한 번도 가 본 적이 없었다. 봉우리가 1만 2000봉이고, 산 전체에 전설이 스며 있다니 도대체 어떤 산일까. 금강산이 반세기 만에 남쪽 사람을 맞는다니 우선 나부터 설레었다. 그것은 '작은 통일'이었다. 생각만 해도 가슴이 뭉클했다.

그러나 이러한 훈풍에도 불구하고 대북 햇볕 정책은 시련에 직면했다. 하루 전날 강원도 속초 앞바다에서 북한 잠수정 한 척이 발견되었던 것이다. 전투용 잠수정은 어선 그물에 걸려 표류 중이었다. 북한 잠수정 사건은 대북 햇볕 정책의 시험대가 되었다. 우리는 소떼를 보냈는데 북한은 잠수정을 보냈으니 국민감정이 좋을 리 없었다.

그런데 북한은 사건 발생 24시간도 지나지 않아 신속하게 반응했다. 평양 방송을 통해 "훈련 중인 소형 잠수정과의 통신이 두절되었다"고 보도했다. 매우 이례적이었다. 또 보도 내용 또한 조심스러웠다. "해류와 바람에 밀려 미실하고 조난된 것으로 보인다"며 북에서도 해당 기관에서 잠수정을 찾고 있다고 보도했다. 북한은 사건이 더 이상 확대되지 않기를 바랐다.

잠수정 침투 사건에도 불구하고 나는 햇볕 정책은 유지하겠다고 분명히 밝혔다. 국가안전보장회의(NSC)를 소집하고 직접 주재했다. 회의 결과 "도발은 불용한다. 그러나 햇볕 정책의 기조는 유지한다"는 내용의 NSC 의결서를 발표했다.

"정부는 현 정세의 이중성에 비추어 확고한 안보 태세 유지와 교류·협력 추진이라는 병행 전략을 일관성 있게 견지해 나갈 것이며, 강력한 안보 태세가 화해·협력을 가능케 하고, 화해·협력에 의한 남북 관계 개선이 안보 위협을 감소하게 될 것임을 재확인한다."

야당과 일부 언론은 연일 정부를 공격했다. 잠수정 사건을 둘러싼 공방은 지루하게 계속되었다. 나는 북한의 일거수일투족에 우리가 일희일비해서는 안 될 것이라고 생각했다. 과거 햇볕 정책이 아닌 강경책을 구사했을 때에도 북한군이 침투해 왔음을 상기시켰다.

또한 햇볕 정책은 그렇게 유화적인 것이 아니었다. 사실 햇볕 정책은 힘과 자신감, 그리고 의연함이 없으면 결코 펼칠 수 없었다. 북한 지도층은 우리 정부의 햇볕 정책을 비난했다. 이솝의 우화가 가리키듯 햇볕이란 '옷을 벗긴다'는 발상에서 출발했으니 기분이 좋을 리 없을 것이다. 북한으로서는 용어 자체가 불만이었을 것이다.

우리의 햇볕 정책은 영국에서 열린 ASEM 회의 때 아시아와 유럽 국가들이 적극 공감했고, 주변 강대국들도 지지했다. 특히 미국 클린턴 대통령은 공개적으로 찬동했다. 국제적인 검증을 받은 셈이다. 나는 대북 3대 원칙을 흔들림 없이 추진해 나갈 것임을 천명했다. 나는 우리 안보에 대해서 확고한 결의와 자신이 있었다. 설사 북한이 생각을 바꾸지 않더라도 두려워하거나 불안해할 필요는 없었다.

잠수정 사건이 일어났음에도 여론 조사에서 우리 국민 86.6퍼센트가 햇볕 정책을 지지했다. 나는 국민들의 의연한 자세가 참으로 고맙고 미더웠다.

그럴 즈음 7년 만에 유엔 사령부와 북한군 간에 장성급 회담이 판문점에서 열렸다. 북한은 잠수정 사건의 논의를 수용했다. 어느 때보다 유연했다. 나는 여러 논란 속에서도 희망을 보고 있었다.

7월 21일 국회의원 재·보궐 선거를 치렀다. 집권당인 국민회의는 경기도 광명 을에서 조세형 총재 권한대행이, 종로에서 노무현 부총재가 당선되었다. 여론 조사에서는 압승을 예고했는데 정작 7곳 중 2곳에서만 승리했다. 광명 을과 수원 팔달에서는 대단한 접전이었다. 자민련은 1곳, 한나라당은 4곳에서 당선자를 냈다.

공정 선거를 그토록 당부했지만 향응 제공과 흑색선전, 금품 살포 등 구태가 재연되었다. 불법과 탈법이 기승을 부렸다. 정치 개혁과 선거 개혁이 헛구호가 되지 않을까 우려됐다. 이러한 과열 양상은 무더기 고소·고발 사태로 이어졌다.

재·보선에서 당선된 두 사람은 나와 국민의 정부에 꼭 필요한 인재였다. 조세형 당선자는 원외에 머물면서도 집권당의 대표 역할을 충실하게 수행했다. 그는 명석하고 일 처리 또한 합리적이었다. 그가 원내로 진출했기에 국민회의는 한층 유기적인 의정을 펼칠 수 있게 되었다. 나는 노무현 당선자의 소신과 집념을 높이 평가했다. 그는 3당 합당을 거부했고, 부산에서 국회의원 선거와 시장 선거에 출마하여 거푸 낙선을 했다. 예고된 옥쇄였지만 피하지 않았다. 국민의 정부가 출범한 뒤 그는 내 앞에서 말했다.

"계장이든 과장이든 개혁을 위해서라면 시키는 대로 하겠습니다."

참으로 듣기 좋은 말이었다. 그의 개혁적 이미지와 소신은 우리 정치의 자산이기도 했다. 그가 날개를 달게 되었다.

7월 25일 청남대로 일주일간 휴가를 떠났다. 대통령에 당선된 뒤로 지금까지 쉼 없이 달려왔다. 그래서 아무것도 하지 않고 쉬기로 했다. 대청호 물길 따라 이어지는 진입로는 풍광이 수려했다. 본관으로 가는 길옆의 반송은 그 자태가 매우 아름다웠다.

산책도 하고 낚시도 했다. 낚시는 정말 오랜만이었다. 20년도 더 묵은 일이지만, 예춘호 의원 등과 수원 근교에서 붕어 낚시를 한 적이 있었다. 그 뒤로는 처음인 것 같았다. 느긋하게 책도 읽었다. 『세계 경제 전망』, 『지식 자본주의 혁명』, 『맹자』 등을 펼쳤다.

아내는 매일 야외 수영장에 들어갔다. 아내는 고관절을 다친 후 의사의 권유로 수영을 시작했는데, 혼자 하는 수영이 뭐 그리 재미있는지 한 번 들어가면 나올 줄 몰랐다. 나와 결혼한 뒤로 야외 수영장에는 처음 들어가 봤을 것이다. 아니, 그렇게 여유로운 시간은 평생 처음이었을 것이다. 그런 아내를 보는 것만으로도 행복했다.

청남대 주변은 참으로 고요했다. 그러나 문득문득 현안들이 떠올랐다. 경제 개혁의 속도는 느리고, 노동계의 반발은 거셌다. 국회는 여전히 야당이 지배하고 있고, 남북 관계는 아직 앞일을 알 수 없었다. 청와대 수석들을 청남대로 부르거나 전화 통화를 하며 국정을 챙겼다. 대통령은 역시 자연인이 될 수 없었다. 마음 편히 자연의 품에 안길 수 없었다.

휴가를 마치고 돌아온 7월 31일 전직 대통령 내외를 초청하여 만찬을 함께 했다. 최규하, 전두환, 노태우, 김영삼 전 대통령이 참석했다. 생존해 있는 전직 대통령 모두가 만찬을 함께한 것은 우리 현대사에서 처음 있는 일이었다. 나는 국민들에게 통합의 메시지를 전달하고 싶었다. 그들과 국정 경험을 나누면서 국난 극복의 지혜를 얻고자 했다.

"초지일관 노력을 해서 위기를 극복해 달라."(최규하)

"경제 위기를 극복하시는 것을 보고 김 대통령의 지도력이 놀랍다고 느꼈다."(전두환)

"김 대통령의 말씀을 들으니 참으로 안심이 된다."(노태우)

"요즘 금강산이 좋다고 하지만 거제도 부근에도 해금강이 있는데 경치가 좋다."(김영삼)

이렇듯 발언들은 조금씩 달랐다. 전직 대통령들은 향후에 이날의 발언대로 나를 대했다.

러시아가 돌연 우리 외교관을 추방했다. 러시아 정부는 우리 정부와 사전 협의 없이 주 러시아 한국 대사관의 참사관을 송환하라고 요청했다. 또 우리 참사관을 연행해 억류하고 조사 내용을 언론에 공개했다. 우리 참사관은 외교관 신분의 정보원이었는데, 자신의 활동 영역을 벗어나 러시아 외무부 내의 '정보원'과 접촉하여 극히 민감한 정보를 얻다 적발되었다는 것이다. 하지만 외교관에 대한 국제 협약과 외교적 관례를 벗어난 무례한 조치였다. 모든 것이 일방적이었다. 그러자 우리 외교통상부도 주한 러시아 대사관 참사관을 추방했다. 강경 맞대응이었다. 외교관 추방은 외교 갈등으로 비화되었다.

정부는 한·러시아 외무장관 회담을 통해 사태 악화를 막으려 했다. 그런 와중에 외통부 장관이 러시아 참사관을 재입국시키는 데 이면 합의를 해 줬다는 의혹에 휩싸였다. 추방한 외교관을 재입국시키는 것은 굴욕이었다. 나는 외교관 맞추방이라는 초유의 사태를 맞아 몇 번씩이나 러시아에 의연하게 대처하라고 지시했다. 하지만 장관이 의혹의 한가운데에 있는 것은 불상사였다. 또 외통부와 안기부가 엇갈린 주장을 하고, 외통부 내부에서도 이면 합의를 둘러싸고 서로 다른 내용을 발표했다.

8월 4일 박정수 외통부 장관이 러시아 외무와의 회담 결과를 보고하면서 사의를 표명했다. 박 장관은 국민의 정부 출범 이후 열정적으로 일했다. 특히 내 '세일즈 외교'의 충실한 전령이었다. 안타까웠지만 나는 그의 뜻을 들어주기로 했다. 후임에 홍순영 외교통상부 본부대사를 임명했다.

그해 8월은 나라가 온통 물에 잠겼다. 7월 31일 밤부터 폭우가 지리산 일대에 쏟아졌다. 피서객 등 95명이 사망 또는 실종됐다. 기상청은 사흘 전인 7월 28일에 장마가 끝났다고 예보했다. 그러니 전혀 예기치 않은 날벼락이었다. 비는 여기서 그치지 않았다. 그 후에도 20일 동안 우리 땅 곳곳을 물바다로 만들었다.

나는 잠을 이룰 수가 없었다. 새벽에 관계 장관, 자치단체장, 기상청장에게 전화를 걸었다. 내가 할 수 있는 일이 그것뿐이라는 데 화가 났다. 기상청의 예보는 매일 틀렸다. 하지만 기상청만 나무랄 일도 아니었다. 게릴라성 국지호우는 내가 생각해도 예측하기 힘들 것 같았다.

지구촌 전체가 물난리를 겪고 있었다. 중국 양쯔 강이 범람 위기에 직면했고, 태국과 방글라데시도 홍수 피해가 엄청났다. 이란이나 예멘 같은 나라에서도 호우로 산사태가 나고 인명 피해가 속출한다니 참으로 괴이했다.

의정부 등 경기 북부 지역 수해 현장과 이재민 수용 시설, 군부대 등을 방문했다. 나는 이재민들에게 재기의 의욕을 버리지 말라고 당부했다. 수해 현장은 참혹했다. 불에 타면 재라도 남는다지만 물이 쓸려 간 곳에는 아무것도 없었다.

"재난은 하늘이 내렸지만 상처를 아물게 하는 것은 사람의 몫입니다."

나는 철저한 구호와 복구를 강조했다. 돌아오는 길은 착잡했다. 내 손을 붙들고 울먹이던 이재민의 모습이 어른거렸다. 이후에도 비는 곳곳에서 산하를 삼킬 듯 사납게 내렸다. 전국에서 사망·실종자가 무려 322명이었고, 피해액은 1조 3000억 원에 달했다.

1998년 여름의 날씨는 참으로 이상했다. 한반도 구석구석에, 흡사 누가 지시하듯 돌아가며 폭우가 내렸다. 멀쩡한 하늘에 갑자기 먹구름이 몰려오고 느닷없이 장대비가 쏟아졌다. 게릴라성 국지 호우는 발생에서 소멸까지 2시간도 걸리지 않는다는 기사를 읽었다.

자연의 복수가 시작된 것인가. 거대한 생명 덩어리 지구에서는 지금 무슨 일이 일어나고 있는지. 우리 인간은 자연 앞에 너무도 무력하면서 자연에게 너무 무례한 것은 아닌지. 수재 의연금을 내려는 국민들의 긴 행렬을 보았다. 금 모으기 운동을 한 지가 언제인데……. 마음이 무거웠다.

정부 수립 50주년이 되는 광복절이었다. 8월 15일 나는 경축사에서 '제2의 건국'을 외쳤다.

"경제를 포함한 우리 사회 모든 부문은 총체적으로 부실하고 국제 경쟁력은 취약합니다. 따라서 국가의 생산성과 경쟁력을 높이기 위한 구조 개혁이 불가피합니다."

이렇게 나는 '제2의 건국'의 당위성을 강조하면서 참여민주주의의 실현, 관치 경제로부터의 해방을 위한 구조 개혁, 보편적 세계주의 가치관의 정립, 창조적 지식 국가의 건설, 신 노사 문화의 창출, 남북 간 교류 협력 시대 개막 등을 국정 운영의 6대 과제로 제시했다.

나는 특히 북한에 대해 "장차관급을 대표로 하는 남북 상설 대화 기구를 창설하자"고 제의했다. 또 북한이 원한다면 이 모든 문제를 협의하기 위해 대통령 특사를 평양에 보낼 용의가 있다고 밝혔다. 그리고 제2의 건국을 위한 국민들의 참여를 호소했다.

"제2의 건국은 우리가 역사의 주인으로서 국난에 처한 나라를 구하고 그 운명을 새롭게 개척하려는 시대의 선택입니다. 산업화와 민주화의 저력을 바탕으로 민주주의와 시장 경제를 완성하기 위한 국정의 총체적 개혁이자 국민적 운동입니다.

국민의 정부는 그 실천 원리로서 자유와 정의 그리고 효율을 중시합니다. 제2의 건국은 정부가 위에서 일방적으로 이끌어가는 것이 아니라 국민이 생활의 현장에서 지혜를 모아 꾸려 갈 수 있어야 합니다. 그래야만 성공할 수 있습니다."

그러나 제2 건국 운동은 실패로 끝났다. 시민 사회가 지원하고 국민들의 적극적인 참여를 기대했지만 기대에 미치지 못했다. 그러다 보니 관 주도로 변질되어 버렸음을 부인할 수 없다. 이는 국민을 이해시키는 데 실패했음이다. 명분만을 너무 믿고 민심 속으로 파고들지 않았으니 성공할 수 없었다.

김종필 총리서리가 5개월 넘게 달고 있던 '서리' 꼬리를 뗐다. 8월 17일 오후 국회에서 임명동의안이 통과되었다. 사실 '서리'라는 꼬리는 '국민의 정부' 출범 후 줄곧 야당에게 밟혔다. 그때마다 '국민이 선택한 공동 정부'를 내세웠으나 내심 야당의 공격은 아팠다. 특히 김 총리가 힘이 빠져 있었다. 다음 날 나는 김 총리와 한승헌 감사원장에게 임명장을 주었다. 김 총리가 모처럼 환한 표정으로 사의를 표했다.

"임명장을 두 번 주셨으니 재임시켜 주신 셈입니다."

8월 25일 취임 후 처음으로 목포를 방문했다. 그야말로 비단옷을 입고 고향에 간 셈이다. 목포~무안 고속도로 개통식에 참석하고 시내로 들어오자 수만 명의 시민들이 길에 몰려나왔다. 예정에 없던 카퍼레이드가 벌어졌다. 나는 목포에서 자기로 했다. 숙소에서 목포 앞바다가 보였다. 하의도와 목포에서의 기억들이 주마등처럼 스쳤다. 하의도에서 친인척들이 찾아왔다. 유달산 품에 안긴 그 밤은 정겹고 흥겨웠다.

다음 날 광주 망월동 5·18 묘역을 참배했다. 나는 방명록에 "1998년 8월 26일 대통령 김대중"이라고만 썼다. 그리고 아무 말도 하지 않았다. 나는 지난해 5월 묘역 성역화 작업 준공식에 야당 총재로 참석했고, 당시 방명록에 "영원한 승리"라고 적었다. 그리고 1년 3개월 만에 대통령으로 다시 찾아온 망월동, 그러나 이번에는 그 안에 계신 영령들에게 바칠 마땅한 말을 찾지 못했다. 훗날 "성공한 대통령"이라는 수식을 바치고 싶었다.

전남 도청에서 업무 보고를 받았다. 5·18 광주 민주 항쟁의 중심지였던 도청, 마지막까지 시민군들이 목숨을 내놓고 지켰던 현장에 내가 앉아 있었다. 시민군들이 마지막까지 지키려 했던 것이 무엇인가. 만감이 교차했다. 그들이 석방을 외쳤던 사형수는 대통령이 되어 다시 돌아왔다. 망월동 묘역에서는 차마 하지 못한 말을 도청에서 꺼냈다.

"세계에 자랑할 만한 민중 항쟁입니다. 훌륭하게 싸워 준 광주 시민께 다시 한 번 존경과 찬양의 뜻을 표시하고자 합니다. 이 과정에서 목숨 바친 민주 열사들에 대해서 마음으로부터 애도와 명복을 빕니다. 유가족에 대해서도 위로의 말씀을 드립니다.

광주 항쟁 이후 긴 세월이 흘렀습니다. 광주 정신을 이어받은 우리들의 투쟁이 마침내 결실을 맺어서 50년 만에 처음으로 여야 정권 교체, 민주적 정권의 탄생을 이루어 냈습니다.

저는 항상 광주 정신을 받들어 대통령으로서의 업무를 바르게 수행하겠습니다. 그렇게 해서 돌아가신 분들의 희생이 헛되지 않게, 김대중을 석방하라고 일어섰던 광주 시민들의 투쟁이 값있게 하겠습니다. 최선을 다하겠습니다."

서울로 올라와 50주년을 맞은 감사원의 간부들을 청와대로 초청했다. 한승헌 원장이 이끄는 감사원은 본래의 기능인 '국정의 파수꾼'으로 거듭나려 노력하고 있었다. 이미 지난 4월 감사원을 직접 찾아가 업무 보고를 받은 바 있었다. 언론은 대통령이 감사원을 방문한 것은 25년 만이라고 보도하며 나와 한 원장과의 특별한 관계를 조명했다. 나도 속마음을 숨기지 않았다. 이날 오찬장에서도 간부들에게 한 원장에 대한 믿음을 털어놓았다.

"한승헌 원장은 내 오랜 친구고 내가 각별히 신뢰하는 분입니다. 감사원장을 중심으로 해서 국민의 감사원으로서 많은 성과를 거두어 주시기 바랍니다."

한 원장은 '65세 정년' 제한으로 1년 반 만에 물러났다. 재임 중 감사원장의 정년을 70세로 연장해 놓고서도 자신에게는 적용하지 않았다. 그의 성품이 그대로 드러났다. 그를 떠나보내자니 매우 섭섭했다. 한 원장은 군사 독재 시절 불이익을 무릅쓰고 법정에서 수많은 민주 투사들을 변론했다. 두 말이 필요 없는 한국의 대표적 인권 변호사였다. 인격자이고 지식인이며 문장가였다. 또한 탁월한 유머 감각을 지니고 있었다.

외국 관광객 유치 광고에 출연했다. 신낙균 문광부 장관의 출연 권유를 흔쾌히 받아들였는데 김포공항과 청와대 녹지원에서 촬영했다. 8월 28일, 나와 함께 광고에 출연한 연예·예술·체육계 인사들을 초청하여 오찬을 나눴다.

이날 국민회의와 국민신당이 합쳤다. 나와 이만섭 국민신당 총재는 8월 28일 이를 발표했다. 흡수 통합이었다. 이인제 씨 등 의원 7명이 합류했다. 한나라당은 31일 전당 대회를 열고 이회창 씨를 총재로 선출했다. 이 총재는 지난 대통령 선거에서 패배한 후 8개월 만에 정치 일선에 복귀했다. 그는 총재 수락 연설에서 영수 회담을 제의했다.

북한이 8월 31일 로켓 한 발(대포동 1호)을 쏘아 올렸다. 미사일은 대포동 발사대에서 1550킬로미터를 날아가 일본 북동쪽에서 750킬로미터 떨어진 태평양 공해상에 떨어졌다. 미국과 일본은 경악했다. 우리 정부는 8월 초 함경북도 대포동 미사일 시험장에서 시험 발사를 준비하고 있는 징후를 포착했다. 8월 중순에는 미사일이 장착되었다는 보고가 들어와 이를 주시하고 있었다. 9월 4일 북한의 공식 발표가 나왔다.

"3단계 추진체를 이용한 인공위성을 발사하여 궤도에 진입시키는 데 성공했다. 이 위성은 165분 6초 주기로 지구를 돌면서 김일성·김정일 장군의 노래와 신호를 전송하고 있다."

북한은 위성이 지구 궤도 진입에 성공했다며 '광명성 1호'라 명명했다. 그러나 이내 실패한 것으로 확인되었다. 하지만 일본 열도는 물론이요 하와이 등 미국 일부 지역도 직접 겨냥할 수 있는 탄도미사일 개발 능력이 있음을 세계에 과시했다. 우리는 북한의 의도를 면밀히 검토했다. 결과는 내부 결속과 더불어 국제적인 관심을 끌기 위한 것으로 분석했다. 북한 정권 수립(9월 9일)

50주년을 경축하고 '강성 대국'의 축제 분위기를 조성하여 김정일 시대의 개막을 알리려 했을 것이다.

'국민의 정부' 대북 햇볕 정책에도 구름이 끼었다. 북한의 미사일 공격에 대한 공포심이 일본에서 급속하게 확산되었다. 결국 일본은 대북 수교 협상과 식량 지원을 중단했다. 일본은 이 문제를 유엔 안전보장이사회까지 끌고 갔다. 제네바 합의에 따라 일본이 분담키로 약속한 대북 경수로 지원금 10억 달러에 대한 서명도 무기한 연기했다.

북한의 미사일 발사에 미국도 민감하게 반응했다. 공화당의 강경파 의원들은 대북 중유 지원 예산을 삭감하라고 목청을 높였다. 북한과의 대화나 일체의 접촉 또한 중지할 것을 촉구했다.

나는 마침 한국에 온 헨리 키신저 전 미국 국무부 장관에게 조언을 구했다. 그는 과거 미중 수교와 소련과의 긴장 완화에 결정적인 역할을 했다. 키신저 전 장관은 중국의 지도부도 북한의 미사일 발사를 우려하고 있다면서 나에게 신중하게 대처하면 좋겠다고 말했다.

"방위 문제의 전문가는 아니지만, 북한의 미사일 시험 발사에 대해 성급하게 반응을 보이는 것은 다른 것에도 영향을 주게 됩니다. 북한의 그런 행동에 대해서 좋아하는 사람은 없습니다마는 이 점을 잘 생각해 보고 행동을 취해야 할 것입니다."

북한은 위성 발사를 공식 발표한 다음 날 최고인민회의 제 10기 1차 회의를 개최했다. 국가 주석직을 폐지하고 김정일 국방위원장을 재추대했다. 헌법을 고쳐 최고인민회의 상임위원장(김영남)이 국가를 대표하고, 국방위원장(김정일)이 국가 최고직위를 맡도록 했다. 노동당 총서기, 당 중앙군사위원회 위원장, 인민군 총사령관인 김정일 위원장이 최고 권력을 장악했다. 1994년 7월 김일성 주석 사망 후 계속했던 이른바 '유훈 통치'가 막을 내렸다. 북한은 김정일 시대가 열렸음을 나라 안팎에 알렸다.

나는 김정일 위원장이 주석직에 오르지 않을 것이라고 일찍이 예상했다. 세계가 주석직 승계를 예상했지만 나는 안 될 것이라고 했다. 결국 내 말은 적중했다. 북한을 침착하게 들여다보았기 때문에 예측이 가능했던 것이다. 김 위원장은 행정부 전체를 책임지는 주석직이 부담스러웠을 것이다. 인민들이 굶주리고 있는데 그 원망이 모두 자신에게 돌아오는 것을 원하지 않았을 것이다. 결국 김 위원장은 책임을 분산시키며 실권을 쥐는 방법을 택했다.

북한이 헌법을 개정한 것은 중요한 변화였다. 나는 외교안보수석에게 북한의 움직임을 면밀히 지켜보도록 당부했다.

기적은 기적적으로 오지 않는다

(1998. 9 ~ 1998. 10)

로만 헤어초크(Roman Herzog) 독일 대통
령이 9월 15일 한국에 왔다. 국민의 정부가 맞이한 첫 국빈이었다. 그는 청와대
만찬 답사에서 나의 논문을 인용하며 우리 정부가 가는 길이 바르다고 했다.

"한국 정부는 위기에서 벗어나기 위해 세계에 한국을 개방하는 방법을 선
택했습니다. 저는 이러한 선택이 올바른 것이라고 확신합니다. 대통령께서는
민주주의와 시장 경제는 동전의 양면이라는 것을 강조하였습니다.

김 대통령께서는 지난 1994년 『포린 어페어스』에 발표한 논문에서 역사적
으로 볼 때 이러한 준비 단계가 아시아에서도 있었고, 유럽과 같이 민주주의
에 대한 확신이 있었다는 것을 증명하였습니다. 특히 19세기 한국에서는 민주
주의적인 색채가 강하게 담겨 있는 철학적 단초가 있었다고 보았습니다. 저는
이 논문을 모든 사람이 필독해야 한다고 생각합니다. 이는 아시아인에게는 민
주주의가 적당하지 않다든지, 또는 그 역으로 민주주의는 아시아에 어울리지
않는다고 하는 견해가 아직도 있는 이때 아주 중요하다고 생각합니다.

민주주의와 시장 경제만이 창조적인 삶을 영위하고 경제적인 복지 생활을
하려는 모든 사람들의 열망을 자연스럽게 충족시킬 수 있습니다."

그는 햇볕 정책 또한 적극 지지했다.

"저는 남쪽에서 보내는 햇볕이 북측 정책 결정권자의 머리와 심장에 도달할 수 있기를 바랍니다. 그리고 이 정책은 장기적으로 볼 때 유일한 이성적인 정책입니다."

10월 1일은 취임 후 처음 맞는 국군의 날이었다. 건군 50주년을 맞는 기념일이기도 했다. 취임 후 첫 국군의 날 행사라 솔직히 기대가 컸다. 다른 대통령들도 마찬가지였을 것이다. 그런데 정작 행사를 앞두고 날씨 걱정을 많이 했다. 가을 태풍이 남쪽 지방을 강타했기 때문이다.

다시 남녘이 물에 잠겼다. 오랫동안 준비한 국군의 날 행사가 비에 젖을까 걱정되었다. 한여름 뙤약볕에서 오직 이날만을 기다려온 장병들의 상심은 얼마나 클 것인가. 행사가 취소되거나 축소되면 군의 사기까지 떨어질 것 같았다.

비가 많이 와도, 오지 않아도 걱정이었다. 어디다 버릴 곳이 없는 걱정들, 그것이 대통령의 숙명이었다. 다행히 태풍은 더 이상 북상하지 않고 물러갔다. 국군의 날, 가을 하늘은 높고 청명했다. 서울공항에서 기념식이 있었다. 언론은 내가 국군 최고통수권자로 사열과 분열식에서 89번의 거수경례로 답했다고 보도했다. 언론이 이토록 경례 횟수까지 헤아린 것은 그동안 나와 군의 특별한 관계를 의식했기 때문일 것이다.

물론 나는 우리 군인들의 경례를 받으며 여러 생각들이 떠올랐다. 그동안 정치군인들과 그들에 동조한 정치 세력들은 끊임없이 나와 군의 관계를 이간했다. 군대가 나의 영원한 비토 그룹인 것처럼 사실을 비틀어 유포시켰다. 그러나 '국민의 정부' 군대에는 이런 거짓과 공작이 스며들 수 없었다. 나는 이날 기념식에서 국군 최고통수권자로서 다시는 이 땅에 전쟁이 일어나지 않도록 하겠다고 역설했다. 또 북을 향해서도 우리를 쳐다보라고 했다.

"북한의 새 지도부 등장을 계기로 북한이 화해와 협력의 시대를 함께 열어갈 수 있기를 바랍니다."

취임 후 처음 맞는 국군의 날. 89번의 거수경례로 장병들의 사열과 분열에 답했다.

10월 7일, 일본을 국빈 방문했다. 나는 한국과 일본이 불행한 과거사를 정리하고 진정한 미래의 동반자로 거듭나는 계기를 마련하고 싶었다. 두 나라의 20세기 역사에 박혀 있는 원한과 상처를 21세기까지 끌고 갈 수는 없었다. 김영삼 정부 때 악화된 대일 관계를 다시 회복시켜야 했다. 김영삼 대통령은 독도 영유권 문제가 불거지자 "버르장머리를 고쳐 주겠다"는 극언을 서슴지 않았다. 강경 대응은 또 다른 강경책을 불러왔다. 그러다 보니 한일 양국의 외교 채널은 끊겨 버렸고, 정부 간의 신뢰는 완전히 무너졌다. 이는 두 나라 모두에게 불행한 일이었다.

일본은 나의 방문에 관심이 높았다. 자기네 땅에서 납치되어 어쩌면 죽었어야 할 사람이 살아나서, 그것도 대통령이 되어 방문했으니 그럴 만도 했다. 일본 언론은 나의 인생 역정을 큰 비중으로 보도하였다.

도쿄에 도착한 첫날, 나는 천황 내외를 예방했다. 이어서 아키히토(明仁)

천황이 주최하는 만찬에 참석했다. 만찬은 궁성 호메이덴에서 열렸다. 마사코 (雅子) 황태자비가 말했다.

"하버드 대학에서 대통령님의 연설을 들은 적이 있습니다."

그렇다면 내가 망명 생활을 하며 하버드 대학에서 수학하고 있던 1983년에 내 연설을 들었을 것이다. 그와는 동문인 셈이었다. 나는 천황에게 덕담을 건넸다.

"천황 폐하, 황태자 부부는 보기에도 아름다운 커플입니다."

나는 '천황'이라 호칭했다. 일본 방문을 전후해서 호칭을 둘러싸고 논란이 있었다. 일부 언론은 '일왕'이라 불러야 한다고 주장했다. 물론 일본에 대한 감정은 이해한다. 하지만 외교가 상대를 살피는 것이라면 상대 국민이 원하는 대로 호칭하는 것이 마땅하다고 생각했다. 나는 국민들께 이렇게 설명을 드렸다.

"그 나라 지도자의 호칭은 그 나라 국민들이 부르는 대로 불러 주는 것이 좋습니다. 일본 사람은 천황이라 부르니 천황이라 불러 주고, 영국은 여왕이라 부르니 여왕이라 불러 주고, 스페인 사람은 황제라고 부르니 황제라고 불러 주면 됩니다. 우리가 대통령이라고 부르니 외국 사람들이 대통령이라 부르는 것과 같습니다. 우리가 고쳐서 부르며 상대를 자극할 필요는 없습니다."

천황이 만찬사에서 한국과 일본의 역사적 관계를 언급했다. 그리고 식민 지배에 대해 사죄했다.

"귀국의 문화는 우리나라에 크나큰 영향을 미쳐 왔습니다. 8세기에 편찬된 『일본서기』를 보면 여러 가지 교류의 흔적을 찾아볼 수 있습니다. 백제의 아화왕(阿華王)과 우리나라의 응신(應神) 천황 시대에 백제로부터 경전에 밝은 왕인(王仁) 박사가 일본에 건너와 응신 천황의 태자인 토도치랑자(菟道稚郎子)를 가르쳐 태자가 여러 전적(典籍)에 통달하게 되었다고 기록되어 있습니다.

그리고 나중에는 백제에서 오경박사(五經博士)와 의(醫)박사, 역(曆)박사 등이 교대로 일본에 오게 되었으며, 또 불교도 전래되었습니다. 귀국의 많은 사람들이 우리나라의 문화 향상에 지대한 공헌을 했다고 생각합니다.

이와 같이 밀접한 교류의 역사가 있는 반면, 한때 우리나라가 한반도의 여러분께 크나큰 고통을 안겨 준 시대가 있었습니다. 그것에 대한 깊은 슬픔은 항상 본인의 기억 속에 남아 있습니다."

아키히토 천황은 만찬 후 환담에서 한국과 일본은 일의대수(一衣帶水)의 관계였다고 말했다. 두 나라 사이에 있는 동해가 띠 한 가닥에 불과했음을 강조하며 뜻밖의 말을 건넸다.

"교토에 도읍한 칸무(桓武) 천황의 생모가 백제에서 온 귀화인이라고 합니다."

나는 천황이 그런 얘기를 하리라고는 전혀 예상하지 못했다. 천황은 겸손했고 역사에 대한 식견이 높았다.

미치코 황후가 내게 덕담을 건넸다.

"대통령께서는 많은 고난의 세월을 보내셨는데도 아주 온화한 철학과 강한 신앙과 희망을 잃지 않는 생활 태도를 지니고 계신 것 같습니다."

"과분한 말씀입니다. 저는 원래 용기가 있다기보다는 겁이 많은 사람입니다. 우스운 얘기로 밤에 어두운 곳에서는 '도깨비가 나오지 않을까' 하고 겁을 낼 정도입니다. 그러나 저에게 용기를 준 것은 두 가지입니다.

하나는 크리스천으로서의 신앙입니다. 진정한 예수의 제자는 고통을 받는 사람을 위해 억압자와 싸우다 십자가에서 죽는 예수처럼 이 사회의 불의와 독재, 부패와 싸우는 사람입니다. 둘째는 역사에 대한 신앙입니다. 역사를 보면 악을 행한 사람도 당대에 벌을 받지 않은 경우가 있지만 후세에는 반드시 심판을 받게 됩니다. 반면 바르게 산 사람은 당대에 성공하지 못하는 경우가 있지만 후세에 반드시 정당한 평가를 받게 됩니다.

일본에도 사카모토 류마(坂本龍馬)라는 사람이 있었습니다. 그는 아시다시피 낭인이었고 아무런 출세와 성공도 이루지 못하고 죽었습니다. 그러나 그는 메이지 유신의 가장 큰 공로자로서, 그 후 귀족이 되고 총리가 된 다른 사람들보다도 일본 국민들이 존경하는 그런 인물이 되었습니다. 바르게 산 사람은 절대로 실패하지 않는다는 것이 일본의 역사 속에도 교훈으로 나와 있습니다."

대화는 유쾌했다. 우리는 한국과 일본의 역사에 대해 서로의 의견을 물었다. 황후는 아내의 책을 읽어 그 내용을 꿰었고, 구로다 사야코(黑田淸子) 공주는 내가 텔레비전 동물 프로그램을 좋아한다는 것도 알고 있었다. 천황 일가와 많은 얘기를 나눴다. 그러다 보니 일본에서의 첫 밤이 깊어 갔다.

나는 궁성 만찬에서 과거사에 대해서는 일체 언급을 하지 않았다. 일본 언론은 이례적이라고 보도했다. 일본 국민들이 천황을 존경하는 만큼 민감한 과거사 문제는 그 자리에서 하지 않는 것이 좋을 듯했다. 천황 앞에서의 공격적인 언사는 일본 국민들에게 모욕감을 줄 수도 있었다. 반응은 매우 좋았다. 『아사히 신문』은 이렇게 평했다.

"김 대통령이 방일 전부터 과거 청산에 대해 강한 의욕을 보여 왔으나 상징적인 천황의 입장을 배려함으로써 양국 친선에 대한 절실한 마음을 보여 주었다."

다음 날 오부치 게이조(小淵惠三) 총리와 정상 회담을 가졌다. 나는 과거사 문제를 언급하며 그동안 두 나라 사이의 근본적인 문제를 거론했다.

"일본 총리가 회담에서 과거에 대한 반성과 사과를 표시하고 나면 얼마 뒤 일본의 각료나 여당 지도자가 그와는 정반대의 돌출 발언을 하는 일이 있었습니다. 이러한 것을 한국에서 보면 일본 총리가 겉치레로 사과를 했을 뿐이고, 일본의 본심은 그렇지 않다는 오해를 하게 됩니다. 언론의 자유가 있으니까 일본 국민 가운데에서도 여러 의견이 있을 수 있습니다. 그러나 적어도 정부 여당에서만큼은 돌출 발언이 나와서는 안 되겠습니다."

나의 지적에 오부치 총리는 불신이 다시 불신을 부르는, 악순환의 고리를 끊어야 한다는 데 동의했다.

나와 오부치 총리는 정상 회담에서 합의한 '21세기 한일 파트너십'이라는 공동 선언을 발표하였다. 이 공동 선언은 많은 원칙과 구체적 행동 계획을 담고 있었다. 그중 가장 중요한 것은 과거사에 일본 총리의 대한국 사죄였다.

"오부치 총리대신은 금세기의 한일 양국 관계를 돌아보고, 일본이 과거 한때 식민지 지배로 인하여 한국 국민에게 다대한 손해와 고통을 안겨 주었다는 역사적 사실을 겸허히 받아들이면서, 이에 대하여 통절(痛切)한 반성과 마음으로부터의 사죄를 하였다."

이는 일본 정부가 '식민 통치에 대한 통절한 반성과 사죄'를 처음으로 외교 문서에, 또 한국을 직접 지칭해서 명기했다는 데 의미가 있었다. 사회당 출신의 무라야마 도미이치(村山富市) 총리도 1995년 반성과 사죄를 표했는데 그때의 담화는 대상이 '아시아의 여러 나라'였다.

또 중요한 내용으로는 일본의 대중문화를 한국 시장에 개방하겠다는 결정을 내린 것이다. 이는 전적으로 나의 의지를 반영한 것이다. 당시 국내에서는 일본 문화 개방이 시기상조라는 의견이 우세했다. 경쟁력이 없어 문화 식민지가 될 수 있다고 우려했다. 그러나 나는 그렇게 생각하지 않았다. 우리 국민과 우리 문화의 저력을 믿었다.

우리는 문화 민족이었다. 19세기까지 중국이 문화의 중심인 체제 속에서 살아왔지만 우리는 의연했다. 중국의 문화는 엄청난 영향력으로 주변국들을 차례로 동화시켰다. 원나라의 몽골족도, 청나라를 세워 270년을 지배한 만주족도 흡수해 버렸다. 지금 중국에서는 그들의 흔적을 찾기 힘들 정도다. 그런데 중국으로부터 2000년 동안 모든 분야에서 영향을 받은 우리나라는 7000만이라는 대민족이 여전히 한반도에 살고 있다. 인구수로 세계 12번째의 국가다. 세계사를 봐도 그 어디에 없는 기적 같은 일이다.

중국 문화권에 있으면서도 왜 동화되지 않았는가. 그것은 우리 민족의 문화 독창성 때문이다. 중국 문화를 받아들여 우리 문화로 재창조했다. 중국에서 불교를 받아들였어도 원효대사 같은 분들이 앞장서서 우리 불교, 즉 해동 불교로 만들었다. 고려 말에 성리학이 들어왔어도 정몽주, 조준, 이색, 서화담, 기대승 등이 이를 다듬었고, 마침내 이퇴계, 이율곡 같은 분들이 조선만의 유학을 만들어 냈다. 퇴계학은 세계 20여 나라에서 학회를 만들어 연구하고 있다.

선진 문화를 받아들이더라도 우리 것으로 재창조하는 독특한 능력이 우리에게 있다. 해방 이후 그 많은 이질적 문화들이 물밀듯이 들어왔지만 이내 버릴 것은 버려서 우리 것으로 만들었다. 나는 일본 문화를 받아들이는 데도 아무런 문제가 없을 것으로 믿었다. 오히려 일본 문화를 막는 것이 더 문제가 있다고 생각했다. 양질의 문화가 들어오지 않으면 폭력, 섹스 등 저질 문화만 몰래 스며들 것이기 때문이다.

문화를 역사의 어느 한 시점의 우열로만 판단하여 교류할 수는 없다. 문화는 과거, 현재, 미래를 잇는 끝없는 상호 학습을 통해 형성되기 때문이다. 그렇게 볼 때 문화 교류는 서로를 배우는 과정이다. 일본 문화를 막는 것은 우리에게는 수치스러운 일이다.

더 이상 문화쇄국주의는 의미가 없다고 판단했다. 우리 문화는 우리 스스로가 생각해도 자랑스럽다. 나는 일본 문화 개방에 조금도 거리낌이 없었다. 내 예측은 빗나가지 않았다. 일본 문화를 개방한 이후 오히려 일본에서 '한류(韓流)'가 일어나지 않았는가.

오부치 총리와 어업협정도 체결했다. 유엔 해양법협약이 1994년 발효하여 세계는 200해리 배타적 경제 수역(EEZ)으로 법제도를 바꿔야 했다. 12해리 전관 수역만 인정했던 1965년 한일어업협정과는 근본적으로 다른 국제 해양 환경이 형성된 것이다. 일본은 1996년 200해리 EEZ 제도를 선포하며 구 한일어업협정을 일방적으로 종료시켰다. 그러자 동해에서는 조업을 둘러싸고 일대 혼란에 빠졌다. 새로운 어업 질서를 빨리 정착시켜야 했다.

한일어업협정은 제1조에서 협정의 장소적 범위에 대해 "대한민국의 배타적 경제 수역과 일본의 배타적 경제 수역에 적용한다"고 규정했다. 양국의 배타적 경제 수역에 적용한다는 것은 달리 말하면 양국의 영토나 영해, 그리고 제3국의 EEZ에는 적용하지 않는다는 뜻이다. 따라서 우리 영토인 독도와 독도의 12해리 영해는 어업협정의 대상이 아니며 이로 인하여 어떠한 영향도 받지 않는다.

새로운 한일어업협정은 국제법을 존중하면서도 우리의 실익을 고려한 고심의 선택이었다. 독도를 중간 수역에 넣은 것은 이 협정이 영유권과는 관계없기 때문이었다. 처음에는 어획량을 둘러싸고 어민들의 불만이 많았지만, 실상 일본 어민들의 저항보다는 적었다. EEZ 200해리를 인정하여 고기잡이 해역을 넓히면서도 독도가 우리 영토임을 내세워 그 EEZ 효력에서는 벗어났다. 다시 말하지만 독도가 우리 땅이고 우리가 실효적 지배를 하고 있는 이상 국제적 논란에 휩싸이지 말아야 한다. 그것은 일본이 원하는 것이기 때문이다.

정상 회담을 마치고 참의원 본회의장에서 연설을 했다. 나의 국회 연설에 언론과 의원들의 관심은 대단했다. 730명쯤 되는 중·참의원 중에서 527명이 참석했다. 국회 연설 사상 가장 많은 의원들이 참석한 것이다. 또 오부치 총리와 전 총리 5명의 부인, 각료·의원의 부인들까지 자리를 지킨 것은 극히 이례적인 일이라고 했다. 이날 연설은 공영 텔레비전 방송 NHK가 전국에 생중계했다. 나는 먼저 일본 정부와 국민들에게 감사 인사를 했다.

오부치 게이조 일본 총리와 정상 회담. 오부치 총리는 재임 중에 서거하여 안타까웠다.

"25년 전 도쿄 납치 사건과 1980년의 사형 선고를 비롯하여 민주화 투쟁 과정에서 생명을 잃을 뻔했던 내가, 이제 대한민국의 대통령으로서 이 자리에 서니 감개무량한 심정을 금할 수 없습니다. 나는 나의 생명과 안전을 지키고자 긴 세월 동안 힘써 주신 일본의 국민과 언론, 그리고 일본 정부의 은혜를 결코 잊지 않고 있습니다."

나는 또 지난 50년 동안 우리 민족이 독재와 싸워 얻은 인권과 평화를 소중하게 지키겠다고 다짐했다.

"기적은 기적적으로 이뤄지지 않습니다. 한국의 민주화, 특히 헌정 사상 최초의 평화적 정권 교체는 한국 국민의 피와 땀에 의해 이뤄진 기적입니다. 우리 국민과 나는 이처럼 값지게 얻은 민주주의를 흔들림 없이 지켜 나갈 것입니다."

나는 일본이 과거에 집착하기보다는 미래를 보라고 조언했다. 그것은 과거를 직시해야 가능하다고 말했다.

"한일 두 나라는 과거를 직시하면서 미래 지향적인 관계를 만들어 나가야할 때를 맞이했습니다. 과거를 직시한다는 것은 역사적 사실을 있는 그대로 인식하는 것이고, 미래를 지향한다는 것은 인식된 사실에서 교훈을 찾고 더 나은 내일을 함께 모색한다는 뜻입니다.

일본에게는 과거를 직시하고 역사를 두렵게 여기는 진정한 용기가 필요하고, 한국은 일본의 변화된 모습을 올바르게 평가하면서 미래의 가능성에 대한 희망을 찾을 수 있어야 합니다."

내 연설 중간 중간에 의원들은 우렁찬 박수를 보냈다. 나의 의회 연설은 그 후 많은 이들이 기억해 주었다. '정치가의 언어'가 얼마나 무거운지를, 그 위력이 얼마나 대단한지를 보여 주었다고 극찬하는 이들도 있었다.

오부치 총리 주최 만찬에 참석했다. 총리는 내 삶을 꿰뚫어 살피는 만찬사를 했다.

"대통령께서는 일한 국교 정상화 당시, 국회에서 다수 의원들이 정상화에 반대하는 가운데 용기를 가지고 정상화에 찬성하셨으며, 양국 국민 차원의 친선과 이해의 필요성을 호소하셨습니다. 1965년의 이러한 역사적 결단에 대한 언급 없이 현재와 미래의 일한 관계를 말할 수 없습니다.

본인은 대통령께서 그 극적이고 파란만장한 정치 역정 속에서 인권과 민주주의 발전을 위해 문자 그대로 '행동하는 양심'으로서 숱한 고뇌와 역경을 무한한 용기와 확고한 신념으로 이겨 오신 데 대해 진심으로 경의를 표하는 바입니다.

본인이 경애하는 고(故) 시바 료타로(司馬遼太郎) 작가는 1980년 대통령께서 아직 투쟁의 가시밭길을 걷고 계실 때 당시 스즈키 젠코(鈴木善幸) 총리대신 및 마사요시 외무대신에게 서한을 보낸 일이 있습니다. 그 내용은 '한 인간으로서 김대중 씨의 구명을 위해 계속 기도하고 있습니다'라는 단 한 줄이었습니다. 대통령께서는 그 뒤로 더 많은 시련을 거친 끝에 마침내 대통령으로서 한국을 지도하는 자리에 서게 되었습니다. 대통령께서 걸어오신 발자취는 바로 한국의 민주화와 경제 발전의 역사 그 자체입니다."

오부치 총리는 일본 프로야구 주니치 드래곤즈 팀의 선동열 선수와 가수 계은숙 씨의 활약을 대단하게 설명하며 상호 교류를 강조했다. 그리고 한국에 왔을 때 내가 써 준 휘호 '敬天愛人(경천애인)'을 내보이며 자신의 좌우명으로 삼고 있다고 말했다.

10월 9일 아침, 나는 일본에 있는 동지들을 영빈관으로 초청했다. 어려웠던 시기에 나를 도왔던 70여 명과 다과를 함께했다. 보기만 해도 좋은 친구들이었다.

덴 히데오(田英夫) 참의원은 '김대중 도쿄 납치 사건'의 진상규명위원장이었다. 사사키 히데노리(佐佐木秀典) 중의원은 진상규명위의 실무 책임자였다. 재일 동포인 조활준은 납치 사건 당시 내 비서였고, 초등학교 친구 김종충은 망명 시절 자신의 집을 피난처로 제공했다. 월간지 『세카이』를 발행하는 이

와나미 출판사의 고(故) 야스에 료스케 사장 부인과 오카모토 아쓰시(岡本厚) 편집장도 보였다. 고 야스에 사장은 내 회견 기사를 『세카이』에 크게 게재하여 일본 사회에 널리 알렸으며 나와는 각별한 사이였다. 도이 다카코 사민당 당수, 무라야마 도미이치 전 총리는 나를 지지해 준 대표적인 정치인이었다. 고노 요헤이 전 자민당 총재는 나의 30년 친구였다. 노벨문학상 수상 작가 오에 겐자부로(大江健三郎), 지문 날인 철폐 운동을 펼치고 있는 이인하 목사도 참석했다.

모두가 나를 그토록 걱정하고, 내 목숨을 살리려고 노력했다. 나는 죽지 않고 살아서 대통령으로 그들 앞에 서 있었다. 나는 물론 눈물이 날 만큼 고마웠지만, 그들도 만감이 교차하는 듯했다. 그들도 이제 많이 늙어 있었다. 나는 그들의 우정을 영원히 간직하겠다고 말했다.

우리는 딱 한 시간 동안 만났다. 가을이었기에 밤에 초청하여 술잔이라도 기울였으면 좋았을 것이다. 오래 손이라도 붙들고 있었으면 좋았을 것이다. 하지만 우리는 오전에 만나 밥도 같이 못 먹고 그렇게 헤어졌다. 그날 지상에서 마지막으로 본 사람도 있었다. 그러고 보면 투쟁은 무엇이고, 혁명은 무엇인지, 또 동지란 누구인지 참으로 허허로웠다.

천황 내외가 영빈관으로 찾아왔다. 작별 예방이었다. 나는 천황에게 한국을 방문해 달라고 공식 초청했다. 천황은 초청에 깊이 감사한다고 말했다. 나는 천황이 방문하면 양국 관계는 더욱 성숙할 것으로 내다봤다. 그러나 그는 지금까지도 우리 땅을 밟지 못하고 있다.

일본 정계 지도자들을 초청하여 오찬을 함께했다. 나카소네 야스히로, 다케시타 노보루, 하시모토 류타로, 무라야마 도미이치, 하타 쓰토무(羽田孜), 가이후 도시키(海部俊樹) 등 전직 총리 6명과 간 나오토(菅直人) 민주당 대표, 오자와 이치로(小澤一郎) 자유당 당수 등 당 대표 5명이 참석했다. 우리 측에서는 박태준 자민련 총재, 신현확 전 총리, 김수한 전 국회의장 등이 자리를 함께했다.

도이 다카코 사민당 당수의 말이 인상에 남는다.

"생각해 보면 (납치 사건이 일어난) 1973년 8월로부터 25년이 지났습니다. 그간을 회고해 보면 김 대통령의 이번 방일은 매우 감개무량합니다. 저에게 25년간 여러 가지 일들이 생길 때마다 좌절해서는 안 된다고 오히려 격려해 주신 분이 김대중 대통령이었다고 생각합니다.

그와 함께 어제 '기적은 기적적으로 이뤄지지 않는다'고 말씀하셨는데, 이는 본회의에서 연설하신 것 중 하나의 명언으로 남으리라 저는 생각합니다. 25년의 세월 동안 어떤 일이 있더라도 초심을 잊지 않고 모든 노력을 한다는, 우리 정치인들로서 꼭 가져야 하는 자세를 가르쳐 주셨다고 생각합니다."

한일협력위원회 회장을 맡고 있는 신현확 전 총리도 말했다.

"한국의 대통령이 일본을 공식 방문한 것이 이번으로 몇 차례 될 것이나 이번과 같은 평가를 받은 것은 처음이라 생각합니다. 저 자신도 과거의 경험에 비추어 볼 때 이번이야말로 21세기를 향한 양국 간의 파트너십의 구축이 가능하다는 확신을 가지게 되었습니다."

일본 방문 중에 정계 지도자들을 초청한 이날 모임이 가장 인상적이었다. 원로들의 말은 깍듯하고 따뜻했다. 모두가 진정 동반자로서 한일 양국의 내일을 낙관하고 있었다.

9일 오후 하네다 공항을 출발해 오사카로 향했다. 공항에는 총리 부인인 오부치 치즈코(小淵千鶴子) 여사가 직접 나와 우리 부부를 환송해 주었다. 간사이 신공항에 도착한 후 숙소인 데이코쿠(帝國) 호텔로 향하는데 연도에 시민과 학생들이 몰려나와 태극기와 일장기를 흔들었다. 재일 동포뿐 아니라 일본인들도 많았다. 경호 팀이 만류했지만 나는 차에서 내려 그들과 악수하며 어울렸다.

오사카는 현대사에서 우리에게는 특별한 곳이었다. 일제 시대 때 수많은 한국인들이 징용으로 끌려가거나 일터를 찾아 바다를 건너갔다. 그리고 이곳에 정착했다. 지금도 우리 교민들이 가장 많이 살고 있을 것이다. 오사카 주민들의 기질이나 성향은 한국인과 많이 닮았다고 한다. 그것은 이러한 과거사와 무관하지 않을 것이다.

10일 아침 문화계 인사들과 간담회가 있었다. 소설가인 소노 아야코(曾野 綾子) 씨가 의미 있는 말을 했다.

"한국과 일본 간에는 과거 정말 죄송한 시대가 있었습니다. 전쟁이 났을 때 저는 13세, 천황은 11세로 모두 어린이였습니다. 저는 과거에 불행한 역사가 있었다면 그것을 능가하는 정도의 행복한 관계를 지속하는 것이 양국 간의 새로운 일보가 될 것으로 생각합니다. 저는 소설가지만 관심이 사랑의 시작이며, 때로는 그것이 미움이라는 형태로 나타나더라도 사랑에 도달하는 것은 가능하다고 생각합니다."

내가 받아 말했다.

"저는 일제 시대에 이미 청년이었으며 전전과 전후를 모두 알고 있는데, 이제 생각해 보면 소위 경제적인 착취 등은 거의 상처로 남아 있지 않습니다. 그러나 문화적인 것은 아직도 깊은 상처로 남아 있습니다.

한국 사람들은 성(姓)을 목숨보다 귀중하게 여깁니다. 그런데 일본은 우리의 성을 일본식으로 바꾸도록 했으며 한국말을 금지했습니다. 또한 한국의 역사를 배우지 못하게 했으며, 한국어 신문을 폐간시키고 한국어 문학을 쓰지 못하게 하였습니다. 그리고 마지막에는 순진한 처녀들을 정신대로 끌고 가 군대에서 '위안부' 노릇을 시켰습니다.

이러한 문화적·인권적 문제가 지금도 상처로 남아 있는 것입니다. 일본인들은 거의 대부분 이를 잘 모르고 있습니다. 모르기 때문에 반성을 하지 않고, 반성을 하지 않으니 진정한 사죄를 할 수 없는 것입니다. 여러분은 문화인이기 때문에 이러한 문화적인 상처가 경제적인 상처보다 훨씬 더 깊고 본질적이라는 것을 이해해 주실 것이라 생각합니다."

일본 국빈 방문을 무사히 마쳤다. 귀국 회견에서 일본이 과거사에 대해 분명히 사죄하고 이를 문서로 남긴 것과 30억 달러를 연 2퍼센트 선의 저리로 우리가 자유롭게 쓸 수 있는 차관을 얻은 것을 성과로 꼽았다. 그러나 보이지 않는 소득도 많았다.

흔히 1965년 국교 정상화 이후 한국과 일본의 관계를 '1965년 체제'라고 한다면 나와 오부치 총리가 합의한 '21세기의 새로운 한일 파트너십 공동 선언' 이후의 한일 관계는 '1998년 체제'라고 해야 마땅하다는 이들이 있다. 그러나 '한일 파트너십 선언'의 성취는 역사가 증명할 것이다. 나는 다만 최상의 결과를 도출하기 위해 '정교하게' 노력했음을 밝힌다.

나의 일본 방문이 나름의 성과를 올린 것은 우리의 민주적인 정권 교체의 힘이라고 생각한다. 일본 국민을 설득하고, 언론을 설득하고, 여·야 정당을 설득한 것은 수평적 정권 교체의 위력이었다. 일본도 이루지 못한 민주적 선거를 통한 정권 교체를 해냈으니, 이러한 우리의 저력을 일본 국민과 세계인들이 존경하고 부러워했다.

코피 아난 유엔 사무총장이 서울평화상을 받으러 한국에 왔다. 그는 아프리카 가나 출신이었다. 그에게 여러 가지 궁금한 것들을 물었다.

"아프리카 여러 나라 중 민주주의와 시장 경제의 병행 발전이라는 측면에서 가장 희망적인 나라는 어디라고 보십니까?"

"남아프리카공화국이 가장 가능성이 큽니다. 경제가 선진화되어 있고, 금융·엔지니어링·광업 등 분야는 기반이 단단합니다. 민주주의와 인권의 관점에서는 만델라 대통령 개인의 지도력과 덕망이 크게 작용하고 있습니다."

"동티모르 상황은 어떻습니까?"

"인도네시아 당국은 상당한 정도의 자치를 허용할 준비가 되어 있습니다. 국가 안보·금융·외교를 제외한 사회·교육·정치·경제 모든 분야에서 자치가 논의되고 있습니다. 우리는 인도네시아에게 동티모르에서 군대를 철수하고 정치범들을 석방하라고 요구하고 있습니다."

"미얀마의 인권 문제에 대해 개인적으로 많은 관심을 가지고 있습니다. 우리 국회의원들 100여 명이 서명한 항의 편지를 미얀마에 보낸 바 있고, 저도 두 번 편지를 보냈습니다. 아웅산 수지 여사와도 접촉을 하고 있습니다. 미얀마의 군사 정권을 용서해서는 안 된다고 생각합니다. 유엔이 좀 더 적극적으로 개입하면 좋겠습니다."

"특사를 보내 미얀마 당국에 수지 여사를 탄압하지 말 것을 종용하려 했지만 만나 주지도 않았습니다. 준비가 돼 있지 않다는 게 이유였습니다."

"군부가 선거 결과를 부정하고 권력을 잡은 경우가 두 번 있었는데, 하나는 아이티였고 다른 하나는 미얀마입니다. 아이티의 경우는 당선된 대통령의 정부가 수립되도록 미국이 군사 개입을 해서 적극 도왔습니다. 그러나 미얀마에 대해서는 미국의 노력이 부족하다고 생각합니다."

나는 이후에도 이들 나라의 움직임을 비상한 관심으로 지켜보았다.

그날 오후, 해외 입양 동포 모국문화체험단 일행을 만났다. 그중에는 특별한 손님이 있었다. 내가 1989년 2월 스웨덴 국제연구소에서 강연했을 때 기모노를 입고 "한국의 입양아를 어찌 생각하느냐"고 묻던 바로 그 여학생이었다. 몇 년 뒤 다시 스웨덴을 찾았을 때는 기자가 되어 나를 취재하러 왔었고, 이번이 세 번째 만남이었다. 그녀는 33세의 법률자문가로 변신해 있었다.

"대통령님, 다시 뵙게 되어 기쁩니다. 처음 스웨덴에 오셨을 때는 민주 투사이셨습니다. 그때의 만남이 저를 크게 바꾸었습니다. 한국에 와 보니 민주주의와 평등을 앞세우는 나라로 변해 가는 것을 보았습니다. 더 이상 어떤 말을 해야 할지 모를 정도로 감격했습니다."

그가 울먹였다. 그의 이름은 리나 김이었다. 참석자들이 곳곳에서 흐느꼈다. 그 눈물이 내 가슴으로 흘러 들어왔다. 어린 나이에 낯선 나라에서 얼마나 외로웠고, 얼마나 서러웠을 것인가. 그래도 조국은 멀기만 했을 것이니 얼마나 절망했을 것인가. 나는 다시 사과했다.

"나는 한국의 대통령으로서 여러분들에 대해서 마음으로부터 미안하고, 정말 여러분에게 큰 잘못을 저질렀다 이렇게 생각합니다."

정주영 현대그룹 명예회장이 소 501마리와 함께 2차 방북을 마치고 10월 31일 돌아왔다. 정 명예회장이 김정일 국방위원장을 만나 김 위원장을 오른편에, 아들 정몽헌 회장을 왼편에 두고 자신은 가운데 서서 찍은 사진이 보도되었다. 인상적이었다. 정 명예회장에게 가운데 자리를 내주고 곁에 서 있는 김 위원장을 한참 바라보았다.

김 위원장과 현대 측은 금강산 개발 사업, 유전 공동 개발, 체육 교류, 경제 협력 사업 등에 합의했다. 금강산 관광선이 11월 18일 출항하기로 한 것이 가장 도드라져 보였다. 정 명예회장은 면담 결과를 직접 나에게 설명하고 싶어 했다. 나는 월요일 첫 일정으로 정 명예회장, 정몽헌 현대건설 회장, 이익치 현대증권 사장 등 방북단 일행을 접견했다.

정 명예회장 부자는 방북 결과를 자세하게 설명했다. 특히 평양 인근이 온통 기름밭인데 그걸 개발하여 남쪽에 제공하기로 했다며 한껏 고무되어 있었다. 내가 조심스럽게 말했다.

"너무 과장되게 보도되면 안 됩니다. 하나씩 쌓아 올려가는 것이 좋지요. 과거 기업들이 요란했지만 결과적으로 무엇이 있었습니까. 국민감정도 있기 때문에 착실히 하는 것이 좋습니다."

그러면서도 사업이 성공하기를 바랐다. 북한에 공단이 조성되면 남과 북 모두에게 큰 이익이었다. 북한 노동자들은 임금이 싸고 교육 수준이 높아 노동의 질이 우수하기에 우리 기업에게 큰 도움이 될 수 있었다. 나는 대만의 기업들이 중국 본토에 진출하여 큰 성공을 거둔 것을 사례로 들며 공단 건설 추진을 격려했다.

방북단은 북한 군인들 사이에 "장전항은 북한 해군항이 아니라 남한의 현대항이다"는 말이 오간다고 전했다. 금강산 관광은 여러 가지를 변화시키고 있었다.

대북 사업에 김정일 위원장이 직접 나선 것은 매우 의미 있는 변화였다. 지난 8개월 동안의 지속적인 두드림에 북이 쪽문 하나를 열었다고 생각했다. 나는 김 위원장 취임 후 내부에서도 변화가 있었다고 보았다. 실용주의 세력이 목소리를 높이기 시작한 것으로 짐작했다. 정경 분리와 '선 민간 경협, 후 당국 대화'를 일관되게 추진한 것이 북한을 움직이기 시작했다고 보았다. 임기 중에 김 위원장을 만날 기회가 있을 것으로 생각했다.

10월 10일 이회창 한나라당 총재와 여야 총재 회담을 열었다. 당시 정국은 매우 어수선했다. 김영삼 정권 말기, 대통령 선거 때의 비리들이 터져 나왔다. 그중 한나라당이 국세청을 동원해서 선거 자금을 모금한 것과 북한에 판문점에서 총격을 요청한 사실이 드러났다. 참으로 있을 수 없는 일들이었다. 언론은 두 사건을 '세풍(稅風)', '총풍(銃風)'이라 불렀다. 세풍은 국가의 조세 행정을 송두리째 뒤집는 사건이었고, 총풍은 공산당과 내통하여 정권을 잡으려는 용서할 수 없는 범죄였다. 우리 국민이 공산당에 맞서 전쟁까지 치르며 지킨 나라인데 더 이상 공산당과 싸울 명분까지 앗아가 버리는 천인이 분노할 일이었다. 이 사건들은 여와 야의 문제가 아니었다. 나라의 기본을 흔드는 중대한 범죄였다.

궁지에 몰린 한나라당은 오히려 야당 탄압이라며 반격하고 나섰다. 여당은 한나라당의 사과를 요구했다. 그것은 여야 총재 회담의 전제 조건이기도 했다. 이 총재는 국세청을 동원한 선거 자금 모금 사건, 이른바 '세풍'에 대해서만 사과를 했다. 반쪽 사과였다. 여야 총재 회담은 몇 번의 무산 위기를 넘기고 간신히 열렸다. 나와 이 총재는 "국난 극복을 위해 상호 이해와 협력을 바탕으로 여야 간에 대화와 타협을 통한 성숙한 정치를 복원"하기로 합의했다. 나는 경제 위기 상황에서 더 이상의 국론 분열을 원치 않았다. 중국 방문 하루 전날이었다.

금강산 관광
(1998. 11 ~ 1999. 9)

　　1998년 11월은 나에게 외교의 달이었다. 11월 11일부터 9박 10일 동안의 해외 순방길에 올랐다. 중국 방문에 이어 말레이시아에서 열리는 아시아·태평양경제협력체(APEC) 정상회의에 참석하고, 귀로에 홍콩을 방문하는 일정이었다. 또 내가 귀국하는 20일에는 클린턴 미국 대통령이 한국에 올 예정이었다. 한미 정상 회담이 기다리고 있었다.

　　중국은 갈 때마다 느낌이 달랐다. 중국의 지도자들과 중국인들은 나에게 우호적이었다. 과거에도 중국 언론들은 군사 독재와 맞서 싸우는 나의 활동을 비교적 소상하게 보도했다. 또 내 저서들이 번역되어 팔리고 있었다. 대통령에 당선되기 전에도 세 번이나 중국을 방문했다. 모두 중국 인민외교학회가 초청했다. 인민외교학회는 중국 외교부 산하 기구였다.

　　첫 번째 방문은 1994년 11월 아태평화재단 이사장 자격으로 이뤄졌다. 당시 나는 정계를 은퇴한 야인이었다. 그런데도 중국 정부는 숙소에 경호원을 배치했다. 베이징 대학에서 "한반도의 통일과 중국"이라는 주제로 강연을 했다.

　　1995년 10월에 이어 1996년 10월에도 중국을 방문했다. 그러고 보니 해마다 가을이면 중국을 방문한 셈이다. 1996년에는 북한의 잠수함 침투 사건이 발생한 직후였다. 중국 정부는 신변 안전을 위해 야당 총재인 나를 특별히 경호했다. 영빈관인 조어대(釣魚臺)를 숙소로 잡아 주었다. 파격이었다. 탕자쉬 안(唐家璇) 외교부 부부장, 주룽지 국무원 부총리를 면담했다. 주룽지 부총리 는 내가 면담을 신청하자 다른 일정이 있다며 난색을 표했다. 그런데 정작 다 롄(大連)에서 헬기를 타고 날아와 숙소인 조어대에 나타났다. 주 부총리는 그 동안 한국의 정치인은 누구도 만나지 않았다고 했다.

"한국의 민주주의를 위해 살아온 역정에 대한 존경심에서 김 선생님을 만 나러 왔습니다. 20분 정도만 얘기를 나눕시다."

그래서 내가 먼저 10분 동안 이야기를 했다. 그랬더니 주 부총리가 25분 동 안 혼자서 이야기했다. 주로 중국 경제에 대해서 설명했다.

이번에는 장쩌민 국가 주석의 초청을 받은 대륙의 손님(국빈)이었다. 양국은 1992년 수교 후 '선린 우호 관계'에 있었다. 이번 국빈 방문을 통해 '동반자' 관 계로 격상시키기로 했다. 중국은 단순 수교에서, 선린 우호, 동반자, 전통적 우 호 협력, 혈맹 관계의 5단계로 외교 관계를 맺고 있었다. 북한과는 '혈맹'에서 한중 수교 이후 '전통적 우호 협력' 관계로 사이가 벌어졌다. 미국과 러시아와 는 '전략적 동반자' 관계를 맺고 있었다. 중국은 북한을 의식하고 있었다.

11일 오후 베이징 공항에 도착하자 곧바로 숙소인 조어대로 향했다. 숙소 에서 동포들과 간담회를 가졌다. 나는 4대국과의 외교, 특히 중국과의 관계가 얼마나 중요한지를 말했다.

"중국은 지금 세계에서 일곱 번째의 경제력을 가지고 있지만, 중국이 지닌 잠재력은 세계의 첫째가 될지 둘째가 될지 모릅니다. 그러한 중요한 국가에 여러분이 와 있습니다.

우리는 중국에 대해 대단히 좋은 지리적 이점을 가지고 있을 뿐만 아니라 역사·문화적인 이점도 가지고 있습니다. 그리고 한국은 4대국 사이에 끼여 있는데, 자칫 잘못하면 찢기고 당할 수 있지만, 잘만 하면 우리의 지정학적 중요성 때문에 4대국이 서로 협력하려 할 것입니다. 말하자면 색시 하나를 두 고 신랑감 넷이 프러포즈를 하게 만들 수 있는 것입니다. 그것이 외교입니다.

그 가장 중요한 외교 상대 가운데 하나가 바로 중국입니다. 그런 점에서 중국은 오늘 이 시점에도 중요하지만 내일은 더 중요한 나라입니다."

11월 12일 아침 인민대회당 동대청에서 장쩌민 주석과 단독 정상 회담을 가졌다. 나와 장 주석은 나이가 같았다. 그가 내 외모를 화제로 올렸다.

"김 대통령께서는 저보다 불과 8개월 연장으로서 나이가 비슷한데 저보다도 젊어 보이십니다. 김 대통령께서는 평범치 않으신 삶을 살아오신 것으로 알고 있습니다. 김 대통령을 뵙고 보니 두 가지 생각나는 말이 있습니다. 하나는 '뜻이 있는 사람은 반드시 이룬다(有志者 事竟成)'는 말입니다. 대통령께서는 여러 풍파를 거친 뒤 대통령에 당선되셨습니다. 다른 하나는 '큰 난국 속에서도 죽지 않으면 나중에 복이 온다(大難不死 必有後福)'라는 말입니다. 김 대통령께서는 여러 위험을 무릅쓰고 나서 복을 받으셨다고 할 수 있습니다."

"외국에 나가면 나이보다 젊어 보인다며 그 비결을 묻는 경우가 많습니다. 오랫동안 군사 독재의 박해를 받으며 지내오는 동안 제 인생이 중단되다시피 했습니다. 그래서 노화도 중단되어야 한다고 설명하곤 했습니다."

장 주석이 크게 웃었다. 나는 북한에 대한 우리의 햇볕 정책과 최근 북한이 보인 변화의 조짐들을 설명했다.

"북한이 최근 최고인민회의를 열어 헌법을 개정했습니다. 그 안에 사회주의 시장 경제 초기 단계 조항이 포함되어 있습니다. 또 중요한 변화는 김정일 위원장이 현대그룹과의 협력에 과거에 비해 긍정적인 태도를 보였다는 것입니다. 우리는 이러한 변화를 주목하면서 인내심을 가지고 점진적으로 북한과의 교류를 추진해 나갈 예정입니다."

"우리는 남북한 당사자 간 해결 원칙을 견지해 왔습니다. 한국의 대북 포용 정책은 올바른 정책이라 생각합니다. 북한은 경제 상황의 악화로 생존 문제가 걸려 있는 만큼 최근 더욱 외부의 동향에 민감한 반응을 보이고 있습니다. 이럴 때 따뜻한 바람(熱風)이 아니라 찬바람(寒風)이 불어온다면 옷을 벗지 않고 더 껴입을 것입니다. 인내심을 갖고 자존심을 상하지 않게 하고, 자극하지 않으면서 너그러운 환경을 만드는 것이 중요합니다. 한반도의 평화 안정이 중국의 기본 입장입니다. 남북 양측이 점차 신뢰를 회복하고 관계를 개선해 나가기를 희망합니다."

나와 장 주석의 회담은 40분 예정이었으나 1시간이나 길어져 100분 동안 진행했다. 이어서 공식 수행원들이 모두 참여하는 확대 정상 회담을 가졌다. 우리는 한국과 중국의 관계를 양국의 국가 이익 및 동북아 평화와 안정을 위하여 '포괄적 협력 동반자'로 격상시키는 데 합의했다.

이날 저녁 인민대회당 서대청에서 장 주석 주최 만찬이 있었다. 나와 장 주석은 많은 대화를 나눴다. 그는 나에 대해 많은 것을 알고 있었다. 만찬 도중 진풍경이 있었다. 군악대가 중국과 한국의 민요를 번갈아 연주하며 흥을 돋우었다. 중국 여가수가 〈저녁 노래(夕歌)〉라는 중국 민요를 부르자 장 주석이 식사를 하다 말고 노래를 따라 불렀다. 식사를 마친 뒤에는 종업원들을 격려하며 아쉬운 듯 말했다.

"음이 높아 〈저녁 노래〉 마지막 소절을 따라 부르지 못했습니다."

그래서 내가 다시 청했다.

"그럼 다시 한 번 들려주십시오."

장 주석은 기다렸다는 듯 군악대에 반주를 요청했다. 그의 노래 실력은 보통이 아니었다. 장 주석은 나에게도 노래를 청했다. 이를테면 답가였다. 나는 아내와 함께 마이크를 잡았다. 군악대 지휘자에게 무슨 노래를 할지 물었다. 지휘자는 우리 민요 〈도라지 타령〉을 청했다. 나와 아내는 손을 잡고 〈도라지 타령〉을 불렀다.

장쩌민 주석은 큰 인물이었다. 매우 솔직했다. 내게 마음을 터놓고 격의 없이 이야기했다. 나와는 모든 면에서 마음이 맞았다. 통역 없이 우리는 영어로 대화를 나눴다. 인간적으로 모든 이야기를 할 수 있었다. 그는 사적으로, 또 외교적으로 매우 민감한 발언을 서슴지 않았다. 그만큼 우리는 서로를 믿었다.

장 주석은 그 후 열흘쯤 뒤에 일본을 방문하기 위해 우리나라 영공을 지나

장쩌민 중국 국가 주석이 부른 〈저녁 노래〉에 〈도라지 타령〉으로 화답했다.

며 비행기 안에서 내게 기상(機上) 메시지를 보내왔다.

"러시아 방문을 마치고 일본 방문차 한국 영공을 통과 중입니다. 김대중 대통령과 우호적인 한국 국민에게 인사를 보냅니다. 귀국의 번영을 기원하며 한중 양국 간 21세기를 향한 협력 동반자 관계의 발전을 희망합니다."

하늘에서 내려 보낸 친구의 편지였다. 실로 그의 마음씨가 만져졌다. 장 주석은 국빈 방문 공식 수행원 12명에게도 주한 중국 대사관을 통해 마오타이주(酒)를 보내왔다.

베이징 대학에서 강연을 했다. 1994년과 1996년에 이어 세 번째였다. 강연 전에 베이징 대학 개교 100주년을 기념하여 '實事求是(실사구시)'라 쓴 휘호를 선물했다. 대강당에는 1000명이 넘게 모여 있었다. 교수와 학생들로 가득차 통로가 보이지 않았다. 나는 중국의 젊은이들에게 말했다.

"한중 두 나라 사이에 걸쳐진 포괄적인 동반자 관계의 다리를 딛고 양국의 젊은이들이 21세기 세계의 무대 위에 다 같이 주역으로 등장할 것을 나는 열렬히 바랍니다. 우리나라 젊은이와 여러분은 그러한 가능성을 충분히 간직하고 있습니다. 손에 손을 잡고 전진하십시오. 귀국 정부의 지도자들과 나는 그러한 다리를 놓는 역할을 기꺼이 다할 것입니다."

13일 하루 동안에 주룽지 총리, 리펑(李鵬) 전인대 상무위원장, 후진타오(胡錦濤) 부주석, 첸치천(錢其琛) 부총리 등을 잇달아 만나 개별 회담을 가졌다. 중국의 최고 지도자들을 이처럼 대거 만난 것은 전례가 없다고 했다.

숙소인 조어대에서 주룽지 총리를 접견하고 이어서 만찬을 가졌다. 나는 주 총리에게 위안화의 절하를 유보해 달라는 요청과 함께 다섯 가지의 경제 협력 방안을 제시했다. 첫째 중국 원자력 발전소 건설에 우리 기업의 참여, 둘째 완성차 조립 공장 건립 허용, 셋째 우리의 독보적 기술인 음성다중분할방식(CDMA)의 이동통신 사업 중국 진출, 넷째 중국에 진출한 우리 금융 기관에 대한 위안화 영업 허가, 다섯째 베이징~상하이 고속철도 건설에 우리 기업의 참여 등이었다.

주 총리는 나의 모든 요구를 수용하거나 긍정적으로 검토하겠다고 말했다. 주 총리는 다섯 가지 제안에 대해 소상히 답하고서 이렇게 덧붙였다.

"이것은 단순한 외교적 수사가 아닙니다. 김 대통령을 존경하기 때문에 진심에서 하는 말입니다."

나는 고마움을 둘러서 표현했다.

"역시 대통령에 당선되기 잘했습니다. 대통령이기 때문에 주 총리와 만나 이런 부탁도 할 수 있기 때문입니다."

당시 CDMA 이동통신 채택을 각별히 부탁한 것은 중국이 유럽식(GSM)으로 결정하려 한다는 우리나라 이동통신업계의 말을 듣고서였다. 그 후 우리나라의 휴대폰이 중국에서 날개 돋친 듯 팔리는 것을 보면 '내가 세일즈 외교를 잘했구나' 하는 생각이 들곤 했다.

주 총리는 한국 방문 초청에도 흔쾌히 응했다. 그러면서 은밀하게 물었다.

"김 대통령께서는 신비스러운 점이 아주 많습니다. 오늘 장 주석과 김 대통

128

령의 불편하신 몸에 대해서 이야기를 나눴습니다. 저는 군사 독재 정권의 고문 때문이라 했고, 장 주석은 고의에 의한 차량 사고 때문이라고 했는데 누구 얘기가 맞습니까."

"1971년 국회의원 지원 유세를 하러 지방을 다니다가 대형 트럭이 내 승용차로 돌진하는 사건이 있었습니다. 그때 두 명이 즉사하고 나는 다리를 크게 다쳤습니다. 지금도 계단을 내려가는 것은 무난하지만 오르는 것은 무척 고통스럽습니다."

"1996년 중국에 오셨을 때 저는 다롄에서 헬기를 타고 돌아와 대통령님을 조어대에서 만났습니다. 지위의 고하를 따져서 만난 것이 아니라 훌륭한 인품에 끌려 한국 정치인 중 처음으로 만나 뵈었던 기억이 납니다."

거듭 그의 관심과 배려를 확인할 수 있었다. 주 총리와 나는 동병상련의 수난사가 있었다. 그도 문화혁명으로 20년간 가족과 떨어져 살았다. 농촌에서 갖은 고초를 겪었다. 우리는 지난 고난의 세월을 서로 어루만졌다. 나는 주 총리에게 감옥에서 파리를 죽이지 않고 기절만 시켜 잡는 법을 얘기했다. 그리고 산 채로 거미줄에 살짝 걸어 놓는 것은 고난도 기술이라며 우스갯소리를 했다.

"내년 초에 한국을 방문하시면 그 기술을 제가 직접 보여 줄 생각입니다. 귀한 솜씨인 만큼 CC TV 기자를 데리고 와서 특별 취재를 시키는 것이 좋을 것입니다."

주 총리 역시 우스개로 답했다.

"대통령님의 두 가지 기술이 올림픽 종목으로 채택된다면 금메달 두 개는 문제없이 딸 수 있을 것입니다."

나는 야당 시절 내 어려운 처지를 걱정하고 도와준 중국 내 인사들을 별도로 초청하여 오찬을 함께했다. 이 자리에는 나를 세 차례나 초청해 준 류슈칭 전 인민외교학회장, 중국의 대표적인 지한파 리슈정(李淑錚) 전인대 외사위 부주임 등이 참석했다.

나에 대한 중국 측의 예우는 각별했다. 나도 그렇게 느꼈다. 외교 관계를 '동반자'로 격상할 것인지를 놓고도 내부에서 격렬한 토론이 있었다고 했다. 북한을 의식할 수밖에 없었을 것이다. 그러나 중국 측은 우리의 요구를 거의 수용했다.

베이징의 모든 일정을 마치고 상하이로 넘어갔다. 푸둥(浦東) 개발 지구를 둘러보고 다음 날 상해 임시 정부 청사를 찾았다. 독립의 꿈과 겨레의 국혼(國魂)이 서려 있는 임시 정부, 그러나 그 웅혼한 기개의 산실은 초라하기 이를 데 없었다. 뒷골목에 버려져 있다는 느낌이었다. 죄스러웠다. 식민지 기간 내내 임시 정부를 만들어 무장 독립 투쟁을 벌인 민족이 세계사에 어디 있었던가.

나는 대통령 취임 후 첫 3·1절을 맞아 "국민의 정부는 대한민국 임시 정부의 정통성을 받드는 합법 정부"라고 선언했다. 조선 왕조가 망하고 불과 9년 만에 임시 정부가 생겼지만 임시 정부 요인들은 왕정복고를 외치지 않았다. 민국(民國)을 세웠다. 선열들은 바른 판단과 처신을 했다. 나는 여야의 수평적 정권 교체로 국민이 세운 '국민의 정부'가 그 같은 임시 정부의 법통을 이은 것이라 생각했다.

나는 임시 정부 주석 김구 선생의 흉상을 한참 들여다보았다. 선생이 사용하던 탁자에 앉아 방명록에 '不惜身命 遺芳萬世(불석신명 유방만세)'라고 썼다. "애국선열들이 신명을 바쳐 이룩하려 했던 것들은 향기로 만세에 남을 것"이라는 뜻을 담았다. 나는 수행원들에게 말했다.

"백범 선생의 일지를 읽어 보면 경제 정의와 공평한 사회를 만들자고 역설하고 있습니다. 임시 정부의 민주주의, 자립 경제, 정의사회 정신을 오늘에 되살리는 데 인색해서는 안 됩니다."

돌아오는 길은 마음이 편치 않았다. '귀하고 바른 역사'를 하루가 다르게 번성하는 상하이의 뒷골목에 방치하고 있다는 생각 때문이었다. 김구 선생 역시 내 발길을 붙드는 것 같았다. 수행원들에게 임시 정부 청사에 대해 조국이 무엇을 해야 하는지 검토해 보라고 지시했다.

11월 15일 APEC 정상회의 참석을 위해 말레이시아 쿠알라룸푸르로 날아갔다. 16일 아침 마하티르(Mahathir bin Mohamad) 말레이시아 총리와 회담을 시작으로 4일간의 정상 외교에 돌입했다. 마하티르 총리와는 만나기 전부터 언론의 관심이 지대했다. 그와의 만남이 국제적인 시선을 집중시킨 데는 몇 가지 이유가 있었다.

나는 이번 정상회의에서 아시아 금융 위기와 관련 공동 대처 방안을 제시해 놓고 있었다. 반면 마하티르 총리는 이번 회의의 의장으로서 조명을 받았다. 또 아시아가 겪고 있는 금융 위기의 진단과 처방에 대한 견해도 서로 달랐다. 나는 경제 전반의 위기로 파악한 반면 마하티르 총리는 외환 위기로 한정했다.

나는 아시아에 퍼져 있는 부패 구조를 위기의 중요한 원인으로 꼽고, '민주주의와 시장 경제의 병행 발전'을 처방전으로 내놓았다. 그러나 마하티르 총리는 헤지펀드(단기 투기성 자금)가 돈을 강탈해 갔다며 "IMF의 식민지가 되느니 굶어 죽겠다"고 선언했다.

우리는 지난 4월 ASEM 회의에서도 이미 의견 충돌이 있었다. 마하티르 총리는 발제 연설에서 종전의 입장을 거듭 강조했다.

"아시아 금융 위기의 주범은 국제적 투기성 자금이다. 이 환투기를 방비하기 위한 국제 금융 감시와 환율 거래 감시 체제를 만들어야 한다."

그러나 나는 우리의 잘못을 먼저 인정했다.

"한국은 정치권이 은행 대출을 지시하고 개입하는 등 정경 유착에 의해 금융을 망치고 기업도 경쟁력을 잃었습니다. 우리는 시장 경제 원리에 따라 철저한 민주주의를 실현하기 위해 개혁해 나갈 것입니다. 나라마다 사정에 따라 개혁 방법이 다를 수 있겠지만, 아시아 각국은 자국 사정에 맞게 자구 노력을 펴야 합니다."

나와 마하티르 총리는 쿠알라룸푸르 포그 호텔에서 다시 만났다. 마하티르 총리는 완곡하게 자신의 생각을 얘기했다.

"말레이시아도 처음에는 시장을 개방하고 외국인 투자를 적극 환영했습니다. 그러나 자유 시장 경제 원리를 악용한 단기 국제 투기 자본가의 시장 조작으로 많은 폐해가 있었습니다. 자본·기술 및 시장이 부족한 말레이시아에서 외국 자본 의존도가 높은 것은 불가피하나 앞으로는 외국 자본 도입은 생산적인 분야에만 권장하는 등 자본 이동을 규제해 나갈 예정입니다."

"단기 자본의 문제점에 동의하나 금융 위기 극복에 필요한 자본 이동에 지나친 제약은 없어야 할 것입니다. 원천적 차단보다는 단기 자본의 이동에 대한 정보 교류 체제를 만드는 등 국가 간 협력을 강화하는 방향이 옳다고 봅니다. 단기 자본 이동에 따른 폐해를 최소화하기 위해 일본을 위시한 G7 등의 지원이 필요하다고 생각합니다."

나는 아시아가 당면한 위기를 극복하기 위해서는 자유로운 시장 질서 구축을 목표로 하는 개혁과 개방이 필수적임을 강조했다. 마하티르 총리와는 반대 입장이었다. 나는 영자 신문 『코리아 타임즈』(11월 5일자) 창간 기념 특별 기고를 통해 이 같은 개혁과 개방의 당위성을 '보편적 세계주의'로 이렇게 정리했다.

'세계적인 문명사적 변화는 지구 공동체를 기반으로 한 보편적 세계주의를 향한 인류의 발걸음을 더욱 재촉하고 있다. 21세기는 자기 민족만이 잘사는 이기적인 자세로는 문제를 해결할 수 없고 오직 세계와 더불어 한편으로는 경쟁하고 한편으로는 협력하는 길로 나아가야 한다. 아시아에서 발전한 유교와 불교의 인과 자비의 정신과 도덕적 규범은 민주주의의 토대 위에 큰 발전을 이룬 자유와 인권의 문제를 한층 더 심화시켜 나가는 데 큰 활력과 자극이 될 것으로 믿는다.'

아시아만의 경제 행태가 부패와 함께 경제 위기를 불러온 만큼 인류가 아시아적 가치 위에 세계로 열려 있어야 한다고 주장했다.

이렇듯 외환 위기를 바라보는 시각은 달랐지만 한국과 말레이시아는 각자 나름의 정책으로 외환 위기를 극복했다. 누가 더 옳은지는 모르겠다. 경제에서 절대선(絶對善)은 없지만 장기적으로 볼 때 많은 전문가들이 내 논리를 주목했다.

뉴질랜드, 싱가포르, 호주, 캐나다, 칠레 등 6개국과 정상 회담을 했고, 고어 미국 부통령도 만났다. 이번 순방으로 '민주주의와 시장 경제의 병행 발전'이라는 우리의 국정 방향이 국제적 지지를 받고 있음을 거듭 확인했다.

11월 18일, 금강산 관광선이 동해항에서 출항했다. 정주영 현대 명예회장도 그의 아들들과 함께 탑승했다. 1418명을 태운 현대 금강호가 오후 5시 45분 역사적인 뱃고동을 울렸다. 남쪽 사람이 돈을 내고 금강산을 구경하는, 일반 관광객이 북한 땅을 밟는 엄청난 일이 벌어지고 있었다. 가는 사람, 남은 사람 모두 손을 흔들었다. 관광선은 간단히 북방 한계선을 넘어 북쪽으로 사라졌다. 그러고 보면 바다에 금을 그어 놓는 것이 얼마나 허망한 것인가. 나는 이 장면을 귀국하는 비행기 안에서 녹화한 뉴스를 통해 보았다.

금강산 관광은 햇볕 정책이 낳은 옥동자였다. 한반도 긴장 완화의 신호탄이었다. 북은 최전방 지역과 군사 요충지 장전항을 개방했다. 남북 화해 기류는 국가 신인도를 높여 경제 위기를 극복하는 데 큰 도움을 줄 것이었다. 이는 돈으로 환산할 수 없는 엄청난 효과였다.

그런데 금강산 관광에 잇단 악재가 발생했다. 남쪽 관광객이 가을 풍악(楓嶽)으로 변한 금강산을 오르는 바로 그 시각에 미국 정부의 한반도 평화 회담 찰스 카트먼(Charles Kartman) 특사가 기자들에게 말했다.

"한미 양국은 북한이 금창리(평북 대관군)에 건설 중인 지하 시설이 핵 개발과 관련이 있다고 믿을 만한 정보를 공유하고 있다."

카트먼 특사는 평양을 방문하여 북한 측과 지하 핵 시설 의혹에 대해 의견을 나누고 서울에 왔다. 나는 홍콩에서 그 발언을 보고받았다. 긴장할 수밖에 없었다. 관계 수석들을 불러 진위를 파악하라고 지시했다. 이는 클린턴 대통령 방한과도 무관하지 않아 보였다.

그러나 의혹은 있으나 확증은 없었다. 미국 측은 '강력한 증거'가 있다고 했지만 우리 관련 부처는 '결정적 증거가 없다'는 것이었다. 나는 적극 대처하라고 지시했다. 결국 카트먼 특사는 "핵 시설에 관한 확증은 없다"고 자신의 발언을 뒤집었다.

또 11월 20일 새벽 강화도 앞바다에 간첩선이 나타났다. 간첩선은 우리 군경이 포위하고 추격했으나 북으로 도주했다. 동해로는 관광선이 북으로 가고, 서해로는 간첩선이 남으로 왔다. 도저히 북의 행태를 납득할 수 없었다. 하지만 미국과 포용 정책을 펼쳐 '햇볕 전선'을 형성하는 것이 효율적이라고 생각했다.

11월 21일 오전, 청와대에서 클린턴 미국 대통령을 맞았다. 북한의 금창리 지하 핵 시설 의혹과 북한의 대포동 미사일 발사로 미국 내의 여론이 좋지 않을 때였다. 또한 르윈스키 스캔들로 클린턴 대통령의 입지도 상당히 약화되어 있었다. 우리는 곧 단독 정상 회담에 들어갔다. 내가 APEC 회의와 중국 방문 결과를, 클린턴 대통령이 일본 방문 결과를 설명했다. 클린턴 대통령이 먼저 말했다.

"김 대통령의 대북 정책을 강력히 지지합니다. 단지 미국 국내 사정 때문에 신경을 써야겠습니다. 북한 정책 조정관으로 의회 관계가 좋고 또 한국 문제를 잘 알고 있는 페리 박사를 지명했습니다. 이분의 조정 역할에 큰 기대를 합니다. 제네바 합의를 반드시 이행해야 합니다."

"포용 정책을 써야 합니다. 불필요한 긴장을 조성하지 않고, 인내심을 가지고 일관성 있게 대처해야 합니다."

"대북 정책은 한미 공조 아래 일관성 있게 대화와 협상을 통해 해결하는 노력을 해야 합니다. 또한 국제적 지지를 얻어야 하며, 특히 중국과 일본과 긴밀히 협조해서 모두 다 한목소리로 북한을 설득하면 효과가 있을 것입니다. 어제 저녁에 금강산 관광 뉴스를 텔레비전으로 보았습니다. 매우 아름다웠습니다. 이는 북한이 스스로 만든 껍질을 깨고 나오게 하기 위한 대통령님의 정책이 성공하고 있음을 의미하는 것입니다."

정상 회담은 예정 시간보다 30여 분을 초과했다. 클린턴 대통령은 마치 집에 온 것처럼 포근하다고 했다. 확대 정상 회담에서 나는 미얀마와 아웅산 수지 여사를 미국이 적극적으로 도와줄 것을 요청했다.

"미얀마의 수지 여사를 기회가 있는 대로 도와야 합니다. 유엔 방문 때나 지난 코피 아난 유엔 사무총장의 방문 때에도 언급을 했지만 미얀마 관계는 유엔이 결의를 하고서도 현재 이것을 방치하고 있습니다. 21세기를 바라보면서 민주주의 양심으로 도저히 용납할 수 없는 일입니다. 이 점에서 미국이 주도적으로 할 때 우리도 동조해서 협력하겠습니다."

이어서 기자 회견이 있었다. 클린턴 대통령이 머리말을 했다.

"우리의 공동 목표는 평화로운 한국, 번영하는 아시아입니다. 제가 김 대통령께 재확인한 것처럼, 그리고 대한민국 국민이 알기를 원하는 것처럼 미국은 동맹 관계를 지켜 나가고 있습니다.

대북 문제는 현재의 방법이 최선의 접근 방법이라는 데 합의했습니다. 4자 회담과 김 대통령의 포용 정책을 병합시켜 외교적으로 노력해 나가고, 방위 협력을 통해서 북한의 공격을 억제하는 것입니다. 우리 정부는 김 대통령의 점진적인 대북 포용 정책을 지원하고 있습니다. 제네바 합의는 북한 핵 문제를 해결하는 최선의 길입니다. 평양은 약속을 지켜야 합니다."

이로써 한미 양국의 대북 정책 공조가 한 치의 빈틈도 없음을 내외에 알렸다. 나와 클린턴 대통령은 손도 발도 마음도 모두 맞았다. 기자 회견에서는 외신 기자들이 '르윈스키 성 스캔들'에 대해서 질문을 했다. 클린턴 대통령은 심각한 표정으로 "개인적으로 많은 고통이 있었다"고 답변했다.

클린턴 대통령처럼 말을 잘하는 사람을 나는 예전에 보지 못했다. 그는 논리가 정연하면서도 유연하게 상대를 설득했다. 하지만 스캔들은 이렇듯 나라 밖까지 따라와 젊고 똑똑한 대통령을 궁지로 몰아넣었다.

클린턴 대통령은 만찬이 끝난 후 록 가수인 동생 로저 클린턴(Roger Clinton)의 공연장도 찾아갔다. 그는 마침 내한 공연 중인 동생의 무대에 예정에 없이 올랐다. 찬조 출연인 셈이었다. 그의 거리낌 없는 행보가 한편으로는 부러웠다.

클린턴 대통령은 23일 한국을 떠났다. 같은 날 나는 미국 CNN 방송에 출연했다. 생방송 회견이었다. 햇볕 정책을 흔들림 없이 추진하고 북한에 인도적인 차원의 식량 지원도 계속할 것이라고 밝혔다.

"북한의 강화도 간첩선 사건에도 불구하고 정경 분리 원칙에 따라 대북 정책을 펼치겠다."

대하소설 『혼불』의 최명희 작가가 연말에 세상을 떴다. 그가 위독하다고 해서 비서관을 보내 쾌유를 기원했는데 결국 부음을 들었다. 최 작가는 한국 문학의 독보적인 영역을 구축했다. 특히 문체가 예사롭지 않았다. 다시 비서관을 빈소에 보내 그가 이룬 바를 기렸다.

클린턴 미국 대통령이 대북 정책 조정관으로 임명한 윌리엄 페리 전 국방장관이 12월 6일 한국에 왔다. 북한의 '금창리 핵 시설 의혹'과 미사일 발사 등으로 클린턴 행정부는 난처해졌다. 의회는 대북 정책을 전면적으로 수정하라고 압박했다. 당시 미 의회는 여소 야대였다. 의회가 선호하는 페리 조정관은 세상이 다 아는 강경파였다.

페리 조정관은 1994년 '제1차 북핵 위기' 때 국방장관이었다. 당시 그는 "전면전을 준비하면서 영변 핵 시설을 공격해야 한다"며 이른바 '북폭론(北爆論)'을 주장했다. 그는 클린턴 대통령이 주재하는 국가안보회의에 '3단계 작전 계획'을 상정했다. 이 회의가 진행되는 도중에 평양에 간 지미 카터 전 대통령에게서 전화가 왔다. 김일성 주석과 위기 종식에 합의했다는 내용이었다. 전쟁 직전에 일어난 '기적'이었다.

페리 조정관은 12월부터 공식 활동에 들어갔다. 5개월 이내에 보고서를 의회에 제출하기로 되어 있었다. 임동원 외교수석이 적극적인 대처가 필요하다고 내게 건의했다.

"우리의 전략을 마련하여 페리 팀을 적극 설득해야 하겠습니다."

그러면서 나에게 '포괄적 접근 전략'을 건의했다. 그 내용은 대략 이렇다.

북한의 핵 개발이나 미사일 개발의 동기는 한반도 냉전 구조에 기인한다. 따라서 개별 문제가 발생할 때마다 이에 대응하는 대증 요법적인 방식만으로는 근본적인 해결을 할 수 없다. 북한 핵 문제의 근본적인 해결책은 한반도의 냉전 구조를 해체하는 것이다.

한반도 냉전 구조에는 '남과 북의 불신과 대결', '북한의 폐쇄성과 경직성', '미국과 북한의 적대 관계', '대량 살상 무기', '군사적 대치 상황과 군비 경쟁', '정전 체제' 등 여섯 가지 요소가 엉켜 있다.

이러한 구도를 해체하기 위해서는 남과 북이 지난 반세기의 불신과 대결을 넘어 화해해야 한다. 다방면의 교류 협력 관계를 발전시켜 나가면서 평화 공존을 통해 상호 신뢰를 구축해 나가야 한다. 또한 미국, 일본이 북한과의 적대 관계를 해소하고 관계 정상화를 이뤄야 한다. 그러나 미국과 일본은 북한을 인정하지 않고 있다. 미국이 북한을 적대시하고 북한이 위협을 느끼고 있는 한 북한은 대량 살상 무기 개발의 유혹에서 헤어 나오기 어려울 것이다.

우리 정부의 기본 입장은 "북한의 핵 개발은 결코 용납할 수 없으며 한반도는 반드시 비핵화되어야 한다"는 것이다. 그러나 군사적 조치는 해결책이 될 수 없고 전쟁은 결코 없어야 한다. '반핵, 반전, 탈냉전, 평화'가 우리의 기본 입장이어야 한다. 이러한 기본 입장에 따라 북한을 인정하고, 비현실적인 '붕괴 임박론'이 아니라 '점진적 변화론'에 입각해 포용 정책에 토대를 두고 북한 정권과 대화와 협상을 추진해야 한다.

또 우리가 주장하는 북한의 위협과 북한이 느끼는 미국과 한국의 위협도 인정하는 토대 위에서 '상호 위협을 제거'해 나가는 접근을 시도해야 할 것이다. 이를 위해 모든 문제를 포괄하여 '줄 것은 주고 받을 것은 받는' 식으로 일괄 타결하되 '단계적으로 동시에 이행'하면서 신뢰를 구축해 나가야 할 것이다.

여기에는 미국은 물론 경제 재건에 기여할 수 있는 일본과 함께 한·미·일 3국의 공조가 필수적이며, 중국과 러시아의 지지와 협력을 확보해야 한다. 한편 대북 협상은 강력한 한미 연합 억제력을 바탕으로 추진해야 한다. 북한을 상대하는 데 필요한 자세로는 '자신감, 인내심, 일관성, 신축성' 등을 들 수 있다.

임 수석의 '포괄적 접근 전략'은 거의 완벽했다. 그가 내 생각 속으로 들어온 듯했다. 정부는 12월 초 '한반도 냉전 구조 해체를 위한 포괄적 접근 전략'을 NSC 상임위원회의 심의를 거쳐 확정했다. 12월 7일 서울에 온 페리 조정관을 청와대에서 만나 1시간이 넘도록 대화를 나눴다. 나는 북한과 미국 사이의 현안들은 상호 일괄 타결해야 한다고 말했다.

"북한이 협력을 하면 돕고, 도발을 하면 단호한 응징을 한다는 전제로 북한에 줄 것은 주고 요구할 것은 요구해야 합니다. 북미 관계가 정상화되기를 바라며 북한에 대한 경제 제재 해제도 검토할 때가 됐습니다."

그러면서 유럽에서 데탕트 정책을 통해 냉전을 종식한 과정들을 설명했다. 페리 조정관은 1994년 봄 국방장관으로서 "북한과 전쟁도 불사하겠다"는 군사적 압박을 했음을 언급했다. 나는 당시 북한 핵의 평화적 해결을 위해 미국 내셔널프레스클럽에서 연설을 하고, 지미 카터 전 대통령의 방북을 권유했던 일화를 소개했다.

그와 나눈 대화는 유익했다. 나는 간절하게 설득했고, 그는 진지하게 들었다. 페리는 처음 청와대에 들러 나의 그러한 설명을 듣고 어안이 벙벙할 정도로 놀랐다고 훗날 회고했다. 북한에 대해 가장 강경한 사람이었기에 그럴 만도 했다.

존 틸럴리(John Tilelli) 주한 미군 사령관은 방한 중인 페리 조정관에게 1994년에 비해 한반도의 상황은 근본적으로 변했다는 브리핑을 했다. 틸럴리 사령관은 대북 포용 정책을 지지했다.

페리 조정관은 아무런 반응을 보이지 않고 돌아갔다. 속마음을 알 수 없었다. 그러나 어떻게든 페리 조정관을 설득해야 했다. 임 수석을 특사로 임명하여 워싱턴으로 보냈다. 처음에는 외교부 일이라며 사양했다. 내가 다그쳤다.

"무슨 말씀입니까. '포괄적 접근 전략'을 구상한 당사자가 직접 가서 확신을 가지고 설득해야 합니다."

임 특사는 페리 팀을 만나 준비된 논리를 설파했다. 대북 포용 정책과 포괄적 접근 전략, 한·미·일 3국의 단계별 조치 등을 설명했다. 페리 조정관은 마침내 우리 제안에 긍정적인 반응을 보였다.

"창의적이고 대담한 구상입니다."

페리 조정관은 평양 방문을 고려 중이라고 했다. 한국 측이 이에 동의할 것인지를 물었다. 임 특사는 내가 흔쾌히 권장할 것이라고 답했다. 임 특사가 돌아와 이런 내용을 상세히 전했다. 임 특사를 워싱턴에 보내길 정말 잘했다는 생각을 했다.

페리 조정관은 1999년 3월 초에 다시 한국에 왔다. 청와대에서 그를 만났다. 그는 대북 정책 구상을 담은 차트를 들고 있었다.

"저희 팀이 만든 대북 구상을 클린턴 대통령께 보고했습니다. 대통령은 미국의 어떤 대북 정책도 한국의 정책과 조화를 이뤄야 한다고 했습니다. 김 대통령께 보고하고 의견을 구하라고 특별히 지시했습니다."

페리 조정관이 차트를 펼쳤다. 제목이 "포용 정책을 위한 포괄적 접근 방안"이었다. 제목을 보는 순간 나는 안도했다. 이 자리에는 보스워스 주한 미국 대사, 애쉬튼 카터(Ashton Carter) 교수, 필립 윤 보좌관이 배석했다. 페리 조정관은 1994년과 비교해서 1999년의 한반도 상황을 분석했다.

"북한의 군사력은 1994년에 비해서 상대적으로 약화되었습니다. 한미 연합의 전쟁 억제력은 증강되어 전쟁 가능성은 감소되었습니다. 아직 북한의 반응은 제한되어 있으나 한국은 자신감을 가지고 포용 정책을 추진하고 있습니다. 북한은 경제 파탄과 기근으로 아사자가 속출하고 국제 사회의 인도적 지

대북 강경론자였던 페리 조정관이 '대북 포용 정책 방안'이 담긴 차트를 들고 청와대를 찾아왔다.

원에 의존하고 있습니다. 1994년 제네바 합의로 영변 핵 시설이 감시·통제 아래 놓인 것은 다행이지만 금창리에 지하 핵 시설을 건설하며 비밀리에 핵 개발을 진행하고 있습니다. 제네바 합의가 위기에 처해 있습니다."

이렇게 한반도 상황을 분석한 뒤 미국이 고려할 수 있는 정책 대안으로 다섯 가지를 제시했다. '현상 유지', '매수', '북한 개혁', '북한 체제 전복' 그리고 '상호 위협 감소를 위한 협상'이 그것이었다. 페리 조정관은 '협상'을 대안으로 선택했다.

"미국은 '상호 위협 감소를 위한 포괄적 대화'를 북한에 제의해야 합니다. 대화의 전제 조건은 북한이 미사일 재발사를 유보하고, 금창리 지하 시설에 대한 접근을 허용해야 한다는 것입니다. 이에 대해 미국은 대북 제재를 유보하고 인도적 지원을 늘려야 합니다. 이런 조건이 충족되면 본격적인 대화에 나서야 합니다. 북한이 이를 받아들이면 포괄적 대화를 해야 합니다. 북한 핵과 미사일 위협의 감소와 함께 미국은 대북 경제 제재를 풀고 적대 관계를 해소해야 합니다. 관계 정상화를 위한 국무장관의 평양 방문을 추진할 수 있을 것입니다."

보고서는 한국과 일본의 역할에 대해서도 언급했다.

"한국은 북한과 화해 협력을 촉진하는 등 한반도 냉전 종식을 위한 환경을 조성해 나갈 수 있을 것입니다. 일본도 북한과 관계 정상화를 추진하게 되고 국제 사회도 북한 경제 지원을 위한 기회를 확대해 나갈 수 있을 겁니다."

마지막 실천 프로그램으로 '포괄적 제시와 단계적 추진'을 제안했다.

"북한에 이러한 방법을 포괄적으로 제시하되 실행은 북한의 호응 정도에 따라 단계적으로 추진해 나가야 할 것입니다. 만약 북한이 이를 거부하거나 대화에 실패할 경우에는 위기관리 문제가 불거질 것입니다. 북한의 핵 위협을 봉쇄할 방책으로는 군사적 대비 태세를 강화하고 경제 제재를 강화하는 등의 조치를 취해야 할 것입니다. 대북 포용 정책은 축소할 수밖에 없고 제네바 합의는 파기 위협에 직면할 것입니다. 이렇게 되면 위기 상황의 확대를 막고 전쟁을 방지하기 위해 군사적 억제력을 강화하고 북한을 고립시키는 등의 비상 조치를 취해야 할 것입니다."

나는 매우 만족했다. 그가 대북 강경파의 상징적 존재라는 것이 도무지 믿어지지 않을 정도였다. 이번에는 내가 어안이 벙벙했다.

"이렇게 내 생각과 일치하다니 믿어지지 않습니다. 북한도 매력적인 제안으로 받아들일 것입니다."

페리 조정관이 겸손하게 되받았다.

"실제로는 김 대통령의 구상입니다. 임동원 수석으로부터 좋은 아이디어를 들었습니다. 부끄럽지만 임 수석이 제시한 전략 구상을 도용하고 표절하여 미국식 표현으로 재구성한 데 불과합니다."

우리는 함께 웃었다. 모두가 의견의 일치를 보는 이런 순간은 얼마나 좋은

가. 세상에 강경론자는 원래 존재하지 않는다. 사람은 아는 만큼 변하는 것 같았다. 남북 관계에 햇살이 피어나고 있었다. 내가 다시 당부했다.

"현시점에서 잘 안 될 때를 염려하기보다는 적극적인 사고로 북한을 설득할 수 있다는 자신감을 가져야 합니다. 그래야 좋은 성과를 얻습니다. 이 정책에 대한 국제적 지지와 협력이 중요합니다. 한·미·일 3국이 공조 체제를 갖추고, 중국·러시아·EU와도 긴밀히 협력해 나가야 할 것입니다."

그러면서 페리 조정관이 직접 평양을 방문하여 이러한 구상을 설명하라고 조언했다. 자존심이 강한 북한을 움직이게 하는 것은 나름의 형식을 갖춘 '성의 있는 설득'이 매우 중요하다고 지적했다. 페리 조정관은 흔쾌하게 동의했다.

일주일 뒤 반가운 소식이 날아들었다. 미국과 북한이 1999년 3월 16일 뉴욕에서 북한 금창리 지하 시설의 의혹을 해소하기 위한 협상을 타결한 것이다. 김계관 외교부 부상과 찰스 카트먼 한반도 평화 회담 특사는 금창리 지하 시설 복수 현장 방문, 양국의 정치·경제 관계 개선 등을 골자로 한 합의문을 발표했다. 미국은 60만 톤의 식량을 북한에 제공키로 했다. 북미 합의로 실시한 현장 조사에서 금창리 지하 시설은 '미완공의 빈 터널'임을 확인했다. 미 국무부 대변인이 이를 공식 발표했다.

페리 조정관은 약속대로 5월 하순 평양을 방문했다. 김영남 최고인민회의 상임위원장을 만나 클린턴 대통령의 친서를 전달했다. 강석주 외교부 제1부부장 등 고위 관리들을 만나 대북 정책을 설명했다.

1999년 9월 12일 베를린에서 북미 회담이 열렸다. 김계관 외교부 부상과 찰스 카트먼 대사는 5차 베를린 회담을 마치고 공동 언론 발표문을 공표했다.

"이번 회담에서 북한과 미국은 미사일과 경제 제재 문제에 대해 건설적인 토의를 벌여 양측의 우려에 대한 깊은 이해에 도달했으며 이 같은 우려를 해결하기 위한 추가적인 조치가 필요하다는 데 인식을 같이했다."

미국은 북한의 미사일 시험 발사를 일시 유예(모라토리엄)하기로 북한과 합의했다. 미국의 대북 제재 완화 조치에 북한이 호응한 것으로 한반도 냉전 체제 종식을 위한 대장정의 신호탄이었다. 북한의 백남순 외무상은 유엔 총회 기조연설에서 이를 공식 확인했다.

9월 15일 페리 대북 정책 조정관은 '대북 정책 권고 보고서'를 공개했다. 이것은 한·미·일의 향후 대북 정책 지침서였다. 페리 프로세스는 3단계 목표를 제시했다. 단기적으로 북한은 미사일 발사를 자제하고, 중장기적으로는 북한의 핵 및 미사일 개발 계획을 전면 중단토록 유도하고, 궁극적으로는 한반도 냉전을 종식시킨다는 것이다. 페리 보고서는 또 북미 관계 정상화 노력을 촉구했다.

"핵과 미사일 위협을 종식시키기 위해 북한의 협력을 확보할 수 있다면 미국은 대북 수교를 포함해 관계 정상화를 할 수 있어야 한다."

아울러 페리 보고서는 미 행정부에 다섯 개의 정책을 권고했다. 첫째 대북 정책의 포괄·통합적 접근 방식 채택, 둘째 미 행정부 내 부서 간 조정 역할을 맡을 대사급 고위직 신설, 셋째 한·미·일 고위정책협의회 존속, 넷째 미 의회의 초당적 대북 정책 추진, 다섯째 북한 도발에 따른 긴급 상황 가능성에 대비(주한 미군 주둔 필요성) 등이었다.

페리 보고서 발표로 '국민의 정부'가 일관되게 추진해 온 대북 '포괄적 접근 구상'은 본궤도에 올랐다. 보고서에는 우리 측의 제안과 의견이 고스란히 반영되었다. 페리 보고서는 자주 외교의 성공적인 사례였다. 우리 외교 사상 처음 있는, 역사적인 사건이었다. 페리 보고서에서 제시한 대북 정책 이정표(로드맵)는 '페리 프로세스'라 불렸다. 하지만 나는 '임동원 프로세스'라고 생각한다.

21세기는 누구 것인가?

(1998. 12 ~ 1999. 3)

1998년 12월 초 베트남 방문길에 올랐다. 하노이에서 열리는 동남아시아국가연합(ASEAN)과 한·중·일 정상회의에 참석키 위해서였다. 베트남은 우리나라처럼 자존심이 강한 민족이다. 나는 그해 3월 10일 한국에 온 베트남 국회의장을 접견하면서 이렇게 얘기한 바 있다.

"역사적으로 볼 때 베트남은 중국의 서남단이고 우리는 동북단에 위치하고 있습니다. 그럼에도 중국에 동화되지 않은 독특한 특성을 가지고 있습니다. 거대한 국가의 압력을 이겨 낸 자랑스러운 공통의 특성을 바탕으로 여러 방면에서 협력해 발전하기를 희망합니다."

확실히 베트남은 강한 민족이다. 우리와는 공통점도 많다. 장구한 역사에 수많은 외침을 당했지만 굴하지 않았다. 높은 교육열과 근면성, 강한 애국심 등도 닮았다.

한국군은 1964년부터 1973년까지 32만여 명이 베트남 전쟁에 참전했다. 5000명 넘게 전사하고, 1만 6000여 명이 부상을 당했다. 전쟁의 후유증은 지금도 우리 사회에 남아 있다. 고엽제 등의 피해를 입은 참전 용사들이 불우한 노후를 보내고 있다. 하지만 우리 젊은이들이 이국땅에서 흘린 피, 그 피로 우리 경제가 돌아갔다. 나도 그것을 잘 알고 있다. 이렇게 베트남은 우리 현대사에 깊숙이 박혀 있다. 그리고 섣불리 예단하여 얘기할 수 없는 나라이다. 드러난 사실과 숨겨진 사연들이 뒤엉켜 있기 때문이다.

나는 야당 의원 시절인 1966년 파월 장병들을 위문하러 베트남을 방문했다. 파병에는 반대했지만 기왕에 참전을 했다면 야당 의원이라도 장병들을 위문하는 것이 당연하다고 생각했다. 사실 베트남이 미국을 이기리라고는 생각하지 못했다. 아니 미국이 패전국이 될 줄은 상상도 하지 못했다. 우리가 베트남을 잘 알지 못했던 것 또한 사실이다. 베트남 민족의 가슴속에는 자긍심이 일렁이고 있었다.

'중국 왕조에 동화되지 않은 민족, 몽골 침입을 물리친 민족, 프랑스 같은 대국을 자력으로 몰아낸 민족, 그리고 미국과의 싸움에서 승리한 유일한 민족.'

한국이 참전하여 서로가 총을 겨눈 역사를 덮어 버리고 없었던 일로 할 수는 없었다. 매듭을 한 번은 지어야 했다. 베트남은 우리와의 과거사에 대해 사과나 유감 표명 등을 전혀 요구하지 않았다. 어쩌면 승전국의 자부심인지도 모른다. 하지만 나는 스스로 '불행한 과거'를 꺼냈다. 베트남 국민들의 상처를 진심으로 어루만져 주고 싶었다.

도착 직후 주석궁에서 트란 둑 루옹(Tran Duc Luong) 베트남 국가 주석과 정상 회담을 가졌다. 나는 한국 대통령으로서 두 나라의 과거사를 처음 언급했다.

"한국과 베트남 관계가 1992년 12월 수교 이후 다양한 분야에서 기대 이상으로 괄목할 만한 발전을 이룩했습니다. 우리 두 나라 사이에는 한때 불행한 시기가 있었으나 양국이 이를 극복하고 미래 지향적인 우호 협력 관계를 발전시키기 위해 노력하고 있음을 진심으로 기쁘게 생각합니다."

그러자 루옹 주석이 진지하게 받아들였다.

"김 대통령님의 불행했던 과거에 대한 말씀을 주의 깊게 들었습니다. 평화와 친선의 전통을 갖고 있는 베트남 국민과 지도자들은 불행했던 과거를 뒤로하고 미래 지향적 자세로 한국과의 건실한 우호 협력 관계를 중시하고 이를

베트남 주석궁에서 트란 둑 루옹 국가 주석과 정상 회담을 하며 우리나라와 베트남의 과거사에 대해 이야기했다.

위해 노력하고 있음을 다시 한 번 강조하고자 합니다."

나는 공산당 당사도 방문했다. 그리고 레 카 피에우(Le Kha Phieu) 베트남 공산당 서기장과 회담을 했다. 국내외에서 파격적인 행보라고 평했다. 최고 실권자인 피에우 서기장에게도 '한때 불행한 관계'를 언급했다. 피에우 서기장도 루옹 주석과 똑같이 답했다.

"우리 정부와 국민들은 한국과의 관계에서 뒤를 돌아보기보다는 앞을 바라보고 있습니다. 지금까지 이룩한 양국 관계로 비추어 볼 때 불행한 과거는 극복된 것으로 생각합니다. 더 이상 의식하지 않아도 될 것이라 생각합니다."

피에우 서기장은 사실상 과거사가 극복되었음을 공식적으로 표명한 셈이었다. 가해자가 사과하고 피해자가 이를 흔쾌히 받아 주니 마음속 응어리가 풀린 듯 편안해졌다. 나는 베트남 국민이 국부로 추앙하는 호치민(胡志明) 전 국가 주석 묘소를 참배하고 꽃을 바쳤다.

베트남은 우리나라뿐 아니라 어느 나라에도 과거사에 대해 사과와 보상을 요구하지 않았다. 엄청난 고통과 희생을 당했는데도 아무런 요구도 하지 않고 오로지 미래의 일에만 집중했다. 2005년 6월 베트남전 종전 이후 처음으로 판 반 카이(Phan Van Khai) 총리가 미국을 방문해 부시 대통령을 만났을 때도 과거사 얘기는 한마디도 하지 않았다. 오로지 경제 문제만 논의했다. 그것을 보고 참으로 느낀 점이 많았다. 그리고 베트남을 다시 보게 되었다.

ASEAN 9개국과 한·중·일(9+3) 정상회의에서 나는 '동아시아 협력에 관한 비전 그룹(EAVG)' 구성을 제의했다. 동아시아 지역 내 교역 및 투자를 활성화하고 산업 및 자원 분야의 협력을 강화하기 위해서였다. 동아시아는 세계에서 유일하게 역내 경제 협력체를 갖지 못하고 있었다. 이 때문에 1997년 동시다발로 일어난 동아시아 금융 위기에 효율적으로 대처하지 못했다. 또한 동아시아 역내 무역 및 투자 비중이 급속하게 늘어나 상호 의존도가 심화되었다. 이에 따라 경제 협의체의 필요성이 점증하고 있었다.

내가 구상하는 '비전 그룹'은 다른 지역의 경제 블록처럼 정부가 주도하는 배타적이고 견고한 성격의 것이 아니었다. 기업인과 학자들이 참여하는 민간 주도의 기구였다. ASEM, APEC에도 비슷한 성격의 기구가 있다. 이를테면 협의체가 잘 운영되도록 아이디어를 제공하는 지성인 모임이다. 일단 '비전 그룹'에서 결정된 사안은 각국 정부가 차관보급 이상을 참관인 자격으로 참석시켜 정책에 반영하자는 것이었다.

내 제의에 처음에는 동남아시아 국가들이 경계를 했다. 마하티르 말레이시아 총리는 아세안 9개국과 한국(9+1) 정상회의에서 내게 질문을 던지며 그

의구심을 숨기지 않았다.

"김 대통령께서 오늘 '9＋3' 회의에서 '동아시아 협력에 관한 비전 그룹' 창설을 제안하셨습니다. 비전 그룹에는 민간 부문과 공공 부문의 공동 참여가 이뤄져야 한다고 언급하셨는데, 좀 더 구체적인 내용을 설명해 주십시오."

"'비전 그룹'은 학자·경제인·문화인 등 다양한 분야에서 전문적 식견을 지닌 사람들이 모여 동아시아 지역 국가들의 상호 발전과 이익을 위해 무엇을 할 수 있는지에 대해서 의견을 모아 보자는 것입니다. 참가자들이 자유롭고 폭넓은 의견 교환을 통해 제안서를 만들고, 이를 9＋3 정상회의나 각료회의에 건의하도록 하자는 것입니다. '비전 그룹'에는 민간이 주도적으로 참여하도록 하며 정치·경제 분야뿐 아니라 청소년·여성·환경 분야까지 폭넓은 논의가 이뤄지도록 하자는 것입니다."

마하티르 총리가 다시 물었다.

"'비전 그룹'의 내용을 볼 때 동아시아 국가 간 경제 협력 문제에 대한 협의를 목적으로 '동아시아경제협의체(EABC, East Asian Business Council)'가 창설되면 그러한 목적이 달성될 것 같습니다. 그런데 '경제 협의체'와 김 대통령께서 제안하신 '비전 그룹'과는 어떤 차이가 있는지 설명해 주십시오."

마하티르 총리는 1990년대 초에 이미 '동아시아경제협의체'를 제창하였다. 하지만 미국이 정치적 의도를 지닌 것이라며 반대하여 더 이상 진전이 없었다. 나는 비교적 길게 설명했다.

"비전 그룹은 21세기를 목전에 둔 시점에 경제 문제뿐 아니라 문화·청소년 교류 등 21세기를 향한 종합적인 발전 방향을 검토하자는 취지입니다. 20세기는 산업화의 시대, 눈에 보이는 물건을 만들고 이를 위해 자본과 기술 등 생산 요소가 동원되던 시대였습니다. 그러나 21세기는 지식을 기반으로 하는 산업이 중심이 되는 시대, 문화 산업이 지배하는 시대가 될 것입니다.

그러한 현상은 이미 현저하게 나타나고 있습니다. 즉 한국의 4개 자동차 회사가 1년 동안 수출하여 번 돈을 미국은 〈타이타닉〉과 〈쥐라기 공원〉이라는 두 편의 영화를 수출하여 벌어들였습니다. 21세기에는 지금까지와는 전혀 다른 산업 사회가 도래할 것입니다. 문화의 시대이고, 전문가의 시대입니다. 21세기에는 대학 졸업장이나 학위가 중요하지 않습니다. 농부든지 집배원이든지 머리를 쓰고 연구하여 자신의 분야에서 생산성을 향상시키면 국가 전체의 생산성이 증대하는 그런 시대가 올 것입니다.

산업혁명 이후에 민족주의가 세계를 지배했으며, 민족주의가 열병처럼 번져 식민주의가 생겨났습니다. 식민 지배에 대한 독립운동 과정에서 민주주의가 발전하였습니다. 민족주의 시대에는 경제 단위가 민족 국가를 단위로 하는 것이 적합하여 민족주의가 발전하게 된 것입니다. 그러나 지금은 교통·정보·통신 등의 발달로 민족 국가는 바람직한 경제 단위가 되지 못하고 있습니다. 특히 세계무역기구(WTO) 체제의 등장으로 세계 경제는 국경선이 희박해지고 하나의 경제로 통합되어 가고 있습니다.

우리 동아시아에는 아직도 민족주의적 요소가 남아 있으며, 상호 간의 감정과 국가 이익에 대한 고려가 많이 남아 있습니다. 그러나 우리는 세계화의 방향으로 가지 않으면 안 되는 상황에 직면했습니다. 전 세계가 하나의 시장이 되면서 경쟁과 협력의 관계로 나아가고 있습니다.

동아시아 지역은 이러한 문제에 대한 대응이 절실히 필요합니다. 21세기를 내다보며 경제뿐 아니라 정보·문화·청소년·학술 분야 협력에 대하여 지혜를 모으고 비전을 제시할 필요가 있습니다. 이것이 본인이 '비전 그룹' 창설을 제안한 취지이자 배경입니다."

나의 '동아시아비전그룹(EAVG, East Asia Vision Group)' 검토 제안은 결국 동남아시아 국가들이 수용했다. '비전 그룹'은 2년 동안 다섯 차례의 회의를 거쳐 경제, 금융, 정치·안보, 환경·에너지, 사회·문화·교육, 제도 등 6개 분야의 동아시아 협력 기본 방향과 중장기 비전을 담은 보고서를 완성했다. 이 보고서에는 동아시아자유무역지대(EAFTA), 동아시아투자지대(EAIA) 설치 방안 등이 담겨 있었다. 특히 '아세안+3 정상회의'를 '동아시아 정상회의(EAS)'로 발전시키고 이를 위해 '동아시아포럼'을 설립할 것을 제안했다.

나는 2000년 11월 싱가포르에서 열린 제4차 '아세안+3 정상회의'에서 '동아시아연구그룹(EASG, East Asia Study Group)의 창설을 제안했다. '비전그룹' 활동을 대체하고 '동아시아경제협의체'를 실현하기 위한 기구로 각국 정부의 대표로 구성되는 '연구 그룹' 설립을 제안한 것이다.

이렇게 해서 발족한 '연구 그룹'은 2년 동안 아시아의 경제 현안에 대해서 연구하고 검토했다. 그리고 '동아시아포럼' 창설 등 단기 과제 17개, '동아시아정상회의' 등 중장기 과제 9개 등 총 26개 사업을 선정했다. 이들 사업은 2002년 11월 캄보디아에서 열린 제6차 '아세안+3 정상회의'에서 의제로 채택했다.

'동아시아포럼'은 2003년 12월 서울에서 창립총회를 열고 출범하였다. 1998년 내가 '비전 그룹'을 제안한 이후 5년 동안 각국 정부와 학자들이 심도 있게 노력한 결과물이었다. 나는 대통령직에서 물러나 있었지만 초대를 받고 연설을 하는 영광이 주어졌다.

"오늘은 지역 협력과 강력한 동아시아 공동체를 지향하는 뜻깊은 날입니다. 지난 5년간 '동아시아비전그룹'과 '동아시아연구그룹'이 제기한 문제들을 '동아시아포럼'이 적극 검토해야 합니다. '동아시아포럼'은 동아시아의 균형 잡힌 경제 발전과 문화 교류, 사회적 빈곤 퇴치, 교육 발전 등 각 분야에 대한 합의를 강화해야 합니다. 외환 위기의 경험, 세계 무역량의 32.4퍼센트에 달하는 역내 교역 비율, 지역 안보 중요성 등에 비추어 볼 때 이제 동북아시아와 동남아시아를 구별하는 것은 무의미합니다. 동아시아정상회의가 이루어져서 지역 공동체 발전을 위한 강력한 정치적 의지가 표현되기를 기대합니다.

동아시아에는 지금 21세기 미래에 대한 희망의 무지개가 떠오르고 있습니다. 우리는 평화롭고, 풍요롭고, 약자를 위한 정의가 실현되는 동아시아의 도래에 대한 희망을 가지고 있습니다. 동아시아 공동체의 실현이 바람직합니다. 우리는 할 수 있습니다. 그러기 위해서는 결단이 필요합니다. 오늘 이 자리가 동아시아 13개국이 그러한 결단을 촉진하는 자리가 되기를 바랍니다."

제2차 '동아시아포럼'은 2004년 12월 말레이시아 쿠알라룸푸르에서 열렸다. 나는 제안자로서 다시 초청을 받았다. 이 회의에는 마하티르 말레이시아 전 총리, 하타 쓰토무 일본 전 총리도 참석했다. 나는 기조연설에서 단기 과제로 정치 안보 협력, 경제 협력, '동아시아자유무역지대'와 '동아시아투자지대' 설립, 금융 협력, 에너지 협력, 빈곤 퇴치에 대한 관심 등 여섯 가지 과제를 제시했다. 그러면서 한 달 전 '아세안+3 정상회의'에서 2005년에 '동아시아정상회의'를 갖기로 합의한 것은 "역사적인 일"이라며 환영했다.

회의에 참석한 하타 쓰토무 일본 총리가 듣기 좋은 연설을 했다.

"'동아시아정상회의' 구상은 이 자리에 참석하신 김대중 전 대통령이 제창한 것입니다. 또한 '동아시아자유무역지대' 구상 역시 김 전 대통령의 이니셔티브로 시작되었습니다. 김 전 대통령은 '동아시아비전그룹'과 '동아시아연구그룹'을 제안하였고, 작년 서울에서 '동아시아포럼' 창립총회를 주재국으로서 성공적으로 이끌었습니다. 동아시아 공동체를 만들어 가는 데 큰 공헌을 한 김 전 대통령의 구상과 선견지명에 거듭 경의를 표합니다."

물론 동아시아 공동체가 만들어진다면 내 이름이 어느 구석진 곳에 기록될 것이다.

21세기에는 아시아의 시대가 올 것으로 지금도 나는 믿고 있다. 역사학자 아널드 토인비는 이렇게 말했다.

"세계는 결국 대서양 문명 시대로부터 아시아·태평양 문명의 시대로 간다. 동아시아가 세계 문명의 다음 주역이 될 것이다."

나는 이 말을 믿는다. 더 나아가 21세기에는 민주주의, 경제 발전, 문화 창조에서 서구를 앞지를 것이다. 아시아는 다시 일어서고 있다. 중국, 인도 등 과거의 경제 대국들이 떠오르고 있다. 21세기 지식 기반 경제 시대에 아시아는 심오한 정신세계, 풍부한 지적 자원을 가지고 있으며 급속한 기술 혁명을 이룩하고 있다. 종교와 문화의 다양성에도 불구하고 이것이 마찰 요인이 되기보다는 긍정적인 자극과 상호 협력의 요인으로 작용하고 있다.

동아시아 공동체를 위해서 미래에 대한 철학과 통찰력을 지닌 지도자들이 많이 나와야 한다. 나는 그들을 기다린다. 동아시아의 미래를 믿기 때문에 나는 줄곧 외쳤다. 동아시아는 더 이상 엎드려 있지 않을 것이다.

미국이 이라크를 침공했다. 12월 17일 숙소인 베트남 하노이 대우 호텔에서 보고를 받았다. 우리 정부는 "미국의 군사 조치가 조기에 종료되기를 바란다"는 성명을 발표했다. 나는 미국의 무력 사용이 걱정되었다. 미국과 이라크의 전쟁이 어떻게 전개될지 알 수 없었다.

베트남에서 돌아온 17일 이태영 가정법률상담소 명예이사장의 부음을 접했다. 다음 날 아내와 빈소를 찾았다. 친부모나 누나를 잃은 것처럼 슬펐다. 이 여사는 우리 내외를 너무나 아껴 주고, 내가 대통령이 되기를 간절하게 바랐다. 아내는 향을 피우며 눈물을 보였다.

이 여사는 우리나라 현대 여성사, 그 자체였다. 이름 앞에 늘 '여성 최초'가 따라다녔다. 이 여사는 내게 쓴소리도 서슴지 않았다. 내가 대통령에 당선되었을 때 아내는 이 여사를 찾아가 제일 먼저 소식을 전했다. 그러나 병이 깊어 아내를 알아보지 못했다. 이 여사는 "통일이 되면 판문점에 이산가족을 위한 가정법률상담소를 만들겠다"고 했다. 하지만 북의 고향 땅을 밟지 못하고 눈을 감았다. 그러나 그의 당당했던 삶의 자취는 이 땅에 지워지지 않을 것이며, 그분은 하늘나라에서 정일형 박사를 만나 행복하실 것이다.

12월 21일 영화배우 앤서니 퀸(Anthony Quinn)을 만났다. 그는 조각가인 아들과 함께 서울에서 작품 전시회를 열고 있었다. 앤서니 퀸의 조각, 판화, 회화 작품도 전시되었다. 그는 매우 젊어 보였다. 81세에 딸이 태어났으니 세계인의 눈과 귀를 훔칠 만했다. 내가 물었다.

"선이 굵은 역할을 주로 맡았는데 당신이 좋아서 하는 것입니까, 아니면 배역이 그렇게 주어지는 것입니까."

"저는 멕시코 혁명기에 태어났습니다. 그래서 강한 성격을 숨길 수 없습니다. 혁명에 관해 말씀드리면, 혁명에 동조는 하지 않지만 모든 주민을 위해 살아야 한다는 그 혁명 정신에는 공감합니다."

"멕시코를 사랑하십니까?"

"그렇습니다. 멕시코에서 임종을 맞이하고 싶습니다. 멕시코에는 사람이 죽으면 바람 부는 산 위에 올려놓습니다. 풍장(風葬)이지요. 그러한 풍습이 마음에 듭니다. 땅속은 어둡지요."

노배우의 사고가 예사롭지 않았다. 그는 젊었을 때 불교, 기독교, 이슬람교 등 다양한 종교에 심취했다고 말했다. 예술가로서 그는 인상적인 말을 했다.

"저는 세상의 일부이며, 그래서 서로가 생각을 공유할 수 있는 방법이 있어야 한다고 느꼈습니다. 그 방법이 예술이라고 생각합니다."

12월 21일 정보통신부 장관에 남궁석 삼성 SDS 사장을 임명했다. 남궁 장관과는 일면식도 없었다. 그는 정보 통신 분야에 정통한 전문 경영인이었다. 임명장을 수여하며 특별히 당부했다.

"정통부는 21세기 국운을 좌우하는 중요한 부서입니다. 빨리 업무를 파악해서 삼성을 일으켜 세웠듯이 이 나라를 일으켜 세워 주십시오."

나는 정보화 시대에 한국을 지식과 정보의 강국으로 만들고 싶었다. 그것은 오래된 꿈이었다. 나는 청주교도소에서 앨빈 토플러의 『제3의 물결』을 읽고 깜짝 놀랐다. 그때의 충격이 아직도 생생하다. 몇 번을 정독했다. 말할 수 없을 정도의 감명을 받았다.

'미래에는 전혀 다른 새로운 세상이 오는구나.'

감옥에서 깊이 생각했다. 아무것도 없는 독방에서 인류의 미래를 설계했다. 부수고 다시 짓는, 즐거운 상상이었다. 그러면서 관련 서적들을 읽어 나갔다. 피터 드러커(Peter Drucker)가 쓴 책들도 흥미로웠다. 빠져들수록 경이로 웠다. 감옥은 꿈꾸기에 좋았다.

지식과 정보의 강국, 대통령에 당선되어 비로소 그 꿈을 현실로 바꿀 수 있는 기회를 얻었다. 초유의 경제 위기 속에서도 나는 정보화 사회에 능동적으로 대처할 것을 주문했다. 대통령 취임사에서도 이를 강조했다.

"새 정부는 우리의 자라나는 세대가 지식 정보 사회의 주역이 되도록 힘쓰겠습니다. 세계에서 컴퓨터를 가장 잘 쓰는 나라를 만들어 정보 대국의 토대를 튼튼히 닦아 나가겠습니다."

인류는 다섯 번의 혁명을 거쳤다. 첫 번째 혁명은 인간의 탄생이고, 두 번째는 약 1만 년 전에 농업을 시작한 것이다. 세 번째 혁명은 5000~6000년 전에 티그리스·유프라테스 강, 인더스 강, 황하 유역에서 발생한 도시 문명이다. 네 번째는 대략 2500년 전에 인도·그리스·이스라엘·중국 등에서 일어난 사상혁명이다. 중국에서는 공자·노자·묵자·순자 등이, 인도에서는 석가와 바라문 승려들이, 그리스에서는 탈레스·아리스토텔레스·소크라테스·플라톤 같은 철학자들이, 이스라엘에서는 이사야·아모스·학개·예레미야 같은 선지자를 중심으로 사상혁명이 일어났다. 오늘날 유행하는 현대 사상이라는 것도 뿌리를 찾아가면 대개 이 시기에 일어난 사상에 닿아 있다. 그리고 다섯 번째는 18세기 산업혁명이다.

20세기는 산업혁명이 절정을 이룬 시대였다. 그러나 이제 우리는 전혀 새로운 시대로 들어가야 한다. 과거 물질이 경제의 중심이었던 시대, 돈과 노동과 자원 혹은 땅이 경제의 중심이었던 시대가 저물고 있다. 대신 인간의 두뇌에서 나온 정보와 지식이 경제의 중심이 되는 시대로 진입하고 있다. 여섯 번째는 21세기에 일어날 지식·정보 혁명이다. 이는 우리에게 엄청난 도전이며 기회이기도 하다.

지식·정보화 사회에서는 지식과 정보가 국부(國富)의 원천이다. 창조적인 지식은 높은 부가가치를 창출한다. 한 나라의 경제를 일거에 일류 경제로 끌어울릴 수 있는 국가 경쟁력의 핵심이다. 1980년대 이후 선진국들은 산업화 사회에서 지식 사회, 정보화와 문화 산업 사회로 급속히 전환해 갔다. 그리하여 지식과 기술의 우위로 세계 시장을 장악했다. "지식이 없는 국가는 사라질 것이다"라는 미래학자의 경고는 지금도 유효하다. 창조적 지식을 갖추고 이를 효과적으로 동원할 수 있는 나라가 21세기를 호령할 것이다. 이를 따라가지 못하면 어떠한 나라도 몰락과 후퇴의 길로 들어설 뿐이다.

이런 배경에서 나는 1998년 광복절 경축사에서도 '창조적 지식 기반 국가의 건설'을 제창했다. 나는 나라 전체를 창의가 샘솟고 정보가 자유롭게 흐르는 지식과 정보 중심의 국가로 혁신하고 싶었다. 이를 위해 문화·관광·정보통신·디자인 산업을 1차적인 지식 집약 산업 지원 업종으로 선정하여 집중적으로 육성하고자 했다.

지식·정보 혁명의 시대는 우리에게 주어진 절호의 기회라고 생각했다. 인류의 역사는 시대의 격변기마다 새로운 승자를 배출해 왔다. 18세기 말 산업혁명이 영국을 세계의 패자로 만들었고, 19세기 말 중후장대(重厚長大) 산업을 위주로 한 제2차 산업혁명이 독일과 미국을 세계 시장의 강자로 만들었다. 이제 21세기 지식 혁명의 시대에는 새로운 강국이 출현할 것이다.

우리에게는 지식·정보화 시대를 앞서 갈 수 있는 저력이 있다고 나는 믿었다. 높은 교육 수준을 바탕으로 한 우수한 인적 자원이 있으며 수천 년 동안 민족의 정체성을 유지해 온 문화적 힘이 있기 때문이다. 나는 6월에 미국을 방문했을 때에도 금쪽같은 시간을 쪼개서 실리콘밸리를 찾았다. 그때 만난 스탠퍼드 대학 교수가 내게 말했다.

"일본 경제의 가장 큰 문제는 규모는 거대하지만 21세기 정보 산업이 경제 전체의 15퍼센트밖에 차지하지 못한다는 것입니다."

나는 그 말을 듣고 확신했다. 지식·정보화 대국, 그것은 우리 한국이어야 했다. 21세기의 최대 강국은 바로 우리나라여야 했다.

'우리 국민처럼 교육과 문화 수준이 높고 애국심이 강한 민족이 어디 있는

가. 19세기 말에는 근대화의 지체로 산업혁명 대열에서 뒤떨어졌다. 그래서 100년 동안을 고생했다. 이런 시련의 역사가 다시는 없어야 한다. 산업화는 늦었지만 정보화는 앞서 가자.'

나는 신임 정통부 장관에게 당부했다. 어떤 시련이 있어도 정보 대국으로 가야 한다고. 다행히 그는 실력과 추진력을 겸비하고 있었다. 나를 실망시키지 않았다.

1998년도 한 해가 저물어 갔다. 하루하루가 긴장의 연속이었다. 그런 날들을 어떻게 헤쳐 나왔나 싶었다. 돌아보니 정말로 아득했다. 외환 위기 극복을 위해 혼신을 바친 한 해였다. 우리 경제 사정도 많이 나아졌다. 그러나 안심할 단계는 아니었고 무엇보다 실업자 문제가 심각했다. 또 새해에는 내각제 문제 등 정치적 현안들이 기다리고 있었다. 여전히 힘들고 바쁜 한 해가 될 것이다. 그러나 나는 국민들과 힘을 합쳐 이 위기를 꼭 극복하고야 말 것이다. 하느님께 간절히 기도했다.

1999년 2월 5일 오후, 일본에서 활약하는 도예가 심수관 선생을 만났다. 그에게 한일 문화 교류에 기여한 공로로 은관문화훈장을 수여했다. 나는 400년 전 일본으로 끌려간 심 선생의 조상들, 그리고 함께 잡혀 갔던 많은 도공들의 영혼에게 훈장을 드리고 싶었다. 우리나라에는 고려청자나 조선백자 같은 뛰어난 도자기 문화가 있는데도 이를 계승하여 발전시키지 못했다. 그런데 일본이라는 타국에서 심수관 집안은 우리 것을 계승 발전시켰다. 또 한국인임을 잊지 않고 자신들의 성을 14대에 걸쳐 400년간 유지해 왔다. 그 정신은 기림을 받아 마땅했다.

"국민의 이름으로 심 선생에게 훈장을 수여합니다. 심 선생 개인에 대한 훈장일 뿐 아니라 14대의 모든 조상들께 드리는 것입니다."

"대통령께서 이례적으로 직접 수여해 주신 것을 큰 영광으로 생각합니다. 말로 다할 수 없는 감격입니다. 귀국하면 모든 조상들께 보고 드리겠습니다."

나는 평소 궁금했던 것들을 물었다.

"심 선생이 보시기에 한국의 도예 기술과 장래성은 어떤지요?"

"기술은 상당한 수준입니다. 다만 무엇을 만들 것인가 하는 목표 설정이 매우 혼미한 상태인 것 같습니다. 고려나 조선 시대의 복제판을 만들고 있는 것이 현실입니다. 한국은 왕조가 바뀌면 도자기의 색깔도 바뀌는 세계에서 유일한 나라입니다. 조선 시대가 끝났으니 새 도자기를 만들 시기인데 나오지 않고 있습니다. 이는 도공뿐 아니라 지식인 모두의 숙제라고 생각합니다."

"일본과 한국의 도예 기술을 비교할 때 어떻게 평가할 수 있습니까."

"손을 사용하는 단계에서는 한국이 발군의 실력을 보여 줍니다. 그러나 기계나 과학을 이용해서 손의 결점을 보완하는 데는 일본이 앞서 있습니다."

"일본과 한국의 현재 기술은 과거 고려나 조선과 비교할 때 어떤 평가를 내릴 수 있습니까."

"도자기는 모양을 만드는 기술만 가지고는 이야기할 수 없습니다. 도공의 윤택한 마음과 시대를 이해하는 마음이 들어 있지 않으면 도자기로서의 가치가 없습니다. 일본을 포함하여 지금의 도자기는 기술은 좋으나 윤택한 마음으로 시대를 노래하는, 그러한 점이 부족합니다."

"도자기를 상품화, 상업화하여 그 순수성을 잃게 한 것 같습니다."

"말씀하신 그대로입니다. 돈에 너무 집착하고 있습니다. 프랑스 루브르 박물관에서는 조선 도자기가 진열된 곳에 깔린 카펫이 가장 빨리 낡아 버린답니다. 본 사람도 자꾸 다시 보고 싶어 관람객이 다른 곳의 세 배나 된답니다. 기술은 그다지 훌륭하지 않지만 도자기에 담긴 무심과 무욕이 유럽인들을 매료시키는 것입니다. 이것이 궁극적인 경지라고 생각합니다."

그의 말을 듣고 있으니 흐뭇함과 안타까움이 교차했다. 그에게 훈장을 수여하는 것이 매우 기뻤다. 일본에서는 그토록 많은 고난 속에서도 심수관 같은 도예의 명가가 우리 것을 지켰는데 그 많은 이 땅의 도공들은 홀연 어디로 사라져 버렸는가. 조선 도공의 혼이 이 땅에서는 사라지고, 이국땅에서 그것도 전쟁 포로들의 손과 가슴에 아슬아슬하게 남아 있었다.

3월 11일 청와대 영빈관에서 특별한 손님들을 맞았다. 전국 141개 대학이 추천한 206명의 대학 졸업생들이었다. 그동안 수석 졸업생들을 초청했던 관례를 깼다. 가정적 어려움과 신체적인 결함 등을 극복하고 그야말로 '자랑스러운 졸업장'을 받은 학생들이었다. 맹도견과 함께 참석한 시각장애인, 유아교육학과를 졸업한 78세 만학도, 약사고시를 합격한 지체부자유인도 있었다. 한결같이 사연이 애절하면서도 감동적이었다. 함께 온 이해찬 교육부 장관은 "눈물이 나는 것을 억지로 참았다"고 했다. 어느 모임보다 뜻이 깊었다. 그들을 진정 기쁘게 맞았다. 나는 천체물리학자 스티븐 호킹 박사를 만난 감회와 그의 불굴의 삶을 소개했다. 그리고 역경을 이긴 그들에게 경의를 표하며 인생에서 참다운 성공이 무엇인가를 이야기했다.

"인생을 살아보면 행운의 여신은 아름다운 모습으로 웃음 띠며 올 수도 있지만 화난 얼굴로 으르렁거리며 올 수도 있습니다. 그때 겁에 질리거나 포기하면 안 됩니다. 그것을 극복해야 성공이 옵니다. 그런 면에서 온갖 어려움을 극복하고 여기까지 온 여러분들은 지금 성공을 향해 가고 있습니다.

우리가 인생이란 사업에서 늘 성공할 수는 없습니다. 목표한 것을, 가지고 있는 포부를 다 이룰 수는 없습니다. 그러나 모두가 삶에서는 성공할 수 있습니다. 그것은 바르게 살고, 내 이웃을 위해 사는 것입니다. 내 이웃은 바로 내 아내요, 부모요, 형제요, 또 우리가 살고 있는 이 사회의 같은 사람들입니다. 그런 사람들을 위해서 봉사하고, 자기 인생을 소중히 생각하면서 바르게 살면 인생에서 성공하는 것입니다."

3월 17일 이회창 한나라당 총재와 여야 총재 회담을 열었다. 큰 정치의 실현, 인위적 정계 개편 배제 및 상호 존중, 정치개혁입법 조속 합의 처리, 경제 위기 극복을 위한 여야 협의체 가동, 남북문제에 대한 초당적 협의, 총재 회담의 수시 개최 등 6개항에 합의했다.

3월 18일 우리나라의 대표적인 유림들과 만나기로 했다. 나는 내가 나름대로 생각하고 있는 조선 시대 유교 사회를 정리해 보았다.

　조선 왕조는 충효를 나라의 기본으로 삼았다. 백성들도 그것을 공유하고 신봉했다. 충효의 가치를 섬기는 가운데 유능한 인재들이 배출되었다. 그런데 이를 뒤집는 참혹한 일이 벌어졌다. 세조가 임금인 단종을 몰아내고 왕위를 찬탈한 것이다. 신하가 임금을 죽였으니 대역적이었다. 이로써 충(忠)이 사라져 버렸다. 또한 세종대왕이 그토록 당신의 손자를 보살펴 달라고 수양대군에게 부탁했으나 그 손자를 시해했으니 이는 큰 불효였다.

　이로써 조선 왕조의 정신적 기둥이 일거에 무너져 버렸다. 세조는 불충과 불효의 근원이었다. 그로부터 충효는 왜소해져 버렸다. 세조가 권력을 장악하자 조정은 두 세력으로 갈라졌다. 하나는 성삼문 등 사육신을 중심으로 한 반대 세력이요, 다른 하나는 정인지, 신숙주를 중심으로 한 지지 세력이었다. 양심과 정의를 외친 자들은 모조리 죽임을 당하거나 내쫓겼다. 불의한 자들은 권력을 차지하고 세도를 부렸다. 비극은 또 다른 비극을 낳았으니, 세조의 역적질은 역사에 무오사화(戊午士禍)라는 화인(火印)을 찍었다. 세조에 의한 유교 윤리 파괴는 이후 조선 왕조 450년을 정신적으로 질식시켰다.

　왕실이 적통을 잃었으니, 신하들과 유생들은 근본적인 문제는 건드리지 못했다. 소소한 문제로 싸웠다. 당쟁도 작은 것에 집착했다. 예를 들면 "대비가 돌아가셨는데 복상을 얼마나 해야 하느냐" 하는 문제로 싸웠다. 국가의 운명이나 백성들의 복리와는 아무런 상관이 없었다. 정신이 건강치 못하니 몸이 성할 수 없었다. 그래서 유교 국가 조선 왕조는 힘을 잃기 시작했다. 조선은 급격히 쇠퇴했다. 그러면서도 백성들에게 충효를 강요했다.

　나는 유교 지도자들에게 이러한 우리 역사와 유교의 비극인 수양대군의 패악을 지적했다. 그리고 충효의 현대적 의미를 새겨봤다.

　"충의 대상이 무엇입니까. 흔히 국가를 떠올릴 것입니다. 그런데 국가를 충의 대상으로 하면 잘못하면 히틀러의 나치즘이나 일본의 군국주의가 될 수 있습니다. 충의 대상은 국민이어야 합니다. 헌법에서도 국민이 주권자입니다.

충의 대상은 바로 내 아내요, 남편이요, 자식이요, 내 이웃입니다. 그래서 충의 대상이 내 곁의 모든 사람이고, 그 사람들이 곧 나의 임금인 것입니다. 과거에는 임금이 주권자였지만 지금은 백성이 임금이요, 주인입니다. 그래서 충을 바르게 하려면 민주주의를 철저하게 할 수밖에 없습니다.

효의 대상은 무엇입니까. 물론 부모라는 데 이론이 없습니다. 그러나 자식만이 부모를 섬기는 무조건적 효의 시대는 지나갔습니다. 그것은 농경 시대 대가족주의의 유물이 되어 가고 있습니다. 자식이 자식다우려면 부모도 부모다워야 합니다. 부모와 자녀 관계가 쌍방향으로 흘러야 합니다.

이제는 자식이 항상 부모를 모시기가 어렵습니다. 그래서 국가가 효도를 해야 합니다. 경로사상을 받들어 노인들을 국가가 보호해야 합니다. 이를 사회적 효도라고 할 수 있겠습니다. 자식의 개인적인 효와 국가의 사회적인 효가 합쳐져서 노인들을 바르게 모시는 시대가 온 것입니다. 국민의 정부는 그런 방향에서 정책을 세우고 예산에 반영하겠습니다."

나는 이 시대의 유림들에게 소중한 우리 민족의 자산인 충과 효를 현대적으로 다시 해석하여 우리 젊은이들 마음속에 녹아들 수 있도록 해 달라고 당부했다. 특히 우리 민족의 길을 밝혀 주는 유림들이 계속 탄생할 수 있도록 유교가 열려 있기를 바랐다. 물론 내 얘기를 듣는 유교 지도자들은 나보다 유교에 관해서는 훨씬 해박할 것이다. 비교 자체를 할 수 없을 정도라는 것도 알고 있었다. 하지만 국가를 경영하는 대통령이 유교에 대해서 어떻게 생각하는지를 알리고 싶었다.

우리 사회는 여러 종교가 나름의 교세를 떨치며 기운차게 성장해 왔다. 하지만 유교는 여전히 우리 국민들의 행동과 의식을 가장 많이 지배하고 있다. 유교 도덕의 근본은 여전히 우리 사회를 지탱하는 힘이다. 다만 그것은 오늘의 시대정신과 탁월한 수준에서 만나야 할 것이다.

4강 외교의 매듭
(1999. 2 ~ 1999. 6)

　　대통령에 취임한 지 1년이 되었다. 그동안 우리 경제 지표는 많이 호전됐다. 취임 당시 38억 달러에 그쳤던 외환 보유고가 520억 달러로 늘어났다. 사상 최대 규모였다. 1997년 87억 달러이던 무역 적자는 이듬해에 399억 달러 흑자로 돌아섰다. 4대 개혁으로 은행과 기업이 경쟁력을 갖추게 됐고 정경 유착, 관치 금융, 부정부패도 많이 사라졌다. 그러나 경기 회복이 더뎠고 실업 대책, 정치 개혁, 노동 시장 안정 등은 여전히 미흡했다.

　　2월 21일 밤 '국민과의 텔레비전 대화'를 가졌다. 나는 지난 1년의 성과와 미흡한 점, 앞으로의 추진 과제 등에 대해서 설명했다. 방청석의 한 여대생이 "만약 남태평양 무인도로 간다면 가져 갈 것이 무엇인지 세 가지만 꼽으라"고 했다. 나는 "실업, 부패, 지역감정"이라고 답했다. 정녕 국민들 살림살이가 걱정이었다. 자나 깨나 일자리를 챙겼지만 실업자 수는 쉽게 줄어들지 않았다. 공직자들의 수뢰도 근절되지 않았다. 지역감정을 조장하는 작태는 잊을 만하면 튀어나와 국민들을 갈라놓았다.

　　전자상가 상인이 "경기 회복을 아직 체감하기 어렵다"고 지적했다. 내가 설명했다.

　　"우리 경기의 현실은 차디찬 방 아궁이에 불을 지폈는데 아랫목에선 약간

훈기를 느끼지만 윗목은 여전히 찬 것과 같습니다. 경기가 좋아지면 윗목에도 자연히 훈기가 갈 것입니다."

나의 이런 비유는 '아랫목 윗목론'으로 경기 회복을 거론할 때마다 회자되었다.

3월 30일 수도권 3개 지역에서 의원 및 단체장 재·보궐 선거가 있었다. 구로 을에서는 국민회의 한광옥, 경기 시흥에서는 자민련 김의재, 안양 시장에는 한나라당 신중대 후보가 당선되었다. 3당이 모두 한 곳씩을 나눠 가졌다. 여권 의석은 159개로 늘어났다. 선거가 끝났음에도 불법·타락 선거로 후유증이 오래갔다. 선거 문화가 아직도 그런 정도라니 한심스러웠다. 당에 정치 개혁 입법을 서두르라고 지시했다.

4월 7일 국회에서 '서상목 의원 체포동의안'이 부결되었다. 공동 여당 내부에 반란표가 있었다. 큰 충격을 받았다. 두 당이 꾸려가는 공동 정부라 할지라도 그런 결과는 상상조차 하지 않았다. 이미 알려진 대로 서 의원은 이회창 총재 동생, 국세청 간부들과 공모하여 대선 자금을 모았다. 1997년 대통령 선거를 앞두고 23개 기업으로부터 166억 원 넘게 거뒀다. 검찰 수사 결과 드러난 '세풍(稅風)'의 실체는 용서할 수 없는 중대 범죄였다. 관련자들은 국기를 뒤흔든 국사범이었다. 그런데도 한나라당은 계속 국회를 열어 서 의원의 구속을 방해했다. 사람들은 이를 '방탄 국회'라 했다.

언론은 20명 정도가 반란표를 던졌다고 분석했다. 국민회의와 자민련은 공조에 심각한 균열을 드러냈다. 여야를 막론하고 의원들은 정치 개혁을 두려워하고 있었다. 나는 국회가 체포동의안을 부결시킨 것은 정치 개혁에 대한 항명이라 여겼다. '세풍'의 단죄 없이 정치 개혁을 말할 수 없었기 때문이다.

나는 즉각 국민회의 조세형 총재 직무대행과 한화갑 원내총무를 경질했다. 새 총재대행에 김영배 부총재를 지명했다. 원내총무는 의원들의 경선으로 손세일 의원이 뽑혔다.

4월 7일 미국 필라델피아 시가 '자유 메달' 수상자로 나를 선정했다고 발표했다. '자유 메달'은 레흐 바웬사, 바츨라프 하벨, 지미 카터 등 세계적인 인권 지도자들이 목에 걸었고 '제2의 노벨상'이라 불렸다. 선정위원회는 나를 넬슨 만델라에 비유하며 메달을 주는 이유를 밝혔다.

> 김대중 대통령은 한국 민주화의 상징적 인물을 넘어서 실제 민주화를 향한 진전을 이룩한 역사적 인물이 됐다. 한국 헌정 사상 첫 정권 교체를 이룩하고 많은 정치범들을 석방했으며 금융 위기 이후 짧은 집권 동안에도 한국 경제를 본궤도에 올려놓았다. 이러한 업적은 한국뿐 아니라 모든 대륙 지도자로부터 찬사를 받았다.

무하마드 호스니 무바라크(Muhammad Hosni Mubarak) 이집트 대통령이 한국에 왔다. 이집트 대통령으로서는 첫 방한이었다. 그동안 이집트는 친북 노선을 견지해 왔다. 무바라크 대통령도 평양을 네 차례나 방문했다. 김일성 주석 생전에는 서로 '친구'를 자처했다. 4월 9일 정상 회담을 가졌다. 무바라크 대통령에게 남북 정상 회담을 포함하여 남과 북의 현안에 대해 중재를 해달라고 당부했다.

"우리는 북에 대해서 어떤 악의도 없고, 오직 화해와 협력만을 바랍니다. 북이 원하면 어떤 대화도 시작할 용의가 있습니다. 우리가 원하는 것이 평화라는 사실을 전해 주십시오."

무바라크 대통령은 북한을 향한 포용 정책을 적극 지지하며 북한에 남쪽의 진의를 전달하겠다고 약속했다.

나는 무바라크 대통령의 중재에 많은 기대를 했다. 그는 영향력 있는 중동의 지도자였다. 약속대로 우리의 바람을 북에 전달했다. 북의 외투를 벗기는 데 일조를 한 셈이었다. 한 가지, 무바라크 대통령을 떠올리면 그의 커다란 몸집이 생각난다. 청와대 본관 앞마당에서 있었던 공식 환영 행사에서 의전 차량의 발판이 그의 몸무게를 이기지 못해 '뚝' 소리를 내며 주저앉았다. 순간 경호원들이 당황했지만 정작 본인은 대범하게 웃어 넘겼다.

엘리자베스 2세 영국 여왕이 한국에 왔다. 3월 19일 남편 필립 공(The Duke of Edinburgh, Philip Mountbatten)과 서울공항에 내렸다. 1883년 한영 우호 통상 조약 체결 이래 영국 국가 원수로는 처음이었다. 100년을 기다려 온 귀한 손님이었다. 나는 지난해 4월 영국에서 열린 ASEM 회의 때 여왕을 공식 초청했다. 만찬사에서 두 나라의 소중한 인연을 기렸다.

"영국은 우리가 유럽 국가 중에서 처음으로 수교한 국가로서, 한국 근대사의 중요한 고비마다 우리에게 친구 또는 파트너로서 항상 도움과 격려를 주었습니다. 19세기 말 한국의 자주 독립을 대변했던 『대한매일신보』를 창간한 어니스트 베델(Ernest T. Bethell), 한국전쟁에 참전했던 수많은 영국 젊은이들, 그리고 1970~1980년대 한국 경제의 성공을 위해 우리 국민들과 함께 땀 흘렸던 영국의 기술자들, 이들 모두가 우리 두 나라 우호 관계의 주춧돌을 세운 은인들입니다. 나는 이 자리를 빌려 그들 한 사람 한 사람에게 깊은 감사와 경의의 뜻을 전합니다.

우리 두 나라의 좋은 인연은 지금도 계속되고 있습니다. 영국 문화를 대표하는 셰익스피어와 비틀스는 세대를 이어 한국 젊은이들의 지성과 감성을 풍요롭게 해 왔으며, 우리의 첫 번째 통신 위성인 우리별 1호는 한국과 영국의 과학 기술이 함께 이루어 낸 협력의 상징이 되어 있습니다."

나는 엘리자베스 여왕 부부가 우리 문화와 한국의 봄날에 흠뻑 취하기를 바랐다.

"한국은 자존의 역사를 지켜 온 나라입니다. 독창적인 문화를 발전시켜 왔으며, 역사적으로 수많은 국가 위기 상황을 극복해 온 저력의 나라입니다. 한국 4월의 따스한 햇살 아래서 두 분께서는 저력과 자존의 한국인을 만나게 될 것입니다. 그리고 어느 곳을 가든지 가시는 곳마다 두 분에 대한 한국 사람들의 애정을 느끼게 될 것입니다."

100년 만의 손님, 엘리자베스 2세 영국 여왕을 맞이했다.

여왕의 은색 머리와 뿔테 안경이 인상적이었다. 미소는 잔잔했지만 온화했다. 대영 제국 왕실의 후예답게 근엄하고 또 기품이 있었다. 여왕이 답사를 했다.

"오늘 본 한국은 제가 왕위에 오른 1952년 당시 영국인이 생각한 한국과는 많이 달랐습니다. 한국전쟁이 일어났을 때는 저의 선친인 조지 6세께서 왕위에 계셨습니다. 한국전쟁의 휴전 협정은 1953년 저의 대관식 6주 뒤에 서명되었습니다. 저는 당시 한국인의 고통이 담긴 사진을 생생히 기억하고 있습니다.

한국전쟁 발발 50주년이 다가오는 시점에 우리는 한국인이 산산조각이 난 나라를 다시 세워 세계 주요 산업 국가로 만들어 낸 그간의 결의와 힘이 넘친 과정을 생각하게 됩니다. 양국 간 교역은 두 방향 모두에 있어 증가했으며 지금 현대나 삼성 그리고 LG 같은 한국 기업은 영국 가정 어디에서나 만나는 이름이 되었습니다."

여왕은 한국의 대기업과 한국에 진출한 영국 기업의 이름을 구체적으로 거론했다. 그리고 영국의 애니메이션 기술을 도입한 벤처 기업을 방문하기도 했다. 비즈니스 행보가 놀라웠다. 나도 느낀 바가 많았다.

또한 여왕은 인사동, 이화여대, 미동초등학교 등을 방문했다. 가는 곳마다 사람들이 여왕을 반겼다. 우리 국민들의 따뜻한 마음씨가 여왕 부부에게 전달되었을 것이다. 여왕은 안동 하회마을도 방문했는데, 마침 73회 생일날이었다. 여왕은 충효당에서 생일상을 받았다. 그곳은 임진왜란 때 영의정을 지낸 유성룡의 고택이었다. 필립 공은 참으로 호기심이 많았다. 그 나이에도 우리 문화를 이해하려고 많은 질문을 했다. 필립 공은 내 숙소였던 케임브리지 대학 내 아파트 단지 이름을 '파인 허스트 로지'에서 '김(金)의 집'으로 바꿀 때 현판식에 친히 참석해 준 바 있었다.

언론이 인사 차별과 예산 편중 등을 자주 보도했다. 일부 언론은 내 노력과 뜻을 무시했다. 그리고 내용도 정확하지 않았다. 나는 부산과 경상남북도의 업무 보고를 받는 자리에서 빠지지 않고 지역 차별이 없음을 강조했다.

"나는 어느 지역의 대통령이 아닌 4800만의 대통령이고, 7000만 민족의 운명을 생각하는 대통령입니다. 이것은 하늘과 땅을 보고 부끄럽지 않습니다. 그런데도 자꾸 의심하는 사람들이 있습니다.

나는 인사의 공정성을 철저히 지키고 있습니다. 지역 차별이 있다면 지적하십시오. 고치겠습니다. 예를 들어 어느 신문을 보면 3급 이상 공무원이 영남 출신은 152명이고 호남은 120명입니다. 요직은 이렇게 서로 균형을 맞추고 있습니다.

예산도 그렇습니다. 16개 광역자치단체장을 서울로 오게 했습니다. 예산청장, 기획예산위원장도 참석하여 그 앞에서 예산을 갈랐습니다. 모두 수긍하는 수준이었어요. 그러다 보니 경상도 쪽에 2조 6000억, 호남 쪽에 1조 5000억이 돌아갔어요. 그것도 일부러 한 것은 아니고, 영남 쪽에 신항구 건설이 많아

그리된 것입니다.

그런데도 지역 차별 이야기가 나오는 것은 일부 사람들이 지역감정을 조장하고 있는 것입니다. 여러분도 알고 있다시피 나는 수십 년 동안 지역 차별 때문에 피눈물을 흘렸습니다. 그런 내가 그런 짓을 할 수 있겠습니까. 내가 그런다면 역사가 단죄할 것입니다.

이제는 화합해야 합니다. 내가 대통령을 물러나고 이 세상을 뜨더라도 화합을 향한 나의 노력은 남아 있을 것입니다. 나는 선거에는 다시 나오지 않습니다. 앞으로는 대통령도 국회의원도 저와는 상관없습니다. 앞으로 내게는 표가 아니라 오직 역사의 심판만이 남아 있습니다.

링컨 미국 대통령은 남북전쟁에서 이기고 북쪽 사람들이 보복에 나서자 이를 반대했습니다. 그래서 북쪽에서 그 비난이 태풍보다 거셌습니다. 그러나 그는 남쪽을 감싸 안았습니다. 대통령에 재선된 후에는 암살을 당했습니다. 하지만 링컨의 정신은 아직까지 살아서 미국인들의 가슴속에 남아 있습니다. 만일 그런 링컨의 정신이 없었다면 미국은 남과 북의 두 나라로 갈라졌을 것입니다. 세계 최강국 미국은 존재하지 못했을 것입니다. 한 지도자의 용단과 희생적인 결심이 결국 미국을 구한 것입니다.

지역으로 나뉘어 서로를 비방하는 악의 유산은 우리 시대에 끝내야 합니다. 미래 세대는 악마의 주술에서 풀려나 자유롭게 살도록 해야 합니다."

내가 이런 얘기를 하면 사람들은 고개를 끄덕이며 경청했다. 그런데도 망국적인 지역감정은 살아 있고, 이를 조장하는 세력들은 엄존했다.

5월 13일 경상북도 업무 보고를 받고 이의근 지사와 신현확 전 총리 등 지역 주요 인사들과 만찬을 했다. 박정희 전 대통령 기념 사업에 대해 여러 지역 의견을 듣기 위해 마련한 자리였다. 나는 이 자리에서 박 전 대통령의 기념 사업을 전폭적으로 돕겠다고 약속했다. 언론은 이를 '역사적 화해'라고 보도했다.

5월 24일 개각을 단행했다. 장관 11명을 교체했다. '국민의 정부 2기 내각'을 출범시켰다. 재정경제부 장관에 강봉균 경제수석, 통일부 장관에 임동원 외교안보수석, 법무부 장관에 김태정 검찰총장, 국방장관에 조성태 전 육군 제2군사령관, 교육부 장관에 김덕중 아주대 총장, 문화관광부 장관에 박지원 청와대 공보수석, 산업자원부 장관에 정덕구 재경부 차관, 건설교통부 장관에 이건춘 국세청장, 보건복지부 장관에 차흥봉 국민연금관리공단 이사장, 환경부 장관에 손숙 씨, 노동부 장관에 이상룡 전 강원도지사를 임명했다.

신설된 3개 부처 인사도 병행했다. 기획예산처 장관에 진념 기획예산위원장, 중앙인사위원장(장관급)에 김광웅 서울대 교수, 국정홍보처장(차관급)에 오홍근 전 『중앙일보』 논설위원을 기용했다.

다음 날 후속 인사를 발표했다. 국가정보원장에 천용택 전 국방장관, 검찰총장에 박순용 대구고검장, 국세청장에 안정남 차장, 중소기업특위 위원장(장관급)에 안병우 전 예산청장을 임명했다. 청와대 수석비서관도 3명을 새로 발탁했다. 경제수석에 이기호 전 노동부 장관, 외교안보수석에 황원탁 전 파나마 대사, 공보수석에 박준영 국내 언론 담당 비서관을 임명했다.

나는 새 내각에게 경제 개혁을 철저히 해서 우리 경제를 반석 위에 올려놓자고 독려했다. 그러면서도 약자들을 배려해야 한다고 당부했다.

"1기 내각은 집권해서 정치 안정과 개혁이라는 큰 테두리에서 약간 거친 일을 했습니다. 2기 내각은 내실을 기해 개혁을 매듭지어야 하는 중요한 단계에서 출발하였습니다. 1기 내각이 하드웨어라면, 2기 내각은 소프트웨어의 성격을 띠고 있습니다. 그리고 개혁 추진 과정에서 고통을 겪는 저소득층 및 일부 중산층의 몰락을 막기 위해서 '생산적 복지 체제'를 구축하는 것을 새 내각의 과제로 삼아야 합니다."

5월 말 러시아를 국빈 방문했다. 미·중·일 3국을 방문했고 4강 외교의 마지막 국가인 러시아를 찾아갔다. 러시아는 나와는 인연이 깊은 곳이다. 이미 야당 정치인으로, 또 아태재단 이사장 자격으로 네 차례나 방문했다. 고졸 출신인 내가 '명예'가 아닌 정식 박사학위를 받은 곳이 바로 러시아였다.

5월 27일 모스크바 브누코바 2공항에 내렸다. 푸른 하늘에는 구름 한 점 없었다. 브누코바 2공항은 모스크바 당국이 공식 지정한 국빈 공항이었다. 세르게이 스테파신(Sergei Stepashin) 총리 일행의 환영을 받고 숙소인 크렘린궁 영빈관에 여장을 풀었다. 마침 러시아에서는 국민 시인 푸슈킨의 탄생 200주년을 기념하는 기간이었다.

곧바로 러시아에 사는 동포들, 이른바 '고려인'들을 만났다. 한국인들이 러시아로 이주하기 시작한 것은 1863년(철종 14년)부터다. 초기에는 거의 농업 이민이었으나 일제 시대에는 항일 독립운동가들의 망명 이민도 있었다. 1937년 그들은 스탈린에 의해 중앙아시아로 강제 이주당해야 했다. 10만 명이 이국땅에서 목숨을 잃었고 산 사람들도 말할 수 없는 고통을 당했다. 고달프고 서러운 떠돌이 삶이었지만 독립군의 후예답게 역경을 헤쳐 나갔다. 이제 고려인들은 러시아와 CIS(독립국가연합) 국가들에 50만 명이 넘게 살아가고 있다. 나는 그들을 만나 위로해 주고 싶었다. 조 바실리 러시아 고려인협회 회장의 환영사가 애틋했다.

"저희 3, 4세 러시아 동포들은 한반도를 조국으로 생각하고 있습니다. 극동 지방에 거주하면서 일제의 압력에, 일제의 폭압에 맞서서 피를 흘리고 싸워 오신 저희 조상님들, 저희 할아버지들께서는 우리들이 조국에 대한 사랑을 잃지 않도록 그 사랑을 전해 주셨습니다. 하지만 저희 모두는 우리의 조국이 두 나라로 분단되어 있다는 것에 대해서 굉장히 가슴 아프게 생각합니다."

먼 나라에서 갖은 고생을 다하면서도 고려인들은 둘로 나뉜 조국을 걱정하는 한편 끝날 줄 모르고 이어지는 분단의 현실을 꾸짖고 있었다. 독립군의 기상이 고려인들의 가슴에 남아 있었다. 가슴이 저렸다. 언제 통일이 되어 저들과 함께 춤을 출 것인가.

보리스 옐친 대통령과 정상 회담을 가졌다. 옐친 대통령은 우리의 대북 포용 정책을 흔쾌히 지지했다. 공동 성명에서 이를 명문화했다.

"한반도에서 긴장을 완화하고 항구적 평화를 구축하려는 한국 정부의 노력을 긍정 평가하고, 지역 전체의 평화와 안정을 공고하게 할 남북한 간의 접촉과 생산적 대화를 촉진하려는 김대중 정부의 정책에 지지를 표명한다."

이로써 잔뜩 흐렸던 우리와 러시아의 관계에도 햇볕이 들었다. 외교관 맞추방이라는 앙금도 해소했다. 크렘린 캐서린 홀 국빈만찬장에서 옐친 대통령이 만찬사를 했다.

"러시아 심장인 모스크바 크렘린에서 여러분을 환영하는 바입니다. 한국 속담에 '가까운 이웃은 먼 친척보다 낫다'고 했습니다. 우리 양국은 지리적으로 서로 가까이 위치하고 역사적으로 공통의 운명을 가질 뿐 아니라 민주주의 가치관, 전반적인 평화와 번영을 확보하려는 의지로도 서로 연결되어 있습니다."

나는 옐친 대통령의 민주화를 향한 열정과 용기를 익히 알고 있었다. 1991년 민주화 추진에 불만을 품은 보수 강경파가 쿠데타를 일으키자 즉각 이에 맞서 싸웠다. 소련 국민에게 저항할 것을 호소했다. 그는 쿠데타 군대의 탱크에 올라 온 몸으로 저지했다. 이때 탱크 위에서 주먹을 흔드는 모습은 세계인의 뇌리에 각인되어 오래도록 남아 있었다. 그는 러시아 민주화의 영웅이었다. 내가 답사에서 이를 일깨웠다.

"나는 1991년 변화의 물결을 거스르는 역사적 반동에 맞선 옐친 대통령의 모습을 지금도 생생히 기억하고 있습니다. 탱크 위에 올라서서 연설하시던 대통령의 모습은 민주주의라는 절대적 가치를 지키는 수호신의 모습이었습니다. 자유와 인권에 대한 억압에 맞서, 민주주의 성취를 위해 죽을 고비를 넘겨가며 평생 동안 투쟁해 온 나 역시도 큰 감명과 함께 동지적 애정을 느낀 바 있습니다."

당시 세계 언론은 옐친 대통령의 건강 이상설을 연일 보도했다. 하지만 막상 대하고 보니 큰 몸집만큼이나 화통했다. 용어 선택이 약간 지나친 듯했지만 진심이 담겨 있었다. 정이 많은 사람이었다. 그는 몸이 몹시 불편한 듯 식사를 잘하지 못하면서도 자리를 지켰다. 나는 그의 건강이 염려되어 조마조마했다. 헤어질 때는 나를 꽉 껴안더니 친구처럼 얘기했다.

"우리 한국에서 다시 만납시다."

모스크바 대학에서 연설을 했다. 내가 입장하자 모스크바 대학 합창단의 우렁찬 노랫소리가 울려 퍼졌다. 〈전 세계 학생가〉였다. 갈 때마다 환대를 받았지만 이번에는 과거와 비길 바가 아니었다. 사회자가 나를 "모스크바 대학의 명예교수인 김대중 대통령"이라고 소개했다.

"나는 러시아를 존경하고 사랑합니다. 그 존경심과 사랑은 참으로 큰 것입니다. 나는 17~18세기에 걸쳐 표트르 대제가 이룩한 놀라운 개혁에 대해서 큰 감명을 받은 바 있습니다. 그처럼 과감한 개혁으로 모든 장애를 극복해 낸 지도자는 세계 역사에서도 그 예를 찾기가 어렵다고 생각합니다.

나는 오랜 옥중 생활을 통해서 러시아 문학을 섭렵할 기회가 있었습니다. 푸슈킨, 레르몬토프, 톨스토이, 도스토예프스키, 투르게네프 등 많은 러시아 고전을 탐독했습니다. 그리고 솔제니친이나 사하로프의 작품들도 애독한 바 있습니다. 나는 그때마다 이처럼 위대한 문학을 만들어 낸 러시아 국민의 저력과 예술성에 탄복하지 않을 수 없었습니다. 실제 러시아 문학이 나에게 준 영향은 측량할 수 없을 만큼 큰 것이었습니다. 러시아 문학을 읽는 것만 가지고도 감옥에 간 보람이 있었다고까지 생각했으니 말입니다.

나는 또한 근현대사에 나타난 러시아 민족의 용기와 희생에 대해서도 큰 감명을 받았습니다. 나폴레옹이 유럽을 정복했을 때 러시아만이 나폴레옹을 패퇴시켰습니다. 히틀러에 항전하여 불굴의 투쟁을 다한 러시아 국민의 희생이 없었던들 세계의 역사는 달라졌을 것입니다. 그런 점에서 세계 사람들은 러시아 국민에게 큰 빚을 졌다고 나는 생각하고 있습니다.

러시아가 위대한 것은 과거만이 아닙니다. 현재도 러시아는 세계에 가장 중요한 영향을 주고 있는 나라입니다. 러시아는 뛰어난 과학 기술과 세계에서 가장 풍부한 자원을 가지고 있는 나라입니다. 이러한 것들이 하나가 되어 러시아의 밝은 미래를 보장할 무한한 잠재력을 이루고 있습니다."

연설이 끝나자 모스크바 대학 합창단은 특별히 우리 노래 〈선구자〉를 나에게 선사했다.

볼쇼이 극장에서 발레 공연을 보았다. 그들의 기량은 진정 놀라웠다. 하지만 진짜 놀란 것은 관객들의 반응이었다. 무대 위에서 최상의 공연을 할 수 있도록 열광적으로 호응했다. 예술은 행위자의 것이 아니었다. 어찌 보면 감상하는 사람의 것이었다.

4일간의 러시아 방문을 마치고 몽골로 넘어갔다. 한국 대통령으로서는 첫 방문이었다. 5월 30일 울란바토르 공항에 내렸다. 오후의 햇살은 맑았고 바람이 제법 불었다. 바람은 차지만 그 느낌이 차지 않았다. 결이 부드러워 깨끗했다. 숙소인 칭기즈 칸 호텔로 향했다. 차창 밖으로 초원이 끝없이 펼쳐졌다. 초원에는 연둣빛이 드문드문 박혀 있었다. 이제 막 봄기운이 감돌고 있었다.

불과 몇 시간 전에는 러시아 모스크바에서 인공미가 넘치는 크렘린궁이나 성당 같은 건물을 보다가 끝없이 펼쳐진 초원을 보니 흡사 시간 여행을 하는 것 같았다. 초원의 나라 몽골이 신비롭게 느껴졌다. 개인적으로도 몽골에는 한번 가 보고 싶었다. 지구상에서 우리와 가장 닮은 외모를 지니고 있는 사람들을 만나고 싶었다. 그래서 우리 한국인과 몽골 사이의 역사적·인종적 유대감을 확인하고 싶었다. 대제국을 건설했던 유목민의 땅을 직접 밟고 싶었다. 몽골에 가면 기마민족의 말발굽 소리가 들릴 것만 같았다. 거리에서 본 몽골인 외모는 정말 우리와 똑같았다.

나차긴 바가반디(Natsagiin Bagabandi) 대통령과 정상 회담을 가졌다. 나는 대북 포용 정책을 설명했고, 바가반디 대통령은 적극적인 지지 의사를 피력했다. 몽골은 북한과 1948년 수교 이래 50년 동안 돈독한 외교 관계를 유지해 왔다. 나는 몽골이 북한에 '반세기 친구'의 영향력을 발휘해 주기를 바랐다. 이러한 나의 의중을 바가반디 대통령은 잘 알고 있는 듯했다.

국빈 만찬장에서 바가반디 대통령 내외와 많은 대화를 나누었다. 바가반디 대통령뿐만 아니라 그의 부인도 나와 한국에 대해서 많은 것을 알고 있었다. 그의 딸은 한국에 유학을 와서 국제경제학 석사학위를 취득했다. 나는 몽골에 대해 많은 것을 알고 싶었다. 그래서 내가 주로 물었고, 바가반디 대통령이 대답했다.

"한국과 몽골은 과거 역사에서 특히 상류층 인사들의 교류가 성행했던 것으로 알고 있습니다. 원나라의 마지막 황제는 고려 여인을 아내로 삼았으며, 당시 고려의 왕들도 노국공주의 경우처럼 몽골 여인을 왕비로 삼은 경우가 5~6명이나 되는 것으로 알고 있습니다. 또한 원나라는 고려군과 연합하여 일본을 두 차례나 정벌하고자 시도했습니다."

"항해 도중 폭풍으로 일본 정벌에 실패하였지요. 일본인들은 그 바람을 신풍(神風)이라고 부릅니다."

"대통령께서는 역사 지식이 대단하시군요. 몽골군은 육지에서는 그토록 강했지만 수전에서는 약했습니다. 일례로 몽골이 고려를 침략하자 고려의 왕과 신하들은 강화도라는 섬으로 피난을 갑니다. 사실 그 섬은 육지에서 불과 몇천 미터밖에 떨어져 있지 않았습니다."

"칭기즈 칸 시대에 몽골 군대가 유럽을 점령하고 바다에 당도하여 더 이상 나아갈 수 없을 때 그들은 그곳이 세상 끝이라 말하고 돌아왔다고 합니다. 몽골군은 땅에서는 무적이었지만 물에서는 약했습니다."

"당시의 몽골군의 수효는 얼마나 되었습니까."

"대략 500만 명 정도였다고 역사학자들이 주장하고 있습니다."

"어쨌든 몽골군의 침입으로 유네스코에서 위대한 인류 문화 유산의 하나로 지정한 '팔만대장경'이 우리 한국에서 창조되었습니다. 또한 일본 정벌에 실패한 원나라는 일본의 보복이 두려워 제주도에 거대한 목초지를 조성하였는데 지금은 제주도가 국제적으로 유명한 관광지가 되었습니다."

나는 몽골 국회에서 연설을 했다. 외국 정상으로서는 처음이라고 했다.

"여러분과 나는, 그리고 몽골 사람과 한국 사람은 모두 몽고반점을 가지고 태어났습니다. 몽골 어린이들이 즐겨 하는 제기차기, 공기놀이, 실뜨기는 우리 한국 어린이들의 전통 놀이이기도 합니다. 그뿐만이 아닙니다. 여러분의 알랑 고아 설화라든가, 세계 어느 민족보다 몽골의 여러분만이 한국의 〈아리랑〉을 구성지게 부를 수 있다는 사실이 우리 두 나라 사이의 친밀감을 더해 줍니다. 그러니 나와 우리 한국인들이 어찌 몽골에 대해 친근한 유대감을 갖지 않을 수 있겠습니까. 나는 이러한 한·몽골의 역사적·정서적 유대감을 바탕으로 실질 협력 관계를 한층 더 증진시키기 위해 한국의 대통령으로서는 처음으로 몽골을 방문한 것입니다.

　나는 몽골이 번영과 발전의 길로 나아갈 것이라고 확신하고 있습니다. 인류는 몽골인에 의해 비로소 세계사를 가지게 되었다는 평가가 있듯이 몽골인의 강인성과 기마 민족다운 기동성은 위대한 칭기즈 칸 시대를 만들었습니다. 어떤 사람들은 몽골인이 인터넷보다 무려 700년이나 앞서 국제 통신망을 건설했다는 점을 인정하고 있습니다. 이러한 평가는 몽골이야말로 21세기 정보화 시대에 훌륭히 적응할 정보 감각도 갖추고 있음을 의미하는 것입니다. 오늘날에도 몽골은 끊임없이 변화와 발전의 길을 모색해 왔음을 나는 잘 알고 있습니다. 몽골은 급변하는 세계의 역사적 도전에 훌륭히 응전해 왔습니다."

　귀국 하루 전날 수행 기자들과 간담회를 가졌다. 나는 러시아와 몽골 방문의 성과를 나름대로 정리해서 밝혔다.

　"4대국 순방 외교, 작년 6월부터 시작한 미국·일본·중국·러시아 순방 외교가 이번에 마무리를 지었습니다. 이제 우리는 주변 4대국과 모두 긴밀한 동반자 관계를 만들었습니다. 우정·우호의 관계를 만든 것입니다. 공식 문서로써 그렇게 확인했습니다. 그리고 우리의 포용 정책, 대북 정책에 대해서 적극적인 지지를 4대국이 다 같이 했습니다. 이번에 러시아가 다른 어느 나라 못지않게 적극적으로 지지해 주었습니다. 이렇게 해서 4대국 외교를 완성했습니다. 우리의 국제적 위상이 크게 높아졌고 안보에서도 크게 기여를 했다고 봅니다. 동시에 북한과의 관계를 진전시키는 데도 큰 힘을 얻었습니다. 이 모든 것이 국운이고, 국민들의 지원 덕택으로 이러한 성과를 얻은 것이 아닌가 생각합니다."

4강 외교는 국민의 정부 출범 1년 4개월 만에 한 매듭을 지었다. 하지만 대통령 선거에 출마했던 1971년에 4대국 한반도 평화 보장론을 주창한 바 있는 나로서는 실로 28년 만에 그 테두리를 마련한 셈이다.

귀국 길에 올랐다. 그러나 국내에서는 이른바 '옷 로비 의혹 사건'으로 들끓고 있었다. 내가 나라의 위상을 높여 보려고 강행군을 하고 있을 때 국내 언론은 연일 의혹을 들춰내고 이를 낱낱이 보도했다. 4강 외교의 완성을 위해 아침부터 저녁까지 이리 뛰고 저리 뛰었는데도 정상 외교는 신문의 한쪽 구석에 실렸다.

참으로 해괴한 사건이었다. 모 그룹의 회장이 구속되었는데, 그 회장의 부인이 남편의 구명을 위해서 고위 공직자들의 부인들에게 옷을 선물했다는 의혹이 불거져 나왔다. 1년 전의 일이었다. 그 내용은 나도 보고를 받았다. 검찰이 내사를 했지만 로비 사실은 밝혀내지 못했다는 것이었다. 나도 떠도는 소문 정도로 알고 지나갔다.

그런데 당시 검찰총장이었던 김태정 법무장관의 부인이 연루되었고, 다수의 공직자 부인들도 입길에 오르내렸다. 순방 기간에 사건의 보도 내용을 보고받으면서 도덕적 타격을 입은 관련자들을 어찌해야 할지 고민을 거듭했다. 귀국 회견에서도 어김없이 '옷 로비 의혹' 관련 법무장관 문책 여부에 대한 질문이 들어왔다. 나는 우선 국민들께 사과부터 했다. 국민의 정부에서 처음 돌출된 추문이었다.

"나는 국민 여러분에 대해서 먼저 정권의 지도층에 있는 사람들의 가족 때문에 심려를 끼친 것에 대해 굉장히 죄송하게 생각을 합니다. 그러한 일이 없도록 하기 위해서 대통령이 된 이후로 차관급 이상에게 임명장을 줄 때는 부인들도 참여시키면서, 특별히 주의를 주고 그렇게 했는데 한두 사람이 부족한

일을 한 것이 아닌가 하는 생각이 들어서 대단히 가슴이 아프고 또 국민들에게 죄송합니다.

그러나 이 문제에 대한 내 태도는 확실합니다. 아주 투명하게, 유리 속을 들여다보듯이 투명하게 처리하겠습니다. 그렇게 해서 책임이 있는 사람은 지위고하나 친소 관계를 떠나 바르게 처리하겠습니다. 법무장관 문제는 수사 결과에 따라 결정이 날 것입니다. 수사 결과에 부인이 잘못이 있으면 책임져야 할 것입니다."

결국 '옷 로비 의혹'은 정치권으로 옮겨 와 특별검사제가 도입되었고 이후에도 지루한 공방이 계속되었다. 그때마다 국민의 정부는 도덕적 상처를 입었다.

해괴한 사건은 또 일어났다. 6월 7일 대검찰청 공안부장이 집무실에서 술에 취한 채 기자들에게 막말을 했다. 1998년 조폐공사 파업은 검찰이 유도했다는 내용이었다. '취중 실언'이라고 해명을 했지만 소용이 없었다. 사건은 삽시간에 커져 버렸다. 소위 검찰의 '파업 유도 사건'이었다. 나는 개탄하고 또 크게 나무랐다.

"국법 질서를 확립해야 할 검찰 간부가 이런 실언을 할 수 있습니까. 또 그것이 사실이라면 국민의 정부에서는 있을 수 없는 일입니다. 철저하게 조사하십시오."

'옷 로비 의혹'이나 '파업 유도 의혹' 등이 국민의 분노를 일으킨 것은 중산층과 서민들의 박탈감과 상실감 때문이었을 것이다.

'우리네 형편이 이 지경인데 고관 부인들은 떼를 지어서 의상실이나 들락거리는가. 노동자들은 피눈물을 흘리며 직장을 떠나고 있는데 공안 기관에서 파업을 조장했다니 말이 되는가.'

그런 감정들이 급속히 번지고 있었다.

다음 날 지휘 책임을 물어 김태정 법무장관을 해임했다. 후임에는 김정길 변호사를 임명했다.

순진한, 유약한 정부가 아니다

(1999. 6 ~ 1999. 9)

　　박경리 선생의 대하소설 『토지』를 기리는 '토지문화관' 개관식에 참석했다. 6월 9일 아내와 함께 원주로 내려갔다. 나는 박 선생은 몇 번 보지 못했지만 소설 『토지』는 감명 깊게 읽었다. 선생은 우리 조상들의 끈질긴 생명력과 민족 고유의 정서인 한을 극명하게, 또 감동적으로 그려 냈다. 개관식에서 박경리 선생의 인사말이 예사롭지 않았다.

　　"과학에도 재앙은 따르고, 자연에도 재앙은 있습니다. 이와 같은 양면의 갈등과 치우침에 대하여 균형을 잡아 주고 최선의 길을 모색하며, 삶의 틀과 본을 만드는 것이 문화라고 생각합니다. 오늘날 그 문화의 본질은 간 곳이 없고, 문화라는 언어만 넘쳐흘러 소비성 상품의 시녀 노릇을 하고 있습니다. 어떻게 하면 그 본질적인 곳으로 돌아가 새로운 세기의 가닥을 잡아 줄 것인지, 지식인들의 자각과 헌신 없이 이루어질 수 없는 것입니다.

　　오늘 이곳에 대통령 내외분이 오셨습니다. 매우 의미심장하고도 고무적인 일입니다."

　　문화에 대한 노작가의 염려가 지극했다. 나는 토지문화관이 삶의 위기가 거론되는 세기말에 인류의 미래를 얘기하는 창작의 산실이 되기를 바랐다. 내가 치사를 했다.

토지문화관 개관식에서 박경리 선생과 함께.

  "박경리 선생은 1969년부터 1994년까지 원고지 4만 장에 이르는『토지』를 집필하여 우리 문학사에 지울 수 없는 기념비를 세웠습니다.

  저는『토지』주인공 용이의 애인인 월선이가 용이의 무릎 위에서 숨을 거두는 장면에서 그 아름다운 사랑에 많은 눈물을 흘렸던 기억이 지금도 생생합니다. 그리고 용이가 월선이에게 '니 여한이 없제?'라고 물었더니 월선이의 대답이 '야, 없십니더'라는 대목에서 한국 사람의 '한'의 본질을 다시 한 번 실감했습니다. 즉 월선에게는 현실적으로 임박한 죽음보다는 자기가 사랑하는 애인과의 사랑의 결합이라는 사실이 행복을 가져다준 것입니다.

  이처럼 우리 민족 고유의 정서인 한은 목적을 달성할 때까지 포기하지 않고 끈질기게 이어집니다.『토지』속에 흐르는 민족 독립의 한도 이러한 맥락에서 이해할 수 있을 것입니다.

  저는 특히 한 작품에 꼬박 25년의 긴 세월을 바친 선생의 열정과 집념에 놀랐습니다. 여기에서도 또한 한 작가의 한을 찾을 수 있습니다."

박경리 선생은 소설 『토지』와 토지문화관을 남기고 2008년 5월 세상을 떴다. 빈소를 찾아가 영전에 향을 사르고 꽃을 바쳤다. 딸 김영주 토지문화관장과 사위 김지하 시인에게 조의를 표했다.

"고인은 우리 국민의 자랑이었습니다. 독자의 한 사람으로서 애통함을 금할 수 없습니다."

서해에서 교전이 벌어졌다. 6월 15일 오전 서해 연평도 서쪽 해역에서 우리 해군 함정과 북한 경비정 사이에 총격전이 벌어진 것이다. 북한 측이 먼저 선제공격을 하자 우리 해군이 대응 사격을 했다. 북한 어뢰정 1척이 침몰하고 경비정 1척은 대파되었다. 나머지 북한 경비정 4척도 파손된 채 퇴각했다. 수십 명의 사상자가 나왔다.

우리 측 피해는 경미했다. 내가 취임 이후 일관되게 천명한 대북 정책의 3대 원칙 중 첫 번째인 "북의 어떠한 무력 도발도 용납하지 않는다"는 것을 행동에 옮긴 것이었다.

교전이 있기 전에 이미 연평도 앞바다에는 심상치 않은 조짐들이 있었다. 해마다 6월이면 북한 어선들이 꽃게를 잡으러 북방 한계선(NLL)을 넘어왔다. 그러면 우리 해군 고속정이 출동하여 이들을 몰아내곤 했다. 그런데 올해는 달랐다. 5~6척의 북한 경비정들이 함께 내려와 꽃게잡이 어선단을 보호하고 있었다. 6월 4일부터 하루도 거르지 않고 내려왔다. 우리 경비정이 접근해도 아랑곳하지 않았다.

모든 촉각이 연평도 앞바다에 집중되었다. 우리네 포용 정책을 북한 측에 그토록 알아듣게 설명했고, 남북 차관급 회담이 6월 21일 베이징에서 열릴 예정인데도 왜 그런 도발을 계속하는지 알 수가 없었다.

'무엇을 실험하려고, 무엇을 노리고, 누구를 겨냥해서 저렇듯 무모한 시위를 하는가. 혹시 북한 내부에 강·온 갈등이 있는 것인가.'

잠자리에 들어도 잠이 오지 않았다. 한밤중에 조성태 국방장관한테서 전화가 왔다. 장관은 "강경한 조치를 취하겠다"고 보고했다. 나는 네 가지 작전 지침을 시달했다.

"첫째, NLL을 반드시 확보하라. 둘째, 선제 사격을 하지 말라. 셋째, 북이 선제공격을 할 땐 강력히 응징하라. 넷째, 교전이 발생하더라도 확전되지 않도록 하라."

나는 국가안전보장회의(NSC)에 이에 대한 대응 방안을 조율토록 지시했다. 조 국방장관은 대형 함정들을 동원하여 북한의 함정들을 NLL 밖으로 밀어 올리는 방안을 제시했다. NSC 상임위원회는 그러한 '밀어내기' 작전 구상에 동의했다. 사실 나는 네 가지 지침만을 주었을 뿐 그 이후 모든 것은 군에 일임했다. 군사 지식이 빈약하다는 것을 내 자신이 잘 알기 때문이었다. 내가 '모르는 소리'를 하면 한 치의 빈틈도 없이 정교해야 할 군사 작전을 그르칠 수도 있을 것 같았다. 나는 애만 태웠다.

6월 15일에도 북한 함정과 어선이 NLL을 넘어왔다. 우리 측의 거듭된 철수 경고를 묵살하고 있었다. 아침 9시 30분경 우리 해군 함정들이 북한 함정들을 북으로 밀기 시작했다. 바다에서 그야말로 힘겨루기를 했다. 힘에 부친 북한 함정이 견디지 못하고 먼저 사격을 가했다. 우리 함정이 즉각 응사했다. 이후 포격전이 치열하게 벌어졌다. 포성은 14분 만에 멎었다. 나중에 보고를 받아 보니 북측은 사망자가 30명이 넘었다.

우리 장병들은 늠름했다. 언론은 이를 연평해전이라고 명명했다. 물론 우리가 승리를 거뒀다 해도 남과 북이 교전을 벌인 것은 참으로 안타까운 일이었다. 그런데 다시 2002년 연평해전이 일어났다. 그래서 1999년 6월 서해교전은 제1차 연평해전이라 부르며 구분하여 기억하고 있다. 그레그 전 주한 대사는 훗날 역대 어느 정부도 북한의 도발(삼척 무장 공비 침투 사건, 김신조 사건 등)에 응징한 경우가 없었는데 '국민의 정부'만이 이를 철저하게 응징했다고 회고하기도 했다.

제1차 연평해전은 햇볕 정책이 순진한 발상이거나 유화적인 정책이 아니라는 것을 내외에 보여 주었다. 이 정책은 내가 누차 강조한 대로 강한 힘이 있어야 실효를 거둘 수 있었다. 서해교전이 일어난 시각에 남쪽의 관광객들은 금강산을 오르고 있었다. 그들의 안전이 염려되었다. 임동원 통일부 장관에게서 전화가 왔다.

"오늘(16일) 떠나기로 한 금강산 관광선의 출항을 허가하겠습니다. 통일부 장관인 제가 책임지겠습니다."

임 장관이 그렇게 판단했다니 안심이 되었다. 나는 북한이 더 이상 서해교전을 빌미로 사태를 악화시킬 뜻이 없음을 확인했다. 금강산 관광선은 예정대로 떠났다. 그리고 예약했던 승객들 또한 어떤 동요의 기색도 없이 모두가 승선했다는 보고를 받았다. 국민들이 국가와 나를 믿고 포용 정책의 '햇볕'이 되어 주었다. 북은 언제 싸웠냐는 듯이 아무런 내색도 하지 않았다. 나는 안도했다.

서해교전이 벌어진 다음 날, 긴급 여야 총재 회담을 열었다. 안보 위협에 초당적으로 대처하고, 이런 모습을 국민에게 보이는 것이 국론을 결집하고 국민의 지지를 얻을 수 있다고 생각했다. 박준규 국회의장, 이회창 한나라당 총재, 김영배 민주당 총재권한대행, 박태준 자민련 총재, 조성태 국방장관이 참석했다. 이회창 총재가 햇볕 정책을 재고해야 한다고 주장했다. 나는 햇볕 정책의 당위성을 다시 설명했다.

"대북 포용 정책은 확고한 안보를 전제로 이루어지는 것입니다. 미·일·중·러 등 주변 4대국과 전 세계가 지지하고 있습니다. 북한은 햇볕 정책이 북한의 옷을 벗기려는 것으로 생각하며 주저하고 있지만 햇볕은 우리만 보내는 것이 아니고 북한도 우리에게 햇볕을 보내라는 것이 우리의 입장입니다.

햇볕 정책 추진 과정에서 부정적인 면과 긍정적인 면을 찾아볼 수 있습니다. 부정적인 면은 북한의 핵무기 개발 의혹, 미사일 실험, 서해 사태 같은 것이고 긍정적인 면은 지난해부터 장성급 회담이 열리고 금강산 관광 등이 이뤄지고 있는 것입니다. 이 같은 변화의 움직임을 긍정적으로 평가해야 합니다."

6월 21일 금강산 관광객을 북측이 억류하는 사건이 발생했다. 여성 관광객이 북측 안내원에게 건넨 말을 문제 삼아 "남쪽 정보기관의 공작원"이란 혐의를 씌웠다. 사건이 엄중했다. 나는 관련 부처에 금강산 관광을 중단하고, 사건을 제대로 처리하라고 지시했다. 만일 북측이 억류된 관광객을 조속히 귀향시키지 않으면 관광선이고 달러고 보내지 않을 작정이었다. 다행히 북측은 억류 관광객을 4일 만에 풀어 주었다. 나는 그런 일이 재발하지 않도록 후속 대책을 단단히 세우라고 지시했다. 북측은 금강산 관광을 재개하자고 채근했지만 후속 대책이 마련될 때까지 금강산 관광은 중단해야만 했다. 결국 이번에는 금강산 관광선이 항구에 45일 동안이나 묶여 있어야 했다.

청와대 민정수석실을 신설했다. 여론 수렴 기능을 강화하라는 재야 및 시민 단체의 건의를 수용했다. 민정수석 비서관에 김성재 한신대 교수를 임명했다. 김 민정수석에 당부했다.

"국민 속에 들어가 국민의 소리를 듣고 상의하는 자리가 돼야 합니다."

6월 30일 새벽 경기도 화성군 씨랜드 청소년수련원에서 불이 나 어린이 19명을 포함해 23명이 목숨을 빼앗겼다. 일어나서는 안 될 참사였다. 언론 보도를 보니 온통 문제투성이였다. 아내와 함께 강동 교육청에 마련된 합동분향소를 찾았다. 유족들이 오열했다. 아이들 영정 사진을 한참 바라보았다. 유족들의 손을 일일이 잡았다. 아내는 유족을 부여잡고 눈물을 훔쳤다. 어른들을 믿고 여행에 따라나선 천진한 어린이들의 죽음 앞에 서 있으니 참으로 참담했다. 대통령 할아버지를 많이 원망할 것만 같았다.

"참혹한 심정을 이루 말할 수 없습니다. 이번 사고는 인간이 잘못한 것으로 건축, 소방, 유치원 운영 등 모두가 잘못되었습니다. 다시는 이런 일이 일어나지 않도록 하겠습니다."

그 외는 달리 위로의 말을 찾을 수 없었다. 자식을 잃은 부모의 마음을 무엇으로 달랠 수 있단 말인가.

7월 2일 미국과 캐나다 방문길에 올랐다. 빌 클린턴 대통령 초청으로 4일까지 미국을, 로메오 르블랑(Romeo LeBlanc) 총독 초청으로 7일까지 캐나다를 방문하는 5박 6일의 일정이었다. 몹시 빡빡한 일정 중에 필라델피아에서 '자유 메달'을 수상하는 것도 포함되어 있었다.

나는 2일 오후 백악관에서 취임 후 세 번째로 클린턴 대통령을 만났다. 미국은 내가 실무 방문을 했음에도 영빈관을 숙소로 내주었다. 워싱턴 도착 3시간 만에 한미 정상 회담을 가졌다. 우리는 굳건한 안보를 바탕으로 대북 포용 정책을 일관성 있게 계속 추진하기로 합의했다. 나와 클린턴 대통령은 서해교전 사태와 같은 북한의 도발 행위에 대해서는 양국이 공조하여 엄중하게 대처하기로 했다. 클린턴 대통령이 한국의 경제 회복에 대해 축하의 말을 했다.

"외교적 수사가 아니라 진심으로 축하하며 김 대통령의 리더십에 경의를 표합니다."

클린턴 대통령은 수시로 내 손을 잡았다. '자유 메달' 수상에 대한 덕담도 빠뜨리지 않았다.

"김 대통령은 어느 누구보다 그 상을 받을 자격이 있으며 우리도 수상을 기쁘게 생각합니다."

'자유 메달'을 받으러 필라델피아로 향했다. 공항에 내리니 환영객 중에 토머스 포글리에타 주 이탈리아 미국 대사가 보였다. 우리는 뜨겁게 포옹했다. 그는 1980년대 미국 망명 시절의 민주화 투쟁의 동지였다. 1985년 전두환 정권의 반대에도 불구하고 귀국을 감행했을 때에는 나의 신변 안전을 위해 의원 신분으로 동행을 해 주었다. 그는 나를 보러 이탈리아에서 필라델피아로 날아왔다.

필라델피아 교민과의 간담회에 앞서 서재필기념관을 찾았다. 기념관은 서 박사가 미국에서 독립운동을 할 때 살던 집이었다. 한적한 숲속의 2층짜리 목조 건물이었다. 기념관에는 서 박사의 유품들이 전시되어 있었다.

나는 방명록에 "선각자는 영생합니다"라고 서명했다. "대한민국 대통령 김

대중"이라 쓰고 나서 고개를 드니 사진 속의 서 박사가 물끄러미 바라보고 있었다. 내 젊은 날의 영웅에게 고개를 숙였다.

'자유 메달' 시상식은 4일 필라델피아 독립기념관 옥외광장에서 거행됐다. 이곳은 1776년 7월 4일 당시 미국 식민지 대표들이 독립선언서를 채택한 곳이었다. 또한 '자유의 종'이 보존되어 있는 성지였다. 그러니까 그날 그 자리에서 시상식이 거행되었다. 펜실베이니아 주는 7월 3일을, 필라델피아 시는 4일을 '김대중의 날'로 선포했다.

날이 무척 더웠다. 폭염 속에서도 3000명이 넘게 참석했다. 수상식에 앞서 펜실베이니아 의장대의 축하 행진이 있었다. 개회사에 이어 양국 국가가 연주되었다. 우리 〈애국가〉를 한국인 학생 3명이 합창했다. 국가가 멎자 펜실베이니아 공군의 축하 비행이 있었다.

에드워드 렌델(Edward Rendell) 필라델피아 시장이 '자유 메달'을 걸어주었다. 메달은 금색 원형판에 '자유의 종'이 양각되어 있었다. 수상식이 거행되는 동안 한국 유학생들이 부르는 〈그리운 금강산〉이 울려 퍼졌다. 눈시울이 뜨거워졌다. 연설 머리에 날씨가 무척 더우니 짧게 연설을 하겠다고 했다.

"오늘 제223회 독립 기념일에 미국의 독립 선언문과 헌법이 작성된 이 유서 깊은 필라델피아에서 권위와 명예가 높은 '자유 메달'을 받게 된 것은 나에게는 다시없는 영광이고 기쁨입니다. 나는 참으로 긴 세월 동안 자유를 향한 순례를 했습니다. 그 가운데 나를 지탱해 준 힘들이 있었습니다.

첫째는 내가 믿는 예수님입니다. 그분은 이스라엘의 억압받은 사람들의 인권을 위해서 십자가상에서 목숨을 바쳤습니다. 예수님은 우리에게 자유인이 되라고 말씀하셨습니다. 그리고 예수님은 우리가 자신의 제자가 되려면 똑같이 십자가를 지고 자신의 뒤를 따라 오라고 하셨습니다. 십자가는 나에게 자유에의 훈련이었습니다.

둘째는 나의 역사관입니다. 역사를 통해서 볼 때 세계 어디서나 자유와 정의를 위해서 싸운 사람이 패배자가 된 법이 없습니다. 나도 내가 비록 현실에서는 좌절하더라도 역사 속에서 반드시 승자가 될 것을 확신했던 것입니다.

셋째는 나의 인생관입니다. 인생의 성공과 행복은 무엇이 되는 것이 아니라 어떻게 사느냐에 의해서 결정된다고 믿었습니다. 즉 자기의 양심에 따라 바르게 사는 것이라고 믿습니다. '행동하는 양심'이 내 일생의 좌우명이기도 합니다.

그리고 넷째는 나의 아내와 자식들의 지원입니다. 가족은 자유를 향한 나의 순례의 동반자들입니다. 나는 지금도 1980년의 일을 잊지 못합니다. 그때 나는 사형 언도를 받고 육군교도소에서 죽음을 기다리고 있었습니다. 아내는 자식들과 같이 면회를 와서 하느님께 눈물로 기도했습니다. 온 가족이 울고 또 울었습니다. 그러나 내 가족 중 누구도 군사 독재자와 타협하라고 권하지 않았습니다. 하느님을 믿고 자유의 신념을 지키라고 격려했던 것입니다."

나는 아내와 홍걸이를 청중에게 소개했다. 청중은 우리 가족에게 박수를 보냈다. 불볕 속에서도 땀을 훔치며 내 연설을 경청하고 있었다. 나는 짧게 연설하겠다는 약속을 어겼다. 미안했지만 자유를 향한 나의 열정을 얘기하고 싶었다.

"나는 자유의 완성이란 없다는 것을 알고 있습니다. 완성을 향해 끊임없이 노력하는 것이 우리 인간의 사명이라 믿고 있습니다. 인류의 미래는 자유의 편에 있습니다. 자유의 편에 설 때, 우리는 자유의 사랑을 우리 모두에게 심어주신 하느님의 편에 서는 것입니다. 자유의 편에 설 때, 우리의 존엄성은 증진되는 것입니다.

자유라는 것은 공기와 같아서 그 안에서 살 때에는 그 가치를 이해하기 어렵습니다. 나는 자유의 가치를 잘 이해하고 있는 사람의 하나입니다. 그래서 오늘 '자유 메달'을 받았습니다. 이 영광을 받으면서, 나는 여러분께서 나에게 이 상을 주신 것을 두고두고 자랑스럽게 생각할 수 있는 그러한 수상자가 될 것을 다짐합니다. 나는 '자유에 헌신한 사람'으로 기억되기를 원합니다."

연설 후 추기경의 축도가 있었다. 복음 성가대의 축가, 군악대의 연주가 이

미국 독립기념일인 7월 4일, 필라델피아 '자유 메달'을 목에 걸었다.

어졌다. 시상식이 끝난 후 숙소인 포시즌스 호텔 카펜터스 홀에서 하객들과 오찬을 함께했다.

"나의 이번 '자유 메달' 수상으로 필라델피아의 미국 독립 기념일 축제가 한국을 비롯한 아시아의 인권 승리를 위한 축제로서도 평가되길 바랍니다. 20 세기 마지막 해에 내가 '자유 메달' 수상자로 선정된 것은 한국의 자유와 인권 신장의 성과를 평가하며 21세기에 세계 모든 지역이 자유와 인권으로 가득 차길 바라는 여러분의 기대가 담겨 있다고 생각합니다."

다시 캐나다로 향했다. 7월 4일 오후 오타와 공항에 도착, 2박 3일간의 국빈 방문 일정에 들어갔다. 우리 일행은 숙소인 총독관저에 여장을 풀었다. 이어서 샤토 로리에 호텔에서 캐나다 지역 교포 초청 간담회를 열었다.

다음 날 장 크레티앵(Jean Chrétien) 총리와 회담을 갖고 지난 1993년 양국 정상 회담에서 합의한 한·캐나다 특별 동반자 관계를 확대 발전시켜 나가기로 했다. 나는 또 대북 포용 정책에 대한 지지를 끌어냈다. 내가 한반도 주변 정세와 대북 정책을 설명하자 크레티앵 총리는 흔쾌히 동의했다.

나는 국빈 오찬에서 프랭크 스코필드(Frank W. Schofield) 박사 후손들을 접견했다. 캐나다인 스코필드 박사는 3·1 운동을 지지하고 제암리 등에서 자행한 일제의 만행을 국제 사회에 알렸다. 독립운동을 돕다가 일제에 추방당했고, 한국전쟁 후인 1955년에 다시 한국에 돌아와 세브란스 의대 교수로 재직했다. 이때 고아원을 설립해 전쟁고아들을 돌봤으며 1970년 81세에 서울에서 생을 마감했다. 외국인으로는 드물게 국립묘지에 묻혔다. 나는 며느리 캐서린과 손자 손녀를 만나 스코필드 박사의 각별했던 한국 사랑과 나와의 인연을 회고했다.

"스코필드 박사는 서울의 한 초라한 아파트에서 병고의 몸으로 고생하면서도 군사 독재를 비판하셨습니다. 나는 박사가 우리 민주화 투쟁을 지원할 당시 찾아뵙고 서로 격려했던 일을 지금도 생생히 기억하고 있습니다."

7월 7일 서울공항에 도착, '자유 메달'을 걸고 비행기에서 내렸다. 그리고 국민들에게 인사를 드렸다.

"이 상은 나 자신이 인권과 민주주의를 위해 노력한 것도 되지만, 수십 년간 인권과 민주를 위해 싸운 국민을 대표해 받은 것입니다."

공동 정부에 다시 문제가 생겼다. 김종필 총리와 김영배 국민회의 총재권한대행이 '옷 로비 의혹'과 '파업 유도 의혹' 사건의 특검제 수용을 둘러싸고 서로 다른 목소리를 냈다. 내가 캐나다에 머물 때였다. 나는 출국하기 전에 특검제 도입 여부를 김 총리에게 일임했다. 김 총리는 특검제 수용 의사를 밝혔고, 김 대행은 "당론이 아니다"라며 반발했다. 이에 김 총리가 크게 화를 내고 결별을 암시하는 발언까지 했다. 여기에 그치지 않았다. 김 대행을 경질해야 한다는 뜻을 비서실에 전달했다. 나에 대한 압박이었다. 나는 오랜 고민 끝에 김 총리의 건의대로 국민회의 당 8역을 경질했다.

당 지도부가 울분을 토로하고 김영배 대행은 통음을 했다는 기사를 보았다. 그들의 심경을 충분히 이해할 수 있었다. 그러나 공동 정부를 깰 수는 없었다. 특히 김 대행에게는 연민의 정이 사무쳤다. 그는 석 달 만에 물러나야 했다. 김 대행은 5·16 이후 군부 세력에게 40년 동안 온갖 고초를 당하면서도 야당의 외길을 걸어온 인물이었다. 그런 민주 투사가 5·16의 주체인 총리에게 다시 밀려났다. 정치가 살아 있는 생물이라지만 정치 현실이 무상하고, 참으로 서러웠을 것이다. 하지만 어쩔 수 없었다.

나는 새로운 당 지도부 구성에 고심을 거듭했다. 청남대에서 여름휴가를 보내며 장고를 거듭했지만 결론을 낼 수 없었다. 하루 더 머물며 숙고했다. 7월 12일 올라와 새 당직자들을 발표했다. 국민회의 총재권한대행에는 이만섭 상임고문을 임명했다. 사무총장에는 한화갑, 정책위 의장에 임채정, 지방자치위원장에 이규정, 홍보위원장에 서한샘, 연수원장에 정영훈, 총재비서실장에 김옥두, 총재특보단장에 정균환 의원을 발탁했다.

8월 2일 나와 정치 역정을 같이해 온 '인동회(忍冬會)' 회원 190여 명을 초청하여 점심을 대접했다. 나는 별로 해 준 일이 없는데도 한결같이 나를 지원해 주는 동지들이 한없이 고마웠다. 그러나 이날도 동지들에게 아무런 선물을 건네지 못했다. 단지 나를 다스림으로써 회원들의 성원에 보답하기로 했다.

"과거에 같이 고생한 동지들, 어떤 사람은 국회의원이 되고 어떤 사람은 정부에서 일을 하지만 어떤 사람은 아무 일도 하지 않습니다. 다 자리를 마련해 줄 수도 없고, 다 그렇게 우리만 차지한다면 국민이 용서하지 않을 것입니다. 그러나 우리 모두가 똑같이 가지고 있는 소중한 보물은 독재 치하에서 굴하지 않고 싸워서 마침내 이 나라에 민주 정부를 세웠다는 긍지의 자랑입니다. 이 것은 한 사람도 빠지지 않고 우리가 다 가지고 있습니다. 그 이상의 명예로운 재산이 어디에 또 있겠습니까.

나는 여러분께서 그 재산을 소중하게 간직하시기를 바라고, 여러분을 자주 못 뵙지만 내 옷소매에 눈물 떨어질 때 내 옆에 있던 여러분을 결코 잊지 않겠습니다. 여러분께서도 앞으로 인생을 사는 마지막 그날까지 이 나라에 자유와 정의, 번영과 평화가 깃들도록 최선을 다해 주시기 바랍니다. 민주 정부를 세운 것만으로 다 끝난 것이 아니라 민주 정부가 21세기에서 세계 일류 국가가 되어야 우리가 민주주의를 위해서 싸운 보람을 찾는 것입니다.

하늘이 둘로 쪼개져도 과거 집권자들이 잘못하던 비민주적이거나 반민주적인 행동, 부패나 부정, 소수에게 부를 집중시키는 것, 남북 대결을 조장하여 국내 정치에 악용하는 것은 절대로 안 할 것입니다. 세계 일류 국가의 기초를 닦는 데 앞장서는 대통령이 될 것입니다."

8월 6일, 강원도 영월 동강댐 건설과 관련해 처음으로 "안 했으면 좋겠다"는 사견을 밝혔다. 강원 지역 방송사들과 회견에서였다.

"환경 보존의 입장에서 많은 사람들이 걱정하는 일을 정부가 굳이 하려고 할 필요가 없지 않겠느냐, 이렇게 생각합니다."

그동안 영월 동강댐 건설을 둘러싸고 많은 논란이 있었다. 동강은 강원도 정선에서 시작하여 영월에 이르기까지 51킬로미터 구간을 깎아지른 절벽을 끼고 흐른다. 희귀한 동식물의 서식지라서 자연 생태계를 지킬 필요도 있었다. 그러나 수도권의 물 부족 문제 해결 또한 현실이었다. 그래서 보존과 개발 사이를 오락가락했다. 댐 건설의 가장 큰 목적은 수도권에 식수를 공급하는 것이었다. 나는 절수(節水) 대책 등 나름의 대안을 찾을 수도 있겠다는 생각을 했다.

건교부도 비슷한 내용의 업무 보고를 했다. 문제는 정부가 시민 단체들의 요구를 검증 없이 일방적으로 수용한다는 인상을 줄 수도 있다는 것이었다. 그래서 댐 건설 여부의 타당성을 과학적으로 규명해야 했다. 민·관 공동 조사단을 구성하여 원점에서 다시 검토하도록 지시했다. 물론 그동안 일을 추진했던 공무원들의 낭패감이 컸을 것이다. 그래도 자연은 우리 시대에 다시 살펴봐야 하고, 이제 그럴 때에 이르렀다고 생각했다.

우리는 지구의 만물에 대해서 너무도 많은 죄를 지었다. 우리가 눈을 가지고 보면 온통 자연의 눈물이고, 귀를 가지고 들으면 만물들의 아우성이다. 다

인간 때문이다. 국무회의에서도 인간이 자연에 끼친 해악을 몇 번이나 이야기했다. 그렇게 영리하다는 인간이 자연에게 그런 재앙을 안겨 주는 것은 부끄러운 일이었다.

예컨대 우리는 지금 물을 너무 함부로 쓰고 있다. 내가 물이 귀한 섬 출신이라서 그런지 몰라도 버려지는 물이 너무 아깝다. 유엔은 이미 우리나라를 '물부족 국가'로 지정했지만 도무지 심각하게 받아들이지를 않는다. 관련 부처도 구체적인 정책은 내놓지 못하고 있다. 큰 댐을 아무리 많이 세워도 늘어나는 인간과 그 인간들이 쏟아 내는 욕망을 다 씻어 낼 수는 없을 것이다.

"지구는 후손들에게 우리가 빌려서 잠시 머무르는 곳"이라고 한다. 가슴에 닿는 말이다. 사실 개발에 관해서는 우리 세대에 옳고 그름을 결론 내는 것이 위험하다. 우리 후손들이 우리보다 훨씬 현명할 것이기 때문이다. 건교부는 2011년이면 우리나라에 약 20억 톤의 물이 부족할 것이라는 분석을 내놓았다. 그러나 물을 아끼는 노력이 없이 계속 땅속의 물만 끌어올려 사용한다면 이는 조상들이 물려준 재산을 우리 세대에서 모두 탕진하는 셈이다.

우리 산하는 산이 높은 만큼 강이 깊다. 강은 젖줄이다. 마르지 않는 젖을 지녔으니 축복이 아니고 무엇이랴. 한강처럼 큰 강이 도심을 흐르는 나라가 어디에 있는가. 볼 때마다 경이롭고 감사하다. 그리고 한편으로는 강도 없고 산도 없는 이스라엘이 떠오른다. 가서 실제로 보고 그 척박함에 너무 놀랐기 때문일 것이다. 1993년 영국 유학 중 방문한 이스라엘은 "젖과 꿀이 흐르는 땅"이라는 성경 말씀과 달리 너무도 황량한 모습이었다.

강은 우리 시대의 보물이고, 물은 생명의 근원이다. 나는 강을 보고만 있어도 기분이 좋다. 하의도와 목포에서 바다를 보고 자라서인지 물이 그렇게 좋다. 물길을 따라 기운차게 흐르는 강물을 보고 있으면 나도 모르게 어딘가로 흘러가고 싶다.

개발이라면 지상 명령으로 받들고 환경을 얘기하면 사치라고 눈을 흘기던 그런 시대는 지나갔다. 개발 후에 복원하려면 그 비용이 몇 배, 몇 십 배가 들어가며 아무리 돈을 들여도 완전한 복원이란 불가능하다는 것을 깨달아야 한다. 우리에게 중요한 것은 쓰레기는 반으로 줄이고 재활용은 배로 늘리는 것이다. 나는 환경 선진국, 환경 대국, 환경 문명국을 지향하고 싶었다. 그러면서도 곳곳에 숨어 있는 개발론자들의 목소리를 잠재우지 못했다. 그것이 안타까웠다. 그나마 동강댐 건설 계획은 결국 2000년 6월 완전 백지화되었다.

8·15 특사로 2864명에 대한 사면·복권을 단행했다. 새 천 년 광복절을 계기로 민족 대통합의 새 장을 열기 위한 조치였다. 김영삼 전 대통령의 차남도 형 집행 정지로 풀려났다. 전직 대통령 아들에 대한 봐주기이며 정치적 결정이라고 비난 여론이 들끓었다. 청와대까지 항의 전화가 쇄도했다.

제54주년 광복절 기념 경축사에 여러 가지를 담았다. 집권 초부터 추진해 온 재벌 개혁에 역점을 두고 대통령 직속의 반부패특별위원회를 구성하겠다고 밝혔다. 중산층과 서민 생활 향상을 위한 생산적 복지 정책을 펼치고 4대 보험에 내실을 기하겠다고 약속했다. 특히 신당 창당 계획을 밝혔다. 당에서는 내년 총선을 앞두고 새로운 여권의 모습을 보이기 위해 신당 창당이 필요하다는 건의가 있었다. 전국 정당으로 발전하기 위해서는 새로운 인재를 영입하여 새로운 당으로 거듭나야 한다는 의견이었다.

"우리 정치가 제 역할을 못하는 데 대해서는 집권당으로서 먼저 그 책임을 통감합니다. 여당인 국민회의부터 새로 태어나겠습니다. 그래서 국민에게 믿음과 희망을 드리는 당이 되겠습니다. 신당은 중산층과 서민 중심의 개혁적 국민 정당으로 등장할 것입니다. 인권과 복지를 중시하는 정당이 되겠습니다. 지역 구도를 타파하는 전국 정당이 될 것입니다. 21세기 지식 기반 시대를 이끌고 갈 정당이 되겠습니다.

신망 있는 인사와 각계의 전문가, 활력 있는 젊은 층을 전국적으로 영입하겠습니다. 개혁적 보수 세력과 건전한 혁신 세력까지 맞아들여서 폭넓고 튼튼한 정당을 만들겠습니다. 여성 지도자를 적극 영입하고 여성에게 비례대표 의석의 30퍼센트를 배정하겠습니다."

경축사에서 재벌 개혁을 강도 높게 주장하자 야당과 일부 언론은 재벌 개혁을 '재벌 해체'로 몰아가고, 이는 시장 경제 원리에 반하는 것이라며 색깔론을 제기했다. 저들은 또 보안법 개정에도 반대했다. 사실 보안법 중에서 불고지죄나 찬양고무죄는 너무 막연했다. 얼마든지 자의적으로 해석하여 악용할 수 있었다. 하지만 보수층은 자구 하나도 건드리면 안 된다고 주장했다. 이를 둘러싸고 한동안 여진이 있었다.

제3기 노사정위원회가 출범했다. 9월 1일 제3기 김호진 위원장과 신임 위원들, 제2기 김원기 위원장과 전 위원들을 초청하여 오찬을 함께했다. 나는 "노사정위원회의 성패에 이 나라의 국운이 걸려 있다"고 강조해 왔다. 그런 면에서 신 노사 문화가 점차 뿌리를 내리는 것 같아 기뻤다. 나는 그들의 노고에 감사했다.

"과거에는 완전히 불법화됐던 시위·집회·파업의 자유가 이제는 완전히 보장됐습니다. 합법적인 절차만 밟으면 무엇이든지 할 수 있습니다. 1997년에 13만 4400개의 최루탄을 쏘았는데, 지난해에는 3400개를 두 번에 걸쳐 쏘았습니다. 메이데이(노동절) 때 그랬는데 올해는 한 방도 쏘지 않았습니다.

시위와 집회는 여전히 하고 있습니다. 하지만 아주 질서 정연하게 잘하고 있습니다. 앞으로 파업도 법 절차에 따르면 전부 다 보장할 것입니다. 그것이 민주주의입니다. 과거에는 원천적으로 봉쇄했기 때문에 초법적으로 저항할 권리가 있었지만, 합법적으로 보장하니까 노동자나 시위·집회를 하는 사람들도 합법적으로 해야 합니다.

새로운 노사 문화는 21세기 인류 역사상 최대 격변기인 이 시대에 세계적 경쟁 속에서 이겨 낼 수 있는 노사 관계를 말하는 것입니다. 그러한 신 노사 문화는 어느 한쪽에게만 이로운 것이 아닙니다. 다 같이 이로운 것입니다. 그래야 오래갑니다. 기업가를 위하는 길이고, 노동자를 위한 길입니다."

9월 9일 오후, 아내와 함께 민생 현장에 들렀다. 용산 농협 매장과 남대문

추석을 맞아 남대문 시장을 돌아보고 아내가 좋아하는 순대를 사 먹었다.

시장을 찾았다. 추석 물가와 인심을 알아보고 싶었다. 상인들도, 손님들도 모두 경기가 좋아졌다고 말했다. 환히 웃는 모습을 보니 행복했다. 남대문 먹자골목에서 순대와 떡볶이를 먹었다. 참으로 오랜만에 먹어 보는 거리 음식이었다. 아내가 무척 맛있게 먹었다. 아내는 순대를 특히 좋아했다. 우리를 바라보는 시민들의 환한 표정을 보자 더 맛이 있었다. 군중 속에서 외침도 들려왔다.

"건강하세요, 우리 대통령 만세."

나도 외쳤다.

"올해가 작년보다 나아졌고, 내년이 올해보다 나아질 것입니다. 모두 희망을 가지십시오. 추석 잘 보내세요."

"김 대통령 아니면 10만 명이 더 죽었다"

(1999. 11 ~ 1999. 12)

9월 11일 APEC 정상 회담과 뉴질랜드·호주 국빈 방문을 위해 출국했다. 8박 9일의 일정이었다.

오클랜드 국제공항에 도착, 제니 쉬플리(Jenny Shipley) 뉴질랜드 총리의 영접을 받았다. 칼튼 호텔에 여장을 풀고 곧바로 장쩌민 중국 국가 주석과 정상 회담을 가졌다. 우리는 서로 "더 건강해진 것 같다"며 인사를 건넸다. 마카오 반환에 대해 나름의 의미를 부여했다.

나는 장쩌민 주석에게 중화인민공화국 건국 50주년을 맞는 올해 과거 442년 동안 포르투갈의 식민지였던 마카오를 반환받게 된 것을 축하했다. 중국은 2년 전에도 영국으로부터 홍콩을 반환받았다. 연말에 마카오가 반환되면 아시아에서 서구 열강의 식민지는 완전히 사라지는 것이었다. 이는 중국이나 아시아를 위해 좋은 일이었다.

장 주석과는 대북 포용 정책에 대한 공조를 거듭 확인했다. 나는 북한이 더이상 미사일을 발사하지 않도록 중국의 적극적인 역할을 당부했다.

"중국이 한반도 평화를 지지해 준 데 감사드립니다. 김영남 북한 최고인민회의 상임위원장 방중 때 남북 대화를 촉구한 데 감사드립니다. 나는 집권 이후 대북 3원칙을 흔들림 없이 지켜 왔습니다. 북한도 무력 도발을 하지 않고 미사일 발사도 하지 말아야 합니다."

"한반도 안정과 평화 유지를 위해 할 수 있는 일이 있으면 모든 일을 할 것이고, 불리한 일이면 이를 저지할 것입니다. 김영남 위원장에게도 그런 견해를 솔직하게 알렸습니다."

나는 장 주석에게 얼마 전 동티모르에서 발생한 유혈 사태에 대해 대책을 세울 것을 제안했다. 동티모르는 호주와 인도네시아 사이에 위치한 섬나라로 400여 년 동안 포르투갈의 지배를 받다가 1975년 독립한 나라였다. 그러나 곧바로 인도네시아의 지배를 받았다. 사전 합의된 의제는 아니었다. 하지만 이를 각국의 정상들이 외면해서는 안 될 것 같았다.

동티모르 사태는 독립을 원하는 동티모르섬을 인도네시아 정부가 유혈 탄압한 사건이었다. 인도네시아 정부는 1999년 들어 동티모르의 독립 가능성을 시사하며 주민들에게 독립 여부를 묻는 주민 투표를 허용했다. 8월 유엔 주관 아래 실시된 투표에서 주민 78.5퍼센트가 독립에 찬성했다. 하지만 인도네시아 군부가 이를 묵살했다. 인도네시아 군부가 훈련시킨 민병대가 동티모르 전역에서 학살과 방화를 저질렀다. 인구의 3분의 1이 희생당했다. 살아남은 주민들은 산속으로 숨어들었다. 그들에게 남은 건 죽음뿐이었다.

먼 나라의 일이었지만 기가 막혔다. 21세기를 앞둔 시대에 이런 야만적인 학살극이 벌어지다니, 생각할수록 가슴 아팠다. 내가 1994년 아태재단을 설립한 것도 아시아 지역의 평화와 민주주의를 위해서였다. 이러한 인권 유린을 그냥 못 본 척 지나갈 수는 없었다. 그것은 우리 모두가 악의 편이 되는 것이라 여겨졌다. 내 양심이 허락하지 않았다.

나는 APEC 정상회의에 오기 전에 아태 민주청년 워크숍에 참석한 각국의 젊은이들을 접견했다. 민주청년 워크숍은 내가 공동대표로 있던 아태민주지도자회의가 해마다 주최하는 행사였다. 나는 이 자리에서 아시아의 미래를 낙관하며 이런 말을 했다.

"우리가 처음 워크숍을 할 때는 한국의 정권 교체가 없었고 아시아에 민주주의도 확산되지 않았습니다. 그때 나는 우리 한국에서 국민의 힘에 의해 정권 교체가 될 것이고 아시아에서도 민주화가 확산될 것이라는 말을 한 적이 있습니다.

아시아 국가 중 민주화가 되지 않은 나라들도 머지않아 민주주의의 길을 갈 것으로 믿습니다. 특히 21세기 초에 아시아 전체에 민주화가 굳건히 진행될 것으로 나는 확신합니다. 민주주의는 인류가 지향하는 보편적 가치이자 경제 발전의 길이며, 사회정의를 실현하는 길이기 때문입니다."

이처럼 민주화가 완성되면 아시아는 인류의 미래를 책임지는 희망의 대륙이 될 것으로 나는 믿었다. 그러나 이러한 동티모르의 비극이, 그것도 세기말에 벌어지고 있었다. 나는 APEC 정상회의에서 각국의 정상들이 민주주의의 원칙과 생명의 존엄성이 유린 되는 현실을 결코 외면해서는 안 된다고 생각했다. 인류의 양심으로 유혈 폭력 사태만큼은 종식시켜야 했다. 장 주석에게 말했다.

"동티모르 유혈 사태, 인권 문제에 대해서 어떤 식으로든 의사 표시가 있어야 한다는 생각입니다."

처음에는 다소 소극적이던 장 주석도 내가 분명한 입장을 표명하자 평화로운 해결을 희망했다. 이에 앞서 APEC 의장인 뉴질랜드 제니 쉬플리 총리에게 동티모르 사태에 대해 APEC이 관심을 가져야 한다고 말했다. 나는 만나는 정상들에게 동티모르를 돕자고 설득했다.

"지금 이 순간에도 사람이 죽어가고 있는 문제입니다. APEC이 경제 문제를 다루는 협력체라고는 하나 이 문제를 외면한다면 세계가 APEC이 필요 없다고 할 것입니다."

한·미·일 3국 정상 회담에서도 이 문제를 논의했다. 클린턴 대통령과 오부치 총리는 나의 설득을 외면하지 않았다. 내가 말했다.

"어제 중국 국가 주석과 칠레 대통령, 오늘 브루나이 국왕과 싱가포르 총리에게 동티모르 문제를 얘기했습니다. 방법은 달라도 인식은 같았습니다. 아·태 지역의 지도자들이 모여 있는데 동티모르의 비인도적이며 주권을 짓밟는 일에 우리가 입을 다물고 떠난다면 우리 지도자들은 물론 APEC에 대한 비난과 회의가 있을 것입니다. 이번 APEC 회의에 참석한 정상들이 인도네시아 정부에 유혈 사태 종식과 동티모르 독립 승인에 책임을 다하도록 요청하고 또 유엔이 '필요한 일'을 하도록 요청할 것을 제안합니다."

그러자 오부치 총리와 클린턴 대통령은 내 제안이 충분히 고려할 만한 가치가 있다며 내일 별도 회동을 통해 문제를 논의해 보자고 즉각 화답했다.

정상회의 폐막을 앞두고 한·미·일 3국 정상은 동티모르 독립을 위해 유엔과 인도네시아 정부가 적극 나서야 한다는 성명을 발표했다. 당시 APEC 정상회의에는 인도네시아 하비비(B. J. Habibie) 대통령은 참석하지 않았다. 대신 재무장관이 참석하였다. 나는 인도네시아 재무장관에게 동티모르 사태와 관련해서 정부 차원의 해결책을 마련하라고 촉구했다. 그렇지 않으면 APEC 차원의 성명을 발표할지도 모른다고 말해 주었다. 인도네시아 재무장관은 하비비 대통령에게 수차례 전화를 걸어 APEC의 분위기를 전했다. 그날 밤 인도네시아 군부는 자정을 기해 동티모르의 민병대에게 주민 탄압을 자제하라는 명령을 내렸다. 그리고 유엔 다국적군 파병을 수용하겠다고 발표했다. 일촉즉발의 위기 상황에서 동티모르에 평화의 빛이 찾아들었다. 참으로 뜻깊고 보람찬 하루였다.

그로부터 몇 주 뒤에 호세 라모스 오르타(José Ramos Horta) 동티모르저항운동협의회 부의장이 청와대를 찾았다. 라모스 오르타 부의장은 당시의 긴박했던 상황을 이렇게 설명했다.

"인도네시아가 동티모르를 점령했던 3년 동안 20만 명이 목숨을 잃었습니다. 김 대통령이 아니었다면 10만 명이 더 죽었을 것입니다. APEC 정상회의 때 클린턴 대통령을 만나 '동티모르 사태와 관련하여 보여 주신 지도력에 감사드린다'고 했습니다. 그랬더니 클린턴 대통령이 '한국의 김 대통령에게 감사하라'고 했습니다. 그때 비로소 김 대통령의 지도력을 알게 되었습니다."

라모스 오르타 부의장은 1975년 동티모르가 인도네시아의 지배를 받기 시작한 이래 25년 동안 세계 각국을 순회하며 모국의 독립을 호소했다. 그는 1996년 벨로(Carlos Belo) 주교와 함께 노벨평화상을 받았고, 훗날 대통령에 선출되었다.

APEC 정상회의 이후 유엔 다국적군이 속속 동티모르에 들어갔다. 우리 정부도 다국적군 파병을 결정했다. 상록수 부대를 보내 치안을 유지하고 주민 구호 활동을 돕도록 했다. 야당은 파병을 격렬하게 반대했다. 인도네시아 정부가 교포들을 탄압할 우려가 있다는 것이었다. 그러나 나는 단호했다. 동티모르 파병은 인권을 존중하고 평화를 사랑하는 한국으로서는 반드시 해야 할 일이었다. 또 한국전쟁 때 유엔군이 참전하여 수만 명이 목숨을 바쳐 공산 침략을 막아 낸 것에 대한 보은이기도 했다. 당시 한나라당 이미경 의원은 파병동의안 표결에서 당론과 달리 유일하게 찬성표를 던졌다.

나는 그 뒤에도 미국, 일본, 중국, 러시아 등과의 정상 회담에서 동티모르 문제를 거의 빠짐없이 거론했다. 또 ASEM, APEC 등 다자 회의에서도 각국에 도움을 요청했다.

동티모르는 2001년 8월 마침내 제헌의회 선거를 실시했다. 이 선거에서 사나나 구스마오(Xanana Gusmao)가 이끄는 독립혁명전선이 압승을 거뒀다. 2002년 5월 동티모르는 완전 독립을 했고, 구스마오 의장이 대통령에 취임했다. 라모스 오르타는 외무장관에 취임했다. 한국은 곧바로 동티모르를 주권 국가로 승인하고 대사급 외교 관계를 맺었다.

유엔 다국적군으로 파병한 상록수 부대는 4개월 만에 평화유지군으로 전환했다. 2003년 10월 상록수 부대가 철수하기까지 동티모르 주민과 세계인들에게 '평화의 사도'로 칭송을 받았다. 동티모르에서는 시내의 가장 큰 중심 도로를 '한국 친구의 길'로 명명하였다. 나는 동티모르 주민들의 희생을 막고, 그들의 독립을 도울 수 있었던 일들을 자랑스럽게 기억하고 있다.

APEC 정상회의를 마치고 나는 곧바로 뉴질랜드 수도 웰링턴으로 이동했다. 뉴질랜드 정부에서 제공한 공군 전용기를 이용했다. 9월 15일 뉴질랜드 총리와 정상 회담을 했다. 양국 관계를 새로운 차원의 동반자적 협력 관계로 확대하기로 했다. 정상 회담에 앞서 내가 우리 배 자랑을 했더니 제니 쉬플리 총리는 복숭아 자랑을 했다.

"이번에 APEC 정상들에게 배를 두 상자씩 선물했는데 뉴질랜드도 한국산 배에 관심을 가져 주십시오."

"한국산 배 맛이 좋았습니다. 한국에 뉴질랜드산 복숭아를 소개하고 싶습니다. 우리도 복숭아를 보내드리겠습니다."

전날에도 양국은 '키위 동맹'을 맺었다. 키위는 뉴질랜드 원주민인 마오리 족이 신성시하는 뉴질랜드 고유의 새 이름이자, 과일 이름이기도 했다. '키위 동맹'으로 서로 반대 계절인 양국에서 생산되는 키위를 수입해 일본 등으로 수출하여 공동의 이익을 얻을 수 있었다. 뉴질랜드는 한국전쟁 때 유엔군으로 참전했다. 쉬플리 총리와 정상 회담에서 이를 상기했다.

"전쟁기념관에 헌화하니 과거 역사가 생각났습니다. 뉴질랜드와 우리는 피를 나눈 혈맹입니다."

뉴질랜드의 이웃 국가 호주를 국빈 방문했다. 나는 3년 전에 시드니 대학에서 수여하는 명예법학 박사학위를 받기 위해 호주를 방문한 적이 있었다. 다시 찾은 호주는 여전히 아름답고 청명했다. 9월 16일 시드니 컨벤션 센터에서 로버트 존 카(Robert John Carr) 뉴사우스웨일즈 주 총리가 주최한 경제인 오찬에 참석했다. 존 카 총리의 환영사가 인상적이었다.

"저희는 대통령님께서 말씀하셨듯이 21세기는 지적 기반 사업이 주산업이 될 것으로 보고 있으며, 이에 따른 노력을 하고 있습니다. 저는 대통령님께서 9월 11일 APEC CEO 회의에서 연설하신 것을 들었습니다. 대통령님께서는 지식 노동자를 양성하기 위하여 신지식인 개발에 노력을 기울여야 한다고 말씀하셨습니다. 21세기를 맞으면서 눈에 보이지 않는 지식과 정보가 그 중요성을 더해 가고 있습니다.

한국의 삼성, 현대, LG와 같은 대기업이 사우스웨일스에 크게 진출해 있습니다. 그리고 차기 올림픽을 개최하기로 되어 있는 저희로서는 1988년 서울에서 올림픽을 성공적으로 개최하였던 한국으로부터 배울 점이 많다고 생각합니다."

호주는 2000년 시드니 올림픽을 앞두고 한창 부풀어 오르고 있었다. 수도 캔버라로 자리를 옮겨 존 하워드(John Howard) 총리와 정상 회담을 가졌다. 북한이 아·태 지역 국가들과 관계 개선을 통해 국제 사회에 진출할 수 있도록 양국이 협력해 나가기로 했다. 하워드 총리는 북한이 지난 1975년 일방적으로 중단했던 대사급 외교 관계를 복원하자는 의사를 밝혀 와 해외 공관을 통해 접촉하고 있다고 설명했다. 나는 이를 긍정 평가했다.

순방 마지막 일정으로 한국전쟁 참전 기념비 기공식에 참석했다. 호주는 한국전쟁에 1만 7000여 명이 참전했다. 첫 삽을 뜨고 말했다.

"기념비는 호주의 한국에 대한 우정 및 양국 혈맹 관계의 역사적 표상물입니다. 우리는 한국전쟁 때 호주가 도와준 것을 결코 잊지 않을 것입니다."

나는 호주에서 신임 대법원장과 감사원장을 발표했다. 대법원장에는 최종영 전 대법관을, 감사원장에는 이종남 전 법무부 장관을 내정했다. 박준영 대변인이 두 사람이 모두 상고 출신이라 화제가 될 것 같다고 말했다. 나는 그런 줄 전혀 몰랐다. 박 대변인이 첨언했다.

"총리는 충청, 대법원장은 강원, 국회의장은 대구, 감사원장은 경기 출신으로 3부 수장의 전국화가 이뤄졌습니다."

듣고 있던 아내가 "호남만 빠졌네요"라고 말했다. 내가 한마디했다.

"대통령이 호남인데 뭘."

9월 18일 서울로 돌아왔다. 이틀 후 전직 대통령 부부들을 초청, 순방 성과와 동티모르 파병, 베를린 북미 회담 타결 등을 설명했다. 김영삼 전 대통령은 불참했다.

9월 말 미국 AP 통신에 의해 '노근리 양민 학살 사건' 의혹이 제기됐다. AP 통신은 이 사건이 '한국판 킬링필드'라고 규정하고 당시의 최종 발포 책임자 등이 밝혀져야 한다고 주장했다.

한국전쟁 초기인 1950년 7월 26일, 미군이 "피난민을 적으로 간주하라"는 명령을 내림으로써 노근리 부근에서 양민 학살이 시작되었다. 미군은 경부선 철로 위에 영동읍 주곡·임계리 주민 500여 명을 "피난시켜 주겠다"며 모아 놓았다. 그리고 전투기를 동원해 기총소사했다. 피난민에는 부녀자와 어린이들도 섞여 있었다. 대낮의 학살, 햇살마저 피에 젖었다. 주민들이 철로 밑 굴다리에 숨자 굴다리 앞 야산에 기관단총을 걸어 놓고 양민에게 총격을 가했다. AP 통신은 미 정부 공식 문서와 미군의 증언 등을 통해서 이를 확인했다고 보도했다.

나는 곧바로 한미 공조 하에 정확한 진실을 밝히고 보상 등 상응하는 조치를 취하라고 관련 부처에 지시했다.

"비록 반세기 전의 일이지만 무고하게 살해된 사람이 있다면 그 진상을 반드시 밝혀야 합니다. 돌아가신 원혼의 한을 풀어 주고 유가족에게 위로의 조치를 취해야 합니다."

클린턴 미국 대통령도 진상 규명을 지시했고, 훗날 우리 정부에 유감을 표명했다.

10월 2일 홍석현 『중앙일보』 사장이 구속됐다. 보광그룹 대주주인 홍 사장은 석 달 전부터 탈세 혐의로 조사를 받아 왔다. 결국 조세 포탈과 배임 혐의가 드러났다. 일각에서는 홍 사장 수사를 개인 비리가 아닌 언론 탄압으로 몰고 가려 했다. 그러나 언론사 사장이라고 탈세나 횡령을 눈감아 줄 수는 없었다. 더욱이 국민의 정부에서는 있을 수 없었다. 나는 엄정하고도 투명한 수사를 지시했다. 야당과 일부 언론이 계속 이를 문제 삼았다.

'99 서울 NGO 세계대회'가 11일 열렸다. 국내외 1000개가 넘는 단체에서

7600여 명이 참석했다. 개막식에는 전·현직 국가 원수, 주한 외국 공관 대사, 유엔 대표 등 주요 인사 수백 명도 함께했다. 개막식에 참석하여 '21세기 NGO의 역할'을 찾으려는 뜻있는 이들의 활동을 축하해 주었다.

공동대회장인 아파브 마푸즈(Afaf Mahfouz) 유엔경제사회이사회 NGO협의회 의장의 대회사는 격정적이면서도 호소력이 있었다. 인상 깊게 들었다.

"80일이면 새로운 세기로 들어가게 되므로 앨프레드 테니슨(Alfred Tennyson, 영국의 계관시인)의 말을 따라 세계에 큰 소리로 개인적 공약을 알리며 오늘을 축하합시다.

'울려서 몰아내라, 고래(古來)의 온갖 질병들을. 울려서 몰아내라, 옹졸한 황금욕을. 울려서 몰아내라, 옛날의 수많은 전쟁들을. 울려서 맞이하라, 평화의 천 년을.'

우리는 오늘 한국 사람들의 따뜻한 환대와 영광을 누리기 위해 이곳에 모인 것이 아닙니다. 폭력으로 점철된 세기를 모든 인간에 대한 존중을 특징으로 하는 세기로 변화시키는 데 변화의 대리인으로 이 자리에 모였습니다. 그렇기에 지구촌은 저희를 주목할 것입니다. 이는 축복이며 엄청난 기회입니다. 국가의 힘이 더 이상 GNP나 군사력이 아니라 존중과 열정을 가지고 시민들을 보살피는 능력과 세계의 시민을 보살피는 능력에 의해 측정되는 시대가 올 것이라고들 말합니다. 그 시대는 바로 지금이며 우리는 그러한 위대한 가능성의 기회를 팔에 안고 있습니다."

NGO 활동가들의 진지하고도 열띤 분위기에 취하다 보니 지난 일들이 생각났다. 치사를 하며 깊은 감회에 젖었다.

"저는 대통령으로 취임하기 이전 40년 동안 야당 지도자로서 혹은 인권 운동가로서 헌신했습니다. 이 때문에 6년의 감옥살이와 40년간 박해받는 생활을 견디어야 했습니다. 이러한 과정에서 국내외의 수많은 인권 단체들이 헌신적인 구명 운동을 펼쳐 주었습니다. 저 자신이 이에 보답하기 위해 1994년 국제 NGO의 하나인 아태민주지도자회의를 창설했습니다. 그리고 필리핀의 코라손 아키노 여사, 미얀마의 아웅산 수지 여사, 남아프리카공화국의 넬슨 만델라 전 대통령 등 세계적인 인권 운동가들과 함께 민주주의와 인권을 위한 노력들을 기울여 왔습니다. 그러기에 저는 오늘 대통령으로서만이 아니라 NGO 활동가의 한 사람으로서도 이 자리에 참석한 것이 기쁘고 감격스럽습니다.

돌이켜 보면 지난 수십 년간 국제 NGO 운동은 인권, 환경, 사회 개발, 평화 유지 등 여러 분야에서 놀라운 성장을 이루었습니다. 이제 이러한 노력이 희망의 21세기를 열어 가는 힘이 되고 있습니다. 그리고 이러한 노력 덕분에 다가오는 21세기가 명실상부한 NGO의 시대가 될 것으로 저는 확신합니다. 모두가 지적하는 것처럼 21세기는 민주 정부와 시장, 그리고 시민 사회가 국가와 세계 발전의 3대 축을 이루는 시대가 될 것입니다."

10월 16일 '부산민주공원' 개원식에 참석했다. 송기인 신부와 문재인 변호사가 문광부에 요청해 예산을 배정했다고 들었다. 김영삼 전 대통령도 나와 있었다. 김 전 대통령은 축사에서 나와 국민의 정부를 비난했다.

"이 나라의 민주주의가 위기에 처해 있습니다. 이대로 가면 내년 총선거는 사상 유례 없는 부정 타락 선거가 될 것이요, 독재의 망령이 되살아날 것입니다. 이 나라 공동체는 지역으로 갈라지고, 또다시 독재와 반독재의 분열과 적대의 1970년대를 방불케 하는 상태로 돌아갈 것입니다. 임기 말에 내각제 개헌으로 장기 집권이 획책될 것입니다."

뒤에 들으니 김 전 대통령은 이보다 더 격렬하게 나를 비난하는 원고를 준비했단다. 그런데 바람이 불어 하필 그 부분의 원고가 날아가 버렸다고 했다. 왜 바람이 그런 훼방을 놓았는지 모르겠다. 이어서 내가 치사를 했다.

"존경하는 김영삼 대통령, 그리고 존경하고 사랑하는 부산 시민 여러분! 오늘 부마 민주 항쟁 20돌을 맞아, 부산 시민 여러분이 보여 주었던 민주화에 대한 열정과 헌신을 기리는 부산민주공원이 개원된 것을 매우 뜻깊게 생각하며 축하해 마지않습니다.

아울러 이 나라에서 민주주의를 이룩하기 위해 희생을 아끼지 않으신 모든 민주 영령들에게 한없는 존경과 추모의 뜻을 바칩니다. 특히 저는 이 자리를 빌려 지난 1979년 당시 야당 총재로 온갖 박해를 받으면서도 과감하게 투쟁하여 부산과 마산, 그리고 전 국민의 궐기에 크게 기여하신 김영삼 전 대통령의 공로에 대해서 여러분과 같이 높이 찬양하고자 합니다."

김 전 대통령과 나란히 서서 테이프 커팅을 했다. 그냥 돌아서서 가려는 그의 팔을 끌어당겼다. 악수를 청했더니 그가 응했다. 그래도 굳은 표정을 풀지 않았다. 결국 서로 인사 한마디도 나누지 못했다. 부산 자갈치 시장에 들렀다. 나를 보자 많은 사람들이 성원을 보냈다. 환영 열기가 느껴졌다. 울적했던 기분이 풀어졌다.

문화 부문 예산을 사상 처음 전체 예산의 1퍼센트가 되도록 편성했다. 그것은 대통령 선거 때의 공약이었다. 총 예산은 5퍼센트만 증액했는데도 문화 부문 예산은 무려 40퍼센트를 늘렸다. 이로써 나와 국민의 정부는 문화 관광 진흥에 대한 의지를 강력하게 표출했다.

그리고 '적극적으로 지원하되 간섭은 하지 않는다'는 정책 기조를 흔들림 없이 유지하도록 독려했다. 이러한 일관된 정책은 문화 전반에 새바람을 몰고 왔다. 영화계의 예를 들어보면 '지원하러' 영화진흥위원회를 설립하고, '간섭하지 않기 위해' 영화 사전 검열을 폐지했다. 그랬더니 그 무렵 우리의 이념과 현실을 가감 없이 녹여 낸 〈쉬리〉와 〈공동경비구역 JSA〉 등이 탄생했다. 이로써 비로소 민주주의와 자유가 작품 속에 스며들기 시작한 것이다.

10월 20일 문화의 날 기념식에 참석했다. 이날 행사는 박지원 장관의 조정으로 서로 등을 돌리고 있던 예총과 민예총이 함께 준비를 했기에 그 뜻이 깊었다. 새 천 년을 앞두고 문화계에 당부했다.

"우리는 새 천 년의 시작과 함께 세계에 문화 한국의 참모습을 보여 줄 절호의 기회를 맞이하게 됩니다. 2000년의 ASEM 회의, 2001년의 '한국 방문의

해', 그리고 2002년의 월드컵과 아시안게임이 바로 그러한 기회입니다. 우리는 이 기회를 통해 우리 민족의 위대한 문화유산과 문화인 여러분의 뛰어난 문화 창조의 능력을 세계 사람들에게 보여 주어야 하겠습니다.

문화는 이제 국가 발전을 이끌어 나갈 중심축으로 자리 잡고 있습니다. 그리고 문화인 여러분은 새 천 년의 문화 시대를 앞장서 열어 나갈 주역입니다. 여러분이 21세기의 국가 발전을 이끈다는 자부심과 사명감을 가져 주시길 바랍니다."

리콴유 전 싱가포르 총리가 서울에 왔다. 10월 22일 내가 그를 청와대로 초청하자 언론은 '아시아적 가치'를 둘러싸고 논쟁을 벌일 것이라는 예고 기사를 내보냈다. 1994년 외교 전문지 『포린 어페어스』의 지상 논쟁을 떠올리며 자못 흥미롭다는 보도였다. "아시아적 가치 논쟁 2라운드", "청와대 오찬 후 격돌"이라는 자극적인 제목을 달기도 했다. 그러나 나와 리콴유 전 총리는 그럴 생각이 전혀 없었다.

'아시아적 가치'는 다시 불을 지필 논쟁거리가 아니었다. 두 사람의 서로 다른 주장을 다른 사람들이 어떻게 받아들이느냐가 중요했다. 그리고 우리는 서로의 사상적 깊이를 의심하지 않았다. 비록 생각은 다르지만 그는 아시아의 지도자이며 석학이었다. 리콴유 전 총리도 '아시아적 가치'에 대해서는 한마디도 하지 않았다. 나는 이미 국정 운영 경험이 있는 그에게 깊이 물었다. 대화는 유익했다.

"북한을 어떻게 보시고, 또 한반도 문제에 대해 어떻게 생각하시는지 객관적 입장에서 말씀해 주십시오."

"북한을 변화시키는 데 치중하는 정책이 필요하다고 생각합니다. 자본과 기술 등 원조를 잘하면 이 세대 안에 문제점을 해결할 수도 있을 것입니다. 북한의 공산주의 마인드는 마오쩌둥의 중국 공산주의보다 더 경직되어 있습니다. 결국 위험 부담을 질 수밖에 없습니다. 다만 위험을 감소시켜야 합니다.

경제적·학문적·인적 교류의 증가가 방법입니다. 모든 계층 간의 교류를 확대하면 위험을 줄일 수 있습니다. 10년에서 20년이면 북한에도 인터넷이 자리를 잡을 것이고, 그러면 사고와 사물을 보는 방식이 바뀔 수 있습니다."

"북한의 전쟁 도발이나 미사일 발사를 막는 데 한·미·일의 공조가 중요하지만, 중국이 영향력을 발휘할 수 있는 역할을 하고 있는 것으로 우리는 인식하고 있습니다. 중국이 얼마나 영향력이 있다고 보십니까."

"중국은 영향력이 있습니다. 중국은 북한에 식량, 원유를 제공하고 있으며 북한과 긴 국경을 접하고 있습니다. 개방이 되면 동독에서 서독으로 많은 사람이 내려간 것처럼 큰 이동이 있을 것입니다. 북한은 중국이 경제 발전을 위해 남한과 친해진 것에 실망하고 있습니다. 중국이 사회주의 형제보다 경제적 이익을 앞세운 것에 대해서 실망한 것입니다. 과거와는 다른 입장입니다.

다른 입장에서 말하자면 덩샤오핑과 김일성이 죽은 뒤로 북한과 중국 지도자 간의 개인적 친분이 사라졌습니다. 중국이 한국전에서 싸울 수 있었던 그런 관계가 아닙니다. 현재 중국과 김정일 간에는 그런 관계가 없습니다. 과거와는 다릅니다."

"우리는 미국과 중국의 관계가 동아시아에 미칠 영향을 중시하는데 어떻게 보십니까."

"미중 관계는 향후 50년간 세계에서 가장 중요한 관계가 될 것입니다. 중국이 미국을 따라잡는 데 30~50년 정도 걸릴 것으로 보고 있습니다. 그동안은 충돌하거나 갈등을 촉발하지는 않을 것으로 보고 있습니다."

"미국은 일본을 방위하면서도 한편으로는 견제도 하는데 어찌 보십니까."

"기본적으로 일본이 미국의 군사 보호를 받고 있는 한 큰 걱정은 없을 것입니다. 그러나 핵우산이 없어지면 일본은 잠자코 있지 않을 것입니다."

1999년 10월 25일 국회 대정부 질문에서 야당 의원이 "성공적 개혁 추진을 위한 외부 환경 정비 방안"이라는 제목의 문건을 공개했다. 이른바 '언론

대책 문건' 의혹 사건이었다. 충격 요법으로 민심 국면을 전환하고 새로운 언론 대책 등을 촉구하는 내용이었다. 물론 나는 문건의 실체조차 알지 못했다. 그럼에도 야당은 정부의 대책이 문건대로 실행되었으며, 이는 언론 장악 음모라고 주장했다.

사건은 갈수록 커졌다. 나는 한 점 의혹이 없도록 수사하라고 지시했다. 검찰의 수사 결과 '모 일간지 기자가 개인적으로 작성하여 이종찬 전 국정원장에게 전달한 것을, 모 방송사 기자가 훔쳐서 야당 의원에게 전달한 것'으로 밝혀졌다. 그럼에도 그해 정기 국회는 온통 '문건'에만 매달렸다. 이런 와중에 선거법 개정 등 정치개혁법안이 표류했다. 야당은 장외로 뛰쳐나갔다. 정형근 의원이 나를 향해 "언론 문건을 빨치산 수법으로 조작했다"고 비난했다. 대통령에게 색깔 공세를 했다. 그렇다면 나를 뽑아 준 국민들은 무엇이 되는가.

10월 30일 인천 호프집과 당구장 건물에 불이 나 학생들을 포함해서 모두 56명이 사망했다. 비상구와 비상계단도 없어 피해가 컸다. 더욱 충격적인 일은 업소 주인이 단속 기관인 경찰과 유착, 불법 영업을 일삼았다는 사실이었다. 경찰서와 파출소에도 돈을 뿌린 혐의가 드러났다. 우리 사회 안전 불감증과 공무원들의 부정부패가 합쳐진 인재였다. 경찰의 수사마저도 제 식구 감싸기로 일관, 국민들의 분노를 샀다. 책임을 물어 경찰청장을 경질했다. 후임에 이무영 서울경찰청장을 임명했다.

박대인(미국명 : 에드워드 포이트라스[Edward Poitras]) 목사 부부를 아내와 만났다. 그는 민주화 투쟁 때 나와 아내에게 많은 도움을 주었다. 한국의 독재 실상을 외국에 적극 알리기도 했다. 부부는 박두진 시인의 작품을 영어로 번역하는 작업을 하고 있었다. 나는 지난해 박두진 시인의 타계 소식을 듣고 빈소에 꽃을 보냈다. 박두진 시인의 작품을 번역한다니 반가웠다. 내가 본 박두진 시인은 시와 인품이 곧았다.

"박두진 시인은 문학적 공헌과 실제 생활이 일치하신 분입니다."

내 말에 박 목사도 그의 맑은 시 정신을 기렸다. 그의 유창한 한국말 솜씨는 언제 들어도 경탄스러웠다.

"민주를 억압하는 세력과는 조금도 타협하지 않았습니다."

"한 번 죽는데 잘 살아야지요. 과거에 군사 정권들이 좋은 시인, 문학가, 교수를 이용했습니다. 그래서 명예를 훼손시켰습니다."

박 목사는 한국을 위하는 일이라면 죽을 때까지 하겠다고 말했다. 내가 혹시 도울 일이 없겠냐고 물었다. 그가 답했다.

"우리는 간단하게 삽니다. 할아버지가 되어서 필요한 것은 없습니다."

11월 24일 청와대 비서실장을 교체했다. 실장에 한광옥 의원, 정무수석에 남궁진 의원을 임명했다. 그리고 11월 26일 박주선 법무비서관이 낸 사표를 수리했다. 박 비서관은 '옷 로비 의혹 사건'과 관련해 구설수에 올라 있었다.

'아세안+3' 회의가 필리핀 마닐라에서 열렸다. 11월 27일 낮 마닐라 니노

인도네시아 최초 민선으로 뽑힌 와히드 대통령과 메가와티 부통령을 만났다. 와히드 대통령은 나를 항상 스승이라 불렀다.

이 아키노 국제공항에 내려 3박 4일간의 공식 일정에 들어갔다. 마닐라 호텔에서 한·인도네시아 정상 회담을 가졌다. 한 달 전 인도네시아 대선에서 당선된 압두라만 와히드(Abdurrahman Wahid) 대통령을 만났다. 메가와티(Megawati Sukarnoputri) 여사는 부통령에 당선됐다. 와히드 대통령은 수하르토 독재 정권과 싸워 '행동하는 종교인'으로 불렸다. 사상 처음으로 평화적 정권 교체를 실현한, 민주적 절차에 따라 선출된 최초의 민선 대통령이었다. 그는 몇 해 전에 아태민주지도자회의 참석차 방한하기도 했다. 나는 와히드 대통령의 당선을 진심으로 축하했다. 그는 건강이 좋지 않음에도 민주주의를 위해 투쟁했고, 종교 간 화합을 위해 노력해 왔다. 나는 와히드 대통령에게 동티모르 파병 문제를 얘기했다.

"우리 국내에서 우리의 동티모르 다국적군 참여가 한·인도네시아 관계에 불화를 조성할 것으로 걱정하는 일부 여론이 있었으나 우리는 당시 인도네시아 정부와 충분히 협의를 하였으며, 인도네시아 측의 요청에 의해 파병을 결정하였습니다. 또한 우리는 동티모르 안정과 평화를 위한 협력이 크게 보면 인도네시아의 평화에도 기여한다는 판단 아래 파병을 결정하였습니다."

"한국의 동티모르 다국적군 참여가 인도네시아에 해가 될 이유가 없습니다. 12월 13일 구스마오 동티모르 지도자를 자카르타에서 만날 예정입니다. 본인으로서는 구스마오가 동티모르 대통령이 되기를 바랍니다. 동티모르저항협의회 자카르타 사무소 설치 요청도 수용할 생각입니다."

이로써 동티모르 파병과 관련된 여러 문제들은 매듭을 지었다.

28일 아침 한·중·일 3국 정상이 마닐라 코코넛궁에서 조찬 회동을 가졌다. 세 나라 정상이 한자리에서 마주 앉은 것은 사상 처음이었다. 주룽지 중국 총리, 오부치 일본 총리와 3국의 연구 기관이 경제 협력 방안을 공동 연구한다는 데 합의했다. 내 제안에 두 총리가 적극 지지했다. 이로써 동북아 3국의 경제 협력 체제 구축이 첫발을 내딛게 되었다. 3국 정상 회동은 오부치 총리의 제안으로 이뤄졌다. 내가 덕담을 건넸다.

"주룽지 총리는 아이디어 제작상을, 오부치 총리는 아이디어 상을 받아야 할 것 같습니다."

이어서 한일 정상 회담을 가졌다. 나는 한국의 기술과 일본의 자본이 제휴하여 제3국 시장 진출, 일본의 부품·소재 산업의 한국 투자 유치 등을 요청했다. 오부치 총리는 적극 검토하겠다며 동의했다.

나는 미얀마 탄 슈웨(Than Shwe) 총리에게 정상 회담을 제의했다. 일정에는 없었다. 회담은 초저녁 국제회의장에서 열렸다. 나는 경제 협력 방안과 함께 미얀마 정부가 아웅산 수지 여사와 대화할 것을 권유했다.

"우리는 미얀마 정부가 아웅산 수지 여사를 포함한 반대 정파와의 대화에 나서서 정치 안정을 이룩하기를 희망하며 이는 세계의 지지를 얻는 데 도움이 될 것입니다."

그러자 탄 슈웨 총리는 정부가 수지 여사를 보호 중이며, 국민들이 군사 정부를 확실히 지지하고 있다고 답했다. 그러면서 "우리가 군사 정부로는 마지막이 되기를 희망하고 있다"고 했다. 그의 말이 과거 한국의 군부 독재자들의 논리와 너무나 흡사해서 내심 놀랐다. 내가 다시 말했다.

"총리께서 현 정부가 마지막 군사 정부가 되기를 희망한 데 대해 크게 감명받았습니다. 총리께서 말씀하신 대로 귀국 정부가 국민의 확고한 지지를 얻고 있다면 자신을 갖고 반대파와 대화를 재개할 수 있을 것입니다.

귀국이 인내심과 포용력을 갖고 정치적 화합을 이룩하고 야당과의 대화를 이룩한다면 세계적으로 많은 지원을 받을 것이며, 귀국의 앞날을 위해서도 큰 도움이 될 것입니다."

그러자 총리는 "솔직히 말해서 미얀마는 아직 민주 국가가 아니다"라고 말했다. 그의 강경한 말을 듣자니 미얀마와 수지 여사의 앞날이 걱정되었다.

12월 15일 청와대에서 '새 천 년을 여는 과학기술인대회'를 열었다. 나는 이 자리에서 "2005년까지 인공위성 발사장을 순수 국산 기자재로 건설하겠다"는 과학계의 계획을 적극 지원하겠다고 밝혔다.

12월 22일 김종필 총리와 만나 합당을 안 하기로 매듭을 지었다. 지난 1년 동안 합당을 둘러싸고 수없이 밀고 당겼지만 결론을 내지 못했다. 김 총리가 몇 번이나 입장을 번복한 것을 보면 그도 고뇌의 시간을 보냈을 것이다. 나는 그의 의견을 존중하기로 했다. 총선을 앞두고 더 이상 시간을 끌 수도 없었다. 이어서 벌어진 국민회의·자민련 의원 만찬에서 김 총리가 내게 헌사를 했다.

"파산 직전에 내몰려서 IMF에 긴급 구제 요청을 해야 했던 우리나라가 금년에 9퍼센트의 성장을 이룩하고 순 채권국으로 돌아선 것은 실로 꿈같은 일이 아닐 수 없습니다. 길거리에 넘쳐 났던 실업의 행렬이 점차 줄어들면서 생활 현장의 곳곳에서 삶의 의욕을 되살리려는 국민의 활력이 느껴지고 있습니다.

대통령님께서 역사적 소명감으로 일관되게 추진해 오신 대북 포용 정책에 힘입어 한반도 정세도 이제 어느 정도 남북 공동의 토양을 만들어 가는 듯이 보입니다. 저는 어제 남미와 미국을 방문하고 귀국했습니다마는, 만나는 외국 지도자들과 교민마다 다시 힘차게 일어서는 한국에 대해서 찬사를 아끼지 않았습니다. 이 모든 것이 밤낮으로 노심초사하며 국정의 선두에서 이끌어 주신 대통령님과 이에 흔쾌히 따라 준 우리 국민의 정성이 모아진 결과라고 하겠습니다."

그러나 총리의 찬사가 내게는 곧 총리직을 떠나 당에 복귀하는 김 총리의 고별사로 들렸다. 나는 그런 총리의 부담을 덜어 주려 그와의 담판을 솔직하게 밝혔다.

"오늘 김 총리를 만나서 내가 먼저 말씀드렸습니다. '총리가 말씀한 것을 신문 지상으로 다 보았습니다. 총리 생각도 일리가 있습니다. 총리 생각이 그렇다면 우리가 그렇게 합시다.' 그래 가지고 이제 합당 이야기는 이로써 마치기로 했습니다. 그러나 총리께서 '앞으로 양당이 끝까지 공조하고, 선거에서도 같이 협력하자' 이렇게 말씀했습니다. 그래서 그렇게 하자고 했습니다.

우리가 손을 잡는 데 꼭 한길만 있는 것은 아닙니다. 그러나 여러분께서는 한 가지 절대적인 조건만은 잊어서는 안 됩니다. 그것은 우리가 국민 앞에 5

년 동안에 협력해서 나랏일을 책임지기로 한 그 약속입니다. 이 약속은 절대적인 약속입니다."

3부

2000년 1월~6월

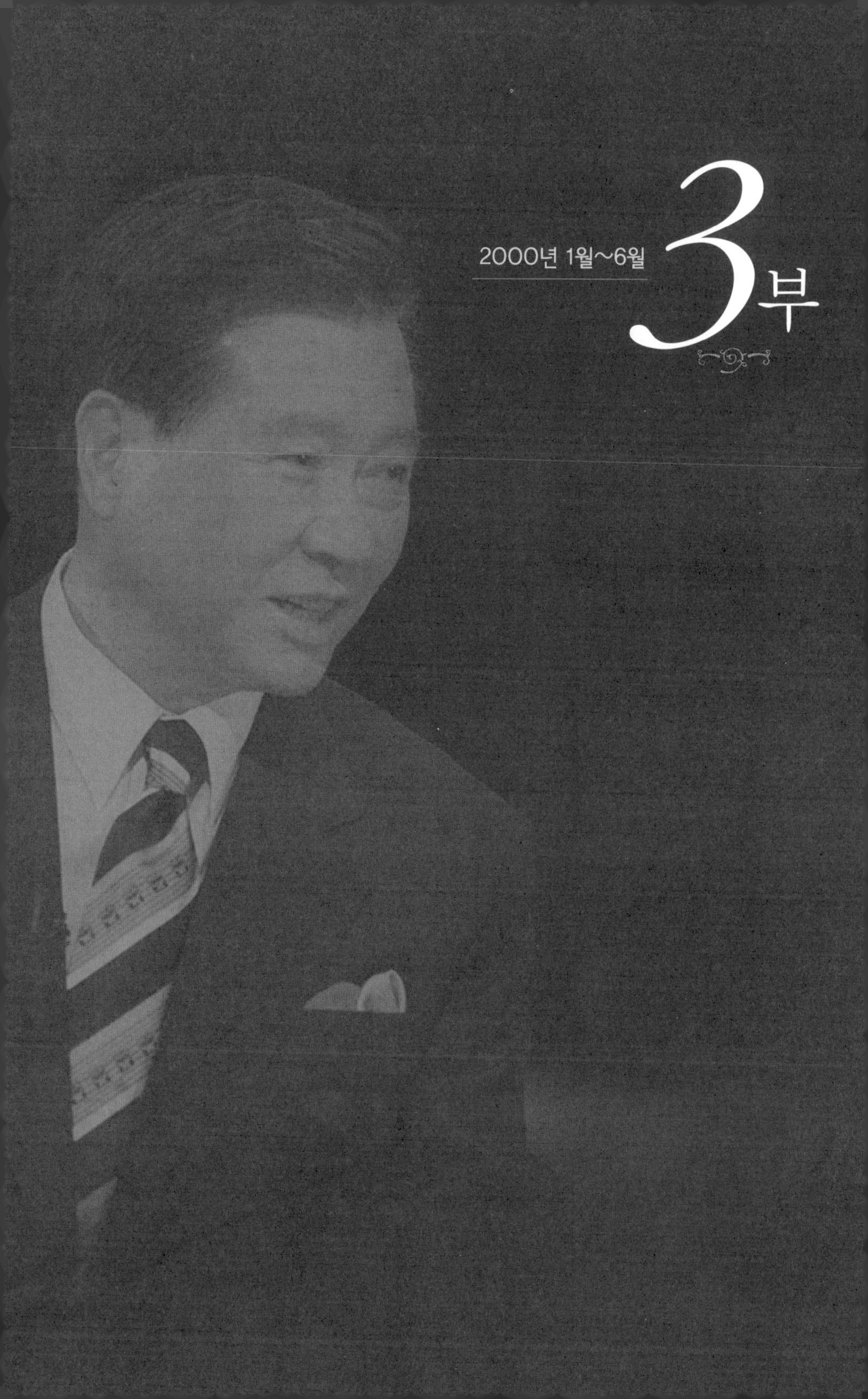

———

젖 먹던 힘까지 쏟아 부었다. 최선을 다해 김정일 국방위원장을 설득했다. 내 평생 가장 긴

날이었고, 가장 무거운 짐을 어깨에 진 날이었으며, 가장 보람을 느낀 날이었다. 6·15 남북

공동 선언을 발표했다. 한민족 전체의 미래를 우리 스스로 결정하는 기회를 마련했다.

새 천 년 속으로
(2000. 1 ~ 2000. 3)

인류에게 새 천 년이 열리고 있었다. 지난 천 년의 세월은 무엇이고 다가오는 새 천 년은 무엇인가. 인류는 새 천 년 속으로 들어가 무엇을 할 것인가. 우리는 장구한 역사, 거대한 문명의 어디에 걸쳐 있는 것일까. 지난 천 년과 새로운 천 년의 사이에 세계가, 한국이, 그리고 김대중이 있었다. 나는 살아 있는 인류 60억 명의 하나요, 한국인의 하나였다. 그리고 나는 지난 천 년의 마지막 대통령이요, 새 천 년의 첫 대통령이었다.

참으로 여러 가지 생각이 떠올랐다. 설레기도 하고 두렵기도 했다. 천 년을 넘어가는 순간을 지켜보며, 다시 그 속에 섞인다는 것은 분명 행운이었다. 하지만 인간에게 주어지는 시간을 헤아린다는 것이 어리석게 느껴지기도 했다. 어쨌든 우리는 새로운 천 년 속으로 들어가야 했다. 시간은 공정하여 우리 모두를 남김없이 새 세기, 새 천 년 속으로 끌어가고 있었다.

내가 그토록 강조했던 지식과 정보화의 사회라지만, 미래는 과연 우리를 행복하게 해 줄 것인가. 인간과 자연, 서방과 비서방, 선진국과 후진국, 가진 자와 못 가진 자의 지배와 예속은 해소될 것인가. 차별 없는 세상은 올 것인가. 인류 보편의 가치가 살아서 따뜻한 지구촌이 될 수 있을까. 가족과 고향은 변할 것인가. 변한다면 어떤 모습일까.

당장 새해에 밀레니엄 버그는 일어나지 않을까. 컴퓨터가 지배하고 있는 금융, 교통, 통신, 국방, 의료 분야에는 별 이상이 없을 것인가. 그리고 산업 분야에는 장애가 없을 것인가. 그렇게 준비하라 일렀지만 알 수 없었다. 또 우리 사회는 지속 가능할 것인가. 환경을 파괴하고 수많은 동식물이 절멸하는데도 인간만이 살아남을 것인가. 때로는 공포가 엄습했다. 하지만 우리 곁에 하느님이 계실 것이다. 나는 시간이 날 때마다 우리 인류와 나라 그리고 백성들에게 축복을 내려 주시길 기도했다.

새 천 년을 앞에 두고도 우리 사회는 매우 시끄러웠다. 나는 너무도 바쁘게 하루하루를 보냈다. 이런저런 사건들로 마음이 상했다. 어둠에 잠겨 외딴 섬처럼 느껴지는 깊은 밤 관저에서, 새벽에 홀로 깨어나 깊이 생각했다. 20세기의 끝에서 송년 특별 담화를 발표했다.

"존경하고 사랑하는 국민 여러분! 20세기가 저물고 새 천 년이 다가오고 있습니다. 저는 오늘 이 역사적 시점에서 지난 한 세기의 교훈을 되새기면서, 희망의 새 천 년을 맞기 위한 우리의 다짐에 대해 말씀드리고자 합니다.

지난 20세기는 우리 역사에서 오욕과 영광, 좌절과 성취가 교차한 참으로 파란만장한 시기였습니다. 국권 상실의 치욕을 겪으면서도 우리는 불굴의 투쟁으로 조국의 독립을 쟁취했습니다. 분단과 동족상잔의 아픔 속에서도 공산 침략을 막아 내고 세계 11위의 경제 강국을 일구어 냈습니다.

오랜 군사 독재와 권위주의 강권 체제 아래에서도 우리는 끊임없이 민주화의 열망을 불태우며 기꺼이 희생을 치렀고, 마침내 50년 만의 여야 간 평화적 정권 교체를 이루어 냈습니다. 민주주의의 위대한 승리인 것입니다.

우리는 또한 지난 수십 년 동안 우리 국민이 쌓아 올린 경제적 성과를 하루 아침에 무너뜨린 IMF 외환 위기를 당하고도 이를 이겨 냄으로써, 희망과 자신감을 가지고 새 천 년을 향한 도전을 준비하고 있습니다.

그러나 눈앞에 다가온 21세기에 우리가 세계 일류 국가로 도약하기 위해서는 20세기의 종점에 서 있는 우리의 또 다른 모습을 직시하지 않을 수 없습니다. 뿌리 깊은 지역 갈등과 부정부패, 이기주의, 그리고 정치적 대립과 혼란은 우리 사회의 발목을 잡고 있는 굴레입니다.

이러한 잘못된 관행에서 이 땅에 살고 있는 어느 누구도 완전히 자유롭지는 못할 것입니다. 새 천 년을 맞기에 앞서 우리는 각자가 과거의 잘못된 관행과 과오에 대하여 속죄하고 과감히 결별을 선언해야 합니다. 그것은 우리 모두가 다시 새롭게 태어나기 위한 자유 선언이기도 할 것입니다. 아울러 국민 모두가 서로를 용서하고 감싸 안는 대화합의 역사가 시작되어야 합니다. 지역 간·계층 간·세대 간·남녀 간·여야 간의 화해와 화합은 희망의 새 천 년을 열기 위한 전제 조건인 것입니다.

존경하고 사랑하는 국민 여러분. 부부 사이에, 형제자매 사이에, 친구와 이웃 사이에, 직장의 동료나 상사 사이에, 아직 지우지 못한 앙금이나 감정이 남아 있다면 20세기를 보내면서 다 훌훌 털어 버립시다. 그리하여 대립과 갈등을 화해와 화합으로 바꿉시다.

5천 년 역사를 이어 오며 지난 한 세기의 격랑을 슬기롭게 헤쳐 온 우리 민족에게 새 천 년의 시작은 놓칠 수 없는 기회입니다. 긍지와 반성으로 지난 한 세기를 매듭짓고 희망의 21세기를 맞고자 하는 저의 충정에 국민 여러분의 동참이 있으시기 바랍니다."

나는 새 천 년을 앞두고 100만 명에 대해서 밀레니엄 사면을 단행했다. 재소자 3501명을 가석방하고 금융 사범자들을 법적으로 구제했다. 특히 남파 간첩인 장기수 2명을 석방했다. 이로써 한국은 이념상의 이유로 인한 장기수가 1명도 없는 나라가 됐다.

새 천 년을 맞는 국민대축제가 광화문 네거리 일대에서 열렸다. 날씨가 추웠지만 엄청난 인파가 새날을 맞았다. 마침내 2000년 1월 1일이 되었다. 내가 대형 우주 시계추의 '2000 레버'를 당겼다. 빛이 쏟아졌다. 새 천 년이 열렸다. 보신각 종소리가 울려 퍼졌다.

나는 청와대로 돌아와 관저에 머물렀다. 다행히 우려했던 새 천 년 대란은 없었다. 인간의 컴퓨터들은 제 할 일을 했다. 비행기는 제대로 날고 휴대전화도 제대로 숫자를 읽었다. 나는 안도했다.

21세기 새해 새 아침을 맞아 나는 복지 선진국과 인터넷 강국을 만들겠다고 선언했다. 우리 국민이 갖고 있는 재산, 즉 문화 창조력과 교육열을 활용하여 새 시대를 열어야 한다고 생각했다. 신년 휘호로 '새 千年 새 希望'을 썼다.

1월 5일 국가안전보장회의를 주재했다. 새해의 대북 정책 기조는 남북 관계 개선이었다. 이를 위해 조건 없는 남북 당국자 회담, 남북 교류의 다면화, 남북 경제 공동체 건설 추진, 이산가족 상봉 적극 지원 등 네 가지 핵심 과제를 설정했다. 북한이 평화의 길로 나올 수 있도록 모든 노력을 다해 줄 것을 당부하며 내 의지를 천명했다.

"올해는 한반도 냉전 구조 해체 과정을 본격 추진하여 안정된 '평화 정착의 원년'으로 삼겠습니다."

김종필 총리가 끝내 당으로 돌아갔다. 1월 11일 후임 총리에 박태준 자민련 총재를 지명했다. 그날 국무회의에 김 총리가 마지막으로 참석했다. 내가 먼저 고마움을 전했다.

"재임 기간 동안의 헌신적인 봉사에 더 이상 기대할 수 없을 만큼 감사했음을 말씀드립니다."

김 총리가 화답했다.

"대통령님을 모시고 IMF 사태를 슬기롭게 극복한 것은 내 생애 가장 큰 보람이었습니다."

나는 총리가 아닌 '정치인 김종필'이 탄 차가 출발할 때까지 본관 현관 앞에 서 있었다.

12일 청와대 정책기획수석에 김성재 민정수석을, 민정수석비서관에는 신광옥 대검찰청 중앙수사부장을 임명했다. 비서실장 직속의 법무비서관을 없애고, 민정수석 산하에 사정비서관과 공직기강비서관을 두도록 했다. 나는 신

218

'정치인'으로 돌아간 김종필 전 총리와 박태준 총리를 초청하여 오찬을 함께했다.

임 김 정책기획수석을 신뢰했다. 그에게 특히 정보화 정책을 적극 추진하고, 인재 발굴에 힘쓰라고 당부했다.

13일 7개 부처 장관과 2개 장관급을 교체했다. 재정경제부 장관에 이헌재 금융감독위원장, 외교통상부 장관에 이정빈 국제교류재단 이사장, 행정자치부 장관에 최인기 전 내무부 차관, 교육부 장관에 문용린 서울대 교수를 임명했다. 또 산업자원부 장관에 김영호 경북대 교수, 건설교통부 장관에 김윤기 한국토지공사 사장, 해양수산부 장관에 이항규 한국선급협회 회장, 국무조정실장에 최재욱 전 환경장관, 금융감독위원장에 이용근 금감위 부위원장을 기용했다. 언론은 '박태준 내각'이라 했고, 나는 '밀레니엄 내각'이라고 불렀다. 국무회의에서 새 내각에 당부했다.

"우리는 운명 공동체로서 역사적 소명을 다해야 합니다. 유사 이래 최대의 혁명적 변혁기에서 나라의 바른 길을 찾아서, 우리의 위대한 조국을 후손들에게 넘겨줍시다."

MBC 오락프로그램 〈21세기 위원회〉에 아내와 함께 출연했다. 주제는 "대통령과 함께 21세기를"이었다. 이는 또 다른 '국민과의 대화'였다. 한 대학생이 데이트 장소를 추천해 달라고 했다.

"겨울이니까 두꺼운 파카를 입고 보온병에 커피를 담아 여자친구랑 한강 둔치로 가 보세요. 자연히 추우니까 파카로 덮어 주고 둘이서 커피를 마시면 굉장히 따뜻해서 가까워질 것입니다. 강물을 바라보며 얘기를 나누면 낭만적이고, 거기에 달빛이 비추면 더욱 좋을 것입니다."

또 21세기의 젊은이라면 어떤 조건을 갖춰야 하는지 세 가지만 꼽아 달라고 했다. 첫째는 모험 정신을 지녀야 하고, 두 번째는 신지식인이 돼야 하고, 세 번째는 이웃을 생각하는 것이라고 답했다.

신지식인이란 학벌이 아니라 실력과 재능으로 승부하는 인재이다. 과거에는 집단 속에서 리더가 되는 것이 중요했지만 이제는 개인이 자기의 능력을 최고로 발휘하면 사회가 알아주는 시대이다. 나는 실력을 쌓고 재능을 키워 최고로 부가가치를 높이고, 최고로 경쟁력을 높이는 사람을 신지식인으로 일컬었다. 나는 방송에서도 젊은이들에게 신지식인이 되라고 말했다.

"공부를 하되 열심히 하는 것만이 중요한 것이 아닙니다. 머리를 써서 지식을 활용하여 남보다 더 많은 가치를 창출하고, 더 많은 효율을 내는 이런 것을 위해서 노력하면 신지식인이 될 수 있습니다. 여러분은 과거 학벌과 학력이 모든 것을 지배하던 시대에 비하면 대단히 좋은 시대에 태어났다고 격려하고 싶습니다."

아내에게 서운한 것이 없느냐고 출연자가 물었다.

"1980년대 사형수로 감옥에 있을 때 아내가 내 앞에서 '김대중을 살려 달라'고 기도하는 것이 아니라 하느님의 뜻에 따르겠다고 기도하는 것을 보고 가장 섭섭했습니다."

폭소가 터졌다. 또 아내에게 내가 지난날 펴낸 『옥중서신』에서 어떤 문구가 가장 기억에 남느냐고 물었다.

"편지 제일 첫머리에 '존경하고 사랑하는 당신에게', 그것이 제일 기억에 남습니다. 남편에게 존경받고 사랑받는 것 이상 좋은 것이 없지요."

아내가 첫머리 글을 좋아했음은 처음 알았다. 나는 젊은 부부들에게 조언을 했다.

"부부 간이나 여자 친구, 남자 친구 사이에 가장 중요한 것은 상대방의 좋은 점을 발견해 주는 것입니다. 어떤 사람이든 얼굴을 보면 어딘가 잘생긴 곳이 있습니다. 또 뭔가 장점이 있습니다. 친절하든지, 센스가 빠르든지, 유머 감각이 뛰어나든지. 바로 그 좋은 점을 칭찬해 줘야 합니다.

집에 아내와 함께 있으면 매일 웃습니다. 웃기는 것은 나고, 웃는 것은 집사람이에요. '당신은 나하고 사는 동안에 자꾸 웃어서 건강해졌으니까 그 점은 인정해야 한다'는 말도 합니다. 기쁜 얘기 혹은 농담 같은 것을 하면서 자꾸 웃으면 좋습니다. 부부 사이는 물론이고 자신의 인생도 밝아집니다."

1월 20일 새천년민주당 창당 대회가 서울올림픽체조경기장에서 열렸다. 나는 총재로 뽑혔다. 유재건 전당 대회 의장이 나의 총재 선출을 선언했다. 당원들이 환호하며 일제히 태극기와 당기를 흔들었다. 내가 대형 당기를 받아 흔들었다. 서영훈 대표와 이인제 중앙선거대책위원장도 인준을 받았다. 민주당이 공식 출범했다. 이로써 나를 대통령으로 만들었던 새정치국민회의는 역사 속으로 사라졌다. 새로 태어난 민주당에는 나라를 다시 세우겠다는 꿈과 의지가 담겨 있었다. 모든 개혁의 완성은 총선을 이겨야 가능했다.

돌아보면 국민의 정부 2년 동안 다수 야당에 휘둘려 국정을 제대로 펼칠 수 없었다. 개혁 정책들은 '수의 힘'에 표류했고, 수평적 정권 교체의 의미도 퇴색했다. 취임 초부터 야당은 다수의 힘으로 총리 인준조차 해 주지 않았다. 사사건건 국정의 발목을 잡았다. 외환 위기를 극복하기 위해 나는 온 힘을 다해 노력했지만 정작 경제를 파탄 낸 당사자들은 개혁 정책의 발목을 잡았다. 나는 그들의 행태를 이해할 수 없었고 때로는 분노를 느꼈다. 결국 다수 여당을 만들어 낼 수밖에 없었다. 즉 신당 창당의 목표는 곧 다수 여당이었다.

결국 지난해 7월 23일 국민회의는 신당 창당을 공식 선언했고, 나는 광복절 경축사를 통해 신당이 '중산층과 서민층을 대변하는 개혁 정당'이 될 것이라고 밝혔다.

이러한 우리의 뜻에 명망가들이 동참했다. 적십자 및 시민 운동의 원로 서영훈 선생, 여성 경제인으로서 독보적인 영역을 구축한 장영신 애경그룹 회장, 민주화 운동에 헌신해 온 이재정 성공회대 총장, 지휘자 정명훈 씨 등이 참여했다. 특히 장영신 회장은 준비위원장을 맡아 창당의 산파역을 맡아 주었다. 그는 열성적으로 일했다. 명성대로 추진력이 대단했다.

당명을 짓는 데 의견이 분분했다. 나는 민주당이란 이름에 애착을 가지고 있었다. 1955년 창당된 민주당은 전통 민주 세력의 뿌리였기에 나는 그 이름을 다시 찾고 싶었다. 비록 불가피하게 과거 민주당을 떠나 '국민회의'라는 정당을 창당하여 대선 승리에 이르게 되었지만 나의 정치적 뿌리는 어디까지나 민주당이었다. 그런 의견을 실무진에 전달했다. 내 뜻을 헤아려 주었는지 당명이 '새천년민주당'으로 결정되었다. 그런 사실을 보고받고 기뻤다.

신당에는 재계, 학계, 군, 여성계 등에서 고루 참여했다. 나는 총재 취임사에서 총선 후 남북 정상 회담을 북한에 제의하겠다고 밝혔다. 국민들에게 신당을 성원해 줄 것을 간절하게 호소했다.

"국민의 정부가 탄생한 지 2년 가까이 됐습니다. 그간 우리는 많은 일을 했습니다. 파탄 직전의 경제를 살려 냈으며, 최루탄과 화염병이 난무하던 사회를 안정시켰습니다. 노동자와 여성과 민주 유공자와 언론인의 권리를 크게 신장시켰습니다. 노동계는 전례 없이 안정되어 있습니다. 우리의 한반도 햇볕 정책은 전쟁의 위협을 감소시키고 남북 간의 교류를 활성화시키는 가운데 전세계로부터 지지를 받고 있습니다. 우리는 연평해전에서 승리함으로써 한국

전쟁 휴전 이후 처음으로 북한의 무력 도발을 무력으로 응징했습니다. 이와 같이 정치를 빼고는 국민의 정부 이전에는 상상도 못할 성과가 여러 분야에서 있었습니다. 그러나 정치가 지난 2년 동안 쉬지 않고 대립과 극한 투쟁을 계속함으로써 이러한 국정 전체의 큰 성과를 훼손시키고 나라를 좌절의 위기로 몰고 가는 현상을 빚어내고 있습니다.

새천년민주당의 창당이 왜 필요하겠습니까. 그것은 오늘의 우리 정치 현실을 보면 쉽게 이해할 수 있을 것입니다. 너무도 비생산적이고 국민의 여망을 외면하는 우리 정치의 현실은 국민의 전면적인 불신과 비난의 대상이 되어 버렸습니다. 여당도 물론 그 책임을 피할 수 없습니다. 그러나 새정치국민회의는 여당으로서의 책임을 다하기 위하여 정치의 안정과 개혁을 이루고자 몸부림치면서 노력해 왔습니다. 그렇지만 의석은 3분의 1밖에 안 되고 지역적 한계가 있으며 거기다 새로운 인재의 영입도 쉽지 않았습니다. 그리하여 우리는 마침내 결심했습니다. 새 천 년의 21세기가 필요로 하는 정치의 안정과 개혁을 실현하기 위해서는 스스로를 불사르고 각계의 우수한 인재들과 더불어 신당을 만드는 것이 불가피하다는 결론에 도달한 것입니다. 그리고 마침내 국민의 신망이 두터운 수많은 개혁적이고 전문적인 인사들과 더불어 오늘 새천년민주당을 창당하게 된 것입니다.

새천년민주당은 정치를 살리기 위한 신당입니다. 나라를 살리기 위한 새로운 정당입니다. 국가와 국민의 내일이 우리의 두 어깨에 달려 있다는 각오로 우리 모두 힘을 합쳐 국민적 소명에 부응할 수 있도록 총궐기합시다.

새천년민주당은 자유당 치하에서 창립되고 4·19 이후 집권한 민주당의 맥을 이은 정당입니다. 새천년민주당은 군사 독재 아래서 일관되게 민주화 투쟁을 해 왔으며 마침내 우리 역사상 처음으로 여야 정권 교체를 이루어 낸 50년 민주 정통의 정당이라고 확신하는 바입니다. 새천년민주당은 그 이념으로써 민주주의, 시장 경제, 그리고 생산적 복지를 지향하는 개혁 정당입니다. 새천년민주당은 이 나라에서 유일하게 중산층과 서민의 이익을 대변하는 국민 정당입니다. 저는 이러한 새천년민주당의 민주 정통성과 이념, 그리고 계층 대표를 통해서 민주당이야말로 가장 자랑스러운 유일한 국민적 개혁 정당임을 역사 앞에 선언하는 바입니다.

금년의 선거는 국가의 운명을 좌우하는 갈림길이 될 것입니다. 만일 지금 같은 정치 불안이 계속되면 우리는 좌절과 파탄을 피하지 못할 것입니다. 2년 동안에 쌓아 올린 공도 모두 허사가 될 수 있습니다. 참으로 생각만 해도 가슴 조이는 심정을 금할 수 없습니다. 국민 여러분은 헌법에 의해서 앞으로도 3년 동안 이 나라를 저에게 맡기고 계십니다. 제가 일할 수 있도록 저에게 힘을 보태 주십시오. 저희 새천년민주당을 도와주십시오. 그러면 앞으로 3년 동안 우리 당과 저는 혼신의 노력을 다하여 우리나라 역사상 가장 성공하는 여당, 가장 성공하는 대통령으로서 국민 여러분의 은혜에 보답하겠습니다. 그리하여 정치의 개혁, 경제의 도약, 생산적 복지, 전 국민적 화합, 한반도 냉전 종식이라는 5대 과업을 성공적으로 이뤄 낼 것입니다."

2월 2일 모든 국무위원에게 이메일을 보냈다. "전자 정부 하루속히 구현"이라는 제목의 이메일 '지시 서한' 1호였다.

"국내 인터넷 이용자가 1000만 명을 넘어섰고, 급속한 지식 정보화에 따라 경제·사회 구조가 급변하고 있습니다. 인터넷을 통해 민의를 수렴하고, 정부 정책도 적극 알리는 쌍방향 커뮤니케이션을 통해 전자 민주주의 실현에 정부가 앞장서야 합니다. 각 부처가 홈페이지를 적극 활용해 국민들이 정부에 무엇을 요구하고 있는지 분명하게 알 수 있도록 힘써 주십시오."

총리와 국무위원들로부터 답신이 왔다. 부처 나름의 독특한 아이디어까지 보내왔다.

"각 부처 업무 처리에 이메일을 적극 활용하도록 독려하겠습니다." "대통령의 지시 사항을 각 시도 지사와 산하 기관에 이메일을 통해 알렸습니다." "대통령의 편지는 고급 공무원들에 대한 독려장이 될 것입니다." "사이버 환경교육원을 개설하겠습니다." "집합식 월례 조회를 전자 우편 조회로 대체하겠습니다." "사이버 직거래 쇼핑몰을 개설하겠습니다."

참으로 신기하고 흐뭇했다. 국무위원들의 답신을 천천히 몇 번이나 읽어 보았다. 이메일을 주고받는 나는 행복한 대통령이었다. 반드시 전자 왕국을 건설해야겠다고 새삼 다짐했다.

2월 9일 일본 도쿄 방송과 회견을 했다. 나는 북한 김정일 국방위원장을 이렇게 평했다.

"지도자로서 판단력과 식견을 갖췄다고 보입니다. 남북 관계를 풀기 위해서는 김 국방위원장과의 대화밖에 없습니다."

내 발언을 한나라당과 자민련이 비난했다. 그러나 북한을 대화의 상대로 인정한 이상 최고 실권을 지닌 김 위원장을 비난·비방만 해서는 어떤 결실도 기대할 수 없었다. 그즈음 북쪽으로부터 의미 있는 신호가 왔다. 1월 말쯤 박지원 문화관광부 장관이 청와대 관저로 찾아와 뜻밖의 보고를 했다.

"현대가 북측 인사를 접촉해 보니 남북 정상 회담이 가능할 것 같다고 합니다."

나는 한참을 생각했다. 그리고 말했다.

"현대는 금강산 관광과 소떼 방북 등 북한과 교류해 왔기 때문에, 그동안의 북한과 현대의 관계로 볼 때 역할이 가능할 것입니다. 현대에 연락해서 한번 알아보시오."

예감이 좋았다. 국정원의 주례 보고를 듣는 자리에서 임동원 원장에게 이렇게 당부했다.

"북한이 정상 회담 추진 의사를 밝혀 왔습니다. 박지원 문화관광부 장관이 현대 정몽헌 회장을 만났더니 북한이 정상 회담 추진 의사가 있다고 전했답니다. 국정원에서도 이 문제를 알아보고 검토하십시오."

김정일 위원장에 대한 나의 인물평은 여러 가지를 감안한, 이를테면 다목적 포석이었다. 언론도 남북 대화를 위한 일종의 '물꼬 트기'로 분석했다. 나는 부인하지 않았다. 북에서는 뭔가 꿈틀거리고 있었다.

이탈리아, 바티칸시국, 프랑스, 독일을 국빈 방문하기 위해 출국했다. 3월 2일 오후, 로마 레오나르도 다빈치 국제공항에 도착했다. 이탈리아는 한국 대통령으로서 수교 116년 만에 첫 방문이었다. 로마 대통령궁에서 카를로 아첼리오 참피(Carlo Azeglio Ciampi) 대통령과 정상 회담을 했다. 참피 대통령과 중소기업 분야에서 전략적 제휴를 하기로 했다. 나는 다음 날 상하원 의장을 면담한 데 이어 마시모 달레마(Massimo D'Alema) 총리와 정상 회담 및 오찬 행사를 가졌다. 이탈리아는 북한과의 수교를 앞두고 있었다. 나는 이를 의미 있게 평가했다.

"한국 정부는 세계 여러 나라가 북한과 가급적 많이 접촉하고 수교하기를 바랍니다. 북한이 개방하는 것은 결국 자신의 평화를 지키는 길입니다."

이어서 교황청을 국빈 방문했다. 나와 아내는 교황이 거처로 사용하고 있는 '식스토 5세의 궁'에 들어가 트로네토실에서 교황 요한 바오로 2세를 만났다. 교황이 한국말로 인사를 했다.

"찬미 예수, 감사합니다."

나는 1989년 야당 총재일 때 이곳 교황청을 방문해 교황을 알현한 바 있었다. 교황은 10여 년 전 모습을 그대로 간직하고 있었다.

"저는 교황님을 늘 스승처럼 생각하고 있습니다. 교황님께 하느님의 은총이 있기를 바라며 늘 건강하시기를 기원합니다."

"한국 대통령으로서, 특히 가톨릭 신자인 한국의 대통령으로서 교황청을 처음으로 방문하신 데 대해 기쁘게 생각합니다."

"저의 세례명이 토머스 모어입니다."

"김 대통령의 인생 자체가 토머스 모어의 삶과 비슷하다고 생각합니다. 본인의 재임 기간 중 한국인 103명을 시성하는 영광을 가졌습니다. 1984년도에 여의도광장에서 개최된 시성식의 감동은 지금도 간직하고 있습니다. 1989년도 성체 대회 때 한국을 방문한 것도 잊을 수 없습니다."

나는 교황께 북한을 방문해 줄 것을 부탁드렸다. 지구상에 마지막 남은 동

교황 요한 바오로 2세에게 휘호 '경천애인'과 백자 항아리에 대해 설명했다. 남북 정상 회담 후 교황은 '강복장(降福狀)'을 내려 주었다.

토를 사랑으로 어루만져 주었으면 좋겠다는 생각을 했다.

"북한은 지금도 공산 치하에 있으며 교회 활동이 아주 미미합니다. 교황께서 북한을 방문할 계획이 있는지 궁금합니다. 없다면 향후에 고려해 보셨으면 좋겠습니다."

"현재로서는 북한을 방문할 계획은 없습니다."

"교황께서 북한을 방문하신다면 이는 한반도와 동북아의 평화에 큰 기여를 하게 될 것입니다."

"북한을 방문할 수 있다면 이는 기적이라고 생각합니다. 한국을 위해 항상 기도하고 미사를 드리도록 하겠습니다."

교황의 정신세계를 가늠할 순 없으나 말할 수 없이 맑게 느껴졌다. 교황청은 각별한 예우를 했다. 천 년 단위로 선포하는 대희년(大禧年)에는 국빈 방문을 받지 않는 관례를 깨고 나를 맞았다. 또 교황만이 다니는 베드로 성당 성문을 통과하도록 했고, 교황과 면담 후 베드로 성당으로 이동할 때는 교황 전용 통로를 밟도록 배려했다. 베드로 성소(聖所) 또한 직접 볼 수 있도록 했다.

교황은 내게 자신의 초상이 새겨진 기념 메달을, 아내에게는 로사리오(묵주)를 선물했다. 나는 거북선 금속 모형과 '敬天愛人(경천애인)'이 쓰인 백자 항아리를 드렸다. 내가 글의 뜻을 설명하자 교황은 한참을 들여다보았다. 그리고 말했다.

"아름답습니다."

다음 날 콜로세움과 보르게제 미술관을 둘러본 후 밀라노로 향했다. 밀라노에는 문희갑 대구 시장을 비롯하여 섬유 관련 단체장들이 미리 와 있었다. 이들은 최근 추진된 '밀라노 프로젝트'를 현지 경제인들에게 설명하고 투자를 촉구할 예정이었다. 낙후된 대구 지역 섬유 산업에 선진 기술을 도입해 활로를 찾기 위해서였다. 나는 양국의 경제인들이 함께한 자리에서 적극적인 투자를 요청했다. 잠시 시간을 내어 산타마리아 델레 그라치에 수도원을 방문해 레오나르도 다빈치의 역작 〈최후의 만찬〉 벽화를 관람했다. 500여 년 전에 그려진 벽화가 아직도 선명했다.

오후에 프랑스로 향했다. 오를리 공항을 거쳐 숙소인 영빈관에 여장을 풀었다. 곧바로 엘리제궁을 방문, 자크 시라크 대통령과 정상 회담을 가졌다. 나는 아시아와 유럽연합(EU)을 초고속 통신망으로 연결하는 '트랜스 유라시아 네트워크'를 구축하자고 제의했다. 대륙을 잇는 네트워크는 전자 상거래와 전자 무역의 채널로 활용할 수 있었다. 이에 시라크 대통령은 적극 환영했다. 아시아와 유럽이 '사이버 이웃'이 될 수 있는, 이를테면 '광속(光速)의 비단길'이었다. 10월 서울에서 열리는 ASEM의 주요 의제로 다루자고 했으며 시라크 대통령이 동의했다. 나는 또 외규장각 도서 반환에 성의 있게 임해 줄 것을 촉구했다. 외규장각 도서 반환 협상은 1998년 ASEM에서 양국 대표 1명씩을 지명해 반환 협의를 진행하기로 했으나 협상이 진척되지 않고 있었다.

"프랑스 대표가 권한이 적은 것 같으니, 양측 대표가 실질적인 대표성을 갖고 빠른 시일 안에 협상을 마무리 짓도록 협조해 주십시오."

그러자 시라크 대통령도 협상이 더딘 것에 답답해하는 듯했다.

"결론이 날 때까지 양국 대표를 어떤 곳에 가둬 놓으면 어떻겠습니까."

함께 웃었지만 문화재와 관련한 프랑스의 독특한 행태들을 곁눈질할 수 있었다. 이후에도 그 문제는 속 시원하게 굴러가지 않았다.

프랑스 외무부 대변인은 "르노그룹이 김 대통령 방문 기간에 삼성자동차 인수 협상을 마무리 지을 수 있을 것"이라며 이례적인 발표를 했다. 국빈 방문에 대한 선물임을 은근히 내비쳤다. 실제로 르노자동차 그룹은 나의 파리 도착에 맞춰 삼성자동차 인수 가격으로 4억 5000만 달러(5040억 원)를 제시했다.

나는 조스팽(Lionel Jospin) 프랑스 총리와 회담에서도 르노그룹의 삼성자동차 인수를 설득했다.

"르노의 삼성자동차 인수 문제는 삼성 채권단이 르노에게 팔고 싶다는 것입니다. 문제는 가격을 얼마나 주고 사느냐 하는 것입니다. 우리 정부는 부실기업 매각에 욕심을 낼 수는 없는 입장이지만 국민들에게 너무 헐값에 팔았다는 인상을 주는 것은 곤란합니다."

유럽 순방 마지막 방문국인 독일의 프랑크푸르트에 도착했다. 프랑크푸르트는 1960년대 한국의 광산 노동자와 간호사들이 가장 많이 정착한 도시였다. 독일 경제인 250여 명을 초청하여 연설을 했다.

"두 가지 사적인 얘기를 하겠습니다. 이곳 프랑크푸르트 시민 여러분과 『알게마이너 자이퉁(FAZ)』지를 비롯한 언론들이 우리나라 민주 세력을 지지하고 독재 정권을 비판했습니다. 여러분의 성원이 있었기에 제가 민주주의 국가 대한민국의 대통령으로서 이 자리에 나왔습니다.

다른 하나는 여러분이 '차붐'이라고 불렀던 차범근이라는 축구선수가 프랑크푸르트 팀에서 맹활약을 했습니다. 그의 기사를 볼 때마다 자랑스러웠고, 프랑크푸르트가 이웃처럼 친근하게 느껴졌습니다."

한국과 독일은 전쟁의 폐허에서 경제 부흥이란 기적을 이루어 낸 소중한 경험을 공유하고 있었다. 나는 앞으로도 서로에게 듬직한 경제 협력 파트너가 될 것이라 역설했다.

"독일의 시인 실러는 '친구는 기쁨을 두 배로 해 주고 슬픔은 반으로 해 준다'고 했습니다. 한국과 독일이 그처럼 마음 든든한 친구 관계로 더 한층 발전할 수 있기를 바라 마지않습니다."

요하네스 라우(Johannes Rau) 대통령과 정상 회담을 갖고 양국 간의 교류와 협력을 강화해 나가기로 했다. 사실 독일은 내게는 정말 고마운 나라였다. 1973년 일본 도쿄에서 납치당했을 때, 1980년 내란 음모 사건으로 사형 선고를 받았을 때 국제적 구명 운동의 거점이었다. 정권 교체 후 IMF 외환 위기를 겪을 때에도 독일은 유일하게 한국에서 투자금을 회수해 가지 않았다. 국빈 만찬에서 내가 그간의 성원에 사의를 표했다.

"수교 후 1세기가 넘는 동안에 독일은 나와 우리 국민이 민주주의를 향해 고난의 골짜기를 넘을 때 언제나 큰 용기와 아낌없는 지원을 보내 주었습니다. 두 나라의 관계는 '참다운 우정은 추운 겨울에도 얼지 않는다'는 독일 속담 그대로 일 것입니다."

라우 대통령은 나를 '한국 민주주의의 아버지'라고 불렀다. 그리고 대북 햇볕 정책을 적극 지지해 주었다.

"햇볕을 받으면 장기적으로 해빙이 된다는 것이 우리의 경험입니다."

베를린 자유대학에서 연설을 했다. 교수와 학생들 900여 명이 참석했다. 취재진도 300여 명이 몰렸다. 페터 게트겐스(Peter Gaehtgens) 총장은 연설에 앞서 내게 '자유대학 메달'을 걸어 주었다. 나는 연설에서 이른바 '베를린 선언'을 했다. 연설문에 심혈을 기울였다. 박준영 대변인이 산고를 대신 설명했다.

"대통령께서 보름 동안 고심하여 완성한 것입니다. 혼과 의지, 정성이 담겨 있습니다."

실제로 수없이 손질했다. 유럽 순방 중에도 고쳤다. 북한의 입장을 고려하면서 생각을 거듭했다. 취임한 지 2년이 지났으니 이제는 서로 솔직해질 필요가 있었다. 이제까지는 '정경 분리 원칙' 아래 민간 위주의 경협을 펼쳤다면 앞으로는 정부가 나서서 대북 관계를 적극적으로 열어 나가겠다는 의지를 담았다. 나는 북한에 4개항을 제의했다.

"저는 오늘 베를린 자유대학을 방문한 뜻깊은 이 자리를 빌려 지구상에 마지막으로 남아 있는 한반도 냉전 구조를 해체하고, 항구적인 평화와 남북 간의 화해 협력을 이루고자 다음과 같이 선언합니다.

첫째, 우리 대한민국 정부는 북한이 경제적 어려움을 극복할 수 있도록 도와줄 수 있는 준비가 되어 있습니다. 지금까지 남북한 간에는 정경 분리 원칙에 의한 민간 경협이 이루어지고 있습니다. 그러나 본격적인 경제 협력을 실현하기 위해서는 도로·항만·철도·전력·통신 등 사회 간접 자본이 확충되어야 합니다. 또 정부 당국에 의한 투자 보증 협정과 이중과세 방지 협정 등 민간 기업이 안심하고 투자할 수 있는 환경도 조성되어야 합니다. 뿐만 아니라 현재 북한이 겪고 있는 식량난은 단순한 식량 지원만으로 해결될 수 있는 것이 아닙니다. 비료 및 농기구 개량, 관개 시설 개선 등 근본적인 농업 구조 개혁이 필요합니다. 이와 같은 사회 간접 자본의 확충과 안정된 투자 환경 조성, 그리고 농업 구조 개혁은 민간 경협 방식만으로는 한계가 있습니다. 따라서 이제는 정부 당국 간의 협력이 필요한 때입니다. 우리 정부는 북한 당국의 요청이 있을 때에는 이를 적극적으로 검토할 준비가 되어 있습니다.

둘째, 현 단계에서 우리의 당면 목표는 통일보다는 냉전 종식과 평화 정착입니다. 따라서 우리 정부는 진정한 화해와 협력의 정신으로 힘닿는 대로 북한을 도와주고자 합니다. 북한은 우리의 참뜻을 조금도 의심하지 말고 우리의 화해와 협력 제안에 적극 호응하기를 바랍니다.

셋째, 북한은 무엇보다 인도적 차원의 이산가족 문제 해결에 적극 응해야 합니다. 노령으로 계속 세상을 뜨고 있는 이산가족들의 상봉을 더 이상 막을 수는 없는 것입니다.

넷째, 이러한 모든 문제를 효과적으로 해결하기 위하여 남북한 당국 간의 대화가 필요합니다. 저는 이미 2년 전 대통령 취임사에서 1991년 체결된 남북 기본 합의서의 이행을 위해 특사를 교환할 것을 제의한 바 있습니다. 북한은 우리의 특사 교환 제의를 수락할 것을 촉구합니다.

우리 대한민국 정부는 한반도 문제는 궁극적으로 남북한 당국자만이 해결할 수 있다고 확신하며, 앞으로도 이와 같은 정책을 성의와 인내심을 가지고 일관되게 추진할 것입니다.

한국에는 동병상련이라는 말이 있습니다. 같은 병을 앓는 사람끼리는 서로 연민의 정을 가진다는 뜻입니다. 독일과 우리 대한민국은 민족의 분단이라는 크나큰 아픔을 같이 경험한 인간적인 연대감을 가지고 있습니다. 아울러 우리 한국 국민은 이러한 아픔을 슬기롭게 극복하고 민족 통일의 위업을 먼저 이룩한 독일 국민들에게 깊은 존경심을 표하여 여러분으로부터 많은 교훈을 배우고자 열망하고 있습니다."

나는 '베를린 선언'을 발표하기 전에 그 요지를 판문점을 통해 북한에 보냈다. 분단 이후 처음 있는 일이었다. 그리고 미국과 일본 대사에게도 선언 내용을 알렸다. 나는 '베를린 선언'을 먼저 한국에 보내고 뒤이어 귀로에 올랐다. 북은 어찌 반응할 것인가. 나는 다시 기다렸다.

유럽 순방 기간에 이탈리아, 프랑스, 독일에서 100억 달러가 넘는 외국 자본을 유치했다.

깊은 밤, 북으로 간 특사를 기다리다

(2000. 2 ~ 2000. 6)

북이 남과 정상 회담을 원했다. 그런 징후는 여러 경로를 통해서 포착되었다. 임동원 국정원장과 박지원 문광부 장관은 북의 움직임을 수시로 보고했다. 그러던 2월 어느 날, 임 원장이 구체적인 내용을 보고했다.

"북측이 송호경 아시아태평양평화위원회(아태위) 부위원장을 대표로 정해 놓고 싱가포르에서 접촉을 하자고 제의해 왔습니다."

2월 27일 임 원장과 박 장관을 청와대 관저로 불렀다. 유럽 4개국 순방을 앞둔 시점이었다.

"북이 싱가포르에서 비밀 접촉을 갖자고 했습니다. 박 장관을 특사로 임명할 것입니다. 북에서도 박 장관을 원한답니다. 국정원에서는 대북 협상 전문가를 뽑아서 지원해 주십시오. 앞으로는 임 원장께서 남북 회담과 관련해 특별히 나를 보좌해 줘야 할 것입니다."

박 장관이 특사로는 대북 담당 부서인 통일부 장관이 더 적임일 것 같다고 했다. 내가 다시 말했다.

"통일부 장관은 노출이 되어 어렵습니다. 이번 접촉은 보안이 생명입니다. 박 장관이 잘할 수 있을 겁니다. 모든 일은 임 원장과 상의해서 처리하십시오."

임 원장이 김보현과 서훈 두 대북 전문가를 발탁했다고 보고했다. 나는 박 장관에게 내가 평양을 갈 용의가 있다는 것과 남북 정상 회담이 성사되면 남북 경협이 훨씬 용이하게 펼쳐질 수 있다는 것을 알리라고 했다. 그리고 북쪽 사람들을 진정성을 가지고 대하되 당당하라고 일렀다.

2000년 3월 8일, 싱가포르에서 박지원 장관이 송호경 아태위 부위원장과 비밀 접촉을 가졌다. 그 다음 날 나는 베를린 자유대학에서 '베를린 선언'을 발표했다. 박 장관에게 후일 들었지만 북측은 남측 최고 당국자의 의도가 무엇인지 정확히 알기를 원했다. 그래서 주로 듣는 입장이었다.

박 장관은 나의 민주화 투쟁과 그로 인한 박해 등을 얘기했다. 1971년 대통령 선거에서 주장했던 4대국 평화 보장론, 3단계 통일론 등을 설명하고 팩스로 미리 받은 '베를린 선언'도 보여 주었다. 물론 '베를린 선언'은 결코 비밀 접촉을 염두에 두고 작성하지 않았다. 박 장관은 5월 또는 6월에 정상 회담 개최를 희망하고, 내가 평양에 갈 수 있다는 것 등을 전했다.

송호경 부위원장은 이번 예비 접촉은 일체 비밀로 하자고 했고, 그로써 남과 북의 탐색이 끝났다. 비밀 접촉에서 남과 북은 서로 정상 회담에 대한 의지가 있음을 확인했다. 그러나 '다시 만나자'는 것 외에는 아무것도 합의된 것이 없었다. 박 장관이 돌아와 보고했다.

"송호경 부위원장이 제 설명을 듣고는 '마치 김대중 대통령의 음성을 듣는 것 같습니다'라고 했습니다. 그 말을 듣고 어쩌면 정상 회담이 성사될 것 같다는 판단을 했습니다."

나는 계속 두고 보자며 박 장관을 격려했다.

싱가포르 예비 접촉에 이어 1차 특사 접촉이 3월 17일 상하이에서 있었다. 이번에도 박지원, 송호경 두 사람이 만났다. 나는 박 장관에게 회담에서 유념할 것들을 적시했다.

"모든 것을 그 자리에서 결정하지 마시오. 북측에 설명할 때는 손익 개념으로 명확하게 얘기하십시오. 이를테면 전쟁을 하면 북에 어떤 손해가 오고,

전쟁을 안 하면 어떤 이익이 오는지 말하시오. 경제 협력하면, 또 평화 교류하면 어떤 이익이 오는지 손에 딱 쥐어 주시오."

그리고 만일 합의문을 작성하게 되면 빠뜨리지 말아야 할 것을 얘기해 주었다.

"합의문에는 세 가지가 들어가야 합니다. 첫째 김정일 위원장이 초청해야 하고, 둘째 정상 회담은 김정일 위원장과 해야 하고, 셋째 반드시 우리 초청에도 응해야 한다는 것입니다."

그러나 상하이 접촉에서도 별다른 진전이 없었다. 박 장관이 돌아와 보고했다.

"정상 회담에 대해서는 공감하는데 구체적인 것은 합의되지 않았습니다. 초청 주최, 정상 회담 시기와 일정, 정상 회담 후 합의문 등은 진전이 없었습니다."

역시 내가 예상한 대로였다. 김정일 위원장은 아직 '뒤편'에 있었다. 나는 다시 한 번 주문했다.

"모든 것을 명확히 하시오."

3월 23일 베이징에서 2차 특사 접촉이 있었다. 때는 봄날, 나는 제비가 박씨를 물고 돌아오듯 박 장관이 좋은 소식을 물고 오기를 기다렸다. 남과 북은 정상 회담을 향해 조금씩 다가앉았다. 우리 측은 정상 회담을 6월 12~14일에 개최하고 초청자를 김정일 국방위원장으로 명확히 할 것을 다시 제의했다. 이에 북은 시기는 6월 중순으로 합의하되 준비 회담에서 최종 결정하자고 했다. 하지만 초청자 명기 문제는 진전이 없었다. 정상 회담은 김정일 위원장이 하겠지만 북측의 외교 관례상 합의서에 위원장을 명기한 전례가 없다는 것이었다. 이렇게 다시 2차 회담이 끝났다. 나는 회담 결과를 보고받고 박 장관에게 지시했다.

"그간의 협상 태도를 보니 북이 변하는 것 같은데 합의문에 반드시 초청자를 명기토록 해야 합니다. 그리고 이산가족 문제도 포함시키도록 하시오."

3차 접촉은 4월 8일 베이징에서 있었다. 북에서 정몽헌 현대그룹 회장을 통해 만나자는 연락이 왔다. 이미 베이징에서 북과 접촉하고 있는 실무진들은 큰 틀의 타협안을 마련해 놓고 있었다. 떠나기 전 박 장관이 보고했다.

"이번에는 합의할 가능성이 크다고 여겨집니다."

내가 다시 한 번 당부했다.

"합의문을 명확하게 만드시오. 기대가 큽니다."

박 장관이 마침내 박씨를 물고 나타났다. 이른바 남과 북의 '4·8 합의문'이 그것이었다.

남과 북은 역사적인 7·4 남북 공동 성명에서 천명된 조국 통일 3대 원칙을 재확인하면서 민족의 화해와 단합, 교류와 협력, 평화와 통일을 앞당기기 위해서 다음과 같이 합의하였다. 김정일 국방위원장의 초청에 따라 김대중 대통령이 금년 2000년 6월 12일부터 14일까지 평양을 방문한다. 평양 방문에서는 김대중 대통령과 김정일 국방위원장 사이에 역사적인 상봉이 있게 되며 남북 정상 회담이 개최된다. 쌍방은 가까운 4월 중에 절차 문제를 협의하기 위한 준비 접촉을 갖기로 하였다.

북한은 합의문을 4월 10일에 발표하자고 했다. 우리는 보안 유지가 어려우니 9일 베이징 현지에서 발표하자고 했다. 그러나 북이 주장을 굽히지 않았다. 고 김일성 주석의 생일이 4월 15일인데 이를 기념하기 위해 '4월의 봄 친선예술축제'가 10일 시작하니 이때 발표해야 한다고 주장했다. 결국 북의 고집을 꺾지 못했다.

남북 정상 회담이 합의되었다는 소식을 듣고 가슴이 복받쳤다. 2년 동안 지속해 온 햇볕 정책이 북의 의심을 마침내 녹였다. 그것은 누가 뭐라 해도 햇볕 정책을 흔들림 없이 지지해 준 국민들 성원의 힘이었다.

'필생의 통일 철학을 마침내 실현하는 기회를 맞는구나.'

통일은 당장 이루지 못해도 한반도에서 전쟁의 먹구름은 벗겨 내야겠다고, 또 이산가족 문제는 꼭 해결해야겠다고 다짐했다.

나는 지난 1개월 동안 철저한 보안 속에 진행된 남북 접촉 상황을 미국과 일본에 알렸다. 임동원 원장을 보내 미·일 대사에 설명하도록 했다. 보스워스 미국 대사는 박지원 장관에게 추가 설명을 듣고 싶어 했다. 박 장관에게 특별히 일렀다.

"자세히, 숨소리 하나 빠뜨리지 말고 알려 주시오."

4월 10일 오전 10시, 박재규 통일부 장관과 박지원 문광부 장관이 남북 정상 회담 합의를 발표했다. 북한도 같은 시간에 발표했다. 언론은 상보와 함께 분석과 전망 기사를 쏟아 냈다. 민화협 등 시민 단체들과 전경련 등 경제 단체들도 하나같이 환영 성명을 발표했다.

"남북 분단사에 큰 획을 긋는 역사적인 사건으로 냉전 종식과 화해 협력의 계기가 되기를 기대한다."

"남북 정상 회담으로 경협의 새로운 전기가 마련됐으며 외국인들의 국내 투자가 더욱 활성화할 것으로 기대한다."

우리 햇볕 정책을 지지했던 세계 각국도 환영 일색이었다. 클린턴 대통령은 직접 특별 성명을 발표했다.

"남북한 간의 직접 대화는 우리가 오랫동안 지지해 온 것으로 한반도 문제 해결의 근본이다. 이러한 결정을 내린 두 지도자에게 축하를 보낸다. 이번 발표는 대북 포용 정책을 펼친 김대중 대통령의 지혜와 장기적 안목을 보여 주는 증거이다."

고노 요헤이 일본 외상은 담화를, 러시아, 중국, 독일, 프랑스, 이탈리아 등 각국은 외교부에서 지지 성명을 발표했다. 무바라크 이집트 대통령, 사마란치 IOC 위원장은 축하 서신을 보냈다. 우리나라 국민 90퍼센트가 남북 정상 회담을 지지했다. 주가도 크게 올랐다. 전직 대통령들도 격려를 아끼지 않았다. 나를 그토록 비난했던 김영삼 전 대통령까지 덕담을 했다. 집으로 찾아간 황원탁 외교안보수석에게 이렇게 말했다.

"김 대통령께 축하한다고 말씀드려 주시오."

그러나 야당만은 "깜짝 쇼"라며 비난했다. 물론 그들의 주장에 이해가 가는 측면도 있었다. 총선이 코앞에 다가왔기 때문이다. 하지만 나는 이번 정상 회담 발표가 총선에 어떤 영향을 끼칠지 알 수 없었다. 총선을 목전에 두고 남북 정상 회담에 합의했다는 것이 부담스럽기도 했다. 손익을 계산하기 힘들었다. 부정적 영향이 클 수도 있었다. 4·8 합의문을 발표하기 전 국정원에서 향후 '민심 동향'을 예측하여 보고했다.

"총선 승리를 위한 정략적 접근이라는 야당의 비난과 거센 반발, 그리고 이면 합의 의혹설이나 노벨평화상 집착설 등을 퍼뜨릴 경우 총선에 부정적 영향을 끼칠 것이다. 정상 회담 개최 합의를 총선 뒤로 미루는 것이 선거 국면에 유리하다고 본다."

그런 보고가 거슬렸지만 피할 수 없었다. 우리는 남북 정상 회담을 북과 약속한 시간에 발표했고, 막판 선거전은 국정원의 우려대로 진행되었다. 나의 엄명으로 국가 정보기관이 개입하지 않은 최초의 선거에서 여당은 제1당이 되지 못했다.

나와 관련 부처는 곧바로 정상 회담 준비에 돌입했다. 시간이 별로 없었다. 약속된 회담은 두 달밖에 남지 않았다. 임동원 국정원장이 정상 회담 추진을 총괄하도록 했다. 국정원과 통일부는 분주하게 움직였다.

박재규 통일부 장관을 위원장으로 하는 남북정상회담추진위원회를 구성했다. 추진위원으로는 국가안전보장회의 상임위원 외에 이기호 경제수석이 참여했다. 또 양영식 통일부 차관을 단장으로 준비기획단을 편성했다. 준비기획단은 정상 회담 준비와 관련된 제반 사항을 실무적으로 기획 조정하고, 남북 접촉을 담당하도록 했다.

남북 정상 회담 준비 접촉은 판문점에서 4월 22일부터 5월 18일까지 다섯 차례 열렸다. 남측 '평화의 집'과 북측 '통일각'을 오가며 '남북 합의서 이행을 위한 실무 절차 합의서'를 만들고 서명했다. 합의서에 따라 방북 대표단은 수행원 130명, 취재 기자 50명으로 결정되었다. 회담 형식과 횟수, 체류 일정, 선발대 파견, 신변 안전 보장, 회담 기록과 보도, 실황 중계 등 14개항에 합의했다. 모든 것이 순조롭게 돌아가고 있다는 보고를 받았다.

나도 준비할 게 많았다. 우선 김정일이 어떤 인물인지 정확하게 알고 싶었다. 북한과 김정일 위원장 개인에 관련된 많은 책을 읽었다. 그중에는 북한의 김일성종합대학 총장을 지내고 1997년 망명한 황장엽 씨가 쓴『나는 역사의 진리를 보았다』도 들어 있었다. 국정원에서도 책과 영상물, 사진, 비디오 자료들을 보내왔다. 그런데 모두가 부정적인 평가 일색이었다. 할 수 없이 임 국정원장을 불러 객관적이고 구체적인 정보를 수집해 달라고 요구했다.

"임 원장, 이런 정보가 사실이라면 과연 이런 사람과 마주 앉아 회담할 수 있겠습니까. 내게는 정확한 정보가 필요합니다."

그리고 또 정상 회담에 임하는 북측의 의도가 무엇인지 자세하게 알아야 했다. 그것은 실무 접촉으로는 도저히 얻어질 수 없었다. 나는 임 원장에게 평양을 다녀오라고 말했다.

"아무래도 임 원장이 대통령 특사로 평양에 다녀와야겠습니다. 김정일 위원장을 만나 세 가지 일을 해 주시오. 첫째 김 위원장이 어떤 인물인지 알아 오십시오. 둘째는 정상 회담에서 협의할 사안들을 사전에 충분히 설명하고 북측의 입장을 파악해 오시오. 셋째 정상 회담 후 발표할 공동 선언 초안을 사전에 협의해 오시오. 임 원장의 임무는 말하자면 '정상 회담을 위한 예비 회담'을 하는 것입니다."

5월 27일 토요일 새벽, 임 국정원장이 수행원 4명과 판문점을 통해 북으로 넘어갔다. 나는 종일 서성거렸다. 오후 7시가 막 지나자 임 원장에게서 전화가 왔다. 아직 평양에 머물고 있는데 김 위원장과의 면담이 불가하다고 했다. 그렇다면 바로 돌아오라고 말했다. 전화 목소리는 시내 통화를 하는 것처럼 또렷했지만 결과는 매우 실망스러웠다.

관저에서 임 원장을 기다렸다. 시간이 더디 지나갔다. 밤 11시 20분에 임 원장이 들어왔다. 그는 평양에서 머문 12시간을 설명했다.

"임동옥 노동당 통일전선부 제1부부장을 만났는데 그가 남쪽 대통령이 금수산궁전 방문을 안 할 경우 김 위원장과 상봉할 수 없다고 했습니다."

금수산궁전에는 김일성 주석의 유해가 안치되어 있었다. 우려했던 암초였다. 임 원장이 다시 말을 이었다.

"제가 그것은 남북 관계 특수성 때문에 수용할 수 없다고 해도 전혀 먹혀들지 않았습니다. '대통령님께서 하노이를 방문했을 때 호치민 주석 묘소도 참배했는데 하물며 우리 민족끼리 안 된다는 것이 말이 되느냐'며 따져 물었습니다. 김용순 비서조차 만나지 못하고 돌아왔습니다."

임 원장의 목소리는 나직하지만 또렷했다. 평양에서의 일들을 얘기하는 그 진지한 표정에서 그가 혼신의 노력을 다했음을 읽을 수 있었다. 그의 머리가 유난히 희게 보였다.

"임 원장, 수고가 많았습니다. 내일 오후에 대책을 논의해 봅시다."

임 원장은 훗날 그의 회고록 『피스 메이커』에서 이때의 낙담과 안타까움을 털어놓았다. 김 위원장을 만나지 못하고 폭우가 쏟아지는 한밤 귀향하는 헬기 안에서 남북 정상 회담을 걱정하고 있었다. 그는 이렇게 썼다.

그날 밤 나는 헬리콥터 편으로 불빛 하나 보이지 않는 '어둠의 공화국'의 비 내리는 밤하늘을 평양-개성 고속도로를 따라 저공으로 날았다. 북측에서는 최승철과 권호웅 등이 타고 있었다. 이 폭우 속의 위험한 비행에 모두가 불안한 마음을 감추지 못했다. 헬리콥터 안에서 나는 그날 새벽 집을 나서기 전에 아내가 읽어 준 「이사야」(43:1~2)의 말씀을 되새겼다.

. '너는 두려워 말라. 내가 너를 구원하였고 너를 지명하여 불렀으니 너는 내 것이다. 네가 불 가운데로 지날 때에도 타지도 않을 것이요, 불꽃이 너를 사르지도 못할 것이다.'

70분가량 비행하니 착륙 지점을 알리는 횃불이 보였다. 밤 9시 30분경 개성 근처에 착륙하고서야 비로소 안도의 한숨을 내쉬었다. 그리고 다시 30분쯤 후에 나는 무사히 군사 분계선을 넘어 불빛이 환한 자유의 땅으로 돌아왔다. 별다른 성과 없이 돌아왔으나 귀환의 기쁨은 이루 다 표현할 수 없었다. 나는 그제야 허기를 느꼈다. 긴장 속에 있다 보니 저녁 식사를 건너뛴 것이다. 밤이 깊었는데도 대통령은 관저에서 나를 기다리고 있었다.

그는 이러한 절망과 위기의 순간들은 나에게 얘기하지 않았다. 그의 회고록을 보며 그가 '피스 키퍼(평화 지킴이)'에서 '피스 메이커(평화 만듦이)'로의 변신을 하며 일어난 예사롭지 않은 일들이 비로소 내 손에 잡혔다. 참으로 고마웠다.

자정 무렵 그가 관저를 나섰다. 작은 체구의 뒷모습이 안쓰러웠다.

6월 3일, 다시 토요일이었다. 이번에도 임 원장은 새벽에 군사 분계선을 넘었다. 정상 회담은 열흘도 남지 않았다. 정상 회담은 열려야 했다. 국민이 환호하고 세계가 성원했는데도 열리지 않으면 남과 북은 천하의 조롱거리가 될 것이다. 만일 이번 기회를 놓치면 앞으로는 정상 회담이라는 말 자체를 입 밖에 낼 수 없을 것이다.

나는 임 원장 편에 김정일 위원장 앞으로 친서를 보냈다. 친서에서 정상 회담에서 다뤘으면 하는 네 가지 의제를 제시했다. 남북 관계 개선과 통일 문제, 긴장 완화와 평화 문제, 공존공영을 위한 교류 협력 문제, 이산가족 문제 등이었다. 새로운 남북 관계를 위한 실천적 조치들이 들어 있는 '공동 선언'도 발표하자고 했다. 그리고 금수산궁전 방문은 정상 회담을 성공적으로 마치고 난 후 검토할 수 있다고 했다.

다시 기다렸다. 이번에는 김정일 위원장을 만났다며 중간 보고를 해 왔다. 임 원장은 북에서 하룻밤을 자고 심야에 다시 서울로 돌아왔다. 깊은 밤 다시 마주 앉았다. 많이 묻고 많이 들었다. 임 원장은 김정일 위원장은 나에 대해서 호감을 가지고 있다고 전했다.

"김 위원장은 대통령님의 민주화 투쟁 등 고난의 삶에 대해 잘 알고 있었습니다. 현직 대통령으로서도 매우 잘하고 계신다고 했습니다. 개인적으로 대통령님을 존경한다고 했습니다. 실제로 그런 느낌을 받았습니다. 평양에 오시면 존경하는 어른으로 품위를 높여 모시겠다고 했습니다. 그 어느 외국 정상보다 성대하게 모실 테니 걱정 말라고도 했습니다."

그 말을 들으니 좀 안심이 되었다. 나는 그의 인간적인 면모가 궁금했다. 임 원장은 세간에서 말하는 '음습', '괴팍', '성격 파탄'이라는 인상은 전혀 받지 않았다고 했다.

"상대방의 말을 경청하며 말하기를 즐겼습니다. 두뇌가 명석하며 판단력이 빠르다는 느낌을 받았습니다. 명랑한 편이고 유머 감각도 대단했습니다. 개방적이고 실용적인 사고방식을 가진 듯했습니다. 말이 논리적이지는 않지만 주제의 핵심을 잃지 않아서 좋은 대화 상대라는 인상을 받았습니다. 특히 연장자를 깍듯이 예우한다는 느낌을 받았습니다."

설명을 하는 임 원장의 얼굴에 화색이 돌았다. 나는 적이 안심했다. 그러나 금수산궁전 참배 문제는 여전히 해결을 보지 못했다. 김 위원장이 그 문제만큼은 양보할 수 없다고 했는데 그 태도가 매우 단호했단다. 임 원장이 대신 전해 주었지만 김 위원장의 항변이 귀에 들리는 듯했다. 남쪽 국민의 정서를 헤아려 달라는 요구를 받고 김 위원장은 이렇게 말했다고 한다.

"왜 남쪽 국민의 정서만 생각하십니까? 우리 북쪽 인민들의 정서는 중요하지 않습니까? 인민을 위해서나 상주인 나를 위해서도 상가에 와서 예의를 표한다는 것은 조선의 오랜 풍습이요 당연한 일이 아닙니까?"

대신에 내가 심혈을 기울이고 있는 이산가족 문제는 김 위원장이 적극적인 관심을 보였다. 이산가족 상봉을 위해 전향적인 조치를 취할 용의가 있다고 밝혔다. 임 원장과 1시간 정도 얘기를 나눴다. 그를 붙들고 더 얘기하고 싶었지만 그러기에는 밤이 너무 깊었다.

4월 13일 총선이 끝났다. 출구 조사에서는 민주당이 압승을 거두는 것으로 나타났지만 실제로는 패했다. 115석의 민주당은 133석을 얻은 한나라당에 제1당을 내줬다. 자민련 17석, 민국당 2석, 한국신당 1석, 무소속이 5석을 차지했다. 민주당은 수도권과 충청, 강원 등 영남권을 제외한 전 지역에서 고른 지지를 받았다. 전국 정당의 면모를 갖추고 의석도 30석이나 늘었다. 하지만 영남에서는 마음을 얻지 못했다.

믿었던 영남권의 장수들이 모두 낙마했다. 김중권 전 비서실장, 노무현 민주당 부총재, 김정길 전 정무수석 등이 고배를 마셨다. 나는 이번 총선에 많은 기대를 걸었다. 지난 2년 동안 외환 위기를 극복하고 경제를 살리기 위해 혼신의 노력을 다했고 이것을 국민들이 평가해 줄 것으로 믿었다. 그런데 결과는 예상과 달랐다. 민심을 읽는 데 또 실패했다. 험난한 앞길을 생각하니 참담했다. 자민련은 교섭 단체 등록에도 실패했다.

나는 4월 17일 대국민 특별 담화를 발표했다. 나는 한나라당에게는 축하를, 자민련에는 위로의 말을 건넸다. 그리고 자민련과는 공조 관계를 계속 유지해 나갈 의지가 있음을 분명히 밝혔다. 대화와 타협의 큰 정치, 중단 없는 개혁을 강조했다.

"남은 3년의 임기 동안 대통령의 중책을 차질 없이 수행하는 데 최선의 노력을 다하겠습니다. 겸손하고 성실한 가운데 의연하고 강력한 자세로 국정을 이끌어 나가겠습니다. 민심에 따라 모든 것을 결정해 나가겠습니다."

이어서 이회창 한나라당 총재와 총재 회담을 열었다. 여야 협력을 통한 상생의 정치를 실천하고, 남북 정상 회담에서 초당적으로 협력하자는 데 뜻을 모았다. 그러나 그 후 정국은 현안마다 충돌했다. 힘겨루기에 정치는 빈번하게 실종되었다. 우려했던 것들이 현실로 다가왔다. 그렇게 정국 안정을 희구했지만 나는 늘 뒤뚱거리는 선박의 선장이어야 했다.

러시아 대통령 선거에서 푸틴 후보가 당선되었다. 4월 28일 푸틴 당선자에게 전화를 했다. 나는 축하 인사를 건넨 후 남북 정상 회담에 대한 관심과 지원을 부탁했다. 그러자 푸틴 당선자는 축하와 함께 지원을 약속했다.

"러시아는 오늘도 바뀐 게 없습니다. 남북 대화를 계속 지지할 것이고 정상 회담이 성공적으로 이뤄지도록 노력을 다하겠습니다."

5월 9일 아침, 백경남 신임 여성특위 위원장에게 임명장을 수여했다. 그에게 특별히 당부했다.

"각 부처에 흩어져 있는 여성 권익 관련 업무를 잘 조정하고 협력하여 여성들에게 실익이 되도록 노력해 주십시오."

5월 12일, 주한 외교 사절 171명을 초청했다. 청와대 녹지원에서 가든파티를 열었다. 잔디에 구르는 5월의 햇살이 부드럽고 하늘은 투명했다. 바람마저 녹색으로 물든 듯했다. 녹지원 한 켠에 서 있는 반송(盤松)의 자태가 아리따웠다. 150년 수령에 곱기가 인근에서 으뜸이었다. 언제 봐도 함초롬했다. 그 앞에 서서 생각에 잠기곤 했었다. 탁 트였으면서도 조용한 녹지원의 경관을 특히 외국인들이 좋아했다. 나는 그간 외환 위기에 처한 한국을 도와준 각국에게 사의를 표하고 남북 정상 회담을 성원해 달라고 당부했다.

"오늘로부터 한 달 뒤 저는 평양에서 북의 지도자와 대화를 하게 됩니다. 개인적으로 나이 일흔을 넘었지만 아직도 금강산도 평양도 못 가 봤습니다. 그래서 내 생에 못 가는 것이 아니냐는 슬픈 감상에 젖기도 했는데 이제 평양으로 가게 되어 감개가 무량합니다.

1972년 2월 닉슨 미국 대통령은 중국을 방문해서 마오쩌둥 주석을 만났습니다. 단순히 만났다는 것 그 자체가 어떤 합의보다 중요한 것이었고, 그 후 역사를 크게 바꾸는 계기가 되었습니다.

제가 평양을 방문해서 북한의 지도자와 세계가 보는 앞에서 악수하고 동족으로서 화해를 같이 선언할 수 있다면 그 자체가 큰 사건이고 큰 성공이라 생각합니다."

오부치 게이조 일본 전 총리가 5월 14일 타계했다. 뇌경색으로 쓰러졌다는 소식을 듣고 걱정했는데 끝내 일어나지 못했다. 그는 소탈하고 서민적인 풍모로 상대를 편하게 해 주었다. 만날 때마다 온화한 외모에 인자한 웃음을 지으며 반겨 주었다. 각종 국제회의에서는 내 의견을 소중히 여겼고, 말을 아껴 상대를 배려했다. 조전을 보내 서거를 애도했다.

"오부치 전 총리는 한일 우호 협력의 새 시대를 여는 데 지대한 공헌을 했습니다. 고인은 본인이 가장 존경하는, 가장 가까운 친구였습니다. 친구를 잃게 되어 슬픔과 허전함을 금할 수 없습니다."

5월 18일, 광주 민주화 운동 20주년 기념식에 참석했다. 새 천 년의 눈부신 5월에 다시 5·18 묘역에 섰다. 언제 와도 '5·18'은 복받쳤다.

"이름만 불러도 가슴이 저미는 충장로와 금남로, 그리고 전라남도 도청에서 빛도 없이 스러져 간 수많은 민주주의의 영웅들을 생각할 때마다 저는 한없는 슬픔과 감동을 느끼며, 새로운 각오를 합니다.

20년이 지났습니다. 가신 임들의 고귀한 희생은 결코 헛되지 않았습니다. 임들이 스스로의 몸으로 불살랐던 민주화의 불꽃은 그 후 암흑 같은 독재 치하에서도 꺼지지 않고 불타올랐습니다.

'폭도'로 몰렸던 그날의 광주 시민은 이제 민주주의의 위대한 수호자로서 전 세계인의 추앙을 받고 있습니다. 또한 무도한 총칼 아래 짓밟혔던 광주는 이제 민주주의의 성지로 역사 속에 우뚝 솟아 있습니다.

이 땅에 살고 있는 사람들 중 그 어느 누가 그날의 광주에 빚지지 않은 사람이 있겠습니까. 이제는 우리가 살아남은 사람들로서의 의무를 다해야 할 때입니다."

나도 복받쳤지만 시민들이 흐느꼈다. 저 울음은 언제 멈출 것인가. 나는 5·18 희생자 모두를 '민주화 유공자'로 예우하고, 5·18 묘역을 국립묘지로 승격시키겠다고 약속했다. 5·18 항쟁의 정신과 헌신을 역사가 영원히 기억하여 선양하도록 최선의 노력을 다하겠다고 다짐했다.

박태준 국무총리가 '부동산 명의 신탁' 파문에 휩싸였다. 재산이 말썽이었다. 그리고 5월 19일 갑자기 사표를 제출했다. 국가 대사인 남북 정상 회담까지는 불과 20여 일 남아 있었다. 하지만 어쩔 수 없었다. 박 총리의 사표를 수리했다. 나는 다시 자민련에 후임을 추천해 달라고 했다. 자민련의 총리 후보 추천 여부가 민주당과 자민련의 공조 회복의 시험대로 등장했다.

김종필 자민련 명예총재에게 한광옥 실장을 보내 후임 총리를 논의해 보라고 했다. 김 명예총재는 이한동 자민련 총재를 천거했다. 그로써 4·13 총선을 앞두고 자민련이 일방적으로 파기를 선언했던 민주당과 자민련 간의 공조는 사실상 복원되었다. 5월 23일 민주당 총무 경선에서 정균환 의원이 승리했다. 제16대 국회가 6월 5일 개원했다. 국회의장에는 이만섭 의원이 뽑혔다. 나는 개원 연설에서 남북 정상 회담을 위해 초당적 협조를 요청했다.

남북 정상 회담을 앞두고 국내외 의견을 수렴했다. 많은 사람들을 만나 이야기를 들었다. 전직 대통령과 3부 요인, 여야 지도부와도 회동했다. 남북문제 전문가를 초청하여 토론도 했다. 훗날 참여정부에서 통일부 장관을 지낸 이종석 세종연구소 연구위원, 안병준·문정인 연세대 교수, 김경원 사회과학원장 등이 참여하여 남북 정상 회담의 의미와 과제 등을 함께 살펴봤다. 남북 협력 사업 관계자들과도 간담회를 가졌다. 장치혁 고합회장, 김윤규 현대아산 사장, 박상권 평화자동차 사장, 이일하 한국이웃사랑 회장, 존 린턴(John Linton) 유진벨재단 이사장, 김형석 한민족복지재단 사무총장 등 40여 명이 참석한 자리에서 남북 교류의 경험과 조언 등을 들었다.

6월 6일 현충일에 서울 보훈병원에 들러 환자들을 위로했다. 입원 환자들이 합창하듯 말했다.

"남북 정상 회담의 성공을 기원합니다."

그날 오후에는 청와대 충무실에서 모의 남북 정상 회담을 열었다. 두 차례 정상 회담을 상정하고 예행연습을 했다. 북측 김정일 위원장 대역은 김달술 전 남북대화사무국장이, 김용순 대남비서 역은 정세현 전 통일부 차관이 맡았다. 우리 측은 임동원 국정원장, 황원탁 외교안보수석, 이기호 경제수석이 참여했다. 북측 대역들은 북한 말씨까지 흉내 내며 날카롭게 질문을 했다. 연방제, 주한 미군 문제 등을 따지듯 물었다. 연습은 5시간이나 걸렸다. 모의 정상 회담에서 나눈 문답은 실제 평양 회담에서 대부분 재현되었다.

평양에 갈 공식 수행원 10명과 특별 수행원 24명을 확정했다. 특별 수행원으로는 김민하 민주평통 수석부의장, 이해찬 새천년민주당 정책위 의장, 이완구 자유민주연합 당무위원, 장상 이화여대 총장, 강만길 민족화해협력범국민협의회 상임의장, 차범석 대한민국예술원 회장, 김운용 대한체육회 회장, 정몽준 대한축구협회 회장, 박권상 한국방송협회 회장, 최학래 한국신문협회 회장, 박기륜 대한적십자사 사무총장, 고은 민족문학작가회의 상임고문, 김재철 한국무역협회 회장, 손병두 전국경제인연합회 상근부회장, 이원호 중소기업협동조합중앙회 상근부회장, 정몽헌 현대아산 이사, 윤종용 삼성 부회장, 구본무 LG 회장, 손길승 SK 회장, 장치혁 남북경협위원회 위원장, 강성모 린나이코리아 회장, 백낙환 인제학원 이사장, 문정인 연세대 통일연구실장, 이종석 세종연구소 남북관계연구실장 등이다. 그리고 주치의인 허갑범 박사가 동행키로 했다.

오부치 게이조 전 일본 총리의 장례식에 참석했다. 8일 오전 아내와 도쿄에 내렸다. 모리 요시로(森喜朗) 일본 총리, 빌 클린턴 미국 대통령과 잇따라 정상 회담을 가졌다. 클린턴 대통령은 다른 나라 회담 요청은 모두 물리치고 나만을 만났다. APEC 정상회의 이후 9개월 만이었다. 당시 우리는 고인이 된 오부치 전 일본 총리와 셋이서 3자 회담을 했다. 그러나 지금은 그중 한 사람이 누워 있다. 살아 있는 두 사람은 영전에 꽃을 바치러 왔다. 우리의 인연을 감안했는지 클린턴 대통령과 내가 맨 먼저 조문하도록 했다. 클린턴 대통령은 만날수록 정이 갔다. 남북 정상 회담 성사를 "매우 기쁜 소식"이라며 축하해 주었다.

"중요한 회담이기 때문에 성공하기 바랍니다. 김 대통령이야말로 북한이 발전하도록 설득하고 돕는 데 가장 적절한 분입니다. 역사적 사건이기 때문에 조그만 역할이라도 할 수 있다면 큰 영광으로 생각하겠습니다."

나는 만남 자체에 큰 의미를 부여했다.

"분단 55년 만에 철조망을 넘어 북한에 가는 것 자체가 전환점이 될 것입니다."

그러자 클린턴 대통령이 밝은 표정으로 다소 앞서 가지만 그래도 의미 있는 발언을 했다.

"11월에 열리는 APEC 회의 때 만나게 될 텐데, 그때 김정일 국방위원장과 함께 오시면 큰 기사가 될 것입니다."

모리 요시로 일본 총리와도 정상 회담을 가졌다. 미국과 일본은 별도로 정상 회담을 갖고 "남북한 정상 회담에 대한 지지와 함께 북한의 변화를 바란다"는 공동 입장을 밝혔다. 한·미·일 정상들은 대북한 정책의 3각 공조를 다졌다. 3국 정상 회담을 통해 "한반도 문제는 당사자들이 주도해야 하고, 남북 정상 회담은 미국과 일본에도 도움이 된다"는 것을 공식 확인했다. 평양행을 나흘 앞둔 나의 조문 외교는 우리의 역사적 남북 정상 회담을 세계에 알리는 데도 일조를 했다.

6월 9일 국무회의에서 남북 정상 회담과 관련한 전 국민적 성원에 감사를 드렸다.

"다음 주 월요일에 북한 방문길에 오릅니다. 무엇을 얼마나 합의하느냐도 중요하지만 만난다는 사실, 하고 싶은 얘기를 해서 무엇을 생각하고 있는지를 알게 되는 것 자체가 중요합니다.

과거의 정상 회담을 보더라도 동·서독의 정상 회담이라든가 또 중일전쟁 후의 정상 회담이라든가, 또 닉슨의 중국 방문이라든가 모든 것이 그때마다 성공적이었던 것은 아닙니다. 그러나 결과적으로 그러한 만남은 역사적으로 엄청난 영향을 끼쳤습니다.

전 국민이 지금 관심을 가지고 많은 지지를 보내며 성원해 준 것을 우리가 잘 알고 감사히 생각하고 있습니다. 참으로 근래 보기 드물 정도로 이 한반도의 한곳에 전 세계의 초점이 모여 있습니다."

여야 의원들이 국회 본회의를 열어 남북 정상 회담에 대한 국회 차원의 지지 결의문을 채택했다. 교황 요한 바오로 2세는 정상 회담 성공을 기원하는 환영 성명을 발표했다. 세계 각국이, 그리고 유엔 등 국제기구들이 잇따라 환영 성명을 발표했다.

그런데 돌연 북에서 평양 방문을 하루 연기해 달라고 요청했다. 10일 대남 통신문을 보냈다.

"기술적 준비 관계로 불가피하게 하루 늦춰 13~15일 2박 3일 일정으로 김 대통령님이 평양을 방문토록 변경해 줄 것을 요청합니다."

북의 갑작스런 통지에 순간 당혹했다. 언론은 여러 추측 기사를 내보냈다. 난감해하는 비서관들에게 동요하지 말도록 지시했다. 다소 불길한 생각이 들었지만 나라와 나라 간의 약속을 저버릴 만큼 북이 어리석지 않을 것이라는 믿음이 있었다.

"55년을 기다려왔는데 하루 더 기다릴 수 있는 것 아니오."

북으로 가는 길은 마지막까지 이렇듯 마음을 졸여야 했다. 12일에는 공식 일정을 잡지 않았다. 오전에는 아내와 함께 청와대 녹지원을 산책했다. 내일이면 북녘 땅을 밟는다. 연못에 물고기 먹이를 던져 주고, 반송 아래 벤치에 앉아 6월의 햇살을 오래도록 쬐었다. 그간의 긴장이 모두 풀어지는 느낌이었다. 관저로 올라와 진돗개 '처용'과 '나리'에게 먹이를 주고 등을 쓰다듬어 주었다. 청와대 홈페이지에는 회담의 성공을 기원하는 네티즌들의 글이 쇄도했다. 이날 오후 서울 북부 지역에 소나기가 내리더니 하늘에 쌍무지개가 떴다고 한다. 언론에서는 이를 남북 정상 회담의 길조라고 보도했다.

아주 특별한 아침이 밝았다. 6월 13일, 나의 청와대 생활 중에 가장 긴장된 아침이었다. 오늘 북녘 땅을 밟는 날이었다. 날씨는 무척 쾌청했다. 나는 기도를 올렸다. 그리고 다짐했다.

'새 민족사를 여는 숭고한 순간이 다가오고 있다. 이번 방북이 민족의 미래를 평화와 통일로 이끌어 가는 데 큰 기여를 할 수 있도록 최선을 다하자. 7천만 민족의 염원과 전 세계 시민의 기대와 뜻을 저버려서는 결코 안 될 것이다.'

아내와 나는 콩나물국과 달걀 반숙으로 식사를 했다. 아내의 얼굴에도 설렘과 긴장의 기색이 역력했다.

관저를 나와 본관에 이르니 김성재 정책기획수석을 비롯한 비서관들이 모두 나와 있었다. 김 수석에게 내가 북에 머무는 동안 청와대를 지휘하도록 했다. 8시 15분 청와대를 나섰다. 청와대 직원들이 도열하여 손을 흔들었다. 청와대 앞 효자로에 시민들이 모여 있었다. 차에서 내려 그들과 악수를 나누었다. 노인 한 분이 흑백사진을 내게 보여 주며 말했다.

"고향에 있는 부모형제 사진입니다. 대통령께서 회담을 성공시켜서 꼭 만나게 해 주십시오."

사진을 보았다. 사진 속 인물들은 모두 젊어 보였다. 나는 노인의 손을 꼭 쥐었다. 성남 서울공항에는 이만섭 국회의장, 최종영 대법원장, 이한동 국무총리 서리 등과 부처 장관, 실향민 등 1000여 명이 기다리고 있었다. 환송식이 있었다. 나는 국민들을 향해 출발 성명을 낭독했다.

존경하고 사랑하는 국민 여러분.

저는 오늘 2박 3일 동안 평양을 방문합니다. 민족을 사랑하는 뜨거운 가슴과 현실을 직시하는 차분한 머리를 가지고 방문길에 오르고자 합니다. 평양에서 저는 김정일 국방위원장과 역사적인 남북 정상 회담을 갖게 될 것입니다. 지난 55년 동안 영원히 막힐 것같이 보였던 정상 회담의 길이 이제 우리 앞에 열리게 된 것입니다. 이 길이 열리기까지는 무엇보다도 남북의 화해와 협력 그리고 평화 통일을 바라는 국민 여러분의 한결같은 염원과 성원, 그 힘이 컸습니다. 진심으로 감사드려 마지않습니다.

저의 이번 평양길이 평화와 화해의 길이 되도록 진심으로 바랍니다. 한반도에서 전쟁의 위협을 제거하고 남북 7천만 모두가 안심하고 살 수 있는 냉전 종식의 계기가 되기를 바라 마지않습니다.

저의 평양 길이 정치, 경제, 문화, 관광, 환경 등 모든 분야에서 교류와 협력이 크게 진전되는 계기가 되기를 바랍니다. 또한 저의 이번 방문이 갈라진 이산가족들이 재결합을 이루어 혈육의 정을 나누는 계기가 되어야겠다고 굳게 결심하고 있습니다. 저의 이번 평양 방문은 한 번으로 끝나는 것이 아니고 남북 간에 계속적이고 상시적인 대화의 길이 되어야 할 것이며 김정일 국방위원장의 서울 방문도 이루어지도록 해야 할 것입니다.

이제 국민 여러분의 뜻을 모아 북녘 땅을 향해 출발하겠습니다. 제가 민족사적 소임을 다할 수 있도록 각별한 지원을 당부드립니다.

훗날에 알게 된 사실이지만 나는 국민께 드리는 인사말에서 "잘 다녀오겠습니다"라는 말을 빠뜨렸다. 나도 모르게 긴장하고 있었던 것이다.

사실 북과는 정리되지 않은 몇 가지 일이 있었다. 공동 선언문이 합의가 되지 않았고, 금수산궁전 참배 문제도 매듭을 짓지 못했다. 또 북측은 『조선일보』와 KBS의 기자들을 지목, 이들의 입북을 불허하고 있었다. 나는 입북을 거부한 기자들을 비행기에 태우라고 지시했다. 이는 우리 체제의 가치에 관한 문제라고 생각했다. 나는 단호하게 말했다.

"남한은 민주 국가이다. 민주 국가에서 언론의 자유를 제한하는 것은 말이 안 된다. 정상 회담을 하는 것 자체가 서로의 체제를 인정하는 것이고 누가 수행 취재를 가느냐는 우리가 결정하는 것이다. 취재 기자 선별까지 양보하면서 정상 회담을 할 필요는 없다."

모두가 실로 만만찮은 걱정거리였다. 어린이 합창단이 부르는 〈고향 생각〉, 〈우리의 소원은 통일〉을 들으며 비행기에 올랐다. 전용기는 9시 15분 서울공항을 이륙했다.

"두려운, 무서운 길을 오셨습니다"
(2000. 6. 13 ~ 2000. 6. 14)

우리 전용기는 천연덕스럽게 북으로 향했다. 하늘에는 구름 한 점 없었다. 55년 동안 한 번도 열리지 않은 하늘길, 그 길에 햇볕이 찬란했다. 안내 방송이 흘러나왔다.

"저는 대통령님을 평양까지 모시고 갈 기장 박영섭 중령입니다. 역사적인 남북 정상 회담이 성공적으로 이루어지기를 간절히 기원합니다. 지금 평양의 날씨는 구름이 조금 낀 맑은 날씨입니다."

평양, 그래 평양에 간다. 같은 민족이 사는 땅에 가면서 왜 이리 긴장이 되고 왜 이리 설레는가. 공군 1호기에 탄 그 누구도 말이 없었다. 그 침묵을 다시 안내 방송이 깨뜨렸다.

"대통령을 모신 공군 1호기는 곧 38선을 넘게 됩니다. 오른쪽에 북한의 옹진반도 장산곶이 있습니다. 평양의 날씨는 23도입니다."

나는 홀로 전용기 안의 집무실로 들어갔다. 줄곧 창밖을 바라봤다. 창밖에 펼쳐지는 북녘의 산하가 내 눈을 붙들었다. 산은 헐벗어 검붉었다. 산과 들과 길은 남녘과 다름없이 정겨웠다. 하지만 논과 밭에서 일하는 사람, 그리고 길 위의 행인들 행색이 초라했다. 빠르게 지나간 풍경이었지만 잔상이 또렷했다.

10시 30분쯤 평양 순안공항에 도착했다. 반세기의 단절을 잇는 데는 1시간

김정일 위원장과의 첫 만남. 누가 먼저랄 것도 없이 서로 덥석 손을 잡았다.

남짓이면 족했다. 김하중 의전비서관이 다가와 작게 말했다.

"김정일 위원장이 출영했습니다."

비행기 문이 열리고 나는 마침내 트랩 위에 섰다. 하늘과 주위를 살펴보았다. 북한의 조국 강산을 처음 보는 심정은 감개무량했다. 참으로 형언키 어려웠다. 순간임에도 수많은 생각들이 떠올랐다. 북녘 하늘과 땅 사이에 대한민국 대통령, 내가 있었다. 울컥울컥 뜨거운 것이 올라왔다. 꽃술을 흔드는 군중이 보이고, 그들이 외치는 함성이 들렸다. 공항 청사에는 김일성 주석의 대형 초상화가 걸려 있었다. 저 아래 김정일 위원장이 있었다. 인민복을 입은 김정일 위원장, 그가 마중을 나왔다. 트랩을 내려갔다. 북녘 땅을 처음 밟았다. 무릎을 꿇고 그 땅에 입을 맞추고 싶었다. 그러나 다리가 불편해서 그리 할 수 없었다.

김 위원장이 다가왔다. 손을 잡았다. 그리고 거의 동시에 같은 인사말을
했다.

"반갑습니다."

김 위원장은 아내에게도 같은 인사를 했다. 김 위원장의 첫 인상은 따뜻했
다. 또 명랑해 보였다. 북한 인민군 명예의장대를 사열했다. 의장대 앞으로 다
가서자 의장대장이 우렁차게 보고했다.

"조선노동당 총비서, 조선국방위원회 위원장, 조선인민군 최고사령관 동
지, 조선인민군 육·해·공군 명예의장대는 경애하는 최고사령관 동지와 함께
김대중 대통령을 영접하기 위하여 정렬하였습니다."

나와 김 위원장을 향해 인민군 의장대의 분열이 시작되었다. 분열이 끝나
자 김 위원장이 환영 나온 북측 인사들을 소개했다. 김영남 최고인민위원회
상임위원장, 조명록 국방위원회 제1부위원장 겸 인민군 총정치국장, 홍성남
내각 총리, 김국태 노동당 간부 담당 비서, 김용순 대남 담당 비서, 최태복 최
고인민회의 의장, 강석주 외교부 제1부부장, 송호경 조선아시아태평양평화위
원회 부위원장, 안경호 조평통 서기국장 등이었다.

나는 도착 성명을 서면으로 발표했다. 김 위원장이 공항에 출영하지 않았
다면 공항에서 이를 낭독했을 것이다.

존경하고 사랑하는 평양 시민 여러분, 그리고 북녘 동포 여러분.

참으로 반갑습니다. 저는 여러분이 보고 싶어 이곳에 왔습니다. 꿈에도 그리
던 북녘 산천이 보고 싶어 여기에 왔습니다. 너무 긴 세월이었습니다. 그 긴 세
월 돌고 돌아 이제야 왔습니다.

제 평생에 북녘 땅을 밟지 못할 것 같은 비감한 심정에 젖은 때가 한두 번이
아니었습니다. 그러나 이제 평생의 소원을 이루었습니다. 남북의 7천만 모두가
이러한 소원을 하루속히 이루기를 간절히 바랍니다.

반세기 동안 쌓인 한을 한꺼번에 풀 수는 없습니다. 그러나 시작이 반입니다.

이번 저의 평양 방문으로 온 겨레가 화해와 협력, 그리고 평화 통일의 희망을 갖게 되기를 진심으로 바라 마지않습니다.

　　우리는 한민족입니다. 우리는 운명 공동체입니다. 우리 모두 굳게 손잡읍시다. 저는 여러분을 사랑합니다.

나와 김 위원장은 차량이 있는 곳으로 이동했다. 환영 인파가 일제히 꽃을 흔들었다. 함성으로 공항이 떠나갈 듯했다. 검은색 승용차가 대기하고 있었다. 김 위원장의 안내를 받아 오른쪽 뒷좌석에 올랐다. 그런 다음 김 위원장은 뒤로 돌아 뒷좌석 왼쪽에 탔다. 누구도 예상하지 못한 파격이었다. 아내 자리를 뺏겼지만 기분은 오히려 더 좋았다. 아내는 박선옥 아태위 부장과 동승했다.

많은 사람들이 그때 차 안에서 무슨 얘기를 나누었는지 궁금해했다. 사실 많은 얘기를 나누지 못했다. 연도에서 붉은 꽃술을 흔들며 수십만 명이 열광적인 환영을 했고, 솔직히 나는 그 광경에 압도되었다. 자연 우리는 그 광경을 외면할 수 없었다. 다만 김 위원장이 마음을 놓으라고 얘기하며 "북에 오는데 무섭지 않았습니까, 무서운데 어떻게 왔습니까"라고 말했다.

"저 많은 사람들이 모두 자발적으로 대통령을 환영하기 위해서 나왔습니다. 여기 계신 동안에는 아주 잘 모시겠습니다. 편안히 계십시오."

김 위원장에게 나의 바람을 얘기했다.

"남북 국민과 세계가 관심을 갖는 회담에서 민족에 희망을 주는 결과가 있었으면 합니다."

우리는 차 안에서 손을 잡기도 했다. 숙소로 가는 동안 평양 시민들은 "만세", "결사옹위" 등을 연호했다. 발을 구르며 손수건을 흔들기도 했다. 눈물을 흘리는 사람들도 있었다. 환영 나온 여성들은 거의가 한복을 입고 있었다. 형형색색이었다. 또 학생들은 흰 저고리에 검정 치마를 입고 있었다. 남녘에서는 명절에나 겨우 등장하는 한복이 북녘에서는 여전히 사랑을 받고 있었다.

평양 시내 입구에서 잠시 차를 멈췄다. 연못동이라는, 지명이 예쁜 곳이었다. 학생에게서 꽃을 받았다. 차에서 내려 시민들과 악수를 나눴다. 고적대의 연주가 경쾌했다.

다시 우리가 탄 차량은 천리마 거리, 조선혁명박물관, 김일성 동상이 서 있는 만수대 언덕, 모란봉 천리마 동상, 개선문, 김일성종합대학, 금수산기념궁전을 지나갔다. 연도의 꽃물결은 끊어지지 않고 계속 이어졌다. 개선문, 김일성 동상, 천리마 동상, 우의탑 등 평양의 상징 또는 조형물 등은 엄청나게 컸다. 개선문만 해도 너무도 거대하여 프랑스 파리의 것보다 몇 배나 우람해 보였다. 사뭇 위압적이었다. 상대적으로 그 밑에 있는 시민들은 작아 보였다.

백화원 영빈관에 도착했다. 백 가지 꽃이 피는 곳이라는 뜻으로 김일성 주석이 이름을 붙였다고 했다. 백화원 1호각의 로비에는 파도치는 해금강을 옮겨 놓은 대형 벽화가 걸려 있었다. 그 앞에서 김정일 위원장과 기념 촬영을 했다. 김 위원장은 아내에게도 함께 찍자며 나를 가운데 두고 왼편에 섰다. 김 위원장은 우리 대표들과도 기념 촬영을 했다.

나와 김 위원장은 접견실로 옮겨 환담을 나눴다. 1차 정상 회담이었다. 이 광경은 텔레비전으로 생중계되었다. 김 위원장이 많이 얘기했다. 거침없고 당당한 목소리가 처음으로 세계에 알려지는 순간이었다.

"인민들한테는 그저께(11일) 밤에 김 대통령의 코스를 대 줬습니다. 대통령이 오셔서 어떤 코스를 거쳐 백화원 초대소까지 오는지 알려줬습니다. 외신들은 마치 우리가 준비를 못해서 (김 대통령을 하루 동안) 못 오게 했다고 하는데 사실이 아닙니다. 인민들은 대단히 반가워하고 있습니다."

"이렇게 많은 분들이 환영 나와 놀라고 감사합니다. 평생 북녘 땅을 밟지 못할 줄 알았는데 환영해 줘서 감개무량하고 감사합니다. 7천만 민족의 대화를 위해 서울과 평양의 날씨도 화창합니다. 민족적인 경사를 축하하는 것 같습니다. 성공을 예언하는 것 같습니다."

"오늘 아침 비행장에 나가기 전에 텔레비전을 봤습니다. 공항을 떠나시는 것을 보고 대구 관제소와 연결하는 것까지 본 뒤에 비행장으로 갔습니다. 아

256

침에 계란 반숙을 절반만 드시고 떠나셨다고 하셨는데 구경 오시는데 왜 아침 식사를 적게 하셨습니까."

"평양에 오면 식사를 잘할 줄 알고 그랬습니다."

내 말에 그곳에 모인 남과 북의 사람들이 모두 웃었다.

"자랑을 앞세우지 않고 섭섭지 않게 해 드리겠습니다. 외국 수반도 환영하는데 동방예의지국이라는 도덕을 갖고 있습니다. 김 대통령을 환영 안 할 아무 이유가 없습니다. 동방예의지국을 자랑하고파서 인민들이 많이 나왔습니다. 김 대통령의 용감한 방북에 대해서 인민들이 용감하게 뛰쳐나왔습니다. 우리가 어떤 마음으로 방북을 지지하고 환영하는지 똑똑히 보여 드리겠습니다. 장관들도 김 대통령과 동참해 힘든, 두려운, 무서운 길을 오셨습니다. 하지만 공산주의자도 도덕이 있고 우리는 같은 조선 민족입니다."

"나는 처음부터 겁이 없었습니다."

그러자 다들 또 웃었다. 그리고 다시 김 위원장에게 감사의 뜻을 전했다.

"6월 13일은 역사에 당당하게 기록될 날입니다."

"이제 그런 역사를 만들어 갑시다."

"주석님께서 생존했다면 주석님이 대통령을 영접했을 것입니다. 서거 전까지 그게 소원이셨습니다. 김영삼 대통령과 회담을 한다고 했을 때 많이 요구를 했다고 합니다. 유엔에까지 자료를 부탁해 가져왔는데 그때 김영삼 대통령과 다정다감한 게 있었다면 직통 전화 한 대면 다 줬을 텐데. 이번에는 좋은 전례를 남겼습니다. 이에 따라 모든 관계를 해결할 것으로 확신합니다."

"동감입니다. 앞으로는 직접 연락해야죠."

"지금 세계가 주목하고 있습니다. 김 대통령이 왜 방북했는지, 김 위원장은 왜 승낙했는지에 대한 의문부호입니다. 2박 3일 동안 대답해 줘야 합니다. 대답을 주는 사업에 김 대통령뿐 아니라 장관들도 기여해 주시기를 부탁합니다."

김 위원장은 1차 회담을 마치고 수행원들과 일일이 악수를 나눴다. 안주섭 경호실장과는 악수하면서 색다른 인사말을 했다.

"걱정하지 마십시오."

다시 남과 북의 사람들이 환하게 웃었다.

숙소 응접실은 30평 정도의 크기였다. 텔레비전은 남쪽 프로그램을 시청할 수 있었다. 방송사마다 순안 공항에서 나와 김 위원장이 만나는 장면을 되풀이하여 방영했다. 점심을 먹었다. 북에서 먹는 첫 음식이었다. 평양 온반이 독특했다. 닭 국물에 밥을 말았는데 시원하고도 담백했다. 뒷맛도 개운했다. 아내도 맛있다고 했다. 내가 무척 맛있게 먹었더니 훗날 청와대에서 온반이란 것을 만들어 내놨다. 하지만 그 국물 맛이 아니었다. 그 맛은 지금도 잊을 수 없다.

오후 3시 만수대의사당으로 북한의 국가 원수인 김영남 최고회의 상임위원장을 예방했다. 만수대의사당은 북한의 국회격인 최고인민회의를 비롯하여 각종 정치 행사가 열리는 곳이었다. 북측에서는 양형섭·려원구 최고인민회의 부위원장, 김영대 사회민주당 위원장, 김윤혁 사회민주당 부위원장, 강릉수 문화상, 안경호 조평통 서기국장 등이 참석했고, 남측은 공식 수행원 모두가 배석했다.

김 상임위원장은 축하의 인사와 함께 나의 민주화 투쟁 경력에 대해서 언급했다.

"김 대통령의 민주화 투쟁을 잘 알고 있습니다. 1973년 8월 일본 도쿄에서 납치되었을 때 북남 관계를 중지시켰습니다. 같은 겨레로서 객관적으로 봐도 꼭 구출되어야 한다고 생각했습니다. 그때부터 우리 인민들은 김대중 대통령을 잘 알게 되었습니다."

그런 사실은 처음 들었다. 나는 다소 놀랐다. 김 상임위원장에게 감사하다며 나의 소회를 이렇게 이야기했다.

"민족이 화해하고 통일해야 합니다. 나는 평생 민족 통일을 바라며 살아왔습니다. 인생은 한 번 사는 것이고 대통령도 한 번 하는 것입니다. 이제 70을 넘겼습니다. 따라서 이번 김정일 위원장과 만나 남북이 가능한 일부터 시작해서 7천만 민족에게 희망을 주고 어떠한 전쟁도 피하는 것이 민족에 봉사하고 통일을 향하는 데 기여하는 것입니다.

7·4 공동 성명이 합의된 지 28년, 남북 기본 합의서가 채택된 지 8년이 지 났습니다. 그러나 합의서만 내놓았지 실천한 것은 아무것도 없습니다. 그래서 이번 만남 자체가 의미가 있고, 북에도 좋고 남에도 좋은 쉬운 일부터 합의하 고 실천함으로써 결국은 통일을 향해 노력해야 합니다."

김 상임위원장의 안내로 만수대예술극장에서 〈평양성 사람들〉이라는 공연 을 관람했다. 그들의 춤은 경쾌하면서도 역동적이었다. 남쪽과는 달리 공연 내용이 너무 사실적이라는 느낌을 받았다. 만수대예술극장은 만수대예술단원 들의 전용 극장이었다. 그들은 최고의 기량을 지녔다고 했다. 공연이 끝나고 무대에 올라 출연진들과 기념 촬영을 했다.

숙소로 돌아와 휴식을 취한 후 다시 인민문화궁전에서 김영남 상임위원장 이 주최하는 만찬에 참석했다. 만찬에는 300여 명이 초대되었다. 만찬 메뉴

만수대의사당에서 김영남 상임위원장과 회담을 했다.

중에는 '륙륙 날개탕'이 있었다. 메추리알 6개로 만든 요리였다. 정상 회담이 열리는 12일(6+6=12)을 기념하기 위해 김정일 위원장이 작명한 요리라고 했다. 한데 정상 회담이 13일에 열리는 바람에 요리 이름이 다소 빛을 잃었다. 김 위원장이 이렇듯 세심하게 신경을 썼다니 놀라웠다.

숙소인 백화원에 돌아왔다. 많은 일이 일어났지만 내일이 더 중요했다. 한광옥 비서실장, 임동원 국정원장, 박준영 공보수석과 오늘 하루를 복기했다. 서울에서 올라온 전파는 내 방의 텔레비전에 평양 소식을 쏟아 내고 있었다.

아내와 잠자리에 들었다. 빳빳하게 풀을 먹인 이불을 덮었다. 실로 오랫동안 잊고 지냈던 풀 냄새가 났다. 정겨웠다. 어렸을 적 하의도에서 맡았던 냄새였다.

나의 평양 방문 소식은 실시간으로 지구촌에 전해졌다. 서울 소공동 롯데 호텔에 프레스센터가 차려졌고, 289개 매체(외신 173개사)에서 1275명(외신 기자 503명)의 취재진이 등록하였다. 건국 이래 가장 큰 규모였다. 이날 순안 공항에서 남북 정상이 손을 맞잡았을 때는 프레스센터에서 취재 중이던 1000여 명의 기자가 일어나 박수를 쳤다고 한다. 눈물을 훔치는 기자도 많았다고 했다. 지구촌의 모든 더듬이가 한반도로 집중되었다.

북한의 언론 매체들도 온통 남북 정상 회담 기사로 메워졌다. 요지는 한결같았다.

"반만년 유구한 민족사에 특기할 4·8 북남 합의서에 따라 민족 분열 사상 처음으로 개최되는 이번 상봉과 만남은 민족 주체적 노력으로 통일 성업을 이룩해 나갈 겨레의 확고한 의지를 과시하는 중대한 사변이다."

평양에서의 이틀째 아침이 밝았다. 첫 일정은 만수대의사당에서 김영남 상임위원장을 만나는 것이었다. 의사당 방명록에 이렇게 적었다.

"우리는 한민족, 한 핏줄의 공동 운명체입니다. 평화 교류 협력 그리고 민족의 통일을 향해 착실하게 전진해 나갑시다. 2000년 6월 14일 대한민국 대통령 김대중."

김 상임위원장은 "외세는 우리 민족이 통일되어 강대국이 되는 것을 바라지 않는다"며 '자주 원칙'을 강조했다. 그의 말솜씨는 유창했다. 내가 말했다.

"21세기에는 세계화, 지식 정보화 도전을 이기지 못하면 어떤 민족과 국가도 비참해집니다. 우리 민족은 지식 산업 시대에 중요한 지식과 교육 기반, 문화 창조력을 조상들로부터 물려받았습니다. 남북이 힘을 합치고 유산을 잘 활용한다면 선진 민족이 될 것이나 그렇지 못하면 민족 역량을 소모함으로써 퇴보할 것입니다.

외세는 두려워하지 말고 활용해야 하고, 한반도는 과거 제국주의의 약탈의 대상이었으나 지금은 4대국을 활용할 위치에 있습니다. 북한이 미국 및 일본과 수교하는 것이 바람직합니다. 남이 중국, 러시아와 잘 지내듯 북도 미국, 일본과 잘 지내는 것이 중요합니다. 남북이 마음을 합치면 주변 국가를 움직일 수 있습니다.

통일 방안으로는 양측 방안을 연구, 검토해야 하고 현실적인 것이 최선이고 그렇지 않으면 시간만 소비하는 것이 됩니다. 상호 체제 존중, 무력 정복 포기를 확실히 하고 양쪽 군끼리 비상 연락 체제를 검토할 필요가 있습니다. 경제공동위원회를 가동해 남북이 서로 도울 일을 검토하고 농업, 전력, 철도, 항만, 도로 등 분야에서 협력할 방안을 검토합시다. 이산가족 문제를 시급히 해결합시다. 이산 1세대들이 그리운 핏줄을 보지 못하는 한을 갖고 세상을 떠나고 있어 이들의 재결합은 오늘을 사는 우리의 책무입니다."

나의 발언이 끝나자 김영남 상임위원장은 나에게 세 가지를 물었다.

"자주를 말하며 대북 3각(한·미·일) 공조를 언급하고 있으니 이를 어떻게 생각하십니까."

"3각 공조는 대북 봉쇄 정책이 아니고 남한이 제시한 햇볕 정책을 기본으로 한 것입니다. 한·미·일 3국이 북한에 줄 것은 주고 받을 것은 받자는 것이 기본입니다. 한반도에서 무력 사용은 절대 안 되며 북이 안심하도록 안전을 보장하고 경제 제재를 해제하고 국제 사회에 동참하도록 3국이 공동으로 노력한다는 것입니다. 주한 미군은 북한 침략용이 아닌 한반도와 동북아의 평화를 위해서도 필요합니다."

김 상임위원장이 다시 물었다.

"북남 사이 내방과 접촉, 교류를 높이는 데 방해가 되는 국가보안법을 어떻게 생각하십니까."

"개정해야 합니다. 기본 합의서에도 남북 간 논의키로 되어 있습니다. 국회에 제출했으나 국회가 동의해 주지 않아 개정하지 못하고 있습니다."

김 상임위원장이 마지막으로 물었다.

"민족이 힘을 합치고 자주적으로 통일을 이뤄야 한다는 대통령의 생각을 잘 이해하고 있으나 통일 역량을 고취하는 활동의 자유를 보장하지 않고 있으며 국보법 위반 혐의로 애국·통일 인사들이 체포·구금되는 이유는 무엇입니까."

"남북한 모두 실정법을 가지고 있으며 남북 관계가 개선되기 전에 남북 체제가 이를 무시할 수 없는 것입니다. 남북 간 분위기가 달라지면 이런 점이 개선될 것입니다."

북측의 의견을 듣고 나는 그들이 어떤 입장을 가지고 있는지 가늠할 수 있었다. 오후에 있을 김정일 위원장과의 회담에 많은 참고가 되었다. 또한 나는 우리의 입장을 북한 지도부에 자세히 설명함으로써 나의 생각이 김 위원장에게 전해지기를 기대했다.

말로만 듣던, 그 유명한 옥류관을 찾았다. 한꺼번에 1000명 넘게 수용할 수 있는 규모였다. 냉면 맛은 담백하고 정갈했다. 소회를 말했다.

"평양냉면을 평양에서 먹어 보지 못할 줄 알았는데 먹게 되었습니다."

오후에 아내는 이화여고 재학 시절의 스승인 김지한 선생을 만났다. 선생의 나이가 85세라고 했다.

오후 3시 백화원에서 김정일 위원장과 2차 정상 회담을 가졌다. 어제와 달리 김 위원장은 차이나칼라 풍의 엷은 회색 상하복을 입고 있었다. 왼쪽 가슴에는 고 김일성 주석의 사진이 그려진 배지를 착용하고 있었다. 우리 측에서는 임동원 원장, 황원탁 외교안보수석, 이기호 경제수석이 배석했다. 북측에서는 김용순 대남비서만이 배석했다. 3명의 배석자를 두기로 했지만 북에서는 김 비서 혼자였다. 처음에는 환담이 이어졌다.

"오늘 일정이 아침부터 긴장되게 하였습니다."

"여기저기 많이 다녔습니다."

"잠자리는 편하셨습니까."

"잘 자고 한국에서 꼭 가 봤으면 하는 옥류관에서 냉면도 먹고 왔습니다."

"오늘 회담이 오후에 있어서 너무 급하게 자시면 맛이 없습니다. 앞으로 시간 여유 갖고 천천히 잘 드시기 바랍니다. 어젯밤 늦게까지 남쪽 텔레비전을 봤습니다. 남쪽의 MBC도 보고……. 남쪽 인민들도 아마 다 환영 분위기이고 특별히 또 실향민이라든가 탈북자들에 대한 것을 소개해서 잘 보았습니다. 이번 기회에 고향 소식이 전달될 수 있지 않나 하면서 속을 태웁디다. 실제로 우는 장면이 나옵디다."

"김 위원장께서 공항에 나와 우리 둘이 악수하는 것을 보고 외국 기자들도 수백 명 모였는데 기자들 1000여 명이 기립 박수를 했다고 합니다."

"제가 무슨 큰 존재라도 됩니까. 인사로 한 것뿐인데, 구라파(서방) 사람들은 나보고 자꾸 은둔 생활을 한다고 하고 이번에 은둔 생활을 하던 사람이 처음 나타났다고 그러는데, 저는 과거에 중국에도 갔댔고, 인도네시아에도 갔댔고, 비공개로 외국에 많이 갔댔어요. 그런데 김 대통령이 오셔서 해방됐다고 그래요. 뭐 그런 말 들어도 좋습니다. 모르게 갔댔으니까요. 식반찬은 불편한 것이 없었습니까."

"음식이 참 좋습니다. 맛있게 먹었습니다. 북한 음식이 담백하고 정갈해 좋습니다."

김 위원장의 솔직한 말에 모두 유쾌하게 웃었다. 이윽고 김 위원장과 비공개 회담을 가졌다. 기자들이 모두 밖으로 나갔다. 나는 김정일 위원장에게 이런 이야기를 했다. '누구나 영원히 사는 사람도 없고 또한 그 자리에 영원히 있는 사람도 없다. 지금 당신과 나는 남북을 대표하고 있는데 우리가 마음 한번 잘못 먹으면 우리 민족이 모두 공멸한다. 그러나 우리가 조상 앞에 민족 앞에 경건한 마음으로 우리 민족의 살 길을 찾으면 우리는 평화적으로 통일해서 우리 국민에게 축복을 줄 수 있다. 그러기 위해서는 서둘지 말자. 평화적으로 공존하고 평화적으로 교류 협력하다 10년, 20년 후에 이만하면 되었다 할 때 평화적으로 통일하자.'

김 위원장은 내 말에 전적으로 동의했다. 곧 본격적인 회담이 시작되었다. 그런데 갑자기 김 위원장의 얼굴에서 웃음기가 사라졌다.

"이번 김 대통령의 평양 방문을 국정원이 주도했다면 동의하지 않았을 겁니다. 국정원의 전신인 안기부와 중앙정보부에 대한 인상이 아주 나쁘기 때문입니다. 그런데 다행히 아태위와 현대가 하는 민간 경제 차원의 사업이 잘 되고 활성화돼 가니까 하기로 한 겁니다. 더구나 박지원 장관이 나섰다길래 김 대통령께서 다른 라인으로 직접 추진하시는 것으로 생각했지요. 그런데 알고 보니 국정원이 개입하고 임동원 선생이 뒤에서 조종하는 거예요. 그러나 정권이 달라졌고 사람이 달라졌으니까 한번 해보자 하는 겁니다."

내가 간단하게 답했다.

"정부가 달라졌고 국정원도 과거와는 많이 달라졌습니다."

김 위원장은 다시 어젯밤 텔레비전을 보면서 기분이 상한 게 있다고 했다. 흥분한 빛이 역력했다. 말이 장황했다.

"남조선 대학가에 인공기가 나부긴 데 대해서 국가보안법 위반이니 사법 처리를 하겠다는 겁니다. 이건 뭐, 정상 회담에 찬물을 끼얹겠다는 거 아닙니까. 어떻게 그럴 수 있습니까. 대단히 섭섭한 생각이 들었습니다. 어제 공항에서 봤는데 남측 비행기에 태극기를 달고 왔고, 남측 수행원들이 모두 태극기 배지를 달고 있었지만 우리는 신경을 쓰지 않았습니다. 그래서 제가 많이 생각해 봤어요. 어제 김영남 위원장과 회담하고 만찬 대접도 했으니 헤어지면 되겠다고 말이지요. 그런데 주위에서 만류해서 오늘 제가 나온 것입니다."

나로서는 예상치 못한 반격이었다. 침착하게 대답했다.

"처음 듣는 얘기입니다. 돌아가서 알아봐야 하겠습니다. 우리 쪽에는 여러 부류의 사람이 있습니다. 그것 때문에 너무 신경 쓰지 마십시오."

나중에 알아보니 남북 정상 회담을 축하한다며 전국 10여 개 대학에서 한반도기와 그 좌우에 태극기와 인공기를 걸었고, 이를 검찰이 문제 삼았다는 것이다. 김 위원장은 보안법 개정 문제도 거론했다.

이런저런 이야기로 30분이 지났다. 나는 계속 듣는 편이었다. 그랬더니 이번에는 나보고 먼저 발언할 것을 요청했다. 나는 먼저 환대에 사의를 표하고 말을 시작했다.

"김 위원장께서 3년상을 지내면서 효도를 다한 그 점에 대해서 동방예의지

정상 회담을 시작하기 전 백화원 초대소에서 김정일 위원장과 환담을 나눴다. 회담이 열리자 김 위원장은 표정이 돌변했다.

국이라는 감명을 받았습니다. 서로 하고 싶은 애기들을 흉금을 털어놓고 이야기하고, 합의할 수 있는 것은 합의합시다."

나는 네 가지 의제를 제시했다. 이미 임동원 특사를 통해 전달한 것들이었다. 즉 화해와 통일의 문제, 긴장 완화와 평화 정착 문제, 교류 협력 활성화 문제, 이산가족 문제 등이었다. 나는 준비한 자료를 보면서 차분하게 설명해 나갔다.

첫 번째 '화해와 통일 문제'에 대해서 설명했다.

"국제 냉전은 종식되었고, 세계가 산업 사회에서 지식 정보 사회로 전환함에 따라 무한 경쟁 시대가 전개되고 있습니다. 우리도 민족의 생존과 번영을 위해 화해하고 냉전을 끝내야 할 때입니다. 더 이상 미룰 수 없습니다. 우리는 교육과 정보화 기반이 튼튼하고 문화 창조력이 강한 민족으로서 지식 정보화 시대에 최고의 발전과 융성을 이루기에 가장 알맞은 민족입니다. 이제 우리가 서로 화해하고 협력하여 공동의 발전과 번영을 이끌어 나가는 것이 중요합니다. 김 위원장과 내가 솔선수범하도록 합시다.

통일은 점진적·단계적으로 추진해 나가야 하며 통일의 과정을 남과 북이 협력하여 관리해 나가야 합니다. 그러기 위해 '남북 연합'을 제도화하자는 것인데 8년 전에 채택한 '남북 합의서'에도 이런 정신이 반영되어 있습니다."

두 번째로 '긴장 완화와 평화 문제'에 대해서 말했다.

"남북은 서로 흡수 통일과 북침, 적화 통일과 남침에 대한 불안감을 갖고 있는데 이러한 것들은 사실 모두 불가능한 것입니다. 전쟁은 민족의 공멸을 초래할 뿐입니다. 우리의 입장은 확고합니다. 북침이나 흡수 통일을 절대로 추구하지 않겠다는 것을 확실히 약속하니 북측에서도 너무 걱정할 필요가 없습니다. 남북 기본 합의서에 합의한 대로, 불가침 문제를 다루기 위한 군사공동위원회를 개최하여 우발적 무력 충돌 방지 대책을 비롯하여 군비 통제 문제 등을 협의해 나가도록 합시다. 그런데 남북문제를 풀려면 주변국들과의 문제들을 같이 풀어 나가야 합니다. 나는 1998년 미국에 가서 북측에 대한 경제 제재 조치를 해제하는 것이 좋겠다고 제기했습니다. 일본의 모리 수상에게는 북측과의 관계 정상화를 촉구하고 그 방안에 대해 깊은 대화를 나누었습니다. 북측이 조속히 미국, 일본, 유럽 국가들과 좋은 관계를 가질 수 있도록 우리가 적극 지원하겠습니다. 그러니 북측도 핵 문제 해결을 위한 북미 제네바 합의를 준수하고 미국과의 미사일 회담도 잘 진행하기 바랍니다. 이런 식으로 한반도의 평화를 정착시켜 나가야 합니다. 그리고 한반도와 동북아의 평화와 안보를 위해 남북이 미·일·중·러와 함께 6개국 동북아안보협력기구를 구성, 운영할 수 있도록 노력합시다."

세 번째는 '남북 교류 협력 문제'였다. 북측에게 가장 실질적인 도움을 줄 수 있는 의제였다.

"남북 관계를 잘 푸는 데는 경제 협력이 중요합니다. 원래 우리 정부는 정경 분리를 원칙으로 하고 있지만, 남북문제의 특성상 철도, 통신, 항만, 전력, 농업 등 여러 분야에서의 남북 협력을 위해 당국 간 협력을 본격화해 나갈 용의가 있습니다. 끊어진 철도와 도로를 다시 잇고 서해안 산업 공단을 함께 건설합시다. 그리고 금강산 관광뿐 아니라 백두산 관광, 평양 관광 등 관광 사업도 확대해 나갑시다. 그리고 북측이 국제 금융 기구에 가입하여 지원을 받을 수 있도록 우리가 적극 협조하겠습니다. 그러므로 남북 경협을 원활히 추진하기 위해서 투자 보장 등 경협 합의서들을 서둘러 체결해야 할 것입니다.

2002년 월드컵에도 북측이 참여해 주고, 이 기회에 서울과 평양이 정기적으로 축구 시합을 하는 경·평 축구도 부활시킵시다. 시드니 올림픽에도 공동 입장하는 것으로 합시다. 체육뿐 아니라 사회, 문화, 학술, 보건, 환경 등 모든 분야에서 교류 협력을 활성화해 나갑시다."

네 번째 의제로는 '이산가족 상봉'에 대해서 얘기했다. 인도적인 차원에서 꼭 해결해야 하는 실로 절박한 문제였다. 나는 생사 및 주소 확인 사업, 편지 교환, 면회소 운영, 자유의사에 의한 재결합 등의 방안을 구체적으로 제시했다. 그리고 8·15 광복절을 기해 이산가족들이 서로 방문할 것을 제의했다. 나는 김 위원장에게 그 어떤 정치적 복선도 없이 순수하게 이 일을 추진하고 싶다고 말했다.

"자주·평화·민족 대단결의 원칙을 제시한 7·4 남북 공동 성명이 나온 지 어느덧 28년이 지났습니다. 남북 관계의 발전 방법을 완벽하게 제시한 남북 기본 합의서가 채택된 지도 8년이 되었습니다. 하지만 아무것도 실천된 것이 없습니다. 이제 김 위원장과 저에게는 이미 정해진 원칙과 방법에 따라 실천하는 일만 남았습니다. 우리 둘이 합심해서 구체적인 실천으로 겨레에게 희망과 믿음을 줍시다. 남북 장관급 회담, 경제공동위원회, 군사공동위원회 등을 개최하고 이산가족 상봉과 다방면의 교류 협력을 실현합시다.

그리고 김 위원장의 서울 방문을 정식으로 초청합니다. 여론 조사 결과를 보면 김 위원장이 서울에 와야 한다는 여론이 81퍼센트나 됩니다. 조만간 서울을 꼭 한 번 방문해 주시기를 바랍니다. 제 나이 이제 일흔여섯입니다. 대통령 임기는 2년 8개월 남았습니다. 30~40년 동안 숱하게 감옥살이를 하고 죽을 고비까지 넘기면서 나름대로 민족의 화해와 통일을 위해 최선을 다하며 살아왔습니다. 그 뜻을 2년 8개월 사이에 김 위원장과 함께 꼭 이뤄 보고 싶습니다. 그리고 다음에 어떤 정부가 들어서더라도 그 길을 바꾸지 못하도록 단단히 해 두고 싶습니다. 그게 나의 소원입니다."

네 가지 의제를 설명하는 데 30분은 족히 걸렸다. 나는 내용을 요약한 문건을 김 위원장에게 건넸다. 김 위원장은 줄곧 경청했다. 그런 후에 예의를 갖춰 말했다.

"훌륭한 말씀에 감사드립니다. 그리고 지난번 임동원 특사를 보내 설명해 주시고, 친서를 보내 주어 많은 도움을 받았습니다. 이렇게 다시 자세한 설명을 들으니 김 대통령의 구상이 무엇인지 잘 알게 되었습니다. 남북 간에 여러 문건이 합의되었는데 하나도 실천된 것이 없다는 데 동의합니다."

김 위원장은 합의문과 관련해서 큼직한 선언적인 내용만 넣고 나머지는 당국 간 장관급 회담에 위임하자고 했다. 즉 자주적 해결의 원칙이나 통일의 방도와 같은 큰직한 문제만 포함시키고 남북 교류 협력이나 이산가족 문제 등은 장관급 회담에서 다루자는 것이었다.

"그러니까 대통령과 저는 자주적 해결의 원칙이라든가 통일의 방도와 같은 큰직한 문제만 언급하고, 남북 교류 협력이나 이산가족 문제 같은 구체적 사안들은 장관급 회담에 위임하면 됩니다. 중요한 것은 합의한 바가 반드시 실현되도록 감독하고 통제하는 일입니다."

내 생각은 달랐다. 통일의 원칙이나 남북 관계 발전 방향은 7·4 공동 성명이나 남북 기본 합의서에 들어 있으니 당면한 실천적 과제를 합의해야만 겨레에 희망을 줄 수 있고 서로 신뢰를 쌓을 수 있다고 보았다. 따라서 이산가족 상봉, 경제·사회·문화 교류, 김정일 위원장의 서울 방문 등을 합의 문건에 포함시켜야 한다고 주장했다. 그렇지 않으면 빈손으로 돌아가는 것이나 마찬가지라고 말했다.

이에 김 위원장은 다시 한 번 의문을 제기했다.

"남쪽에서 우리를 '주적'이니 '괴뢰'니 하면서 불신하는 판에, 제가 대통령 체면을 생각해서 큰직한 것들 몇 개 양보한다 한들 야당이 좋다고 하겠습니까. 남쪽에서는 공존, 공존하면서도 우리를 여전히 북괴라 하는데, 우리는 더 이상 '남조선 괴뢰도당'이라고 하지 않습니다. 의식이 문제예요. 의식을 계몽해야 합니다. 남과 북이 서로 형제라는 의식을 가져야 합니다. 남에서는 원래 우리를 '소련의 위성국'이라고 해서 북괴라 했고, 이제는 소련도 무너졌으니 그 괴뢰에 불과한 북조선도 곧 붕괴될 거라 주장하지 않습니까. 사실 우리는 남조선과 달리 해방 후 소련군을 곧바로 철수시켰습니다. 북쪽에는 외국군이 없어요. 우리는 지금껏 자주성을 지켜 왔습니다."

내가 적극 해명했다.

"야당이 문제가 아닙니다. 온 겨레와 세계가 '이번에는 정말 성과가 있었다', '남과 북은 스스로 문제를 해결할 수 있는 민족이며 앞으로도 계속할 수 있겠다'고 생각하게 만드는 것이 중요한 거지요. 그리고 이제는 남쪽에서도 '괴뢰'라는 표현은 쓰지 않습니다."

그때 김용순 비서가 끼어들었다.

"1999년 5월 24일에 조성태 국방장관이 '북한은 주적이다, 괴뢰다' 하면서 북괴라고 하지 않았습니까. 또 최근에 공개적으로 그렇게 하고 있지 않습니까."

다시 김 위원장이 나섰다.

"아직도 주변의 강대국들은 조선 반도의 분단을 고착시키고 두 개의 조선을 만들어 분할 통치를 하려고 합니다. 그런데 대통령께서는 자꾸 이 나라 저 나라에 찾아가서 협력을 구하고 균형을 맞추려고 하는데, 그런 데서 탈피하고 우리 민족끼리 자주적으로 해결해야 합니다."

내가 다시 말을 받았다.

"우리는 미국과 안보 동맹을 맺고 일본과도 가깝게 지냅니다. 중국이나 러시아와도 좋은 관계를 유지하고 있어요. 물론 북측도 중국과 러시아와는 가깝게 지내는 줄로 압니다. 남과 북이 모두 이 네 나라와 좋은 관계를 맺고 지내야 한반도의 평화와 통일에 도움이 됩니다. 그러나 북측이 계속 미국과 적대 관계를 유지하는 한 한반도 평화는 기대하기 어렵습니다. 북이 살 길은 안보와 경제 회생 아닙니까. 그것을 해결해 줄 수 있는 나라가 바로 미국입니다. 따라서 김 위원장께서도 핵 문제 해결을 위한 북미 제네바 합의를 준수하고 미국과의 미사일 회담도 잘해서 조속히 관계 개선을 해야 합니다. 저도 북이 미국, 일본, 유럽 국가들과 좋은 관계를 맺을 수 있도록 적극 지원하겠습니다. 한반도의 평화 문제를 풀어 가는 데는 이들 국가의 협력이 필수적입니다. 저도 우리 민족 문제에 있어 '자주'가 중요한 전제가 되어야 한다고 생각하는 사람입니다. 하지만 '배타적인 자주'가 아니라 '열린 자주'가 돼야 한다는 것입니다."

"대통령의 말씀이 틀린 말은 아니나 통일 문제는 어디까지나 남과 북이, 우리 민족끼리 힘을 합쳐 해결해 나가야 합니다. 당사자끼리 해결하자는 거지요."

논쟁은 통일 방안으로 이어졌다. 김 위원장은 첫째 민족 자주 의지를 천명하고, 둘째 연방제 통일을 지향하되 당면하게는 '낮은 단계의 연방제'부터 하자는 데 합의하고, 셋째는 남북 당국 간 대화를 즉각 개시하여 정치·경제·사회 문제를 풀어 나가는 것으로 합의하자고 제의했다. 나는 '2체제 연방제' 통일 방안은 수락할 수 없다고 말했다. 우리가 주장하는 '남북 연합제'는 통일 이전 단계에서 2체제 2정부의 협력 형태를 말하는 것이라고 설명했다. 그러나 김 위원장은 '연합제' 방식이 곧 '낮은 단계의 연방제'라며 연방제라는 표현을 고집했다.

옆에서 듣고 있던 임동원 원장이 나의 양해를 얻고 연합제와 연방제의 다른 점을 설명했다.

"연방제와 연합제는 개념이 다른 것입니다. 연방제는 연방 정부, 즉 통일된 국가의 중앙 정부가 군사권과 외교권을 행사하고, 지역 정부는 내정에 관한 권한만 행사하게 됩니다. 연합제는 이와 달리 각각 군사권이나 외교권을 가진 주권 국가들의 협력 형태를 말합니다. 소비에트 연방의 해체 이후 성립된 CIS(독립국가연합)가 비슷한 예가 될 수 있을 것입니다. 저희가 주장하는 '남북 연합'이란 통일의 형태가 아니라 통일 이전 단계에서 남과 북의 두 정부가 통일을 지향하며 서로 협력하기 위한 제도적 장치를 말합니다. 통일된 국가 형태를 말하는 '연방'과는 다른 개념임을 이해해 주셨으면 합니다."

그러자 김 위원장이 자신의 생각을 다시 말했다.

"대통령께서는 완전 통일은 10년 내지 20년은 걸릴 거라고 하신 것으로 알고 있습니다. 그런데 나는 완전 통일까지는 앞으로 40년, 50년이 걸릴 것으로 생각합니다. 그리고 내 말은 연방제로 즉각 통일하자는 것이 아닙니다. 그건 냉전 시대에 하던 얘기입니다. 내가 말하는 '낮은 단계의 연방제'라는 것은 남측이 주장하는 '연합제'처럼 군사권과 외교권은 남과 북의 두 정부가 각각 보유하고 점진적으로 통일 추진하자는 개념입니다."

내가 다시 나섰다.

"통일 방안은 여기서 합의할 수 있는 성질의 것이 아닙니다. 우리가 주장하는 '남북 연합제'와 북측의 '낮은 단계의 연방제'에 대해 앞으로 계속 논의하기로 하면 될 것입니다."

"그러면 이렇게 합의합시다. 남측의 '연합제'와 북측의 '낮은 단계 연방제'가 뜻은 같은 것이니까, 낮은 단계의 연방제로 남북이 협력해 나가자고 합시다."

김 위원장은 연방제라는 용어에 집착했다. 내가 다시 이를 절충하여 대안을 내놨다.

"북이 낮은 단계 연방제를 제의했고 남이 남북 연합제를 제의했는데 말씀하신 대로 양자 간에는 공통점이 많습니다. 그러니까 앞으로 함께 논의해 나가는 것으로 합의합시다."

"좋습니다. 그 정도로 합의합시다."

이렇게 해서 매듭 하나를 풀었다. 다음은 '남북 경제 협력'에 대해서 논의했다. 내가 먼저 제안을 했다.

"신의주보다는 남쪽에 가까운 곳, 이를테면 해주 같은 곳이 산업 공단으로 유리하다고 현대가 판단하고 있는데, 위원장께서도 하루속히 결정해 주시기 바랍니다. 그리고 경의선 철도를 연결해서 복선화하면 북측으로서는 많은 수익을 얻게 되고 남측으로서는 물류 비용을 절감할 수 있어 공동 이익이 됩니다. 끊어진 민족의 대동맥을 연결한다는 상징성은 물론이고, 더 나아가 유럽으로 철도가 연결되면 한반도가 물류 중심지가 될 수 있을 겁니다."

김 위원장이 긍정적으로 답변했다.

"산업 공단 건설과 경의선 철도 연결 등 경제 협력 사업을 추진하되 현대와의 합의에 따라 진행하겠습니다."

회담을 시작한 지 2시간이 지났다. 김 위원장이 말했다.

"좀 쉬었다가 합시다."

"휴식에 앞서 합의할 내용을 정리하고, 임동원 원장과 김용순 비서가 합의문 초안을 만들게 하는 것이 어떻겠습니까."

김 위원장은 흔쾌히 동의했다.

"지난번 임동원 특사께도 말씀드렸지만 이산가족 문제는 못할 게 없다는 생각입니다. 이번 8·15 광복절에 시험적으로 100명 정도씩 서울-평양 교환 방문을 해보고, 그렇게 경험을 쌓아 가며 단계적으로 확대 추진하는 것이 좋겠어요. 그런데 여기서 내가 좀 짚고 넘어가야 할 문제가 있어요. 남쪽의 국정원과 통일부는 왜 자꾸 탈북자를 끌어들입니까. 여기서 도망친 범죄자들을 감싸고돌면서 선전에 이용하고 비방 중상하고……."

임 원장이 적절하게 끼어들었다.

"우리 정부 기관이 탈북자를 유인하는 일은 결코 없습니다. 그러나 서울에 오겠다는 탈북자들을 같은 민족으로서 받아들이는 것은 너무도 당연한 일이 아니겠습니까. 국정원장으로서 단언컨대 탈북자 문제를 선전에 이용하는 일도 전혀 없습니다. 그리고 남북 기본 합의서에서도 합의했듯이 비방 중상은 하지 않아야 합니다. 이번 기회에 두 정상께서 상호 비방 중상을 그만두는 것으로 합의하는 것도 의미 있는 일이라 판단됩니다."

이에 김 위원장은 즉석에서 동의했다.

"좋습니다. 이번 기회에 아예 비방 중상을 하지 않기로 합시다. 군대에서 하는 대남, 대북 방송도 중지합시다."

내가 남과 북이 합의해야 할 것들을 정리해서 내놨다.

"첫째, 우리 민족 문제를 자주적으로 해결한다. 둘째, 북측이 제안한 '낮은 단계의 연방제'와 남측의 '남북 연합제'는 상통하는 점이 많아 양측 당국자들이 계속 협의한다. 셋째, 이산가족 문제를 해결한다. 넷째, 경제·문화·사회 등 모든 분야에서 교류 협력을 활성화하여 상호 신뢰를 조성해 나간다. 다섯째, 당국 간 회담을 개최하여 구체적으로 합의하고 실천해 나간다."

나는 여기에 김 위원장의 서울 방문과 '제2차 정상 회담 개최'를 아예 합의문에 명시하자고 제의했다. 그러나 김 위원장은 부정적이었다. 그의 얼굴이 다시 굳어졌다. 어떤 설득도 그를 돌려 세울 수 없어 보였다. 나는 절망했다. 그에게 내가 할 수 있는 마지막 설득을 해보기로 했다. 그것은 인간적인 호소였다.

"김 위원장께서 동방예의지국 지도자답게 연장자를 굉장히 존중하는 것은 천하가 다 아는 사실이고, 내가 김 위원장하고 다른 것이 있다면 나이를 좀 더 먹은 건데, 나이 많은 내가 먼저 평양에 왔는데 김 위원장께서 서울에 안 오면 되겠습니까. 서울에 반드시 오셔야 합니다. 서울에 오시면 우리도 크게 환영하고 환대할 것입니다."

김 위원장은 한참 동안 말이 없었다. 그는 망설이고 있음이 분명했다. 무엇이 그의 결심을 방해하고 있는지는 알 수 없었다. 그러나 미세하게 그가 동요하기 시작했다. 그러자 임 원장이 말을 받았다.

"이렇게 합의하면 어떻겠습니까. '김대중 대통령이 김정일 국방위원장의 서울 방문을 정중히 요청했으며, 김정일 위원장은 앞으로 편리한 시기에 서울을 방문하기로 합의했다'고 말입니다. 일단 이 정도로 합의하고 방문 날짜는 다시 협의하면 되지 않겠습니까."

그러자 김 위원장은 다시 깊이 생각했다. 그러고는 알겠다는 시늉을 해 보였다. 참으로 긴박한 순간들이었다. 나는 가슴을 쓸어내렸다. '편리한 시기'는 합의문에서 '적절한 시기'로 바뀌었다.

김 위원장이 다시 여유를 찾았다. 회담 분위기는 처음보다 많이 풀어져 있었다.

"협의 사항 이행 과정에서 문제가 있으면 대통령께서 임동원 특보를 자주 평양에 보내세요."

"김 위원장께서도 우리 언론에서 쓰는 추측 기사라든가, 정계에서 불쑥불쑥 튀어나오는 말에 너무 신경 쓰지 않으셨으면 합니다. 그런 문제를 비롯하여 뭔가 중요한 문제가 생기면 우리 두 정상이 직접 의사소통합시다. 이 기회에 두 정상 간 비상연락망을 마련하는 게 어떻겠습니까."

"그거 좋은 생각입니다. 그렇게 합시다."

그렇게 남과 북의 정상 간에 비상연락망이 만들어졌다. 이후 남북 핫라인을 통해 민감한 남북문제들을 해결했다. 정상 회담의 귀한 결과물이었다.

그리고 휴식 시간을 가졌다. 오후 5시 22분이었다. 회담 시간이 무려 2시간 22분이나 걸렸다. 회의실 밖으로 나오니 서울에서 공수해 온 6월 14일자 조간신문들이 진열되어 있었다. 나와 김정일 위원장이 손을 맞잡고 있는 사진이 1면을 장식하고 있었다. 그중 『경향신문』은 아무 제목이나 기사, 광고도 없이 손을 맞잡은 사진만을 실었다.

"이런 신문은 처음 봅니다. 이 자체가 얼마나 상징적입니까."

내 말에 김 위원장도 신문을 유심히 보았다. 따지고 보면 이 사진 한 장에 모든 것이 들어 있었다. 반세기 만에 열린 남북 정상 회담의 감격을, 그 의미를 어찌 글과 제목으로 다 풀어 낼 수 있을 것인가.

현대사 100년, 최고의 날

(2000. 6. 14 ~ 2000. 6. 15)

다시 회담이 시작되었다. 김 위원장이 내게 물었다. 다소 공격적이었다.

"통일 방안에 대한 야당의 입장은 무엇입니까. 한나라당은 왜 남북 관계의 개선 문제에 대해 사사건건 시비를 걸고 마찰을 일으키는 겁니까. 이번 평양 방문에는 왜 한 사람도 보내지 않은 겁니까."

"우리의 통일 방안은 1989년 현 야당이 집권했을 때 여야 합의로 마련된 것으로 야당이 근본적으로 반대하지는 않습니다. 다만 한나라당은 남북 관계 개선으로 대한민국의 주체성과 안보를 훼손해서는 안 된다고 주장하는 겁니다. 물론 그것은 기우지요. 그리고 대북 지원에 대해서는 '엄격한 상호주의'를 주장하고 있는데, 그것은 국민의 지지를 받지 못하고 있어요. 사실 이번 평양 방문에 개인적으로는 동행하고 싶어 하는 야당 의원들이 적지 않았습니다. 박정희 전 대통령의 따님인 박근혜 의원도 동행하겠다고 발표했으나 한나라당 지도부에서 허가하지 않았습니다."

"우리가 지금 아무리 좋은 합의를 하고 남북 관계를 개선해 나간다고 해도 만약 그런 한나라당이 차기에 다시 집권하면 원점으로 돌아가는 거 아닙니까. 대통령께서는 한나라당이 차기에 집권한다면 대북 정책이 어떻게 될 것이라

보십니까."

"한나라당이 지금 야당이다 보니 정략적으로 그러는 거지 만약 집권한다면 우리가 추진하고 있는 정책 방향과 크게 다르지 않을 것입니다. 남북 연합은 그들도 주장한 것이고 남북이 평화 공존하자는 데 이의가 없을 겁니다. 물론 구체적인 정책 이행 방법상에는 차이가 있을 수도 있을 것입니다."

그런데 김 위원장이 뜻밖의 말을 꺼냈다. 그는 화제를 이리저리 몰고 다녔다. 그러면서도 논지를 놓치지 않고 이어갔다. 그것이 용하다고 느껴졌다.

"제가 대통령께 비밀 사항을 정식으로 말씀드리겠습니다. 미군 주둔 문제입니다. 1992년 초 미국 공화당 정부 시기에 김용순 비서를 미국에 특사로 보내 '남과 북이 싸움 안 하기로 했다'고 말했습니다. 그러면서 '미군이 계속 남아서 남과 북이 전쟁을 하지 않도록 막아 주는 역할을 해 달라'고 요청했습니다. 역사적으로 주변 강국들이 한반도의 지정학적 위치의 전략적 가치를 탐내어 수많은 침략을 자행한 사례를 들면서 '동북아시아의 역학 관계로 보아 조선 반도의 평화를 유지하면서 미국이 와 있는 것이 좋다'고 말했습니다. 제가 알기로 김 대통령께서는 '통일이 되어도 미군이 있어야 한다'고 말씀하셨는데, 그것은 제 생각과도 일치합니다. 미군이 남조선에 주둔하는 것이 남조선 정부로서는 여러 가지로 부담이 많겠으나 결국 극복해야 할 문제가 아니겠습니까."

이번에는 내가 물었다.

"그런데 왜 언론 매체를 통해 계속 미군 철수를 주장하고 있습니까."

"그것은 우리 인민들의 감정을 달래기 위한 것이니 이해해 주시기 바랍니다."

"지난번 김 위원장을 만나고 온 임동원 특사로부터 김 위원장의 주한 미군 주둔에 대한 견해를 전해 듣고 저는 정말 깜짝 놀랐습니다. 민족 문제에 그처럼 탁월한 식견을 가지고 계실 줄 몰랐습니다. 그렇습니다. 주변 강국들이 패권 싸움을 하면 우리 민족에게 고통을 주게 되지만, 미군이 있음으로써 세력

균형을 유지하게 되면 우리 민족의 안전도 보장받을 수 있습니다."

"대통령과 제가 본은 다르지만 종씨라서 그런지 어쩐지 잘 통한다는 생각이 들어 이야기한 것입니다."

김 위원장의 농담에 모두가 크게 웃었다.

"김 위원장의 본관은 어딥니까?"

"전주 김 씨입니다."

"전주요? 아, 그럼 김 위원장이야말로 진짜 전라도 사람 아닙니까. 나는 김해 김 씨요. 원래 경상도 사람인 셈입니다."

이번에는 내가 농담을 던졌다. 분위기가 점점 좋아졌다. 화기가 넘쳤다. 김 위원장은 다시 본론으로 돌아와 한반도 문제는 외세에 의존해서는 안 된다면서 "우리 자신이 스스로 해결해야 한다"고 말했다. 그 말을 내가 즉각 받았다.

"그러한 견해에 근본적으로 동의합니다. 이번 정상 회담도 다른 나라가 하라고 해서 하는 것이 아니라 우리 둘이 결정하여 세상을 깜짝 놀라게 한 거 아닙니까. 말씀대로 한반도 문제는 우리가 힘을 합쳐 주도하되 주변국의 지지와 협력을 얻어 나가야 한다는 게 내 생각입니다. 다시 한 번 말씀드리지만 '배타적 자주'가 아니라 '열린 자주'가 되어야 합니다. 이번에 우리 둘이 어떤 결정을 내리느냐에 따라 우리 민족의 운명이 좌우됩니다. 잘못하면 전쟁의 참화를 초래하고, 우리가 잘하면 평화와 통일의 길을 열어 나갈 수 있습니다. 영원히 사는 사람도 없고, 한자리에 영원히 앉아 있는 사람도 없는 법입니다. 우리가 나라를 책임지고 있을 때 힘을 합쳐 잘해 나갑시다."

정상 회담은 막바지에 이르렀다. 서로의 의견은 많이 좁혀졌다. 누구 명의로 선언문에 서명할 것인지, 언제 발표할지 정해야 했다. 김 위원장도 이쯤에서 매듭을 지을 생각인 듯했다.

"충분히 토론했습니다. 대부분 조정했으니 내일 아침에 공동 선언 초안을 만들어 최종 합의하고 이를 정오에 발표합시다."

나는 발표 시점을 당기자고 했다.

"내일 조간신문에 보도될 수 있도록 오늘 저녁에 합의하되 합의 날짜는 내일인 15일로 합시다. 내일 12시에 발표하면 모레 조간신문에 나오기 때문에 너무 늦습니다. 내일 아침 신문에서 바로 보도될 수 있도록 오늘 저녁에 합의를 봅시다."

"그럼 수표 문제는 상부의 뜻을 받들어 조선노동당 중앙위원회 비서 김용순과 대한민국 국정원장 임동원이 하는 걸로 합시다."

북측에서 말하는 '수표'는 곧 서명을 가리켰다. 내가 정색을 하고 반대했다.

"김 위원장과 내 이름으로 서명해야 합니다. 그렇지 않으면 용을 그려 놓고 눈을 그리지 않은 것이나 마찬가집니다."

"합의의 격을 낮추자는 것은 아닙니다. 북쪽에는 나라를 대표하는 김영남 최고인민회의 상임위원장이 있으니 제가 수표하지 않는 것이 좋겠다는 뜻입니다. 그렇다면 수표는 김영남 상임위원장과 하고 합의 내용을 제가 보증하는 식으로 하면 될 것 같습니다."

나는 다시 절대 그럴 수 없다고 했다. 김 위원장도 양보할 기색이 보이지 않았다. 김용순 비서가 절충안이라고 내놨다.

"두 분의 존함만 표기하시는 것이 어떻겠습니까."

나는 이 제안도 일축했다.

"직함을 안 쓰고 이름만 쓰면 여러 가지 오해가 생깁니다."

그러자 김 위원장이 나를 설득하려 들었다.

"과거 7·4 공동 성명도 상부의 뜻을 받들어 이후락과 김영주, 이런 식으로 한 예가 있습니다. 김대중 대통령을 대표해서 임동원, 나 김정일 국방위원장을 대표해서 김용순, 이렇게 합시다."

"그때는 이후락 씨가 왔지만 지금은 대통령인 내가 직접 와서 정상 회담을 한 것입니다. 일 처리를 좀 시원하게 해 주십시오."

그러자 임동원 원장이 거들었다.

"선언문의 서두에는 '대한민국 김대중 대통령과 조선민주주의인민공화국 김정일 국방위원장이 언제 평양에서 상봉하고 정상 회담을 하여 다음과 같이 합의했다'는 표현이 들어가야 하지 않겠습니까. 따라서 이 선언문의 말미에 대한민국 대통령 김대중과 조선민주주의인민공화국 국방위원장 김정일로 표기하고 서명하는 것은 너무도 당연한 것입니다. 이 선언문은 우리 민족사에 새로운 전기를 마련하는 기념비적인 문건입니다. 이것을 마련하신 두 분이 직접 서명하여 역사에 길이 남겨야 하지 않을까요. 이 얼마나 역사적이고 자랑스러운 일입니까."

"대통령이 전라도 태생이라 그런지 무척 집요하군요."

갑자기 튀어나온 김 위원장의 농이었다. 절박한 분위기를 단번에 깨뜨렸다. 나도 다시 그에게 농담을 날렸다.

"김 위원장도 전라도 전주 김 씨 아니오. 그렇게 합의합시다."

"아예 개선장군 칭호를 듣고 싶은 모양입니다."

"개선장군 좀 시켜 주시면 어떻습니까. 내가 여기까지 왔는데, 덕 좀 봅시다."

그러자 비로소 김 위원장이 웃었다. 정상 회담은 이렇게 종료되었다. 저녁 7시였다. 합의문은 '남북 공동 선언'으로 하기로 했다. 실무진과 임 원장이 작성한 합의문 초안을 북측에 전달했다.

그날 밤 나는 목란관에서 만찬을 주최했다. 김 위원장의 제안으로 남북 정상이 한 차를 타고 이동하기로 했다. 백화원 로비에서 김 위원장을 다시 만났다. 김 위원장이 우리 쪽을 향해 큰 소리로 말했다.

"99퍼센트 잘됐습니다. 공동 선언문 말이오!"

우리 측이 제시한 초안에 만족한다는 표시였다. 만찬장으로 가는 차 안에서 김 위원장이 말했다.

"김 대통령께서는 금수산궁전에는 안 가셔도 되겠습니다."

금수산궁전 참배 문제는 이렇게 풀렸다. 이렇게 풀린 데는 우리 수행원들의 헌신적인 설득이 있었다.

특히 임동원 원장과 박지원 장관은 북측 인사들에게 금수산궁전을 참배할 수 없는 사정을 간곡하게 이야기했다. 박 장관은 비밀 협상 파트너였던 송호경 아태위 부위원장을 만나 설득했다.

"대통령님의 금수산궁전 참배는 절대 안 됩니다. 북측에서 계속 주장한다면 한광옥 실장과 내가 대통령님 대신 참배하고 베이징으로 먼저 돌아가겠습니다. 그리고 귀국해서 구속되겠습니다."

박 장관이 이런 내용을 보고해 왔다. 하지만 북이 어찌 나올지 알 수 없었다. 임 원장도 북측에 서울에서 미리 준비해 간 메시지를 김 위원장에게 전했다.

"남쪽 국민들의 70퍼센트 이상이 금수산궁전의 참배를 반대합니다. 김 대통령의 지도력이 상처를 받으면 정상 회담의 의미가 퇴색하고 합의 사항 이행이 어려워질 수 있습니다. 쌍방이 이익이 되는 방향으로 추진해야 합니다."

목란관 만찬장에서 김정일 위원장이 아내를 헤드테이블로 안내했다. "이산가족이 많은데 평양에서 이산가족이 되면 안 된다"고 말해 함께 웃었다.

그런 노력들이 주효했는지 다음 날 아침 북측 인사가 박 장관에게 낭보를 전했다.

"이번만은 참배를 하지 않아도 됩니다. 상부의 지시가 있었습니다."

나는 그 소식을 만경대 소년학생궁전을 참관하던 중에 들었다. 뒤늦게 우리 일행에 합류한 박 장관이 보고했다. 참으로 다행이었다. 그러니까 김 위원장이 차 안에서 '은밀한 통보'를 하기 훨씬 전에 그런 방침이 정해진 것 같았다.

만찬은 예정보다 1시간이 늦은 8시에 열렸다. 김 위원장을 비롯한 북측 인사 150여 명과 우리 측 공식 및 특별 수행원 등 50여 명이 참석했다. 만찬이 시작되기 전에 휴게실에서 김 위원장과 환담을 나눴다. 휴게실에는 백두산 천지를 옮겨 놓은 대형 그림이 붙어 있었다. 자연스럽게 산 이야기를 하게 되었다. 김 위원장이 백두산과 금강산에 이어 칠보산 자랑을 했다. 그러더니 관광 사업과 환경 보존 사이의 갈등을 이야기했다. 그의 주장은 경청할 만했다.

"관광에서 얻는 것도 많지만 손해 보는 것도 많아요. 이탈리아, 유고 사람들은 관광이 돈벌이에 좋지만 자기 땅이 황폐화되고 오염된다고 해요. 그러나 돈이 중요한가, 환경 보호가 중요한가 생각해 봐야 해요. 그 사람들 말을 신주 모시듯 하지는 않지만 참고할 만합니다."

"환경 문제는 참으로 어려운 문제입니다. 개발도 중요하고 환경 보호도 중요합니다. 지속 가능한 개발을 해야 합니다."

"남조선 텔레비전을 보니까 기자 어른들이 평양 시내가 한적하다고 썼어요. 한적하다는 말에는 뭐가 없다는 의미가 아닙니까. 워싱턴이 뉴욕보다 훨씬 한적합니다. '한적'은 우리 정책입니다. 우리 대표부가 있는 뉴욕은 시궁창이고 오물통입니다. 그러나 워싱턴은 깨끗합니다. 서울이 왜 워싱턴을 닮지 뉴욕을 닮아 갑니까."

"미국은 워싱턴이 깨끗한 반면 뉴욕은 번잡하고 어수선합니다. 호주의 캔버라와 시드니도 마찬가지입니다. 평양이 한적하다는 것은 뭐가 없다는 것이 아니라 깨끗하다는 비유일 것입니다. 서울은 해방 때 인구가 40만이었는데 지금은 1천만입니다. 생태 환경 파괴와 공해 문제는 남쪽에서도 심각히 생각해야 할 문제입니다.

"제가 너무 경거망동한 것 같습니다."

"아닙니다. 중요한 얘기입니다. 환경은 중요한 문제입니다. 엊그제 중랑천에서 물고기가 떼죽음했다는 기사를 보고 심각하게 느꼈습니다."

"도시 건설만 너무 중시한 결과입니다. 평양시는 인구를 늘리지 않을 생각입니다. 서울은 뉴욕을 본받지 말고 워싱턴을 본받으십시오."

김 위원장의 충고에 웃음으로 화답했다. 우리는 만찬장으로 이동했다. 만찬장은 정상 회담이 잘 풀려서 그런지 흡사 축제의 밤처럼 느껴졌다. 적당히 풀어져 있었다. 내가 만찬사를 읽었다.

"지금 이 시간에도 7천만 우리 민족의 마음이 여기 평양을 향해 집중되어 있습니다. 또 전 세계의 눈과 귀가 이곳에 모아지고 있습니다. 김정일 위원장과 저는 정상 회담을 성공리에 마무리했다는 것을 보고합니다. 이제 비로소 민족의 밝은 미래가 보입니다. 화해와 협력과 통일에의 희망이 떠오르기 시작하고 있습니다. 생각해 보면 참으로 오랫동안 기다려 온 이날이었습니다. 얼마 전까지만 해도 꿈에도 생각지 못했던 일이기도 합니다.

저는 제 평생에 북녘 땅을 밟지 못하는 것 아닌가 하는 비감한 심정에 사로잡힌 때가 한두 번이 아니었습니다. 오늘 이 감격을 무엇에 비하겠습니까.

이제 지난 100년 동안 우리 민족이 흘린 눈물을 거둘 때가 왔습니다. 서로에게 입힌 상처를 감싸 주어야 할 때가 왔습니다. 평화와 협력과 통일의 길로 나가야 합니다. 그것이 21세기 첫해에 우리 양측의 정상들이 한자리에서 만난 이유입니다. 역사가 우리에게 부여한 사명입니다. 우리는 이 사명을 수행하는 데 결코 실패해서는 안 되겠습니다.

저는 지난 40여 년 동안 참으로 많은 박해를 받아 왔습니다. 하지만 그 무엇도 남과 북의 화해와 협력 그리고 통일을 위해 헌신하겠다는 저의 의지를 꺾지는 못했습니다. 저는 7천만 민족의 간절한 염원이며, 또 제 평생의 소망이기도 한 조국의 평화적 통일을 이루는 데 헌신하고자 하는 열망을 한결같이 간직해 왔습니다. 이를 위해 우선 김 위원장과 저부터 남과 북이 서로 신뢰하고 평화롭게 공존공영하는 기틀을 다지는 데 합심하고자 합니다. 우리 모두가 반세기의 분단이 가져다준 서로에 대한 불신의 벽을 허물고, 이 땅에서 전쟁의 공포를 몰아내며 교류 협력의 시대를 여는 데 힘과 지혜를 모읍시다.

이제는 6월이라는 달이 민족의 비극이 아닌 내일에의 희망의 달로 역사에 기록되어야 하겠습니다. 그리하여 이 땅에서 영원히 살아갈 우리의 후손들에게도 가장 자랑스러운 달로 기록되어야 하겠습니다.

김정일 위원장, 북쪽 지도자 여러분, 서울에서 만납시다."

북에서는 김영남 최고인민회의 상임위원장이 답사를 했다

"조선의 정치인들에게 가장 큰 보람은 민족을 위해 헌신하는 데 있습니다. 력사가 주는 기회는 언제나 있게 되는 것이 아니며 우리들에게 주어지는 시간도 무한정으로 긴 것이 아닙니다. 우리 정치인들은 통일을 미래형으로 볼 것이 아니라 현재형으로 만들기 위하여 모든 지혜와 힘을 모아야 합니다. 세월이 흘러간 먼 훗날에도 력사는 조국의 통일을 위해 공헌한 애국자들을 잊지 않을 것이며 그들의 이름을 언제나 기억할 것입니다. 나는 김대중 대통령의 이번 평양 방문이 온 겨레의 숙원인 통일의 길로 이어지게 되리라는 확신을 표명하는 바입니다."

'통일을 현재형으로 만들자'는 대목이 인상적이었다. 답례 만찬은 궁중 요리로 차렸다. 김 위원장이 원했기 때문이다. 재료는 남쪽에서 모두 가져왔다. 아내는 헤드테이블이 아닌 대표단 테이블에 앉아 있었다. 그걸 보고 김 위원장이 소리치듯 말했다.

"여사님, 이쪽으로 오십시오. 이산가족이 되면 안 됩니다. 대통령께서 그토록 이산가족 상봉을 주장하시는데 평양에서 이산가족이 되면 되겠습니까."

만찬장에 폭소가 터졌다. 김 위원장은 이야기를 많이 했다. 나 역시 기뻤다. 만찬장 여기저기서 잔 부딪치는 소리가 끊이지 않았다. 남과 북을 위한 건배였다.

임동원 원장이 공동 선언문 초안을 가지고 왔다. 김 위원장의 검토가 끝난 것이었다. 나로서도 내용에 불만이 없었다. 마침내 남북 공동 선언에 합의했다.

나는 그냥 있을 수 없었다. 김 위원장에게 함께 연단으로 나가 축하 인사라도 하자고 했다. 우리 둘이 일어서자 일순 장내가 조용해졌다. 남과 북, 참석자 모두가 우리를 주시했다. 내가 말했다.

"여러분, 모두 축하해 주십시오. 우리 두 사람이 남북 공동 선언에 완전히 합의했습니다."

내가 들어도 내 목소리가 들떠 있었다. 김 위원장의 손을 잡아 들어 올렸다. 모두 일어나 박수를 쳤다. 박수 소리가 끝없이 이어졌다. 절정의 순간이었다. 그런데 이 장면은 다시 연출해야 했다. 마침 장내에 카메라 기자가 없었다. 누구도 이 순간을 포착하지 못했다. 박준영 공보수석이 내게 다가와 어두운 표정으로 말했다.

"대단히 죄송합니다. 아까 두 분이 나가셔서 말씀하신 것을 카메라 기자가 없어서 잡지 못했습니다. 중요한 장면인 만큼 다시 한 번 해 주십시오. 죄송합니다."

정상들에게 있을 수 없는, 매우 무례한 주문이었지만 사안이 엄중하다 보니 박 수석으로서도 어쩔 수 없었을 것이다. 그는 고개를 들지 못했다. 나로서도 난감했다. 할 수 없이 김 위원장에게 말했다.

"김 위원장, 아까 우리가 나가서 한 것을 카메라 기자들이 없어서 못 찍었다는데……."

그러자 김 위원장이 즉각 받아 말했다.

"그럼 오늘 배우 하십시다. 좋은 날인데 배우 한번 하십시다."

나와 김 위원장은 다시 연단으로 나아가 잡은 손을 높이 들었다. 카메라 플래시가 터졌다.

"조금 전에 사진을 못 찍었다고 해서 다시 합니다. 우리가 드디어 공동 성

남북 공동 선언

조국의 평화적 통일을 염원하는 온 겨레의 숭고한 뜻에 따라 대한민국 김대중 대통령과 조선민주주의인민공화국 김정일 국방위원장은 2000년 6월 13일부터 6월 15일까지 평양에서 역사적인 상봉을 하였으며 정상 회담을 가졌다. 남북 정상은 분단 역사상 처음으로 열린 이번 상봉과 회담이 서로 이해를 증진시키고 남북 관계를 발전시키며 평화 통일을 실현하는 데 중대한 의의를 가진다고 평가하고 다음과 같이 선언한다.

1. 남과 북은 나라의 통일 문제를 그 주인인 우리 민족끼리 서로 힘을 합쳐 자주적으로 해결해 나가기로 하였다.

2. 남과 북은 나라의 통일을 위한 남측의 연합제 안과 북측의 낮은 단계의 연방제 안이 서로 공통성이 있다고 인정하고 앞으로 이 방향에서 통일을 지향해 나가기로 하였다.

3. 남과 북은 올해 8·15에 즈음하여 흩어진 가족, 친척 방문단을 교환하며 비전향장기수 문제를 해결하는 등 인도적 문제를 조속히 풀어 나가기로 하였다.

4. 남과 북은 경제 협력을 통하여 민족 경제를 균형적으로 발전시키고 사회, 문화, 체육, 보건, 환경 등 제반 분야의 협력과 교류를 활성화하여 서로의 신뢰를 다져 나가기로 하였다.

5. 남과 북은 이상과 같은 합의 사항을 조속히 실천에 옮기기 위하여 이른 시일 안에 당국 사이의 대화를 개최하기로 하였다.

김대중 대통령은 김정일 국방위원장이 서울을 방문하도록 정중히 초청하였으며 김정일 국방위원장은 앞으로 적절한 시기에 서울을 방문하기로 하였다.

2000년 6월 15일

대　한　민　국　　조선민주주의인민공화국
대　　통　　령　　　국　방　위　원　장
김　대　중　　　　　김　정　일

6·15 남북 공동 선언에 합의한 후 맞잡은 손을 치켜들었다.

명에 완전 합의했습니다. 여러분 축하해 주십시오."

다시 했지만 반응은 여전히 뜨거웠다. 모두 일어나서 박수를 쳤는데 그 소리가 우레와 같았다. 세계가 주목한 역사적인 사진은 이렇게 연출된 것이었다.

이때부터 만찬장은 감동과 감격 속으로 빠져 들어갔다. 걷잡을 수 없었다. 만찬장이 들썩거렸다. 김 위원장이 큰 소리로 말했다.

"어이 국방위원들 어딨어, 모두 나와 대통령님께 한 잔씩 올리라우."

인민군 장성들이 헤드테이블로 와서 나에게 인사를 했다. 박재경 대장 등 6명의 장성들이 내 앞에 줄을 서서 술을 따랐다. 나도 그들에게 일일이 술을 따라 권했다. 김 위원장도 한광옥 비서실장과 이헌재, 박재규, 박지원 장관 등과 건배하며 농을 했다.

"내가 연단에 두 번 나갔으니 출연료를 받아야겠습니다."

모두들 얼굴이 붉었다. 나도 그 밤만은 어쩔 수 없었다. 못하는 술이지만, 솔직히 한잔하고 싶었다. 취기로 얼굴이 화끈거렸다. 만찬장에서 환담을 나누는 사람들의 얼굴이 고와 보였다.

특별 수행원인 고은 시인이 연단으로 나왔다. 노시인은 기품과 열정으로 만찬장을 압도했다.

"오늘 아침 숙소에서 우리 민족을 생각하며 이 시를 썼습니다."

그리고 「대동강 앞에서」라는 시를 낭송했다.

무엇하러 여기 왔는가

잠 못 이룬 밤 지새우고

아침 대동강 강물은

어제였고

오늘이고

또 내일의 푸른 물결이리라

때가 이렇게 오고 있다

변화의 때가 그 누구도

가로막을 수 없는 길로 오고 있다

변화야말로 진리이다

(중략)

무엇하러 여기 와 있는가

우리가 이루어야 할

하나의 민족이란

지난날의 향수로 돌아가는 것이 아니라

지난날의 온갖 오류

온갖 야만

온갖 치욕을 다 파묻고

전혀 새로운 민족의 세상을

우르르 모여 세우는 것이다

그리하여 통일은 재통일이 아닌 것
새로운 통일인 것
통일은 이전이 아니라
이후의 눈 시린 창조이지 않으면 안 된다

무엇하러 여기 와 있는가
무엇하러 여기 왔다 돌아가는가
민족에게는 기필코 내일이 있다
아침 대동강 앞에 서서
나와 내 자손대대의 내일을 바라본다
아 이 만남이야말로
이 만남을 위해 여기까지 온
우리 현대사 백 년 최고의 얼굴 아니냐
이제 돌아간다
한 송이 꽃 들고 돌아간다

시인은 절규하고, 시는 살아서 펄떡거렸다. 시인의 격렬한 몸짓과 우렁찬 목소리를 듣는 것은 또 다른 느낌의, 무서운 감동이었다.

만찬은 밤이 깊어서야 끝이 났다. 모두 다시 백화원 영빈관에 돌아왔다. 자정이 가까운 시각에 6·15 남북 공동 선언 조인식을 거행했다. 내 곁에는 임동원 원장이, 김 위원장 옆에는 김용순 비서가 배석했다. 나와 김 위원장이 서명했다. 그 순간 남과 북의 대표들이 숨을 죽였다. 서명이 끝나고 나와 김 위원장은 서로 잡은 손을 들어 올렸다. 카메라 플래시가 터졌다. 다시 축하의 잔이 전달되었다. 샴페인을 채워 건배했다. 김 위원장이 단숨에 잔을 비웠다. 나는 여러 번 나눠 마시면서도 마침내 잔을 비웠다. 대표단에게도 샴페인 잔이 돌려지고 모두 건배를 했다. 김 위원장이 남측 대표들을 일일이 찾아가 건배를 제의했다. 그리고 말했다.

"민족 사업을 끝냈으니 기념사진을 찍읍시다."

모두 함께 사진을 찍었다. 모든 일정이 끝났다. 같은 민족, 같은 땅이라서 이토록 깊은 밤에도 서로에게 질리지 않았을 것이다. 나와 남측 대표들이 백화원을 떠나는 김 위원장을 배웅했다. 김 위원장이 다시 내게 말했다.

"이제 모든 것이 잘 끝났으니 대통령께서는 편히 쉬십시오. 내일은 제가 점심을 모시겠습니다. 남측 대표단 모두 초청하겠습니다."

나도 정중하게 답했다.

"고맙습니다. 오늘 정말 수고 많았습니다."

복도를 따라 걷다가 김 위원장이 무엇인가 생각난 듯 걸음을 멈췄다. 그리고 돌아서서 말했다.

"대통령께서는 내일 쉬시고 대표단은 우리 닭 공장을 방문해 주시라요. 최근 독일의 지원으로 큰 닭 공장을 완공했는데 가서 보시고 냉엄하게 평가해 주십시오."

공식 수행원 모두가 내 숙소로 몰려왔다. 나에게 축하의 말을 했다. 나도 그들의 노고를 치하했다. 나는 이루 형용할 수 없는 감정에 휩싸였다.

모두 돌아가고 아내와 둘만 남았다. 자리에 눕자마자 피곤이 밀려왔다. 술기운도 올라왔다. 오늘 하루가 어떻게 시작하여 어찌 끝났는지, 참으로 아득한 느낌이었다. 지난날 독재 정권이 날 가뒀을 때 감옥에서 김일성 주석과 정상 회담을 하는 상상을 하곤 했다. 가상이었지만 그것은 민족을 위한 담판이었다. 그런데 세월이 흘러 그 아들과 정상 회담을 했다. 그리고 마침내 나는 이루었다.

물론 회담에서 고비도 여러 차례 있었다. 포기하고 싶었지만 그때마다 민족을 생각했다. 나는 젖 먹던 힘까지 모두 쏟아 부었다. 모든 힘을 풀어 최선을 다했다. 내 평생 가장 긴 날이었고, 가장 무거운 짐을 어깨에 진 날이었으며, 가장 보람을 느낀 날이었다. 나는 잠 속으로 빠져 들었다.

6월 15일 아침이 밝았다. 수행원들은 모두 김 위원장이 자랑하는 닭 공장으로 떠났다. 나는 아내와 함께 영빈관에서 휴식을 취했다. 한편으로는 서울에서 국민들에게 보고할 연설문안을 구상했다. 김정일 위원장이 주최하는 오찬 연회는 12시부터 백화원 영빈관에서 열렸다. 송별 연회였다. 남과 북에서 50명씩 참석했다. 북측의 조명록 국방위원회 제1부위원장이 오찬사를 했다. 인민군 차수 조명록 부위원장은 군부를 대표하여 6·15 공동 선언을 지지했다. 이를테면 '군부의 서약' 같은 것이었다. 남쪽에서는 임동원 원장이 답사를 했다.

김 위원장은 이날도 화제를 주도했다. 거침이 없었다.

"어제 만찬 때 대통령께서 '전쟁을 기억하는 비극의 달'에서 '화해와 평화를 기약하는 희망의 달'로 바꿔 나가자고 말씀하실 때 저도 감명 깊게 들었습니다. 그래서 오늘 아침에 국방위원들에게 열흘 앞으로 다가온 올해 6·25에는 종전처럼 하지 말라고 지시했습니다. 더구나 올해는 50주년이 되는 해 아닙니까. 그런데 국방위원들이 '남쪽에서는 안 그러는데 우리만 그럴 수 있느냐'고 항의를 합디다. 50년 적대 관계에 신물이 날 법도 한데 군인들은 늘 상대방을 적으로만 생각하니 이 사람들의 적대감을 해소하는 것이 중요합니다."

김 위원장은 이 자리에서 6·15 공동 선언의 첫 성과물을 발표했다.

"인민군 총사령관으로서 오늘 12시부로 전방에서 대남 비방 방송을 중지할 것을 명령했습니다."

이에 우리도 다음 날 똑같은 조치를 취했다. 이렇게 해서 남과 북은 상호 비방 방송을 중단했다.

이날 오찬장은 완전히 축제 분위기였다. 서로 자리를 옮겨 가며 술잔을 부딪쳤다. 마치 고향 사람들이 오랜만에 만난 듯했다. 김 위원장은 전날 만찬 때처럼 장성들과 당 간부들을 불러 나에게 잔을 권하도록 했다. 연형묵 국방위원회 부위원장, 조명록 차수, 현철해 대장, 박재경 대장, 김국태 당 간부담당 비서, 김용순 대남담당비서, 장성택 당 조직지도부 부부장, 강석주 외교부 제1 부상 등이 나와 잔을 부딪쳤다.

우리 측 수행원들도 김 위원장에게 잔을 권했다. 박지원 장관이 "언론사 사 장단의 방북을 초청해 달라"고 요청하자 이를 흔쾌하게 수락했다.

"좋습니다. 초청하겠습니다. 국방위원장 또는 개인 자격으로 초청하겠습니 다. 8·15 전에 왔으면 좋겠고 가수 이미자, 은방울 자매도 왔으면 좋겠습니다. 언론인이나 경영인뿐만 아니라 정치인들도 방문해 주면 좋겠습니다."

김정일 위원장이 작별 인사를 했다.

"이제 과거 구 정치인들이 한탄하고 후회하도록 합시다. 대통령께서 북남 관계에 새 역사를 연 대통령으로 기록되게 합시다. 추억의 대통령으로 남게 하도록 합시다. 모든 수석, 장관들의 역할을 기대합니다."

분위기가 무르익자 박지원 장관이 〈우리의 소원은 통일〉을 부르자고 제의 했다. 모두 일어나 손을 잡고 합창했다. 나와 김 위원장도 서로 손을 잡아 앞 뒤로 흔들었다. 노래가 끝나자 박 장관이 문화부 장관임을 앞세워 노래를 불 렀다. 그러자 김 위원장이 한 곡 더하라고 했다. 박 장관은 한 곡을 더 불렀다.

오찬이 끝나고 서로 인사를 나누었다. 북측 인사들이 나에게, 남쪽 인사들 은 김 위원장을 찾아가 작별 인사를 했다. 아쉬움에서 선뜻 헤어지지 못하고 남쪽 대표들이 나와 김 위원장을 에워싸고 있었다. 그러자 김 위원장이 모두 를 둘러보며 말했다.

"합의문을 실천합시다. 다 같이 노력합시다. 대통령과 나눈 말을 인민들에 게 다 알릴 수 없습니다. 알려 줄 말이 있고 둘만이 할 말이 있습니다. 남에선 대통령이 해 주십시오. 북에서는 내가 하겠습니다. 서로 힘을 빌려야 합니다. 이번 적십자 상봉이 꼭 이루어지도록 하겠습니다."

귀로에 올랐다. 도착 때와 같이 김 위원장이 차에 동승했다. 다시 아내가 타 던 자리에 김 위원장이 타고 있었다. 평양 시민들이 연도에 나와 우리 일행을 환송했다. 역시 수십만 명이 나와 함성을 울리며 꽃술을 흔들었다. 김일성종합대학 앞에서 간단한 환송 행사가 열렸다. 나와 김 위원장이 차에서 내리자 시민들이 "만세"를 외쳤다. 여성악대의 연주곡은 경쾌했다. 두 명의 소녀가 나와 아내에게 꽃다발을 주었다.

4시가 조금 넘어 순안공항에 도착했다. 군악대의 연주는 우렁찼고, 수많은 환송 인파가 도열해 있었다. 김 위원장과 함께 인민군 의장대를 사열했다. 나는 북측 인사들과 차례로 작별 인사를 했다. 김영남, 조명록, 김국태, 최태복, 연형묵, 김용순……. 그리고 마지막 한 사람이 남았다. 김정일 위원장. 그와 악수를 나누었다. 그러자 김 위원장이 나를 껴안았다. 우리는 세 번 포옹했다. 나는 그를 머잖아 다시 만날 줄 알았다. 그러나 그것이 마지막 포옹이었다. 그를 배웅할 기회는 끝내 오지 않았다.

트랩에 올라 뒤를 돌아보니 김 위원장이 그 자리에 서서 손을 흔들었다. 나도 아내와 손을 흔들었다. 그는 태극기가 선명하게 그려져 있는 전용기가 활주로에 진입할 때까지 그 자리에 그대로 서 있었다. 인민복의 지도자, 김정일. 그 잔상은 오래갔다. 지워지지 않았다.

평양을 떠나며 북녘 동포들에게 서면으로 '평양 출발 인사'를 했다.

"남과 북이 열과 성을 모아 이번의 정상 회담을 성공적으로 마쳐 온 세계를 깜짝 놀라게 했습니다. 남과 북의 화해와 협력을 향한 새 출발에 온 세계가 축복해 주고 있습니다. 불가능해 보였던 남북 정상 회담을 이뤄 냈듯이 남과 북이 마음과 정성을 다한다면 통일의 날도 반드시 오리라 확신합니다."

나는 평양에 54시간 머물렀다. 김 위원장과는 11시간 동안 자리를 함께했다. 또 차량에 동승하여 대화를 나누었다. 그러면서 그의 진면목을 알게 되었다. 그것은 임동원 원장이 전해 준 인물평과 거의 일치했다.

그는 예의가 바른 사람이었다. 김일성 주석이 사망하자 동양적인 관습에 따라 3년 상을 치렀다. 연장자인 나에게 깍듯했다. 정상 외교 관례를 깨고 공항까지 영접을 나왔다. 차에 동승했고, 내가 먼저 탈 때까지 기다리며 세심하

김정일 위원장이 서울로 떠나는 나에게 "곧 만나자"고 했다. 그러나 만남의 날은 오지 않았다.

게 배려했다. 고별 오찬장에서는 내가 팔걸이가 있는 의자를 사용한다는 것을 알고 준비해 주었다.

김 위원장은 이해력, 판단력, 결단력이 있는 사람이었다. 자신의 주장을 내세우다가도 나의 논리적인 설명에 이해가 되면 자신의 의견을 수정했다. 주한 미군, 민족 자주 문제, 통일 방안 논의에서도 그런 모습을 보여 주었다. 오랫동안 북측이 주장해 오던 문제도 이해가 되면 즉각 수정했다.

그 후에 김 위원장을 만난 사람들도 나의 이러한 평가에 동의했다. 올브라이트 미 국무장관이나 페르손(Göran Persson) 스웨덴 총리, 그리고 고이즈미(小泉純一郎) 일본 총리도 나와 비슷한 인상을 받았다고 했다. 올브라이트 장관은 그의 회고록 『마담 세크러터리(Madam Secretary)』에 이렇게 썼다.

> 나는 북한의 파트너가 자신이 원하는 게 무엇인지를 알고 있는 지적인 인물이라는 김대중의 견해를 확인할 수 있었다. 그는 고립되어 있긴 했지만 정보에 어두운 것은 아니었다.

올브라이트 장관의 방북 취재기를 실은 『워싱턴 포스트』 기사 내용도 그와 비슷했다.

> 김정일 위원장은 오랫동안 미치광이라는 두려운 이미지가 형성되었고, 미국은 북한을 불량 국가로 취급하여 고립시키려 했다. 그의 예측 불가성을 막대한 비용이 소요되는 국가미사일방어(NMD) 체제 구축을 정당화하는 데 이용해 왔다. 이 망령이 급속히 사라지고 있다. 김 위원장은 약간의 식량과 돈으로 미사일 계획을 포기하도록 설득할 수 있는 '거래가 가능한 지도자'로 새로이 비쳐지고 있다. 놀라울 만큼 정보에 밝고 박식하며 실용적이며 사려 깊었다. 열심히 경청했으며 유머 감각을 지니고 있었다.

이렇듯 김 위원장은 남북 정상 회담을 통해 국제 사회에 새로운 면모를 보여 주었다.

서울공항에는 수많은 사람들이 우리 일행을 환영했다. 나는 국민들에게 비로소 잘 다녀왔다고 인사를 할 수 있었다.

"존경하고 사랑하는 국민 여러분, 역사적인 방북 업무를 대과 없이 마치고 지금 귀국했습니다. 제가 그렇게 임무를 수행할 수 있도록 밤잠도 주무시지 않으면서 환호해 주신 국민 여러분에게 충심으로 감사를 드려 마지않습니다.

우리에게도 이제 새날이 밝아 온 것 같습니다. 55년 분단과 적대에 종지부를 찍고 민족사에 새 전기를 열 수 있는 그런 시점에 우리가 이른 것 같습니다. 이번 저의 방북이 한반도의 평화, 남북 간의 교류 협력 그리고 우리 조국의 통일로 가는 길을 닦는 데 첫걸음이 됐으면 더 이상 다행이 없겠습니다.

만난 것이 중요합니다. 평양에 가 보니까 우리 땅이었습니다. 평양에 사는 사람도 우리하고 같은 핏줄, 같은 민족이었습니다. 그들도 겉으로는 뭐라고 말하고 살아왔건 마음속으로는 남쪽 동포들에 대해서 그리움과 사랑의 정이 깊이 배어 있다는 것을 조금 말해 보면 알 수 있었습니다. 그것은 너무도 당연합니다. 반만년 우리 민족은 단일 민족으로서 살아왔습니다. 통일을 이룩한 지도 1300년이 되었습니다. 그런 민족이 타의에 의한 불과 55년의 분단 때문에 영원히 서로 외면하거나 정신적으로 남남이 되는 것은 있을 수 없다는 것은 당연한 일입니다. 저는 그것을 이번에 가서 현지에서 확인했습니다."

나는 '남북 공동 선언'에 대해서도 비교적 자세하게 설명했다. 그리고 이것이 매듭이 아니라 시작임을 강조했다.

"그들도 이익이 되고 우리도 이익이 되는 일을 같이해야 한다는 생각을 가지고 처음부터 가능한 것부터, 쉬운 것부터 풀어 나가야 합니다. 그러는 동안에 당연히 믿음이 생기고 이해가 일치할 것입니다. 그런 토대만 놓고 내가 물러난다면 또 뒤에 오는 분이 잘하실 것입니다.

우리 후손들에게 자랑스러운 한반도 전체의 조국을, 번영된 조국을 물려줄 수 있을 것이라 확신하는 바입니다. 여러분께 다시 한 번 그동안의 성원에 감사하고 앞으로도 저에게 있는 능력껏 힘을 다해서 국민 여러분께 봉사하겠다는 것을 말씀드립니다."

공항 가득 〈우리의 소원은 통일〉, 〈희망의 나라로〉가 울려 퍼졌다. 실향민들이 몰려와 환호했다. 청와대로 오는 길가에도 수많은 시민들이 피켓과 태극기를 흔들었다.

"이산가족의 아픔을 달래 주신 대통령님, 고맙습니다."

"통일할아버지 큰일 하셨습니다."

"대한민국이 통일했습니다."

여론 조사에서도 "정상 회담에 만족한다", "남북 공동 선언을 지지한다"는 의견이 93~98퍼센트였다. 김정일 위원장의 답방에 대한 지지도 70퍼센트 안팎이었다.

클린턴 미국 대통령은 남북 공동 선언에 대한 지지 성명을 발표했다.

"역사적인 정상 회담은 한반도의 평화와 화해를 향한 희망적인 첫발이다. 본인은 두 지도자가 인도주의적 및 경제적 협력, 앞으로의 서울 정상 회담에 관해 이룩한 합의를 환영하며 양측이 이 유망한 길을 계속 나아가기를 희망한다.

본인은 김 대통령이 북한과의 관계 개선을 냉정하고 현실적으로 추진하면서 보인 인내와 지혜에 박수를 보낸다. 김 대통령과 본인은 이 문제에 관해 매우 긴밀히 협의해 왔다. 본인은 항구적인 평화와 완전한 화해를 향한 그의 장래 구상을 지원하게 되기를 기대한다."

코피 아난 유엔 사무총장도 축하 메시지를 보내왔다.

"유엔 사무총장으로서 남북한 간 신뢰 구축 과정을 지원하는 국제 사회의 노력을 적극 지원해 나갈 것입니다."

남북 정상 회담에 대한 수많은 평가가 있지만 나는 돈 오버도퍼(Don Oberdorfer) 교수의 글에 특히 주목했다. 전직 기자였던 오버도퍼 교수는 2002년에 펴낸 그의 저서 『두 개의 한국』에서 이렇게 평가했다.

남북 정상 회담을 시발점으로 남북한은 사상 처음으로 한민족 전체의 미래를 스스로 결정할 수 있는 기회를 마련했다.

남북 정상 회담에 대한 국제 사회의 지지는 계속 이어졌다. 오키나와 G-8 정상회의, ASEAN +3 및 ARF 외무장관회의, 유엔의 천년정상회의와 제55차 유엔 총회, 서울 ASEM 회의, 브루나이 APEC 등에서 남북 정상 회담과 남북 공동 선언을 지지하는 특별 성명이 채택되었다.

6·15 공동 선언은 각본 없는 거대한 드라마였다. 모두가 맡은 배역에 최선을 다했다. 이를 지켜보는 국민의 뜻대로 이뤄졌다. 나는 국민의 뜻을 받들었고, 그래서 진정한 주역은 국민들이었다.

4부

2000년 6월 ~12월

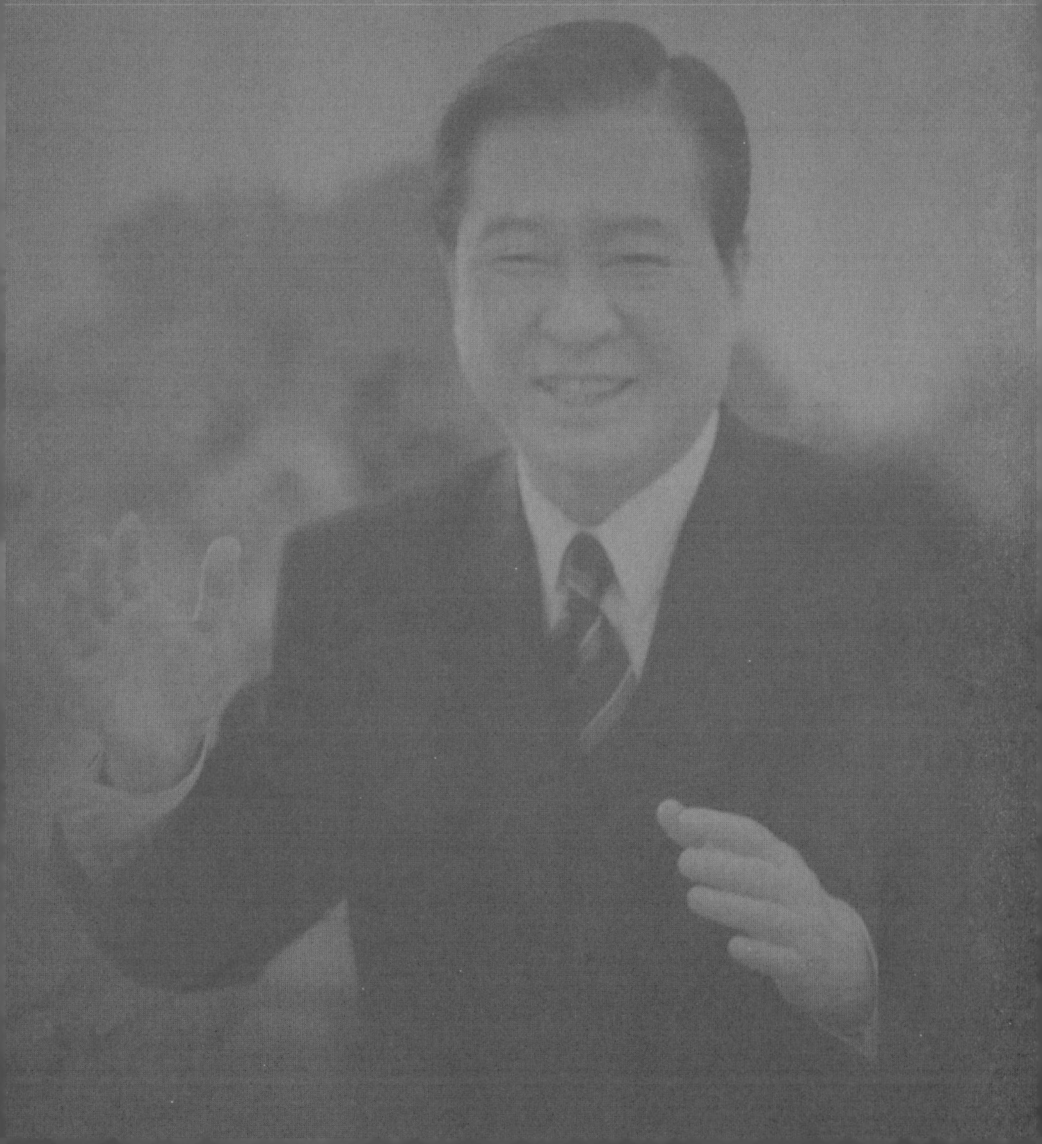

노벨평화상 선정위원장이 내 이름을 불렀다. 벅찬 가을밤이었다. 나를 지켜 주신 하느님을 믿고 죽어서도 정의가 이긴다는 역사를 믿고 살아왔는데 살아서 과분한 보상을 받았다. 노벨평화상은 영광인 동시에 무한 책임의 시작이었다. 더 겸손하게 더 낮은 곳으로 내려가 인권과 평화를 위해 일하자고 다짐했다.

햇볕을 받아 피어난 것들

(2000. 6 ~ 2000. 9)

          나는 각국의 정상들과 대화를 할 때 나름의 몇 가지 원칙이 있었다. 첫째는 어떤 경우에도 상대방에게 "아니다(NO)"라고 하지 않는 것이다. 둘째는 되도록이면 상대방 말을 많이 들어주는 것이다. 셋째 상대방과 의견이 같은 대목에서는 꼭 "내 의견과 같다"고 말해 주는 것이다. 넷째 할 말은 모아 두었다가 대화 사이사이에 집어넣고, 그러면서도 꼭 해야 할 말은 빠뜨리지 않는 것이다. 다섯째 회담 성공은 상대의 덕이라는 인상을 주도록 하는 것이다. 여섯째가 가장 중요한데, 상대를 진심으로 대하는 것이다.

    남북 정상 회담 때 우리 국민들은 '왜 대통령은 말을 안 하고 김정일 국방위원장만 저토록 말을 많이 할까'라고 의아하게 생각했을지도 모른다. 혹시 대통령이 긴장했거나 다른 사정이 있지 않을까 의구심이 들었을지도 모른다. 하지만 그것은 계산된 것이었다. 김 위원장이 어떤 사람인지, 그가 어떤 생각을 가지고 있는지 알기 전에는 말을 아껴야 했다. 내가 말은 많이 안 했지만 남북 공동 선언에는 우리가 주장한 것들이 더 많이 들어갔다.

    정상 회담에서 내 말 한마디에 상대가 세 마디의 말을 하면 성공이라 생각한다. 그리고 '그만 가 주었으면 좋겠다'고 할 때 일어서면 실패한 것이다. 상대가 '조금 더 있어야 하는데'라고 느낄 때 일어서야 한다. 아쉬움을 남기려면 말을 아껴야 한다.

나는 평양에서 돌아온 다음 날 클린턴 대통령에게 전화를 걸어 정상 회담 내용을 설명했다. 먼저 미국이 우려하는 핵과 미사일 문제에 대해 김정일 위원장에게 제네바 협정을 엄격히 지키고, 남북 간 비핵화 공동 선언도 꼭 지켜야 한다는 점을 강도 높게 이야기했음을 알렸다. 이에 대해 김 위원장은 듣기만 했지만 회담이 끝난 후 우리 측 외교안보 담당관에게 "미사일 문제는 잘될 것"이라고 이야기했다고 설명했다.

주한 미군에 대해서는 김 위원장이 "남쪽에 있는 미군이 북한을 공격하지 않는다는 것이 보장된다면 미군은 계속 남아 있어야 한다고 생각한다"고 말했음을 상기시켰다. 그리고 지난 6월 초 오부치 총리 장례식 참석 중에 클린턴 대통령이 "김 위원장이 차기 APEC 회의에 나오면 세계 신문의 헤드라인을 장식할 것"이라고 한 말도 전했다고 알렸다. 결론적으로 북한은 진정으로 미국과의 관계 개선을 원하고 있다는 것을 알았고, 따라서 "미국에서 앞으로 김 위원장을 직접 만날 수 있는 사람이 북한을 방문한다면 솔직한 의견 교환이 가능하고 좋은 결과를 얻을 수 있을 것이다"라고 조언했다.

나의 설명을 듣고 난 클린턴 대통령은 정상 회담 성공을 축하하고, 핵과 미사일 문제를 제기해 준 데 대해 감사한다고 말했다. 그러면서 "이제는 다음에 우리 조치가 무엇이 될지 결정하는 것이 중요하다. 결정하기 전에 다시 김 대통령과 의견을 나누겠다"고 말했다. 조만간 미국의 조치가 있을 것으로 예견되었다.

클린턴 대통령과 전화 통화가 있은 지 3일 만에 미국의 대북 제재 완화 조치가 발효되었다. 지난해 9월 미국은 대적성국 교역법, 방산물자법, 수출관리법 등에 근거한 일련의 대북 제재 조치를 완화한다고 발표한 바 있었다. 그러나 미국의 관계 법령 및 규정의 수정 때문에 이행이 늦어지다 이번에야 공식 발효된 것이다.

이를 통해 50년간 금지됐던 북미 간 교역 및 금융 거래가 재개되었다. 원자재와 기타 상품을 미국에 수출할 수 있게 되고 양국 간 영공과 선박 항로 개방도 이루어지게 된 것이다.

미국 기업들도 북한에 농업을 비롯해 광산, 도로, 항만, 여행, 관광 분야에 투자할 수 있도록 허용되었다. 그러나 국제 금융 기관의 대북한 차관 지원과 대적성국 교역법에 따라 동결된 북한 자산에 대한 청구는 여전히 금지되었다.

김 위원장이 선물한 풍산개 두 마리에 '우리'와 '두리'라는 이름을 지어 주었다. 우리는 북한에 진돗개 한 쌍을 선물했다. 풍산개는 청와대 관저 뜰에서 뛰어다녔다. 오랫동안 관저에서 키워 온 진돗개와 함께 사이좋게 지냈다. 퇴임 때는 서울대공원에 기증했다. 그리고 나는 새롭게 단장한 청와대 영빈관 앞뜰에 남북 정상 회담을 기념하여 18년생 무궁화나무를 심었다.

6월 23일 올브라이트 미 국무부 장관이 서울에 왔다. 아마 나의 방북 관련 여러 이야기를 듣고 싶었을 것이다. 그는 노란 옷에 햇볕 정책을 상징하는 '선샤인 브로치'를 달고 나타났다. 우리 측에서는 이정빈 장관, 황원탁·박준영 수석, 송민순 외교부 북미 국장이 배석했다. 미국 측에서는 스티븐 보스워스 주한 미국 대사, 웬디 셔먼(Wendy Sherman) 미 국무부 자문관, 고홍주 미 차관보가 배석했다. 나는 미국이 햇볕 정책을 일관되게 지지해 준 것에 사의를 표했다. 그러자 올브라이트 장관이 찬사를 했다.

"어려운 시기에 강인한 지도력을 발휘했습니다. 하나의 아이디어를 인내심을 갖고 추진하여 성공을 시킨 집념에 경의를 표합니다. 개인적으로 김 대통령을 존경하지만 이제 세계가 존경하고 있습니다."

나는 미국의 6·19 대북 제재 완화 조치 발효는 북한을 국제 사회로 이끌어 내는 데 크게 기여할 것이라고 말했다. 그리고 1994년 카터 전 대통령의 방북을 언급하며 "미국은 국무장관이나 대통령이 김정일 위원장을 직접 만나는 것

'선샤인 브로치'를 달고 찾아온 올브라이트 미국 국무장관.

이 효과적이라고 판단한다. 이번에도 내가 직접 만났기 때문에 성과가 있었다. 결론적으로 김 위원장은 대화할 수 있는 사람이다. 문제를 풀려면 어떻게든 그와 직접 만나야 한다"고 강조했다.

올브라이트 장관은 "이제 한미 양국이 취할 조치는 무엇이냐"고 물었다. 나는 "남북 관계는 합의 사항들을 진행시키면서 차분히 발전시켜야 하고, 북미 관계와 북일 관계도 남북 관계와 병행 발전되어야 한다. 한·미·일 3국 공조가 중요하다"고 조언했다. 그리고 "미국, 일본 두 나라 지도자들이 북한 지도자와 직접 대화하는 것이 필요하다"고 거듭 강조했다.

이에 대해 올브라이트 국무장관은 "내가 한번 북한에 가 보겠다"고 말했다.

6월 26일 서울 효창공원에서 열린 백범기념관 기공식에 참석했다. 일찍이 김구 선생은 이렇게 말했다.

"중요한 것은 현실적이냐 비현실적이냐 하는 문제가 아니다. 그것이 정도

(正道)냐 사도(邪道)냐가 중요하다. 우리가 망명 생활을 30여 년간 한 것도 그것이 현실적인 길이라서 한 것이 아니다. 가장 비현실적인 일이라도 그것이 민족의 지상 명령이었기 때문에 한 것이다."

당시 선생의 통일 노력을 비판하던 국내외의 여러 목소리에 대한 답이었다. 나의 방북과 남북 정상 회담과 관련해서 여러 이야기가 나오지만 나의 대답 또한 이와 비슷했다. 새삼 백범의 외로움이 가슴에 와 닿았다. 일제의 혹독한 탄압과 무도한 위세에 많은 이들이 임시 정부를 떠났지만 선생은 끝까지 임정의 간판을 포기하지 않았다. 상해에서 항주로, 남경으로, 다시 중경으로 대륙 천지를 옮겨 다녔다. 중국 대륙 전체가 숨죽이고 있을 때 이봉창, 윤봉길 의사의 의거를 이끌었다.

조국에 돌아와서는 "통일을 위해서라면 38선을 베고 쓰러지겠다"며 민족 통일에 전념했다. 차디찬 이국땅에서 범처럼 일했고, 일제도 감히 해칠 수 없었던 선생이었다. 하지만 그토록 사랑하던 조국의 품에서 동족의 흉탄에 쓰러졌으니 참으로 부끄러운 일이었다. 우리는 이제야 선생의 기념관 하나를 세우고 있었다. 그의 겨레 사랑과 나라의 독립, 그리고 민족의 통일을 향한 발자취를 이제야 겨우 모실 수 있는 공간 하나를 마련한 셈이다. 임시 정부의 법통을 이은 나라의 대통령으로서 첫 삽을 뜨고 고개를 숙였다.

6월 28일 테너 가수 루치아노 파바로티(Luciano Pavarotti)를 만났다. 파바로티는 지난 3월 이탈리아 방문 때 오찬장에서 안드레아 보첼리(Andrea Bocelli)와 함께 잠시 만난 적이 있었다. 그는 남북 정상 회담을 축하하고 한반도 평화를 기원하는 콘서트에 출연하기 위해 내한했다. 그에게 두 가지를 요청했다. 하나는 북한 어린이를 돕는 자선 공연을 마련해 줄 것과 다른 하나는 2002년 월드컵 때 축하의 노래를 불러 달라는 것이었다. 파바로티는 흔쾌하게 약속했다. 특히 월드컵 때는 플라시도 도밍고(Placido Domingo), 호세 카레라스(Jose Carreras)와 함께 축하 공연을 하겠다고 말했다.

7월 6일 서울 코엑스에서 제1회 APEC 관광장관회의가 열렸다. 1998년 11

월 말레이시아 쿠알라룸푸르에서 개최된 APEC 정상회의에서 내가 제안한 회의였다. 나는 당시 관광 산업의 육성이 21세기 아시아·태평양 지역의 발전과 평화 증진에 기여할 것이라고 주창했다. 관광회의는 역내 관광 산업의 활성화를 위해 지혜를 모아 보자는 취지였다. 21개 회원국의 장·차관 및 고위 관리와 국제 관광 기구 임원 등이 서울에 모였다. 참석하여 개회사를 했다.

"관광은 인적 교류를 기반으로 하는 산업입니다. 관광을 하는 사람이나 관광객을 맞이하는 사람들 모두가 서로를 이해하고 존중하는 자세를 가져야 합니다. 관광은 단순한 위락이 아닌 다양한 문화와 역사를 이해하고 존중하는 문화 관광이 되어야 합니다. 그리고 빈부의 격차를 더욱 벌이는 것이 아니라 주민들의 소득을 증대시키는 관광이어야 합니다. 또한 한 나라의 자연·문화·역사 등 관광 자원은 그 나라에 국한된 것만은 아닙니다. 그곳을 찾는 관광객은 물론 우리의 자손들에게도 소중한 자산입니다."

관광장관회의에서는 아시아·태평양 지역의 관광 헌장을 만들어 만방에 선포했다.

정상 회담 이후 처음으로 남북 장관급 회담이 열렸다. 7월 29일부터 31일까지 서울에서 열린 회담에서는 남과 북이 6개항에 합의했다. 8월 15일 판문점 연락사무소 업무 재개, 8·15를 즈음해서 남과 북 그리고 해외에서 공동 선언 지지 행사 개최, 조총련 동포들의 고향 방문 협력, 경의선 철도의 끊어진 구간 연결, 8월 29~31일 평양에서 제2차 남북 장관급 회담 개최 등이었다.

전금진 단장을 비롯하여 장관급 회담 북측 대표들을 만났다. 나는 그들의 노고를 위로하며 평양 회담에서 더 좋은 결과가 있기를 기대했다.

"중요한 것은 우리가 한민족이고 공동 운명체라는 것입니다. 합의 사항들을 하나하나 실천해 나가면서 21세기에 평화적 통일을 이루고 한민족으로서 웃고 잘살 수 있도록 해야 합니다."

전 단장은 남쪽의 분위기가 달라졌다면서 나름의 진단을 했다.

"서울 방문에서 중대한 변화를 발견했습니다. 인민들의 감정이 달라졌고,

통일에 대한 열기가 높아졌습니다."

8월 5일 언론사 사장단이 북에 갔다. 56명이 7박 8일 일정으로 북한의 명소를 돌아봤다. 김정일 국방위원장이 약속을 지켰다. 남북 정상 회담 이후 가장 먼저 이루어진 남북 간 민간 교류였다. 김 위원장은 언론사 사장단과의 오찬 자리에서도 많은 말을 쏟아 냈다. 방북단이 서울 답방을 언제 할 것이냐고 물었다.

"나는 김대중 대통령에게 빚을 졌기 때문에 서울을 가야 합니다. 국방위원회와 외무성이 토론 중인데 아직 보고를 못 받았습니다."

미국과 일본과의 수교 시점도 물었다. 김 위원장은 솔직하고 의미 있는 답변을 했다.

"내 말 떨어지면 내일이라도 미국과 수교합니다. 미국이 테러 국가 고깔을 우리에게 씌우고 있는데 이것만 벗겨 주면 그냥 수교합니다. 그런데 일본과의 수교 문제는 복잡합니다. 과거 문제도 있고, 청산해야 할 문제도 있지요. 일본은 36년을 우리에게 보상해야 합니다. 나는 자존심 꺾이면서 일본과 수교는 절대로 안 합니다. 작은 나라일수록 자존심이 있어야 합니다."

나는 언론사 사장단과 함께 북에 가는 박지원 장관에게 김정일 위원장이 한나라당 총재를 초청해 주도록 요청해 보라고 지시했다. 민족 문제 논의에 여야가 있을 수 없고, 또 앞으로 북한과 다양한 경제 협력을 하려면 남북협력기금 등을 사용해야 하는데 이는 야당의 협조가 필요했기 때문이다.

박 장관은 이런 배경을 설명하고 김 위원장에게 야당 총재의 방북 초청을 건의했다. 그러자 김 위원장은 "김 대통령이 평양에 왔을 때 60만 인민이 환영했다. 대부분은 자발적으로 나온 것이다. 이러한 사실을 야당에서 어떻게 파쇼라고 이야기하느냐"며 불같이 화를 냈다. 그러나 박 장관은 꼭 만나야 한다며 간곡하게 설득했다. 결국 김 위원장이 "김 대통령 말씀도 있고 하니 야당 총재를 만나겠다"며 수락 의사를 밝혔다.

나는 돌아온 박 장관에게 김 위원장이 밝힌 내용을 문서로 만들어 한나라 당에 보내라고 했다. 박 장관은 사실상의 '방북 초청' 문서를 야당에 보냈다. 그러나 야당 총재의 방북은 이뤄지지 않았다. 8월 중순 학계 인사들과 오찬을 하는 자리에서 어떤 교수가 나에게 이런 질문을 했다.

"남북 관계 개선을 범국민적 차원에서 추진하려면 야당 총재와 정치인의 방북을 적극 지원할 필요가 있지 않습니까."

나는 "야당이 방북을 추진하고 있는 것으로 알고 있다"고 답했다. 이 답변 이 박준영 공보수석의 브리핑을 통해 보도되자, 한나라당은 "정부로부터 어떤 통보도 받지 못했다. 청와대가 야당이 대북 접촉을 하고 있는 것처럼 사실을 왜곡하고 있다"며 이를 즉각 부인했다.

이미 북측의 초청 의사를 전달한 지 며칠이 지났는데도 이렇듯 시치미를 뗐다. 이회창 총재 측근들까지 "그런 일 없다"고 했다. 그래서 우리도 이런 사실을 끝까지 밝히지 않았다. 우리는 남북 관계 진전을 위해, 그리고 대북 화해 협력의 국민적 합의를 위해 이 총재가 북한에 가는 것을 돕고자 했다. 이 총재 방북이 이루어졌다면 남과 북은 한층 더 가까워졌을 것이다. 못내 아쉬웠다.

8월 7일 개각을 단행했다. 8개 부처를 포함 장관급 11명을 교체했다. 재정 경제부 장관에 진념 기획예산처 장관, 교육부 장관에 송자 명지대 총장, 농림 부 장관에 한갑수 한국가스공사 사장, 산업자원부 장관에 신국환 전 공업진흥 정창, 보건복지부 장관에 최선정 노동부 장관, 노동부 장관에는 김호진 노사 정위원장, 해양수산부 장관에 노무현 전 의원, 기획예산처 장관에는 전윤철 공정거래위원장을 발탁했다. 또 금융감독위원장에는 이근영 산업은행 총재, 공정거래위원장에는 이남기 공정거래위 부위원장, 노사정위원장에는 장영철 전 의원 등 장관급 3명을 임명했다.

나는 새 내각에 다섯 가지 과제를 주며 분발을 촉구했다. 첫째는 민주·인 권·법질서 확립, 둘째 금융 등 4대 개혁 완수, 셋째 생산적 복지의 이행, 넷째 지역 간 국민 화합, 다섯째 남북 관계의 개선 및 화해 협력이었다.

그런데 송자 교육부 장관은 임명된 지 23일 만에 외국 서적 표절 의혹 등 도덕성 시비에 휘말려 사퇴했다. 후임에 이돈희 새교육공동체위원회 위원장을 임명했다. 얼마 후에는 수석비서관 3명을 교체했다. 외교안보수석에 김하중 의전비서관, 교육문화수석에 정순택 부산시 교육감, 복지노동수석에 최규학 국가보훈처장을 임명했다. 국가보훈처장에는 김유배 복지노동수석을 임명했다.

8월 15일 광복절을 맞아 서울과 평양에서 꿈에도 그리던 이산가족 상봉이 시작되었다. 1985년 첫 이산가족 상봉 후 15년 만이었다. 남측의 102명의 이산가족은 평양에서 북에 있는 218명의 가족을 만났다. 북측의 101명은 서울에서 남에 있는 가족 750명을 상봉했다. 나는 전날 북으로 혈육을 만나러 가는 이산가족 방북단을 청와대로 초청했다. 이들은 전체 방북 희망자 7만 6793명 중 최종 선택된 사람들이었다. 그들에게 점심을 대접했다. 노인 한 분이 꿈만 같다며 나에게 고맙다고 했다.

"가족을 버리고 떠나온 지 50년이 넘었습니다. 아들딸이 어디서 사는지 한시도 잊은 적이 없습니다. 그동안 하얗게 늙었습니다. 빨리 가서 부둥켜안고 싶습니다. 하지만 가고 싶은 사람들이 너무도 많아서 친구들에게 북에 간다는 말도 못했습니다."

그들은 가족을 만나기도 전에 목이 메었다. 여기저기서 흐느꼈다. 고향을 그리다 속절없이 늙은 사람들, 저들의 눈물을 어찌 외면할 수 있단 말인가. 그러다 보니 눈물의 오찬이 되고 말았다. 내가 위로했다.

"나는 북한 출신이 아닌데도 나이 70을 넘기자 북한을 못 가 보고 죽는 것 아니냐 하고 슬픈 생각이 들었는데 여러분은 오죽하겠습니까. 이번에 100명만 갑니다. 하지만 시작이 반인만큼 이산가족들이 가족과 어디서든 살 수 있도록 계속 노력하겠습니다."

북의 가족을 만나러 가는 이산가족들은 가족사의 애환이 서린 선물들을 정성껏 준비했다. 사진, 금반지, 족보, 목걸이, 그리고 먹을 것들을 준비했다. 어머니는 돌아가시고, 그 어머니가 북의 혈육에 전해 달라며 남긴 유품들도 있었다.

다음 날 이산가족들이 상봉하는 장면을 텔레비전으로 지켜봤다. 이제 아주 많이 늙은 사람들이 서로 부둥켜안고 눈물을 쏟아 내고 있었다. 더 늙을 것도 없을 만큼 늙어 버린 혈육들은 어찌할 바를 몰랐다. 나와 아내도 울지 않을 수 없었다. 나는 대통령이 되기를 정말 잘했다고 생각했다. 만난을 무릅쓰고 평양에 간 보람이 있었다. 방북단에 끼지 못한 이산가족들이 헤어진 혈육의 이름을 부르며 절규하는 모습도 보였다. 이산가족 상봉은 지구촌의 심금을 울렸다. 레바논에도 이산가족이 많은데 이 광경을 보고 레바논 사람들도 눈물을 흘렸다고 한다. 세계 언론들은 절통한 사연들을 실어 날랐다.

이산가족 1세대들이 세상을 뜨고 있는데, 그들에게 적어도 만남의 기회만은 줘야 했다. 평생 그리던 가족들을 못 만나고 세상을 버린다면 얼마나 한이 되겠는가. 지금까지 그것을 방치한 우리 모두가 또 다른 죄인이었다. 그래서 절박하게 김정일 위원장에게 남과 북의 최우선 과제로 '이산가족 상봉'을 호소했던 것이다.

8월 31일 천체물리학자 스티븐 호킹 박사가 청와대 비서실과 경호실 직원들을 대상으로 강연을 했다. 주제는 "호두 껍질 속의 우주"였다. 박사는 '코스모(COSMO)-2000' 행사에 초청을 받아 한국에 왔다. 박사는 강연하기 전에 자신을 소개했는데 내가 아는 박사의 진면목을 그대로 드러냈다. 비록 전해 들었지만 옮겨 본다.

"나는 1963년에 2~3년밖에 살지 못하는 루게릭병에 걸렸습니다. 나의 가장 큰 업적은 아직 살아 있다는 것입니다.

병에 걸리기 전에는 장난삼아 정치 지도자가 될까 생각했는데 총리직을 토니 블레어에게 넘긴 것이 잘했다고 생각합니다. 블레어보다 내가 직업에 대한 만족도가 더 높고, 또 내 일이 역사에 오래 남을 것으로 생각합니다."

역경 속에서도 이런 유머와 긍지를 지니고 있음을 어떻게 설명해야 할까.

나는 호킹 박사의 내한 소식을 듣고 청와대 강연을 직접 주선했다. 직원들의 사고가 우주로 열리기를 기대했다. 강연에 앞서 호킹 박사를 접견했다.

"호킹 박사와 이웃으로 산 것을 큰 영광으로 생각합니다. 한국에는 '이웃사촌'이라는 말이 있습니다. 그 후 많은 책을 출판하는 등 엄청난 학문적 업적에 경의를 표합니다. 박사의 학업은 인류의 자랑입니다."

"다시 만나 뵙게 되어 반갑습니다. 대통령께서 평화를 위해 항상 노력하고 계신 데 대해 높이 평가합니다."

"우주에 다른 생명체가 있다고 보십니까."

"원시적인 생명체가 존재할 것이라고 생각하지만, 지능을 갖고 있는 생명체인지는 확실하지 않습니다."

"세계 65억 인구 중에 호킹 박사를 아는 사람은 존경하지 않을 사람이 없을 것입니다."

"영광입니다. 케임브리지에 꼭 와 주시기 바랍니다."

천체물리학자 스티븐 호킹 박사를 청와대에서 만나 전자 음성 합성기로 대화를 나누었다.

그러면서 박사는 자신의 최근 저서인 『시간의 역사(The Brief History of Time)』를 나에게 선물했다. 서명 대신 지장이 찍혀 있었다. 그것은 불편한 몸으로 오랜 시간 집필한 흔적, 즉 시간의 지문처럼 보였다.

2000년 8월 말 동교동 우리 집이 헐렸다. 나는 1963년 서울 신촌의 사글셋방에서 이곳으로 이사했다. 1995년 일산으로 옮기기 전까지 33년 동안 살았다. 사제 폭발물이 날아들고 수십 차례 연금을 당하면서도 동교동 우리 집은 나를 뉘어 주고 일으켜 주었다. 집은 늘 경찰들이 에워싸고 있었으며 정변이 있을 때마다 집도 수난을 당했다. 걸핏하면 도청이요 압수 수색이었다. 동교동이란 야당 정치의 상징이었고, 독재 정권과 싸운 저항의 표상이었다.

동교동 옛집에서 신군부의 정치군인들에게 붙들려 갔고, 대통령 선거에서 세 번이나 떨어졌다. 그래도 그 집에서는 아내와 아이들이 나를 기다렸다. 우리는 고난 속에서도 민주화를 향한 의기가 충만했고 기도를 멈추지 않았다. 나의 고뇌와 눈물이 스며 있고 내 사랑과 열정이 배어 있었다. 그 옛집이 헐린다니 무척 아쉬웠다. 처음에는 옛집의 철거에 망설였지만, 퇴임 후에 경호 문제 등을 고려하면 철거할 수밖에 없었다. 퇴임 후 거처로 한때 경기도 파주를 고려하기도 했지만 나는 다시 동교동으로 돌아가기로 했다.

9월 2일 북송을 원하는 비전향장기수 63명을 북으로 보냈다. 북은 판문점에서부터 이들을 맞았다. 환영 행사는 성대했고, 북쪽 시인들은 시를 지어 이들에게 바쳤다. 비전향장기수는 고향인 북한을 그리며 전향을 거부하고 남한 사회의 '이방인'으로 살아왔다. 63명 장기수 대부분이 70세를 넘는 노인들로 짧게는 13년부터 길게는 44년까지 평균 30년 이상을 복역했다. 나는 그들이 얼마 남지 않은 생을 고향 산천을 바라보며 가족의 품에서 보내야 한다고 판단했다. 어찌 보면 이념이란 세월이 흐르면 바래서 작은 바람에도 나부끼는 구호에 불과한 것 아니겠는가. 이런저런 이유로 남쪽에 남는 장기수들도 있었다. 가는 사람도 남는 사람도 서로에게 무거운 하루였을 것이다. 남쪽과의 이별이 어찌 좋기만 하겠는가. 인연이란 그런 것이다. 나는 우리가 비전향장기수를 먼저 북으로 보냄으로써 북한도 납북자와 국군 포로의 상봉이나 송환에 응해 줄 것으로 기대했다. 북한에는 약 700~800명의 납북자와 국군 포로가 있었지만 북한은 그들의 존재 자체를 부정해 왔다. 그러나 이산가족 상봉이 몇 차례 이어지면서 그들은 이산가족 상봉단에 섞여 가족들을 만날 수 있었다.

9월 6일부터 8일까지 미국 뉴욕 유엔 본부에서 '유엔 밀레니엄 정상회의'가 예정되어 있었다. 나는 아내와 함께 5일 출국했다. 북한의 대외적 국가 수반인 김영남 최고인민회의 상임위원장과 회담 일정도 잡혀 있었다. 이 회담은 세계가 주목하고 있었다. 그런데 문제가 발생했다.

김영남 상임위원장 일행이 독일 프랑크푸르트 공항에서 뉴욕행 아메리칸 에어라인 항공기 탑승 수속 중에 항공사 측의 무례한 검색을 받았다. 김 상임위원장에게도 몸수색을 하려 했다. 북한 대표단은 유엔 회원국의 대표임을 밝히고 항의했지만 항공사 안전 요원들은 "8개 불량 국가 인사들에 대해서는 지위 고하를 막론하고 몸수색을 하게 돼 있다"며 막무가내였다. 북한 대표단은 이에 항의하여 미국 방문을 전격 취소해 버렸다. 북한 외무성 부상은 현지에서 회견을 가졌다.

"항공사 보안 요원의 무례한 검색은 미국 측의 의도적인 도발이라고 볼 수밖에 없다. 주권 국가의 수반을 무시하는 미국의 이중적인 태도를 용납할 수 없기 때문에 우리는 돌아간다."

북한 대표단은 중국을 경유하여 북한으로 돌아갔다. 미국 측은 한국 국정원을 통해 이 사실을 알았다. 급히 주중 미국 대사관을 통해 북측에 유감을 표명하고 유엔 총회에 참석하도록 권유했으나 허사였다. 나는 이 같은 사실을 미국행 비행기 안에서 들었다. 참으로 난감했다. 나 또한 미국의 처사가 야속했다. 국가의 초청을 받은 외교단에 이런 모욕적인 몸수색을 하려 했다는 것을 도저히 납득할 수 없었다. 미국 정부는 이에 대해 "민간 항공사의 잘못된 처사로 미국 정부와는 어떤 관계도 없다"고 발표했다.

미국의 오만에 나는 낙담했다. 국제 무대에서 남북 국가 수반의 첫 회동으로 세계의 지지를 끌어내려는 야심 찬 꿈이 깨져 버렸다. 만일 김영남 상임위원장이 뉴욕에 와서 나의 주선으로 클린턴 미국 대통령을 만났다면 역사는 또 다른 방향으로 흘러갔을 것이다. 참으로 안타까웠다.

유엔 밀레니엄 정상회의가 열렸다. 새 천 년에 들어와서도 여전히 인류에게 직면한 난제들 즉 내전, 빈곤, 질병, 환경 파괴, 테러, 마약 문제 등을 어떻게 풀지 정상들이 지혜를 모아 보자는 취지로 모였다. 역사상 가장 많은 국가 원수 및 정부 대표가 참석했다. 189개 유엔 회원국 중 164개국 정상들이 한자리에 모였다. 나는 기조연설에서 남북 정상 회담의 의미를 되새기며 세계에 우리의 평화 공존 의지를 알렸다.

"새 천 년의 기적이 한반도에서 일어나고 있습니다. 55년 동안 남북 간을 가로막아 온 냉전의 빙벽에 따뜻한 햇볕이 비치고 얼음이 녹기 시작했습니다. 여러분께서는 지난 6월 15일에 있었던 남북 정상 회담과 8월 15일에 있었던 이산가족 상봉 장면을 보셨을 것입니다. 이러한 기적 같은 상황이 일어난 것은 남북한 당사자의 노력은 물론 유엔과 전 세계 지도자 여러분의 끊임없는 지지와 격려의 결과라고 생각하며 감사해 마지않습니다.

남북 정상 회담을 통해 우리 두 정상은 어떠한 일이 있어도 전쟁이 다시 일어나지 않도록 노력하기로 다짐했습니다. 적화 통일도 흡수 통일도 다 같이 배제하기로 했습니다.

통일은 우리 민족의 궁극적 목표입니다. 그러나 이것은 아무리 오랜 세월이 걸리더라도 반드시 평화적으로 이루어야 하며 남북 모두가 더불어 성공하는 통일을 이룩하기로 남북 정상이 합의한 것입니다."

유엔은 제55차 유엔 총회 공동의장국 명의로 남북 정상 회담을 환영하는 성명을 발표했다.

정상들과 연쇄 회담을 가졌다. 장쩌민 중국 국가 주석과는 숙소인 월도프 아스토리아 호텔에서 만났다. 장 주석은 정상 회담 등 남북 관계 진전을 진심으로 반기며 축하했다.

"'뜻이 있으면 반드시 이뤄진다'는 중국의 말이 있습니다. 남북 관계가 진전되고 있는 것을 아주 기쁜 마음으로 보고 있습니다. 한반도의 안정과 평화에 관심을 갖고 있으며, 감동적인 이산가족 상봉 등 남북 관계 진전에 대한 보도를 상세히 보고 있습니다."

내가 북한 김영남 상임위원장의 유엔 회의 불참을 안타까워하자 따뜻하게 위로해 주었다.

"소식을 들어 알고 있습니다. 세상일은 여러 곡절을 거쳐야 하는 것 같습니다. 이번 일이 남북 관계에 영향이 없기를 바랍니다."

다음 날 클린턴 미국 대통령과도 같은 장소에서 만났다. 클린턴 대통령은 김영남 상임위원장 방문 취소에 유감을 표했다.

"프랑크푸르트에서 발생한 사건에 대해서는 대단히 유감스럽게 생각합니다. 북한 대표단이 마음을 돌려서 뉴욕에 오기를 희망했으나 결국 방문이 이뤄지지 못한 데 대해 아쉽게 생각합니다. 미국으로서는 최선을 다해 북한의 감정이 상한 것을 회복하기 위해 노력할 것이며, 김 대통령께서도 미국의 노력을 도와주시기 바랍니다."

나는 한미주둔군지위협정(SOFA) 개정 문제를 제기했다.

"한국 내에서는 SOFA 개정이 독일이나 일본과 같은 수준으로 이뤄져야 한다는 요구가 강합니다. 현재 양측이 진지하게 협상을 진행하고 있는 만큼 원만하게 타결될 수 있도록 상호 노력할 필요가 있습니다."

나는 비공개로 진행된 원탁회의에 참석했다. 50여 명의 정상이 참석했다. 나는 미얀마 문제 해결을 적극 촉구했다.

"유엔은 그간 미얀마 사태에 대해 여러 번 결의를 했고, 한국도 이에 적극 참여했습니다. 그러나 미얀마 정부가 아웅산 수지 여사와 대화를 통해 모든 문제를 해결하라고 하는 결의의 내용이 아직 실천되지 않고 있습니다. 유엔은 그 결의가 실천으로 옮겨질 수 있도록 적극적인 노력을 기울여야 한다고 생각합니다."

원탁회의에서 옆자리에 앉아 있던 토니 블레어 영국 총리가 정상 회담을 요청했다. 우리는 휴식 시간을 활용하여 별도의 방에서 회동했다. 17분 동안의 '미니 정상 회담'이었다. 나는 이 자리에서 블레어 총리의 부인이 늦둥이를 출산한 것에 축하의 말과 덕담을 건넸다.

푸틴 러시아 대통령과의 회담에서는 서울과 북한의 원산을 연결하는 경원선과 시베리아 횡단철도(TSR)의 연결 등 남북한과 러시아 간 경제 협력을 추진키로 합의했다. 푸틴 대통령은 북한을 비교적 정확하게 꿰뚫고 있었다. 그가 말했다.

"얼마 전 북한을 방문했습니다. 김정일 위원장과의 회담을 통해 북한이 남한과의 관계 발전에 열의를 갖고 있다는 인상을 받았습니다. 최근 중국, 일본 정상들과 회담을 가졌는데 모두 남북한 간의 화해와 협력을 지지하고 있었습니다.

김 대통령께서 항상 강조하신 것처럼 북한을 고립시키지 않고 서로 협력할수 있는 분야를 발견하여 전반적인 관계 발전으로 연결시킨다는 것은 옳은 정책입니다. 김 위원장은 젊은 지도자로서 북한의 미래에 대해 상당히 많은 생각을 하고 있는 인물이라는 인상을 받았습니다.

북한을 결코 고립시켜서는 안 됩니다. 북한과의 관계를 발전시켜 북한이 외부 세계에 대한 두려움을 떨쳐 버릴 수 있도록 해야 합니다. 북한이 막다른 골목에 몰려 위협을 느끼지 않도록 해야 합니다. 북한은 주변 국가들이 우호적이라는 것을 자각하면 무기 개발을 더 이상 하지 않을 것입니다. 결국에는 군사적 대결이 완화되고 적대로 인한 희생이 사라질 것입니다."

푸틴 대통령은 정보기관 출신이라는 다소 부정적 이미지에도 불구하고 문제의 핵심을 제대로 짚었다. 내가 제안한 남북한 철도 연결 등에서도 적극적이었다.

"김 대통령께서 언급하신 남북한 철도 연결 등 공동 프로젝트 사업은 한반도 긴장 완화라는 측면에서 매우 중요합니다. 주변국 모두가 참여하는 대규모 프로젝트가 될 수 있다고 생각합니다. 남북한 철도가 연결되면 광케이블을 연결할 수도 있을 것이므로 결국에는 지역 내 통신망이 확충될 것입니다. 가스, 전기 등 에너지 분야에서의 협력이 주변국들의 참여 하에 추진될 수 있을 것입니다. 나는 양국 경제공동위에서 남북한과 러시아가 참여하는 3각 경제 협력 프로젝트가 토의될 수 있기를 바랍니다. 김 대통령의 의지와 노력으로 장기간 누적된 문제들이 드디어 해결의 실마리가 잡히고 있습니다."

정상회의 기간 중에 아내가 뉴저지 주 드류 대학에서 명예인문학 박사학위를 받았다. 내가 받는 것보다 더 기뻤다.

북에서 김용순 특사가 9월 11일 고려항공 편으로 남북 직항로를 이용해 서울에 왔다. 김정일 위원장의 추석 선물로 칠보산 송이를 싣고 왔다. 10킬로그램짜리 300상자였다. 북측은 전직 대통령, 3부 요인, 여야 정당 대표, 6월 정상 회담 대표단, 8월 방북한 언론사 사장단 등 송이버섯 선물을 전달할 명단도 제시했다. 김 위원장의 통이 큰 것은 익히 알겠으나 북한 인민들의 궁핍한 삶을 생각하니 편치 않았다. 통일부가 알아서 제법 많은 사람들에게 나눠 주었다. 추석상에 올라와 맛을 보았다. 향이 무척 깊었다.

김 특사 일행은 제주도, 포항, 경주 등 관광지와 포항제철 등 산업 시설을 둘러봤다. 임동원 국정원장과 김용순 노동당 비서가 고위급 특사 회담을 했다. 그리고 9월 14일, 7개의 합의 사항을 남북 공동 보도문으로 발표했다.

1. 김정일 국방위원장이 앞으로 가까운 시기에 서울을 방문하며 이에 앞서 김영남 최고인민회의 상임위원장이 서울을 방문하기로 하였다.
2. 쌍방은 남측 국방부 장관과 북측 인민무력부장 간의 회담을 개최하는 문

제가 현재 논의 중인 데 대하여 환영하였다.

　3. 이산가족 문제 해결을 위해 이산가족의 생사·주소 확인 작업을 9월 중 시작하여 이른 시일 내에 마치기로 하였으며, 이들 중 생사가 확인된 사람부터 서신을 교환하는 문제를 우선적으로 추진키로 하였다. 또한 남북적십자회담을 9월 20일 금강산에서 개최하여 위 문제와 함께 올해 두 차례의 이산가족 방문단 추가 교환 문제, 이산가족 면회소 설치·운영 문제를 협의키로 했다.

　4. 남북 간 경제 협력을 활성화시키기 위해 투자 보장, 이중과세 방지 등 제도적 장치를 마련하기 위한 실무 접촉을 9월 25일 서울에서 개최하며 이른 시일 내에 이를 타결키로 하였다.

　5. 남북 간 경의선 철도 및 도로 연결을 위해 이른 시일 내에 남북이 기공식을 개최키로 하였다.

　6. 북측은 15명 정도 규모의 경제 시찰단을 10월 중 남측에 파견키로 하였다.

　7. 임진강 유역 수해 방지 사업을 위해 금년 내 남북 공동으로 조사를 실시, 구체적 사업 계획을 마련키로 하였다.

　김용순 특사 일행과 오찬을 함께했다. 김 특사는 김정일 위원장의 구두 메시지를 전했다.

　"대통령께 정중한 안부 인사를 전합니다. 역사적인 평양 상봉을 통해 합의된 6·15 공동 선언은 훌륭한 내용을 담고 있으며 선언 내용이 확실히 실현돼 가고 있는 데 만족하고 있습니다. 특히 평양에 오셨을 때 허례허식을 싫어한다고 말씀하셨는데, 그에 따라 공동 선언이 나왔고 이제 잘 집행하고 관철해 나가야 합니다. 공동 선언의 수표(서명)가 확실히 말라가며 굳어지고 있습니다. 공동 선언에 훌륭한 내용들이 많이 나왔는데 또 과거처럼 되돌아가서는 안 됩니다. 어떤 경우에도 공동 선언을 확실히 실천하고 이행해야 합니다. 나는 그런 마음으로 충만해 있습니다."

　나도 답례 메시지를 보냈다.

"추석을 택해 따뜻한 선물을 보내 준 데 대해 감사합니다. 6·15 공동 선언은 충실히 이행돼야 합니다. 평양에서도 얘기했지만 인생은 영원한 것이 아닙니다. 우리가 살 때 무엇을 했느냐가 더 중요합니다. 우리가 민족의 운명을 이 시기에 결정할 자리에 있다는 것도 참으로 의미 있는 일입니다. 우리는 민족의 통일을 바라면서도 이것을 서둘러서는 안 되고 그 기반을 확고히 닦는 것이 중요합니다. 나는 임기 때까지 이런 노력을 할 것이고, 후임자가 또 그것을 진전시켜 가도록 생각하고 있습니다."

김용순 특사 일행은 그날 오후 판문점을 통해 다시 북으로 돌아갔다.

새 천 년의 첫 올림픽이 9월 15일 호주 시드니에서 열렸다. 개막식에서 남과 북의 선수단은 한반도기를 앞세우고 사상 처음 동시 입장했다. 개막식장에는 아리랑이 울려 퍼졌다. 그 순간 개막식에 참석한 11만 관중이 모두 일어나 박수를 쳤다. 참으로 보기 좋았다. 위대한 행진이었다. 올림픽이 인류의 축제였지만 인류는 이날 특별히 한반도에 축복을 보냈다. 지구상에 마지막 남은 분단국의 동시 입장은 개막식 최대의 감동이었다. 대회 기간 내내 서로 칭찬하고 응원했다. 올림픽에서는 남과 북은 이미 통일을 이뤘다. 세계 언론은 한반도에 새 세기가 열리고 있다고 보도했다. 사마란치 국제올림픽조직위원장은 축하의 서신을 보내왔다.

9월 18일 임진각 '자유의 다리' 앞에서 경의선 연결 기공식이 있었다. 가을날이 화창했다. 경의선 철도는 1906년 4월 개통되었으나 광복 직후인 1945년 9월 운행이 중단되고, 전체 구간 중 문산~개성 간 24킬로미터가 단절된 상태로 있었다. 반세기 동안 끊겼던 철도와 육로를 다시 연결하는, 민족의 동맥을 잇는 역사적인 행사였다.

앞으로 남과 북의 군인들이 공동으로 참여하는 지뢰 제거 작업은 동족상잔의 상흔을 지우는 일이다. 또한 이 땅에서 다시는 전쟁이 있어선 안 되겠다는 다짐이기도 하다. 지뢰가 사라진 그 자리에 신뢰의 싹이 돋아날 것이다. 그리고 그 신뢰의 싹은 장차 평화 통일의 꽃을 피우게 될 것이다.

남과 북의 철도 연결은 곧 우리가 유라시아 대륙으로 뻗어 나갈 수 있는 '철의 실크로드'를 구축하는 일이었다. 부산에서 출발한 기차가 파리, 런던까지 갈 수 있다는 것은 생각만 해도 설레는 일이다.

대통령 직속 기구로 '지속발전가능위원회'가 9월 20일 출범했다. 나는 20세기가 개발과 이용의 시대였다면 21세기는 보존과 개발이 조화를 이루는 시대라고 생각했다. 국민의 정부는 환경 보전과 경제 성장을 함께 추구했다. 나는 오래전부터 '인간과 자연이 더불어 사는 생명 공동체'를 꿈꾸었다. 하지만 취임과 함께 맞은 경제 위기로 이를 전면에 내세울 수 없었다. 그래도 한강과 낙동강 종합 대책을 마련했고, 영월댐 건설을 백지화했다. 또 습지보전법을 제정했고, 국립공원 관리 업무를 환경부로 이관했다. 천연가스 시내버스도 도입했다.

'지속 발전 가능'이라는 말을 뒤집어 보면 언제든 우리 사회가 멈출지 모르는, 문명의 단절을 경고하고 있으니 가히 두려운 것이다. 위원회는 대형 국책 사업, 국토 난개발, 기후 변화 협약, 에너지 문제 등 현안들의 의견을 조율하도록 했다. 초대 위원장에 강문규 새마을운동중앙회장을 임명했다.

22일 2박 3일 일정으로 일본을 방문했다. 도쿄 뉴오타니 호텔에서 한일 문화인들을 만났다. 나는 문화 개방 이후 양국이 문화 교류의 신시대가 열리고 있음을 강조했다.

"최근 들어서는 긴자(銀座) 거리의 최신 유행이 불과 며칠 안에 서울에서 그대로 재현되고 있습니다. 서울 동대문 시장의 패션이 매일같이 일본으로 직수입되고 있습니다. 한국 영화 〈쉬리〉가 일본에서 100만 관객을 동원하고 있으며, 일본의 인기 남성 듀엣 '차게 앤 아스카'는 서울 공연에서 수많은 한국의 젊은이들을 열광시켰습니다.

한일 양국의 문화가 가까워질수록 두 나라 국민 간의 교류와 친선은 더욱

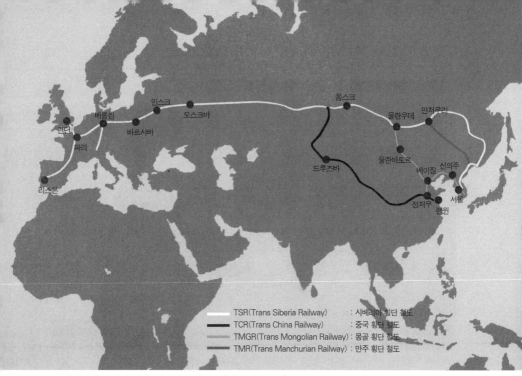

부산에서 출발하여 파리, 런던까지 달리는 '철의 실크로드' 노선. 대륙 횡단 열차는 풍요를 실어 나를 것이다.

확대되고 신뢰는 더욱 깊어질 것입니다. 전문가들은 상호 신뢰의 확대야말로 국가 내에서 저비용과 고효율의 공동체 운명을 촉진시킬 것이라 말하고 있습니다."

이튿날 모리 요시로 총리와 도쿄 근처 온천 휴양지인 아타미(熱海) 시 하쿠만고쿠 호텔에서 정상 회담을 가졌다. 아타미 시에 도착하자 시민 4000여 명이 몰려와 태극기와 일장기를 흔들었다. 빗속인데도 환영 인파가 많아서 내심 놀랐다. 모리 총리는 내가 투숙한 호텔에서 하룻밤을 묵었다. 그리고 회담장에도 먼저 나와 기다렸다.

그날 밤 모리 총리 주최의 만찬이 있었다. 만찬이 진행되는 동안 호텔 앞 해변에서 불꽃놀이가 있었다. 30분이 넘게 밤하늘을 수놓았다. 나를 환영하기 위해 아타미 시가 마음먹고 준비했다고 모리 총리가 알려 줬다. 그렇게 화려한 불꽃은 본 적이 없었다.

분단 후 처음으로 북한 인민무력부 최고 책임자를 청와대에서 만났다.

북한 인민무력부장이 남으로 왔다. 9월 24일 남북국방장관회담을 하러 북측 대표단 일행 13명이 판문점을 넘었다. 북한군 수뇌부가 군사 분계선을 넘은 것은 한국전쟁 이후 처음이었다. 북측 대표단은 판문점을 넘어와 남측 군용기를 이용하여 제주도로 이동했다. 제주도에서 열린 조성태 국방장관과 김일철 인민무력부장과의 회담에서 남북의 군인들이 철도와 도로 연결 공사를 위하여 비무장 지대에서 서로의 안전을 보장하기로 했다.

청와대에서 김일철 인민무력부장의 예방을 받았다. 김 부장과 일행이 나에게 거수경례를 했다. 인민무력부 최고 책임자가 청와대에 온 것은 분단 55년 만에 처음이었다. 과거에는 상상할 수 없는 일이었다. 내가 말했다.

"다시는 서로 총부리를 겨누고 싸워서는 안 됩니다. 남북이 오랫동안 적대 관계를 유지해 조금만 잘못돼도 깨질 수 있습니다. 조급해하지 말고, 그렇다고 쉬지도 말고 신뢰를 쌓아 가면 평화 통일을 이룰 수 있을 것입니다."

인민군 대표들은 시종 부동자세로 내 얘기를 경청했다. 그것을 보면서 여러 가지 생각이 밀려왔다.

6·15 남북 공동 선언으로 모든 남북 관계를 질적·양적으로 변화시켰다. 경제 협력과 사회문화적 교류에 봇물이 터졌다. 무엇보다 중요한 것은 남과 북서로가 서로를 재발견하게 되는 계기를 마련했다. 적이 아닌 공존공영의 대상으로 재인식하게 되었다. 북쪽 주민들이 남쪽을 바라보는 시선이 완전히 달라졌고, 남쪽 주민들은 안보만큼은 정부의 평화 정책을 믿고 생업에 전념할 수 있었다. 남과 북이 반세기의 불신을 썼고 신뢰를 구축한 것이 얼마나 다행인가. 인민군 수뇌부의 경례 속에 그것들이 들어 있었다.

9월 28일 노르웨이 베르겐에 본부를 둔 라프토(RAFTO) 인권재단이 '라프토 인권상' 수상자로 나를 선정했다. 나의 남북 화해 정책이 궁극적으로 북한의 인권 개선에 기여했다는 점을 평가했다고 선정 이유를 밝혔다. '라프토 인권상'은 동유럽 사회주의권의 민주화 운동을 지원하다가 숨진 베르겐 대학 라프토(Egil Rafto) 교수를 기리기 위해 제정된 상이다. 시상식에 둘째 홍업 내외가 참석했다.

복지는 시혜가 아니다, 인권이다
(1998 ~ 2000. 10)

2000년 1월 4일 신년사에서 '생산적 복지'의 국정 철학을 천명했다. 이로써 국민의 정부는 민주주의와 시장 경제의 병행 발전, 그리고 생산적 복지를 3대 국정 지표로 삼았다. 사실 '생산적 복지'를 실행하려는 생각은 취임 전부터 갖고 있었다. 그러나 외환 위기의 급한 불을 꺼야 하는 상황에서 복지 문제를 챙길 여유가 없었다. 그런데 1999년도 세수가 증대하여 세계(歲計) 잉여금이 3조 8000억 원가량 남아 서민 복지에 사용할 정도로 경제 상황이 많이 호전되었다. 이미 정책기획위원회에서도 '생산적 복지'에 대한 연구를 시작하고 있었다.

1999년 6월 정책기획위원회 위원들과 오찬을 함께하며 그간 줄곧 머릿속에 담아 두었던 내 구상을 얘기했다.

"나는 선거 전부터 '생산적 복지'라는 말을 써 왔습니다. 생산적 복지는 시혜적 차원이 아니라 국민들이 재훈련을 통해 고부가 가치와 고효율을 낼 수 있는, 그래서 국가 경제에도 도움이 되고 본인에게도 도움이 되는 그런 방향으로 정책을 추진해야 한다고 생각합니다. 일할 의욕과 능력이 있는 사람에게는 일할 길을 열어 주고, 그렇지 못한 중증장애인이나 노약자는 보호를 강화해야 한다고 생각합니다."

어려운 처지의 국민을 위한 복지 정책을 구상하며 대통령이 된 보람을 느꼈다.

이때부터 정부 차원의 생산적 복지를 본격 연구했다. 연구 결과는 나에게 속속 보고되었다. 생산적 복지 개념이 또렷해졌다. 생산적 복지는 유럽식의 시혜적 복지와는 다르다. 내가 구상하는 생산적 복지에는 나라에서 할 일 세 가지가 녹아 있다.

첫째는 자신의 힘으로 생활해 나갈 수 없는 약자들은 기초생활보장법에 의해 보호하자는 것이다.

둘째는 '일을 통한 복지'를 지향했다. 의욕과 능력이 있는 사람에게는 더 많은, 더 좋은 일자리를 마련해 주는 것이다. 실업자들의 노동 시장 재진입을 위한 취업 정보를 제공하고 취업 알선, 직업 훈련, 창업 지원 등 적극적인 정책을 펼쳐 나가는 것이다.

셋째는 이 땅의 누구나 자신의 행복권을 누릴 수 있는 여건을 만들어 보자는 것이었다. 과거에는 의식주만 해결하면 요순시대라고 했다. 그러나 이제는 의식주만으로는 행복해질 수 없는 세상이다. 문화, 레저, 스포츠, 환경 등에 대한 욕구가 충족되지 않으면 행복하다고 할 수 없는 시대에 우리가 살고 있다. 이를 위해서는 인간적 가치를 찾고 행복을 누릴 수 있는 소양 교육 등이 필요했다. 이에 따라 국민의 정부는 '평생교육법'을 제정하여 언제든지 학습할 수 있는 기회를 주었다.

나의 이러한 세 가지 생각을 청와대 정책기획위원회와 관련 부처 등에서 다듬었다. 그래서 국민 기초 생활 보장, 일을 통한 복지 구현, 삶의 질 향상 기반 구축을 3대 정책 방향으로 정리했다. 생산적 복지 정책의 뼈대였다. 거듭 말하지만 '생산적 복지'에는 중요한 철학이 들어 있다. 곧 복지는 자선이 아니라 인권이라는 것이다. 또한 복지는 수혜자들에게 자활 의지를 북돋아 주고, 복지를 통해 경제 성장이 이루어진다는 것이다. 혹자는 나를 '신자유주의자'라고 비판했다. 아마도 외환 위기를 벗어나는 과정에서 보여 준, 철저한 시장 경제 원칙을 강조한 태도에서 그런 비판이 나왔다고 생각한다. 그러나 1997년 IMF 체제 이후 우리의 선택은 시장 경제 이외에는 다른 길이 없었다. '생산적 복지'는 시장 경제의 부작용, 폐해를 시정하고 보완하는 내용이라 할 수 있다. '생산적 복지'는 사후적인 복지, 시혜적인 복지의 한계를 보완하는 것에서 시작했지만, 과다 복지가 가져온 유럽의 실패에서 교훈을 얻은 것이기도 했다.

생산적 복지의 핵심인 국민기초생활보장제도를 2000년 10월 실시했다. 이것은 근로 능력에 관계없이 최저생계비 이하 저소득층의 기초 생활을 국가가 보장하는 것이다. 1961년 제정된 생활보호법은 외환 위기로 발생한 대량 실업과 빈곤층의 사회안전망 역할을 하지 못하고 있었다.

국민기초생활보장제도와 종전의 생활보호제도의 근본적인 차이점은 복지 패러다임의 대전환을 들 수 있다. '국민기초생활보장법'은 최저 생활을 보장받을 헌법상의 권리를 법률에 규정했다. 지난 40년간 시혜적 단순 보호 차원의 생활 보호에서 벗어나 복지가 국민의 권리이며 국가의 의무임을 명확히 밝혔다. 법정 용어도 종전의 '보호 대상·생계 보호·보호 기관'에서 '수급권자·생계 급여·보장 기관'으로 바꾸었다.

또한 최저생계비 이하의 모든 국민들의 기초 생활을 국가가 보장토록 했다. 종전의 생활보호법에서는 근로 능력이 있는 자에게는 생계비를 지원하지 않았으나 국민기초생활보장법에서는 국가의 보호를 필요로 하는 빈곤선 이하의 국민은 최저 생활을 보장받게 했다.

아울러 저소득층이 사회적 소외와 빈곤 구조로부터 탈피할 수 있도록 자활과 자립을 종합적으로 지원하도록 했다. 이를 통해 개인의 행복 추구는 물론 이웃과 사회, 그리고 국가에 이바지하는 사회 통합을 도모하고자 했다. 국민기초생활보장제도의 시행은 큰 효과를 가져다주었다. 생계 급여 수급자는 1997년 37만 명에서 2002년에는 155만 명으로 무려 네 배가 증가했다. 4인 가구 기준으로 1997년 33만 원에서 2002년 87만 원으로 실질적인 생계 보장이 이뤄졌다.

이후 이 제도는 우리나라 복지 수준을 한 단계 격상시켰다는 평가를 받았다. 나는 이 법에 서명하면서 이렇게 말했다.

"우리 사회에서 돈이 없어서 굶어 죽거나 돈이 없어 공부를 못하는 일이 없게 된 것을 기쁘게 생각합니다."

지방에 내려갔을 때에도, 국무회의에서도 기초생활보장제도를 점검했다.

이 제도를 시행함에 역풍도 만만찮았다. 보수층 일각에서는 '사회주의적 접근 방식'이라고 공격했다. 정부 내에서도 시기상조라는 의견이 많았다. 하지만 나는 망설이지 않았다. 동시대를 같은 공간에서 사는 나와 같은 인간이 굶주림에 시달린다는 것은 너무도 잔인하고 또 가슴 아픈 일이었다.

옛말에 "가난은 나라님도 구제하지 못한다"고 했지만 이제는 나라가 해결해야 했다. 과거에는 가난한 사람을 공동체가 품어서 보살폈다. 하지만 지금은 씨족 사회의 혈연이나 마을 단위의 지연(地緣)이 급속도로 해체되었기 때문에 가난이 곧 병이 되고 굶주림이 되었다.

나는 기초생활보장제 도입을 독려하며 반대 의견에 굽히지 않았다. 당시 주무 장관이었던 최선정 보건복지부 장관은 훗날 이렇게 회고했다.

"복지를 하는 사람이라면 꿈의 제도라 할 만한, 세계 어디에 내놔도 손색이 없는 이 제도는 순전히 김 대통령의 결단이었습니다."

나는 퇴임 후 가끔 텔레비전에 기초 생활 보장을 받는 서민들이 나와 정부의 지원이 유일한 생계 수단이라는 이야기를 들으면 보람을 느꼈다.

나는 대통령에 취임하면서 "노인이나 장애인들도 일할 능력이 있는 사람에게는 일을 주고 그렇지 못한 사람은 따뜻하게 감싸 주어야 합니다. 소외된 사람들의 눈물을 닦아 주고 한숨짓는 사람에게 용기를 북돋워 주는 그런 '국민의 대통령'이 되겠습니다"고 말했다.

어찌 보면 나는 장애의 몸으로 고령에 대통령이 되었다. 그래서 노인과 장애인에 대한 생각이 남달랐다. 하지만 돌아보건대 생각만큼 또 노력한 만큼 성과를 냈는지는 당시로서는 알 수 없었다. 나는 노인 복지 사업 추진 상황을 수시로 점검했다. 1999년 '세계 노인의 해'를 맞아 특별 담화문을 발표하기도 했다. 그해 10월 노인 복지 사업 보고회에서 이런 말을 했다.

"인생은 노년에 들어가서 행복해야 하고 그것이 진정 인생을 행복하게 마칠 수 있는 길이라고 생각합니다. 사회나 국가는 오늘의 노인들에 대해서 보은의 입장에서도 그럴 의무가 있습니다. 제가 항상 말하지만 '국가적 효', '사회적 효'를 해야 합니다. 자식들이 세금을 낸 이상 자식들이 직접 모시지 못한 부모에 대해서 국가가 대신 도와주는 것, 이는 효의 발전된 개념이라고 생각합니다."

국민의 정부는 경로연금제도를 도입하고, 고령자를 고용할 때는 고용 장려금을 지급하도록 했다. 또 장애인 고용 촉진과 직업 재활을 목적으로 하는 법률을 새로 제정했다. 장애인들에게 수당을 지급하고 의료비와 교육비를 지원하도록 했다. 공공시설 매점이나 자판기 등을 설치할 때는 장애인들에게 우선권을 주었으며 장애인들이 차량을 구입할 때는 특별소비세 면세를 확대했다. 그러나 장애인들의 사회에 대한 시선, 그리고 사회의 장애인에 대한 편견은 쉽게 바뀌지 않았다. 그것이 아쉬웠다.

4대 사회보험을 완성하였다. 물론 노령·질병·재해·실업 등 사회적 위험으로부터 국민을 보호할 목적이었다. 국민연금, 건강보험, 고용보험, 산재보험 등 4대 보험은 그 자체로 사회안전망이었다. 국민기초생활보장제와 더불어 생산적 복지 정책의 핵심이라 할 수 있었다.

산재보험과 고용보험의 적용 대상을 1인 이상 사업장까지 확대하여 모든 국민이 실업과 산업 재해의 위험으로부터 벗어나게 했다. 특히 고용보험은 실업 대란을 거치면서 실업 대책의 핵심적 구실을 했다. 실업자들의 생계 및 자활에 힘을 주었다. 또 오랫동안 논쟁을 벌였던 건강보험 관리 운영 체제를 통합했다. 이로써 국민의 의료 서비스를 상부상조하는 차원으로 끌어올려 공동체 사회의 기초를 마련했다.

국민연금의 확대는 많은 곡절이 있었다. 국민연금은 건강보험과 더불어 사회보장제도의 양대 축이라 할 만했다. 신규 가입 대상자가 도시 지역 자영업자 등 모두 900만 명에 달했다. 도시 지역 자영업자까지 확대할 경우에 연금에 여력이 있는지도 검토해야 했다. 그래도 정부는 국민의 정부 출범 첫해인 1998년 이를 하기로 결정했다. 우리나라가 급속히 노령화 사회로 진입하는 만큼 서두르는 게 좋겠다는 생각을 했다. 또 준비를 한다고 미뤘을 경우 다른 반발에 부딪혀 무산될 수 있다는 생각도 했다. 취임 초기 개혁의 동력으로 추진하자는 나름의 계산도 있었다.

보건복지부와 국민연금관리공단은 도시 자영업자 등을 상대로 소득 추계를 정하고 소득 신고를 하고 가입토록 했다. 그러나 국민들은 이 제도를 제대로 알지 못했다. 국민들의 마음을 움직이지 못한 것이다. 공단이 발행한 소득 추계도 주먹구구식이었다. 가입 신청서가 엉뚱한 사람에게 전달될 정도였다. 전혀 준비가 안 되었음이 드러났다. 1999년 2월부터 받기 시작한 개인별 소득 신고는 한 달이 넘어도 4분의 1을 넘지 않았다. 국민들은 반발했고, 여론은 악화되었다. 그 무렵 실시한 보궐 선거에서도 야당의 첫 번째 공격거리가 바로 '준비 안 된 국민연금'이었다. 지금도 그때를 떠올리면 얼굴이 달아오를 정도이다.

국민연금의 확대는 선정(善政) 중의 선정이라 할 수 있었다. 국민들이 기뻐하고 박수를 보내야 마땅했다. 그러나 돌아오는 것은 비난뿐이었다. 국정을 제대로 알리지 못했고 준비에 소홀했기 때문이다. 참으로 억울했다. 나는 보건복지부와 국민연금공단을 크게 질책했다. 하지만 이미 물은 엎질러졌다. 나는 국민과의 대화를 하는 자리에서 사과했다. 거기엔 개인적인 탄식도 섞여 있었다.

"참 어이가 없습니다. 정말로 국민을 위해 좋은 일을 한다고 큰마음 먹고 했는데 일을 맡아서 한 분들이 기술적·사무적으로 잘못해서 국민적 걱정을 끼쳐드린 데 대해서 대통령으로서 큰 책임을 느낍니다. 실망감이 이만저만 아닙니다."

그러자 4월로 예정된 확대 실시 시기를 연기하자는 여론이 고개를 들기 시작했다. 여당에서조차 총선에 결정적 악재가 될 수 있다며 연기를 건의해 왔다. 그러나 나는 이를 거부했다. 우여곡절이 있었지만 1999년 4월 1일 국민연금 적용 대상을 도시 지역 주민에까지 확대했다. 마침내 전 국민 연금 시대가 열렸다. 제도 도입 11년 만의 쾌거였다. 당시 주무 부처 김모임 장관은 커다란 고통과 시련을 겪었다. 내가 보기에도 측은할 정도였다. 하지만 우리는 그것들을 해냈다.

그러나 국민연금은 '저부담-고급여'의 초기 체계가 이어져 오면서 심각한 문제점을 안고 있었다. 연금 체계 전반에 개혁이 필요했다. 재정 건전성 확보가 숙제였다. 지금은 열 명의 자녀 세대가 낸 돈으로 한 명의 노인 세대를 도우면 되지만 앞으로는 두세 명의 자녀 세대가 한 명의 노인 세대를 도와야 했다. 이에 연금 체계를 '적정 부담-적정 급여' 구조로 개편해야 했다.

또 수십조에 달하는 기금 운영도 문제였다. 공단에 전문가 그룹으로 사업 본부를 신설하였으나 크게 개선시키지 못했다. 국민의 정부는 이런저런 노력을 했지만 역부족이었다. 국민연금이 자녀들을 대신하여 '현대판 효자'가 되도록 지혜를 모아야 할 것이다.

건강보험 통합에도 큰 진통이 있었다. 재정이 바닥나는 위기를 맞기도 했다. 건강보험은 1977년 의료보험 출범 당시부터 지역, 직장, 공무원, 교원 등 조합별로 운영되었다. 그러나 조합별 운영은 재정력 격차에 의한 상이한 보험료 부담과 그에 따른 의료 서비스의 차이, 관리 운영의 비효율성 등으로 하나로 통합해야 한다는 주장이 제기되었다. 나는 의료와 같은 기본 문제는 사회보장의 원칙과 사회 연대성의 원리에 따라 모든 국민에게 혜택이 돌아가야 한다고 생각했다. 그래서 당연히 통합을 원했다. 대통령 선거 때에도 이 정책을 공약으로 내걸었고, 대통령직 인수위원회에서는 건강보험의 통합 운영을 100대 국정 과제의 하나로 설정했다. 국회는 이미 의료보험 통합을 여러 차례 결의한 바 있었다.

실제 통합하려니 난제들이 불거졌다. 지역과 직장의 보험료 부과 방법이 달랐고, 지역의보 가입자의 소득을 산정하기가 매우 어려웠다. 불이익이 없이 양쪽을 만족시킬 수는 없었다. 자연 불만이 터져 나왔다. 또 각 조합마다 직원들의 구조 조정 문제가 대두되어 노사 갈등도 예고되었다.

옳은 길이면, 또 뜻이 바르면 가야 했다. 1998년 10월 227개의 지역의료보험조합과 공무원 및 사립학교 교직원 의료보험공단을 하나로 통합했다. 직장의료보험조합은 파업까지 하면서 반대했지만 2000년 7월 145개의 조합을 하나로 묶었다. 20년간의 논란에 마침표를 찍었다. 새로운 건강보험 체제가 출범했다.

그러나 건강보험 재정 위기가 닥쳤다. 2001년 3월 국민건강보험공단은 재정이 약 4조 원가량 적자가 날 것이라고 발표했다. 국민들이 깜짝 놀랐다. 나 또한 크게 놀랐다. 의약 분업 과정에서 의보수가 인상분 누적, 고가 약 처방의 급증, 의료 이용량의 증가, 고령화에 따른 노인 의료비 급증 등을 정밀하게 예측하지 못한 결과였다. 나는 관련 부처의 일 처리에 크게 실망했다. 이날 최선정 보건복지부 장관이 사임했다.

정부는 비상대책본부를 설치하고 일일 재정 수지 상황을 국민들에게 공개했다. 지역보험에 대한 50퍼센트 정부 지원, 보험료의 단계적 인상, 부족액의 은행 차입과 연차적 상환 등 종합 대책을 세웠다. 건강보험의 통합은 국민의 정부의 가장 의미 있는 개혁 정책 중의 하나였다. 20년 동안 계속 미루기만 했던 숙제를 국민의 정부에서 풀었다. 그러나 일련의 묵은 문제들이 불거져 그 의미가 퇴색한 것 또한 사실이다. 재정 통합은 부득이 다음 정부로 미뤄야 했다.

재임 기간 중에 의약 분업 정책으로 가장 큰 사회 갈등을 가져왔다. 나는 이렇듯 큰 파문이 일 것으로는 생각하지 않았다. 의약 분업은 말 그대로 의사는 진단과 처방을, 약사는 조제와 투약을 전담하는 것이다. 약품의 오남용을 막아 궁극적으로는 국민의 건강을 지키고 의료의 질을 한 단계 높이자는 것이었다. 환자가 진료 뒤에 다시 약국을 찾아가야 하는 불편이 있지만 이미 유럽·미국·일본을 비롯한 세계 여러 선진국에서는 거의 실시되고 있었다.

그러나 수천 년 동안 의와 약이 분리되지 않은 의료 서비스 속에서 살아온 우리나라에서 의약 분업을 실시하는 것은 하나의 문화혁명과 같은 것이었다. 해방 이후 역대 정부가 8차례나 실시하려 했지만 매번 실패했다. 이해 집단의 반발 때문이었다. 집단 반발에 직면하면 적당한 구실을 붙여 다음 정부로 넘겼다. 여건이 성숙되지 않았다는 이유를 대면 그만이었다.

국민의 정부에서도 반발은 거셌다. 1994년 1월에 개정된 약사법은 1999년 7월 7일 이전에 의약 분업을 실시하도록 규정되어 있었으므로 1998년부터 도입을 추진했다. 보건복지부가 의료계·약계·언론계·학계 등으로 의약분업추진협의회를 구성하여 의약 분업 시행의 기본 원칙을 도출하자, 의사협회·병원협회·약사회는 준비 부족을 이유로 들어 실시 연기 청원을 국회에 제출하여 시행이 1년 연기되었다.

1999년 5월 10일 대한의사협회, 대한약사회, 시민대책위원회 등은 이른바 5·10 합의안을 정부에 제출했다. 정부는 이를 토대로 의약분업실행위원회를 구성하고 정부안을 확정했다. 그리고 약사법까지 개정했다. 구체적인 시행 일정이 확정되자 사상 초유의 의료계 휴폐업 사태가 일어났다. 의료 시스템을 일거에 마비시켰다. 의료 대란이었다. 환자가 치료를 받지 못해 숨지는 참극이 빚어졌다. 의료계는 국민들의 매서운 질타에도 집단 휴폐업을 멈추지 않았다.

이렇게 된 데는 정부의 잘못도 있었다. 관련 부처는 의사협회, 약사협회, 시민 단체 3자가 의약 분업 방안에 합의하고 정부에 건의하는 형식으로 일을 진행시켰다. 나는 이를 크게 질책했다. 정부가 정책 실행의 주체에서 빗겨나 있었기 때문이었다.

"이해 집단에 맡겨 두지 말고 정부가 실행 가능한 방안을 찾으시오."

의료계의 대파업은 의약 분업 정책을 뛰어넘어 국가의 현안으로 떠올랐다. 나는 당사자의 의견은 물론이요 정치권을 포함한 각계의 다양한 의견을 듣고 있었다. 실시를 연기 또는 유보하자는 의견이 많았다.

2000년 3월 29일 대한의사협회장 등 의료계 대표들을 접견했다. 나는 간곡하게 설득했다.

"의사들은 최고의 지식인들입니다. 양심이 있는 분들입니다. 여러분, 의사들은 사람의 생명을 지키는 직업입니다. 모든 것을 대화로 푸세요. 국민의 정부는 민주 정부입니다. 전교조도 합법화했고, 민노총에서는 노동당을 만들어 선거에도 나왔습니다. 시위도 합법적으로 할 수 있게 했습니다."

그러자 의권쟁취투쟁위원장이 나서서 말했다.

"7월 1일부터 의약 분업을 시작하게 됩니다. 7월 1일 시작하는 것은 무리가 많습니다. 정부는 '후 보완'이고, 우리는 '선 보완'입니다."

의권쟁취투쟁위원장은 내게 큰절까지 했다. 참으로 난감했다. 사실 나는 의약 분업 파문이 대화를 통해 원만히 타결되기를 바랐다. 그러나 조속히 해결하는 것도 중요하지만 원칙을 벗어나서는 안 된다고 생각했다. 그 원칙이란 약의 오남용을 막아 건강을 지키는 것이었다. 그렇게 하기 위해서는 의약 분업을 다시 후퇴시켜서는 안 될 일이었다. 그리고 사실 정부는 할 수 있는 모든 노력을 했다. 더구나 국민의 생명을 담보로 삼아 집단이기주의를 관철시키려는 이해 집단의 반발에 굴복할 수는 없었다. 그럴 경우 나라의 경영은 어찌 될 것인가.

나는 지금은 어렵더라도 먼 훗날을 살피기로 했다. 흔들림 없이 추진하기로 했다. 국민 건강을 지키는 것이 국가의 기본적인 책무였다.

의료계는 내가 평양에서 6·15 선언을 하고 돌아온 직후인 6월 20일 전국적으로 폐업을 단행했다. 의원급 의료 기관이 대부분 문을 닫았다. 의료계가 총력을 다해 정부를 압박했다. 이와 관련 6월 24일 이회창 한나라당 총재가 회담을 요청했다. 나는 이를 즉각 수용했다. 이 총재는 의약 분업의 전면 실시보다는 시범 실시를 제안했다. 나는 거부했다. 다만 의료계에서 주장하는 임의 조제의 금지 등을 위한 약사법 개정에는 원칙적인 합의를 했다. 만약 이때 후퇴했다면 다시 집단이기와 정치 논리에 휘말려 의약 분업은 이뤄지지 않았을 것이다.

그 후에도 의료계 저항은 계속되었다. 종합병원의 전공의와 교수들까지도 파업에 가세했다. 그래도 나는 흔들리지 않았다. 8월 21일 국무회의에서 이렇게 강조했다.

"의약 분업은 약의 오남용으로 인해 건강을 위협하는 문제를 해결하기 위해 의사와 약사, 그리고 시민 단체의 합의로 이뤄진 것이고 또 최근에도 의사와 약사의 의견을 모아 약사법을 개정했습니다. 또한 의료 수가도 인상했고 전공의의 처우도 개선했습니다. 정부는 할 만큼 성의를 다했습니다. 그러므로 국민의 생명을 볼모로 집단이기주의를 관철시키려는 데 대해 정부가 굴복할 수 없으며 그럴 경우 나라의 경영이 어렵게 됩니다. 빨리 해결하는 것도 중요하지만 원칙에 따라 해결하는 것이 더 중요합니다."

어려움은 많았지만 이러한 나의 뜻은 관철되었다. 사실 의약 분업 파동은 내 책임도 컸다. 준비가 소홀했다. 그럼에도 문제가 없다는 관련 부처의 말을 너무 쉽게 믿었다. 진통은 컸지만 어려운 여건 속에서도 자리를 잡아 나갔다. 처방과 제조를 따로 받아야 한다는 불편을 당연한 것으로 받아들였다. 대표적인 오남용 의약품인 항생제는 그 사용량이 대폭 줄어들었다. 퇴임 후에도 그 추세는 이어졌다. 그만큼 국민의 건강은 증진했을 것이다.

의약 분업은 실패한, 그리고 피곤한 개혁이라는 평가를 많이 들었다. 어떤 사람은 "의약 분업이 뭔가 몰라서 추진했지 그 속내를 알았다면 하지 못했을 것이다"는 말도 했다. 그러나 나와 국민의 정부는 이를 추진했다.

국민의 정부에서 보건복지부 장관이 유난히 많이 바뀌었다. 그만큼 파란이 많았고, 곡절도 많았다. 김모임, 차홍봉, 최선정, 김원길, 이태복, 김성호 장관 등이 복지 분야 개혁의 최전선에서 나와 함께 일했다. 아마 보건복지부만큼 일이 많고 탈이 많은 부처는 없었을 것이다. 하지만 나는 그들과 열심히 일했다. 비록 시행착오는 있었지만, 그리고 국민의 불편과 국론이 분열되는 부작용이 있었지만 진정성을 가지고 최선을 다했다. 나는 장관들에게 이렇게 말했다.

"국민들이 먹고사는 것을 챙겨야 하지만 삶의 보람을 느끼게 하는 것도 중요합니다. '국가와 사회가 우리를 버리지 않고 걱정해 주고 있다. 우리를 옆에서 지켜 주는 곳이 있다'는 것을 느끼도록 해 줘야 합니다. 그렇게 해서 '내가 이 사회에서 아직도 쓸모 있는 사람이다, 나도 무언가 공헌하고 싶다'는 것을 느끼게 해야 합니다."

사실 복지 정책은 국민 개개인의 생활과 직결되기 때문에 민감할 수밖에 없다. 삶의 질을 높인다는 것이, 또 가난한 사람을 돌보는 것이 얼마나 힘든 일인가. 복지란 일면 가진 자들의 호주머니를 뒤지는 일이며 또한 없는 자들의 밥그릇을 살피는 일이기도 하다.

보건복지부 장관이 자주 교체된 것은 그들의 능력이 부족해서가 아니라 그만큼 국민 복지에 대한 나의 관심이 높았음을 의미한다. 복지 정책은 임기 내내 말썽을 빚었지만 돌아보면 보람 있었다. 함께 열심히 일한 역대 장관들도 나와 같은 생각을 하고 있을 것이라 생각한다.

2000년 가을, 부신 날들
(2000. 10)

북한 조명록 국방위 제1부위원장(차수)이 2000년 10월 9일 미국을 전격 방문했다. 조 차수는 의미 있는 도착 성명을 발표했다.

"본인은 클린턴 대통령과 중요한 현안들을 논의하기 위해 위대한 김정일 조선민주주의인민공화국 국방위원장의 특사 자격으로 여기 워싱턴에 왔다. 본인은 방문 기간에 국무장관과 국방장관을 포함한 관리들과 만날 계획이다. 새로운 세기로 접어든 역사적 시점에 한반도에 확산되고 있는 평화와 화해의 환경과 상응하는 새로운 단계로 조미 양국 관계를 증진시키는 것이 양국 정부 앞에 놓여 있는 중요한 과제이다. 우리는 방문하는 동안 뿌리 깊고 오랜 불신을 제거하고 양국 관계를 새로운 단계로 진전시키는 면에서 획기적인 변화를 이룩할 수 있도록 미국 지도부와 솔직한 논의를 갖기 위해 최선을 다할 것이다."

조 차수는 인민군복 차림으로 클린턴 대통령을 예방하고 김정일 위원장의 친서를 전달했다. 또 올브라이트 국무장관, 코언(William Cohen) 국방장관, 웬디·셔먼 대북 정책 조정관 등과 연쇄 회담을 가졌다. 미국 측은 조 차수 일행에게 리무진을 제공했고, 경호차가 따라 붙었다. 앞서 미 국무부는 '국제 테러에 관한 북미 공동 성명'을 발표했다.

"북한은 모든 국가와 개인에 대한 테러 행위에 대해 반대할 것임을 공식 정책으로 확인하고 테러에 관한 모든 유엔 협약에 가입할 의향을 표명했다."

북미 관계는 과거와 확연히 달랐다. 화해 국면으로 급속히 옮겨 갔다. 호흡이 너무 빨라서 거칠어 보일 정도였다. 클린턴 대통령이 백악관 기자 회견에서 "김 대통령은 현 시점에서 북한이 적절하다고 판단할 만한 어떠한 형태의 접촉이라도 가질 것을 본인에게 권유한 바 있다"고 말했다.

조 차수와 올브라이트 장관은 회담을 갖고 '북미 공동 성명'을 발표했다. 맨 마지막 문장이 가장 눈에 띄었다.

"조선민주주의인민공화국 국방위원회 김정일 위원장께 클린턴 대통령의 의사를 직접 전달하여 미합중국 대통령의 방문을 준비하기 위하여 매들린 올브라이트 국무장관이 가까운 시일에 조선민주주의인민공화국을 방문하기로 합의하였다."

성명은 또 "한반도에서 긴장 상태를 완화하고 1953년의 정전 협정을 공고한 평화 협정 체제로 바꿔 한국전쟁을 공식 종식시키는 데서 4자 회담 등 여러 가지 방도들이 있다는 데 대하여 견해를 같이했다"고 밝혔다. 참으로 원하고 기다렸던 소식이었다. 이어서 올브라이트 장관이 기자 회견을 가졌다. 기자가 성명에 명시된 북한을 방문하는 '미합중국 대통령'이 클린턴 대통령인지를 물었다. 올브라이트 장관이 분명하게 답했다.

"나는 차기 대통령을 대신해 말하지 않는다. 그래서 예스(yes)이다. 나는 곧, 아마도 이달 말 이전에 가게 될 것이다. 그다음은 클린턴 대통령이다. 그는 가기를 희망하고 있는 것으로 생각한다. 이를 성사시키기 위해 열심히 노력할 것이다. 내가 가는 것은 중요하다. 조명록 차수가 초청해 준 데 대해 기쁘게 생각하며 이달 말께 가도록 노력하겠다."

북한과 미국이 과거의 정전 협정을 평화 협정으로 대체하는 것 또한 매우 상징적인 조치였다. 드디어 한반도에서 전쟁의 먹구름이 벗겨지고 있었다. 그러나 클린턴 대통령의 임기는 100일 정도 남아 있었다. 그것이 마음에 걸렸다.

10월 들어 외신들은 내가 노벨평화상을 수상할 것이라는 예측 기사를 쏟아 냈다. 특히 AP와 AFP 통신은 가장 적극적으로 보도했다. 노벨평화상 발표가 임박하자 외신들은 더 맹렬하게 나의 수상이 유력하다고 보도했다. 한국 언론들도 노르웨이로 날아가 수상자 발표 회견장에 진을 쳤다. 나는 1987년 빌리 브란트 서독 총리의 추천으로 후보에 오른 이후 14년 동안 해마다 후보에 올랐다.

2000년은 노벨평화상을 제정한 지 100주년이 되는 해이고, 새 천 년의 첫 수상자이기 때문에 특히 경합이 치열했다. 35개 단체와 115명이 후보로 추천을 받았다. 종교 단체인 구세군과 중동 평화 협상에 주력한 빌 클린턴 미국 대통령, 북아일랜드 평화 협정을 주선한 조지 미첼(George Mitchell) 전 미 상원의원, 발칸 평화에 기여한 빅토르 체르노미르딘(Viktor Chernomyrdin) 전 러시아 총리 등도 후보로 올라 있었다.

노벨평화상을 발표하는 10월 13일 오후 6시 나는 아내와 관저에서 텔레비전을 봤다. 우리 국민들도 큰 기대를 안고 텔레비전 앞에 앉아 있었을 것이다.

군나르 베르게(Gunnar Berge) 선정위원장이 수상자를 호명했다. 그가 내 이름을 불렀다. 순간 아내와 나는 서로를 껴안았다. 꿈만 같았다.

베르게 위원장이 선정 이유를 밝혔다.

노르웨이 노벨위원회는 2000년 노벨평화상 수상자로, 한국과 동아시아의 민주주의와 인권 신장 및 북한과의 화해와 평화에 기여한 한국의 김대중을 선정했다. 한국에서 수십 년간 지속된 권위주의 체제 속에 계속된 생명의 위협과 기나긴 망명 생활에도 불구하고 김대중은 한국 민주주의 대변자였다. 그가 1997년 대통령 선거에 당선됨으로써 한국은 세계 민주주의 국가 대열에 올랐다. 대통령으로서 김대중은 민주 정부 체제를 공고히 했고, 한국 내의 화합을 도모했다.

김대중은 강한 도덕성을 바탕으로 아시아의 인권을 제약하는 기도에 대항하는 보편적 인권의 수호자로 동아시아에 우뚝 섰다. 미얀마 민주주의에 대한 지지와 동티모르의 억압을 반대하는 그의 역할은 평가할 만하다.

김대중은 햇볕 정책을 통해 남북한 사이에 50년 이상 지속된 전쟁과 적대감을 극복하려고 노력했다. 그의 북한 방문으로 두 나라 사이의 긴장을 완화하는 과정에 주요 동력이 됐다. 이제 한반도에는 냉전이 종식되리란 희망이 싹트고 있다. 김대중은 한국과 이웃 국가, 특히 일본과의 화해에도 기여했다. 노르웨이 노벨위원회는 북한과 다른 국가 지도자들이 한반도의 화해와 통일을 진전시키는 데 기여했다는 점도 높이 평가하고 있다.

거실로 나와 몰려온 비서관과 국무위원들을 맞았다. 박준영 대변인에게 수상 소감을 구술했다.

"다시없는 영광입니다. 지난 40년 동안 민주주의와 인권, 그리고 남북한 평화와 화해 협력을 일관되게 지지해 준 국민의 성원 덕분으로 이 영광을 국민 모두에게 돌리고자 합니다. 세계의 민주화와 인권을 사랑하는 모든 시민들에게 감사드립니다. 고난을 같이해 온 가족, 동지, 친지 그리고 민주주의와 평화를 위해서 희생하고 헌신한 이 땅의 많은 분들과 영광을 나누고자 합니다. 앞으로도 인권과 민주주의, 한반도 평화를 위해서 그리고 아시아와 세계의 민주주의와 평화를 위해서 계속 헌신하고자 합니다."

청와대 홈페이지는 축하 메일이 넘쳐 작동을 멈췄다. 장남 홍일, 차남 홍업 가족들과 저녁을 먹었다. 밤 9시 40분쯤 관례대로 노르웨이 국영 텔레비전(NRK)과 전화 인터뷰를 했다.

"이 상은 내게 인권과 민주주의, 평화를 위해서 더 많은 노력을 하라는 격려의 뜻으로 받아들입니다. 저는 일생을 두고 믿기를 정의는 항상 승리하지만 당대에 승리하지 못하더라도 역사 속에서 반드시 승리한다는 '정의 승리의 신념'을 갖고 살아왔습니다. '정의 필승'을 믿는 일생이었다고 생각합니다. 상을 받고 보니 현세에서 과분한 보상을 받은 것 같습니다."

벅찬 가을밤이었다. 모두 돌아간 후 어둠 속에서 나는 깊이 생각했다. 정말 그랬다. 나를 지켜 주신 하느님을 믿고, 죽어서도 정의가 이긴다는 역사를 믿고 살아왔는데 살아서 이토록 귀한 영광을 얻다니 참으로 감사했다. 노벨평화상 수상은 독재 정권에 고통을 받아 온 이 땅의 민중과 통일의 선각자들이 그동안 흘린 피와 땀에 대해서 세계가 보상을 해 준 것이다. 나는 국민들이 믿고 지켜 줘서 오늘에 이르렀다. 그래서 노벨상의 진정한 주인은 국민들이었다.

다른 상들은 '결실'이지만 노벨평화상은, 적어도 내가 받은 상은 이제 '시작'이었다. 더 겸손하게 더 낮은 곳으로 내려가 인권과 평화를 위해 일하리라. 아내도 잠을 이루지 못하고 있었다. 나는 아내의 손을 잡았다.

노르웨이 현지 언론은 수상자 선정과 관련해서 "과거에는 이런저런 자격 시비가 있었지만 김대중 대통령은 단 한 건의 반대 의견도 없었다. 그만큼 충분한 자격을 갖추었다"고 보도했다. 하지만 세계에서 유일하게 한국에서만은 냉소적인 기류가 있었다.

나의 노벨평화상 수상 소식은 세계 모든 언론이 축하해 주었다. 실로 과분했다. 일본 『요미우리 신문』은 내 노벨평화상 수상 소식을 호외로 발행하여 뿌렸다. 대단한 관심이었다.

"말레이시아와 홍콩 같은, 자유를 아직 획득하지 못한 국민들은 김 대통령을 바라보며 영감과 교시를 얻는다. 그리고 중국의 노년 집권층처럼, 민주 정치는 아시아에는 부적합하다고 아직도 우기고 있는 사람들은 김 대통령의 생애를 보고 오직 수치를 느끼게 된다."(『워싱턴 포스트』 10월 14일자 사설)

"세계 뉴스는 음울한 소식으로 가득하다. 중동은 전쟁의 위협 아래 놓여 있고, 영국 남부 지방은 홍수를 당하고 있다. 그러나 이데올로기로 분단된 한반도의 화해를 추진하기 위한 끈기 있는 노력으로 한국의 김대중 대통령에게 돌아간 노벨평화상은 끈질긴 암흑 속에서의 한 줄기 소망의 빛이다."(『더 타임스』 10월 14일자 사설)

"누구나 납득이 가는 수상이다. 진심으로 축복을 하고 싶다. 보편적인 인권을 옹호하며 미얀마의 민주화를 요구하고, 동티모르에서의 주민 탄압에 반대한 것, 일본과의 역사 인식을 둘러싼 불화에 종지부를 찍어 화해로 향하게 했다는 공적도 높이 평가받고 있다."(『아사히 신문』 10월 14일자 사설)

다음 날 비서실 모든 직원들이 도열하여 축하해 주었다. 환호와 박수를 받으며 등청했다. 곧바로 클린턴 미국 대통령의 축하 전화를 받았다. 그에게 미안했다. 위로의 말을 건넸다.

"사실 클린턴 대통령이 인권과 평화를 위해 더 많은 노력을 했습니다. 대통령께서는 우리의 대북 정책을 일관되게, 성의 있게 지원했습니다. 그것이 없었다면 오늘날의 변화들은 없었을 것입니다. 북한 조명록 특사의 방미 때 좋은 결과를 거두어 한반도에 평화와 안정을 이루는 데 도움이 될 것이며 앞으로 남북 관계에 크게 도움이 될 것입니다. 한반도의 평화 진전은 클린턴 대통령의 8년 재임 기간 중 가장 큰 외교적 업적이 될 것입니다. 북한과의 협상이 잘 진행되어 대통령께서 평양을 방문하게 되면 잘 마무리하시길 바랍니다."

클린턴 대통령은 자신을 한껏 낮추며 나의 수상을 진심으로 축하해 주었다.

"이 세상에서 김 대통령만큼 가치 있는 상을 받을 만한 사람은 없다고 생각합니다. 제가 할 수 있는 일은 대통령을 돕는 것이었습니다. 한반도에서 사람들의 머리와 마음을 움직이는 것이 얼마나 어려운 일입니까. 대통령께서 그 일을 해내셨습니다. 올브라이트 장관이 평양을 방문하게 될 텐데 그 결과에 따라 결정되겠지만 북한에 가게 되길 바랍니다. 중동에서도 팔레스타인과 이스라엘이 김 대통령의 남북한 화해 협력을 주도한 본보기를 이어받아 중동 평화를 이룰 수 있기를 바랍니다."

이어서 올브라이트 국무장관이 전화를 해 왔다. 그의 목소리에서 진정한 기쁨이 묻어 나왔다.

"존경하는 지도자가 노벨상을 수상했다는 소식을 듣고 흥분된 마음에 곧바로 전화 드리지 않을 수 없었습니다. 이번 평양 방문 이후 그 결과에 대해 소상히 말씀드리고 의견을 나눌 수 있도록 하겠습니다."

세계 각국에서 축하 성명을 발표하거나 메시지를 보내왔다.

10월 16일 경찰청 조사과, 일명 '사직동 팀'을 해체하라고 지시했다. 1972년 내무부 훈령으로 설치된 지 28년 만이었다. 사직동 팀은 고위 공직자와 친인척의 비리와 관련된 첩보 수집과 수사를 벌여 왔다. 그들이 하는 일이 일견 의미가 있었으나 그동안 권력 남용 등의 논란을 빚었다. 여권 내부에서 임기 말 국정 운영을 우려하는 목소리가 있었고, 일부 언론에서는 청와대가 '권력 행사 방망이'를 포기했다고 보도했다.

제3차 ASEM 정상회의가 다가왔다. 아시아와 유럽의 26개국 정상들이 참여한 건국 이래 최대 규모의 국제 대회였다. 10월 20일 삼성동 코엑스 아셈타워에서 ASEM 정상회의가 열렸다. 한국은 당연히 의장국이었고, 나는 의장 자격으로 개회사를 했다.

"우리는 지금 이미 정보 혁명의 시대, 지식 산업 사회를 살고 있습니다. 그러나 여기에는 그늘진 곳도 있습니다. 이른바 정보화 격차 현상이 지구촌의 균형 발전에 새로운 장애 요인으로 대두되고 있습니다. 이제 정보화 격차 문제는 아시아와 유럽이 함께 해소해 나가야 할 필수적 정책 과제로 떠오르고 있는 것입니다.

한 국가의 내분은 물론 국가와 국가 간의 갈등과 국제적인 분규의 원인이 되고 있는 빈곤과 소득 격차 문제는 인적 자원의 개발을 통해서만 진정한 해결책이 모색될 수 있을 것입니다. 모든 인류가 정보화의 혜택을 고루 누리고 삶의 질이 향상되는 시대를 열어 가기 위해 아시아와 유럽의 적극적인 상호 협력을 기대해 마지않습니다."

이어서 자크 시라크 프랑스 대통령, 추안 리크파이(Chuan Leekpai) 태국 총리, 로마노 프로디 EU 집행위원회 위원장, 토니 블레어 영국 총리가 연설을 했다. 모두 연설 머리에 나의 노벨평화상 수상을 축하해 주었다. 특히 블레어 영국 총리의 축하 말은 매우 인상적이었다.

"김대중 대통령의 노벨평화상 수상은 민주주의, 인권과 평화에 대한 한 평생의 의지와 헌신에 의한 것입니다. 우리는 북한과 화해 시도 노력이 성공하기를 기원합니다. 그는 아시아의 진정한 리더이며 우리 모두에게는 진한 영감을 줍니다.

저는 낙관주의자입니다. 이 회의의 주요한 사실 중 하나는 물론 낙관주의입니다. 지난밤 저는 김대중 대통령의 『옥중서신』을 읽었습니다. 그 『옥중서신』에 '세상은 간단해 보이지만 왜 절대 무너지지 않을까요? 그것은 모든 사람의 마음속에 의식적이든 무의식적이든 진실, 정의에 대한 열망이 존재하기 때문입니다'라고 썼습니다. 바로 보신 것입니다. 그러한 내부적인 열망이 폭발하여 한 시대의 기회에 대응하려는 주체할 수 없는 갈망으로 승화되어 악을 누르는 힘이 되는 것입니다."

정상회의가 열리는 동안 행사장 밖에서는 세계화를 반대하는 NGO들의 대규모 시위가 열렸다. 나는 과격 시위로 인해 회의가 중단되거나 취소된 미국 시애틀이나 체코 프라하에서의 불상사가 서울에서는 일어나지 않도록 단단히 챙겼다. 국내외 단체들에게 시위는 허용하겠으니 법과 질서는 지켜 달라고 요청했다. 그들은 평화적인 시위를 벌였다. 그들의 성숙한 시위 문화가 진정 고마웠다. 사실 각 나라는 NGO의 주장에 귀 기울일 대목이 많았다. 나는 회의 말미에 이렇게 역설했다.

"사실은 과거 지난번 시애틀이나 프라하같이 오늘 여기에서도 우리나라의 NGO라든가 외국에서 온 분들이 우리 회합과 세계화에 대해서 반대하는 집회와 시위를 열었습니다. 정부는 시위를 다 허용하면서 다만 법과 질서를 지키도록, 폭력으로 가서는 안 된다는 것만 조건으로 내세웠습니다. 지금 보고가 들어왔는데 1만여 명이 집회와 시위를 했는데 무사히 마쳤다고 합니다.

저는 세계화를 반대하는 사람들, 그들이 오늘날 세계화라는 것은 '가난한 사람은 더욱 가난하게 만들고, 가난한 나라는 더욱 가난하게 만든다', 이렇게 주장하는 데 일리가 있다고 생각합니다. 그렇다고 세계화를 그만두자는 것은 가능하지도 않고 옳은 방법도 아니라고 생각합니다. 세계화는 누가 하고 싶어 하는 것도 아니고 누가 시켰다고 해서 되는 것도 아니며 이것은 필연입니다.

말하자면 인류 발전의 과정입니다. 다만 이 세계화가 지금 일부에서 우려하고, 현실에서 나타나고 있는 것과 같이 빈부 격차를 확대시키는 방향으로 가서는 안 되겠고 가난한 사람, 가난한 나라도 정보화를 통한 부(富)의 창출에 동참할 수 있도록 노력을 해야 한다고 생각합니다."

정상들은 '한반도 평화에 관한 서울 선언'을 채택했다. 서울 선언은 ASEM 출범 이후 특정 국가의 문제를 논의하지 않았던 관행을 깨고 한 지역의 정치·안보 문제를 별도로 채택한 최초의 문서로서 ASEM의 활동 영역을 넓혔다는 평가를 받았다. 서울 선언은 "한반도의 평화와 안정이 아시아·태평양 지역과 나아가 전 세계의 평화와 안정에 밀접하게 연계돼 있다"는 데 인식을 같이했다.

2000년 10월 20일은 일생에 가장 바쁜 하루였을 것이다. 모든 ASEM 일정의 한가운데 내가 있었기 때문이다. 오전과 오후로 나눠 진행된 1, 2차 정상회의에서 의장으로서 의제를 설명하고 회의를 진행했다. 그리고 예정된 릴레이 정상 회담을 진행했다. 저녁 7시 30분에는 각국 정상 부부와 대표들을 청와대 영빈관에 초청해 만찬을 주최했다. 이날을 언론은 나의 '가장 화려한 날'이라 보도했다. 26명의 아시아·유럽의 정상들이 청와대 영빈관에서 잔을 부딪쳤다. 참으로 감격적이었다. 만찬사를 했다.

"세계는 지금 대격변의 시대를 맞고 있습니다. 20세기를 보내고 21세기를 맞으면서 우리는 인류의 문명사에도 유래가 없는 커다란 변화를 경험하고 있습니다. 유형적 물질 중심에서 인간과 지식 중심으로, 산업 사회에서 정보화와 생명 사회로, 영토 국가의 대립 시대에서 조화와 협력의 새로운 시대를 향해 역사는 빠른 속도로 나아가고 있습니다. 특히 정보화의 급속한 진전에 따라 이제 아시아와 유럽이라는 지리적 구분조차 무색해지는 시대가 되었습니다.

이러한 때에 세계가 더불어 잘사는 공동 번영을 이룩하기 위해서는 무엇보다 '다양성의 존중'이 필요합니다. 다른 국가, 다른 민족, 다른 문화를 서로 이해하고 존중하는 노력이 어느 때보다 절실히 요청되고 있습니다. 다행히도 이

344

러한 '다양성의 존중'은 유럽과 아시아가 공유하고 있는 중요한 미덕 중의 하나입니다."

나는 ASEM 정상회의 기간 동안 덴마크, 핀란드, 중국, 프랑스, 영국, 말레이시아, 독일, 스페인, 네덜란드, 브루나이, EU(유럽연합), 포르투갈, 룩셈부르크, 아일랜드 등 14개국과 개별 정상 회담을 가졌다. 원래는 4개국과만 정상회담을 하기로 했으나 노벨평화상 수상 이후 회담 요청이 쇄도했다. 내 나라에 오신 손님인데 거절하기도 어려웠다. 10분 쉬고 회담, 10분 쉬고 회의, 10분 쉬고 만찬……. 정상회의에서는 모두 80여 회에 달하는 양자 회담이 열렸는데 그중 3분의 1에 달하는 26회를 내가 주관했다.

남과 북의 화해 기류에 유럽의 대다수 정상들이 북한과 수교할 뜻을 내비쳤다. 나는 이를 환영하며 적극 지지했다. 장 클로드 융커(Jean Claude

제3차 ASEM 정상회의. 건국 이래 가장 많은 외국 정상이 한자리에 모였다.

Juncker) 룩셈부르크 총리는 판문점을 다녀와 의미 있는 말을 건넸다.

"판문점을 보는 것이 처음이자 마지막이길 바랍니다. 김 대통령의 용기 있는 정책으로 판문점이 사라질 것입니다."

자크 시라크 프랑스 대통령도 북한과 수교할 것이라고 밝혔다. 또 그는 나에게 각별한 관심을 표명했다. 나와 함께 기자 회견에 참석한 시라크 대통령은 갖고 있던 서류에 "대성공을 축하합니다. 김 대통령 감사합니다(BRAVO! GREAT SUCCESS! THANK YOU, DJ KIM)"라는 메모를 해서 내게 전달했다. 나는 회견 도중 그것을 받아서 보았다. 그에게 목례를 했다.

숨 가쁜 2박 3일이었다. 10월 21일 서울 ASEM 정상회의는 의장 성명을 채택하고 끝을 맺었다. 정상들은 이번 ASEM이 어느 대회보다 알찬 성과를 거두었다고 평가했다. 의장인 내가 생각해도 아시아와 유럽의 협력 관계가 격상되고 탄탄한 파트너 관계를 맺는 출발점이 되었다.

첫째, 새 천 년을 맞은 ASEM의 새로운 발전 방향을 제시했다. 정상들은 '2000 아시아·유럽 협력 체제'를 채택했다. 이것은 아시아와 유럽의 중장기 협력과 ASEM 발전 방향을 제시하고 있는 기본 문서였다. 둘째, '한반도 평화에 관한 서울 선언'을 채택했다. 이로써 한반도 화해 협력에 대한 ASEM 차원의 지지 기반을 구축했다. 셋째, 지식 정보화 시대에 부응하기 위해 유라시아 초고속 정보 통신망을 구축하기로 합의했다. 이것은 우리나라가 제안했다. 넷째 사회·문화 분야에서 협력과 인적 교류가 증대되어야 한다는 데 인식을 같이했다. 두 지역 학생과 교육자 간 교류를 확대해 나가기로 합의했다. 다섯째, 다양한 분야의 새로운 사업을 채택했다. 이른바 전염병 퇴치, 부패의 방지, 초(超)국경적 범죄에 대한 공동 대처, 환경 보호와 삼림 보존, 세계화의 부정적 영향 해소, 불법 이민 규제, 지속 개발을 위한 협력 등을 신규 사업으로 합의했다.

'살인적인 일정'이라며 주치의와 비서들은 만류했지만 나는 신명이 나서 일했다. 나라를 위해, 인류를 위해 일할 기회가 주어진다는 것은 얼마나 큰 축복인가. 일을 주신 국민들과 힘을 주신 나의 하느님께 감사하며 즐겁게 받아들였다. 일할 기회에 힘이 없으면, 힘이 넘치더라도 기회가 없으면 무슨 소용인가.

폐회식 후 나와 아내는 출구에 서서 떠나는 각국 정상들을 배웅했다. 어느새 정든 얼굴들이었다. 그들은 한국과 나의 미래에 덕담을 건넸다.

올브라이트 미 국무부 장관이 북한을 방문했다. 방북단 일행이 10월 23일 아침 평양에 도착했다. 미국 대표단은 웬디 셔먼 대북 정책 조정관, 일레인 쇼커스 비서실장, 스탠리 로스(Stanley Roth) 국무부 동아시아·태평양 담당 차관보, 로버트 아인혼(Robert Einhorn) 비확산 담당 차관보, 고홍주 인권 담당 차관보, 찰스 카트먼 한반도 평화 회담 특사, 찰스 프리처드(Charles Pritchard) 백악관 국가안보회의 아시아 담당 선임국장 등이었다. 한반도 관련 정책 입안자들과 전문가들이 망라 되어 있었다. 그리고 모두 60여 명의 기자들이 동행했다. AP, AFP, 로이터 등 세계 3대 통신사와 CNN, NBC 등 방송사, 『뉴욕 타임스』, 『워싱턴 포스트』 등 유력 일간지, 『타임』 및 『뉴스위크』 등 주간지, 그리고 한국의 『연합뉴스』 기자 등이 올브라이트 장관 특별기에 동승했다.

그는 우리가 묵었던 백화원 영빈관에 여장을 풀었다. 첫 공식 일정으로 김일성 주석의 시신이 안치된 금수산궁전을 찾았다. 미국 국무장관이 적대국 원수의 시신이 안치된 궁전을 둘러보고 묘소를 참배한 것이다. 북한 중앙통신은 올브라이트 장관과 그 일행이 "김일성 주석께 삼가 인사를 드렸다"고 보도했다. 그것은 미국이 대북 관계 개선을 강력하게 원하고 있음을 보여 주는 하나의 암시였다.

올브라이트 장관은 그날 오후 김정일 위원장을 만났다. 원래는 면담 일정이 24일로 잡혀 있었지만 김 위원장이 불쑥 백화원으로 찾아갔다. 역시 김 위원장다운 행보였다. 김 위원장은 수행원들과 일일이 악수를 나누며 환대했다.

김 위원장과 올브라이트 장관은 1차 2시간, 2차 1시간 동안 회담을 가졌다. 올브라이트 장관은 클린턴 대통령의 친서를 전달했다.

회담을 마치고 김 위원장은 미국 대표단을 평양 5·1 경기장으로 안내했다. 10만 명이 동원된 집단 체조와 예술 공연을 관람했다. 그날 밤 장관 일행은 김 위원장이 주최한 백화원 만찬에 참석했다.

회담은 다음 날 다시 열렸다. 다시 회담은 3시간을 넘겼다. 회담을 마친 후 올브라이트 장관이 회견을 했다. 기자들이 클린턴 대통령이 방북을 하려면 어떤 조치들이 취해져야 하느냐고 물었다.

"우리는 최소한 1년 반 이상 남북 관계와 미북 관계 개선을 위한 논의를 진행해 왔다. 우리는 한 단계씩 논의해 왔고 미국의 국익이라는 기준으로 단계적으로 나아갈 것이다. 나는 클린턴 대통령에게 내가 건설적이었다고 말한 논의의 결과를 보고할 것이다. 앞으로의 조치에 대해선 클린턴 대통령이 결정할 것이다."

기자들이 북한과 김정일 위원장에 대한 개인적인 느낌을 물었다. 장관이 답했다.

"많은 것을 보지 못했지만 평양은 아름답고 인상적인 도시였다. 풍경과 기념물이 좋고 어제 본 집단 체조도 웅장하고 경이로웠다. 나는 김 위원장과 6시간 동안 회담을 했을 뿐 아니라 만찬과 집단 체조 관람 등으로 함께 시간을 보냈다. 그는 남의 말을 경청하는 훌륭한 대화 상대자였다. 실용주의적이고 결단력이 있다는 인상을 받았다."

올브라이트 장관은 북한 방문을 마치고 25일 오전 서울로 돌아왔다. 장관은 곧바로 나를 만나 북한에서 있었던 일들을 자세하게 들려주었다. 대표단을 접견한 후 장관과 별도로 1시간 정도 대화를 나눴다.

"성공적인 방문을 축하합니다. 북한을 가 보니 기분이 어떻습니까. 나는 아직도 꿈인가 현실인가 생각합니다."

"저도 똑같은 기분이었습니다. 이런 일이 있게 된 것은 대통령님의 덕입니다. 대통령께서 일관되게 추진하지 않으셨으면 할 수 없었을 것입니다."

"북에 계실 때 '내가 갔을 때처럼 깜짝깜짝 놀라는 일이 있겠구나' 생각했습니다. 일정이 돌발적으로 바뀌어 나도 당황했습니다."

"우리는 이틀째 만날 것으로 기대했는데 첫날 만났습니다. 첫날 만남이 큰 도움이 되었습니다. 시간을 갖고 구체적 논의를 할 수 있었습니다. 우리는 상당 시간 역사, 지역 문제 등 많은 것을 논의했습니다. 김 위원장은 정중했고, 저의 얘기를 경청했으며 질문에 바로 답변했습니다. 많은 준비가 되어 있었습니다. 지난번 대통령께서 김 위원장이 이상한 사람이 아니라고 하셨는데, 말씀처럼 그는 아는 것이 많았고 지역 문제에 상당한 식견을 가지고 있었습니다. 대통령님의 평가가 정확했습니다."

장관은 집단 체조를 관람한 이야기도 자세하게 들려주었다. 집단 체조에서 미사일 발사하는 장면이 연출되자 김 위원장이 "첫 번째 쏘는 것이자 마지막으로 쏘는 것"이라고 설명해 주었단다. 또 셔먼 조정관에도 같은 설명을 했단다. 나는 그 이야기를 들으며 미국을 향한 북한의 구애가 매우 간절하다는 느낌을 받았다. 장관은 김 위원장이 내게 특별히 호의적인 생각과 존경심을 가지고 있었다고 전했다.

"김 위원장이 대통령님 일생 전반에 대해 소상하게 알고 있었습니다. 그토록 혹심한 박해와 사형 선고, 해외 망명 등 탄압을 받고도 대통령이 될 수 있다는 것은 상상도 할 수 없다고 했습니다. 훌륭한 영화감이라며 김 대통령을 소재로 영화를 만들면 좋겠다는 얘기도 했습니다."

그러면서도 올브라이트 장관은 내게 일말의 불안감을 털어놓았다.

"김 위원장이 분명 최고 권력을 가진 사람이지만 어떤 방향으로 가기로 했다가 마음을 바꿀 수도 있다고 생각하지 않습니까?"

"그럴 수도 있을 것입니다. 그러나 김 위원장은 실용적인 사람입니다. 이해관계가 바뀌지 않는 한 변치 않을 것이고, 한반도 주변 4강의 이해관계를 잘 알고 있을 것입니다. 김 위원장은 북한의 안보와 경제 재건을 위해서 미국의 중요성을 인식하고 있습니다. 따라서 미국이 필요에 따라 자신감을 갖고 접근하는 것이 중요합니다."

올브라이트 장관은 그의 회고록 『마담 세크러터리』에서 평양 방문에서 세 가지 인상을 받았다고 말했다.

첫째, 미북 정상 회담과 관련된 것으로 북한의 지도자가 진지하며 북한이 요구하는 식량, 비료, 위성 발사에 드는 비용은 미사일 프로그램으로 인한 위협에 대처하는 방어 비용에 비하면 최소한에 불과할 것이다. 둘째, 김정일 위원장이 지적인 인물이라는 김대중의 견해를 확인할 수 있었다. 김정일에게 비즈니스적인 차원에서 접근해야 하고, 북한과의 직접 대화를 망설여서는 안 된다. 미국은 북한의 경제적 궁핍을 이용하여 한반도와 세계를 더욱 안전한 곳으로 만들 협상을 추진해야 한다. 셋째, 북한 자체에 대한 인상은 북한은 김일성-김정일의 가르침을 중심으로 돌아가고 있으며, 사람들은 외부 세계에 대한 정확한 지식이 거의 없다. 결론적으로 미사일 문제에 대해 만족할 만한 타협이 가능하다면 클린턴 대통령이 북한에 가야 한다고 생각했다.

올브라이트 장관 일행은 남과 북에서 숱한 후일담을 남기고 다음 날 일찍 서울을 떠났다. 장관을 수행 취재했던 『워싱턴 포스트』 기자는 평양발 기사에서 김정일 위원장을 '대화할 수 있는 인물'이라고 묘사했다. 그리고 "지난 수십 년 동안 외부 세계에 심어졌던 미치광이 이미지를 떨쳐 냈다"고 보도했다.

서울에서 한·미·일 3국 외무 회담이 열렸다. 3국은 그간 대북 정책의 보조를 빈틈없이 맞춰 왔다. 역사적 전기를 맞고 있는 한반도 기류에 대한 정보를 공유하고 새로운 공조를 모색해야 했다.

3국 외무장관 회담을 위해 서울에 온 고노 요헤이 일본 외상을 접견했다. 노벨평화상 수상을 기념하는 선물로 그림을 가져왔다. 그림 속에서는 까치 두

마리가 한곳을 바라보고 있었다. 까치의 자태가 늘씬했다. 역시 그는 내 오랜 친구였다. 그의 축하는 따뜻했다. 내가 답했다.

"내가 그런 영광을 입은 것은 우리 국민의 힘 덕택이며 세계의 많은 친구들, 특히 고노 외상과 같이 '1973년 납치 사건' 전후 망명 기간 동안에 서로 동지 입장에서 지원을 아끼지 않은 민주주의의 친구들 덕택입니다. 그 당시 우쓰노미야 도쿠마 선생과 시오미야 가즈오 선생 등의 힘이 보태져서 제가 영광을 얻은 것이라 생각합니다."

그러나 우쓰노미야, 시오미야 선생은 세상에 없었다. 고노 외상은 ASEM의 성공적인 개최를 축하한다는 모리 총리의 말도 전했다. 나는 인류의 미래를 위해 아시아와 유럽이 서로를 묶어야 한다고 얘기했다.

"모든 일에서 아시아와 유럽이 연결되는 것이 좋습니다. 본래 유럽이나 아시아라는 것은 과거 알렉산더 대왕 시대와 같은 때에는 보스포루스 해협의 동쪽을 소아시아라고 하였는데, 원래 대륙은 하나였으며 갈라져 있던 것이 아닙니다. 유라시아라는 입장에서 하나의 대륙 개념으로 협력해 나간다는 큰 시야를 갖고 문제를 보아야 할 것입니다."

10월 30일 오후, 넬슨 만델라 전 남아프리카공화국 대통령의 전화를 받았다. 노벨평화상 수상을 축하한다고 말했다.

"받아야 할 분이 받았다고 생각합니다. 대통령의 업적과 행동에 많은 감동을 받았습니다. 불굴의 의지로 고난을 극복하고 민주주의와 평화를 위해 노력하는 것을 보면서 깊은 감명과 존경심을 가지고 있습니다."

나는 퇴임 후 만델라 대통령의 왕성한 활동을 평가하며 머나먼 나라의 친구에게 화답했다.

"인류를 위해 더 훌륭한 일을 해 주십시오."

빌 클린턴과 부시, 그리고 한반도

(2000. 11 ~ 2000. 12)

경호실이 중심이 되어 청와대 경내를 정비했다. 내가 처음 청와대에 들어섰을 때 딱딱하고 다소 삭막하다는 느낌을 받았다. 청와대 앞을 가로막은 바리케이드는 군부대를 연상시켰다. 안주섭 경호실장은 이러한 경내 분위기를 '밝고 친근하게' 바꿔 보겠다고 보고했다. 나는 흔쾌히 동의했다.

우선 영빈관 앞뜰과 주변을 새롭게 조성했다. 영빈관 정면을 막고 있던 경호실 건물을 비서실 방향으로 옮겨 신축했다. 그리고 영빈관 앞마당의 경사를 없애 평지로 만들었다. 그 과정에서 땅속에 묻혀 있던 오물을 모두 파냈다. 어찌 청와대 땅속에 그런 오물들이 쌓여 있었는지 놀라웠다. 국적이 애매한 영빈관의 풍채까지는 바꾸지 못했지만, 덕분에 외국풍의 영빈관은 멀끔해졌다. 이곳에서 ASEM에 참석한 각국 정상들을 초청해 만찬을 가졌다. 궁정동에 있는 칠궁도 정비하여 개방했다. 칠궁은 조선 시대의 임금 중 정비(正妃) 소생이 아닌 왕의 모친 일곱 분의 위패를 모신 곳인데 소박했지만 한국식 정원의 격조가 있었다.

청와대 경내가 조금씩 변해 갔다. 특히 청와대 뒤편, 북악산 정상에 있던 군부대를 이전하고 그 자리에 나무를 심어 복원했다. 또한 인왕산과 북악산 등에 산재한 군사 시설물을 철거했다. 청와대를 지킨다면서 실상은 청와대로 화기(火氣)를 끼얹던 대포 등 화기(火器)들을 없앴다. 영빈관 옆에 자리한 3층 건물을 철거한 것도 의미가 있었다. 10·26 사건 때 사망한 직원들 거의가 이곳을 숙소로 사용했다니 보는 사람들이 개운할 리 없었다. 이로써 그간 청와대 주인들의 '비극적 최후'와 관련해 떠돌던 각종 속설도 몰아낸 셈이었다. 어느 날 보니 청와대가 몰라보게 밝아졌다.

2000년 가을은 풍요로웠다. 5년째 대풍이었다. 잦은 태풍에도 이를 이겨내고 3700만 석 넘게 수확했다. 농민들의 노고가 컸다. 하지만 옛날처럼 풍년으로 농심(農心)을 얻고 민심을 사로잡는 시대가 아니었다. 해마다 농민들은 추곡 수매량을 늘리고 값을 올려 달라며 시위를 벌였다. 2000년에도 예외가 아니었다. 벼를 산 채로 갈아서 묻고, 귀한 곡식을 깔아뭉개며 구호를 외쳤다. 농민들은 '겨울 신선'이 아니라 '겨울 투사'였다. 농민들의 외침을 어찌 외면할 수 있겠는가. 하지만 그 앞에 참으로 무기력했다.

남한은 이렇듯 쌀이 남아 걱정인데 북한은 식량이 부족했다. 북한은 영농 기술도 후진적이고 화학 비료도 거의 없었다. 2000년 남북 정상 회담 때 김정일 위원장은 남한이 지원해 준 비료를 참으로 고마워했다. 비료 지원은 곡물 생산량을 두세 배 늘릴 수 있었다. 곡식을 지원받는 것보다 훨씬 북한에 도움이 되었다. 나는 재임 중 매년 쌀과 비료를 각 20만 톤, 40만 톤씩 지원했다.

국민의 정부는 50년 농정사의 숙원이었던 협동조합을 개혁했고, 물 관리 기관을 통합했다. 농가 소득을 보전해 주기 위해 논농업 직불제와 농작물 재해 보험제를 시행했다. 또 수십 년간 쌓이고 쌓인 농가 부채를 탕감하기 위해 많은 노력을 기울였다. 특히 농산물 유통 부문 투자를 획기적으로 늘렸다. 취임 초기부터 유통 구조 개선을 독려했다. 농민은 늘 헐값에 팔고 소비자는 늘 고가에 사는 일은 없도록 하자고 역설했다. 종합유통센터 등을 통한 직거래와 전자 상거래를 지속적으로 확대했다. 그래도 농민들을 만족시킬 수는 없었다.

농정에는 한계가 있었다.

정부가 앞장서서 쌀 수요를 개발하고, 아침밥을 먹자고 캠페인을 벌여도 해마다 쌀 소비는 줄어들었다. 쌀은 더 이상 농촌의 자존심이 아니고 들판은 더 이상 농민들의 믿음이 될 수 없었다. 논은 더 이상 생명의 터전이 아니었다. 들녘에 신명이 솟아나고 젊은이들이 농촌에 정을 붙이고 살 수 있는 방도를 찾아야 했다. 그러나 찾지 못했다. 그 누구도 묘안을 가져오지 않았다. 남쪽에서 올라오는 농민들의 시위 소식에 마음이 편치 않았다.

브루나이를 국빈 방문하고, APEC 정상회의에 참석차 11월 13일 수도 반다르세리베가완에 도착했다. 하사날 볼키아(Hassanal Bolkiah) 브루나이 국왕과 정상 회담을 갖고, 투자 교역 활성화를 위해 협력키로 합의했다. 특히 국왕에게 현대건설이 건설한 브루나이 '제루동 해양공원' 공사비 3800만 달러를 조속히 지급해 달라고 요청했다. 다행히 국왕은 "특별한 관심을 갖고 노력하겠다"고 답했다. 민간 기업과의 거래에 정부가 나서는 것이 아무래도 마음에 걸려 그 배경을 설명했다. 당시 현대그룹은 자금난을 겪으며 형편이 매우 어려웠다.

"손님으로 와서 빚 독촉을 하는 것 같아 미안하다는 생각이 들지만 한국 제1의 기업인 현대가 현재 생사의 갈림길에 서 있습니다. 국가적 차원에서, 소생되었으면 하는 생각에서 결례인 줄 알면서도 말씀드린 것입니다."

이 미수금은 사실 국왕의 동생이 운영하는 회사가 부도를 낸 데서 비롯되었다. 국왕은 나에게 호감을 여러 차례 나타냈다. 그리고 내 부탁을 뿌리치지 않았다. 실제로 국왕은 현대건설 미수금 문제를 조기에 해결토록 내각에 지시했다.

각국의 정상들과 릴레이 회담을 했다. 11월 15일 하루에 미·일·중·러 주변 4강과 정상 회담을 가졌다. 한국 외교 사상 처음 있는 일이라고 했다. 빌 클린턴 미국 대통령과는 국가 원수로서는 사실상 고별 회담이었다. 그의 숙소인

에든버러궁을 찾아갔다. 그는 나의 노벨상 수상을, 나는 그의 아내 힐러리 여사의 상원의원 당선을 축하했다. 클린턴 대통령에게 북한 방문을 권유했다.

"올브라이트 국무장관의 방북 성과를 토대로 자신감을 갖고 임하시기 바랍니다. 방북을 결정하면 우리는 환영할 것입니다."

"북한 미사일 문제 해결에 노력 중입니다. 그것이 한반도 긴장 완화와 신뢰 구축에 기여할 것입니다. 방북 문제는 검토 중입니다. 결론을 내지 못했습니다."

클린턴 대통령은 전에도 말했지만 '정이 가는' 인물이었다. 생각해 보면 내가 참 좋아했다. 그가 국제 무대에서 사라진다니 참으로 서운했다. 그의 남은 임기는 고작 두 달이었다. 우리는 서로를 회고하고 덕담을 나눴다. 내가 그간의 노고에 감사했다.

"클린턴 대통령은 대북 포용 정책을 일관되게 지지함으로써 한반도 평화 정착에 크게 기여했습니다. 한반도의 공산화를 막은 트루먼 대통령과 함께 한국 국민들의 기억에 남을 것입니다. 퇴임 후에도 좋은 친구로 남기를 바랍니다."

"김 대통령의 탁월한 지도력과 결단이 없었다면 남북 관계 개선과 한반도 평화는 불가능했을 것입니다. 재임 중 김 대통령과 함께 일할 수 있었던 것을 큰 영광으로 생각합니다."

헤어질 시간이 왔다. 클린턴 대통령과 긴 복도를 따라 함께 걸었다. 그가 차 타는 곳까지 따라왔다. 그를 남겨 두고 떠나오는데 갑자기 그가 외롭게 느껴졌다. 친구 클린턴은 과연 북한을 방문할 것인가. 어려운 여건에도 임기 말에 평양을 갈 것인가. 많은 생각이 떠올랐다. 지구촌 최강 대국의 원수였지만, 퇴임을 앞두고서 그는 조심했다.

클린턴 대통령은 인간 자체로도 순진했다. ASEM 마지막 일정을 앞두고 정상들이 앉아서 환담하고 있을 때였다. 클린턴 대통령이 종이와 사인펜을 가지고 분주하게 돌아다녔다. 알고 보니 정상들 한 사람 한 사람에게 사인을 부탁하고 있었다. 마치 초등학생이 유명 스타에게 사인을 해 달라고 요청하는 것처럼 보였다. 마지막 국제 무대에서 정상들의 사인을 받을 정도로 그의 행보는 자유스러웠다. 미국의 힘과 클린턴 대통령의 발랄함은 어긋나는 듯하면서도 잘 어울렸다.

APEC 정상회의는 정상 선언문을 채택하고 마쳤다. 정상 선언문에는 내가 국내외적으로 강조해 온 정보화 격차 해소, 금융 위기 방지와 국제 금융 체제 강화, 시장 원리에 입각한 개혁이라는 3대 과제가 그 골격을 이뤘다. 3대 과제 세부 실천 항목으로는 APEC 국가 간 초고속 정보 통신망 구축, 개도국의 네트워크 구축, 지식 기반 경제 활성화, 사이버 교육 확대, 사회안전망 구축, 헤지펀드 모니터링(감시 체제) 설치, 이슈별 개혁 정책 대화 추진 등 7개 사업을 제시했다.

나는 또 "북한이 국제 사회 일원으로 세계화, 정보화 혜택을 향유할 수 있도록 기회를 줘야 한다"고 정상들을 설득했다. 그 결과 북한에 초청 회원의 자격을 부여키로 했다. 북한이 APEC에 참여할 수 있는 길을 열었다.

11월 21일 하얏트 호텔에서 열린 『김대중 내란 음모의 진실』 출판 기념회에 참석했다. 1980년 '서울의 봄' 이후 신군부로 끌려간 25명의 내란 음모 조작, 고문 등의 모든 과정이 상세히 기록된 책이었다. 이문영 고려대 교수가 편집위원장을 맡았다.

함께 고생한 동지들, 독재 세력에게 범처럼 달려들었던 그들이건만 세월 앞에서는 어쩔 수 없었다. 머리는 희고 허리는 굽었다. 젊은 날의 매서운 결기는 주름이 가려 버렸다. 이문영 교수가 내게 책을 증정했다. 감개무량했다. 오늘의 민주주의가 있기까지 얼마나 많은 사람들이 희생당했는가. 그들을 기리며 그들에게 죄송한 생각이 들었다. 나는 살아 있는, 남은 자들의 흔들림 없는 삶을 당부했다. 그것은 나에 대한 다짐이며 나 스스로를 향한 약속이기도 했다.

"우리들은 국민의 선두에 섰던 사람들입니다. 국민의 선두에 섰던 사람들은 끝까지 인생을 마치는 날까지 국민을 위해서, 국민의 자유와 인권과 정의와 행복을 위해서 우리가 노력을 다할 책임이 있다고 생각합니다."

11월 23일 ASEAN(동남아국가연합)＋한·중·일 정상회의 참석차 출국했다. 싱가포르에 도착하여 샹그리라 호텔에 여장을 풀었다. 다음 날 한·중·일 3국 정상 회담을 열었다. ASEAN＋3 정상회의에서 나는 '동아시아 연구 그룹' 구성을 제의했다. 정상들은 나의 제안을 의장 성명에 포함시켰다.

이어서 싱가포르 고촉통(吳作棟) 총리와 정상 회담을 갖고 정보 통신 분야의 협력을 강화해 나가기로 합의했다. 공식 환영 행사에 싱가포르 주재 북한 대리 대사가 참석했다. 그는 나에게 깍듯이 인사했다. 반가웠다. 그의 손을 잡아 흔들었다.

리콴유 전 싱가포르 총리와 다시 만났다. 1년 만이었다. 그에게 물었다.

"이 선생께서는 남북 정상 회담 성사를 보시고 이를 근본적인 변화로 보시는지 아니면 일시적인 변화로 보시는지 얘기해 주십시오."

"전술적 변화인지 정략적 변화인지, 아니면 근본적인 변화인지 잘 모르겠으나 북한도 통제할 수 없는 변화입니다. 매년 기술이 북한에 유입되고 인적 접촉이 증대하고 더 많은 투자가 이뤄진다면 북한은 지금과 전혀 다른 세상이 될 것입니다.

6월 13일에 저는 베이징에서 장쩌민 주석을 만났는데, 장 주석은 매우 즐거워하며 남북 정상 회담에 대한 이야기를 10분이나 했습니다. 그는 매우 의미 있는 진전이라고 평가했습니다. 증거는 없으나 북한의 김정일 국방위원장은 중국 지도자들과 남북 정상 회담 이전에 긴밀히 협의했을 것입니다. 북한은 중국의 상황을 열심히 연구하고, 중국은 김 위원장에게 자신감을 주기 위해 중국이 흡수 통일하는 것을 결코 좌시하지 않을 것이라는 확신을 줬을 것입니다.

중국은 북한과 남한이 이른 시일에 합치는 것을 원하지 않을 것입니다. 북한이라는 완충국(buffer state)이 없어지기 때문입니다. 중국은 1950년 한국전에 참전하여 큰 희생을 치르며 많은 교훈을 얻었기 때문에 북한이 흡수되는 것을 결코 원하지 않을 것입니다. 남북 정상 회담은 조기 통일이라는 관점에

리콴유 전 싱가포르 총리와 다시 만나 남북 관계에 대해 이야기를 나눴다.

서는 대단한 진전은 아니지만 한국, 북한, 미국 등 어느 나라도 통제할 수 없
는 변화를 가져왔다는 점에서 대단한 진전입니다.

한반도에 미군의 주둔이 필요합니다. 어떤 국내적 상황이 있더라도 그렇게
해야 합니다. 미군이 지속적으로 주둔하지 않으면 북한, 중국, 일본에 대해 한
국의 입지가 약화될 것입니다."

그의 분석은 탁월했다. 나는 주한 미군 문제와 관련해 김 위원장과 나눈 대
화를 소개했다.

"저는 김 위원장에게 미군이 한반도에 주둔하는 것은 단순히 북한에 대항
해서만이 아니라 통일된 이후에도 미군이 주둔하는 것이 중요하다고 얘기했
습니다. 한반도는 지정학적으로 미·일·중·러 4대국에 둘러싸인 유일한 나라
로 19세기 청일·러일 전쟁 등 두 번의 전쟁에 휘말린 후 결국은 일본에 병합
된 역사를 잘 알고 있지 않느냐고 얘기했습니다. 그래서 우리는 한반도가 통

일되더라도 미군이 있어 세력 균형을 유지하는 것이 한반도의 안정뿐 아니라 동아시아 전체의 안정에도 긴요하다고 얘기했습니다. 유럽에서도 나토가 공산 세력을 막기 위해 만들어졌으나 동구 사회 붕괴 후에도 세력 균형을 위해 존속하는 것 아니냐고 얘기했습니다.

저의 이 말에 김 위원장이 강력히 반발할 줄 알았으나 김 위원장은 '대통령께서는 어쩌면 나와 똑같은 생각을 가지고 있느냐'며 러시아·중국·일본 등 대국을 견제하기 위해서는 미군이 있어야 한다고 얘기했습니다. 올브라이트 미 국무장관이 방북했을 때에도 남한에 있는 미군이 우리에게 해를 끼치지 않으므로 있어도 괜찮다고 이야기했습니다."

이어서 2박 3일 일정으로 인도네시아를 국빈 방문했다. 압두라만 와히드 대통령이 직접 공항에 나왔다. 하루 전 예행연습까지 했다니 대단한 예우였다. 자카르타 시내 곳곳에는 우리 내외와 와히드 대통령 내외의 대형 초상화가 내걸렸다. 다음 날 정상 회담을 가졌다. 단독 회담에 이어 확대 정상 회담에는 인도네시아 정부의 모든 장관이 배석했다. 와히드 대통령의 특별 지시였다.

"김 대통령에 대한 존경의 말씀은 여러 번 드린 적이 있지만, 김 대통령은 저의 스승입니다. 스승을 환영하기 위해 오늘 회의에 전례 없이 많은 장관이 배석하였습니다. 이 많은 장관들이 자리를 같이한 것은 각료회의에서나 볼 수 있는 일입니다."

그러고 보니 한국과 인도네시아 정부가 합동 국무회의를 하는 것처럼 보였다. 와히드 대통령은 최선을 다해 우리를 도우려 했다. 원유, 천연가스를 안정적으로 우리에게 공급하겠다고 약속했다. 또 인도네시아 아파트 건설 사업에 한국 업체의 참여를 일정 부분 보장하겠다고 말했다.

11월 30일 토니 홀 미국 하원의원을 만났다. 그는 막 북한을 방문하고 돌아왔다고 했다. 평양을 벗어나 주로 지방을 다닌 그는 북한 주민들의 생활을 가감 없이 들려주었다. 거의 200~250그램의 배급 식량으로 연명하는데 나머지는 약간의 곡식에 나뭇잎과 나뭇가지를 섞은 것을 대체 식량으로 먹고 있다고 했다. 물 또한 매우 더러워 주민들은 소화 불량에 시달리고 있다고 했다. 병원에는 진통제와 항생제조차 없었고, 공장들은 거의 가동을 멈췄다고 했다.

그의 말로는 북한 주민들이 클린턴 대통령의 방문을 고대하고 있단다. 북한 주민들은 변화를 원하고 있었다. 그것이 당장의 굶주림을 벗어나는, 가장 원시적인 것이어서 안타까웠다. 사람은 배가 고프면 화를 내고 배가 부르면 웃는 법이었다. 북한 주민들을 웃게 만드는 것, 그것이 곧 남과 북의 평화가 아니겠는가.

미국 대통령 선거가 혼미를 거듭했다. 11월 7일 실시된 앨 고어 민주당 후보와 조지 부시 공화당 후보의 승부는 예상대로 박빙이었다. 최후의 승부처는 플로리다 주였다. 플로리다에서도 대접전 끝에 부시 후보가 승리했다. 일부 언론은 부시의 당선을 보도했다. 그러나 그것은 오보였다. 재검표를 해야 하는 초유의 사태가 벌어졌다. 후보 간 득표 격차가 0.5퍼센트 이하일 경우 재검표를 해야 한다는 규정 때문이었다. 여기에 부정 선거 시비도 일어났다. 결국 미국 대통령 선거의 승자는 법정에서 가려지게 되었다. 보수 성향의 연방대법원의 판결이 있기까지 5주 이상이 걸렸다.

민주 국가 최대의 축제인 대통령 선거가 훼손된 것은 유감이었다. 법정에서 대통령이 탄생했으니 자연 미국의 민주주의가 상처를 입었다. 거기에 언론의 상업적인 보도로 대통령 선거가 '정치적 스캔들'로 번졌다. 미국은 자존심을 구겼고, 도덕적으로도 타격이 컸다. 몇몇 나라에서는 노골적으로 조롱했다.

이런 사태를 비상하게 지켜보았다. 나는 내심 앨 고어 후보가 당선되기를 바랐다. 고어 후보는 클린턴 정부의 노선을 계승할 것이기 때문이었다. 하지만 부시 후보가 당선되더라도 지금의 남과 북, 북한과 미국의 화해 정책을 폐기하지는 못할 것이라는 낙관적인 생각을 했다.

나는 클린턴 대통령의 방북이 빨리 성사되기를 바랐다. 조바심이 났다. 그러나 이러한 '불복(不服)의 대통령 선거' 결과로 클린턴 대통령의 입지는 좁아질 수밖에 없었다. 또한 이 시기에 중동평화회담이 재개되었다. 클린턴 대통령은 재임 기간 중 중동 지역의 평화 정착을 위해 남다른 노력을 기울였다. 자연 북한보다는 중동 쪽을 자주 쳐다봤다.

우여곡절 끝에 미국 차기 대통령이 가려졌다. 조지 부시였다. 12월 16일 부시 대통령 당선자와 통화를 했다. 부시 당선자가 말했다.

"한반도 평화와 동북아, 나아가 세계 평화를 위해 김 대통령과 긴밀히 협력할 수 있기를 바랍니다."

12월 21일 클린턴 대통령에게서 전화가 왔다.

"북한에 대해 대통령과 대화하고 싶습니다. 아시다시피 이곳의 애매한 선거 결과로 후임자와 상의할 수 없음에 귀중한 시간만 소비되고 있습니다. 동시에 중동 평화와 관련한 대화가 다시 시작되었고, 이번에는 성공적으로 결론 지어질 것으로 보입니다. 저는 퇴임 전에 성공의 기회를 잡고 싶습니다. 때문에 북한 방문은 거의 불가능합니다. 대통령님과 그것의 대안에 대해 의논하고 싶습니다.

대통령께서 한반도에서 일으킨 변화는 매우 중요합니다. 저는 대통령님이 그것에 대해 추진력을 유지하고 다음 정부가 계속 발전시키도록 돕고 싶습니다. 제가 북한에 가지 못하게 되었기 때문에 1월 중 워싱턴으로 김정일 국방위원장을 초청할까 생각하고 있습니다. 이는 미국 측 의도의 진지함을 그들에게 보여 주고 미사일 협의를 그들과 타결할 수 있게 할 것입니다. 이는 제가 평양에 가지 못하는 것에 대한 여파도 완화시킬 것입니다. 하지만 대통령께서 동의하지 않는다면 이를 진행시키지 않을 것입니다. 대통령님의 의견을 알고 싶습니다."

우려가 현실로 나타났다. 하지만 냉정해져야 했다. 예를 갖춰 말했다.

"우선 대통령께서 끝까지 노력해 주는 점에 대해 깊은 경의를 표합니다. 그리고 초청했을 때 북한이 어떤 반응을 보일지 지금으로서는 속단하기 어렵습니다만, 중요한 것은 김정일 위원장이 워싱턴에 가서 소득 없이 돌아가는 것은 곤란할 것이라는 점입니다. 따라서 사전에 성공을 보장할 필요가 있고, 대통령님의 후임자께서도 이를 보증해야 합니다."

"전적으로 동의합니다. 만약 그들이 미사일 판매를 중단하고 장거리 미사일 개발을 멈추면 우리도 그들에게 식량을 제공할 것입니다. 그리고 어제 제 후임자와 대화를 통해 다음 정부도 이를 존중할 것이라는 것을 저는 이해했습니다."

나는 클린턴 대통령이 임기 중에 북한과의 관계 개선을 위해 어떻게든 매듭을 지어 달라고 당부했다. 그래서 협상 방법까지도 얘기했다.

"제 생각으로는 북한과 물밑 예비 접촉을 통해 의견 조율을 한 뒤에 공식 초청하는 게 좋을 듯합니다. 북한은 미국과의 관계 개선이 절대 필요하다고 분명히 느끼고 있고, 대통령의 임기 중에 해결하기를 원한다고 봅니다. 다음 정부로 넘어가면 아무래도 지연될 것이기에 북한은 대통령님과 문제를 해결하고 싶어 할 것입니다. 우리는 그렇게 해서 북한의 미사일 문제가 해결되는 것을 크게 환영할 것이며 이는 한반도 평화에도 결정적 기여를 할 것입니다.

북한에게 받을 것, 미국이 줄 것을 분명하고도 단순하게 제시해야 합니다. 그래서 김 위원장이 안심하고 실패하지 않는다는 생각으로 워싱턴을 방문하도록 해야 할 것입니다. 말씀드린 대로 김 위원장은 결단력을 갖고 있고 납득이 되면 과감하게 수용합니다. 김 위원장과 분명하게 주고받을 것을 이야기하면서 직접 협상해야 합니다."

"매우 좋은 생각입니다. 말씀대로 따르고, 이에 대해 계속 알려 드리겠습니다."

"끝까지 포기하지 않고 애쓰심에 감사합니다. 대통령께서 임기 중에 미국 경제, 한반도 핵·미사일 문제에 많은 공헌을 하신 것을 높이 평가합니다. 또한 국제 사회에 대량 살상 무기(WMD) 위협 감소를 위해 노력하고 중동 평화를 위해 큰 업적을 남기셨습니다."

362

클린턴 대통령은 나와 통화한 사실을 비밀에 부쳐 달라고 부탁했다. 누구와도 의논하지 않고 전화를 했으니 언론에 새어 나가지 않도록 부탁했다. 나는 염려 말라며 약속했고, 약속을 지켰다.

클린턴 대통령은 자서전 『마이 라이프(My life)』에서 방북이 무산된 이유를 이렇게 기술했다.

> 북한을 방문했던 매들린 올브라이트는 내가 북한을 방문하면 미사일 협상을 완료할 수 있을 것이라고 확신하고 있었다. 나는 북한과 협상을 진척시키고 싶었지만, 중동 평화 협상의 성사가 임박한 상황에서 지구 정반대편에 가 있고 싶지 않았다. 더욱이 아라파트(Yasser Arafat)가 협상 성사를 간절히 바라고 있다면서 북한 방문을 단념할 것을 간청한 상태였기 때문에 나는 북한 방문을 강행할 수 없었다.

클린턴 대통령은 결국 12월 28일 성명을 발표했다.

"북한을 방문하지 않겠다. 차기 행정부가 내가 이루어 놓은 성과 위에서 북한과 협상을 완결 지을 것으로 확신한다."

클린턴 대통령은 김정일 위원장에게 편지를 보내 미국 방문을 요청했다. 그러나 북한은 초청에 응하지 않았다. '체면'을 중시하는 그들의 외교 스타일로 보아 충분히 예견된 일이었다. 그리고 임기 말의 대통령 초청에 응한다는 것도 부담이었을 것이다. 어쨌든 미국은 '북미 공동 성명'을 어겼다. 올브라이트 장관이 평양에 간 것은 '미합중국 대통령의 방북'을 전제로 했기 때문이었다.

하지만 나는 이때 김 위원장이 초청에 응해야 한다고 생각했다. 미국 대통령의 공식 초청은 천재일우의 기회였다. 만일 김 위원장이 미국을 방문했다면 관계 정상화가 이뤄졌을 것이고, 그런 상태에서는 차기 부시 정권도 이를 인정할 수밖에 없었을 것이다. 그렇게 되었다면 북미 간에 대결은 없었을 것이고, 남북 관계도 상상할 수 없는 변화를 맞았을 것이다.

클린턴 대통령의 방북 무산은 참으로 아쉬웠다. 나는 탄식했다. 단언컨대 클린턴 대통령이 평양에 갔다면 한반도의 역사는 달라졌다. 한반도의 운명이 바뀌는 그 순간에 왜 그런 일들이 일어났는지 참으로 통탄할 일이었다. 지구상에 마지막 남은 분단국, 그 한쪽의 대통령으로서 정말 슬펐다.

대통령 선거에서 고어 민주당 후보가 당선되었다면, 부시 대통령 당선이 조기에 확정되었다면, 중동평화회담과 시기가 겹치지 않았더라면 한반도에는 전혀 새로운 역사가 펼쳐졌을 것이다.

내가 클린턴 대통령을 다시 만난 것은 2003년 11월이었다. 그가 김대중도서관으로 찾아왔다. 당시 나는 건강이 매우 좋지 않았다. 그는 나의 건강을 깊이 걱정해 주었다. 그때 이런 말을 했다. 지난 이야기지만 너무 아쉽기 때문에 다시 꺼냈다.

"클린턴 정부는 북한과의 관계 개선에 큰 성과를 이루었습니다. 만약 그때의 합의들이 실현되었다면 한반도에는 이미 안정이 찾아왔을 것입니다. 매우 아쉽습니다."

그러자 클린턴 전 대통령도 안타까움을 토로했다.

"브루나이 APEC 회의 때 제가 드렸던 말씀을 기억하시는지 모르겠습니다. 제가 1년만이라도 더 대통령으로 있었더라면 북한 위기가 해결됐을 것입니다."

클린턴 대통령의 퇴임 이후 세계는 테러와 전쟁 속으로 빠져 들었다. 그 한가운데 부시 대통령이 있었다. 취임 첫해에 9·11 테러가 발생했다. 세계무역센터 쌍둥이 빌딩이 무너지고 국방부 청사(펜타곤)가 화염에 휩싸였다. 부시 대통령은 2002년 새해 연두 교서에서 북한을 '악의 축'으로 몰아붙였다. 북미 관계가 최악의 상황으로 치달았다. 그러나 여기서 그치지 않았다. 부시 행정부는 2003년 3월 북한과 함께 '악의 축'이라 규정한 이라크를 침공했다. 미국은 나라마다 선택을 강요했다. 내 편이 아니면 적의 편으로 분류했다. 부시 대통령의 강경책은 세계를 공포로 몰아넣었다. 그의 독선은 참으로 이해하기 어려웠다.

클린턴 대통령도 북한을 방문하지 못한 것을 아쉽게 생각했다. 하지만 현실은 우리의 바람 반대편에서 한기를 내뿜고 있었다.

우리는 전직 대통령이었다. 힘은 없고 걱정만 많았다. 우리의 우려에도 불구하고 부시 대통령은 여전히 네오콘에 둘러싸여 강경 정책의 끈을 놓지 않았다. 미국과 북한은 갈수록 멀어져 갔다.

12월 17일 권노갑 민주당 최고위원이 사퇴했다. 성명을 발표하고 그것이 순명(順命)이라고 했다. 그는 당내의 2선 후퇴론에 시달려 왔다. 민주당 최고위원 한 명은 내 앞에서 그의 퇴진을 주장했다. 그러나 그 주장이 그리 순수해 보이지 않았다. 어쨌든 그를 보내기로 했다. 따르는 동지들과 눈물의 회동을 했다고 들었다. 어찌 보면 정치란 참으로 무정한 것이었다. 전화를 걸어 위로했다. 세인의 관심이 수그러들기를 기다렸다가 조찬을 함께했다. 그의 '순명'을 다시 위로했다.

첫 물방울이 가장 용감하다
(2000. 12)

2000년 12월 8일, 노벨평화상을 받으러 노르웨이로 떠나는 날이었다. 노르웨이까지는 10시간이 넘는 여정이었다. 나는 기내를 돌며 초청 손님들과 인사를 나누었다. 특별 수행원은 모두 54명이었다.

민주화 운동 관련자는 박용길 고 문익환 목사 부인, 박정기 고 박종철 부친, 배은심 고 이한열 모친, 윤영규 5·18 재단 이사장, 이문영 전 고려대 교수, 한승헌 전 감사원장, 한완상 민족화해협력범국민협의회 의장, 이해동 한우리교회 목사 등이었다. 종교계 인사는 강문규 새마을협회 본부장, 김동완 한국기독교교회협의회 총무, 김성수 성공회 대주교, 박경서 전 WCC 아시아국장, 박청수 원불교 교무, 박춘화 창천교회 목사, 서정대 조계종 총무원장, 송월주 전 조계종 총무원장, 안병철 세종성당 신부, 이만신 한국기독교총연합회장 등이었다. 시민·사회 단체 인사는 김민하 평통 수석부의장, 김창국 대한변협회장, 박영숙 한국환경사회정책연구소장, 윤경빈 광복회 회장, 이상훈 재향군인회 회장, 서경석 시민사회협의회 사무총장, 최열 환경운동연합 사무총장, 이예자 여성장애인협회장 등이었다. 정당인은 장을병 민주당 최고위원, 이우정 민주당 고문, 경제계 인사는 김영수 중소기협중앙회장, 손병두 전경련 부회장 등이었다. 문화·언론·예술·학계 인사는 김태동 대통령자문 정책기획위원장, 문성

근 영화배우, 박권상 방송협회 회장, 오기평 아태평화재단 이사장, 이경숙 숙명여대 총장, 이수동 아태평화재단 상임이사, 지명관 한림대 교수, 최장집 고려대 교수 등이었다. 또 강복기 홍성교도소 보안과장을 초청 인사에 포함시켰다. 강 과장은 내가 김대중 내란 음모 사건으로 청주교도소에 수감되었을 때 교도관이었다. 그리고 우리 아들, 며느리, 손자 손녀들이 동행했다. 외국인으로 초청한 토머스 포글리에타 주 이탈리아 미국 대사, 호세 라모스 오르타 동티모르저항협의회 부의장(1996년 노벨평화상 수상자)은 현지로 날아왔다.

이날 초청 손님들과 만찬을 함께했다. 나는 진심으로 그들이 고마웠다.

"결코 겸손의 말이 아니라 이 상이 결정되기 전까지는 그렇게 바랐지만 일단 결정되고 나니까 이 수많은 사람들, 민주주의를 위해 희생하신 분들 혹은 통일을 위해서 애쓰신 분들을 제치고 제가 혼자 영광을 차지한 것 같은 생각이 들어서 진심으로 죄송한 마음을 금할 수 없는 그런 생각을 여러 번 가졌습니다. 바라건대 저의 이번 평화상 수상이 우리 국가의 위신과 이미지를 고양시켜서 세계 속에서 우리 국민들이 더욱 존경받고 자랑스럽게 사는 조그만 계기라도 마련되면 좋겠습니다."

숙소인 그랜드 호텔에서 영국 'BBC 월드'와 회견을 가졌다. 닉 고잉(Nik Gowing) 기자는 우리나라, 특히 나의 정책과 결단에 대해서 소상하게 알고 있었다. 질문은 매우 민감했고 날카로웠다.

"과거 여러 번 가택 연금을 받는 등 많은 고난 가운데 그러한 길을 그만 두고 싶은 생각은 들지 않으셨습니까."

"물론 내가 선택한 길은 많은 고통을 수반하였으나 의미 있는 삶을 사는 것이 중요하다는 생각을 변함없이 간직해 왔습니다. 양심과 행동은 내 삶의 모토였습니다."

"대통령께서는 독실한 가톨릭 신자로 알려져 있는데, 전두환 전 대통령을 왜 용서하셨습니까. 그는 대통령께 사형을 선고한 사람 아닙니까."

"나는 그의 죄를 용서하지는 않았으나 한 인간으로서 그를 용서했습니다."

"대통령께서는 박정희기념관 건립을 지원하겠다고 결정하셨는데, 그는 대통령을 세 번이나 죽이려 하지 않았습니까."

"박 대통령 기념관은 그의 좋은 측면뿐만 아니라 잘못된 측면도 보여 줄 수 있는 증거물이 될 수 있다고 생각합니다.

"아직도 한국에 정치범이 있지 않습니까."

"북한을 위해 첩보 활동에 종사하여 실정법을 위반했던 소수의 사람들이 있었으나 이들은 석방되어 북한으로 귀환이 허용되었습니다. 나는 국민들의 모든 자유를 보장하고 있습니다. 최근 교사들에 대해 노조 결성을 허용한 것이 한 사례입니다."

이튿날 점심을 들고 노벨연구소를 방문했다. 관례였다. 5층짜리 건물인데 낡고 작았다. 노벨위원들을 만나 환담을 하고 방명록에 '敬天愛人(경천애인)'이라고 썼다.

위원회실 벽면에 역대 수상자들의 초상화가 걸려 있었다. 빌리 브란트, 헨리 키신저, 레흐 바웬사, 달라이 라마(Dalai-Lama), 오스카르 아리아스 산체스, 고르바초프, 아웅산 수지, 넬슨 만델라, 라모스 오르타……. 나와 인연이 있는 사람들이 나를 쳐다보고 있었다. 지구촌의 평화를 지킨 진정한 영웅들이었다. 흡사 나를 보고 "이제 왔느냐"고 묻는 듯했다. 맨 마지막에 내 사진이 있었다.

노벨상 시상식 연설문의 저작권을 노벨위원회에 위임하는 증서에 서명을 했다. 위원들의 환송을 받으며 엘리베이터를 탔다. 승강기 역시 건물처럼 낡고 안이 좁았다. 우리 부부, 룬데스타드(Geir Lundestad) 노벨위원회 사무국장, 김한정 부속실장, 김정기 수행부장 이렇게 다섯이 탔는데도 꽉 찼다. 그런데 내려가던 승강기가 고장이 나 중간에서 멈춰 버렸다. 모두들 당황했다. 두 수행원은 물론이고, 룬데스타드 국장도 어쩔 줄 몰라 했다. 내가 분위기를 바꿔 보려고 농담을 했다.

"이런 때는 여자와 단 둘이 갇혀 있어야 하는데……."

그러나 내 농담은 썰렁했다. 그들 귀에 내 말이 들어갈 리 없었을 것이다.

노벨위원회 사무실에서 시상식 연설문의 저작권을 노벨위원회에 위임하는 증서에 서명했다.

나를 기다리고 있던 수행원과 경호원들도 많이 놀랐을 것이다. 5분가량 지났을까 다행히 승강기는 다시 작동했다. 노벨위원회는 그날 '사고' 이후 엘리베이터를 아예 신형으로 바꿨다고 했다.

노벨상 수상 관련 외신 기자들과 회견이 있었다. 세 번째 질문자는 동양적 외모의 여기자였다. 그는 뜻밖에 한국말로 인사를 건넸다.

"김 대통령의 노벨평화상 수상을 축하드립니다."

서툰 우리말이었지만 기뻤다. 그는 입양아 출신이었다. 한 살 때 서울을 떠나와 노르웨이 중산층 가정에서 자랐다. 이내 영어로 질문을 했지만 참으로 장하다는 생각이 들었다. 노르웨이는 우리 교민이 300명을 넘지 않지만 한국인 입양아는 어림해서 6000명이 넘는다고 했다. 저 동방에서 멀고 먼 길을 날아왔을 입양아들의 공포심은 얼마나 깊었을 것인가. 나의 평화상 수상이 자그마한 위로가 되었으면 좋겠다는 생각을 했다. 그리고 새삼 노르웨이 사람들의 넉넉함이 가슴에 닿았다.

12월 10일 평화상 시상식 날이었다. 내가 숙소를 나서자 길가에 수천 명이 나와 태극기와 노르웨이 국기를 흔들었다. 시상식장인 시청까지는 약 1킬로미터쯤 떨어져 있었다. 11시 40분 오슬로 시청 후문 앞 광장에 도착하자 2000여 명의 어린이들이 기다리고 있었다. 아내와 무대로 나갔다. 환호가 터져 나왔다. 소녀 하나가 '평화의 횃불'을 내게 건넸다. 이를 받아 평화 기념물에 불을 댕겼다. 이 기념물은 22개의 돌로 둘러싸여 있었다. '22'는 전쟁과 내전으로 고통 받고 있는 나라의 숫자라고 했다.

평화의 횃불이 타올랐다. 그러자 소년소녀들이 노래를 불렀다. 노래는 하늘에서 떨어지듯 맑았다. 전쟁의 참화에서 어린이들을 구해 달라는 〈어린이를 구하소서(Save the Children)〉였다. 나는 즉석 연설로 평화의 메시지를 전했다.

"어린이 때문에 세상은 희망을 갖습니다. 여러분의 밝은 웃음 때문에 세상은 밝게 빛날 수 있습니다. 여러분이 나에게 준 '평화의 횃불'이 영원히 타올라 온 세상을 사랑과 희망의 빛으로 가득 채울 수 있기를 간절히 바랍니다."

메시지 낭독이 끝나자 어린이들이 함성을 지르며 한꺼번에 몰려들어 나를 에워쌌다. 이 행사는 시상식의 프롤로그였지만 매우 감동적이었다.

이어서 시상식이 벌어졌다. 룬데스타드 노벨위원회 사무국장의 영접을 받고 스톨셋(Gunnar Johan Stalsett) 노벨위원회 부위원장의 안내로 시청 중앙홀 시상식장에 들어섰다. 순간 병사들이 팡파르를 울렸다. 옌스 스톨텐베르그(Jens Stoltenberg) 총리 등 노르웨이 인사들과 각국 대사, 한국의 초청 인사 등 1100여 명이 모두 일어나 박수를 쳤다. 내가 입장하고 곧바로 하랄드 5세(Harald V) 국왕이 식장에 들어섰다.

오슬로 시청 메인 홀은 온통 노란 꽃 일색이었다. 햇볕 정책을 상징하는 장식이었다. 붉은 장미를 장식했던 관례를 깼다. 수천 개의 오렌지와 노란 장미, 그리고 해바라기를 섞어 참석자 좌석 앞부분, 그리고 시상식 연단 뒤 기둥과

벽면을 장식했다.

군나르 베르게 노벨위원회 위원장이 등단했다. 그가 선언했다.

"노벨상위원회는 2000년 노벨평화상을 김대중 대통령에게 수여하기로 결정했습니다."

식장에 박수와 환호가 쏟아졌다. 베르게 위원장은 경과 보고를 했다. 노벨평화상 선정 이유를 발표했다.

"김 대통령의 인권을 위한 그동안의 노력은 최근 남북 관계의 진전과는 별도로 수상 후보로서 충분한 가치를 지녔다고 할 수 있습니다. 노벨평화상은 지금까지 이룩해 온 조처에 대해 수여되는 것입니다. 그러나 노벨평화상의 역사에서 자주 보아 온 것처럼 평화와 화해를 위한 머나먼 길에 더욱 진척이 있기를 격려하는 뜻도 담겨 있습니다.

이는 넓은 범위에서 용기의 문제입니다. 김대중 대통령은 고착화된 50년의 적대 관계를 청산하고 아마 세계에서 가장 중무장된 전선 너머로 협조의 손길을 뻗으려는 의지를 지녀 왔습니다. 그의 의지는 개인적 · 정치적 용기이며, 유감스럽게도 다른 분쟁 지역에서는 너무 자주 결여되어 있는 것이기도 합니다.

일반적인 삶에서 적용되는 똑같은 이치가 평화를 위한 노력에도 적용됩니다. 가장 높은 산을 등정하려 할 때의 이치가 그것입니다. 첫걸음이 가장 어렵습니다.

노르웨이 남서부의 항구 도시 스타방에르의 작가 군나르 롤드크밤(Gunnar Roaldkvam)은 그가 쓴 시 「마지막 한 방울」에서 다음과 같이 명료하면서도 적절하게 표현했습니다.

옛날 옛적에
물 두 방울이 있었다네
하나는 첫 방울이고   .
다른 것은 마지막 방울

첫 방울은 가장 용감했네

나는 마지막 방울이 되도록 꿈꿀 수 있었네

만사를 뛰어넘어서 우리가 우리의

자유를 되찾는 그 방울이라네

그렇다면

누가

첫 방울이기를 바라겠는가?

현재 김대중 씨는 민주 한국의 대통령입니다. 김 대통령의 집권까지의 노정은 멀고도 먼 길이었습니다. 수십 년 동안 그는 권위주의 독재 체제와 승산이 없어 보이는 싸움을 했습니다. 그가 어디에서 그러한 힘을 찾을 수 있었는지 물어볼 만합니다. 그 자신의 대답은 이렇습니다.

'독재 체제에 항거하기 위해 온 힘을 쏟았습니다. 왜냐하면 국민을 지키고 민주주의를 추진해 갈 다른 방도가 없었기 때문입니다. 나는 내 스스로를 강도가 침입한 집의 주인처럼 느꼈습니다. 내 가족과 재산을 지키기 위해서는 내 자신의 안위는 접어 두고 맨손으로라도 침입자와 싸워야 했습니다.'

김대중 씨의 얘기는 몇몇 다른 평화상 수상자, 특히 넬슨 만델라와 안드레이 사하로프의 경험과 공통점이 많습니다. 상을 받지는 않았지만 수상할 자격이 있었던 마하트마 간디의 그것과 함께 말입니다. 김대중 씨가 간직한 불굴의 정신은 국외자들에게 거의 초인적인 것처럼 보일지 모릅니다. 이런 점에서 이번 수상은 한층 더 진지한 면이 있습니다.

1997년 김대중 씨는 새로운 기회를 보았습니다. 놀랍게도, 그의 정적들이 서로 분열된 가운데 군사 정권의 주요 적수가 대통령에 당선되었습니다. 정말 드디어 한국이 세계 민주주의 국가 대열에 오르게 되었음을 확실히 입증한 것입니다. 새 대통령은 보복할 생각을 틀림없이 가졌을 것입니다. 그러나 넬슨 만델라의 경우처럼 용서와 화해가 김대중 씨의 주요 정강 정책들이 되어 그를

그 방향으로 나아가게 했습니다. '김대중 씨는 용서할 수 없는 것까지 포함해서 모든 것을 용서했습니다.'

노벨위원회는 동아시아의 인권 상황 진전에 김대중 씨가 맡은 중요한 역할에 특별한 관심을 갖게 됐습니다. 김대중 씨는 동티모르의 대의를 위해 온 힘을 기울였습니다. 몇 년 전까지만 해도 정치적 반대를 탄압하는 데 사용하던 한국군이 이제는 동티모르의 인권을 지키기 위해 엄청난 상징적 힘을 발휘했습니다. 그리고 아웅산 수지 여사가 미얀마의 독재에 항거하며 영웅적 투쟁을 벌이는 것을 적극 지원했습니다.

지난 6월 김 대통령과 김정일 지도자 간의 대화는 한결 느슨한 선언과 경쾌한 수사(修辭)로 발전되었습니다. 남북 이산가족 상봉 장면은 전 세계에 깊은 인상을 주었습니다. 이러한 접촉이 아무리 제한되고 통제된다고 하더라도 기쁨의 눈물은 판문점의 모든 방문자들이 절실히 느끼는 추위와 증오, 그리고 낙망과 극명한 대조를 이루는 것입니다.

세계 대부분의 지역에서 냉전의 빙하 시대는 끝났습니다. 세계는 햇볕 정책이 한반도의 마지막 냉전 잔재를 녹이는 것을 보게 될 것입니다. 시간이 걸릴 것입니다. 그러나 그 과정은 시작되었으며, 오늘 상을 받는 김대중 씨보다 더 많은 기여를 한 사람은 없습니다. 시인의 말처럼 '첫 번째 떨어지는 물방울이 가장 용감하였노라.'"

이윽고 베르게 위원장이 노벨평화상 메달과 증서를 내게 전달했다. 왼손에는 메달, 오른손에는 증서를 들고 포즈를 취했다. 카메라 플래시가 터지고 장내에 박수가 터져 나왔다. 성악가 조수미 씨의 축하 노래가 흘러나왔다. 아르디티(Luigi Arditi)의 〈입맞춤〉과 우리 민요 등을 불렀다. 〈아리아리랑〉이 흥겨웠다.

내가 수상 연설을 할 차례였다. 시상식장은 꽉 차 있었다. 아내와 며느리들이 한복을 입고 앉아 있었다. CNN 방송과 노르웨이 국영 텔레비전 등이 전 세계로 생중계했다. 나는 인류 앞에서 수상의 감회를 전하고 각오를 다졌다.

"노르웨이는 인권과 평화의 성지입니다. 노벨평화상은 세계 모든 인류에게 평화를 위해 헌신하도록 격려하는 숭고한 메시지입니다. 저에게 오늘 내려 주신 영예에 대해서 다시없는 영광으로 생각하고 감사를 드립니다. 그러나 저는 한국에서 민주주의와 인권 그리고 민족의 통일을 위해 기꺼이 희생한 수많은 동지들과 국민들을 생각할 때 오늘의 영광은 제가 차지할 것이 아니라 그분들에게 바쳐야 마땅하다고 생각합니다. 또한 민주화와 남북 화해를 위한 우리 국민의 노력을 아낌없이 지원해 준 세계의 모든 나라와 벗들에게도 진심으로 감사드립니다."

나는 남북 정상 회담 과정과 결과, 그리고 최근 남북 관계에 대해서 얘기를 했다. 그리고 아시아에서도 서구보다 훨씬 이전에 인권 사상이 있었고, 민주주의와 상통한 사상의 뿌리가 있었음을 역설했다. 또한 대통령에 취임한 이후에 민주주의와 시장 경제의 병행 발전과 생산적 복지 정책을 추진하고 있다는 것을 밝혔다. 그리고 내 삶을 소개했다. 사실 내 인생 역정을 강조한 연설문 구술에 비서들은 흔쾌해하지 않았다. 직접 말은 안 했지만 비서들의 표정이 그랬다. 연설문 초안에도 빠져 있었다. 비서들은 세계에 알려진 '도전과 응전의 삶'보다는 노벨 평화상 수상자로서 품위를 강조하고 싶어 했다. 나는 생각이 달랐다. 평화상을 받는 자리인 만큼 내 삶을 펼쳐 보여 줘야 한다고 생각했다. 많은 사람들이 알고 있더라도 나의 인생과 신념에 대해서 다시 얘기하고 싶었

노벨평화상 시상식장에서 수상 연설을 했다.

다. 그것은 지금 생각해도 '불굴의 나'를 돌아보는 일이니, 세상 사람들도 다시 한 번 읽어 주기 바란다.

"마지막으로 제 개인에 대해서 잠시 말씀드릴 것을 허락해 주시기 바랍니다. 저는 독재자들에 의해서 일생에 다섯 번에 걸쳐서 죽을 고비를 겪어야 했습니다. 6년의 감옥살이를 했고, 40년을 연금과 감시 속에서 살았습니다. 제가 이런 시련을 이겨 내는 데에는 우리 국민과 세계 민주 인사들의 성원의 힘이 컸다는 것은 이미 말씀드렸습니다. 동시에 제 개인적인 이유도 있습니다.

첫째, 하느님이 언제나 저와 함께 계신다는 믿음 속에 살아오고 있으며, 저는 이를 실제로 체험했습니다. 1973년 8월 일본 도쿄에서 망명 생활을 하고 있을 당시 저는 한국 군사 정부의 정보기관에 의해 납치되었습니다. 전 세계가 이 긴급 뉴스에 경악했습니다. 한국의 정보기관원들은 저를 일본 해안에 정박해 있던 그들의 공작선으로 끌고 가서 전신을 결박하고 눈과 입을 막았습니다. 그리고 저를 바다에 던져 수장하려 했습니다. 그때 저의 머릿속에 예수님이 선명하게 나타났습니다. 저는 예수님을 붙잡고 살려 달라고 호소했습니다. 바로 그 순간 저를 구원하는 비행기가 와서 저는 죽음의 찰나에서 구출되었던 것입니다.

또 하나, 저는 역사에 대한 믿음으로 죽음의 위협을 이겨 왔습니다. 1980년 군사 정권에 의해서 사형 언도를 받고 감옥에서 6개월 동안 그 집행을 기다리고 있을 때, 저는 죽음의 공포에 떨 때가 자주 있었습니다. 그러나 이를 극복하고 마음의 안정을 얻는 데는 '정의 필승'이라는 역사적 사실에 대한 저의 확신이 크게 도움을 주었습니다. 모든 나라의 모든 시대에 국민과 세상을 위해 정의롭게 살고 헌신한 사람은 비록 당대에는 성공하지 못하고 비참하게 최후를 맞이하더라도 역사 속에서 반드시 승자가 된다는 것을 저는 수많은 역사적 사실 속에서 보았습니다. 그러나 불의한 승자들은 비록 당대에는 성공을 하더라도 후세 역사의 준엄한 심판 속에서 부끄러운 패자가 되고 말았다는 것도 깨달을 수 있었습니다. 거기에는 예외가 없었습니다.

노벨상은 영광인 동시에 무한한 책임의 시작입니다. 저는 역사상의 위대한 승자들이 가르치고 알프레드 노벨 경이 우리에게 바라는 대로 나머지 인생을 바쳐 한국과 세계의 인권과 평화, 그리고 우리 민족의 화해·협력을 위해 노력할 것을 맹세합니다. 여러분과 세계 모든 민주 인사들의 성원과 편달을 바라 마지않습니다."

연설을 마치자 청중들이 모두 일어나 박수를 쳤다. 청중들은 내 연설에 다섯 차례나 박수로 격려해 주었다. 특히 내 고난의 삶을 이야기할 때는 그 소리가 길고 높았다. 시상식은 경건했으며 격조 높게 진행되었다. 시상식을 마치고 왕궁으로 향했다. 시민 수천 명이 연도에서 태극기와 노르웨이 국기를 흔들었다. 우리 입양아를 무동 태우고 환호하는 노르웨이 시민이 보였다. 아이는 한복을 입고 있었다. 가슴이 뭉클했다. 차에서 내려 그들의 손을 잡았다. 부인이 입양한 아들의 손을 이끌어 나에게 악수를 시켰다. 돌아보니 한복을 입은 아이들이 많았다. '조국은 그대들을 품지 못했는데 참으로 잘 크는구나.'

하랄드 5세 국왕이 왕궁으로 나를 초청해 오찬을 주최했다. 이전 수상자에게는 한 번도 없었던 일이라고 했다. 스웨덴 노벨재단과 노르웨이 노벨위원 등이 참석했다.

노르웨이의 겨울은 낮이 무척 짧았다. 노루 꼬리만 했다. 오후 세 시가 넘으면 해가 졌다. 오슬로 시민들과 교민들이 횃불을 들고 행진을 했다. 시민들이 받쳐 든 횃불이 오슬로 시가지를 수놓았다. 횃불 행진은 우리 숙소인 그랜드 호텔 앞에서 멈췄다. 환호성과 꽹과리 소리가 들려왔다. 숙소 앞의 인파, 이는 내가 대통령에 당선됐던 날 새벽 일산 자택에 몰려든 시민들과 흡사했다. 그 새벽도 추웠는데 오슬로의 그날 밤도 무척 추웠다. 나는 아내와 함께 호텔 2층 발코니에 나가 시민들에게 손을 흔들었다. 그러자 수백 개의 횃불이 흔들거렸고 환호가 솟구쳐 올라왔다. 교민들은 "만세"를 연호했다. 어떤 이들은 애국가를 불렀다.

376

수천 명의 시민들이 내 숙소인 그랜드 호텔까지 횃불 행진을 하며 노벨평화상 수상을 축하했다. 나는 아내와 함께 발코니에 나와 손을 흔들며 답례했다.

공식 연회가 열렸다. 베르게 위원장과 노벨위원 모두의 영접을 받았다. 인사말을 했다.

"인간과 평화의 나라인 노르웨이를 방문하게 된 것을 매우 뜻깊게 생각합니다. 바이킹 격언에 '나쁜 친구의 집은 가까이 있으나 멀리 있는 것 같고, 진실한 친구의 집은 멀리 있으나 가까이 있는 것 같다'는 말이 있다고 들었습니다. 서울에서 오슬로까지 11시간이 넘는 비행 시간이 걸렸지만, 마치 가까운 이웃집을 방문한 듯 편안한 마음 그지없습니다.

저는 여러분이 베풀어 주시는 이 영광스러운 자리에서 기쁨보다 더 큰 책임감을 느낍니다. 한반도의 평화 정착을 위한 우리의 노력은 이제 막 시작된 단계입니다. 또한 세계 곳곳의 인권과 민주주의를 위해 우리가 해야 할 일은 너무도 많이 남아 있습니다. 앞으로도 한반도는 물론 세계의 민주주의와 평화 신장을 위해 변함없이 최선을 다하고자 합니다."

다음 날 노르웨이 의회를 방문했다. 이어서 오슬로 학생 전시회 및 공연을 관람했다. 행사장인 오슬로 시청에서 시몬센(Per Ditlev-Simonsen) 시장의 안내를 받아 학생들의 작품을 감상했다. 글짓기와 그림 경시대회 입상작들이었다. 10여 개 팀이 '평화'를 주제로 노래와 춤을 공연했다.

시몬센 시장과 환담했다. 시장은 노르웨이 출신 화가 뭉크(Edvard Munch)가 20년 동안 그린 2000점을 모두 시청에 기증했다고 자랑했다. 그동안 부득이 세금을 낼 때만 일부 그림을 팔았다고 설명했다. 빼어난 '문화 장수'의 유산이 있는 오슬로가 든든해 보였다.

그날 밤 축하 음악회가 열렸다. 노벨평화상 수상을 기념하는 마지막 뒤풀이 행사였다. 음악회는 전 세계에 생중계되었다. 노르웨이 최대 공연장인 스펙트럼에는 5500여 명이 참석했다. 영국 출신 여배우 제인 세이모어(Jane Seymour)가 사회를 맡았다. 첫 번째로 무대에 오른 시셀(Sissel)이라는 노르웨이 여가수가 말했다.

"저는 아마 전 북반구에서 가장 복 받은 사람일 겁니다. 전 세계에서 날아온 동료 가수들과 함께 김 대통령의 수상을 축하하는 자리에 서 있으니까요. 더 이상 바랄 것이 없습니다. 제 자신이 자랑스럽고 노르웨이 국민들을 대표하여 김대중 대통령의 수상을 진심으로 축하합니다."

그 여가수는 한국말로 "축하합니다"라고 인사했다. 곧이어 나의 인생 역정과 남북 정상 회담 등을 담은 다큐멘터리를 방영했다. 그리고 우리 성악가 조수미 씨가 무대에 나왔다. 그는 두 곡을 불렀다. 청중을 완전히 압도했다. 장내는 환호에 묻혀 버렸다. 이어서 내가 연설을 했다.

"이처럼 음악회로 축하를 받게 된 것은 오늘이 처음입니다. 이보다 더 큰 감격과 기쁨이 또 어디 있겠습니까. 우리는 지금 만국의 공통어인 음악으로 공연하고 있습니다. 전 세계를 향해 우리 모두의 사랑과 평화의 뜻을 전하고 있는 것입니다. 동시에 이 음악회는 모든 인류가 평화를 마음껏 누리는 세상을 이루어 가고자 하는 다짐의 자리이기도 합니다."

연설이 끝나자 조수미 씨가 다시 노래를 불렀다. 내가 좋아하는 〈그리운 금강산〉이었다. 그는 우리 부부와 아침을 먹을 때는 〈선구자〉를 부르겠다고 했는데 곡목이 바뀌었다. 그가 아침에 내게 물었다.

"대통령님께서는 어떤 가곡을 좋아하십니까."

나는 무심코 〈그리운 금강산〉이라고 말했다. 그는 이를 새겨들은 모양이었다. 노래하기 전에 의미 있는 설명까지 곁들였다.

"한국의 노래를 한 곡 들려 드리겠습니다. 남한 사람들 모두가 꼭 가고 싶어 하는 북한에 있는 아름다운 명산 금강산을 노래한 것입니다. 조국에 평화와 화해가 정착하기를 갈구하는 우리 모두의 소원이 잘 표현된 곡입니다. 이 곡을 김대중 대통령과 대한민국 국민들께 바칩니다."

노르웨이에서 듣는 〈그리운 금강산〉은 참으로 청아했다. 무대 위에서 열창하는 조수미 씨는 너무도 진지했다. 그 순간에도 남쪽 관광객들은 금강산에 오르고 있을 것이었다. 왜 이 노래만 들으면 눈물이 나는지 몰랐다. 목이 메었다. 노래가 끝나고 그가 내 곁으로 달리듯 다가와 나를 껴안았다. 행복했다.

관객들이 모두 일어나 박수를 보내 주었다.

조수미 씨는 대통령 취임식에서도 축가를 불렀다. 그는 대한민국의 딸로 세계 곳곳에서 한국인의 자긍심을 높였다. 명성이 쌓여서 가는 곳마다 갈채를 받겠지만 그렇게 돌아다니는 것이 한편으론 안쓰러웠다.

이날 음악회의 맨 마지막으로 출연한 나탈리 콜(Nathaniel Cole)이 자신의 노래 〈내 어깨위의 천사(Angel On My Shoulder)〉를 부르기 전 내게 헌사를 했다. 아직도 기억에 남아 있다.

"이 노래를 김대중 대통령께 특별히 드리고 싶습니다. 이 노래 제목처럼 그분의 어깨 위에는 수호천사가 있으리라 믿습니다. 신의 은총을 빕니다."

공연 중간 중간에 빌 클린턴 미국 대통령, 블라디미르 푸틴 러시아 대통령, 게르하르트 슈뢰더(Gerhard Schröder) 독일 총리 등이 보내온 수상 축하 영상 메시지를 방영했다.

클린턴 미국 대통령은 역시 다정다감했다. 그는 또 나의 삶을 누구보다 잘 알고 있었다.

"이 상을 받기까지, 그분처럼 오랫동안 수많은 시련을 극복해야 했던 수상자는 거의 없었을 것입니다. 평생 자유를 위해 투쟁해 왔던 만큼 수상은 당연한 것입니다. 과거 다른 수상자들처럼 그분도 체포, 감금당했으며 목숨을 잃을 뻔 했습니다. 하지만 결코 원칙을 포기하고 쉬운 길을 택하지 않았으며 폭력과 기만에 같은 방법으로 대항하지 않았습니다. 다만 묵묵히 가야 할 길을 갔고 마침내 용기와 인내, 결단이 결실을 거둔 것입니다. 대한민국은 진정한 자유 국가가 되었고 스스로 아시아, 아니 전 세계 인권의 수호자가 된 것입니다.

또한 재야에 기반을 둔 윤리적 지도자에서 정치적 지도자로 변신하면서 어려운 경제 난국을 강인함과 지혜로 극복하여 민주주의가 호시절에만 즐길 수 있는 사치품이 아니라 어려울수록 꼭 지켜야 하는 필수품이라는 사실을 몸소 입증했습니다. 그러나 무엇보다도 남다른 비전과 용기, 그리고 북한으로부터 평화와 화합을 이끌어 낸 공로를 빼놓을 순 없을 것입니다. 그분 덕에 이제 한반도에선 긴장이 완화되고 이산가족이 상봉하게 될 것이며 남북문제는 파괴가 아니라 대화를 통해서 해결될 것입니다."

노벨상이 발표된 이후 야당 정치인들이 노벨상 수상 반대 투쟁을 선언했다. 그런데 그보다 더 심각한 일이 벌어졌다. 민노총 일각에서도 수상 저지를 하겠다고 나섰다. 그들은 국민의 정부가 민노총 위원장을 석방하지 않고 은행 파업 등에 공권력을 동원해서 해산시켰다고 불만을 가지고 있었다. 민노총 대표들은 제네바 국제노동기구(ILO)를 방문하고 이어서 시상식이 열리는 오슬로를 찾아갔다. 그들은 노벨위원회 위원들과 면담을 요청했다.

룬데스타드 노벨위원회 사무국장이 이러한 사실을 알려 왔다. 노르웨이는 노조의 힘이 강했다. 노총에서 우려를 표명했다는 소식이 들렸다. 나의 해명이 없으면 자기들도 시상식 거부 운동에 동참할 것이고, 한국의 노동자들과 연대해서 항의 집회를 갖겠다는 입장이었다. 나는 노르웨이 노총위원장을 만나기로 했다. 분초를 쪼개 쓰는 일정이었지만 어쩔 수 없었다.

나는 차근차근, 그러나 단호하게 말했다.

"민노총을 합법화하고 정치 참여의 길까지 열어 준 정부가 어떤 정부인가. 세계 어느 나라 정부가 불법 파업, 그것도 폭력을 동반한 파업을 용인하는가."

면담이 끝나자 노총위원장은 설명해 주어 고맙고, 자기들이 오해했다고 말했다. 그는 나와 사진을 찍고 싶다고 했다.

12월 12일 노르웨이 이웃 국가 스웨덴을 공식 방문했다. 한국 대통령으로는 처음이었다. 서울과 평양에 대사관을 두고 있는 스웨덴은 중립국감독위원회 일원으로 5명의 대표단을 판문점에 파견해 놓고 있었다. 그러니까 한반도에 3개의 공식 대표 기구를 두고 있는 셈이었다. 나는 1989년, 1994년 두 차례 스웨덴을 방문했다. 알란다 공항에 도착하자 칼손 전 총리가 영접을 나왔다. 비르키타 달(Birgitta Dahl) 국회의장의 초청으로 의회를 방문하여 연설했다. 의원 300여 명이 자리를 지키고 있었다. 나는 특별히 스웨덴이 남과 북의 화해와 협력, 그리고 북한 개방을 위해 노력해 줄 것을 당부했다.

"스웨덴은 서방 국가로서 가장 풍부하게 북한에 대한 경험과 지식을 가지고 있는 만큼 어느 나라보다도 한반도의 평화에 기여할 수 있을 것으로 믿습니다. 지난 10월 서울에서 개최되었던 제3차 ASEM 회원국과 북한 간 관계 개선의 중요성을 강조하는 선언을 채택했습니다. 최근에 EU 국가들은 여기에서 한 걸음 더 나아가 구체적인 대북한 행동 계획을 채택하였습니다. 저는 스웨덴이 내년 상반기에 EU 의장국이 되는 것을 계기로 EU 회원국과 북한 간의 관계가 한층 더 개선되고 북한의 개방과 국제 사회 참여에 더욱 긍정적인 발전이 있도록 이니셔티브를 취해 주실 것을 기대하고 있습니다."

이어서 예란 페르손 총리와 정상 회담을 가졌다. 나는 페르손 총리가 북한이 가장 존경하고 신뢰하는 나라의 지도자로서 김정일 국방위원장과 만날 것을 권유했다.

다음 날 노벨재단을 방문해 문학·의학·경제 등 노벨상 4개 부문 수상자 12명과 환담을 나누고 기념 촬영을 했다. 그리고 노벨재단이 추진하는 〈노벨상 시상 100주년 기념 전시회〉에 전시할 『옥중서신』 원본인 엽서, 1970년대 말 서울대병원 연금 당시 못으로 눌러쓴 메모, 옥중에서 읽던 성서와 앨빈 토플러의 『제3의 물결』, 수의(囚衣) 등을 전달했다.

12월 25일 아내가 '펄벅 인터내셔널'이 시상하는 '올해의 여성상' 수상자로 선정되었다. 성탄절 선물이었다. 선정 이유는 이러했다.

"민주화 운동에 지도자적 역할을 수행하고, 아동과 여성의 권익에 앞장서 왔으며 또한 김대중 대통령의 동반자로서의 역할도 훌륭하게 수행한 점을 높이 평가했다."

382

5부

2000년 12월
~2003년 2월

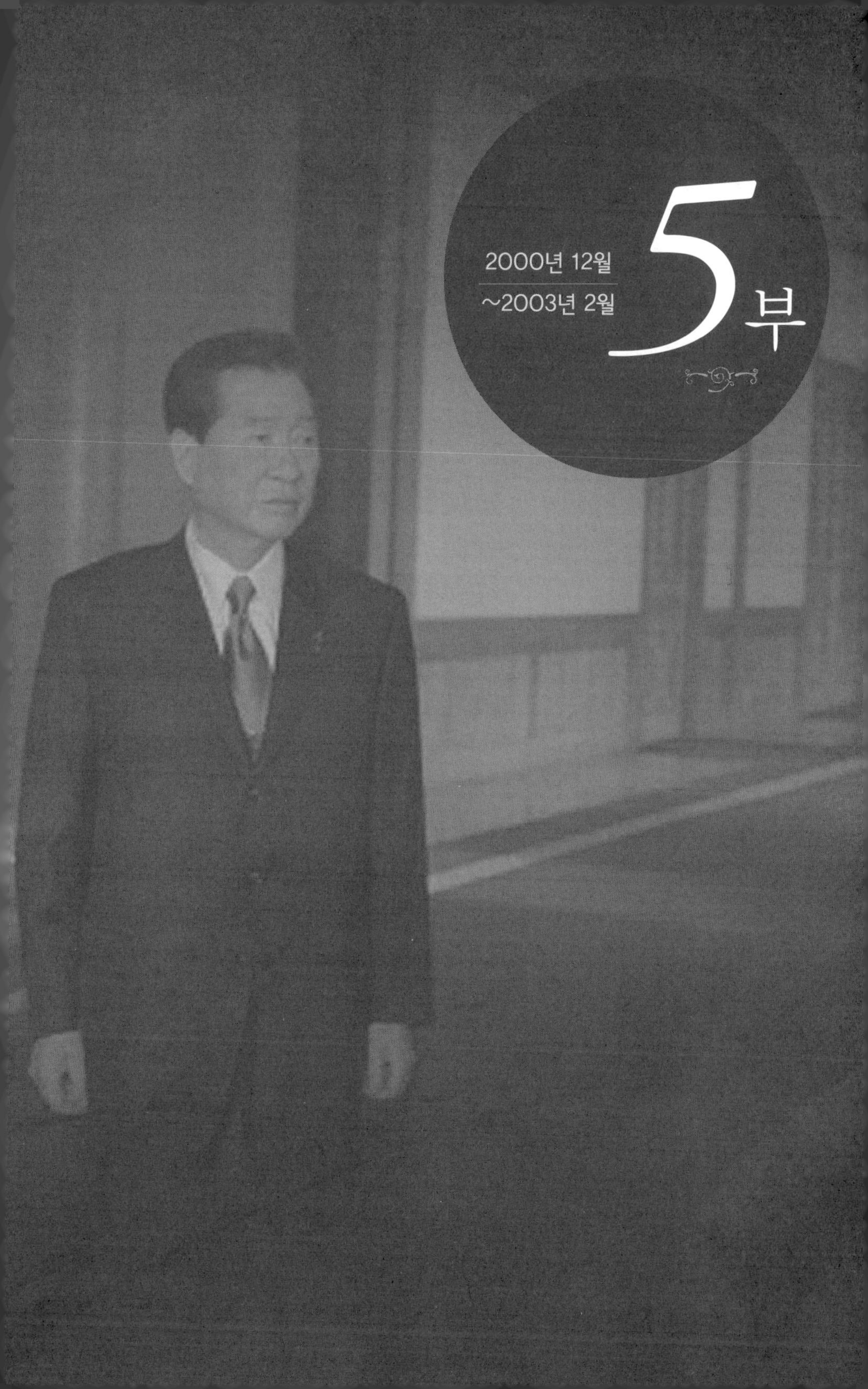

밤늦게 홀로 보고서를 읽었다. 그 속에서 나라를 위한 열정과 지혜를 발견하면 가슴이 뛰었다. 그 희열을 어디다 비교하겠는가. 대통령 5년 동안 쉴 새 없이 달렸다. 어느 것 하나 쉬운 것이 없었다. 그러나 옳은 길이라 여겨지면 망설이지 않았다. 설득하고 또 설득했다. 그래서 하나씩 완성해 나갔다.

국민의 정부 늦둥이, 여성부 탄생
(2000. 12 ~ 2001. 3)

연말에 민주당 의원 3명이 당적을 자민련으로 옮겼다. 그로써 자민련은 20석을 채워 교섭 단체를 구성했다. 새해 벽두부터 야당이 강력 반발했다. 일부 언론은 '의원 임대', '의원 꿔주기'라며 비아냥거렸다. 모양이 좋지 않았다. 그러나 자민련과의 공조 복원을 위해서는 어쩔 수 없었다. 현안은 산적해 있는데 여소 야대 구도로는 아무것도 할 수가 없었다. 국민들께 바람직하지는 않지만 불가피했음을 설명했다.

2001년 1월 8일 김종필 자민련 명예총재와 만찬을 함께했다. 나와 김 명예총재는 국민의 정부를 함께 출범시킨 초심으로 돌아가 공조 관계를 완전 복원키로 합의했다.

클린턴 미국 대통령으로부터 전화가 왔다. 그의 재임 중 마지막 통화였다.

"대통령님께 드릴 말씀이 몇 가지 있습니다. 첫째로 노근리에 대한 저희의 병렬 조사 결과와 공동 이해에 관한 것입니다. 그 비극에 대해 저는 성명을 통해 유감을 표했고, 이 기회를 빌려 당시 사상자의 가족들이 받은 깊은 상처에 대해 대통령님께 개인적이고 매우 깊은 유감을 표하고 싶습니다."

"말씀을 깊이 이해합니다. 노근리 사건에 대해 유감의 뜻과 유가족에 대한 위로의 말씀에 감사드립니다. 대통령님의 성의가 우리 국민에게 잘 전달되리라 믿습니다. 지난 3년 동안 대통령과 친구로서 같이 일할 수 있었던 것이 본인에게는 큰 행복이었습니다. 우리의 우정이 계속되기를 진심으로 바라며 힐러리 클린턴 상원의원께서 훌륭한 업적을 이루시고 가족 모두에게 행운이 있기를 바랍니다."

"제가 얼마나 대통령님을 존경하는지 아실 것입니다. 제가 어려운 시기를 보낼 때 대통령께서 저에게 보여 주신 우정, 조언, 그리고 격려를 저는 대통령께서 상상하지 못하실 만큼 소중히 여기고 있습니다. 대통령께서는 그 누구도 꿈꾸지 못했던 남북 관계의 돌파구 마련과 한반도 및 해당 지역의 평화와 안전 보장을 이루셨습니다.

부시 대통령 당선자와 북한에 대해 긴 이야기를 나눴습니다. 저는 그에게 우리 관계의 힘과 협력의 중요성에 대해 이야기하고 북한과의 대화를 계속 원활하게 할 것을 촉구했습니다. 비록 더 많은 일을 했을 수도 있겠지만 퇴임을 하며 지금 우리가 북한에 관하여 서 있는 위치에 대해 긍정적인 느낌을 갖습니다. 퇴임 후에도 제가 도움이 되어 드릴 수 있기를 바랍니다."

"마지막까지 한국과 저를 위해 애쓰시는 성의와 우정에 감격하고 있습니다. 부시 당선자에게 당부한 말씀은 우리에게 큰 도움이 될 것입니다. 같이 지낸 지난 3년을 생각해 보니 저는 행복한 사람이었습니다. 우리의 협력과 우정이 변함없이 계속되기 바랍니다."

그의 재임 중 마지막 통화였다. 많이 아쉬웠다.

1월 16일 환경인 신년 모임에 참석했다. 강원룡 크리스천아카데미 원장이 건배를 제의하며 말했다.

"21세기는 탐욕에 젖은 인간들의 손에 의해서 지구의 생명이 몰살당하는 지구 종말의 시대가 되든지, 생명을 존중하고 생명을 살리려는 사람들에 의해서 우주의 시대로 비약할 수 있는 위대한 세계가 열리는 시대가 되든지 양자택일의 갈림길에 우리가 서 있습니다."

386

건배사가 심각했다. 나는 지난해 6월 동강댐 건설을 백지화하고 국민의 정부 역점 사업인 '4대강 물 관리 종합 대책'을 마무리 지었음을 상기시켰다. 우리 인간의 욕심대로 환경 자원을 낭비하면 그 끝은 인류의 공멸이다. 물 관리 정책도 공급 위주에서 수요 관리로 옮겨 와야 했다. 쓰레기도 매립과 소각 위주의 사후 처리보다는 발생 단계에서 감량과 재활용을 유도하도록 했다. 국토 난개발의 원인이 되었던 준농림지 제도를 폐지하고, 환경 친화적인 재건축과 도시 개발이 되도록 건폐율과 용적률을 대폭 강화했다. 물이 마르기 전에 물을 먼저 아끼고, 쓰레기가 넘쳐 난다고 아우성치기 전에 쓰레기를 줄여야 했다. 욕망이 시키는 대로 소비에만 탐닉했다가는 지구촌에 아무것도 남지 않을 것이다. 나는 환경인들에게 강조했다.

"피부로 느끼는 경제가 매우 어렵습니다. 그렇다고 환경 보전을 게을리하는 우를 범해서는 안 될 것입니다. 이제는 환경 보전이 단순히 비용을 상승시키고, 경제 발전을 저해한다는 사고는 과감히 떨쳐 버려야 합니다. 오히려 환경을 지키고 잘 관리해야 지속적인 발전이 가능하다는 생각을 가져야 할 것입니다.

21세기를 맞아 우리에게는 세계 일류 국가를 만들어야 하는 시대적 소명이 부여되어 있습니다. 우리가 가꾸어야 할 나라의 모습은 경제가 튼튼하고, 환경이 쾌적하며, 문화가 살아 있는 선진 국가입니다. 우리는 지구를 어머니로 생각하고, 이 지구상의 만물을 형제로 생각해서 소중하게 같이 살고, 같이 번창하고, 같이 가꾸어 나가야 하겠습니다."

며칠 뒤 환경부 업무 보고를 받는 자리에서 국립공원 휴식년제를 도입한 것을 크게 격려했다. 아울러 등산 예약제라든가 에코 가이드제 등을 도입하면 어떻겠느냐는 의견을 냈다. 우리 산들은 개발과 등산 인구의 폭증으로 몸살을 앓아 왔다. 그리고 환경 영향 평가제에 대해서도 의문을 제기했다. 환경 평가를 했다는데도 계속 뒷말이 나왔다. 답답한 노릇이었다. 이를 제대로 시행하라고 당부했다.

"경험으로 볼 때 시화호나 새만금의 환경 영향 평가를 했는데도 지금 문제가 되고 있습니다. 앞으로는 정말 국민이 신뢰할 수 있고 또 전문가도 이론의 여지가 없는 확실한 환경 영향 평가가 이뤄지도록 해야 합니다. 일단 환경 평가를 통과하면 환경 보전에 문제가 없어야 합니다. 이러한 신뢰를 가질 수 있도록 각별한 공정성을 확보하고 기술력을 향상시켜야 할 것입니다."

1월 18일, 모든 중학교에 의무 교육을 실시하라고 지시했다. 그동안은 도서 벽지의 일부 학교에서만 실시했지만 이를 전국으로 확대하도록 했다. 이로써 국가의 의무 교육 기간이 6년에서 9년으로 늘었다. 국민의 정부에서 교육 분야 정책은 세 가지 목표가 있었다. 교육의 민주화, 정보화 교육, 교육 복지가 그것이었다.

첫째, 교육의 민주화 정책으로는 우선 교원노조의 합법화를 들 수 있다. 교원노조는 과거 10년 동안 법 밖에 있었다. 노태우 정부 때부터 불법 단체로 규정하여 탄압했다. 그럼에도 어렵게 투쟁을 이어 왔다. 해직 교사들이 무려 1800여 명에 이르렀다. 1999년 1월 국회에서 법안이 통과되어 전국교직원노동조합(전교조)은 합법 조직으로 거듭났다. 해직 교사들은 거의 교단으로 돌아왔다.

나는 공교육의 질적 향상을 위한 전교조의 역할을 기대했다. 그러나 기대를 채워 주지 못했다. 내 기대가 너무 컸는지도 모른다.

국민의 정부는 또한 학부모와 교원, 시민 단체, 지역 사회 인사들이 참여하는 교육 공동체를 형성하여 현장 중심의 교육 개혁, 밑으로부터의 개혁을 추진했다. 이를 위해 대통령 자문 기구인 '새교육공동체위원회'를 1998년 7월 발족시켰다. 이는 교육 개혁의 지휘탑이자 산실이었다.

학교야말로 가장 민주적이고 자율적으로 운영해야만 했다. 따라서 단위 학교 자치 기구인 학교운영위원회를 모든 학교에 설치했다. 그 위상과 역할을 강화했다. 학교운영위원회는 학부모, 교원, 지역 사회 인사가 참여하여 대학 입학 특별 전형 중 학교장 추천, 학교 운동부의 운영, 교육감·교육위원 선출,

학교 급식 등 학교 운영에 관한 사항을 심의·의결하도록 했다. 학교운영위는 교육 자치의 핵심으로 자리 잡았다.

또 대학 총장 직선제를 전면적으로 받아들였다. 국립 대학에서 총장 후보를 복수로 올리면 1등과 2등을 바꾸지 않았다. 그러나 대학의 자율성 신장은 그리 큰 성과를 올리지 못했다. 진맥은 정확하게 하고 있었지만 그 처방의 효능은 자신하지 못했기 때문이다.

둘째, 교육 정보화 사업은 내가 가장 역점을 두고 추진했던 정책이었다. 정부는 모든 학교와 교실을 인터넷으로 연결했다. 교육 정보화 사업은 핀란드에서 가장 먼저 시작했지만 우리나라가 가장 먼저 완성했다. 나는 취임사에서 '세계에서 컴퓨터를 가장 잘 쓰는 국민'이 되기 위해서는 교육 현장의 정보화가 이뤄져야 한다고 역설했다. 모든 학교의 교실에 인터넷이 깔리고, 모든 초·중등 교원에게 PC가 지급된 것은 싱가포르를 제외하면 우리나라가 처음이었다. 나는 2001년 4월 전국 모든 학교의 인터넷 개통 기념식에 참석하여 교

2001년 초고속 정보 통신망 기반을 완성하고 이를 기념해 어린이들과 화상 대화를 했다.

육 정보화 발전 방향에 대해 이렇게 말했다.

"정보 통신망과 정보 기술을 활용한 새 교육 방법과 제도를 도입하여 공교육 내용을 보완해 나가야 합니다."

이후 학교 수업 형태가 크게 달라졌다. 인터넷을 활용한 수업이 일반화되었다. 학교에 가지 않고 인터넷 수업을 받는 사이버 대학이 비 온 뒤 죽순처럼 생겨났다.

셋째, 교육 복지 정책은 위에서 말한 의무 교육 확대 외에도 장학금을 획기적으로 늘렸다. 나는 늘 관련 부처에 얘기했다.

"공부를 하고 싶은데 돈이 없어 학업을 중단하는 일은 없어야 합니다."

정부 출범과 함께 닥친 경제 위기는 중산층과 서민들에게 커다란 고통을 안겨 주었다. 특히 대학 학자금은 가계에 큰 부담이었다. 휴학생이 속출하고 남학생들은 군 입대를 서둘렀다. 이에 중산층과 서민층을 위한 학자금 대출을 대폭 확대하였다. 2003년에는 30만 명의 학생이 학자금을 대출해 갔다.

중·고등학교 학교 급식을 전면 실시했다. 그리고 점심을 거르는 빈곤 가정 학생들을 위해 따로 정부가 점심을 제공했다. 특수 학교와 특수 학급을 증설하여 장애 아동의 교육 기회를 확대했다.

다가오는 21세기의 지식 정보화 사회를 개척해 나가는 데는 창의력과 개성이 넘치는 인재 양성이 무엇보다 중요했다. 교육이야말로 우리 미래에 초석을 놓는 일이며, 교육의 성공 없이는 우리의 미래도 없다고 생각했다. 나는 우리 민족의 뛰어난 교육 전통과 교육열에 대한 강한 믿음을 가지고 있었다. 이런 믿음을 바탕으로 교육을 개혁해 나가면 성공을 거둘 수 있을 것으로 확신했다.

그러나 정부의 이러한 개혁 의지가 현장에는 제대로 알려지지 않았다. 나는 1999년 9월 '새 천 년을 향한 교육개혁 보고대회'에서 우리 교육 현실을 이렇게 진단했다.

"그동안 우리 교육은 지식 기반 시대, 정보화 시대, 세계화 시대를 대비하는 데 실패했습니다. 국영수 중심, 암기 중심, 일류대 지상주의로 청소년 시기에 귀중한 창의력을 길러 주지 못했습니다. 이제 우리 교육은 바뀌어야 합니다."

내가 가장 심각하게 생각한 것은 고학년으로 올라갈수록 학력이 저하한다는 것이었다. 초등생의 학력은 세계 최고 수준인데 중·고생은 중간 수준이고, 대학생은 하위로 떨어졌다. 나는 이를 여러 차례 지적했다. 대학 가기는 어려워도 졸업하기는 너무나 쉬운 풍토를 어떻게든 개선하도록 독려했다.

"국가는 교육의 기회를 제공할 의무는 있어도 실력 없는 사람에게 졸업장을 줄 의무는 없습니다."

대학끼리 경쟁하고, 교수들도 실력이 없으면 도태시켜야 한다고 주장했다. 또 모교 출신을 교수로 우선 임용하는 행태에 대해서도 비판했다. 서울 소재 대학의 경우 모교 출신 교수의 비율이 적게는 60퍼센트, 많게는 90퍼센트에 달했다.

나는 1980년대에 미국 하버드 대학에서 1년 동안 공부하며 느낀 게 있었다. 하버드 대학 출신이 하버드 대학 교수가 되려면 다른 대학에서 실력을 쌓고 인정을 받아야 했다. 미국이 초일류 국가로 선두에 나선 것은 대학 교육의 힘이 아닌가 생각한다. 미국의 대학은 출신을 따지지 않고 실력을 따져서 교수로 채용한다. 드골 프랑스 대통령 때의 정치인이자 문학가인 장 자크 세르방 슈레베르(Jean-Jacques Servan-Schreiber)는 그의 책 『미국의 도전』에서 이렇게 진단했다.

가장 큰 도전은 미국이 유럽에 있는 우수한 교수를 뽑아 간다는 것이다. 프랑스에서는 소르본 대학을 안 나오면 안 되고 영국에서는 케임브리지나 옥스퍼드 대학을 안 나오면 안 되는데 미국은 실력만 있으면 된다. 명문 대학을 나오지 않았지만 실력 있는 사람들이 미국으로 간다.

대학 사회가 실력으로 평가를 주고받을 때 비로소 창의력과 상상력이 발휘

될 수 있을 것이다. 지식 정보화 사회가 요구하는 인재를 키우기 위해서는 실력보다는 연고가, 학력보다는 학벌이 판을 치는 교육 풍토를 갈아엎어야 했다.

정부는 21세기 지식 기반 사회가 요구하는 인재를 양성하기 위해 '두뇌한국(BK) 21' 사업을 추진했다. 이 사업은 두 가지로 분류해서 진행했다. 하나는 세계 수준의 '대학원 중심 대학 육성'이었고, 다른 하나는 특성화된 지역 우수 대학을 육성하는 것이었다. 이는 '솔잎에 물 뿌리듯' 지원하지 말고 중점 지원으로 결실을 맺게 하자는 것이었다. 그래서 선택과 집중을 강조했다.

'BK 21' 사업은 연구 풍토를 바꾸었다. 그 파급 효과가 자못 컸다. 아이디어가 있으면, 창의력이 출중하면 정부가 지원했다. 대학원생 등 신진 연구 인력들이 돈이 없어 연구를 못하는 일은 없도록 했다. 기존의 교수 중심, 연구 프로젝트 중심의 지원에서 학생 중심, 장학금 형태의 지원으로 바꿨다. 1999년부터 7년간 1조 4000억 원을 투입했다. 그중 70퍼센트가 석·박사 과정 등 신진 연구 인력에게 지원됐다.

사업 효과는 서서히 나타났다. 국제적으로 저명한 과학 잡지에 한국 학자들의 논문 게재 빈도가 늘어났다. 지방 대학을 연구 중심 대학으로 육성하는 제도적 기반이 마련됐다. 'BK 21' 사업은 국제적으로도 명성을 얻었다. 일본과 중국 등지에서 사업 효과를 따지며 이를 연구해 갔다.

임기 내내 교육계는 바람 잘 날이 없었다. 교육 정책마다 거센 역풍에 직면했다. 역작, 야심작이라 할 만한 정책이면 더욱 그러했다. 교육부 장관이 7명이나 바뀐 것을 봐도 그렇다. 교육계가 생각보다 보수적이었고, 장관들은 언론과 야당 등의 공세를 견뎌 내지 못했다. 그럼에도 이해찬 국민의 정부 초대 장관은 나름의 개혁적 정책들을 추진했다. 무시험 전형과 수시 모집 등 대학별 다양한 선발 방식을 도입하는 대입 개선안을 마련했다. 교원 정년 단축, 교수 계약제 도입 등을 추진했다. 교육계는 정치인 출신 장관의 잇단 개혁적 조치에 크게 긴장했다. 그리고 나중에는 반발했다.

가장 아쉬운 것은 시간 강사의 처우를 개선하지 못했음이다. 여러 번 시정토록 지시했는데도 이뤄지지 않았다. 우리 사회의 지식인을 홀대하는 풍토를 보면 참으로 화가 났다. 어렵게 공부해서 학위를 받고 겨우 자리 하나를 얻었는데 세칭 '보따리 장사'로 전락한다는 것이 될 말인가. 아직도 지식인들이 홀대받고 착취를 당하고 있으니 진정 슬펐다.

1월 22일 국무회의를 열고 재정경제부 및 교육부 장관의 부총리 승격과 여성부 신설 등을 내용으로 하는 정부조직법 개정 공포안을 의결했다. 29일 부총리 겸 재정경제부 장관에 진념 재경부 장관을, 부총리 겸 교육인적자원부 장관에 한완상 상지대 총장을 임명했다. 신설된 여성부 장관에는 한명숙 민주당 의원을 발탁했다.

여성부 출범은 특히 축하할 일이었다. 여성들은 농경 사회와 산업 사회에서 가부장 제도에 눌려 그야말로 고난의 세월을 보냈다. 힘이 지배하는 시대에서 힘에 눌려 지냈다. 그러나 정보화 시대에는 힘보다는 머리가 중요했다. 그래서 21세기는 정보화 시대이고 곧 여성의 시대였다.

여성들이 속속 남성의 영역을 무너뜨리고 있는 것도 예사롭지 않은 현상이었다. 사관학교에 여성 생도가 수십 명씩 입학하고 수석 졸업생이 나오기도 했다. 예전에는 상상할 수도 없는 일이었다. 하지만 각 분야에서 여성들에 대한 장벽은 여전히 높았고, 차별 또한 여전했다.

나는 여성을 위하는 일이 곧 나라를 살리는 길이라고 생각했다. 여성의 섬세한 감각과 치밀한 사고는 국가가 관리해야 할 자산이었다. 정보화 시대에 여성 인력 개발은 국가적인 과제였다. 그리고 전업 주부에 대해서도 정당한 평가를 해 주어야 했다. 이런 여성 문제는 독자적인 정부 부서를 설치하여 해결해야 했다. 역설이지만 여성부는 '여성부가 없어지는 그날'을 위해 일하는 부서였다.

국민의 정부에서는 양성 평등을 위해 여성의 지위와 권익을 높이는 여러 가지 법을 제정했다. 가정 폭력을 근절하기 위해 1998년 7월부터 '가족폭력

범죄처벌 등에 관한 특례법'과 '가정폭력방지 및 피해자보호 등에 관한 법률' 을 시행했다. 또 1999년 1월부터 공포된 '남녀차별금지 및 구제에 관한 법률' 은 여성 차별에 대한 법적 구제 수단이었다. 사회 곳곳에 관행으로 자리 잡은 성차별을 시정하고 또 직장 내 성희롱 방지와 간접 차별을 금지하는 제도적 장치를 마련했다.

그리고 여성특별위원회를 승격시켜 마침내 여성부가 탄생했다. 건국 이래 처음이며, 세계에서도 드문 일이었다. 나는 21세기의 주역이 여성이라는데 조금도 의심하지 않았다. 한명숙 초대 여성부 장관에게 각별히 말했다.

"이제 여성들이 21세기에 남성과 똑같이 그야말로 남녀평등으로 나갈 수 있는 그런 조짐이 비로소 보입니다. 앞으로 여성들이 더욱 적극적으로 참여해서 여성의 힘으로 양성평등의 사회를 주체적으로 열어 나가기 바랍니다."

그런데 한 장관이 차관을 남성으로 해 달라고 건의했다. 내가 놀라서 여성계의 반발을 걱정하자 자신 있게 답했다.

"제가 책임을 지겠습니다. 대신 다른 부처의 차관을 여성으로 임명해 주십시오."

나는 그의 말대로 여성부 차관에 현정택 청와대 정책비서관을 임명했다. 그리고 노동부 차관에 김송자 서울지방노동위원장을 발탁했다. 그는 첫 여성 차관이었다. 나는 기회 있을 때마다 여성부 현안을 챙겼다. 다른 부처 관리들은 사실 여성부를 은근히 무시하는 경향이 있었다. 나는 늦게 태어난 막둥이를 보살피듯 했다. 그래서 정이 더 갔다.

2월 26일 블라디미르 푸틴 대통령이 나의 초청으로 우리나라를 국빈 방문했다. 다음 날 정상 회담을 갖고 7개항의 공동 발표문을 채택했다. 푸틴 대통령은 우리 정부의 대북 정책 지지 의사를 명확히 하고 한반도 평화 정착을 위해 나름의 역할을 하겠다고 밝혔다.

푸틴 대통령은 국정 운영에 상당한 자신감을 가지고 있어 보였다. 그는 취임 후 '위대한 러시아의 건설'을 주창했는데, 이에 대한 강력한 의지와 집착이

엿보였다. 양국의 경제 협력, 이를테면 시베리아 횡단 철도(TSR) 및 한반도 철도 연결 문제 등에도 의욕적이었다. 그의 표정에서 아시아와 유럽 두 대륙에 걸쳐 있는 거대한 나라, 러시아가 다시 꿈틀거리고 있음을 느낄 수 있었다.

그런데 한국과 러시아 양국이 채택한 공동 발표문이 문제가 되었다. 새로부시 공화당 정권이 들어앉은 미국 백악관이 청와대에 항의를 했다. 제5항의 "탄도요격미사일(ABM) 제한 조약이 전략적 안정의 초석이며, 핵무기 감축 및 비확산에 대한 국제적 노력의 중요한 기반이라는 데 동의했다. 양측은 ABM 조약을 보존하고 강화하는……" 부문이 문제였다. 미국은 ABM을 폐기하고 미사일방어체제(MD)를 추진하려 하는데 동맹국인 한국이 이를 정면으로 반대한 셈이 되어 버렸다. 미국 언론이 이를 대대적으로 부각시켰다. 『뉴욕 타임스』는 이렇게 보도했다.

"김 대통령이 미국의 MD를 둘러싼 논쟁에서 공개적으로 러시아 편을 들었다."

러시아 『이즈베스티야(Izvestiya)』지는 또 이렇게 보도했다.

"미국의 MD 정책에 한국 대통령의 공개적인 반대 입장 표명은 푸틴 대통령의 커다란 외교적 성과이다."

참으로 난감했다. 경위를 알아보니 외교통상부의 실책이었다. 실무자들은 지난해 일본 오키나와에서 있었던 G-8 정상 회담에서 미국이 동일한 입장을 발표했으니 별 문제가 없을 것으로 판단했다는 것이었다. 그러나 새로 집권한 부시 행정부가 MD 개발을 위해 ABM 조약을 폐기하려 한다는 사실을 제대로 인식하지 못했다. 비록 실수로 일어난 사건이지만 부시 행정부가 출범하자마자 'MD 반대'로 비쳐져 뒷맛이 아주 나빴다. 여기에 국내 야당의 공세도 거셌다. 더욱이 조지 부시 대통령과의 첫 한미 정상 회담을 일주일 남짓 앞둔 시점이었다. 워싱턴으로 떠나는 나의 어깨를 무겁게 만들었다.

3월 6일 미국을 공식 방문했다. 부시 대통령은 취임 후 아시아에서는 처음으로 나를 초청했다. 나는 어느 때보다 긴장했다. 공화당 행정부가 나를 어떻게 맞을지 몰랐다. 나는 하루 종일 백악관 영빈관에서 다음 날 열릴 정상 회담을 준비했다.

그런데 콜린 파월(Colin Powell) 국무장관의 기자 회견 소식이 들려왔다. 파월 장관의 한반도 문제에 대한 시각은 우리로서는 전혀 불만이 없었다. 장관의 발언은 고무적이었다.

"미국의 대북 정책은 한국 정부가 추진하는 것과 전적으로 일치합니다. 우리는 김 대통령을 지지하고 있고, 함께 공조해 나가기를 원하고 있습니다. 대북 미사일 협상에서 클린턴 행정부가 추진하다가 멈춘 데서부터 대화를 재개할 계획입니다."

8일 파월 장관과 조찬 회동을 했다. 나는 다시 햇볕 정책의 기조를 설명했다. 그는 탁견이라며 공감했다. 장관은 우리의 대북 정책을 지지한다고 말했다. 분위기가 썩 좋았다. 나는 안도했다.

이어서 부시 대통령과 정상 회담을 했다. 회담 전 부시 대통령은 "노벨평화상 수상자를 만나 영광"이라고 덕담을 건넸다. 나는 우선 MD와 관련해서 한국 정부가 이를 결코 반대하지 않는다고 밝히고, "불필요한 오해를 일으켜 유감"이라며 이해를 구했다. 부시 대통령은 이에 대해 충분히 이해한다고 답했다.

회담은 순조롭게 진행되었다. 나는 부시 대통령에게 우리의 햇볕 정책과 이로 인해 북한이 변하고 있다는 것을 자세하게 설명했다. 올해 김정일 위원장이 '신(新)사고'를 주창하고 중국을 방문한 사실을 들어 개혁·개방의 길을 모색하고 있는 것 같다고 말했다. 부시 대통령은 이에 대해 나와 우리 정부의 역할에 긍정적인 평가를 했다.

"김 대통령님이 이룩한 남북 관계 진전을 높이 평가합니다. 남북 관계에서 김 대통령의 주도적 역할을 인정합니다. 미국 정부는 대북 포용 정책을 적극 지지합니다."

나는 북한이 변하고 있고 대북 정책이 성공하기 위해서는 한미 공조가 필요하다며 미국의 역할을 당부했다. 그랬더니 부시 대통령의 답이 다소 이상했다.

"북한은 비밀에 싸인 나라입니다. 북한 정권의 성격에 대해서 다소 회의적인 시각을 가지고 있습니다. 그래서 북한이 좀 더 가시적인 조치를 취해 주길 바랍니다."

그럼에도 1차 회담은 비교적 만족스러웠다. 부시 대통령은 김정일 위원장의 답방에도 깊은 관심을 나타냈다. 정상 회담을 마치고 기자 회견을 했다. 이때 부시 대통령의 거친 표현들이 튀어나왔다. 외교적으로도 세련되지 못했다. 나는 깜짝 놀랐다.

"나는 북한 지도자에 의구심을 가지고 있습니다."

"북한이 모든 합의를 준수하고 있는지 확신이 없습니다."

"북한이 각종 무기를 수출하고 있다는 사실에 대해 우려하며 이를 철저히 검증해야 합니다."

부시 대통령은 내 답변을 가로챘고, 심지어 나를 '디스 맨(This man)'이라고 호칭하기도 했다. 친근감을 표시했다고 하나 매우 불쾌했다. 나는 한국의 대통령이었고, 우리의 정서를 살펴야 했다. 평소에 나이를 따지지 않지만 그 말을 들으니 그가 아들뻘이란 생각도 들었다. 그리고 부시 정부와의 관계가 앞으로 순탄치 않을 것 같았다. 불길했다.

파월 국무장관은 이러한 대북 강경 기류가 자신의 어제 발언과 정면으로 배치되자 회견 도중 빠져나갔다. 이례적인 행동이었다. 그리고 어제 회견 내용을 번복하는 회견을 열었다.

오찬을 겸한 2차 회담을 거쳐 양국의 공동 성명이 나왔다. 주요 내용은 첫째 한미 간 동맹 관계의 확인, 둘째 햇볕 정책의 성과 인정, 셋째 남북 관계 한국 정부의 주도권 인정, 넷째 2차 남북 정상 회담에 대한 지지, 다섯째 제네바 합의의 준수 등이었다.

공동 성명의 내용에는 불만이 없었다. 다만 부시 대통령의 돌출 발언(이미 계산했는지도 모르지만) 등은 매우 걱정스러웠다. 특히 파월 장관의 '입장 표변'에 가슴이 덜컥 내려앉았다. 나는 낙담했다. 숙소로 돌아와 어떻게 해야 할지를 따져 보았다. 우선 영향력 있는 인사들을 만나 여론을 돌려놓아야 했다.

다음 날 전문가들을 초청하여 직접 대화를 나누었다. 워싱턴 미국기업문제연구소 회의실은 한반도 문제 전문가들, 주요 언론사 중견 기자들로 가득 찼다. 미국 언론들은 전날 한미 정상 회담을 부정적으로 보도했다. '충돌', '갈등'이라는 제목의 기사를 내보냈다. 이에 대해 나는 정면 돌파를 선택한 셈이었다. 예리한 질문들이 쏟아졌다. 여섯 가지 질문에 나는 솔직히 모든 것을 털어놓았다. 일문일답을 끝내자 참석자 모두 일어나 박수를 쳤다. 200여 명의 참석자들은 내 설명에 공명(共鳴)했다.

곧이어 미국 의사당에서 열린 상하원 외교위원장 주최 간담회에 참석했고 『워싱턴 포스트』와 회견을 했다. 저녁에는 공화당의 보수 인사들과 비공식 만찬을 했다. 그들은 부시 행정부의 싱크 탱크였다. 그렇게 워싱턴의 마지막 밤을 보냈다. 숙소로 돌아와 생각하니 다시 부시 대통령이 떠올랐다. 그는 나에게 무례했고, 결국 우리 국민들을 무시했다. 솔직히 부시 대통령에게 당했다는 느낌이 들었다. 나는 결심했다.

'옳은 길로 가면 반드시 이긴다. 모든 것을 기필코 제자리로 돌려놓겠다.'

3월 9일 시카고에 도착했다. 그날 일정을 끝내고 부시 대통령의 아버지에게 전화를 걸었다. 그는 집에 있었다. 내 전화에 놀란 듯했다. 나는 대통령의 아버지를 에둘러 설득했다.

"워싱턴에서 아드님과 유익한 회담을 했습니다. 부시 대통령은 한반도 상황을 잘 파악하고 있었고, 저의 햇볕 정책에 대해 적극적인 지지를 표명해 주어서 큰 힘이 되었습니다. 대통령과 이번 정상 회담을 통해 형성된 신뢰 관계를 바탕으로 앞으로 대북 정책 추진 등과 관련하여 긴밀한 협조를 이루어 나가기를 기대합니다."

"만남이 성공적이라 생각하신다니 기쁩니다. 제 아들도 대통령님의 업적에 감사하리라 확신합니다. 대통령께서 많은 성공을 이루시기 바라고 만약에 제가 도움이 될 수 있는 길이 있다면 주저 말고 제게 알려 주십시오. 대통령님께서 하시는 일들이 훌륭하다고 생각합니다."

다음 날 아침, 숙소에서 빌 클린턴 전 대통령에게 전화를 걸었다. 그에게는 좀 더 직설적으로, 하지만 간곡하게 부탁했다.

"지금 신 행정부는 대북 정책을 검토하는 잠정적인 단계에 있지만 결국에는 대통령님의 생각대로 한반도의 발전이 이루어질 것으로 기대합니다. 대통령께서는 북한에 대해 이루고자 했던 것을 완성하지는 못했지만 큰 길을 여신 것은 틀림없습니다. 오늘 『뉴욕 타임스』나 『워싱턴 포스트』 등 미국 주요 언론들 보도도 '한반도에 관해서는 결국 신 행정부가 클린턴 노선을 계승할 것'이라는 논조가 큰 흐름이라고 합니다. 일정 기간 검토가 끝나면 대통령께서 시작하신 일이 다시 살아날 것입니다."

"그렇게 되기를 바랍니다. 대통령께서 부시 대통령에게 유용한 조언을 많이 주셨으리라 확신합니다."

"우리의 우정은 영원할 것이라 생각합니다. 클린턴 상원의원께도 안부 말씀 전해 주시고 상원 단상에서 한국을 위해 좋은 발언 많이 해 주실 것을 기대한다고 전해 주십시오."

"아내는 분명 말씀하신 대로 할 것입니다. 전화 주신 것과 대통령님의 우정에 감사드립니다."

파월 국무장관의 경우에서 보듯, 당시에는 한반도 정책이 부시 행정부 내에서 입장 정리가 되지 않았다. 그리고 일련의 소동은 딕 체니(Dick Cheney) 부통령이 주도하는 네오콘 강경파들이 백악관 내에서 한반도 문제를 장악하는 과정에서 상징적인 사건이었다. 부시 행정부 안의 체니 부통령과 럼스펠드(Donald Rumsfeld) 국방장관 등 강경파들은 MD 개발의 명분으로 북한의 위협을 내세웠다. 즉 북한의 장거리 미사일 개발에 대처해야 한다는 것이었다. 그러니 북한을 대화 상대로 여길 수 없었다. 네오콘들은 북한에 무력 사용까지를 염두에 두고 있었을 것이다. 그러나 그것은 그들만의 망상이었다.

부시 대통령이 이토록 강경하게 나온 것은 ABC(Anything But Clinton), 즉 클린턴 대통령이 해 놓은 것들은 모두 반대한다는 입장에서 비롯되었을지도 모른다. 미국의 당시 MD 정책이라는 것이 사실은 중국을 겨냥한 것인데도 중국을 자극할 수 없으니 결국 북한을 악의 무리로 지목했을 것이다. 그것이 나의 생각이었다.

3월 12일 넬슨 만델라 전 남아공 대통령이 서울에 왔다. 청와대에서 접견했다. 첫 만남이었지만 우리는 이미 친구였다. 많은 사람들을 통해 간접 대화를 수도 없이 나눴기 때문이다. 멀고 먼 나라에 나와 같은 삶을 살아가는 사람이 존재한다는 것 자체가 힘이고 용기였다. 불의 앞에서는 함께 투사였고, 평화 앞에서는 함께 사도(使徒)였다. 그와 나는 똑같이 75세에 노벨평화상을 받았다. 그는 우리의 대북 정책에 힘을 실어 주었다.

"햇볕 정책은 전 세계를 대상으로 하고 있습니다. 존경과 경의를 표합니다. 노벨평화상 수상과 상관없이 역사에 기록될 것입니다. 이 자리를 빌려 DMZ 평화공원 조성과 관련된 구체적인 답변을 듣고 싶습니다."

"원칙에 동의합니다. 우리 정부에서도 휴전선 일대를 보존할 필요성을 느끼고 있습니다. 두 가지 방법이 있습니다. 첫째 유네스코에서 지정하는 환경 보호 구역이고, 둘째 남북한에서 평화공원으로 조성하는 것입니다."

우리는 공동 기자 회견을 했다. 만델라 전 대통령이 우리의 정책에 무한 신뢰를 표명했다.

"평화가 가장 강력한 무기입니다. 이를 적용하는 것이 대통령의 화해 협력 정책입니다. 알렉산더 대왕, 줄리어스 시저, 히틀러 등 무력과 무기를 사용한 경우는 결국 국민에 의해 사라졌습니다. 평화를 위해 산 사람은 영원히 살아 있습니다. 대통령의 대북 화해 정책은 평화를 무기로 남북 평화를 이룩하는 것입니다."

그와 만찬을 하며 나에게 보내 준 성원에 감사했다. 그리고 존경받아 마땅

넬슨 만델라 대통령을 청와대에서 만났다. 그는 내가 마지막 대통령 선거에 출마했을 때 27년 동안
감옥에서 차고 있던 시계를 보내 주었다.

한 그의 삶을 기렸다.

"대통령께서는 기나긴 고통의 시간 속에서도 부드러움을 잃지 않으셨습니다. 반목과 원한까지 녹여 낼 수 있는 용기와 관용의 위대함을 전 세계인에게 일깨워 줬습니다. 이는 남북 화해 협력을 추진하고 있는 우리에게도 소중한 가르침이 되었습니다."

나와 만델라 전 대통령은 '세계 평화와 번영을 위한 메시지'를 발표했다. 우리 둘은 글자 하나까지 완벽하게 동의를 해서 작성했다. 메시지를 통해 세계 평화와 민주주의 및 인권 신장, 빈곤 퇴치 등을 위해 함께 노력하기로 했다.

3월 21일 정주영 전 현대그룹 명예회장이 세상을 떴다. 비서실장을 빈소에 보냈다. 그리고 애도의 말을 전했다.

"정 전 명예회장은 한국의 산업화 시대에 기업을 일으켜 국가 경제 발전에 크게 기여했습니다. 한국인들은 그의 이런 공을 오래도록 기억할 것입니다."

소를 몰고 판문점을 넘어가던 그의 모습이 떠올랐다. 그는 통일 이후를 대비했던 특별한 인물이었다. 북한은 조문단을 보내 그의 죽음을 애도했다.

3월 26일 개각을 단행했다. 장관급 12명을 교체했다. 통일부 장관에 임동원 국정원장, 외교통상부 장관에 한승수 민국당 의원, 국방부 장관에 김동신 전 육참총장, 행정안전부 장관에 이근식 전 내무부 차관, 과학기술부 장관에 김영환 의원, 산업자원부 장관에 장재식 의원, 정보통신부 장관에 양승택 한국정보통신대학원대학교 총장, 건설교통부 장관에 오장섭 의원, 해양수산부 장관에 정우택 의원을 임명했다. 그리고 국정원장에는 신건 전 국정원 2차장을 발탁했다.

3월 21일 인천국제공항 개항식에 참석했다. 8년 동안의 역사(役事)였다. 안전을 우려하는 논란도 있었지만 마침내 미려하면서도 웅장한 모습을 드러냈다. 개항 이후 모든 것이 순조롭게 작동하여 단 한 건의 사고도 없었다. 인천국제공항을 나는 예사롭지 않게 바라보았다. 경의선을 복원하면 유라시아 대륙과 태평양을 연결하는 철의 실크로드가 완성될 것이다. 부산항은 이미 세계 제3의 컨테이너 부두로 떠올랐다. 여기에 21세기를 여는 최첨단 공항을 완성했다. 이로써 우리나라는 하늘로 육지로 바다로 온 세계와 연결되어 지구촌의 물류 중심지로 우뚝 솟을 것이다. 개항식에서 치사를 했다.

"100여 년 전 제물포 개항이 제국주의 세력의 강압에 의한 치욕이었다면 오늘의 인천공항 개항은 세계를 향해 의지와 비전을 가지고 나아가는 자주 대한민국의 영광이 될 것입니다."

활주로에서 첫 비행기가 이륙했다. 이를 기쁜 마음으로 지켜봤다.

인권 국가 새 등을 달다
(2001. 5 ~ 2001. 9)

나는 수첩에 제정해야 할 법안들을 메모했다. 그리고 수시로 들여다보았다. 지난 수십 년간 생각해 온 것들이었다. 법과 제도로 민주주의를 지키고, 민주화 투쟁 과정에서 희생된 사람들의 명예를 회복시켜야 했다. 한을 풀어 주어야 했다. 여소 야대의 정치 환경에서도 이를 꾸준히 추진했다. 기회가 있을 때마다 장관들을 독려했고, 정당 또는 시민 사회 단체 인사들을 만나 수없이 토론했다.

민주화 운동에 대한 정당한 평가와 보상, 제주 4·3 사건의 진상 규명과 희생자 명예 회복, 군사 정권 하의 의문사 진상 규명, 국가인권위원회 설치, 국가보안법의 개폐, 선거법 개정 등 한두 가지가 아니었다.

수첩 메모의 맨 위에 적혀 있는 것이 '국가인권위원회법(인권법)'이었다. 이 법안은 나와 국민의 정부가 세계에 한국이 인권 국가임을 알리는 상징이었다. 그러나 정작 국가인권위원회 설치를 규정한 인권법은 2001년 5월에야 제정이 가능했다. 야당의 반대도 있었지만, 그것보다는 정부 부처와 시민 단체와의 이견 때문이었다.

유엔 세계인권회의는 1993년 국가 인권 기구의 설립을 각국에 촉구했다. 대통령 후보 시절 나는 인권위원회 설립을 공약으로 내세웠다. 1998년 2월 대통령직 인수위원회는 100대 국정 과제에 '인권법 제정 및 국가 인권 기구 설치'를 포함시켰다. 나는 1998년 6월 미국 뉴욕에서 국제인권연맹이 주는 '올해의 인권상'을 받으며 수상 연설을 통해 인권법 제정과 국가인권위 설립을 국제 사회에 약속했다.

대통령의 뜻을 헤아려 이 문제만큼은 내각이 큰 이견 없이, 신속하게 추진할 것이라고 생각했다. 그러나 그렇지 않았다. 국가 인권 기구의 출범으로 자신들의 권한과 위상에 변화가 있을 것으로 판단한 법무부와 검찰 등은 법 제정에 소극적이었다. 여러 가지 이유를 들어 시간을 끌었다. 시민 단체 역시 내부에서 의견을 조율하는 데 진통을 거듭했다. 단일안이 완성되자 이번에는 위원장과 상임위원의 법적 지위와 권한을 놓고 관련 부처와 마찰을 빚었다.

나는 양쪽을 다그쳤다. 정부 부처와 시민 단체는 조금씩 다가앉았다. 결국 합의안을 마련했다. 살펴보니 '다른 국가 권력으로부터 독립적 지위를 보장받은 국가 기구'로서 손색이 없었다. 난산이었지만 결과물은 반듯했다. 2001년 5월 '국가인권위원회법'이 제정되었고, 그해 11월에 국가인권위원회가 출범했다. 위원회는 누구의 간섭이나 지휘도 받지 않고 인권법에 정해진 업무를 독자적으로 수행했다. 모든 개인의 인권을 지키는, 또 인간으로서의 존엄과 가치를 구현하는 독립 기구였다. 인권 상황에 대한 실태 조사, 각종 인권 침해 행위의 구제, 인권 교육 등 국민의 인권 향상을 위한 실질적인 역할을 했다.

2001년 5월 청와대에서 국가인권위원회법 공포 서명식이 열렸다. 나는 인권법에 서명하고 이렇게 말했다.

"오늘은 우리나라 민주 역사상 특별한 의미를 갖는 날입니다. 우리는 인권 민주 국가를 지향해 왔습니다. 인권 민주 국가의 실현은 국민들의 희생의 결과이며 점진적으로 실현된 것입니다. 국민의 정부 출범 이후 우리나라는 세계, 그리고 많은 인권 단체로부터 민주 인권 국가로 인정을 받았습니다. 그러나 아직도 인권의 사각지대가 있고 더욱 발전시켜야 할 부분이 있습니다. 이 법은 유엔 등 국제기구의 기준에 조금도 손색이 없습니다. 이 법을 잘 활용하

청와대에서 법조계, 인권 단체, 종교계 등 인권 분야 국민 대표들이 참석한 가운데 국가인권위원회법 공포문에 서명했다.

여 명실상부하게 인권을 지키는, 가장 유용하고 값있는 기구로서의 기능을 해야겠습니다."

초대 인권위원장에 김창국 변호사를 임명했다. 인권위는 왕성한 활동을 벌였다. 인권 보호의 듬직한 파수꾼이 되었다. 경북 청송감호소에 첫 현장 조사를 나갔다. 정부의 인권 침해 사례를 적시하고, 시정을 촉구하는 결정이 빈번했다. 그 호통이 때로는 날카롭고, 자못 난감한 경우가 있었지만 나는 싫지 않았다. 2002년 4월 인권위원회는 "장애인이라는 이유로 보건소장에서 탈락시킨 것은 잘못이므로 이를 시정하라"고 첫 결정을 내렸다. 정부가 이를 시정했다.

미국 국무부는 2001년 2월 인권 관련 브리핑에서 "한국은 민주주의와 인권 면에서 아시아의 빛나는 등불 가운데 하나"라고 평했다.

대한민국은 아시아에서 유일하게 국민들이 민주주의를 쟁취했다. 이른바 자생적 민주주의 국가이다. 중국은 아직 '못하고' 있고, 인도는 영국에게 '배워서'

하고, 일본은 패전 후 맥아더 장군이 '시켜서' 하고 있다. 이렇게 민주화를 이룩해 내는 데는 수많은 희생자들이 있었다. 사상 처음 국민의 힘으로 평화적 정권 교체를 이룬 나라의 대통령으로서 나는 이런 숭고한 희생에 보답을 해야 했다. 그들의 한을 풀어 줘야 했다. 정치는 한을 풀어 주는 것이 아니겠는가. 한을 쌓아 두고는 아무런 일도 할 수 없는 것 아닌가.

2000년 1월 의문사진상규명특별법, 민주화운동 관련자 명예회복 및 보상에 관한 법률, 제주 4·3 사건 진상규명 및 희생자 명예회복에 관한 특별법 등 국회로부터 이송된 법안에 대해 공개 서명식을 가졌다. 법안 관련 단체의 대표와 관계 인사들이 참석했다. 그동안 '진실'은 있는데 '법'이 없었다. 그래서 얼마나 탄식하며 울었을 것인가. 모두 간절한 법안이었다. 서명에 사용한 펜을 관련 단체에 전달했다. 큰 희생에 비해 너무 작은 징표였다. 하지만 그 속에는 이런 민족의 비극들을 제대로 밝혀 역사에 새기자는 뜻도 들어 있었다.

'의문사진상규명에 관한 특별법'은 이름 그대로 민주화 운동을 하다가 의문의 죽음을 당한 사건에 대해 그 진상을 규명하도록 했다. 숱한 민주 인사, 시민, 학생들이 어느 날 갑자기 죽었다. 주검은 말이 없고 의문만 남아 있다. 사람이 죽었는데도 당국에서는 제대로 수사하지 않았다. 죽어서도 나라가 방치했으니, 권력은 그들을 두 번 죽였다. 진실을 밝혀 이런 분들을 역사 위로 등장시키는 것은 살아 있는 사람의 책임이라고 생각했다. 그들의 죽음이 그대로 끝이라면 이 땅에 정의가 존재한다고 어찌 말할 것인가. 나는 우리의 양심과 국민된 도리로서 의문사에 대한 진상을 반드시 규명해야 한다고 생각했다. 본인들뿐만 아니라 유가족들의 한도 풀어야 했다. 의문사진상규명위원회는 2000년 10월 출범했다. 위원회는 1973년 중앙정보부에 끌려간 뒤 주검으로 돌아온 최종길 서울대 교수를 비롯한 억울한 죽음들에 대해 현미경을 들이댔다. 그들이 다시 역사 속으로 돌아왔다.

'민주화운동 관련자 명예회복 및 보상에 관한 법률'은 민주화 운동과 관련하여 희생된 자와 그 유족에 대하여 국가가 명예 회복과 보상을 해 주도록 했다. 전태일 분신 사건, YH 노동조합 사건, 인혁당 사건, 원풍모방 사건, 3·1 민주 구국 선언 사건, 3선 개헌 반대 투쟁, 민청학련 사건, 부마 항쟁 등에 관련된 사람들의 명예가 회복되었다.

'제주 4·3 사건 진상규명 및 희생자 명예회복에 관한 특별법'의 제정은 획기적인 것이었다. 제주 4·3 사건은 한국전쟁을 전후하여 제주 지역에서 발생한 양민 학살 사건이었다. 나는 피해자와 그 유족들이 수십 년 동안 '폭도', '빨갱이' 등으로 매도되어 살아온 것에 국가가 명예를 회복시켜 주고 사죄해야 한다고 생각했다. 4·3 사건은 현대사의 치부이자 살아 있는 우리들의 수치이기도 했다. 이 법에 따라 정부는 진상 규명 작업에 착수했다. 그리고 2003년 정부 차원의 '진상 보고서'를 채택했다. 사건의 실체 규명을 놓고 논란이 있었지만 위원회는 사실을 담아냈다.

"4·3 사건은 남로당 제주도당이 일으킨 무장 봉기가 발단이 됐다. 단, 강경 진압으로 많은 인명 피해를 냈고 다수의 양민이 희생됐다."

이로써 제주도는 이념의 질곡에서 벗어날 수 있었다. 지난 50년간 쌓인 제주도민의 한이 조금은 풀렸을 것이다. 어디 제주도뿐이겠는가. 우리나라 어느 마을이건 아픈 사연들이 서려 있다. 나라 전체가 무덤이고, 온 산하가 피로 물들었던 근현대사였다. 동학혁명으로, 6·25 전쟁으로 얼마나 많은 사람이 죽었는가. 이유 없이 죽었고, 죄의식 없이 죽였다.

우리 근현대사에는 피바람이 멈추지 않았다. 그 원혼들을 그대로 두고, 유족들의 통곡과 원한을 씻어 주지 않고 우리가 무엇을 할 수 있단 말인가. 그러한 죽음을 방치해 놓고 어떻게 산 자들이 화해를 한단 말인가. 과거사를 정리하는 일은 남은 자들의 화해를 위해서도 필요했다.

나는 교도소에서 인권을 경시하는 풍토를 개선하려고 각별히 노력했다. 재소자들은 새 삶을 준비하기보다는 다른 범죄 수법을 배워 다시 범죄를 저지르는 경우도 많았다. 교정 행정을 변화시키지 않고서는 올바른 교화가 있을 수 없다고 생각했다. 그것은 내가 오랜 옥중 생활에서 느낀 점이었다. 대통령이 되어 교도소를 찬찬히 들여다보니 과거와 달라진 것이 없었다. 재소자를 교정하기엔 모든 것이 부족했다. 교도소의 시설이나 예산, 인원 등 어느 하나 온전하지 않았다. 나는 취임 초에 교정 기관장들과 대화를 하며 세 가지를 약속했다. 첫째, 열악한 교정 환경을 바꾸겠다. 둘째, 교정직의 처우를 개선하겠다. 셋째, 출소자 대책을 세우겠다. 이후 교정 행정은 많이 변했다. 소년원의 교육 체제도 혁신했다. 실용 외국어 학습과 컴퓨터 중심의 특성화 교육을 실시했다. 이를 위해 전국의 소년원에 최첨단 멀티미디어 어학실과 컴퓨터실을 마련했다.

수용자의 인권 신장을 위해 행형법을 고쳤다. 즉 재소자의 청원 보장, 징벌 제도 개선, 자의적 계구 사용 금지 등 인권 관련 규정을 강화했다. 신문 구독을 허용하고, 두발을 자율화했다. 미결 수용자들에게는 사복을 입도록 했다. 내가 감옥에 있을 때에는 꿈도 꿀 수 없던 변화였다. 가장 중요한 건 출소자들이 사회에 성공적으로 정착하는 것이었다. 이를 위해 교정 기관에 '취업알선협의회', '취업정보센터'를 설치하고, 출소자에게 국민기초생활보장법에 의해 생계비를 지원받을 수 있도록 했다.

교정 국장은 법무부의 한 국장 자리에 불과하지만, 25개 교도소의 교도관과 4~5만 명 재소자를 통괄 지휘하는 막중한 자리였다. 대통령에 취임한 후 첫 번째 법무부 보고를 받는 자리에서 장관에게 물었다.

"왜 교정 국장은 교도관 출신이 안 하고 꼭 검사가 해야 합니까?"

그것은 질문이라기보다는 지시였다. 그 뒤 교정 국장은 교도관 출신이 맡았다.

국가보안법은 1990년대 들어와 유엔을 비롯한 국제 사회의 폐지 권고를 받았다. 1992년 유엔 인권이사회는 "인권 규약에 규정된 권리를 완전히 실현하는 데 주된 장애물"로 규정, 국가보안법을 단계적으로 폐지할 것을 권고했다. 미국 국무부도 인권 보고서 등을 통해 똑같이 지적했다.

국내에서도 시민 단체와 학계에서 그동안 법 시행 과정에서 나타난 무리한 법 적용, 수사 과정의 인권 유린 사례 등을 들어 개폐해야 한다는 의견을 내놓았다. 나 또한 국제 사회의 권고와 국내의 여론을 받아들여 국가보안법 개정과 대체 입법을 주장했고, 선거 공약으로 내세웠다. 대통령이 되어서도 국가보안법의 개정과 대체 입법을 모색했다.

정부와 여당은 국가보안법 중 가장 문제가 된 불고지죄와 고무찬양죄를 개정하는 안을 내놓았고, 자민련도 흔쾌하지는 않았지만 개정안에 동의했다. 그러자 야당과 보수 단체는 개정안에 반발했다. '국보법폐지공대위'를 중심으로 하는 시민 단체와 종교계는 완전 폐지를 주장했다. 양측의 대립으로 결국 법안은 표류했다.

2000년 남북 정상 회담 이후에는 야당이 거세게 반발했다. 김정일 위원장의 답방을 위해 국가보안법을 폐지하려고 한다며 정부를 공격했다. 2001년 2월 인터넷 신문 『오마이뉴스』와의 인터뷰에서 국가보안법 개정 논란에 대해서 이렇게 답했다.

"여론상으로는 상당한 지지가 있지만 국민적 합의가 되지 않았고, 여야 간 합의가 되지 않았습니다. 시간을 갖고 협의할 필요가 있습니다. 김정일 위원장이 서울에 오기 전에 개정해야 하는 것은 아니며, 김 위원장이 우리 쪽 신문사 사장들을 만난 자리에서도 남쪽이 알아서 할 일이라고 말한 바 있습니다."

끝내 국가보안법은 개폐하지 못했다. 국민과의 약속을 지키지 못했다. 하지만 국가보안법을 신중하게 적용할 것과 수사 과정에서 인권 유린이 있어서는 안 된다고 강조했다. 재임 중 국가보안법 위반 사범이 크게 줄었다.

나는 취임 초 광주 지역 언론들과 회견을 하면서 광주가 민주화의 표상임을 자랑해야 한다고 말했다. 광주를 국민의 자랑, 세계의 자랑으로 만들기 위해서라도 정당한 국가적인 조치는 있어야 한다며 이를 약속했다. 약속대로 정부는 2000년 1월 광주 민주화 운동 관련자들을 보상하는 법을 개정했다. 민주화 운동 관련자들을 심사하여 추가 보상이 이루어지도록 했다. 광주 5·18

묘역은 마산 3·15 공원과 함께 4·19 묘지처럼 국립묘지로 승격하여 관리하도록 했다. 지금 광주 5·18 묘지는 국민의 성지가 되었다. 광주는 아시아 여러 나라 사람들이 찾아와 '광주 정신'을 기리고 있다. 아시아 민주주의의 요람이 되어 가고 있다.

그리고 나는 양심수를 대거 석방했다. 당시 교도소에는 군사 독재 정권 시절부터 수많은 양심수들이 수감되어 있었다. 심지어 수십 년 동안 감옥 생활을 하고 있는 사람도 있었다. 국내외의 인권 단체들은 오래전부터 한국의 양심수 석방을 강력하게 요구했으나 이전 정부에서는 정치적 상황에 따라서 일시적으로 극소수의 양심수를 석방할 뿐이었다. 나는 나 또한 양심수로서 오랜 기간 감옥에 있었고 사형 선고를 받기도 하면서 그 누구보다도 이 문제의 해결이 반드시 필요하다는 강한 신념을 갖고 있었다. 그래서 나는 대통령이 된 이후 양심수를 대거 석방했다.

아프가니스탄 탈레반 정권이 세계 문화유산인 불상들을 파괴했다. 최고 지도자가 "우상 숭배를 금지하는 이슬람 율법에 따라 모든 불상을 파괴하라"는 명령을 내렸다는 것이다. 1500여 년 전 불교 간다라 미술을 개화시킨 아프간의 불교 유적들을 우리 시대에 파괴한다니 참으로 개탄스러웠다. 종교가 다른 종교를 인정하지 않으면 어찌 '으뜸 가르침'이라고 할 수 있겠는가. 3월 3일 해리 홀케리(Harri Holkeri) 유엔 총회 의장과 코피 아난 사무총장에게 긴급 메시지를 보내 이를 즉각 중지시킬 것을 촉구했다.

"바미안 대불(大佛)을 포함한 아프가니스탄 내 불상들은 인류 전체의 소중한 문화유산으로 영구히 보존돼야 합니다. 문화유산이 파괴되지 않도록 유엔이 할 수 있는 모든 조처를 신속하게 취해 줄 것을 당부합니다."

2001년 5월 3일 사상 처음 북한과 유럽연합(EU) 정상 회담이 평양에서 열렸다. 김정일 국방위원장을 만난 EU 의장 예란 페르손 스웨덴 총리는 기자 회견을 통해 "북한이 미사일 발사 시험을 2003년까지 유예할 것"이라고 밝혔다.

3일 오후 페르손 총리가 특별기를 타고 평양에서 서울로 날아왔다. 남과 북을 오가며 화해와 협력을 위해 애쓰는 그가 진정 고마웠다. 청와대에서 총리 일행을 만났다. 만찬장에서 총리와 하비에르 솔라나(Javier Solana) EU 이사회 사무총장 등에게 사의를 표했다.

"'우리는 항상 평화를 갈망하는 이들의 편에 서야 한다.' 바로 이 자리에 계신 페르손 총리의 저서 『사상과 연설』에 나오는 말입니다. 여러분이야말로 평화를 갈망하는 남북의 7천만 겨레와 전 세계 평화 애호 시민의 편에 서서 평화의 전령사 역할을 수행하신 분들입니다. 감사와 경의를 표합니다."

페르손 총리가 김 위원장의 구두 메시지를 전하며 평양 회담 결과를 설명했다.

"김정일 위원장은 대통령님께 따뜻한 안부 말씀을 전하며 대통령님과 다시 뵐 날을 기대하고 있습니다. 우리는 김 위원장이 지난해 대통령님과 같이 이루어 낸 남북 공동 선언을 실천에 옮기는 데 확고한 의지를 갖고 있다는 깊은 인상을 받았습니다."

2000년 12월 노벨평화상을 받은 후 스웨덴에 들렀을 때, 나는 페르손 총리에게 방북을 권유했다. 스웨덴은 차기 EU 의장국이었다. 페르손 총리는 내 제안을 받아들여 EU 15개국을 대표하여 남북한을 동시에 방문했다. 2003년 1월 북한에 핵 문제가 불거졌을 때에는 김 위원장에게 친서를 보내 핵 프로그램 폐기와 미사일 개발 중단을 촉구했다. 퇴임하고 나서도 그와의 우정은 계속되었다. 2004년 3월 서울 동교동 내 집을 찾아온 그에게 아침을 대접했다. 한반도의 미래에 대해 많은 이야기를 나누었다.

5월 15일 헬렌 클라크(Helen Clark) 뉴질랜드 총리가 한국을 공식 방문해서 만났다. 클라크 총리는 내가 1999년 뉴질랜드를 방문했을 때 "학창 시절부터 존경했다"며 면담을 신청했다. 그는 당시에 야당의 총재였다. 그때 나의 민주화 투쟁이 멀고 먼 섬나라의 여학생 가슴에 용기와 정의감을 심어 줬다는 것에 새삼 가슴이 뿌듯했다. 내 삶이 세상의 누군가의 가슴을 덥힐 수 있었다니 얼마나 축복받은 것인가. 그는 내가 신군부에 의해 사형 선고를 받았을 때는 나의 구명 운동에 앞장섰다고 했다. 그는 뉴질랜드 최초의 여성 부총리를 역임했다. 그는 방한 기간 중에 외국 정상으로는 처음으로 광주 5·18 묘역을 참배했다.

5월 21일, 법무부 장관과 검찰총장을 교체했다. 후임에 안동수 변호사, 신승남 대검 차장을 임명했다. 그런데 안 장관이 취임하자마자 '충성 문건' 파문에 휩싸였다. 임명권자에 대한 과도한 표현의 충성 맹세 문건을 언론이 공개했다. 5월 23일 법무부 장관을 경질했다. 임명한 지 이틀 만이었다. 새 법무부 장관에 최경원 전 법무차관을 임명했다. 그날은 '국가인권위원회법' 공포문에 서명을 하는 날이었다. 민주화 투쟁의 값진 열매이며, 세계에 인권 국가임을 선포하는 자리였다. 이돈명, 한승헌, 조승형, 김창국, 신용석, 이우정, 박경서 등 민주화 동지들은 있었으나, 당연히 내 옆에 서 있어야 할 법무부 장관은 없었다.

6월 28일 부패방지법이 국회를 통과했다. 주요 내용은 비리 공직자 취업 제한, 내부 고발자 보호, 고위 공직자 비리에 대한 재정신청제 도입 등이었다. 이 법에 따라 대통령 직속 기구인 부패방지위원회를 설치하고 공직 부패 방지를 위한 정책 수립, 부패 행위에 대한 신고 접수 등을 관장토록 했다. 시민 단체들은 1995년부터 부패방지법 제정을 촉구했다. 나는 부패방지법 제정을 계기로 '깨끗한 정부 구현을 위한 부패 방지 대책 보고 회의'를 열었다. 부처별로 대책을 발표했다. 부패 척결 인프라를 구축해 보자는 자리였다. 내가 결연한 의지를 천명했다.

"저는 취임 이후 정말로 '내가 모든 공무원과 국민 앞에서 모범을 보여야겠다'는 생각으로 정경 유착을 단절하고, 친인척을 단속하고, 인사에 개입하지 않고, 금융 기관의 인사나 대출에 개입하지 않으려고 노력해 왔습니다. 이것은 이 자리에 앉아 계신 여러분들이 여러 각도에서 대통령을 봐 왔으면 내가 하는 말이 사실인지 아닌지 인식할 것입니다. 우리는 앞으로 반드시 이 땅에서 부패를 뿌리 뽑아야 합니다."

6월 29일 국세청이 언론사 세무 조사 결과를 발표했다. 국세청은 전국 23개 언론사를 상대로 4개월 넘게 세무 조사를 벌였다. 그 결과 언론사의 광범위한 탈세 관행과 언론사 사주(社主)의 불법·편법을 동원한 치부 행태가 드러났다. 국세청은 6개의 언론사와 3명의 사주를 포함 12명을 검찰에 고발했다. 사주와 사주 일가가 언론사를 개인 치부의 도구로 악용했음은 충격적이었다. 일부 언론은 강력하게 반발했다. 그럼에도 흔들림 없이 법대로 처리했다. 결국 『조선일보』와 『동아일보』 등의 사주가 구속되었다.

언론사 세무 조사는 나와 정부에 큰 부담이었다. 언론사를 조사하겠다는 보고를 받고 고민을 거듭했다. 과거 정권에서는 세무 조사를 하고서도 그 결과를 발표하지 않아 '권력과 언론의 정치적 거래'라는 의혹을 받았다. 하지만 언론이 성역일 수는 없었다. 일반 기업과의 형평성 차원에서도, 조세 정의를 실천한다는 입장에서도 불가피한 선택이었다. 또 이 문제를 피해 나가면 훗날 후회할 것이라는 생각이 들었다. 내 자신에게 떳떳하지 못한 일이니, 역사도 겁쟁이라 할 것이었다. 후회하는 대통령으로 살고 싶지 않았다. 나는 결단을 내렸다. 모든 것을 투명하게, 원칙대로 처리하라고 지시했다.

국내외에서 찬반 논란이 가열되었지만 언론사 세무 조사는 권력과 언론의 유착 관계를 정리하는 계기가 되었다. 대통령으로서 회피할 수 없었고, 할 수밖에 없는 일을 했다고 생각한다. 그 후 해당 언론사들이 나와 정부를 거칠게 몰아붙였지만 후회하지 않는다. 다시 나에게 같은 상황이 주어진다면 똑같은 선택을 할 것이다.

대통령에 취임하고 제42회 '신문의 날'을 맞아 언론을 향해 이렇게 말했다.

"나는 언론으로부터 많은 도움을 받았지만 그에 못지않게 많이 당하기도 했습니다. 그럴 때마다 화도 나고 어떻게 무슨 일을 해볼까 생각도 했습니다.

그러나 그런 언론이 있었기에 오늘날의 내가 있을 수 있었고, 우리나라의 민주주의가 여기까지 올 수 있었다고 생각합니다. 비판 없는 찬양보다 우정 있는 비판을 바랍니다."

사실 나는 일생 동안 '우정 있는 비판'에 목이 말랐다. 그렇다고 언론과 흥정하고 거래할 수는 없었다. 언론이 스스로 변해야 했다. 독자들에게 떳떳하고 사회 공기로 당당해야 했다. 언론사 세무 조사 결과는 그동안 언론이 권력과 야합했음의 증거였다. 언젠가 우리 언론이 바로 섰을 때 나의 이러한 고민과 결단을 다시 헤아려 줄 것으로 생각한다. 언론과 타협을 하려 했다면 임기 말에 결코 모험을 하지 않았을 것이다.

7월 4일 앤서니 기든스 영국 런던 정경대학장을 접견했다. 그는 『제3의 길』의 저자이며 그의 이론은 유럽의 지도자들에게 많은 영향을 주었다. 그와는 1993년 케임브리지 대학에서부터 교유를 가졌다. 그는 유럽의 경제가 지난 1960년대 붐을 일으켜 제1의 물결을 이뤘는데 이제 제2의 물결이 일어나고 있다고 했다. 나는 그에게 자세히 설명해 달라고 했다.

"제2차 세계대전이 끝난 후 40년 동안 세계 경제는 전통 산업이 지배했습니다. 그에 따라 전통적 삶이 유지되어 왔습니다. 이것은 어느 정도 한계가 있습니다. 제2의 혁신 물결이 있어야 합니다. 제2의 도약을 위해 유럽은 제2의 물결을 국가 기관에서 수용하고 있습니다. 덴마크, 네덜란드 등이 성공적인 나라입니다. 1차 혁신 물결에서는 성공하지 못했지만 이제는 발전해 나가고 있습니다. 반면 독일은 제1의 물결에서는 성공을 거뒀는데 제2의 물결을 받아들이는 데는 미온적이었습니다. 그래서 어려움을 겪고 있습니다."

나는 그가 말하는 1960년대 유럽에서 제1의 물결이라는 것이 산업화 사회의 마지막 섬광이라고 여겨졌다. 그리고 새 세기에는 지식 정보화 사회로 들어서고 있었다.

"과거 주목을 받지 못했던 핀란드, 스웨덴, 아일랜드, 덴마크 등이 미래에는 리더가 될 것이라는 보고를 보았습니다."

"동감입니다, 제1의 물결에 성공한 나라는 제2의 물결을 타는 것에 더딘 것이 사실입니다. 21세기 변화에 더딘 것입니다. 이것이 정치 지도자의 딜레마입니다. 대통령께서도 해야 할 일은 했지만 인기는 떨어졌습니다. 지난번에 왔을 때보다 더 그런 것 같습니다."

"잘 보셨습니다. 세상 말에 개혁이 혁명보다 더 어렵다는 말이 있습니다."

"지켜보고 있는데 사실인 것 같습니다."

그는 지도자들이 나아갈 길은 '제3의 길'뿐이라고 강조했다. 그러면서 전통적인 케인즈 경제학도 성공하지 못했고, 완전자유주의 경제도 성공하지 못했음을 상기시켰다.

8월 23일은 의미 있는 날이었다. IMF에서 차입한 구제 금융 195억 달러 중 남아 있던 1억 4000만 달러를 상환했다. IMF와 약속한 2004년보다 3년을 앞당겨 완전히 빚을 갚았다. 이로써 굴욕적인 '경제 신탁 통치'에서 벗어났다. 취임 초기 나라 걱정에 잠을 이루지 못했다. 국가 부도 직전에 들려오는 소식은 온통 잿빛이었다. 달러가 생긴다면 지구 끝까지라도 찾아가야 했다. 그때는 불편한 내 몸이 정말 불편하게 느껴졌다. 그럼에도 어디든 달려가고 누구든 만났다. 그런데 이렇듯 내 임기 중에 빚을 갚았다.

호르스트 쾰러(Horst Köhler) IMF 총재가 전액 상환을 축하하는 서한을 보내왔다. 로버트 루빈(Robert Rubin) 전 미국 재무장관은 그의 회고록에서 나와 국민의 정부 사람들의 노력을 "영웅적인 행동"이라 술회했다. 또 미셸 캉드쉬 전 IMF 총재와 도널드 존스턴(Donald Johnston) OECD 사무총장은 우리의 외환 위기 극복 과정을 "세계적인 모범이었으며 어느 나라에서도 없었던 일"이라고 극찬했다.

IMF 체제 조기 졸업을 기념하는 두 가지 행사를 가졌다. 22일 오전에는 구조 조정 모범 기업으로 평가받은 기아자동차 소하리 공장을 방문했다. 1997년 외환 위기를 떠올리면 기아자동차가 먼저 생각나던 시절이 있었다. 그 환란의 진원지가 수출 전진 기지로 탈바꿈한 현장을 돌아봤다. 그리고 재벌 개혁에 대해서 얘기했다.

"30대 재벌 중에 16개가 문을 닫거나 주인이 바뀌었습니다. 기아도 그중 하나입니다. 우리나라 제1, 제2의 재벌들이 '대마불사'의 신화에도 불구하고 해체의 경우를 맞이한 것을 여러분이 보셨습니다. 우리가 볼 때는 부족한 점이 많지만 세계가 볼 때는 개발 도상 국가, 신흥 국가 중에서는 가장 모범적으로 개혁을 한 나라로 평가하고 있습니다. 미국 미시간 대학의 대학원에서 실시한 '신흥국가 경제개혁 평가'에서 한국은 싱가포르 다음으로 가장 경쟁력 있는 개혁을 하고 있다고 평가했습니다."

저녁에는 환란 극복에 앞장섰던 인사들을 초청하여 만찬을 함께했다. 얼굴들을 보니 나라를 구하러 동분서주하던 그때 모습들이 떠올랐다. 그들은 정말 훌륭한 장수들이었다. 나는 그들을 다그쳤다. 우리는 쉬지 않고 일했다. 그런 후에 이렇게 환란을 이겨 내고 함께 웃을 수 있으니 얼마나 좋은가. 이규성 전 재경부 장관이 공을 내게 돌렸다.

"국민들을 개혁으로 통합할 수 있었던 것은 대통령님의 높으신 경륜 때문이고, 우리가 국제 금융 기구나 우방국으로부터 신뢰를 받은 것은 대통령님의 정상 외교 덕분이었습니다."

김용환 전 비상대책위원장, 김원기 전 노사정위원장, 이헌재 전 재경부 장관, 이남순 노총위원장 등의 얼굴도 보였다. 나도 감회를 숨기지 않았다.

"제가 볼 때 세계가 우리 한국에 대해서 가장 감동한 것이 두 가지가 있습니다. 하나는 금 모으기이고 다른 하나는 노사정위원회입니다. 자신을 희생하면서라도 다 같이 난국을 극복하자고 일어났습니다. 저는 우리 국민에게 한없이 감사하게 생각합니다. 또 수많은 기업들이 구조 조정 과정에서 고통을 겪은 것을 잘 알고 있습니다. 더불어 고통을 겪으면서도 협력해 준 노동계도 감사하게 생각합니다. 후일 역사가들이 우리와 IMF의 관계, 그리고 외환 위기 극복 과정을 기록할 때 반드시 이러한 기업인과 노동자들의 희생과 협력에 대해서 기록할 것을 믿습니다.

　국민과 기업과 노동자가 정부를 지원해 주었고, 우리들 또한 각자 소임을 다했습니다. 내부적으로 갈등이 있었음에도 서로를 소중히 생각했습니다. 우리는 국가와 국민들을 위해서 우리의 할 바를 한 동지들입니다. 어찌 그 소중한 시간들을 잊을 수 있겠습니까."

　외환 보유액이 9월 15일 1000억 달러를 넘었다. 외환 위기를 맞은 나라가 일본, 중국 등에 이어 세계 5위의 외환 보유국이 되었다. "유례가 없는 일"이라며 세계가 놀랐다.

　'만경대 방명록 사건'이 터졌다. 8·15 평양축전 기간에 김일성 주석의 생가로 알려진 만경대를 방문한 강정구 동국대 교수가 방명록에 "만경대 정신 이어받아 통일 위업 이룩하자"는 문구를 썼다. 이를 언론들이 문제 삼았고, 야당은 거세게 공격했다. 불길은 임동원 통일부 장관에게로 번졌다. 방북 허가를 내준 책임을 물어 경질을 요구했다. 그는 국민의 정부 대북 정책을 입안했고, 햇볕 정책의 전도사였다. 야당은 해임건의안을 제출했다. 여기에 자민련이 동조했다.

　야당의 공세가 갈수록 거셌지만 통일 일꾼을 교체할 수 없었다. 그는 북한과 중국 등의 지도자들에게도 깊은 신뢰를 받고 있었다. 그를 경질하면 나라 안팎에서 햇볕 정책의 기조가 흔들린다는 인상을 줄 우려가 있었다. 통일 정책의 후퇴라는 신호로 해석할 수 있었다. 정치 상황이 어렵다고 남북문제를 양보할 수 없었다. 임 장관은 한반도의 미래를 위해 필요한 인재였다. 더욱이 2001년 하반기에는 장쩌민 중국 주석의 방북과 부시 대통령의 방한 등 한반도 정세를 가늠하는 중요한 행사들이 기다리고 있었다. 그가 내 곁에 있어야 했다.

　나는 한광옥 비서실장을 김종필 자민련 명예총재에게 보내 협조를 당부했다. 그러나 김 명예총재는 임 장관의 자진 사퇴를 공개적으로 촉구했다. 그러면서 "해임과 공조는 별개"라고 말했다. 국회서 표결 시에는 해임건의안에 동조할 뜻을 분명히 했다. 나도 물러서지 않았다. 나는 당에 당당하게 대처하라고 주문했다.

9월 3일 임 장관의 해임건의안이 자민련의 가세로 통과되었다. 이로써 자민련과의 공동 정권이 무너졌다. 3년 8개월 만이었다. 정국은 1여 2야의 구도로 재편되었다. 우리에게는 소수 정권의 험난한 길이 기다리고 있었다.

자민련에서 추천한 장관들이 돌아갔다. 9월 7일 5개 부처 장관을 바꿨다. 통일부 장관에 홍순영 주중 대사, 건설교통부 장관에 안정남 국세청장, 농림부 장관에 김동태 농수산물유통공사 사장, 노동부 장관에 유용태 의원, 해양수산부 장관에 유삼남 의원을 임명했다. 이한동 국무총리는 당(자민련)으로 돌아가야 했지만 내가 간곡하게 만류했다. 이 총리는 "대통령의 뜻에 따르겠다"는 성명을 발표했다.

이어서 11일에는 청와대 수석비서관 등을 교체했다. 정무수석에 유선호 경기도 정무부지사를, 민정수석에 김학재 법무부 차관을, 교육문화수석에 조영달 서울대 교수를, 공보수석에 오홍근 국정홍보처장을 임명했다. 외교안보수석에 정태익 외교안보원장을 내정했다. 특히 대통령 외교안보특보에 임동원 전 통일부 장관을 임명했다. 야당의 거센 반발을 예상했지만 이는 햇볕 정책을 지속하겠다는 의지를 나라 안팎에 천명하는 것이었다.

지식 정보 강국, 꿈이 현실로
(2001. 9 ~ 2001. 11)

　　"우리 민족은 21세기 정보화 사회에 큰 저력을 발휘할 수 있는 우수한 민족입니다. 새 정부는 우리의 자라나는 세대가 지식 정보 사회의 주역이 되도록 힘쓰겠습니다. 세계에서 컴퓨터를 가장 잘 쓰는 나라를 만들어 정보 대국의 토대를 튼튼히 닦아 나가겠습니다."

　　나는 취임사에서 이렇게 밝혔다. 외환 위기에 처한 나라 경제 때문에 국민들과 언론은 별로 주목하지 않았다. 그러나 나는 지식 정보 강국을 건설하겠다는 꿈을 실현했다. 재임 기간 중에 '지식 정보 강국'을 위해 최선을 다했다.

　　나는 우리가 지식과 정보, 문화 창조력이 중심이 되는 21세기에 가장 알맞은 민족임을 의심하지 않았다. 과거 조선 왕조 말엽 강대국에 둘러싸인 우리의 지정학적인 위치가 제국주의 하에서는 가장 불리한 위치였다. 따라서 청일·러일 전쟁이 끝난 후 일본에 합병되었다. 그러나 지금은 제국주의 시대가 지났다. 소프트웨어가 중요한 시대가 되었다. 이에 따라 4대국에 둘러싸인 지정학적인 위치가 오히려 유리한 조건으로 바뀌었다. 미·일·중·러와 몽골이란 방대한 무역 시장, 투자 대상지가 바로 옆에 있다. 지식 정보 강국을 건설한다면 우리나라는 대국의 한가운데서 탑처럼 높아질 것이다.

　　잭 웰치(Jack Welch) GE 회장은 내게 말했다.

"한국인의 피 속에는 모험심이 흐르고 있습니다."

앨빈 토플러, 빌 게이츠, 손정의 세 사람은 지식 정보 강국의 길을 제시해 준 조언자이자 스승이었다. 토플러 박사는 이미 밝혔지만 나에게 지식 정보 사회의 도래를 알려 주고, 영감을 불어넣어 주었다. 그는 나와 한국에 대해서 각별한 관심과 애정을 보여 주었다. 대통령에 취임하기 전인 1998년 1월 새 정부의 정보 통신 분야에 자문을 자청했다. 그해 4월 7일 청와대에서 그를 만났다. 호기심 많은 어린이처럼 이것저것을 물었다. 그의 조언은 유익했다.

"우리 주위에는 정보화라든지 새 시대의 중요성에 대해 정확한 인식을 갖고 중요성을 알고 있는 지도자가 많지 않은데 김 대통령께서는 이를 충분히 인식하고 그에 따른 비전을 갖고 있는 데 대해 높이 평가합니다."

솔직히 세계 석학의 마음을 얻으니 자신감이 생겼다. 토플러 박사는 이후에도 정보화 사업에 많은 도움을 주었다. 그가 2001년 6월 한국에 건너와 내게 한 말이 아직도 기억에 남는다.

"지금까지 IT(정보 기술)가 BT(생명공학) 산업에 영향을 주었다면 이제는 IT가 BT로부터 영향을 받을 것입니다. 앞으로는 IT와 BT가 결합하는 바이오 정보 산업이 번창할 것입니다."

빌 게이츠 마이크로소프트 회장과 손정의 소프트뱅크 사장은 나에게 구체적이고도 확실한 조언을 해 주었다. 1998년 6월 18일 두 사람을 함께 만났다. 나는 한국 경제가 살아 나갈 길이 무엇인지 물었다. 손 사장이 대뜸 말했다.

"첫째도 브로드밴드, 둘째도 브로드밴드, 셋째도 브로드밴드입니다. 한국은 브로드밴드에서 세계 최고가 되어야 합니다."

빌 게이츠 회장도 동의했다. 당시에는 '브로드밴드'란 생소한 용어였다. 그것은 초고속 인터넷을 사용하기 위한 광대역 통신망을 일컬었다. 나는 정보통신부에 초고속 통신망을 빠른 시일 안에 구축할 수 있는 방안을 검토하도록 지시했다. 한국의 초고속 인터넷의 역사는 이렇게 시작되었다.

초고속 정보 통신망은 정보화 사회로 가는 인프라였다. 경제 위기가 어느 정도 진정된 1999년부터 초고속 통신망에 본격 투자했다. 남궁석 장관은 그해 1월 21일 앞으로의 중점 과제로 초고속 통신망 조기 구축, 인터넷 사용자 1000만 명 확보 등을 선정했다. 정통부는 이를 구체적으로 다듬어 '사이버코리아 21' 계획을 만들어 추진했다. '사이버코리아 21'은 4대 목표를 세웠다. 첫째 정보 인프라 조기 구축, 둘째 정보 인프라를 활용한 정부·기업·개인의 생산성 및 투명성 제고, 셋째 정보 인프라를 활용한 일자리 창출, 넷째 정보 통신 품목을 수출 전략 상품으로 집중 육성 등이었다.

그중에서도 정보 인프라 조기 구축을 최우선으로 추진토록 했다. 4년간 투자할 28조 원 중에서 10조 2000억 원을 초고속 통신망 구축에 투자하기로 했다.

나는 관료들이 무모하다고 여길 정도로 밀어붙였다. 빛과 같은 속도로 변하는 디지털 시대에 한 번 뒤처지면 도저히 따라잡을 수 없을 것이라는 판단에서였다. 온 국민이 정보 기술을 습득하여 정보화 사회 속으로 들어가자고 독려했다. 그래서 기회 있을 때마다 지식과 정보가 경쟁력의 원천이라고 역설했다. 이런 대통령의 성화에, 또 계속되는 정보화 정책 점검에 일부에서는 불평도 있었다. 나는 그래도 멈추지 않았다. 2000년 2월 15일 전자상거래 추진 전략 회의에서 이렇게 호소했다.

"나도 피로를 느낍니다. 나도 컴퓨터를 잘하지 못합니다. 나이가 많다는 것도 피로를 느끼게 하는 요소일 것입니다. 그러나 지금 시대는 그에 관해 알 것을 요구하고 있습니다. 미래는 빛의 속도로 발달하고 있으며 쉬고 싶어도 쉴 수 없는, 어떤 의미에서는 살기 힘든 세상입니다.

아마존 닷컴의 650명 직원이 포드의 20만 명 직원에 맞먹는 실적을 내고 있다는 기사를 봤습니다. 전자 상거래 시대에 대비해야 하며 글로벌 경쟁 시대에서 이겨 내지 못하면 장래가 없습니다."

집중 투자에 대한 효과는 빨리 나타났다. 2000년 12월 정보고속도로를 개통시켰다. 전국 144개 주요 지역을 광케이블 초고속 정보 통신망으로 연결했다. 1만 9988킬로미터로 경부고속도로의 44배에 달하는 길이였다.

2001년 2월 25일, 취임 3주년을 맞아 정부중앙청사와 과천청사를 연결해 사상 첫 '영상 국무회의'를 열었다. 이 또한 국무위원들이 정보화에 대한 자극을 받았으면 좋겠다는 바람으로 추진했다.

정보고속도로가 개통되자 너도나도 그 속을 달렸다. 초고속 인터넷 이용자가 폭증했다. 1999년에 37만 가구에 불과한 가입자가 2002년 10월에 1000만 가구를 넘어섰다. 1998년 6월 초고속 인터넷 서비스를 개시한 지 불과 4년 만의 일이었다. 인터넷을 사용하는 인구도 1997년 말 163만 명에서 2002년 말에는 2700만 명으로 불어났다. OECD는 2001년 말 기준으로 초고속 인터넷 보급률이 100명당 17.16명으로 회원국 중 1위라고 발표했다. 경제 대국 미국이 4.47명인 것을 감안하면 미국보다 4배가 많았다.

2002년 11월 6일, 정부종합청사에서 역사적인 초고속 인터넷 1000만 가구 돌파 기념식을 가졌다. 실로 감격스러웠다.

"이제 우리에게 기회가 왔습니다. 5천 년 역사에 처음 있는 세계 일류 국가 도약의 기회입니다. 지금까지 이룬 성과를 토대로 계속 노력해 나가면 가까운 장래에 세계 일류 국가의 꿈은 반드시 실현될 것입니다. 우리 모두 자신감을 가집시다. 세계 최선두의 지식 경제 강국을 향하여 흔들림 없이 나갑시다."

인터넷 인프라 구축과 더불어 정보화 교육에 힘을 쏟았다. 정보화 사회에서는 인터넷 지식이 곧 무기였다. 온 나라가 인터넷 속으로 들어갔으니 '사이버 세상'을 움직이는 인재들이 필요했다. 특히 가난한 사람에게 정보화 학습은 중산층으로 편입할 기회를 부여하는 것이었다.

1999년 연말 한국에 온 손정의 일본 소프트뱅크 사장이 내게 말했다.

"인터넷은 스피드입니다. 따라서 학생에게 투자하는 것이 가장 효과적입니다. 대통령 리더십 아래 '한 학생에 한 대의 PC 공급'을 추진한다면 교육의 내용도 바뀔 것입니다. 지금까지는 암기하고 외워야 하는 부분이 많았으나, 앞으로는 인터넷을 보고 생각하고 응용함으로써 인간이 더욱 창조적이 됩니다.

손정의 일본 소프트뱅크 회장은 정보화 교육의 중요성을 일깨웠다.

문제 해결에 머리를 더욱 쓰게 될 것입니다. 따라서 교육의 내용이 더욱 고도화되고 한국 학생은 인터넷을 가장 능숙하게 사용하는 사회인이 될 것입니다. 이는 최고의 이윤을 얻는 투자입니다."

나는 공감했다. 교육이 제일 빠르다는 그의 조언을 따랐다. 2000년 12월 전국 초·중등학교를 초고속 인터넷으로 연결했다. 세계 최초였다. 33만 명의 교원들에게는 PC를 보급했다. 가난한 50만 명의 학생에게는 무료로 컴퓨터를 가르쳤다.

나는 지식 정보 사회에서 낙오자가 생겨서는 안 된다고 강조했다. 가정주부, 노인, 장애인 등 정보화 취약 계층과 농촌이나 도서 벽지에서도 컴퓨터를 배울 수 있도록 했다. 군대와 교도소에서도 컴퓨터를 가르치도록 했다. 범정부적으로 정보 격차(digital divide) 해소 사업을 추진했다. 정보화 취약 계층을 대상으로 '1000만 정보화 교육'을 실시하도록 했다. 1000만 명을 교육시킨다는 것은 꿈같은 목표였다. 그러나 2001년 3월 마침내 1000만 명을 돌파했다. 그 결과 컴퓨터를 통하여 광활한 인터넷 나라를 훨훨 날아다니는 사이버 공간의 일꾼들을 양성할 수 있었다. 그들은 창의성과 모험심을 불태워 21세기를 밝힐 것이다. 나는 이를 믿었다.

2000년 2월 14일 새 천 년 인터넷 세상을 이끌어 갈 '사이버 즈믄이 발대식'에 영상 메시지를 보냈다.

"지식과 정보와 문화 창조력이 세상을 지배하는 21세기는 우리 민족에게 큰 도약과 발전을 가져다주는 기회입니다. 우리 민족만큼 높은 교육 수준과 뛰어난 문화 창조의 전통을 가지고 있는 민족도 없기 때문입니다. 우리의 미래는 여러분에게 달려 있습니다. 무한한 창의력과 도전 정신으로 미지의 정보 대륙에서 여러분의 꿈과 희망을 마음껏 펼쳐 나가시기 바랍니다."

2000년 10월 ASEM 정상회의에서 프랑스나 영국의 지도자들이 자국의 인터넷 인구를 600만 명이네, 700만 명이네 하며 자랑했다. 당시 우리 인터넷 인구는 무려 1700만 명이었다. 나는 그 앞에서 차마 자랑을 하지 못했다.

2000년 말 전국 144개 지역을 초고속 통신망으로 연결한 것은 여러모로 유용했다. 이러한 정보고속도로 개통을 계기로 전자 정부를 본격 추진했다. 2001년 1월 29일 민관 합동의 전자정부특별위원회를 구성했다. 위원장에는 안문석 고려대 교수를 선임했다. 전자 정부 구축은 4대 부문 구조 조정에 이어 정부 상시 개혁의 전략적 수단일 수 있었다. 투명하고 경쟁력 있는 정부를 구현하고, 이러한 기운을 사회 전반으로 확산시킬 수 있었다. 전자 정부가 완성되면 교통량이 크게 줄 것이고, 유류가 절약될 것이고, 환경 훼손도 줄어들 것이다. 무엇보다 온 나라가 시간을 낭비하지 않을 것이니 전자 정부에서는 시간을 늘려 쓸 수 있을 것이다. 당시에 미국, 영국, 싱가포르 등에서도 전자 정부를 적극 추진했다.

부처별 기본 데이터베이스가 구축되었고 전자 정부와 관련하여 정보화촉진기본법, 전자서명법, 전자정부법 등 관련법과 제도를 정비했다. 그러나 정보 공유를 위해 부처 간의 벽을 허물기가 쉽지 않았다. 자신들의 정보는 공개하지 않으려 했다. 밀실 행정의 잔재였다. 나는 전자정부특위에 "각 부처의 추진 상황을 면밀히 살피고, 만일 문제가 있으면 건의해 달라"고 말했다.

전자 정부 사업의 첫 결실은 2002년 9월 개통식을 가진 전자 조달 시스템 구축이었다. 이로써 기업들은 정부와 공공 기관의 조달에 인터넷을 통해 입찰 정보를 얻고 거래에 참여했다. 2002년 11월에는 민원 서비스 혁신 시스템을 구축했다. 국민들은 4000여 종에 이르는 민원을 인터넷으로 안내받을 수 있었고, 393종의 주요 민원을 신청할 수 있었다. 안방 민원 시대가 열린 것이다. 또한 정부가 보유한 정보를 정부 기관들이 공동으로 이용할 수 있었다.

퇴임을 3개월 앞두고 2002년 11월 13일 청와대에서 '전자 정부 기반 완성 보고 대회'가 열렸다. 전자 정부를 2년 만에 완성한 것이었다. "정부가 당신의 손안에!(Government in your palm!)". 그 슬로건대로 꿈이 이뤄졌다. 이 자리에서 이상철 정보통신부 장관으로부터 전자 정부 시대 신분증인 공인인증서를 전달받았다. 나는 안문석 위원장 등 전자정부특위 위원들과 관계자들의 노고에 사의를 표했다.

"전자 정부가 잘될 때 이 나라의 능률은 최고로 올라가고 부패는 없어지고 국민의 신뢰 하에 모든 게 투명하게 이뤄질 것입니다. 기업은 사업하기 좋은 나라로 번창할 것이고, 우리나라는 세계 속에서 가장 유능한 경쟁력을 과시하게 될 것입니다. 전자 정부의 중요성은 아무리 강조해도 과하지 않습니다. 전자 정부를 발전시켜 세계 최고 수준의 정부를 만듭시다."

우리의 이러한 성과와 노력은 국제적으로 높은 평가를 받았다. 슈뢰더 독일 총리는 2002년 3월 "한국은 세계에서 가장 빠르게 IT 산업이 성장한 국가이며 독일도 한국을 따라잡고자 노력하고 있다"고 말했다. 2002년 5월 미국 『비즈니스 위크』지는 국민의 정부가 한국을 동북아의 중심 국가로 만들겠다는 꿈은 이뤄질 수 있을 것이라고 보도했다.

"2500만 인터넷 이용자와 3000만 이동전화 사용자들은 한국을 새로운 컨텐

츠 서비스와 무선 기술들을 실험할 수 있는 독보적인 시장으로 만들고 있다."

2003년 서울시는 세계 100대 도시를 대상으로 한 전자 정부 평가에서 1위를 차지했다. 서울시는 러시아 모스크바, 베트남 하노이, 몽골 울란바토르 등과 양해 각서를 체결하고 전자 정부 모델을 수출했다.

이렇게 열정적으로, 때로는 눈물겹게 정보 인프라를 구축했다. IT 강국을 건설했다. 그리고 인재를 양성했다. 그러나 이러한 기반을 산업화해야 했다. 나는 전통 산업에 IT를 접목시킬 것을 주문했다. 조선, 자동차, 철강 산업 등에 IT가 녹아들었다. 유럽과 미국에서는 한국의 철강과 조선업체가 덤핑 수출을 한다고 WTO에 제소한 일이 있었다. 국제 조사단이 한국에 와서 현장을 조사했다. 업체마다 IT를 접목하여 생산 원가를 절감시킨 사실이 밝혀졌다. 그들은 감탄해서 돌아갔다.

조선업계 강국이었던 노르웨이가 밀려난 것도 그런 이유가 있었다. 노르웨이 군나르 베르게 노벨위원장이 한 말이 생각났다. 내가 노벨평화상을 받으러

IT 산업 인프라 구축과 더불어 인재 양성에 주력했다. 주부들의 컴퓨터 교육 현장을 찾아가 격려했다.

426

갔을 때 뜻밖에 우리 정보 기술을 극찬했다. 그는 원래 배 만드는 조선공 출신인데 한국 조선업계를 돌아보고 너무 놀랐다는 것이다. '노르웨이는 아직도 망치로 못을 두들기는데 한국은 IT가 생산 라인을 지배하는구나. 우리는 끝났구나' 하고 생각했다며 그 절망감을 토로했다.

2001년 10월 15일 한국에 온 고이즈미 준이치로 일본 총리도 한국의 IT산업을 부러워했다. 대중교통에 교통 카드가 대중화되어 있는 것을 보고 "일본에는 없는 것"이라며 놀라워했다.

나는 IT를 기반으로 한 BT(생명공학 기술), NT(나노 기술), CT(문화 기술), ET(환경 기술), ST(우주환경 기술) 등을 신지식 기반 산업으로 육성하도록 했다. 2001년 11월 30일 이들 기술이 우리 수출의 주력이 될 수 있도록 2005년까지 10조 원을 투입하겠다는 계획을 발표했다.

이런 성과에도 불구하고 우리나라 IT 업계는 소프트웨어 부문이 취약했다. 단시간에 혼신의 힘으로 기반 시설은 구축했지만, 이를 바탕으로 소프트웨어를 발전시켜야 비로소 진정한 지식 정보 강국이 될 수 있었다. 나는 다시 이를 설파했지만, 우리 정부에서는 그럴 시간이 주어지지 않았다.

2001년 9월 마하잔(P. Mahajan) 인도 정보기술부 장관을 만나 소프트웨어 분야에서 인도의 협조를 당부했다.

"인도의 소프트웨어 발전을 보고 있으면 경이롭습니다. 우리는 비교적 하드웨어가 발전했고, 인도는 소프트웨어가 발전했습니다. 두 나라가 서로 보완하여 발전할 수 있기를 기대합니다."

빌 게이츠 마이크로소프트사 회장은 2001년 10월 17일 나에게 이렇게 조언했다.

"한국 IT 산업의 하드웨어는 괄목할 만한 성장을 했습니다. 몇 부분은 세계에서 가장 뛰어납니다. 초고속 통신망, 특히 학교 인프라는 그 혜택이 클 것입니다. 그런데 앞으로 소프트웨어는 더 분발해야 합니다."

그의 지적은 정확했다. 나는 임기 중에 정보화 강국을 향해 나의 모든 역량을 쏟아 부었다. 그래서 퇴임 직전에 전자 정부까지 완성했다. 하지만 이러한 작업은 다음 정부가 이어가야 했다. 그것은 소프트웨어 부문에서도 세계 최강이 되는 것이었다.

2001년 9월 11일, 저녁 식사 후 관저에서 쉬고 있었다. 밤 11시쯤 최정일 의전비서관한테서 연락이 왔다. CNN 방송에 긴급 뉴스가 나오는데, 세계무역센터에 비행기가 충돌했다는 것이었다. CNN 방송을 켰다. 미국 뉴욕 세계무역센터가 화염에 휩싸여 있었다. 비행기가 날아와 쌍둥이 빌딩 속으로 파고드는 장면을 거듭 방송했다. 믿을 수 없었다. 현실이 아닐 것이라는 생각이 자꾸 들었다.

항공기와 폭탄 차량을 이용한 동시다발적 자살 테러 앞에 미국은 속수무책이었다. 최첨단 장비와 미사일방어체제를 갖추고도 미국의 하늘이 뚫렸다. 미국 부(富)의 상징인 쌍둥이 건물이 붕괴했다. 또 힘의 상징인 국방부 청사(펜타곤)가 불에 탔다. '지상의 요새' 미국이 불타고 있었다. 9·11 테러였다.

김하중 외교안보수석의 보고를 받았다. 곧 바로 전군과 경찰에 비상경계령을 내렸다. 그리고 다음 날 비상국가안보회의와 국무회의를 소집토록 했다. 시간이 지나자 사태가 점점 분명해졌다. 방송에서는 테러 분자들이 민간 항공기를 탈취하여 자살 테러를 감행했고, 사망자가 수천 명에 이를 것이라고 보도했다.

잠이 오지 않았다. 전쟁을 하지 않더라도 테러 집단이 나라를 상대로 싸울 수 있는 세상이었다. 최강 대국 경제와 국방의 심장부를 강타했으니, 지구촌에 완벽하게 안전한 나라는 없었다. 전선(戰線), 전시(戰時), 전장(戰場)이 따로 없었다. 문명의 충돌로 이해하기에는 무리가 따르겠지만 미국을 증오하는 무리들이니 전혀 아니라고 할 수 없었다. 미국이 강경하게 응징할 것인데 그렇다면 한반도는 어찌 될 것인가. 마지막은 결국 한반도 걱정이었다.

12일 국가안보회의와 국무회의를 주재했다. 그리고 그날의 모든 일정을 취소했다. 청와대 춘추관에서 특별 담화를 발표했다.

"우리는 지금 참으로 슬프고 참담한 현실을 목격하고 있습니다. 테러는 평화와 민주주의를 사랑하는 세계인의 적입니다. 이유가 무엇이든 대상이 무엇이든 테러는 인류가 손을 대어서는 안 되는 이 시대 최고의 죄악입니다. 저는 인류의 생명과 안전을 위협하는 테러 행위를 강력히 규탄하면서 테러로부터 인류를 자유롭게 하기 위한 모든 노력에 적극 동참할 것입니다."

우리 국민들은 정부를 믿었다. 미국 본토가 공격을 받는 대참사에도 생필품 사재기 같은 행위가 없었다. 그것은 남북 화해의 산물이었다. 이렇듯 한반도의 평화는 그 어떤 것으로도 환산할 수 없는 위력을 지니고 있었다.

9월 15일, 9·11 테러에도 불구하고 제5차 남북 장관급 회담이 서울에서 열렸다. 금강산 육로 관광, 개성공단 건설을 위한 실무급 회담 개최, 제4차 이산가족 방문단 교환 등 13개항에 합의하였다.

마침내 미국이 보복 공격을 시작했다. 10월 7일 탈레반 정권이 들어선 아프가니스탄을 공격했다. 9·11 테러를 지시·조종한 인물로 지목한 오사마 빈 라덴(Osama Bin Laden)을 비호하고 있다는 이유였다. 부시 대통령은 '테러와의 전면전'을 선포하고 각국에 동참을 촉구했다.

"미국 편에 서서 테러와의 전쟁을 수행할 것인가, 아니면 테러리스트들의 편에 설 것인가."

자존심에 상처를 입은 미국은 증오에 사로잡혀 양자택일을 강요했다. 동지가 아니면 적으로 내몰았다. 그 이분법적 편 가름이 곤궁한 미국의 처지를 대변하고 있었다. 그리고 미국의 군사 행동은 예견된 것이었다. 우리 정부도 주한 미군을 비롯한 전략 시설을 보호하기 위해 비상 경계 조치를 취했다.

그러자 북한이 강력히 반발했다. 북한은 이를 적대 행위로 간주했다. "남의 나라 문제를 끌어들여 민족 내부에 긴장감과 대결 의식을 고취했다"며 이산가족 상봉단을 서울에 보낼 수 없다고 통보했다. 그러면서 서울과 평양을 오가며 개최했던 각종 회담을 금강산에서 열자고 수정 제의했다. 우리 정부는 제6

차 남북 장관급 회담은 합의한 대로 평양에서 개최하자고 주장했다.

남과 북은 회담 장소를 둘러싸고 지루한 공방을 계속했다. 회담은 결국 우리의 양보로 11월 8일 금강산에서 열렸다. 남과 북은 금강산 육로 관광 문제 등을 다룰 실무회의 일정과 다음 장관급 회담을 서울에서 열기로 합의했다. 그런데 여기서 문제가 발생했다. 합의서 채택을 위한 공개 회담에서 우리 측 수석대표가 자리를 박차고 나와 버렸다. 회담 날짜를 조정하다 벌어진 우발적 '사건'이었다. 나는 대단히 실망했다. 그리고 화가 났다. 통일·안보 분야는 대통령인 내가 관장해야 했다. 그런데도 나의 훈령 없이 장관이라는 사람이 회담장을 박차고 나오다니, 참으로 상식 이하의 행동이었다.

'세계 정치 지도자상' 수상자로 내가 결정되었다. 미국 뉴욕에 본부를 둔 '양심에 대한 호소' 재단이 선정했다. 시상식의 명예위원장은 조지 부시 미국 대통령이었다.

10월 8일 노무현 민주당 상임고문을 최고위원에 지명했다. 나는 노 최고위원이 유력한 대선 주자였기에 경쟁자들과 동등한 기회를 부여함이 옳다고 생각했다. 민주당에서는 대통령 후보를 둘러싼 물밑 경쟁이 이제 수면 위로 올라오고 있었다. 대선 주자들이 나를 비난하는 소리가 간간이 들려왔다.

10월 15일 고이즈미 준이치로 일본 총리가 서울에 왔다. 그는 서대문 독립공원(옛 서대문형무소)을 찾아 공원 내 역사박물관 등을 돌아봤다. 그는 추모비에 꽃을 바친 후 과거 일본의 식민 지배에 대해 언급했다.

"일본의 식민지 지배로 인해 한국인에게 다대한 손해와 고통을 안겨 준 데 대해 반성과 사죄의 마음을 갖고 여러 전시, 시설, 고문의 흔적을 보았습니다."

당시 한국과 일본 사이에는 크게 세 가지 현안이 있었다. 일본의 역사 인식과 교과서 왜곡, 고이즈미 총리의 신사 참배, 남쿠릴 열도에서 우리 어선의 꽁치잡이 배제 등이었다. 이로 인해 국민들의 대일 감정이 좋지 않았다. 특히 고이즈미 총리의 우경화 행보를 우려하고 있었다. 고이즈미 총리와 정상 회담에서 이를 집중적으로 거론했다. 역사는 과거의 문제지만 역사 인식은 현재와 미래의 문제이니 교과서 왜곡 문제는 독일의 경우처럼 풀어 갔으면 좋겠다고 말했다.

"독일도 침략 전쟁을 일으켰으나 전후에 이에 대한 사죄와 배상을 하고 역사 교육을 철저히 시켰습니다. 히틀러 하에서 이뤄진 여러 잔학 행위를 남기고자 역사 유적을 보존했습니다. 이러한 과거에 대한 반성으로 독일 자신이 제일 큰 덕을 봤습니다."

총리의 야스쿠니 신사 참배 또한 부당하다고 말했다. 일본 국민들에게조차 고통을 안겨 준 A급 전범이 합사되어 있음을 상기시켰다. 또 남쿠릴 열도에서의 조업은 영토 주권과는 무관한 순수 상업적 행위이므로 전통적 어업을 훼손하지 말 것을 당부했다. 그러나 고이즈미 총리는 현안 해결에 미온적이었다.

오찬이 끝나고 총리 일행과 환담 중에 내가 말했다.

"총리께 농담을 하고자 합니다. 세 가지 문제, 즉 교과서, 야스쿠니 신사 참배, 남쿠릴 수역 조업 등 이 세 가지를 잘 해결하시면 제가 총리를 일생의 최대 친구로서 존경하고 좋아할 것입니다. 하지만 잘 처리하지 못하면 앞으로 만나도 인사도 안 할 것입니다."

농담이라 말했지만 사실 농담이 아니었다. 마지막 당부였다. 모두 함께 웃었다. 고이즈미 총리의 답변도 걸작이었다. 내가 일본에서 납치당했을 때의 상황을 빗대 말했다.

"그다음에는 묶여서 바다에 버려지는 것이 아닌지요?"

고이즈미 총리는 서울에 7시간 남짓 머물다 돌아갔다.

제9차 APEC 정상회의에 참석하기 위해 10월 18일 오후 상하이에 도착했다. 다음 날 조지 부시 미국 대통령, 장쩌민 중국 국가 주석, 블라디미르 푸틴 러시아 대통령, 고이즈미 준이치로 일본 총리 등 8개국 정상들과 개별 정상회담을 가졌다.

부시 미국 대통령은 우리의 햇볕 정책을 강력하게 지지하고 북한과의 대화의지가 있음을 재확인했다. 한일 정상 회담에서는 교과서 왜곡, 남쿠릴 열도의 꽁치잡이 문제 등에서 일본이 전향적인 자세를 보였다. 이로써 월드컵 공동 개최를 앞두고 양국의 관계가 호전될 수 있는 계기를 만들었다.

10월 25일 실시한 재·보선 선거에서 민주당이 참패했다. 서울 동대문 을, 구로 을, 강원 강릉에서 모두 졌다. 그러자 민주당은 다시 내홍에 휩싸였다.

11월 16일 오랜 친구 키신저 전 미 국무부 장관이 서울에 왔다. 그와 남북 관계에 대해 얘기를 나눴다. 한 번 틀어진 남과 북은 좀처럼 다가앉을 기회를 갖지 못했다. 내가 심란해하자 키신저 전 장관은 남북 관계를 낙관하며 우리 대북 정책에 힘을 실어 줬다.

"대통령께서는 역사에 근본적인 변화를 일으킨 분이 될 것입니다. 대북 정책에 기복이 있을 수 있지만 기본적인 방향은 확실히 해 놓은 것입니다. 독일의 빌리 브란트가 해 놓은 것과 상황은 달라도 유사합니다. 대통령께서 한반도 문제에 주도적인 역할을 하셔야 합니다. 미국의 외교 정책은 한국보다 두 걸음 뒤에서 가야 합니다. 두 걸음 앞에 가면 안 됩니다."

"햇볕 정책이 북을 국제 사회로 끌어내는 데 성공했습니다. 그러나 여기서 끝나는 것은 아닙니다. 내 임기에 뭔가를 이룩하려고 하는 것은 아닙니다."

"북한은 어떻게 할지 모르기 때문에 주저하고 있습니다. 더 많은 개방은 붕괴로 갈 수도 있습니다. 대통령님의 정책이 성공하는 것을 한편으로는 두려워하고 있습니다."

키신저 전 장관은 부시 정권의 대북 정책이 유연해질 것이라고 진단했다. 나는 그동안 쌓은 경험과 지혜를 한반도를 위해 빌려 달라고 요청했다. 그는 흔쾌히 받아들였다.

민주당 총재직을 내놓다
(2001. 11 ~ 2002. 2)

　　　　　　　　　브루나이 '아세안＋한·중·일 3국' 정상
회의에 참석했다. 2001년 11월 5일 주룽지 중국 총리, 고이즈미 준이치로 일
본 총리와 한·중·일 정상 회담을 열었다. 회담에서 3국 경제장관회의 신설,
'한·중·일 비즈니스 포럼' 설치 운영 등 5개항에 합의했다. 이어서 주룽지 총
리와 한중 정상 회담을 가졌다. 나는 회담 첫머리에 여수와 상하이가 유치 경
쟁 중인 2010년 세계무역박람회를 중국이 양보하라고 말했다.

　　"평소에 존경하고 좋아하는 친구를 다시 만나 기쁘게 생각합니다. 무엇보
다 중국이 지난번 APEC을 성공적으로 개최하였고, WTO 가입도 앞두고 있
으며 중국의 축구팀이 월드컵 본선에 진출했는데 이를 축하합니다. 복이 많으
면 나누어야 한다는 말이 있습니다. 경사가 이렇게 겹치고 있는 상황에서
2010년 세계박람회는 여수에 양보해 주기 바랍니다."

　　"저는 대통령님을 형님처럼 생각하고 있습니다. 대통령께서 CDMA 문제
를 말씀하셨기에 솔직히 본인이 노력했습니다. 제가 노력한 만큼 대통령께서
도 한중 무역 불균형 문제에 대해 관심을 가져 주시기 바랍니다.

　　또 한국의 문화·예술이 싱가포르를 습격했음은 물론이고 중국도 한류(韓
流)가 아닌 '한조(韓潮)'의 습격을 받아 중국의 배우들이 한국 배우들을 모방

하고 있습니다."

주 총리가 푸념을 하고 있었지만 나는 기분이 좋았다. 우리 기술로 만든 휴대전화가 대륙의 언어를 실어 나르고, 한류가 중국인들의 마음을 적시고 있었다. 내가 말했다.

"중국이 우리 대중문화를 받아들이는 것은 중국의 문화적 포용력이 크다는 점을 의미합니다. 여유가 있다는 것입니다. 그만큼 소화해 낼 만한 능력이 있다는 것입니다. 중국은 1500여 년에 걸쳐 중국 문화를 우리에게 수출해 왔으며 우리도 이러한 교류를 통하여 우리 문화의 중심을 잡았습니다. 그런 점에서 중국도 1500년까지는 아니더라도 적어도 100년 정도는 우리 문화의 영향을 받아도 문제가 없다고 생각합니다."

우리는 함께 웃었다. 주 총리는 나를 '형님'이라 부르며 농산물 추가 개방을 집요하게 요청했다. 나는 '좋은 친구'를 내세워 위기에 처한 한국의 농민들을 살펴 달라고 했다.

아세안+3국 정상회의에서 첫 번째로 기조연설을 했다. 나는 아세안과 한·중·일 정상회의를 '동아시아 정상회의'로 전환하여 더욱 체계화할 것을 제의했다. 세계 경제 질서가 북미자유무역지대(NAFTA), 유럽연합(EU), 남미공동시장(MERCOSUR) 등 지역을 기반으로 재편되는 추세 속에서 이렇듯 동아시아만 아세안과 한·중·일이라는 느슨한 형태를 유지해서는 세계의 중심에서 소외될 수밖에 없음을 지적했다. 그리고 '동아시아 비전 그룹'의 후속 기관으로 민관 합동의 '동아시아 포럼'의 창설을 제안했다.

또 '동아시아자유무역지대'를 창설하는 방안을 지금부터 검토해 나가자고 촉구했다. 이에 대한 구체적인 접근법을 '동아시아 연구 그룹'과 '동아시아 포럼'에서 검토할 것을 제안했다. 이에 대해 각국 정상들이 공감하여 지지했다.

여당의 내분이 깊어졌다. 10·25 재·보선 패배가 당내 갈등을 증폭시켰다. 일각에서 다시 권노갑 전 민주당 최고위원을 인적 쇄신 대상으로 공격했다. 대선 주자들은 자극적인 발언을 함부로 쏟아 냈다. 11월 2일 최고위원 간담회에서 민주당 최고위원 전원이 사퇴를 결의했다. 최고위원제도는 내가 제안하여 만들었다. 그런데 위원 모두가 사퇴했다는 사실이 참으로 엄중했다. 소위 동교동계라는 최고위원까지 여기에 동조했다.

'아세안+3' 정상회의를 하러 브루나이로 가는 길이 매우 심란했다. 정상들과 대화를 하면서도 민주당 집안싸움이 생각났다. 지우려 해도 자꾸 떠올랐다. 야당의 공세라면 몰라도 지금은 여당 내부에서 당 총재를 공격하고 있었다. 정상들은 한결같이 "한국에서 배워야 한다"고 얘기를 했다. 그런데 그런 말들이 기쁘기보다는 듣기 부담스러웠다.

'국내 정치 상황을 알고도 저렇게 이야기할까. 저분들이 우리 정치 상황을 알면 나를 보는 눈이 어떨까. 그래도 나를 이해해 줄까.'

브루나이에서 돌아온 다음 날 민주당 지도부를 만났다. 자신들이 최고위원들을 사퇴했다니 최고위원으로서 그들을 만날 수 없었다. '지도부 간담회'란 이름의 모임을 주재했다. 다들 앞을 다투어 수습책을 쏟아 냈다. 모두가 이대로는 안 된다는 것이었다. 그러나 그 수습책이라는 것이 추상적이고 곰곰 따져 보면 공허했다.

나는 이미 브루나이에서 결심이 서 있었다. 내가 총재를 맡고 있는 한 당권과 대권 싸움에서 나를 끌어들일 것이 분명했다. 정쟁의 복판에 대통령이 서 있다는 것은 모두에게 불행하다고 여겨졌다. 총재직을 내놓기로 했다. 내가 마지막에 말했다.

"모든 상황에 대통령과 총재로서 책임을 통감하고 있습니다. 책임을 어떻게 질지 고민하고 있습니다. 여러분의 생각과 건의를 심사숙고해서 내일 당무회의에서 모든 것을 밝히겠습니다."

권노갑 전 최고위원이 정치 일선에서 손을 떼는 게 좋을 듯했다. 박지원 정책기획수석을 보내 간곡하게 나의 뜻을 전했다. 그러나 그는 이번만은 달랐다. 내 뜻을 거부했다. 아마도 답답하고 억울했을 것이다. 하지만 정치는 생물이었다. 박 수석이 전한 그의 항변이 슬펐지만 서운했다.

"저도 이제 70입니다. 자식들에게 부끄럽지 않은 아버지가 되고 싶습니다. 이렇게 물러나면 모든 비난을 뒤집어쓰게 됩니다. 이번만은 못하겠습니다."

어쩔 수 없었다. 수십 년 동지와 이런 악재를 만나 서로의 의중을 물어본다는 것이 얼마나 비루한가. 운명이란 이렇듯 잔인하기도 했다.

나는 총재직 사퇴 발표문을 직접 작성했다. 11월 8일 열린 당무회의에 유선호 정무수석을 보내 발표문을 전달했다. 이를 심재권 총재비서실장이 받아 읽었다.

"저는 지난 10월 25일 행해진 재·보궐 선거에 대한 패배와 그 후 일어나고 있는 당내의 불안정한 사태에 대해서 매우 가슴 아프게 생각하고 또한 여러분께 미안하게 생각합니다. 국민에게도 큰 심려를 끼쳐 죄송하게 생각합니다. 저는 그동안 심사숙고한 끝에 당 총재직을 사퇴하고자 결심했음을 알리려 합니다.

제가 총재직을 사퇴하고자 하는 이유는 첫째, 무엇보다 재·보궐 선거에서의 패배로 당의 국민적 신임을 저하시키고 당원 동지들과 지지자들에게 실망을 준 데 대한 책임을 통감하기 때문입니다. 둘째, 최고위원과 당직자들이 사의를 표시한 마당에 당의 최고 책임자인 제가 솔선해서 책임을 지는 것이 마땅하다고 믿기 때문입니다. 셋째, 9월 11일 미국의 테러 사태 이후 전개된 초긴장의 국제 정세와 경제의 악화에 대처하는 데 오로지 있는 힘을 다하여 노력하기 위해서입니다.

동시에 내년에 있을 월드컵과 부산아시안게임, 그리고 지방 선거와 대통령 선거 등 국가적인 중요한 행사에 대해서 행정부 수반으로서 이를 성공적으로 수행하는 데 전념하고자 하기 때문이기도 합니다. 저는 이제 평당원으로 백의종군하게 되었습니다. 그러나 당에 대한 애당심과 충성심은 조금도 변함이 없습니다."

12월 2일 영국, 노르웨이, 헝가리, 유럽연합 의회를 방문하기 위해 출국했다. 유럽 순방에는 세 가지 목표가 있었다. 멈춰 버린 남과 북의 화해를 향한 시계를 다시 돌리고, 세일즈 외교로 외화를 유치하고, 월드컵을 유럽에 홍보하는 것이었다.

4일 런던 다우닝가 10번지 총리 관저에서 한영 정상 회담을 가졌다. 나와 토니 블레어 총리는 테러에 대해 우려를 표명하고 이에 대한 국제 사회의 응징을 촉구하자는 데 합의했다.

블레어 총리는 테러와의 전쟁에서 두 가지 악재를 거론하며 이를 우려했다. 하나는 중동 평화 협상의 결렬이고, 다른 하나로는 아프리카 여러 나라에서 일어나고 있는 각종 갈등과 분쟁을 들었다. 중동과 아프리카 사람들의 반미, 반서유럽의 감정을 종교원리주의자들이 악용했을 때 세계는 위험해진다는 것이었다. 내가 보기에 그의 지적은 정확했다. 정상 회담은 인류에게 닥친 테러의 위협과 국제 정세만을 논의하는 데도 시간이 모자랐다.

5일 아내와 버킹엄궁을 방문, 엘리자베스 2세 여왕과 부군인 에딘버러 공을 만났다. 여왕 부부는 우리 내외를 따뜻하게 맞았다. 여왕으로부터 '성 마이클 성 조지' 대십자훈장(GCMG)을 받았다. 외국 국가 원수에게 수여하는 최고 등급의 훈장이었다. 여왕은 영국 왕실의 가장 소중한 미술품들이 소장되어 있는 '픽쳐 갤러리(Picture Gallery)'로 우리를 안내하고 친히 작품을 설명해 주었다.

이어서 케임브리지를 찾았다. 런던에서 차로 1시간 30분을 달렸다. 차창 밖으로 구릉들이 끊임없이 이어졌다. 8년 전 나는 이 길을 따라 케임브리지로 향했다. 아내와 말없이 창밖을 내다봤다. 나이 70에 떠나온 유학길은 막막하고 서글펐지만 지금은 수많은 경호 차량의 호위를 받으며 그 길을 달리고 있었다.

내가 살던 '오스트 하우스'는 예전 모습 그대로였다. 말은 유학이었지만 어찌 보면 유배였던 시절, 아픈 것들이 너무 많았다. 나는 이곳에서 다시 용기와 힘을 얻었다. 8년 만에 찾아온 나에게 비바람이 몰아치는 험한 날씨에도 이웃 주민들의 환영은 따뜻했다. 감회를 말했다.

"여러분을 다시 만나니 8년 전의 추억이 새롭게 떠오릅니다. 화단을 가꾸고 로빈이라는 새에게 먹이를 주던 일들은 잊지 못할 추억입니다."

그것을 미리 알았는지 주민 대표가 동으로 제작한 로빈 인형을 내게 선물했다. 내가 살던 집에는 '김대중'이라는 현판이 붙어 있었다.

"민주주의와 인권의 수호자, 김대중 15대 한국 대통령, 노벨평화상 수상자, 여기에 머물렀다."

현판의 문구를 한참 들여다보았다. 정겨운 이웃 스티븐 호킹 박사 집을 찾아갔다. 그는 휠체어에 앉아 여전히 천진한 웃음을 지어 보였다. 박사가 노벨상 수상 축하 서한을 보내 준 데 사의를 표했다.

"서한에서 '전쟁을 일으키기는 쉬우나 평화를 이룩하는 데는 용기가 필요하다'는 말씀을 잊지 않고 있습니다."

그러자 박사가 답했다. 그의 말은 휠체어에 부착된 전자 음성 합성기에 찍혔다.

"노벨평화상 수상을 축하드립니다. 세계 평화를 위해 계속 노력해 주십시오."

띄엄띄엄 흘러나오는 글을 보면서 갑자기 그가 머나먼 별에서 온 우주인 같다는 생각이 들었다. 박사의 부인은 내가 8년 전에 선물한 티스푼을 아직도 쓰고 있다고 말했다.

명예법학 박사학위를 받으러 케임브리지 대학으로 이동했다. 교정에는 태극기가 내걸렸다. 학위 수여식장인 새닛하우스에는 알렉 브로어스(Alec Broers) 총장과 31개 칼리지 학장 등 250여 명이 참석했다. 학위 수여식장의 분위기는 장중하고 식은 엄숙했다. 라틴어로 모든 행사가 진행되었다.

6일 노르웨이 오슬로에 도착해 2박 3일간의 공식 방문 일정에 들어갔다. 오후 노벨평화상 100주년 기념 심포지엄에 참석했다. 레흐 바웬사, 데즈먼드 투투(Desmond Tutu), 달라이 라마 등 역대 수상자 18명과 국경 없는 의사회 등 수상 기관 대표 15명이 참석했다. 내가 첫 번째로 기조연설을 했다.

"오늘날 지식 경제 시대에 국가 간의 정보화 격차는 급격한 소득 격차를 가져옵니다. 이런 현상을 그대로 방치한다면 개도국과 선진국의 격차는 더욱 심화될 수밖에 없습니다. 지금 세계 도처에서 일어나고 있는 파괴적인 원리주의나 반세계화 운동의 저변에는 이러한 빈부 격차에 대한 분노가 짙게 깔려 있습니다. 또한 정보화 격차는 개도국들의 자기 생존을 위한 난개발을 초래함으로써 전 지구적인 환경 파괴도 촉진시키게 됩니다. 우리는 이미 각종 국제 회의가 열릴 때마다 세계화의 부작용으로 인한 빈부 격차와 사회적 불평등의 심화에 분노한 격렬한 항의 사태를 목격한 바 있습니다.

빈부 격차의 해결 없이는 21세기의 세계 평화를 보장할 수 없습니다. 핵무기도 미사일도 완전하지는 못합니다. 그것은 전쟁의 양상이 달라지고 있기 때문입니다. 이제는 테러와의 전쟁이 문제인 것입니다. 지난 9월의 미국 테러 참사는 지금까지의 전쟁 개념을 근본적으로 바꿔 놓았습니다. 테러는 선전 포고 없는 전쟁입니다. 얼굴도 없습니다. 언제 어디서 일어날지 모릅니다. 무슨 무기를 쓸지도 모릅니다. 민간인을 무차별 살상합니다. 국제법이나 조약도 소용이 없습니다. 개인의 생활도 유지될 수 없습니다.

우리는 이러한 비겁하고도 잔인한 반문명적 테러 행위를 근절시켜야 합니다. 그러나 당면해서 테러 세력을 응징하는 동시에 장기적으로는 그 뿌리를 다스려야 합니다. 빈부 격차의 문제야말로 종교, 문화, 인종, 이념 갈등의 저변을 차지하고 있습니다.

정보화와 세계화의 혜택은 인류 전체가 함께 누려야 합니다. 모든 국가, 모든 민족의 이해관계와 다양성이 존중되어야 합니다. 가난하고 고통 받는 나라와 사람들이 언제까지나 참기를 기다려서는 안 됩니다. 저는 이러한 문제에 대한 국제 사회의 한층 더 진지하고 적극적인 논의를 촉구하는 바입니다."

이날 연설 중 "테러 밑바닥에 흐르고 있는 것은 가난"이라는 나의 견해는 세계의 주요 언론들이 크게 보도했다.

이어서 셸 망네 보네비크(Kjell Magne Bondevik) 노르웨이 총리와 정상 회담을 가졌다. 보네비크 총리는 나의 오랜 친구였다. 그는 한국의 국내 정치 상황이 어려워 내가 어려움을 겪고 있다는 것을 알고 있었다. 여러 가지 격려의 말을 해 주었다. 양국은 정보 통신 분야의 전략적 제휴 및 수출 등에 합의했다.

7일 헝가리로 건너갔다. 부다페스트에 도착해 3박 4일 일정에 들어갔다. 페렌츠 마들(Ferenc Madl) 대통령과 회담을 한 데 이어 빅토르 오르반(Viktor Orvan) 총리와 정상 회담을 가졌다. 양국은 발칸 지역 재건 사업에 공동 진출하기로 합의했다. 이로써 오랜 내전으로 황폐화된 발칸 지역 재건 사업에 우리 업체들이 참여할 수 있는 교두보를 마련했다. 또 정보·통신 협력 약정, 정밀 화학 공동 연구 약정, 전자 부품 공동 연구 약정 등을 체결했다.

영국, 노르웨이, 헝가리 3국 순방을 마쳤다. 원래 목표대로 세일즈 외교에 주력했다. 이기호 경제수석은 그 성과를 기자들에게 이렇게 설명했다.

"건설·플랜트 수주와 외자 유치, 해당국들과의 해외 사업 공동 진출 등으로 104억 1000만 달러의 외화 획득 효과를 거뒀습니다."

11일 유럽연합 의회를 방문했다. 의회가 있는 프랑스 스트라스부르에 도착했다. 한적한 도시에 유럽연합 의회만이 우뚝 서 있었다. 아시아 국가 원수로는 처음 의회에서 연설을 했다. 연설은 11개 국어로 유럽 전역에 생중계되었다. 이어서 로마노 프로디 집행위원회 위원장과 회담을 했다. 한·유럽연합 정상회의를 내년 덴마크 ASEM 때부터 정례화하기로 합의했다. 이에 따라 우리나라는 미국, 캐나다, 러시아, 일본, 중국, 인도에 이어 EU와 정상 회담을 여는 7번째 국가가 되었다.

어쩌면 퇴임 후 내 일터가 될 '아태평화재단'이 동교동 우리 집 바로 옆에 세워졌다. 건물 부지는 경찰이 나를 감시하고 사찰하던 바로 그 자리였다. 사찰 가옥을 사들여 평화재단을 만든다니 세상일은 알 수 없었다. 비서들에게 듣자니 지상 5층에 지하 3층이라고 했다. 기쁜 일이지만 건축비 일부를 융자 받았다는 말이 마음에 걸렸다.

2001년 프랑스 스트라스부르에서 아시아 국가 원수로는 처음으로 유럽 의회 연설을 했다.

12월 21일 서해안고속도로 전 구간 개통식이 열렸다. 인천~목포 간 주행 시간이 종전의 8시간에서 반으로 줄었다. 서해안고속도로를 타고 김제로 내려갔다. 아침 일찍 떠나면 목포에서 일 보고 점심을 먹고 올라와도 해가 떨어지지 않는다고 했다. 서해안 시대의 대동맥임을 의심하지 않았다. 기념식장에 눈이 내렸다. 서설(瑞雪)이었다.

내리는 눈발을 보며 문득 야당 의원으로 경부고속도로 건설을 반대했던 당시가 생각났다. 박정희 정권은 1968년 2월 경부고속도로를 착공했다. 나는 고속도로를 만들기 전에 현재 전국에 깔려 있는 국도 포장에 중점을 두어야 한다고 했다. 그래서 물동량이 많은 노선을 검증하여 고속도로를 신중히 건설해야 한다고 주장했다. 당시 전국에서 도로 사정이 가장 괜찮은 서울~부산

구간에 다시 고속도로를 건설하는 것은 국토의 균형 발전을 위해서도 옳지 못했다. 고속도로가 뚫리면 한쪽으로 물류가 집중되고 그러다 보면 산업 발전도 한곳으로 치우치게 마련이다.

그렇게 졸속으로 추진된 경부고속도로는 공사도 날림이었다. 잦은 보수 공사로 누더기가 되어 버렸다. 나는 어느 연설장에서 "저놈의 고속도로가 누워 있으니 그대로 있지 만약에 서 있었다면 벌써 쓰러졌을 것"이라고 호통을 친적이 있었다. 그 후 나의 이 같은 반대를 두고 단견이라고 비난하는 사람들도 있는데, 지금도 그때 내 주장이 옳았다고 생각한다.

나는 서해안고속도로를 따라 낙후된 서해안 일대가 발전하기를 바랐다. 그리고 그동안 완벽한 시공을 강조했지만 부디 안전하고 튼튼한 산업 동맥이 되기를 기원했다.

2002년 새해가 밝았다. 2일 수석비서관들의 인사를 받았다. 임기가 1년 남짓 남아서인지 그간의 업적들을 많이 얘기했다. 나는 이를 경계했다. 1년은 결코 짧은 기간이 아니었다. 그간에 벌인 일들을 제대로 매듭지어야 했다. 월드컵, 부산아시안게임, 지방 자치 단체 선거, 대통령 선거가 있었다. 나는 추호의 흔들림 없이 마무리를 잘하자고 독려했다.

"그 자리에 오래 있었다는 것이 중요한 것이 아니고, 그 자리에 있을 때 무엇을 했는지가 중요합니다. 훗날 우리가 청와대에서 했던 일들을 기쁨으로 돌아보도록 열심히 일합시다."

오후에 3부 요인을 포함 주요 인사들의 신년 인사도 받았다. 청와대에서 열린 신년 하례식에서 정치를 떠나 국정에 전념하겠다고 밝혔다.

"나는 민주당 당원이고 민주당이 잘되기를 바라지만, 나 자신이 당무에 개입하거나 항간에 떠도는 것처럼 어떤 정당을 만드는 데 참여하는 일은 결코 없다는 것을 약속합니다."

1월 3일 사상 처음 여성 장군이 탄생했다. 양승숙 육군 준장에게 대한민국

장성임을 상징하는 삼정도(三精刀)를 수여했다. 여장군의 모습이 늠름했다.

1월 9일 4대강을 보호하려는 '3대강특별법(낙동강, 금강, 영산강 및 섬진강 특별법)' 서명식을 가졌다. 이 법안은 상하류 지역 간 주민들의 이해 대립으로 입법에 진통을 겪었다. 물 관리가 사후 정화 처리 중심에서 사전 오염 예방 정책으로 바뀌었다. 물을 법으로 지킬 수 있게 되었다. 사상 유례가 없던 일이었다. 물 관리 정책의 쾌거였다. 나는 이를 "역사적인 일"이라며 크게 평가했다. 김명자 환경부 장관이 발로 뛰어 주민들을 이해시켰다. 술을 못하면서도 막걸리까지 마시며 대화를 나눴다니 그 노고가 참으로 컸다. 환경 단체 인사 등 서명식에 참석한 사람들이 그를 칭찬했다.

2001년 연말에 수많은 권력형 비리, 이른바 '게이트'가 터져 나왔다. 여진은 새해 들어서도 계속되었다. 단언컨대 정부 권력이 개입된 비리는 있을 수 없었다. 내가 그런 일을 결코 용납하지 않았기 때문이다. 그러나 개인 비리가 터져 나오는 것에는 어쩔 수 없었다. 특히 '벤처 붐'에 편승한 비리는 솔직히 나도 정신을 못 차릴 정도였다. 그러나 호통은 칠 수 있었지만 일일이 감시는 할 수 없었다.

청와대 비서 출신들이 이런저런 사건에 연루되어 내 곁을 떠나갔다. 나는 그들을 태산처럼 믿었건만 어느 날 보니 그것은 신기루였다. 그 자리에는 실망과 탄식만 쌓였다. 2002년 1월 14일 열린 새해 연두 기자 회견에서 사과부터 해야 했다.

언론은 내가 시종 고개를 숙였고, 쉬고 갈라진 목소리로 "죄송하다", "미안하다"는 말을 여섯 차례나 했다고 보도했다. 청와대로 건강을 염려하는 시민들의 전화가 많이 왔다.

다음 날 반(反)부패 장관회의를 주재했다. 나는 검찰을 크게 나무랐다. 검찰이 잘못해 정부가 피해를 본 것이 한두 번이 아니었다. 각종 게이트에 연루되거나 수사를 제대로 못해 그 부담이 그대로 정부에게 돌아왔다.

조지 부시 미국 대통령 방한이 2월 하순으로 확정됐다. 지난해 10월 한국에 오기로 했으나 9·11 테러로 연기했었다. 1월 17일 그레그 전 주한 미국 대사를 만났다. 그와 남북 관계와 부시 행정부의 대북 정책 등에 관한 의견을 나눴다. 상하이에서 부시 대통령을 만나 북한과의 대화 필요성을 강조했음을 그에게 말했다.

"부시 대통령에게 '신뢰하지 않지만 이익과 평화를 위해서 대화하는 경우도 있다. 그래서 상대가 약속을 지키면 신뢰가 조금씩 쌓인다'고 말을 했습니다."

그러자 그레그 전 대사는 부시 대통령이 북한의 위협만 인식하고 있을 뿐, 북한의 미국에 대한 두려움은 간과하고 있음을 지적했다.

"미국에 대한 북한의 두려움은 아프간 전쟁 이후에 더 심해졌습니다. 특히 공군력에 두려움을 느끼고 있습니다. 이것을 부시 대통령이 제대로 이해하지 못하고 있습니다."

그는 부시 대통령을 설득하기 위해 격의 없는 '텍사스식 대화'를 하라고 권했다. 그리고 부시 대통령을 휴전선으로 안내해서 남과 북을 잇는 철도 공사 현장을 둘러보게 하라고 조언했다. 그의 조언은 치밀했다. 스칼라피노(Robert Scalapino) 교수가 안부를 물었다는 말도 전했다.

1월 29일 개각을 단행했다. 장관급 9명을 교체했다. 의원 겸직 장관들은 물러나게 했다. 교육부총리에 이상주 청와대 비서실장, 통일부 장관에 정세현 국정원장 특보, 법무부 장관에 송정호 전 법무연수원장, 과학기술부 장관에 채영복 기초기술연구회 이사장, 산업자원부 장관에 신국환 전 산자부 장관, 보건복지부 장관에 이태복 청와대 복지노동수석, 노동부 장관에 방용석 가스안전공사 사장, 기획예산처 장관에 장승우 금융통화위원, 중소기업특별위원장에 한준호 생산성본부 이사장을 임명했다.

청와대 비서실도 개편했다. 비서실장에 전윤철 기획예산처 장관, 정책특보에 박지원 전 정책기획수석, 정책기획수석에 김진표 재경부 차관, 정무수석에 조순용 KBS 보도국 주간, 경제수석에 한덕수 정책기획수석, 복지노동수석에 김상남 전 노동부 차관, 공보수석에 박선숙 공보기획비서관을 임명했다. 여성 최초로 청와대 대변인을 맡은 박 공보수석은 언론의 조명을 받았다. 그는 부드러워도 속에 철심을 지니고 있었다. 또 외교안보수석에는 임성준 외교통상부 차관보를 내정했다. 얼마 후 외교통상부 장관에 최성홍 차관과 민정수석에 이재신 변호사를 임명했다.

2월 3일 청와대 비서실에 검사파견제를 폐지하라고 지시했다. 이 제도를 싸고 불거진 검찰의 중립성 훼손 시비를 없앴다. 청와대 민정수석실에 근무하던 검사들이 모두 돌아갔다.

조지 부시 미국 대통령이 2월 20일 한국에 왔다. 나는 혼신을 다해 정상 회담을 준비했다. 한미 정상 회담이 그때처럼 국민적 관심을 모은 적도 없었을 것이다. 부시 대통령은 연두 교서에서 북한을 이란·이라크와 함께 '악의 축'으로 규정했기 때문에 북한과 미국 사이에는 어느 때보다 긴장이 고조되어 있었다. 국제 사회에서는 미국의 대북 선제공격설까지 나돌았다. 자연 우리의 햇볕 정책도 위협을 받았다. '햇볕 정책'과 '악의 축' 사이는 너무 멀었다.

20일 오전 청와대 접견실에서 정상 회담을 했다. 부시 대통령이 말문을 열었다.

"최근 나의 강경 발언으로 한국 국민이 당황하고 있는 것을 잘 알고 있습니다. 김 대통령께 문제를 안겨 드릴 생각은 없으며 햇볕 정책을 지지합니다."

그러면서 자신은 결코 호전적인 사람이 아니지만 북한의 나쁜 행동에 대해서는 좌시하지 않겠다는 확고한 메시지가 필요하다고 주장했다. 나는 다시 햇볕 정책에 대해서 자세히 설명했다. 포용 정책만이 북한을 개방과 변화로 유도할 수 있다고 역설했다. 북한도 생존과 경제 회생을 위해 미국과 관계 정상화를 간절하게 원하고 있음을 강조했다. 하지만 부시 대통령은 자신의 생각을 거침없이 쏟아 냈다.

"김정일 위원장은 자기 백성을 굶주리게 하고 인권을 유린하는 악랄한 독재자입니다. 북한에 자유의 바람을 불어넣어 체제를 붕괴시켜야 합니다. 그리고 김 위원장은 왜 서울 방문 약속을 지키지 않는 것입니까."

나는 그러한 공세적 질문을 오히려 기회로 활용했다. 미국 전임 대통령 얘기를 했다.

"레이건 대통령이 러시아를 '악의 제국'으로 지칭했지만 고르바초프 서기장과 대화를 했고 데탕트를 추진했습니다. 결국 공산 체제의 변화와 냉전 종식을 이룩했습니다. 닉슨 대통령은 '전범자'라고 규탄하면서도 중국을 방문하여 관계 개선과 개방 개혁을 유도했습니다. 친구와 대화는 쉽고 싫은 사람과의 대화는 어렵지만 국가를 위해, 필요에 의해 대화할 때는 해야 합니다. 미국은 한국전쟁 때 공산당하고도 대화를 했습니다.

북한의 안전을 보장하고 북한의 살길을 열어 주면 북한은 핵과 대량 살상 무기를 틀림없이 포기할 것입니다. 북한에게 기회를 주십시오. 그래도 안 되면 그때 제재해도 늦지 않을 것입니다."

나는 젖 먹던 힘을 다해 대처했다. 지극 정성으로 부시 대통령을 설득했다. 내 말을 경청하던 부시 대통령 얼굴이 밝아졌다. 그는 "좋은 유추"라며 특유의 천진한 표정을 지었다. 나는 햇볕 정책으로 남북 긴장 완화, 이산가족 상봉, 인적 교류 등을 가져왔다며 그 효과를 적시했다. 또 햇볕 정책이 강력한 힘이 있어야만 추진할 수 있는 공세적 정책임을 설명하고 그 예로 휴전 이후 처음으로 북한의 군사 도발을 응징한 연평해전을 예로 들었다.

부시 대통령은 내가 얘기하는 중간 중간에 "잘 이해했다", "좋은 정책이다"는 말을 흡사 판소리의 추임새처럼 반복했다. 그러면서 이산가족 문제와 북한의 식량 사정 등에 관심을 표명했다. 단독 회담은 약속된 40분을 훨씬 넘겨 1시간 30분 동안 계속되었다. 그 바람에 확대 정상 회담은 생략해야 했다. 부시 대통령은 만족한 듯 환한 표정으로 내게 말했다.

"솔직하고 대단히 유익한 대토론을 했습니다."

회담을 마치고 공동 기자 회견을 가졌다. '햇볕 정책'과 '악의 축' 사이 시각차가 어느 정도 좁혀졌는가 물었다. 내가 먼저 대답했다.

"미국의 정책과 우리 정책 사이에 근본적인 견해 차이가 없습니다. 우리는 다 같이 민주주의와 시장 경제를 신봉합니다."

이어서 부시 대통령이 답했다.

"나는 김정일 위원장에 대한 의견을 듣고자 합니다. 김 위원장이 북한 주민들을 자유롭게 하고 전 세계를 상대로 북한 주민들에 대한 애정을 표현하기 전에는 그에 대한 생각을 바꿀 생각이 없습니다. 미국은 전쟁 의사가 없고 한국도 북한을 공격할 의사가 없습니다. 우리는 오로지 방어 자세입니다. 내가 '악의 축' 발언을 한 것은 북한 정권을 말하는 것입니다. 주민들이 아닙니다."

부시 대통령은 회견에서 햇볕 정책을 지지하겠다고 분명히 밝혔다. 그리고 "북한을 공격할 의사가 없으며 대화를 통해 평화적 해결을 모색하겠다"고 말했다. 또한 북한에 대해 식량 지원을 계속하겠다고 천명했다. 부시 대통령을 적극 설득한 결과물이며 외교적 성과였다.

나와 부시 대통령은 이날 오후 경의선 남측 최북단역인 도라산역에서 다시 만났다. 나는 열차 편으로 도라산역에 도착했고, 부시 대통령은 인근 미군 부대를 방문한 후에 밴을 타고 왔다.

도라산역 방문은 '평화 이벤트'였다. 미국 대통령이 방한하면 최전방 전투 부대를 찾는 게 관행이었다. 분단과 대결의 현장을 살피는 것이었다. 그러나 이번에는 끊어진 철도와 도로를 연결하는 현장을 보여 주자는 구상이었다. 우리 국민과 북한 모두를 안심시키는 좋은 기회로 삼을 수 있었다. 또 부시 대통령이 대결이 아닌 화해의 현장에 서면 분명 평화의 메시지를 전할 것이라고 기대했다.

경기도 파주시 장단면, 북으로 가는 철길이 끊긴 곳. 이정표는 '서울 56km – 평양 205km'라 씌어 있었다. 그 앞에서 기념 촬영을 했고 부시 대통령은 철도 침목에 기념 서명을 했다.

"이 철길로 이산가족들이 재결합하기를(May this railroad unite Korean families!)."

부시 미 대통령과 분단의
현장 도라산역을 방문했
다. 부시 대통령은 "북한
이 이렇게 가까이 있는 것
에 놀랐다"고 말했다.

경의선 연결 공사 현장에는 한반도의 과거와 현재, 그리고 미래가 녹아 있
었다. 전쟁이 과거라면 분단은 현재였고 통일은 미래였다. 이정표를 배경으로
삼아 내가 먼저 연설을 했다.

"우리가 목격하고 있는 이 모습은 바로 지구상 마지막 남은 냉전의 현장입니
다. 멈춰선 기차, 끊어진 채 녹슬어 가고 있는 철도, 이 모든 것이 반세기 남북
분단의 현실을 상징하고 있습니다. 이곳에는 우리 민족의 한이 서려 있습니다.

도라산역은 희망의 상징이기도 합니다. 북쪽으로 14킬로미터의 철도만 더
이으면 남북한이 육로로 연결됩니다. 부시 대통령의 깊은 관심과 협력에 힘입
어 민족의 희망의 길이 하루속히 열리기를 바라 마지않습니다."

부시 대통령이 내 연설을 받았다.

"세계에서 가장 위험한 정권인 북한이 가장 위험한 무기로 우리를 위협하
는 것을 용인할 수 없습니다. 하지만 우리는 북한과 대화할 준비가 되어 있습
니다. 대화를 통해 더 나은 미래, 희망은 더 커지고 위협은 더욱 작아지는 그
러한 미래를 향해 나아가는 데 대해 논의할 준비가 되어 있습니다. 그러나 미
완인 채 남아 있는 이 철로처럼 우리의 제의에 대해 북한 측으로부터 답변이

없습니다. 휴전선 양쪽의 사람들이 자유롭게 인간의 존엄성을 존중받으며 폭력과 기아, 전쟁과 위협이 없는 곳에서 살기를 바라고 있습니다."

도라산역 방문 이벤트는 성공적이었다. 부시 대통령은 북녘 땅을 한동안 쳐다봤다. 그리고 북쪽으로 뻗은 철길을 응시했다. 그 자체가 대북 포용 정책을 위한 최상의 설득이었다.

저녁에는 청와대 충무실에서 부시 대통령 내외를 위한 만찬을 주최했다. 만찬은 미국 측 요청대로 격식을 갖추지 않는 '비공식'으로 마련했다. 미국 측에서는 파월 국무장관, 라이스(Condoleezza Rice) 안보보좌관, 허바드(Thomas Hubbard) 주한 대사 내외, 모리어티(James Moriarty) NSC 보좌관이 참석했다. 우리 측에서는 최성홍 외교통상부 장관, 임동원 특보, 양성철 주미 대사 내외, 임성준 수석보좌관이 함께했다.

부시 대통령은 도라산역 방문의 감동이 가라앉지 않았는지 몇 차례 그 이야기를 했다. 그러다 만찬 중에 내 옆구리를 쿡 찌르며 예의 장난기 어린 웃음을 지으며 말했다.

"대통령께서 하신 레이건 애기, 오늘 낮 회견에서 써먹었습니다."

부시 대통령은 우리네 햇볕 정책의 실상과 내 진심을 이해했다. 그가 비로소 나를 알아보기 시작했다. 그는 2001년 워싱턴 회담 때 한국을 변방으로, 나를 촌놈으로 알고 그냥 무시하려 했는지도 모른다. 그러나 그의 태도가 눈에 띄게 달라졌다. 주위 사람들에게도 "김 대통령을 다시 봤다, 존경한다"고 말했단다.

내가 종교가 무엇이냐고 묻자 부시 대통령은 감리교라고 답했다. 그러면서 자신의 과거를 솔직하게 털어놨다. 원래는 술망나니였는데 부인 로라 여사가 교회로 인도해서 이제는 독실한 크리스천이 됐다는 것이었다. 그는 실제로 술을 입에도 대지 않았다. 준비해 온 알코올이 없는 맥주를 마셨다. 부시 대통령도 내게 종교를 물었다. 나는 가톨릭, 아내는 감리교 신자라고 말했다. 부시 대통령이 아내와 자신의 종교가 같다며 좋아했다. 그래서 내가 산업혁명 이후 영국에서의 감리교 역할에 대해서 이야기했다.

"영국은 1815년 나폴레옹과의 전쟁에서 승리했습니다. 그러나 영국 국내 상황은 최악이었습니다. 산업혁명 이후 토지를 잃은 농민들이 도시로 몰려나와 빈민이 되어 있었습니다. 노동자들은 열악한 근로 조건에 반발하고 있었습니다. 그야말로 폭동이 일어나기 직전이었습니다. 그때 폭동의 위기로부터 영국을 구출하여 19세기 찬란한 빅토리아 왕조 시대를 열게 만든 세 부류가 있었습니다. 하나는 언론이고, 둘째는 법원이요 세 번째는 감리교였습니다.

언론은 시민 계층과 노동자들의 정당한 요구를 반영하고 지지했습니다. 그래서 시민들은 폭력을 사용하지 않고도 자기네 뜻을 세상에 알릴 수 있었습니다. 또 법관들의 재판이 공정했기 때문에 법원은 억울한 사람들의 마지막 보루가 될 수 있었습니다. 감리교는 시민들에게 정신적 위안을 주고 안정을 찾아 주었습니다. 당시 성공회는 왕족이나 귀족들 종교로서 사교 그룹 비슷했으나 대중들의 고통은 외면했지요. 존 웨슬리(John Wesley)가 감리교를 창시해서 성공회가 외면한 사람들을 품어 준 것입니다. 감리교는 버림받은 그들을 위로하고 보호했기 때문에 불만과 분노에 찬 그들을 위로하고 희망 속으로 이끌 수 있었습니다. 감리교가 영국 사회를 구원한 것입니다. 대통령께서 믿는 감리교가 그래서 위대합니다."

설명을 마치자 그의 눈빛이 달라져 있었다. 그는 더욱 친밀하게 다가왔다. 나는 부시 대통령이 한국을 떠날 때까지 최선을 다했다.

그런데도 북한에서는 아무런 대답이 없었다. 미동도 하지 않았다. 나는 그런 북한을 생각하면 답답하고 때로는 분통이 터졌다. 그러다 다시 생각하면 그들이 측은했다. 그때 나는 북한에 대해서 실망하고 있었다.

봄날, 몸이 아팠다
(2002. 3 ~ 2002. 6)

2002년 3월 21일 고이즈미 준이치로 일본 총리가 한국에 왔다. 한일 양국은 월드컵 공동 개최와 '한일 국민 교류의 해'에 협의할 것이 많았다. 특히 월드컵 대회를 앞두고 두 나라의 관계가 복원돼야 했다. 고이즈미 총리와 22일 정상 회담을 했다.

고이즈미 총리는 국립국악원을 방문하여 단소를 선물받고 직접 가야금을 퉁겼다. 전통 음식을 먹고 드라마 〈겨울연가〉의 주제곡과 가수 조용필, 계은숙 씨의 음반을 사기도 했다. 당시 〈겨울연가〉는 일본에서 폭발적인 인기를 얻은 '한류'의 원조였다. 총리는 한국의 전통 악기가 일본 것과 공통점이 많다며 "이는 한반도에서 건너왔기 때문일 것"이라고 내게 말했다. 총리와 나는 서울 상암동 월드컵경기장을 방문했다. 대형 축구공에 서명했다.

박승 신임 한국은행 총재에게 임명장을 수여했다. 박 총재에게 특별히 당부했다.

"정부 간섭과 여론에서 자유로워야 합니다. 여론의 압력에 휘둘리지 말고 당사자들이 소신을 가지고 일해야 합니다."

메가와티 수카르노푸트리 인도네시아 대통령이 북한 방문을 마치고 방한했다. 30일 오전 평양을 출발하여 서해안 직항로 항공편으로 서울에 도착했다. 메가와티 대통령은 김정일 국방위원장에게 남북 대화와 북미 대화를 조속히 재개할 것을 요청했다. 그것은 내가 부탁해서 이뤄진 것이었다. 메가와티 대통령은 정상 회담에서 "김 위원장은 김 대통령을 뵙고 싶다 했고, 남북 대화 재개를 희망했다"고 전했다.

북에서 특사를 받겠다는 연락이 왔다. 나는 부시 미국 대통령과의 정상 회담을 성공적으로 마친 후 남북 관계에 새로운 전기를 마련해 보려 했다. 그래서 북에 여러 차례 특사 파견 의사를 전달했고, 끝내 답을 받아 냈다. 다시 임동원 특보를 특사로 임명하고 그를 불러 장시간 상의했다. 나는 특히 김정일 위원장에게 전하고 싶은 메시지를 구술했다.

"첫째로 북미 관계를 개선하라고 권하십시오. 김 위원장은 세상이 달라졌다는 것을 알아야 합니다. 강대국 중국과 러시아도 미국에 협조하고 있어요. 자국의 이익을 위해서입니다. 이것이 현실입니다. 그리고 부시 정부는 클린턴 정부와는 완전히 다르다는 것을 인식해야 합니다. 클린턴 정부와 합의했던 것을 다 얻으려 해서는 안 됩니다. 또 부시 대통령이 북한과 전쟁이 아닌 대화를 하겠다고 했습니다. 내가 확인했습니다. 내가 그 말을 받아 내기 위해 얼마나 노심초사했는지도 전해 주십시오. 아무튼 김 위원장은 국익을 위해 미국과 관계 개선을 해야 합니다. 이번 기회를 놓치면 안 됩니다. 줄 것은 주고 받을 것은 받는, 일괄 타결을 해야 합니다. 결단을 내릴 때가 온 것입니다.

두 번째로 일본과의 관계 개선입니다. 내가 고이즈미 총리에게 관계 개선에 나설 것을 요청했고 일본도 그럴 의향이 있습니다. 다만 일본은 일본인 납치자 문제를 걸림돌로 여기고 있습니다. 그러나 그것들은 과거에 일어난 일입니다. 내 생각에는 김 위원장이 대승적 차원에서 접근하면 못 풀 것이 없습니다. 과거의 문제가 현재와 미래를 옭아매는 사슬이 되는 것은 바람직하지 않다고 생각합니다. 또 일본으로부터 식민지 지배에 대한 배상금을 받는 것이 긴요합니다. 일본의 경제 원조가 국제적 지원으로 이어질 가능성이 큽니다. 북한은 지금 창고에 먹을 것을 많이 쌓아 놓고도 굶고 있는 형국입니다.

이념의 시대가 아니라 실익의 시대입니다. 국민들의 지지가 높은 고이즈미 총리가 재직할 때 문제를 풀어야 합니다. 지금이 적기임을 알려 주십시오.

셋째는 남북 관계입니다. 남과 북이 역풍 시대를 마감하고 순풍 시대를 열어야 한다고 전해 주십시오. 그래야 북미, 북일 간에도 순풍이 붑니다. 전쟁으로 통일하겠다는 것은 이제 불가능합니다. 평화 통일만이 민족이 사는 길입니다. 우리는 북한을 도울 것입니다. 또 합의한 사항은 꼭 지켜야 합니다. 합의하고 안 지키면 남쪽 정부까지 반대파에 시달립니다. 남북 관계는 지난 1년을 허송했습니다. 김 위원장이 약속대로 서울에 왔다면 미국이 '악의 축' 발언을 못했을 겁니다. 그리고 월드컵에도 북에서 사람을 보냈으면 좋겠습니다. 공연단이든, 관광단이든 또 김영남 최고회의 위원장이 와도 괜찮을 듯합니다. 하여튼 올해 남북 관계 기초를 튼튼히 세워야 모든 것이 다음 정부로 이어질 수 있다는 것을 강조하십시오."

4월 3일 임동원 특사가 북으로 갔다. 대통령 전용기를 타고 순안공항에 내렸다. 김보현 국정원 3차장, 서훈 회담조정관, 조명균 통일부 교류협력 국장, 김천식 정책총괄 과장 등이 수행했다. 임 특사는 김 위원장에게 보내는 내 친서를 휴대했다.

나는 다시 초조하게 기다렸다. 임 특사는 돌아오겠다던 날(5일)에 오지 않았다. 그러면서 중간에 김 위원장을 만났다는 연락을 해 왔다. 임 특사는 매번 나를 기다리게 해 놓고 좋은 소식을 가지고 왔다. 이번에도 예감이 좋았다. 임 특사는 6일 아침 판문점을 넘어왔다. 당시 가뭄이 극심했는데 때마침 해갈의 단비가 내렸다. 그가 비까지 몰고 왔다. 오전 10시 임 특사는 청와대로 들어와 방북 결과를 설명했다. 그의 보따리는 두툼했고, 얘기를 듣고 있으니 기분이 좋아졌다. 남북 관계에도 해갈의 단비가 내렸다. 그러나 김 위원장의 서울 답방에 대한 확답이 없었다. 그것이 아쉬웠다.

"김 위원장은 작년 봄에 서울을 방문하려고 했다고 합니다. 실제로 대통령님을 하루빨리 다시 만나고 싶다 했습니다. 그런데 북한을 적대시하는 부시 정권이 들어서자 상황이 달라졌다고 합니다. 그리고 남쪽의 보수 세력의 답방 반대 시위를 부담스러워했습니다. 참모들이 못 가게 한다는 것입니다. 대통령님께서 예견한 대로 김 위원장은 미국을 불신하고, 미국을 두려워하고, 그러면서도 미국과의 관계 정상화를 간절히 바라고 있었습니다."

그러면서 김 위원장은 임 특사에게 러시아의 이르쿠츠크에서 만날 것을 제의했다. 필요하다면 푸틴 러시아 대통령과 같이 3자 회담도 할 수 있다고 했다. 나는 이를 거절했다. 답방 약속은 반드시 지켜져야 하고, 그것은 서울이 아니더라도 남쪽 땅이어야 했다.

임 특사는 곧바로 기자 회견을 열어 방북 결과를 설명했다. 그리고 남과 북이 합의한 6개항의 공동 보도문을 발표했다.

쌍방은 최근 조성된 한반도 정세와 민족 앞에 닥쳐 온 엄중한 사태, 그리고 남북 관계에서 제기되는 제반 문제 등에 대하여 폭넓게 협의하고 다음과 같이 합의하였다.

1. 역사적인 6·15 남북 공동 선언의 기본 정신에 부합되게 서로 존중하고 긴장 상태가 조성되지 않도록 노력하기로 합의했다.

2. 공동 선언의 합의 사항에 따라 일시 동결됐던 남북 관계를 원상회복하기로 하였다.

3. 동부에서 새로 동해선 철도 및 도로를, 서부에서 서울~신의주 사이의 철도 및 문산~개성 사이의 도로를 빨리 연결하기로 했다.

4. 남북 사이의 대화와 협력 사업들을 적극 추진해 나가기로 했다.

5. 쌍방은 남북 군사 당국자 사이의 회담을 재개하기로 하였다.

6. 쌍방은 동포애와 인도주의, 상부상조의 원칙에서 서로 협력하기로 하였다.

남북 대화와 협력 사업의 구체적인 일정도 잡았다. 5월 7~10일 남북경제협력추진위원회 서울 개최, 6월 11일 금강산 관광 당국 회담, 4월 28일 이산가족 금강산 상봉, 5월 중 북한 경제 시찰단 서울 파견 등이었다. 5월 11일 박근혜 의원이 '유럽-코리아 재단' 이사 자격으로 북한을 방문해 김정일 위원장을 만났다. 나는 많은 사람들이 북한을 다녀오기 바랐다. 박 의원은 정세현 통일부 장관에게 방북 소회를 전했다. 나는 이를 다시 전해 들었다.

"나는 보수이다. 그러나 남북문제를 푸는 데는 보수, 진보가 없다. 화해 협력밖에는 방법이 없다. 대북 정책은 앞으로도 지금과 같은 방향으로 가야 한다."

국가 신용이 A등급을 회복했다. 무디스 사는 우리나라 신용 등급을 2단계 상향 조정하고 그 이유를 공개했다. 안정적인 경제 성장, 대외 부채 건전화와 충분한 외환 보유고, 경제 구조 다원화에 따른 외부 충격 흡수 능력, 150조 공적 자금 투입에도 재정 건전성 유지, 금융·기업 구조 조정 성과 등 다섯 가지를 들었다. 4년 만에 투자 부적격 등급에서 A등급을 회복했다. 세계 최단 기간이었고, 외환 위기를 겪은 남미나 아시아 국가에서는 유일한 A등급 국가였다. 피치 사도 6월 27일 우리나라 신용 등급을 A로 2단계 상향 조정했다. 세계 모든 나라가 놀라며 축하해 주었다. 참고로 1983년 외환 위기를 겪은 이스라엘의 경우에는 국가 신용 A등급을 회복하는 데 12년이나 걸렸다.

4월 초 '국가 신용 A등급 회복'을 축하하는 리셉션이 열렸다. 제프리 존스(Jeffrey Jones) 주한 미 상의 회장의 한국어 축사가 나를 기쁘게 했다.

"지난 4년 어려운 금융 위기를 당해서 한국 국민들, 기업들, 특히 정부에 계신 분들이 너무나 고생을 많이 하셨습니다. 이런 말씀을 드릴 수 있는 기회가 이렇게 빨리 오다니 너무나 놀랍습니다. 정말 한국을 투명하고 정직한 나라로 만들었습니다. 모든 정부 기관에서 나오는 정책이나 지침이 분명하니 사람들이 믿음을 갖습니다."

내가 축하와 격려의 말을 했다.

"우리는 요새 기쁜 일이 참 많은 것 같습니다. 물론 가장 기쁜 일이라고 하는 것은 국가 신용 A등급을 회복한 것입니다. 또 그저께는 단비도 내렸습니다. 거기에다 우리 김동성 군이 세계 쇼트트랙 선수권 대회에서 전 종목을 휩쓸었습니다. 우리가 사랑하는 박세리 양이 LPGA에서 우승했습니다. 거기에다가 임동원 특사가 북한에 가서 좋은 성과를 가지고 돌아왔습니다. 2002년은 기쁜 해가 될 것 같습니다. 대통령직의 마지막 해를 맞은 저에게도 제발 좋은 일만 있어서 꼭 성공적으로 마무리했으면 좋겠습니다."

나라에 좋은 일이 많았지만 내 몸은 무거웠다. 얼마 전 잠자리에서 일어나다 왼쪽 허벅지를 삐끗한 적이 있었다. 주치의가 뼈에는 이상이 없다고 했지만 통증이 심했다. 그 후 기력이 쇠했다. 4월 9일 아침 몸 상태가 좋지 않았다. 아내가 깨웠는데도 졸음이 쏟아졌다. 자꾸 눕고 싶었다. 제대로 먹지 못한 지 3일째였다. 도대체 식욕이 없었다. 다리는 계속 묵직했고 기운이 없었다. 그래도 일어나야 했다. 오전에 타르야 할로넨(Tarja Halonen) 핀란드 대통령과 정상 회담이 예정되어 있었다. 무거운 몸을 이끌고 행사장에 나갔다. 다행히 정상 회담은 성공적으로 마쳤다. 오후 3시 월드컵 성공 기원 불교 대법회에도 참석하여 치사를 했다. 평소와 다르게 힘이 들었다.

오후가 되자 몸이 더욱 가라앉았다. 내 안색을 살피던 비서들이 의료진을 불렀다. 허갑범 주치의, 장석일 의무실장과 연세대 정남식, 김성순 교수까지 달려왔다. 의료진들은 부정맥이 있다는 소견과 함께 안정이 필요하고 상태가 악화되면 안 되니 당장 입원할 것을 권유했다. 그러나 할로넨 핀란드 대통령과 만찬이 있었다. 만찬을 1시간 정도 앞당겨 마치고 국군 서울지구병원에 입원했다. 치료 후 부정맥은 곧 정상으로 돌아왔다. 그러나 피로 누적과 위장 장애 그리고 영양 섭취 부족 등이 있다며 한동안 안정을 취할 것을 권했다. 아내가 병실을 지켰다. 입원 6일 만에 병원 문을 나섰다.

진념 경제부총리가 경기도지사에 출마하러 사퇴했다. 4월 15일 후임 경제부총리에 전윤철 청와대 비서실장, 청와대 비서실장에 박지원 정책특보, 경제복지노동담당 특보에 이기호 전 경제수석을 임명했다.

민주당 대통령 후보자 국민 경선이 흥미롭게 진행되었다. 전국을 돌며 벌어지는 경선에 국민들이 참여하여 주말마다 투표를 했다. 국민이 참여하고 국민의 축하 속에서 치러지는 대통령 후보 국민 경선제는 승패를 떠나 국민들의 축제였다. 앞으로 각종 공직 선거에 역동성을 부여할 것이 틀림없었다. 또 밀실 정치, 하향식 정치를 청산할 귀중한 계기를 마련할 수 있었다. 나는 신임 각료들에게 임명장을 주면서 이를 높이 평가했다.

"정치가 변하기 시작했습니다. 대통령 후보자 선출이 국민의 관심과 흥분 속에서 진행되고 있습니다. 우리 정치가 한 발 크게 도약했다고 봅니다. 참으로 다행한 일입니다."

민주당 대통령 후보로 노무현 상임고문이 뽑혔다. 노 후보는 광주에서부터 돌풍을 일으켰다. 이후에는 파죽지세였다. 태풍이 되어 서울까지 북상했다. 민심을 무섭게 사로잡았다. 각종 여론 조사에서 지지율이 50퍼센트를 넘나들었다. 이에 일부 주자들이 나와 노무현의 밀약설을 퍼뜨리며 의혹을 제기했다. 하지만 그것은 사실이 아니었다. 나는 전혀 후보 선정에 개입하지 않았다.

4월 29일 노 후보를 만났다.

"민주당 총재직을 사퇴할 때 정치에 간여하지 않겠다고 약속했습니다. 국민들도 그런 결정을 잘했다고 여깁니다. 앞으로도 국정 과제 마무리에 전념하겠습니다."

"국민의 정부가 제대로 평가받지 못하는 게 아쉽습니다. 저는 국민의 정부를 당당하게 평가해 왔고, 그렇게 소신껏 얘기하면서 후보로 뽑혀서 자부심을 느낍니다."

새천년민주당을 탈당하기로 결심했다. 선거 중립을 지키고 국정에만 전념하기로 했다. 5월 6일 박지원 비서실장을 통해 성명을 발표했다. 더불어 아들들이 사회적 물의를 일으킨 데 대해 거듭 사과했다. 그렇게 내 정치 인생이 담겨 있었던 민주당을 떠났다.

2002년 봄은 잔인했다. 아들들이 비리 혐의로 여론의 뭇매를 맞고 있었다. 그리고 내가 세운 아태평화재단이 도마에 올랐다. 평화를 위해 세운 재단이 비리의 온상처럼 연일 보도되었고, 임원 한 명이 구속되었다. 거기에 둘째아들 홍업과 막내 홍걸에 대한 비리 연루 의혹이 연일 언론에 보도되었다. 그래도 나는 아들의 결백을 믿었다. 미국에 있는 홍걸에 대한 의혹이 산더미처럼 불어났다. 아침 신문 보기가 겁이 났다. 그러나 내가 아는 홍걸이는 얼마나 착한 아이였는가. 언론의 보도를 믿을 수가 없었다. 김한정 부속실장을 미국에 보냈다. 본인의 말을 직접 들어 보라고 했다. 김 실장이 돌아와 보고했다. 그는 더듬거렸다.

"홍걸 씨가 나서서 청탁한 일은 없습니다. 이용당한 것 같습니다."

나는 낙담했다. 김 실장에게 말했다.

"수사에 성실하게 응하라 하시오. 죄가 있으면 받으라 하시오."

그리고 조속히 귀국하라고 일렀다. 내색은 안 했지만 나는 발밑이 꺼지는 듯했다. 하루에도 몇 번씩 천 길 낭떠러지로 떨어졌다.

아내는 기도로 날을 보냈다. 어쩌다 아내가 구토하는 모습을 보았다. 아내는 정신적 충격을 받으면 가끔 토하곤 했다. 평소에 감기도 잘 걸리지 않던 건강한 아내마저 속절없이 무너져 내렸다. 홍걸은 5월 16일 귀국하여 이틀 뒤 구속됐다.

마냥 혼자 있고 싶었다. 봄꽃이 지고 푸른 잎들이 돋아났건만 청와대 뜰에는 정적만 고였다. 아내도 내 눈치만 살폈다. 나는 그것이 더 아팠다. 우리는 서로 말을 하지 않고 몇 시간 동안 앉아 있는 경우도 있었다. 막내가 구속되자 언론은 다시 둘째 홍업을 겨냥했다. 한 달도 넘게 아들 이름이 오르내렸다. 홍업 또한 6월 21일 구속됐다. 아들 둘을 감옥에 보낸 아버지가 있었던가. 국민 볼 낯이 없었다. 대통령이 된 후 자식들 문제로 국민들께 걱정을 끼치지 않겠다고 여러 차례 약속했지만 결국 지키지 못했다. 이제 자식들은 법에 맡기고 나는 국정에 전념하기로 마음먹었다. 이날 오후 대국민 사과 성명을 발표했다.

"지난 몇 달 동안 저는 자식들을 제대로 돌보지 못한 책임을 통절하게 느껴왔으며, 저를 성원해 주신 국민 여러분께 마음의 상처를 드린 데 대해 부끄럽고 죄송한 심정으로 살아왔습니다. 제 평생 많은 어려움을 겪었지만 이렇게 참담한 일이 있으리라고 생각조차 못했습니다. 이는 모두가 저의 부족함과 불찰에서 비롯된 일입니다. 거듭 죄송한 말씀을 드립니다."

홍업과 홍걸은 이후 청와대에 발을 들여놓을 수가 없었다. 내가 찾지 않았다. 둘째는 내가 퇴임한 후에 동교동 사저로 찾아왔다. 내가 나무랐다.

"무슨 재물 욕심이 그리 많은가."

그러자 둘째는 내 앞에서 눈물을 뿌렸다.

"아버님께는 죄송하지만 저는 억울합니다."

아들의 억울함은 나중에야 알았다. 두 아들에 대해 아비로서 변호를 해보겠다. 당시 정권 교체를 확신했던 검찰은 '지는 권력'을 향해 비수를 겨누었다. 그 표적이 대통령 아들이었고, 홍업이었다. 홍업의 주변 인사 580명을 조사했다. 그중 오랜 친구를 지목, 홍업의 비리 연루 혐의를 캤다. 회사를 압수수색하고, 사생활을 폭로하겠다며 자백을 강요했다. 협박을 견디지 못하고 아들의 친구는 검찰의 요구대로 혐의를 인정했다. 죄책감에 시달리던 친구는 출소 후 아들에게 사죄했다. 그리고 2008년 2월 사망하기 이틀 전 "검찰에 진술한 내용은 모두 거짓이었다"는 녹취록을 유언으로 남겼다.

막내아들 홍걸은 사람을 너무 쉽게 믿고 따랐다. 오랜 미국 유학 중에 국내 사정을 잘 몰랐고, 그에게 접근한 사업자에 대해서 의심 없이 마음을 열었다. 나는 그런 막내의 사람에 대한 '철없는 믿음'을 알고 항상 조심하라고 일렀지만 이를 막지 못했다. 모든 것이 나의 부덕에서 비롯된 일이었다.

5월에 열린 유엔 아동특별총회에 참석하지 못했다. 의료진이 장거리 여행을 만류했다. 아내가 대신 참석했다. 아내는 임시의장을 맡아 회의를 주재했다. 여성 최초로 의장석에 앉아 개회를 선언했다. 이어서 유엔 본부 회의장에서 아동특별총회 기조연설도 했다. 아내는 자신이 유학했던 미국 테네시 주 내슈빌 밴더빌트 대학에서 제1회 '도덕적 인권지도자상'을 받았다. 대학 측은 여권 신장과 아동 복지를 위해 헌신한 공로가 크다고 했다.

6월 13일 지방 자치 단체 선거를 치렀다. 한나라당이 광역 단체장 16개 시·도지사 중 11곳에서 당선자를 냈다. 민주당은 호남과 제주 등 4곳에서, 자민련은 충남 1곳에서 당선자를 배출했다. 한나라당은 수도권과 서울에서 압승을 거뒀다. 나는 비록 당적이 없었지만 선거 결과가 우려스러웠다. 한나라당은 이회창 대통령 후보 대세론을 내세울 것이고, 민주당은 패배의 책임을 싸고 진통을 겪을 것 같았다.

재임 중 한국 경제에 대한 평가는 매우 양호했다. 그러나 신용 카드 남발로 신용 불량자를 양산한 것과 빈부 격차가 벌어져 소득 양극화가 심화된 것은 지금 생각해도 가슴이 아프다. 또 중소기업을 육성하기 위해서 중소기업특별위원회까지 만들어 많은 노력을 기울였지만 소기의 성과를 거두지 못했다.

국민의 정부가 신용 카드 사용을 권장한 것은 두 가지 이유에서였다. 하나는 외환 위기로 침체에 빠진 경기를 활성화시키는 것이었고, 다른 하나는 모든 상거래 과정을 투명하게 해서 탈세를 막아 보자는 것이었다. 1998년 외환위기의 한파가 기업들을 덮치자 생산 활동은 극도로 위축되었다. 기업에 돈을 쏟아 부어도 살아나지 않았다. 문제는 소비였다.

1998년 9월 경제대책회의에서 경제 정책을 내수 진작 쪽으로 방향을 틀었다. 소비를 촉진하는 여러 가지 방안이 나왔다. 그중에 신용 카드 장려 정책이 들어 있었다. 이에 따라 국세청은 신용 카드 확대를 위한 정책들을 마련했다. 기업이 자영업자와 거래할 때는 신용 카드 영수증을 반드시 발급받아 세무서에 신고하도록 했다. 병의원이나 음식, 숙박업, 서비스업 등 현금 수입 업소 등은 신용 카드 가맹을 의무화하도록 했다. 나는 신용 카드 사용을 장려하기 위해 신용 카드 영수증 복권제도를 제안했다. 또 신용 카드 소득공제제도도 도입했다. 이런 정책들이 시행되자 신용 카드 사용이 폭발적으로 늘었다.

신용 카드 사용이 늘어난 만큼 신용 불량자도 증가했다. 내 임기 말인 2003년 2월에는 280만 명에 이르렀다. 특히 신용 불량자 중 절반 이상이 신용 카드 연체 등에서 비롯되었다. 결국 신용 카드 사용 확대 정책이 이러한 결과를 불러왔다. 신용 카드 회사는 신용을 묻지 않고 카드를 발급했고, 카드 사용자는 수입을 따지지 않고 카드를 긁었다. 돈을 빌려 주는 금융 기관과 돈을 빌려 쓰는 사용자가 1차적인 책임이 있었지만 궁극적으로는 정부의 책임이었다. 정부가 충분히 관리·감독하지 못한 점은 반성해야 한다고 생각한다. 투명한 사회를 만드는 데 일조를 한 것은 분명하지만 신용 사회로 가는 데 너무 많은 비용을 지불했다.

편리해서 쓰기 시작한 물건이 쓰다 보면 재앙 덩어리가 되곤 했다. 누구나 카드를 쓰다 보면 사회 구석구석에 걸린 카드의 거미줄에 걸려 파닥거리게 되는 것이다. 우리네 카드 정책도 그렇지 않았나 하는 생각이 든다. 시작할 때는 경제 회생의 희망이었지만 시간이 지나니 근심의 뿌리였다.

또 외환 위기 이후 국민의 정부는 '실업 내각'이라고 할 만큼 실업자 문제 해결에 매달렸지만 중산층 붕괴는 막을 수 없었다. 우리 사회의 중산층은 화이트칼라 계층과 자영업자들이 주류를 이루고 있었다. 그런데 이들의 실직과 폐업은 곧바로 극빈층으로 몰락을 의미했다. 사회안전망이 허술하여 정부로서도 속수무책이었다. 뒤늦게 많은 실업 대책을 마련했지만 그것이 생계 대책은 될지언정 실직자들을 원상회복시키지는 못했다.

외환 위기는 이렇듯 우리 사회의 중산층을 허물어 버렸다. 중산층의 붕괴는 소득의 양극화를 가져왔다. 빈곤층에 편입된 계층이 다시 중산층으로 올라서기는 참으로 어려웠다. 고금리는 부자는 더욱 부자로, 빈자는 더욱 헐벗게 만들었다. 일부에서는 이를 '20 대 80 사회'라 부르기도 했다. 잘사는 20퍼센트와 못사는 80퍼센트로 나뉜다는 말이다.

사실 이런 구조는 세계화의 현상에서 이미 시작된, 지구촌 전체의 불가피한 현상일지도 몰랐다. 그러나 내 임기 중에 소득 양극화가 심화되었음이 참으로 안타까웠다. 일부 부유층들은 IMF 체제를 즐기고 있다는 말까지 나돌았다. 그들의 소비 행태들을 보면서 중산·서민층의 상대적 박탈감은 더욱 심했을 것이다. 나는 그것을 알면서도 어쩔 수 없었다.

붉은 악마와 촛불

(2002. 6 ~ 2002. 10)

"2002 한일 FIFA 월드컵 개막을 선언합니다."

21세기 첫 월드컵 축구 대회에서 개막 선언을 했다. 5월 31일 서울 상암경 기장에는 6만 관중이 들어찼다. 개막식에는 공동 개최국 일본의 고이즈미 준 이치로 총리를 비롯 알렉산데르 크바시니에프스키(Aleksander Kwaśniewski) 폴란드 대통령, 사나나 구스마오 동티모르 대통령, 토미 레맹게사우(Tommy Remengesau) 팔라우 대통령, 피어 찰스(Pierre Charles) 도미니카연방 총리 등이 참석했다. 나는 제프 블라터(Sepp Blatter) FIFA 회장과 고이즈미 일본 총리의 손을 잡고 환호하는 관중들에게 답례했다. 대륙, 인종, 이념, 종교를 초월하여 인류가 하나되는 평화의 축제가 되기를 진심으로 기원했다.

개막 행사는 우리 전통 문화와 최첨단 IT 기술을 접목시켰다. 우리만의 우 아함과 정교함으로 전 세계에 평화의 메시지를 전달했다. 나는 한일 월드컵을 'IT 월드컵'으로 만들어 지구촌에 IT 강국의 인상을 심어 주자고 독려했다. 월드컵 기간 동안 세계 최초로 디지털 HD 텔레비전 방송을 본격 실시했다. 개막 행사는 이러한 의지가 녹아 있었다.

레이저 영상으로 평화를 상징하는 문양들을 수놓았다. 첨단 기술이 빚어낸 한 폭의 수묵화였다. 비디오 아트의 거장 백남준 씨의 작품에서 뿜어 나온 빛

462

과 신라 시대의 범종에서 쏟아진 소리가 합쳐졌다. 지구촌의 축제로 손색이 없었다.

프랑스와 세네갈의 개막 경기를 끝까지 지켜봤다. 월드컵에 처음 출전한 세네갈이 지난 대회 우승 팀 프랑스를 1 대 0으로 꺾었다. 이변과 파란의 서곡이었다.

4일 밤 한국과 폴란드 예선전이 부산에서 벌어졌다. 경기가 있기 전에 크바시니에프스키 폴란드 대통령과 부산 롯데 호텔에서 정상 회담을 가졌다. 회담의 마지막은 응원전이었다.

"대통령께서 직접 응원하는 바람에 폴란드 선수들이 크게 힘을 얻은 것 같아 걱정입니다."

"오늘 경기 결과에 관계없이 한국과 폴란드는 기회가 남아 있습니다."

"폴란드가 양보하겠다는 이야기로 들립니다."

"승부만큼은 절대로 양보를 못합니다."

크바시니에프스키 대통령과 함께 입장하자 5만 관중이 일어나 박수를 보냈다. 부산 아시아드경기장은 온통 붉은색 물결이었다. 나도 붉은 넥타이를 매고, 붉은 머플러를 두르고, 붉은 모자를 썼다. 그렇게 우리 응원단 '붉은 악마'가 되었다.

전반에 황선홍 선수가 첫 골을 터뜨렸다. 쓰고 있던 붉은 모자를 벗어서 흔들었다. 후반전에는 유상철 선수가 골을 넣었다. 나도 모르게 자리에서 벌떡 일어났다. 다시 모자를 흔들었다. 크바시니에프스키 대통령이 옆에 앉아 있다는 사실도 잊어 버렸다.

2 대 0, 월드컵 사상 첫 승리였다. 감격적인 순간이었다. 폴란드 대통령이 내 손을 번쩍 들어 승리를 축하해 주었다. 멋지고 황홀한 밤이었다. 선수 대기실을 찾아갔다. 히딩크 감독, 선수 모두와 악수를 나누었다.

"국민을 대표해서 감사와 축하를 보냅니다. 국민들은 오늘 밤 잠을 이루지 못할 것입니다. 이제 16강에 들어갈 수 있는 당당한 자신감을 갖게 됐습니다."

2002년 월드컵 미국과의 경기는 청와대에서 비서실 직원들과 함께 봤다. 후반에 우리 팀의 동점 골이 터지는 순간, 나도 모르게 일어나 만세를 불렀다.

히딩크 감독을 꼭 껴안았다. 그는 월드컵 개막 전에 "세계를 깜짝 놀라게 하겠다"고 장담했다. 그가 이방인이라는 느낌이 들지 않았다. 오래전부터 우리 곁에 머물던 이웃 같았다.

경기장을 나서자 대통령 행렬을 알아본 부산 시민들이 환호했다. 이날 서울 광화문과 대학로 일대에서, 그리고 지방 대도시에서 수십만 명이 길거리 응원을 펼쳤다. 너도나도 붉은 옷을 입기 시작했다. 이른바 '붉은 전설'의 시작이었다.

한국과 미국의 예선 경기는 10일 대구에서 열렸다. 이 경기는 참관하지 않겠다고 발표했다. 한미 양국의 응원단이 충돌하는 우발적 상황이 벌어질지 몰랐다. 당시 일각에서는 우리 사회의 반미 감정 확산이 우려할 만한 수준이라며 이를 경계했다. 여러 가지 이유로 미국을 바라보는 국민들 시선이 곱지 않았다. 부시 행정부의 무례한 한반도 외교도 원인 중의 하나였다.

청와대 본관에서 비서실 직원들과 함께 텔레비전을 지켜봤다. 이번에는 아예 붉은 티셔츠를 입었다. 우리 선수들이 전반에 한 골을 내줬다. 그리고 후반에 들어서도 좀처럼 득점을 하지 못했다. 경기는 우리가 우세한데도 골은 터지지 않았다. 그러다 안정환 선수의 동점 골이 터졌다.

한국과 포르투갈 경기는 14일 인천 문학경기장에서 열렸다. 우리가 1 대 0으로 승리했다. 박지성 선수의 골은 참으로 통쾌했다. 예선 전적 2승 1무, 당당히 16강에 올랐다. 변방에 머물던 아시아 축구를 세계 중심부로 옮겼다. 축구가 더 이상 유럽과 남미의 전유물이 아니라는 것을 보여 주는 쾌거였다. 경기가 끝난 후 다시 선수 대기실을 찾았다.

"지금 이 시간 4800만 국민, 아니 7천만 국민이 환호하고 있습니다. 국민의 한 사람으로서 깊이 감사드립니다."

하지만 월드컵 기간 내내 자식들 문제로 괴로웠다. 돌아서면 가슴이 아팠다. '국민들이 나를 어떻게 볼 것인가.' 국민들 앞에 나서기가 솔직히 부끄러웠다.

이탈리아와의 16강전은 청와대에서 국무위원들과 함께 지켜봤다. 이탈리아에서는 외빈이 오지 않아 주최국 대통령이 직접 관전하는 것이 부적절하다는 의견에 따랐다.

1 대 1로 비긴 상황에서 안정환 선수의 연장전 골든 골이 터졌다. 장관들과 함께 외쳤다.

"대한민국 만세!"

8강전은 22일 광주에서 열렸다. 스페인과도 역시 연장전까지 가는 혈투였다. 선수들의 체력이 걱정되었다. 경기는 득점 없이 끝났다. 4강행의 운명은 승부차기로 결정되었다. 스페인의 네 번째 선수가 실축을 했다. 이어서 우리 홍명보 선수가 나와 골문을 노려봤다. 대한민국이, 세계가 숨을 멈췄다. 이윽고 골 망이 흔들렸다. 정확히 모서리에 꽂히는 대단한 골이었다. 귀빈석의 모두가 일어나 "대~한민국"을 외쳤다. 대한민국은 아시아 최초로 월드컵 4강에 오르는 나라였다. 나는 그만 울고 말았다.

"오늘은 단군 이래 가장 기쁜 날입니다. 이제 국운 융성의 길이 열렸습니다."

월드컵의 또 다른 승리는 응원이었다. 특히 길거리 응원은 세계를 놀라게 했다. 우리네 '붉은 악마'는 이름만큼 강렬하게 "꿈은 이루어진다"는 메시지를 국민들 가슴에 심었다. 연인원 2300만 명이 길거리 응원에 나섰다. 스페인과 싸울 때는 500만 명이 모여서 응원을 펼쳤다. 외신들은 한국 선수들의 선전 못지않게 거리 응원 소식을 전해야 했다. 축구의 본고장 유럽에서 흔히 볼 수 있는 훌리건 시위, 음주 행패, 패싸움 등과는 거리가 멀었다. 차원이 달랐다.

모두 붉은 옷만 입으면 '악마'가 되었다. 내가 볼 때는 사악한 기운을 몰아내는 착한 악마들이었다. 열정은 폭발하는데 그 속에 증오가 없었다. 어떠한 폭력성도 없었다. 축제를 즐길 뿐이었다. 거리의 쓰레기를 치우고 안전사고가 우려되면 "질서"를 외쳤다. 그들이 떠난 거리는 깨끗했고 수십만 명이 모였지만 어떤 사고도 일어나지 않았다. 우리 젊은이들이 진정 자랑스러웠다. 외경스러웠다. 이런 젊은이들이 있으니 우리 조국의 내일은 걱정이 없겠다는 생각도 했다. 이러한 길거리 응원은 차기 대회가 열린 독일 월드컵에 영향을 미쳤고, 세계의 젊은이들을 광장으로 불러냈다. 외국 언론들도 찬사를 보냈다.

"외국인들은 혼자서도 붉은 악마 군중 사이에 아무런 걱정 없이 편하게 앉아 있을 수 있다. 그러한 마찰 없는 평화적인 분위기는 다른 어떤 국가에서도 찾아보기 힘들다. 물론 한국은 지구상의 어떤 국가 못지않게 이러한 승리의 순간을 얻기 위해 피땀을 흘려 왔고, 그래서 승리를 즐길 자격을 갖췄다. 더욱 놀라운 것은 한국인들이 그들의 승리 순간을 다른 사람들과 함께 나누려고 한다는 것이다."(캐나다 『토론토 선(Toronto Sun)』)

"응원의 상징 색깔 '빨강'에 대한 세대 간의 미묘한 의식 차이도 월드컵 축구 대회 열기로 완전히 감춰지고 말았다. 한국에서도 오랜 기간 '빨강'은 공산주의의 상징이었다."(일본 『닛케이(日經) 신문』)

나는 이렇듯 순수하면서도 폭발적인 에너지의 결집 현상을 앞으로 누군가 규명해야 할 것이라고 생각했다.

누가 정확히 헤아렸는지 몰라도 거리 응원의 70퍼센트는 여성들이라고 했다. 과거에는 상상도 할 수 없는 새로운 현상이었다. 나는 21세기는 여성들의 시대라고 말해 왔지만 이렇듯 빨리 올 줄은 몰랐다.

우리 선수들은 독일에 1 대 0으로 졌고, 다시 터키와의 3~4위 결정전에서 3 대 2로 패했다. 그런데 이번에도 패배의 낙담보다는 서로를 격려하고 배려해 주는 최고의 장면을 연출했다. 한국전쟁에 참전한 터키를 형제 국가로 여겼다. 세계가 이를 칭송했다. 나는 그런 대한민국의 대통령이었다.

월드컵이 끝난 후 덴마크 코펜하겐 ASEM 정상회의에서 호세 마리아 아스나르(Jose Maria Aznar) 스페인 총리가 내게 말했다.

"한국이 4강에 오른 것은 주최국 이점 때문이 아닙니까?"

웃으며 흘려버릴 수 있는 얘기였지만 그럴 경우 우리 국민들의 자존심이 상할 수 있었다. 나는 외교 담당 비서관에게 이렇게 전하라고 지시했다. 정식으로 따진 것이다.

"한국은 지난 월드컵에서 스페인만 이긴 것이 아닙니다. 폴란드, 포르투갈, 이탈리아도 이겼습니다. 이것이 모두 심판 때문이라 생각하십니까? 그리고 오해가 있는 것 같습니다. 모든 심판은 우리가 정하는 것이 아니고 FIFA가 정하는 것입니다."

히딩크 감독에게서 많은 것을 배웠다. 그도 처음에는 많은 비난에 직면했다. 시범 경기 성적이 좋지 않아 국민들을 실망시켰다. 그러나 자신의 소신을 굽히지 않았다. 지역, 학연, 선후배 같은 인연의 끈에서 벗어났다. 오직 실력으로 선수들을 평가했다. 이렇듯 당연한 일을 그동안 우리는 하지 못했다. 히딩크 감독은 강철 같은 체력과 정신력으로 우리 선수들을 무장시켰다. 유럽 팀에 대한 두려움을 떨쳐 냈다. 지도자 한 사람의 힘이 얼마나 큰일을 하는지 보여 주었다. 그는 진정한 영웅이었다. 월드컵 성공 기념 대축제에서 히딩크 감독에게 훈장과 대한민국 명예국민증을 수여했다. 대한민국의 자랑스러운 국민으로 남아 달라는 뜻을 담았다.

국민의 정부는 축구계의 건의를 받아들여 대표 팀 선수들에게 병역 면제의 혜택을 주었다. 선수들이 공인구 피버노바에 사인하여 내게 선물했다. 선수들의 사인을 일일이 확인하며 얼굴을 떠올렸다.

나는 사실 월드컵 축구 대회에 세 가지 걱정거리가 있었다. 첫째는 테러 등 안전에 대한 우려였고, 둘째는 주최국으로서 16강 이상의 성적을 올릴 수 있느냐 하는 문제였다. 셋째는 사상 처음 일본과의 공동 개최인데 역사·문화·기술적 이질감을 극복하고 원만하게 진행될 것인지에 대한 걱정이었다. 그러나 모든 게 기우였다. 우리는 역사상 가장 훌륭하게 월드컵을 치렀다.

서해에서 다시 교전이 일어났다. 월드컵 폐막식을 하루 앞둔 6월 29일 오전 연평도 부근이었다. 북한 해군 경비정 2척이 북방 한계선을 넘어오자 우리 고속정이 이를 저지하려 접근했고, 그러자 북한 경비정이 기습 포격을 가했다. 우리 고속정(참수리 357호)의 병사들은 최선을 다해 응사했지만 기선을 제압당한 뒤라서 어쩔 수 없었다. 고속정은 침몰했고 해군 장병 6명이 전사했다. 나중에 보고를 받아서 알았지만 장병들의 최후는 장렬했다. 마지막 순간까지 총을 놓지 않고 바다를 지켰다.

이날의 교전은 많은 문제점을 드러냈다. 고속정의 순찰 작전을 엄호할 초계함이 사정거리 안에 없었다. 고속정이 북의 경비정을 밀어내는 등 작전을 할 때는 함정이 뒤를 받쳐 북의 도발에 대비해야 함에도 그러한 수칙을 지키지 않았다. 나는 이를 엄중하게 생각했다.

언론은 이를 훗날 제2차 연평해전이라 이름 붙였다. 한반도 전체가 월드컵 축제 열기에 휩싸여 있을 때 북이 왜 그런 도발을 했는지 이해할 수 없었다. 그것은 무참히 패한 제1차 연평해전의 복수를 노리고 기회만을 엿봤던, 계획적인 도발이라는 분석이 우세했다. 그러나 북한 지도부가 개입했는지는 알 수 없었다. 나는 그날 오후 곧바로 국가안전보장회의를 소집했다. 나는 우선 해군 장병들의 희생에 깊은 애도의 뜻을 표했다. 유가족에 대해서는 정부가 할 수 있는 모든 지원 조치를 취하라고 당부했다. 그리고 강경한 대북 비난 성명을 발표하고 확전 방지 및 재발 방지 대책을 세우는 등 냉정한 대응을 지시했다. 이에 국방부 장관이 성명을 발표했다.

"묵과할 수 없는 무력 도발에 대해 우리 정부는 엄중 항의하며 북한의 사과와 책임자 처벌, 재발 방지를 강력히 요구한다."

북한은 신속하게 응답했다. 다음 날 아침 일찍 남북 정상 회담 이후 개통된 핫라인으로 긴급 통지문을 보내왔다.

"이 사건은 계획적이거나 고의성을 띤 것이 아니라 순전히 아랫사람들끼리 우발적으로 발생시킨 사고였음이 확인되었다. 이에 대하여 매우 유감스럽게 생각한다. 다시는 이러한 사고가 재발되지 않도록 노력하자."

북한의 사과는 더 이상의 사태 악화는 원치 않는다는 뜻이었다. 그러나 이러한 북한의 사과문은 당시에는 공개할 수 없었다. 우리 측은 다시 공개 사과하고 책임자 처벌, 재발 방지 보장을 요구했다. 북측은 약 4주 후인 7월 25일에 통일부 장관 앞으로 보내온 전통문을 통해 정식으로 유감의 뜻을 표했다. 이것이 북측이 우리 정부에 보낸 최초의 사과 문서가 되었다. 북의 사과를 확인하고 나서 예정대로 일본 요코하마에서 열리는 월드컵 폐막식에 참석했다. 분당 국군수도병원 영결식장에는 박지원 비서실장을 보내 조의를 표했다.

서해교전을 빌미로 일부 언론과 야당이 연일 햇볕 정책을 공격했다.

"패전의 원인은 다름 아닌 햇볕 정책에 있다."

야당 대통령 후보는 금강산 관광을 중단하라고 촉구했다. 그러나 국민들은 동요하지 않았다. 그것이 햇볕 정책의 위력이었다. 바로 그날 밤 터키와의 3~4위 결정전이 열렸고, 수백만 명이 응원을 하러 길거리로 쏟아져 나왔다. 관광객들은 북쪽 금강산을 찾았고, 북측의 경수로 안전 통제 요원들은 남쪽 대덕단지로 연수를 왔다.

나는 7월 1일 도쿄 총리 관저에서 한일 정상 회담을 갖고 흔들림 없이 햇볕 정책을 추진해 나가겠다고 밝혔다. 이에 고이즈미 준이치로 일본 총리는 우리 입장을 적극 지지했다. 대내외에 힘이 있어야 햇볕 정책을 펼 수 있음을 다시 알렸다.

2일 일본 방문을 마치고 귀국했다. 곧바로 국군수도병원을 찾아가 서해교전으로 부상한 장병들을 위문했다. 한 보호자가 "살려 주세요"라며 울음을 터뜨렸다. 나는 "제발 희망을 잃지 마시라"고 위로했다. 밤에는 광화문 거리에서 펼쳐진 '월드컵 성공 국민 대축제'에 참석했다. 낮에는 분단의 아픔을 보듬고, 밤에는 역동하는 한국을 눈에 담았다.

모든 관심이 월드컵 경기에 집중되었을 때 여중생 2명이 미군에 의해 목숨을 잃었다. 6월 13일 경기도 양주군 지방도로에서 미군 장갑차가 친구 생일 파티에 가던 소녀를 뒤에서 덮쳤다. 갓길을 걷고 있었지만 도로가 좁아 장갑차를 피할 수 없었다. 두 소녀의 이름은 효순, 미선이었다. 미 군사 법정은 공무 중에 발생한 사건이라며 장갑차 관제병과 운전병에게 무죄를 평결했다. 그러자 서울 종로에서 100여 명이 이에 항의하는 촛불 시위를 시작했다.

이 같은 사실이 인터넷에 퍼지면서 시민들은 밤마다 촛불을 들었다. 시민들은 "살인 미군 처벌"과 불평등 조약인 "SOFA 개정"을 요구했다. 12월 14일 5만 명이 넘는 시민들이 촛불을 들고 미국 대사관으로 몰려갔다. AFP 통신이 이를 "반미 시위 현장의 촛불 바다가 미국 대사관을 삼키다"라는 제목의 기사를 세계에 타전했다.

나는 국무회의에서 SOFA 개선 방향을 곧 있을 한미 연례 안보협의회에서 협의하라고 지시했다. 그리고 촛불 시위가 반미 시위로 번지는 것을 경계했다.

"유가족에게 다시 한 번 깊은 위로와 애도의 뜻을 표합니다. 국민 여러분께서도 큰 충격을 받은 것을 잘 알고 있습니다. 저도 똑같은 심정입니다. 그러나 미국의 정책에 대해 건전한 비판은 할 수 있지만 무차별적인 반미 풍조는 국익에 보탬이 되지 않습니다."

그러나 한미 안보협의회에서는 거리의 촛불을 끌 만한 합의를 끌어내지 못했다. 그런 가운데 헨리 하이드(Henry Hyde) 미국 하원 국제관계위원장 일행이 한국 방문을 전격 취소했다. 리처드 아미티지(Richard Armitage) 국무부 부장관이 서울에 왔다. 그는 곧바로 나를 예방했다.

"부시 대통령은 한국 국민들에게 가장 깊은 사과를 전해 달라고 당부했습니다. 여중생 사망과 관련한 최근 시위에는 한국 국민의 자존심이 걸려 있다고 보며, 우리도 진지하게 받아들이고 있습니다."

나는 아미티지 부장관에게 SOFA 개정 등 한미 양국의 실질적인 조치가 조속히 마련돼야 할 것이라고 강조했다. 그리고 시민 단체들이 부시 미국 대통령의 직접 사과를 요구하고 있는 국내의 분위기를 전달했다.

"부시 대통령의 직접 사과를 바라는 한국 국민의 마음을 미국이 충분히 이해할 필요가 있습니다."

부시 대통령이 12월 13일 내게 직접 전화를 걸어왔다. 그리고 직접 사과했다.

"여중생 사망 사건과 관련하여 김 대통령과 한국 국민에게 깊은 애도와 유감의 뜻을 밝힙니다. 유사 사건의 재발 방지를 위해 미군 수뇌부가 한국 측과 긴밀히 협조하도록 지시했습니다. 미국 국민들은 한국 국민들에 대해 깊은 존경심을 갖고 있으며 한미 동맹 관계의 중요성도 잘 알고 있습니다."

촛불 시위는 12월 14일 최대 규모로 진행된 이후에 차츰 잦아들었다. 나는 촛불 시위에 어떤 물리적 제재나 강압적 통제를 지시하지 않았다. 국민의 정부가 여론을 끌거나 밀고 다닐 수는 없었다. 모든 것은 법에 따라 결정되었다. 집회는 자유롭게 허용되었다. 미국 측이 이미 알고 있듯이 이는 한국인의 '자존심이 걸려 있는' 중대한 문제였다. 이런 나의 태도가 미국 측은 못마땅했는지 모른다. 그러나 만약 미국 내 보수층 일각에서 그런 생각을 가졌다면 그야말로 단견이다. 양국의 선린은 주고받는 것이었다. 지구상에 우리 같은 굳건한 동맹이 어디 있는가. 그럴수록 미국은 한국을 귀하게 여겨야 한다고 생각했다.

2003년 1월 『워싱턴 포스트』지는 로버트 노박(Robert Novak)의 칼럼 「김

대중 대통령은 반미주의자」라는 기고문을 실었다.

1981년 한국 군부에 처형되기 직전 로널드 레이건 대통령에게 구출된 김 대
통령은 한국 역사상 가장 반미적인 대통령임이 입증되었으며, 노무현 대통령 당
선자는 한 술 더 떠 엉클 샘(미국)의 수염을 잡아당기고 있다.

나는 주미 공사 명의의 항의 서한을 전달하여 그 부당성을 지적했다. 우리
국민들은 반미가 아니라 미국 정책에 반대하고 있었다. SOFA 개정을 요구하
는 것 자체가 반미가 아님을 나타내는 것이다. 반미라 하면 미군을 철수하라
고 하지 불평등 조약을 개정하라 하겠는가. 나는 훗날 일본 NHK 방송에서도
이렇게 주장했다.

"미국 정책에 대해서 불만을 가진 사람들은 상당히 있습니다. 그러나 미국
과 동맹을 폐지하라는 사람은 없습니다. 미국 정책에 대한 비판은 영국, 일본
에도 있습니다. 일본은 한때 아이젠하워 대통령의 방일을 시위대가 막아서
성사되지 못한 적도 있습니다. 정책에 대한 반대와 반미는 구별해야 합니다."

나는 민주주의 시민으로서 우리 국민들의 성숙한 의식을 믿었다. 반미는
역시 기우에 불과했고, SOFA 개정은 '자존심이 걸린' 현실적인 문제로 계속
굴러갔다.

나는 "대~한민국"을 외치며 붉은 악마들이 포효하던 길거리와 광장에서 촛
불 시위가 벌어지고 있는 것을 예사롭지 않게 바라보았다. 인터넷에서 "촛불을
들자"고 하면 삽시간에 광장을 촛불로 덮고, 그 불길은 전국으로 번져 나갔다.
앞으로는 여론이 인터넷에서 형성될 것이라 보였다. 어떤 사건이나 의견에 대
한 댓글은 참으로 묘했다. 짧은 글 하나의 위력은 대단했다. 하나의 사건이 나
라 간의 갈등으로 번질 수 있다는 것을 보여 주었다.

내가 그토록 외쳤던 정보 강국, 그 사이버 공간은 어떻게 진화할 것인가.
아마 더 이상 불의를 방치하지 않을 것이라는 생각이 들었다. 구조적 비리나

집단이기주의 같은 사회악은 숨을 곳이 없을 듯싶었다. 한미 사이에 '불평등'을 사르겠다는 촛불 시위는 직간접으로 제16대 대통령 선거에도 많은 영향을 끼쳤다.

7월 11일 국민의 정부 마지막 개각을 단행했다. 이한동 국무총리가 대통령 선거에 뜻을 두고 정치인으로 돌아갔다. 이 총리는 2년 2개월 동안 재임하면서 국정을 안정적으로 이끌었다. 특히 민주당과 자민련의 공조가 붕괴하는 정치적 소용돌이 속에서도 흔들림 없이 나를 도왔다. 그에게 고맙다고 말했다.

장상 이화여대 총장을 국무총리서리로 발탁했다. 헌정 사상 첫 여성 총리서리였다. 법무부 장관에 김정길 전 법무부 장관, 국방부 장관에 이준 전 1군사령관, 문화관광부 장관에 김성재 한국학술진흥재단 이사장, 정보통신부 장관에 이상철 KT 사장, 보건복지부 장관에 김성호 조달청장, 해양수산부 장관에 김호식 국무조정실장, 국무조정실장에는 김진표 청와대 정책기획수석을 임명했다. 청와대 정책기획수석에는 최종찬 전 기획예산처 차관을 발탁했다. 장상 총리서리는 인격과 능력, 그리고 업적을 익히 알고 있기 때문에 영입에 공을 들였다. 비서실장을 보내 설득했고, 아내에게도 거들어 달라고 부탁했다. 그의 결심이 고마웠다. 임명장 수여식에서 남은 7개월을 용의 눈을 그리는 '화룡점정의 시간'으로 만들자며 이렇게 말했다.

"국민의 정부 들어 여성들을 위해 여러 가지 일을 했습니다. 법도 많이 제정하고, 여성부도 만들었습니다. 여성 장군과 청와대 수석도 탄생시켰습니다. 마침내 여성 총리까지 나왔으니 이제 남은 것은 대통령뿐입니다."

장 총리서리는 2000년 6월 제정된 인사청문회법에 따라 최초로 청문회에 참석했다. 그런데 국회에서 표결에 부쳐진 임명동의안이 부결됐다. 언론은 민주당 의원들도 반대표를 던졌다고 보도했다. 참으로 애석했다. 그러나 정치권 어디에 하소연할 곳조차 없었다. 장상 총리서리의 사표를 수리했다. 총리가 없는 국무회의를 주재했다. 비어 있는 총리석을 바라보며 아쉬움을 토로했다.

"장 총리서리를 지명한 것은 정치적 중립성이 확실하고 여성 지위 향상의 적임자이기 때문입니다. 우리가 세계 일류 국가를 지향한다고 하지만 지금과 같이 여성의 지도적 역할이 취약한 환경에서는 불가능합니다. 국회의 결정을 수용하지만 우리의 이런 노력은 역사가 평가할 것입니다."

8월 9일 새 총리서리에 장대환 매일경제신문사 사장을 지명하고 임명장을 수여했다. 막 50세인 장 총리서리는 지식 기반 사회에 알맞은 리더십과 추진 력을 지녔다고 보았다. 그러나 국회는 국무총리 임명동의안을 다시 부결시켰 다. 장 총리서리는 사표를 내고 떠났다. 나는 다시 총리감을 골라야 했다. 9월 10일 총리서리에 김석수 전 중앙선거관리위원장을 임명했다. 김 총리서리에 대한 국회 임명동의안은 통과됐다.

다시 몸이 아팠다. 며칠 동안 기침이 심했다. 8월 8일부터 공식 일정을 소 화하지 못했다. 의료진은 폐렴으로 진단했다. 이틀 동안 서울지구병원에 입원 했다가 관저에서 휴식을 취했다. 8·15 광복절 행사에 참석하지 못했다. 언론 은 내 건강에 대해 여러 가지를 들추었다. 추측성 보도가 많았다. 다시 청와대 와 인터넷에는 쾌유를 바란다는 전화와 메시지가 답지했다. 부시 미국 대통령 이 위로 편지를 보내왔다. 8월 19일 세종로 정부청사에서 국무회의를 주재했 다. 발병 후 첫 공식 일정이었다.

허갑범 주치의가 교수직을 퇴임했다. 허 박사와는 지난 1990년 인연을 맺 었다. 지방 자치제 관철을 위해 단식 투쟁을 벌일 때 내 용태를 지극히 살폈다. 그는 온화했다. 병에 앞서 마음을 먼저 치료했다. 퇴임 후에도 자주 찾아왔다. 내가 많이 신뢰했다. 9월 17일 새 주치의로 장석일 의무실장을 위촉했다.

서해교전 발발에도 불구하고 2002년 여름의 남북 관계는 비교적 순조롭게 풀려 갔다. 8월 서울에서 정세현 통일부 장관과 김령성 북측 단장이 제7차 남 북 장관급 회담을 가졌다. 남북체육회담, 제2차 남북경제협력추진위원회 회 의, 민간 차원의 8·15 민족통일대회가 잇달아 열렸다. 민족통일대회에 분단

이후 처음 110여 명의 북측 인사가 서울을 방문했다.

서울에서 열린 제2차 남북경제협력추진위원회 회의에서는 한반도 동과 서의 철도·도로 공사를 남과 북이 9월 18일 동시에 착공하기로 했다. 반세기 동안 끊겼던 민족의 대동맥을 잇고 통일의 길을 닦는 역사적인 사건이었다. 또한 부산아시안게임에 북한의 선수단과 응원단이 참가하기로 합의했다. 화해 협력을 향한 남과 북의 노력은 하나씩 결실을 맺어 가고 있었다.

이럴 즈음 고이즈미 준이치로 일본 총리가 북한을 전격 방문했다. 9월 17일 김정일 국방위원장과 정상 회담을 갖고 '평양 선언'을 채택했다. 국제 사회가 깜짝 놀랐다. 나도 비상한 관심을 가지고 지켜봤다. 사실 고이즈미 총리의 방북은 내가 적극 권유했다. 정상 회담을 할 때마다 김정일 위원장은 '대화가 되는 사람'이니 만나 보라고 했다. 또 북한에도 일본과의 관계 개선을 촉구했다. 4월 임동원 특사를 통해 김정일 위원장에게 보낸 친서에서도 경제 발전을 위해서 일본과의 관계 개선은 불가피하다고 조언했다. 이러한 나의 '숨은(막후) 역할'을 일본 언론들이 크게 보도했다.

정상 회담에서 북한과 일본은 국교 정상화 교섭을 10월 중에 재개하기로 했다. 또 일본은 과거 식민지 지배에 대해 사과하고 과거 보상의 차원에서 무상 자금 협력, 저금리 장기 차관 공여 등 경제 협력 원칙에 합의했다. 고이즈미 총리는 내게 전화를 걸어 방북 결과를 설명했다. 그는 북일 정상 회담에서 "긴장 완화를 위해 남북 대화와 남북 공동 선언의 착실한 이행이 중요하다"는 점을 강조했다고 말했다. 나와 고이즈미 총리는 남북 관계, 북일 관계, 북미 관계가 함께 발전하는 것이 중요하다는 데 인식을 같이했다. 그러나 그 후 북일 관계는 여러 가지 악재로 주춤거렸다. 일본 내에서 일어난 우경화 바람은 고비 때마다 북일 관계의 발목을 잡았다.

덴마크 코펜하겐에서 열리는 제4차 ASEM 회의에 참석하기 위해 9월 20일 출국했다. 나는 ASEM 정상회의 개회식에서 전 개최국 의장 자격으로 개막 연설을 했다.

"지금 한반도에서는 매우 획기적인 변화가 일어나고 있습니다. 2000년
6·15 남북 공동 선언의 합의가 이제 비로소 구체적인 실천의 단계에 접어들고
있습니다. 특히 지난 주 착공된 남북한 간 철도와 도로 연결은 참으로 중요한
의미가 있습니다. 무엇보다 군사적 긴장 완화의 의미가 큽니다. 남북 간 군사
분계선의 철조망이 마침내 부분적이나마 제거되기 시작한 것입니다. 남북 간
의 사회적·문화적인 상호 교류가 크게 증대되고 경제 협력도 활성화됩니다.

남북한 간 철도 연결의 또 하나 의미는 유럽과 한국을 육로로 연결하는 '철
의 실크로드'가 이룩된다는 사실입니다. 이는 하나의 공동체를 지향하는
ASEM의 이상을 실현하는 데에도 다시없는 기회가 될 것입니다. 유럽 각지에
서 출발한 기차가 유라시아 대륙을 관통하여 한국의 서울과 부산까지 도달하
게 됩니다. 그리고 세계 제3의 컨테이너 항구인 부산항을 통해서 태평양 전역
으로 이어집니다. 물론 한국을 출발한 기차도 서유럽에까지 이르러 대서양과
연결되게 됩니다.

그동안 ASEM이 추진해 온 아시아·유럽 간 '디지털 실크로드'의 완성은
이미 눈앞에 다가왔습니다. 그 관문이 될 한국과 프랑스 간의 초고속 정보 통
신망이 지난해 12월 개통되었습니다. 이제 '철의 실크로드'까지 완성되면 아
시아와 유럽은 하나의 협력 공동체를 향해 크게 전진하게 될 것입니다."

아시아와 유럽의 정상들은 한결같이 월드컵의 성공과 남북 철도 공사 착공
에 찬사를 아끼지 않았다. 한반도와 대한민국이 단연 화제의 중심에 있었다.
정상들은 만장일치로 '한반도 평화를 위한 정치 선언'을 채택했다. 5개항의
선언은 남북 간 화해·협력 과정에 대한 지지 재확인, 서해교전 사태와 같은
남북한 무력 충돌 재발 방지, 제2차 남북 정상 회담 개최, 북한의 핵·미사일
문제의 대화를 통한 해결, 북미 대화의 필요성 등을 담았다. 우리 정부가 추진
해 온 대북 포용 정책의 골격을 대부분 수용했다. 그중에서도 우리 외교 노선
을 전폭 신뢰하고 북미 대화의 필요성을 회원국 모두가 촉구한 것은 큰 의미
가 있었다.

이러한 남과 북의 화해 기류에 다시 먹구름이 끼었다. 9월 말 부시 미국 대통령에게서 전화가 왔다. 이른 시일 내에 북한에 고위급 특사를 파견하겠다고 통보했다. 그러면서 "북한과 이라크는 다르다. 미국의 이런 생각을 한국 국민들에게 분명히 알려 달라"고 말했다. 나와 부시 대통령은 남북과 북일 간 대화의 진전을 서로 평가했다. 부시 대통령은 제임스 켈리(James Kelly) 미 국무부 아태 담당 차관보를 10월 초에 특사로 평양에 보냈다. 나는 부시 대통령이 북한과 대화를 적극 모색하는 것으로 믿었다. 그러나 그것은 나의 오산이었다.

북한 방문을 마친 켈리 특사 일행은 방북 결과를 우리 측에 설명했다. 미국 측이 고농축 우라늄의 실재 여부를 추궁하자 강석주 북한 제1부상이 이를 시인했다는 것이다. 세계가 깜짝 놀랄 일이었다.

"미국 측이 제시한 고농축 우라늄 계획이 실재한다. 미국이 엄청나게 보유하고 있는 핵무기로 우리를 '악의 축'이라며 선제공격을 하겠다고 위협하는 마당에 우리도 국가 안보를 위한 억제력으로 핵무기는 물론 그보다 더 강력한 것도 가질 수밖에 없지 않느냐. 전쟁을 하자면 할 용의가 있다."

그러나 북한은 미국과 협상을 통해 해결할 용의가 있음을 내비쳤다고 했다. 이와 관련 세 가지 조건을 내걸었다. 바로 체제 인정 존중, 불가침 조약 체결, 경제 제재 해제였다. 그리고 최고위층과의 회담을 통해 일괄 타결을 희망했다.

나는 보고를 받고 낙담했다. 북한이 고농축 우라늄을 지니고 있다고 인정했으니 북미 관계는 다시 파국으로 치달을 수밖에 없다고 판단되었다. 그렇다면 지금까지 공들인 남과 북의 관계는 다시 악화될 수밖에 없었다. 나는 부시 대통령과 북한의 지도부가 미국 네오콘들의 집요한 북한 흔들기에 넘어갔다고 판단했다. 아니나 다를까, 미국 언론들이 북한을 때리기 시작했다. 국내 언론은 이를 받아 의혹을 더욱 부풀려 보도했다. 기사의 끝은 햇볕 정책의 유보 또는 폐기였다.

나는 우선 북한을 설득하기로 했다. 마침 제8차 장관급 회담을 하러 평양에 가는 정세현 통일부 장관을 통해 김정일 위원장에게 메시지를 보냈다.

"대량 살상 무기의 개발과 보유는 용납할 수 없다. 미국에게 대화를 제의하고 특사를 파견하라. 어떠한 경우에도 제네바 합의를 파기해서는 안 된다. 멕시코 로스카보스 APEC 3국 정상 회담이 열리기 전에 북한의 입장을 밝히는 게 중요하다."

북한은 한·미·일 정상 회담을 앞두고 외교부 대변인 성명을 발표했다. 하지만 내가 원하는 해답은 아니었다. 그러나 문구는 투박해도 미국과 관계 개선을 원하고 있음이 간절하게 드러나 있었다.

"적대 관계를 해소하려고 미 대통령 특사를 기대를 갖고 맞이했으나, 그는 우리가 고농축 우라늄 계획을 추진하여 제네바 합의를 위반했다며 이를 중지하지 않으면 조미 대화도 없고, 조일 관계와 북남 관계도 파국 상태에 들어가게 될 것이라며 일방적이고 오만 무례하게 적반하장격의 강도적 논리를 폈다.

제네바 합의를 먼저 위반한 것은 미국이다. 제네바 합의 제1조에 따르면 경수로를 2003년까지 제공키로 돼 있으나 8년이 지난 지금 기초 구덩이나 파놓은 데 불과하다.

우리를 '악의 축'으로 규정하고 핵 선제공격의 대상에 포함시킨 것은 우리에 대한 선전 포고로서 제네바 기본 합의를 무효화시키고 핵확산금지조약을 유린한 것이다.

이런 상황 하에서 '가중되는 핵 압살 위협에 대처하여 우리가 자주권과 생존권을 지키기 위해 핵무기는 물론 그보다 더한 것도 가지게 되어 있다'는 것을 명백히 말해 주었다. 그리고 자주권 인정, 불가침 확약, 경제 발전 장애를 조성하지 않는다는 조건 하에서 협상을 통해 해결할 용의가 있다는 것을 명백히 밝혔다."

나는 다시 부시 미국 대통령을 설득하기로 했다. 10월 26일 멕시코 휴양지 로스카보스에서 열린 APEC 정상회의에서 한·미·일 3국 정상 회담을 적극 활용하기로 했다. 우리 측에서는 임동원 특보, 최성홍 외교통상부 장관, 임성

준 외교안보수석비서관이 배석했다. 미국 측에서는 파월 국무장관, 라이스 안보보좌관, 앤드루 카드(Andrew Card) 비서실장이 나왔다. 일본에서는 아베 신조(安倍晋三) 관방 부장관과 다카노 도시유키(高野紀元) 외무성 외무심의관 등이 배석했다. 나는 북한의 핵 개발은 용납할 수 없지만 한반도의 특수성을 감안하여 반드시 평화적으로 해결하자고 간곡히 말했다.

"최근 평양에서 개최된 남북 장관급 회담에서 북측에 핵 문제를 신속하고 평화적으로 해결하기 위해 즉각적인 조치를 취할 것을 강력히 촉구한 바 있습니다. 이에 북한은 미국과의 불가침 조약 체결과 핵 폐기를 일괄 타결하자는 입장을 밝혔습니다. 외교적 협상을 통해 능히 이 문제를 해결할 수 있습니다. 제네바 합의 이행 중단 조치는 그 결과가 가져올 위험성을 감안하여 신중에 신중을 기해야 합니다. 북한에게 동결된 핵 시설을 재가동하는 빌미를 주어 핵무기를 개발케 하는 결과를 초래해서는 안 될 것입니다."

이에 부시 대통령은 선제공격을 않겠다는 지난 2월 서울 발언을 다시 확인했다.

"북한에 대한 군사적 공격이나 침공 의도는 없습니다. 평화적 해결 의지에 변함이 없습니다. 나는 쌍권총을 아무 데나 쏘아 대는 텍사스 카우보이 같은 사람이 아닙니다."

한·미·일 3국은 공동 발표문을 채택했다. 3국 정상은 북한의 핵 문제를 모든 나라들과 함께 평화적으로 해결해 나가기로 했다. 하지만 '제네바 합의 지속'은 공동 발표문에 넣지 못했다. 이후 미국은 네오콘들의 입김대로 대북 정책이 흘러갔다. 북이 먼저 핵을 포기해야만 대화하겠다는 입장을 고수했다. 2006년 10월 북한이 핵 실험을 강행할 때까지 아무런 변화가 없었다. 나는 이런 상황을 막아 보려 여러 가지 노력을 했지만 내 대통령 임기가 끝나 가고 있었다. 북과의 관계는 둘러보면 참으로 안타까운 일들뿐이었다. 민족의 앞날을 우리가 결정해야 함에도 매번 북한은 기회를 놓쳤다. 나만 발을 구르며 동동거리고 있었다.

청와대를 나오다
(2002. 10 ~ 2003. 2)

　　당적까지 버렸지만 언론은 "대통령이 레임덕에 빠졌다"고 보도했다. 실상은 그렇지 않았다. 나는 국정의 책임자로서 한 치의 소홀함도 없었다. 나라와 국민의 미래를 위해 열심히 일했다. 나는 각 부처와 청와대 비서실에 임기 마지막 1년 동안 전념해야 할 국정 과제를 정리하라고 지시했다. 이렇게 해서 2002년 1월 경제 경쟁력 강화, 서민 및 중산층의 생활 안정, 부정부패 척결, 남북 관계 개선, 공명 선거 실시, 국제 경기 대회 성공적 개최 등 6개 분야의 80여 개 과제를 추렸다.

　　나는 이를 꼼꼼하게 챙겼다. 한국통신의 민영화, 전자 정부 추진 등은 임기 말이라는 이유로 자칫 동력을 잃고 표류할 수 있었다. 그러나 국민의 정부는 마지막까지 최선을 다했다. 마무리 과제들을 우직하게 추진했다. 안문석 위원장이 이끄는 전자정부특별위원회는 약속한 기일보다 두 달을 앞당겨 전자 정부를 완성했다. 2년 전에 전자 정부 구축 계획을 발표할 때만 해도 회의적인 시각이 많았다. 그러나 특위 위원들은 최선을 다했다. 어느 위원은 스트레스가 쌓여 큰 수술을 받았고, 안 위원장도 고혈압에 시달렸다. 민간인 위주로 구성된 특위는 행정 기관을 설득하며 대역사(大役事)를 마무리했다.

　　이렇듯 많은 이들이 임기 말까지 대통령과 정부를 믿고 도왔다. 많은 시련이 있었지만 내 곁에는 많은 인재들이 있었다. 나는 복이 많은 대통령이었다. 80여 개 과제 중 70여 개를 퇴임 전까지 마무리했다. 국민의 정부에서는 레임덕이란 없었다. 레임덕을 염려할 정도로 한가롭지도 않았다.

부산아시안게임이 열렸다. 9월 29일 부산 아시아드 주경기장에서 개막식을 가졌다. 남과 북은 같은 단복을 입고 함께 입장했다. 한반도기를 앞세우고 손에 손을 잡았다. 2000년 시드니올림픽의 감동을 우리 땅에서 재현했다. 관중 모두 일어나 환호하며 이를 반겼다. 성화가 타올랐다. 남과 북이 백두산과 한라산에서 댕긴 불을 임진각에서 합화(合火)한 것이었다.

오랜 전쟁에 시달리던 아프가니스탄, 팔레스타인, 동티모르 선수단도 당당히 국기를 들고 입장했다. 아시아올림픽평의회(OCA) 43개 모든 회원국과 동티모르가 옵서버 자격으로 참가했다.

북한은 선수단 외에 응원단도 보냈다. 376명의 응원단 중에서 288명은 만경봉호를 타고 부산 다대포항에 내렸다. 한반도기를 게양하고 입항했다. 언론은 "공작선의 대명사였던 만경봉호가 화해 사절을 싣고 왔다"고 보도했다. 북언론들도 개막식 내용을 상세하게 전했다. 북의 여성 응원단은 단연 인기였다. 수려한 외모와 절도 있는 응원으로 남쪽 사람들의 시선을 단번에 사로잡았다. 언론에서는 '미녀 응원단'이라 불렀다. 남과 북이 함께 응원하는 정겨운 장면들이 연출되었다.

다대포항에는 응원단을 보려고 날마다 시민들이 몰려들었다. 시민들이 박수를 치고 환호성을 울리면 항구에서 즉석 공연을 하기도 했다. 미녀 응원단이 출동하는 경기장은 입장권이 매진되었다. 북의 취주악단은 거리 공연도 벌였다. 해운대 광장에서의 공연을 지켜본 관중이 만 명도 넘었다.

부산은 보수 성향이 강한 지역임에도 북한 응원단을 따뜻하게 맞았다. 부산이 남북 화해의 공간으로 세계의 주목을 받았다. 경기장에 북의 국가가 연주되고 인공기가 휘날렸지만 아무런 일도 일어나지 않았다. 남남 갈등은 한갓

기우였고, 남과 북은 서로가 같은 민족임을 확인했다. 성화가 꺼졌다. 숱한 일화를 남기고 응원단은 돌아가야 했다. 환송식에서 북의 응원단장이 고별사를 했다.

"따뜻한 혈육의 정이 영원히 잊을 수 없는 추억으로 우리의 가슴에 새겨질 것입니다."

이를 방송들이 생중계했다. 일부 북한 응원단원들은 눈물을 훔쳤다.

북한의 참가는 아시안게임 전반에 활력을 불어넣었다. 자칫 월드컵 열기에 묻힐 뻔했는데 북한 선수단과 응원단이 내려와 나라 안팎의 관심을 불러 모았다. 참으로 기뻤다. 사실 안상영 부산 시장으로부터 북한의 참가를 요청해 달라는 부탁을 받았을 때는 응원단까지 올 줄 몰랐다. 지난 4월 임동원 특사 편에 이를 김정일 위원장에게 전하고 기다렸는데, 뜻밖에도 북한은 선수단과 함께 응원단까지 보내겠다는 답을 해 왔다.

우리는 아시안게임을 완벽하게 치렀다. 어느 것 하나 부족함이 없었다. 경기장 시설, 미디어 센터와 선수촌 운영, 자원봉사 활동, 그리고 선수단 성적 등 모든 것이 만족스러웠다. 우리나라는 금메달 96개, 은메달 80개, 동메달 84개 등 모두 260개의 메달을 획득, 아시안게임 사상 최고의 성적으로 종합 2위에 올랐다. 북한은 금메달 9개, 은메달 11개, 동메달 13개로 종합 9위를 차지했다. 그러나 가장 큰 수확은 물론 남과 북의 화해였다.

북한은 선수단뿐 아니라 경제 시찰단도 보냈다. 10월 26일 북한 경제 시찰단이 김정일 위원장의 송이버섯 선물 100여 상자를 가지고 남으로 왔다. 미국과의 '핵 갈등'에도 불구하고 남측의 경제부총리에 해당하는 박남기 국가계획위원장, 김정일 국방위원장의 매제인 장성택 노동당 제1부부장 등 장관급 인사가 5명이나 포함되었다. 시찰단은 8박 9일 동안 머물면서 남한 경제를 열심히 배웠다.

시찰단은 예정에 없는 일정을 매일 한두 개씩 추가해 달라고 했다. 더 많이 보고 더 깊이 알려고 했다. 18명의 시찰단원들은 대부분 고령이었지만 모두가

"더 보고 싶은데 시간이 없다"며 안타까워했다. 고속철도 열차가 시속 300킬로미터를 넘게 달리자 일제히 일어서서 탄성을 질렀다. 시민들이 신용 카드나 휴대전화로 지하철을 타자 입을 다물지 못했다. 박남기 시찰단장이 한 대기업을 방문하여 방명록에 "우리 민족이 제일입니다"라고 썼다는 기사를 봤다. 박단장의 마음을 헤아릴 수 있었다. 그들의 곤궁한 처지가 눈에 그려졌다.

지미 카터 전 미국 대통령이 2002년 노벨평화상 수상자로 결정되었다. 카터 전 대통령은 퇴임 이후 평화와 인권의 전도사로 변신했다. 그의 활약은 눈부셨다. 한반도 또한 그의 평화 여정에 포함되어 있었다. 바로 1994년 북미 간의 핵 위기 때 북한을 방문하여 한반도에서 전쟁의 위험을 걷어 냈다. 또 그는 국제 해비타트 운동(Habitat for Humanity)에 적극 참여했다. 2001년 8월 '사랑의 집짓기 운동'에 자원봉사를 하러 방한했던 그를 충남 아산시 도고면 현장에서 만난 적이 있다. 카터 전 대통령 부부, 코라손 아키노 전 필리핀 대통령이 김영진, 김근태 의원 등과 불볕 아래서 집을 짓고 있었다. 그 모습이 아름다웠다. 그는 노벨평화상을 받을 만한 충분한 자격이 있었다. 내가 먼저 노벨평화상을 받아 미안했는데 비로소 마음이 놓였다. 그에게 축하 메시지를 보냈다.

멕시코 로스카보스에서 열리는 APEC 정상회의에 참석하러 10월 24일 오후 출국했다. 재임 중 마지막 해외 외교 무대였다. 한·미·일 정상 회담을 가진 후 우리 숙소인 로열 솔라리스 호텔에서 장쩌민 중국 국가 주석을 만났다. 장 주석은 내 건강을 챙겨 주었다. 마음 씀이 극진했다.

"우리 두 사람의 공동 의무는 건강을 잘 관리하는 것입니다."

"친구로서 따뜻한 말씀에 감사드립니다. 숙소까지 와 주셔서 고맙습니다."

"형님이신데 제가 여기까지 오는 것은 당연합니다."

장 주석과는 그렇게 헤어졌다. 언제 다시 만날 줄은 몰랐지만 그가 건강하기를 바랐다.

부시 미국 대통령은 로스카보스에서 만나면 낚시나 한번 하자고 출국 전에 전화를 해 왔다. 그러나 나는 몸이 좋지 않았다. 정상회의 기간에 지팡이를 짚고 다녀야 했다. 정상들과 마지막 만남인데도 제대로 인사를 챙기지 못했다.

귀국 길에 미국 시애틀에 들렀다. 숙소인 포시즌스 호텔에서 동포들과 간담회를 갖고 빌 게이츠 마이크로소프트 회장을 접견했다. 그는 한국 정보화사업에 많은 도움을 주었다. 또 최근에는 빌 게이츠 재단이 서울대학교 국제백신연구소를 지원해 주었다. 이에 사의를 표했다. 빌 게이츠 회장은 나와 같이 IT 산업의 내일을 논의한 것을 소중한 추억으로 간직하겠다고 말했다. IT 산업계 거장이었지만 지극히 소박했다. 그는 우리 업체가 생산한 최신형 휴대전화에 사인을 해서 내게 선물했다. 나는 이 전화기를 퇴임 후에 사용했다. 사진도 찍을 수 있는 전화기였다. 새로운 미래를 꿈꾸었던 우리는 사이버 세상의 친구였다.

서울지검 청사 안에서 검찰이 살인 용의자를 폭행하여 숨지게 한 사건이 발생했다. 나는 경악했다. '인권 정부'에서는 일어날 수 없는 일이었다. 인권을 지켜야 할 검찰이 피의자를 구타했다니 도저히 용서할 수 없었다. 법무부 장관과 검찰총장이 사표를 제출했다. 이를 수리했다. 11월 8일 후임 법무장관에 심상명 전 대한법률구조공단 이사장을 임명하고 검찰총장에는 김각영 법무차관을 내정했다.

11월 15일, 미국 프로 골프 PGA 무대에서 활약하고 있는 최경주 선수에게 체육훈장 맹호장을 수여했다. 최 선수는 100년이 넘는 PGA 역사상 처음으로 한국인이 우승하는 쾌거를 이뤘다. 섬 출신인 최 선수가 홀로 모래사장에서 연습했다는 일화는 나도 알고 있었다. 듬직한 외모답게 성적 또한 꾸준했다. 한눈에 봐도 성실했다.

그날 마라톤 영웅 손기정 옹이 별세했다. 일제 강점기에 베를린올림픽에서 우승, 20세기 우리 민족에게 가장 극적이며 감동적인 순간을 선사했던 손 옹은 나에게도 영웅이었다. 비서실장을 빈소로 보내며 잘 모시라고 당부했다.

훈장을 추서하고 별도로 대변인을 통해 애도의 말을 전했다.

"민족혼을 일깨운 손 옹의 족적에 대해 다시금 국민과 함께 애도의 뜻을 표합니다."

대통령 선거가 다가왔다. 선거 판도는 3파전이었다. 노무현, 이회창에 '국민통합 21'의 정몽준 후보가 경쟁을 벌였다. 정 후보는 대한축구협회 회장으로 월드컵 4강의 위업을 내세우며 거침없이 대선 주자로 나섰다. 하지만 시일이 지나자 지지율이 내려갔다. 노무현, 정몽준 후보는 단일화를 모색했고, '여론 조사를 통한 단일화'에 합의했다. 여론 조사를 통해 노무현 단일 후보가 확정됐다. 선거는 양자 구도로 대접전이었다.

선거 운동 마지막 날 참으로 해괴한 일이 벌어졌다. 투표 바로 전날 밤 정몽준 대표가 노무현 후보 지지를 철회한 것이다. 노 후보가 유세장에서 차기 대통령감을 거론하며 정 대표가 아닌 다른 사람을 거명했다는 이유에서였다. 상상조차 할 수 없는 일이었다. 이런 우여곡절이 있었지만, 노무현 후보가 제16대 대통령으로 당선되었다. 노 후보는 유효 투표의 48.9퍼센트인 1201만 표를, 이회창 후보는 46.6퍼센트인 1144만 표를 얻었다. 노 후보의 당선은 한편의 드라마였다.

그의 당선이 무척 기뻤다. 현직 대통령으로서 최고의 꿈은 정권 재창출이었다. 비록 당을 떠났지만 민주당의 승리는 여당의 승리였다. 그래서 선거 기간 내내 야당은 당적조차 없는 나를 집요하게 공격했던 것 아니겠는가.

노무현 대통령 당선자가 12월 23일 청와대로 찾아왔다. 나는 본관 현관에서 기다렸다. 5년 전 김영삼 대통령이 나를 기다리던 바로 그 자리였다. 우리는 오찬장에서 축배를 들었다. 그는 떠오르는 태양이었고 나는 지는 해였다. 당선자에게 북핵 문제 등 현안에 대해서 성심껏 설명했다. 당선자는 햇볕 정책을 지속하겠다고 다짐했다.

2003년 새해 들어 '동교동계' 해체를 천명했다. 앞으로 어떤 일이 있어도

16대 대선 직후 청와대로 찾아온 노무현 당선자를 만나 당선을 축하했다.

언론이나 정치권에서 동교동계라는 호칭을 사용하지 말 것을 당부했다. 이러한 입장을 박지원 비서실장을 통해 민주당에 전달했다. 국내 정치에는 일체 간여하지 않고 퇴임하면 평범한 시민으로 돌아가겠다는 뜻이었다. 새로 출범하는 노무현 정부에 짐이 되어서는 안 된다는 의지도 들어 있었다. 독자적인 정치 세력화를 경계했고, 모두가 새로운 정치 질서 속에 편입하기를 바랐다. 후임 대통령의 성공을 돕는 것이 나의 소임이라 여겼다. 동지들은 나의 뜻을 따르겠다고 했다.

이와 함께 아태재단도 연세대학교에 기증하기로 했다. 아태재단은 평화를 향한 나의 염원이 스며 있는, 내 사상과 철학의 둥지였다. 1994년 재단이 출범할 때는 세계적인 민주 인사들이 대거 참석했다. 그 후 한반도 통일과 민주 발전을 위한 여러 가지 연구 활동을 활발하게 전개했다. 세계적인 연구소와 제휴를 맺고 다양한 영역에서 나름의 성과를 거두었다.

아태재단은 동남아 국가 중에서 동티모르와 미얀마를 전략적 지원 국가로 선정했다. 동티모르에는 국가 재건, 미얀마에는 민주화 운동을 지원하는 사업을 펼쳤다. 나는 퇴임하면 아태재단에서 한반도의 평화와 통일, 세계의 인권 신장을 위해 연구 활동을 하며 여생을 보내려 했다. 그러나 논란의 가운데에 아태재단이 있었다. 아태재단의 신축과 운영에 대한 잡음이 불거지고, 재단 임원이 구속되는 상황에서는 그러한 구상을 실현시킬 수 없었다.

재단을 공익 기관에 기증하기로 했다. 박지원 비서실장, 김한정 부속실장이 김우식 연세대 총장, 문정인 교수 등과 협의를 거듭했다. 김 총장은 1월 17일 아태재단을 인수하여 '김대중도서관'을 만들기로 했음을 발표했다. 관저 서재에 있던 1만 6000여 권의 책과 자료들도 함께 연세대학교에 기증했다. 아태재단은 그렇게 해체되었다. 그리고 아시아 최초로 대통령 이름을 붙인 도서관이 탄생했다.

북한이 핵확산금지조약(NPT) 탈퇴를 선언했다. 1월 10일 북한은 정부 성명을 발표했다.

"1993년 조미 공동 성명에 따라 임시 정지시켰던 NPT 탈퇴의 효력이 자동적으로 즉시 발생한다는 것과 국제원자력기구(IAEA)와의 담보 협정(안전 조치 협정)의 구속에서 완전히 벗어났다는 것을 선포한다. NPT 탈퇴는 우리 공화국에 대한 미국의 압살 책동과 그에 추종한 국제원자력기구의 부당한 처사에 대한 응당한 자위적 조치이다."

북한의 강경 대응은 예상하고 있었던 일이었다. 미국이 제네바 합의의 핵동결 전제 조건이었던 중유 공급을 12월에 중단했기 때문이다. 부시 행정부의 적대 정책에도 지난 2년 동안 관계 개선 노력을 해 왔던 북한으로서는 더 이상 바랄 게 없었던 것이다. 북한은 다시 '벼랑 끝 전술'을 선택했다.

얼마 후 에드워드 케네디 미국 상원의원이 미국 내셔널프레스클럽 초청 연설에서 부시 행정부의 정책이 '북한 핵 위기'를 초래했다고 신랄하게 비판했다.

"위기는 김 대통령의 햇볕 정책을 무시한 부시 행정부가 초래했다. 부시 대통령의 외교 정책은 '내 길 아니면 모두 다른 길'이라는 일방주의다. 남북이 대화를 추구하는 동안 미국이 이를 좌절시켜 상황을 악화시켰다."

케네디 의원은 한반도의 현실을 깊이 들여다보고 있었다. 의원의 연설이 내게는 응원처럼 들렸다.

퇴임이 얼마 남아 있지 않았지만 북한 핵 문제를 어떻게든 수습하고 싶었다. 다시 임동원 특사를 보내기로 했다. 임성준 외교안보수석과 이종석 노무현 당선자 측 인수위원도 동행했다. 1월 27일 임 특사 일행은 서해안 직항로로 평양을 향해 날아갔다. 눈이 오는 날이었다. 임 특사가 무사히, 그리고 예전처럼 좋은 소식을 가지고 돌아오길 바랐다. 그러나 전망은 어느 때보다 암울했다. 임 특사 편에 김정일 국방위원장 앞으로 친서를 보냈다. 친서에서 북한 핵 문제와 남북 관계, 새 정부와의 협력 관계 등 나름의 조언을 했다. 국제 질서가 매우 어지러운 시점이니만큼 초강대국 미국과의 긴장 관계를 개선하고 핵 의혹, 특히 농축 우라늄 계획 의혹을 해소해 줄 것을 간곡하게 요청했다. 재임 중 마지막 친서의 마지막 부분을 이렇게 썼다.

나는 어떠한 경우에도 남북 간 화해 협력이 계속 발전되어 나가기를 염원합니다. 본인의 후임으로 대통령에 취임하는 노무현 당선자께서도 6·15 공동 선언을 적극 지지하며 화해 협력 정책을 더욱 발전시켜 나가겠다고 공약했습니다.

나는 퇴임하는 날까지 그리고 퇴임 후에도 우리 민족의 평화와 화해 협력 그리고 평화적 통일을 위해 온 힘을 아끼지 않을 것입니다.

국방위원장과 상봉 이후 남북 간에는 이해와 협력의 흐름이 커지고 있습니다. 나는 재임 중에 경의선 철도를 꼭 연결시킴으로써 이러한 민족의 역사적 흐름을 증거하고 싶습니다. 이는 화해 협력을 획기적으로 진전시키는 길이 될 것이며, 역풍을 막아 내는 방패가 됨으로써 이 시대를 기록하는 물증 이상의 의미를 갖기 때문입니다.

그러나 이 중요한 사업이 아직 마무리되지 못하고 있음을 못내 안타깝게 생각합니다. 아직도 시간은 있기 때문에 위원장께서 결심한다면 경의선 연결은 충분히 실현될 수 있을 것으로 확신합니다.

나는 위원장과 함께 남북 분단 반세기의 벽을 허무는 물꼬를 튼 대통령으로서, 이제 물러나면서 남북이 평화적으로 공존하고 번영을 함께 누리는 날이 앞당겨지기를 바라는 마음 간절합니다.

임 특사 일행은 2박 3일 동안 평양에 머물렀다. 그러나 김 위원장은 만나지 못했다. 지방에서 중요한 현지 지도를 하고 있다고 했다. 김용순 비서를 통해 임 특사에게 전달된 메시지를 임 특사가 내 앞에서 읽었다.

"김 대통령의 특사를 전달받았으며 특사를 보내어 따뜻한 조언이 담긴 친서를 보내 주신 데 대해 사의를 표합니다. 김 대통령의 조언에 대해서는 구체적으로 검토하여 추후에 연락하겠습니다."

나는 크게 실망했다. 임기 말 나를 대신해 찾아간 특사를 만나 주지도 않은 것에 화가 났다. 이런 심사를 읽었는지 임 특사는 그래도 북측이 성대한 연회를 베풀어 주었다고 말했다. 북쪽 경제 시찰단원들에게 베푼 우리 측 환대에 대한 보답이었는데, 연회에 참석한 시찰단원들 모두가 남북 경제 협력의 필요성을 강조했다고 보고했다.

네오콘들이 득세하고 있는 부시 행정부와 핵 개발로 이에 대응하려는 북한의 대치는 실로 위험했다. 하지만 미국과 북한을 모두 설득하기는 쉽지 않았다. 또 국내 보수주의자들의 냉전적 사고도 넘기 힘든 장벽이었다. 나는 미국과 북한 모두가 야속했다. 그중에서도 약속을 먼저 어긴 부시 행정부의 강경책이 매우 걱정스러웠다. 그것은 훗날 북한의 핵 개발로 나타났다.

이종욱 세계보건기구(WHO) 결핵국장이 WHO 사무총장에 선출됐다. 나라의 경사였다. 한국인이 국제기구 선출직 수장에 뽑히기는 처음이었다. 김성호 보건복지부 장관의 노고가 컸다. 김 장관은 내게 독대를 신청하더니 이 박사를 WHO 사무총장 선거에 내보낼 것을 건의했다. 자신이 앞에서 열심히 뛰겠다며 도움을 청했다. 나는 흔쾌히 동의했다. 그리고 러시아, 사우디아라비아, 요르단, 쿠웨이트, 콜롬비아, 영국, 리투아니아 등 7개국 정상들에게 친서를 썼다. 김 장관은 친서를 휴대하고 '이종욱 총장 만들기' 장도에 올랐다. 본선 투표는 7차 투표까지 가는 접전이었다. 32개 집행이사국이 투표에 참여했고 17표를 얻은 이 박사가 당선되었다. 2월 7일 그를 접견했다.

"나는 일찍이 테러의 근본적인 원인이 빈곤으로부터 시작된다는 점을 애기한 적이 있습니다. 앞으로 빈곤으로 인해 질병에 시달리는 사람들의 절망과 분노를 달래 주기 위해 노력해 주기 바랍니다."

그는 열심히 일하겠노라고 나에게 말했다.

임기를 열흘 앞두고 한·칠레 자유무역협정(FTA)을 체결했다. 청와대에서 나와 리카르도 라고스(Ricardo Lagos) 칠레 대통령이 참석한 가운데 두 나라 외무장관이 서명했다. 4년 남짓 밀고 당기기를 거듭한 한·칠레 FTA는 한국 최초이자 태평양을 사이에 둔 국가 간의 첫 번째 협정이었다. 그러나 두 나라가 서명에 이르기까지는 많은 곡절이 있었다.

1998년 11월 새 정부 출범 후 처음 열린 대외경제조정위원회는 통상 정책의 대전환을 예고하는 중요한 결정을 했다. 오스트레일리아, 남아프리카공화국, 칠레, 터키 등 4개국과 FTA를 체결하고 이를 미국, 일본, 아세안으로 확대하기로 했다. FTA 체결 대상국인 4개국은 중남미, 아프리카, 중동, 오세아니아 4개 대륙에 속한 나라였다. 이들과 FTA를 체결하여 대륙별로 수출 교두보를 확보하자는 계산이었다. 그러나 어떤 나라와 맨 먼저 협정을 맺을 것인지는 판단하기 어려웠다. 받으면 내줘야 하기에 무역 개방은 불이익을 받는 분야가 필연적으로 생기고, 반발이 뒤따를 수밖에 없었다. 특히 농업 분야의 개방은 농민들의 거센 반발이 예고되어 있었다.

정부는 칠레를 FTA 체결 첫 대상 국가로 선정했다. 두 나라의 산업이 보완적인데다 서로의 무역 규모가 그리 크지 않았기 때문이다. FTA 협정 체결 경험이 없는 우리로서는 위험 부담을 줄일 수 있었다. 또 우리하고는 계절이 반대로 찾아와서 농산물 출하 시기가 달랐고, 그래서 농가 피해를 줄일 수 있었다. 칠레는 민주주의와 시장 경제를 제대로 하는 나라로서 중남미 진출을 위한 교두보로 삼기에 적절한 국가라고 판단했다.

나는 말레이시아 쿠알라룸푸르에서 열린 APEC 정상회의에서 에두아르도 프레이(Eduardo Frei) 칠레 대통령을 만나 실무 협의를 시작하자고 공식 제안했다. 양국은 협상에 들어갔다. 그러나 예상했던 대로 농민들이 반발했다. 포도주 개방을 의식한 포도 농가가 특히 거셌다. 협상이 중단되었다.

그래도 그만둘 수는 없었다. 세계 경제가 갈수록 대륙별로 블록화하는데 이를 타개할 수 있는 길은 FTA밖에 없었다. 2001년 10월 중국 상하이 APEC 정상회의에서 리카르도 라고스 칠레 대통령과 만나 협상을 재개할 것에 합의했다. 농가의 반발은 수그러들지 않았다. 결국 우리가 쌀과 사과, 배를 자유화 예외 품목으로 인정받는 대신 국산 냉장고와 세탁기를 무관세 품목에서 제외했다. 2002년 10월 25일 한·칠레 FTA가 타결됐다.

FTA를 반대하는 사람들의 사정과 입장은 이해한다. 하지만 자원이 빈약한 우리나라가 돈을 벌 수 있는 것은 장사뿐이다. 장사를 하려면 시장을 확보해야 하고 시장 속에 파고들어 가려면 FTA뿐이었다. FTA를 피할 수 없는 것이라면 이에 대한 국내 산업의 피해를 정확히 예측하여 선후 완급을 조절하는 협상의 지혜를 발휘해야 할 것이다.

강대국 중국과 일본 사이에 있는 우리나라를 흔히 '샌드위치 신세'라고 표현하는데 나는 결코 동의하지 않았다. 나는 오래전부터 양쪽에 거대한 시장을 두고 있는 '도랑 속의 소'가 한민족이라고 생각했다. 우리는 양쪽 도랑의 풀을 뜯어 먹을 수 있다. 그 도랑을 아무 간섭 없이 자유롭게 들락거릴 수 있는 권리가 이를테면 FTA일 수 있다는 것이다. FTA는 적극 추진하되 여기서 낙오된 사람들을 어떻게 구제할지를 진정 고민해야 할 것이다. 국민의 정부가 펼친 '생산적 복지'가 여러 답 중의 하나가 될 수도 있을 것이다.

'대북 송금 사건'이 터졌다. 야당 의원이 "현대상선이 4억 달러를 대출받아 금강산 관광의 대가로 북한에 보냈다"고 주장했다. 사건은 눈덩이처럼 커졌다. 야당은 대출에 청와대가 개입했고 남북 정상 회담의 대가라며 의혹을 키웠다. 나중에는 정상 회담을 돈을 주고 샀다고 주장했다.

임기 말에 터진 사건이라서 마땅히 대처하기도 어려웠다. 언론은 물론 노무현 당선자 측에서도 검찰 수사가 불가피하다며 압박해 왔다. 당선자 비서실장은 "김대중 정권에서 털고 가야 한다"고 공개적으로 밝혔다. 국민의 정부가 얼마나 대북 관계 개선을 위해 심혈을 기울였는지 당선자 측에서도 알고 있었을 것이다. 그러나 대북 관계보다 정치 논리를 따졌다. 임기 말의 정권은 진정 무력했다. 내가 다시 나서서 직접 국민들에게 사실을 제대로 알리기로 했다. 2월 14일 '국민에게 드리는 말씀'을 읽었다. 원고는 밤을 새우며 직접 작성했다. 방송은 이를 생중계했다.

"최근 현대상선의 대북 송금 문제를 둘러싼 논란으로 인하여 국민 여러분께 큰 심려를 끼치게 되었습니다. 참으로 죄송하기 그지없습니다. 저 개인으로서도 참담하고 가슴 아픈 심정일 뿐입니다.

정부는 남북 정상 회담의 추진 과정에서 이미 북한 당국과 많은 접촉이 있던 현대 측의 협조를 받았습니다. 현대는 대북 송금의 대가로 북측으로부터 철도, 전력, 통신, 관광, 개성공단 등 7개 사업권을 얻었습니다. 정부는 그것이 평화와 국가 이익에 크게 도움이 된다고 판단했기 때문에 실정법상 문제가 있음에도 불구하고 이를 수용했습니다. 그러나 이것이 공개적으로 문제된 이상 정부는 진상을 밝혀야 하고 모든 책임은 대통령인 제가 져야 한다고 생각합니다. 저는 여기에 대한 책임을 지겠습니다.

북한 정권은 법적으로 말하면 반국가 단체입니다. 국가보안법에 의한 엄중한 처벌의 대상입니다. 그러나 우리는 국민적 합의에 의해서 북한에 대하여 한편으로는 안보를 튼튼히 하고 한편으로는 화해 협력을 추진하고 있습니다. 이와 같은 남북 관계의 이중성과 그리고 북의 폐쇄성 때문에 남북문제에 있어서는 불가피하게 비공개로 법의 테두리 밖에서 처리할 수밖에 없는 경우가 있습니다.

이러한 점은 동서독의 협력 관계에서도 찾아볼 수 있습니다. 이번의 경우도 어떻게 하면 한반도에서 전쟁을 막고 민족이 서로 평화와 번영을 누릴 수 있을 것인가, 어떻게 하면 우리 국민이 안심하고 살면서 통일의 희망을 일구어 나아갈 수 있도록 할 것인가 하는 충정에서 행해진 것입니다.

저는 이번 사태에 대하여 책임을 지겠습니다. 다만 국민 여러분께서는 저의 평화와 국익을 위해서 한 충정을 이해해 주시기 간곡히 바라 마지않습니다. 그리고 모처럼 얻은 남북 간의 긴장 완화와 국익 발전의 기회를 훼손하지 않도록 최대한 아량으로, 관대한 아량으로 협력을 아끼지 말아 주시기를 바랍니다."

나의 간절한 호소에도 불구하고 야당의 공세는 계속되었다. 특별검사제 도입을 주장했다. '국민에게 드리는 말씀'을 읽고 기자 간담회를 가졌던 바로 그날부터 금강산 육로 시범 관광이 시작되었다. 휴전선이 열리고 남쪽 버스가 북으로 넘어갔다.

청와대를 떠날 때가 다가왔다. 아내는 짐을 꾸리느라 바빴다. 그러나 실상 가져갈 짐은 별로 없었다. 아내도 심란했을 것이다. 둘이 있어도 아내는 속에 있는 말을 안 했다. 그런데 2월 10일 공동 정부에서 여당의 대표를 지낸 민주당과 자민련 인사들과의 만찬에서 모처럼 아내가 발언했다. 둘만 있으면 쑥스러워서 하지 못할 얘기였다. 그것은 나에게 하는 말이었다.

"지난 5년을 돌아보니 아쉬움이 많습니다. 남편은 나라와 민족을 위해 최선을 다했습니다. 남편이지만 저도 찬사를 보내고 싶습니다. 제가 옆에서 지켜본 바에 의하면 항상 밤잠을 설쳐 가면서 나라와 민족을 진심으로 생각하고 사랑해 온 것만은 사실입니다."

임기 중에 나는 자주 잠을 이루지 못했다. 새벽까지 뒤척일 때가 많았다. 청외대 생활 5년, 어제 일처럼 또렷했다가 아주 먼 옛날 일처럼 아득하기도 했다.

아내 말대로 누가 뭐래도 열심히 일했다. 대통령에 당선된 직후 나라 곳간이 비어 있다는 보고를 받고 얼마나 놀랐던가. 달러가 있는 곳이면 어디든 달려갔다. 당시 외환 보유고가 고작 39억 달러였지만 이제 1200억 달러가 넘는다. 세계에서 4번째로 많은 외환 보유고였다.

과거 50년 동안 열심히 수출했지만 누계 적자가 900억 달러였다. 그러나 지금은 5년 동안 이를 상쇄하고 50억 달러가 남았다. 외국인 투자가 지난 50년 동안에 246억 달러였지만 지난 5년 동안에 600억 달러가 넘었다. 그렇게 늘어난 이유는 외국 투자가들이 국민의 정부를 믿었고, 한반도에서 전쟁이 없으리라고 확신했기 때문이었다.

금융, 기업, 공공, 노사 등 4대 부문을 개혁하여 경제 우등국이라는 찬사를 들었다. 그리고 2700만 명의 인터넷 인구를 가진 IT 강국이 되었다. 건강보험, 고용보험, 산재보험, 국민연금 등 4대 보험을 완성했다. 국민기초생활보장법을 만들어 이 땅에서 굶주림과 배우지 못하는 설움을 추방했다. 아직 완성은 되지 않았지만 우리네 사회안전망은 외국에서도 이를 본떠 보겠다고 찾아오고 있다. 지난 5년 동안 인권 국가로 우뚝 섰다. 시위 현장에서 최루탄이 사라졌고, 폭력도 추방했다. 햇볕 정책에 대한 논란이 끊이지 않고 있지만 그보다 좋은 대안이 어디 있는가. 우리는 햇볕 정책으로 남북의 긴장을 녹였고, 그래서 외국 자본이 들어오는 데 기여했고, 북한 사회를 변화시켰다.

돌아보면 어느 것 하나 쉬운 게 없었다. 그러나 옳은 길이라 여겨지면 망설이지 않았다. 설득하고 또 설득했다. 그래서 하나씩 완성해 나갔다. 그것은 일류 국가로 가기 위한 초석들이었다. 힘들었지만 진실로 보람찬 일이었다.

밤늦게 홀로 관저에서 보고서를 읽었다. 그 속에서 나라를 위한 열정과 지혜를 발견하면 가슴이 뛰었다. 그 희열을 어디다 비교하겠는가. 나라를 위한 인재들의 노력과 고뇌를 대통령이 알아주지 않으면 누가 알아주겠는가. 보고서를 읽고 국정을 가다듬다 보면 자정을 넘기기 일쑤였다. 아내는 늘 이렇게

마지막 국무회의를 마친 후 홀로 많은 생각을 했다.

말했다.

"오늘 안에 주무세요."

아내는 나보다 먼저 잠자리에 들어 본 일이 없으니 나는 그것이 미안했다.

퇴임을 앞두고는 번민도 깊어졌다. 노파심인지도 몰랐다. 돌아보면 국민의 정부가 추진했던 정책들은 입안 단계부터 산고가 유독 심했다. 그만큼 용기와 결단이 필요했으니 그 순간순간을 나는 온전히 기억하고 있었다.

'새 정권에서는 대북 송금 사건은 어떻게 매듭지을 것인가. 북핵 문제는 어떻게 풀릴 것인지. 이 땅의 인권은 어찌 될 것인가. 국민들은 국민의 정부와 나를 기억해 줄 것인가.'

그러다 이내 그것은 지나친 욕심이라고 마음을 고쳐먹었다.

'내가 최선을 다했으면 됐지 무엇을 얼마나 더 바라겠는가. 그리고 내가 다하지 못한 일들은 노무현 차기 대통령이 맡아서 잘할 것이다. 그는 민주당에서 내세운 우리 대통령이 아닌가.'

일본 경제 평론가 오마에 겐이치(大前研一) 미국 UCLA 교수가 격주간지 『사피오(SAPIO)』에 나의 업적에 관한 글을 기고했다. 오마에 교수는 1999년 같은 잡지에 「김대중 대통령 지도 하의 한국이 경제적으로 다시 일어설 수 없는 이유」라는 글을 실어 나를 혹독하게 비난했다.

미국이 시키는 대로 나라를 해체하고 있다. 이것이 최대 실패라고 후세 역사가들은 낙인찍을 것이다.

의욕적으로 개혁을 해 나가는 나와 국민의 정부에 직격탄을 날려 한동안 논란에 휩싸였다. 그랬던 오마에 교수가 퇴임하는 나를 극찬하고 나섰다. 이를 언론들이 보도했다.

김 대통령처럼 한국 경제에 공헌한 대통령은 없기 때문에 한국 국민들은 떠나가는 김 대통령을 마음으로부터 감사해야 한다. 세계에서 단임 5년에 지금처럼 변화를 시킨 대통령은 거의 유례를 찾아보기 힘들다. 5년 사이에 한국 경제를 V자로 회복시킨 희대의 명대통령이다. 나는 김 대통령을 신랄하게 비판한 적이 있지만 그것에 대해서는 이 글을 빌려 심심히 사과한다.

오마에 교수는 자신의 예단이 틀렸음을 솔직히 인정했다. 그는 용기가 있었고, 그러한 학자의 양심이 고마웠다.

퇴임 후 나를 보좌할 세 사람이 인사를 왔다. 김한정, 김형민, 윤철구 비서관이 내 곁을 지키게 됐다.

청와대 출입 기자 일동이 "대통령님께 드리는 글"을 새긴 기념패를 보내왔다. 85명의 이름이 들어 있었다. 나는 퇴임 후에도 침실에 두고 이를 자주 들여다보았다.

지난 5년 정말 고생하셨습니다. 당신은 절망의 IMF 외환 위기에서 '대한민국'을 건져 냈습니다. 평양 남북 정상 회담은 환희 그 자체였습니다. 노벨평화상 수상은 감동의 물결이었습니다. 월드컵은 온 국민을 하나로 묶었습니다. '역사'에 남을 대통령님을 우리 모두는 사랑합니다.

지난 5년 동안 비판의 필봉이 어느 때보다 날카로웠던 기자들이 이렇듯 나를 성원하고, 또 내 업적을 평가하고 있음이 놀라웠다. 새삼 나와 함께 세계 곳곳을 누비며 역사의 현장을 지켰던 기자들의 얼굴이 떠올랐다.

청와대 사람들과 작별의 시간을 갖고 함께 기념 촬영을 했다. 나에게 요리를 해 준 문문술 국장과 주방 사람들, 박성배 이발사, 조효정 코디네이터, 그리고 관저에서 '정리원'이라는 이름으로 일했던 사람들, 그들은 날마다 나와 마주쳤다. 그 고마움을 어찌 모르겠는가. 일일이 작별의 인사를 나눴다.

마침내 그날이 왔다. 2월 24일 오전에 국립묘지를 참배하고 청와대로 돌아와 마지막 국무회의를 주재했다. 회의 시작 전에 국민들에게 "위대한 국민에의 헌사"라는 제목의 퇴임 인사를 드렸다.

"존경하고 사랑하는 국민 여러분, 제가 대통령으로서 국민 여러분을 대하는 것이 오늘로써 마지막이 되었습니다. 삼가 작별의 인사를 드립니다. 무엇보다 지난 5년 동안 격려하고 편달해 주신 국민 여러분의 태산 같은 은혜에 머리 숙여 감사를 드립니다. 저는 제 인생 최대의 보람을 국민 여러분에게 봉사하고 여러분과 함께 민족과 국가의 운명을 열어 가는 데 동참하는 것이라고 믿고 저의 모든 것을 바쳐 살아왔습니다.

그러나 부족하고 아쉬운 점도 많았습니다. 후회스러운 점도 한두 가지가 아닙니다. 하지만 국민 여러분과 저의 정부는 지난 5년 동안 최선의 노력을 다하여 국운 융성의 큰 기틀을 잡았다고 생각합니다.

일생 동안, 특히 지난 5년 동안 저는 잠시도 쉴 새 없이 달려왔습니다. 이제 휴식이 필요합니다. 그러나 앞으로도 저의 생명이 다하는 그날까지 민족과 국민에 대한 충성심을 간직하며 살아갈 것입니다.

국민 여러분, 노무현 대통령을 적극 지지해 주십시오. 새 정부가 추구하는 민족 간의 화해와 협력과 국민 참여 속의 개혁은 반드시 성공해야 합니다. 저는 노무현 대통령이 그 소명을 다할 것으로 믿어 의심치 않습니다.

저는 우리 민족의 장래에 큰 희망을 가지고 있습니다. 대한민국은 반드시 세계로부터 존경받는 위대한 국가로 성장할 것입니다. 우리 국민은 그러한 자격이 있습니다. 경제 대국의 꿈도 이룰 수 있을 것입니다. 남북 간의 평화적 통일도 언젠가는 실현시키고 말 것입니다.

이제 저는 국정의 현장에서 물러갑니다. 험난한 정치 생활 속에서 저로 인하여 상처 입고 마음 아파했던 분들에 대해서는 충심으로 화해와 사과의 말씀을 드리는 바입니다.

존경하고 사랑하는 국민 여러분! 우리 모두 하나같이 단결합시다. 내일의 희망을 간직하고 열심히 나아갑시다. 큰 대의를 위해 협력합시다. 감사합니다."

이어서 세종실 벽에 내 초상화가 걸리는 것을 지켜봤다. 역대 대통령들의 초상화가 걸려 있었다. 공과를 떠나 대한민국을 이끌어 온 대통령들이었다. 아내와 함께 한참을 바라보았다. 국민의 정부 마지막 국무위원들과 오찬을 함께하고 본관 로비에서 기념사진을 찍었다. 이어서 비서실 수석 및 특별보좌관들과도 기념 촬영을 했다. 박지원, 임동원, 이기호, 최종찬, 조순용, 이재신, 현정택, 임성준, 조영달, 김상남, 박선숙, 조영재, 박금옥. 마지막을 지키는 것은 그래도 아름다운 것 아닌가.

오후 5시 청와대를 나왔다. 온 직원들이 도열하여 인사를 했다. 어떻게 알았는지 시민들이 몰려나와 연도에서 박수를 치고 태극기를 흔들었다. 동교동 우리 집 골목에 이르자 많은 사람들이 모여 있었다. 특히 젊은이들이 내 이름을 연호하며 나를 맞았다. 고마웠다. 즉석연설을 했다.

사저로 들어섰다. 일부 언론이 아방궁이라고, 대저택이라고 보도한 새로 지은 우리 집이었다. 한 번도 와 보지 못했기에 낯설었다. 방을 둘러보았다. 아무리 보아도 아방궁은 아니었다. 침실은 침대 하나로 꽉 찼다. 침대 위에 앉아 어둠이 내리는 창밖을 한참 바라보았다. 지난 5년이 홀연 꿈만 같았다. 이내 잠이 쏟아졌다.

———

살아온 길에 미흡한 점은 있으나 후회는 없다. 나에게 가장 두려운 것은 역사의 심판이다. 우리는 한때 세상 사람들을 속일 수는 있지만 역사를 속일 수는 없다. 역사는 정의의 편이다. 또 내게 두려운 것은 내 안에 있는 양심의 소리이다. 나는 마지막까지 역사와 국민을 믿었다.

혼자서 세상을 품다
(2003. 2 ~ 2005. 12)

제16대 노무현 대통령 취임식에 참석했다. 2003년 2월 25일 국회의사당 광장에는 전직 대통령을 포함하여 많은 하객들이 모였다. 나는 몸이 너무 좋지 않았다. 집을 나서는데 도무지 힘이 없었다. 어제까지는 대통령으로서 나를 추스렸지만 앞으로는 자신이 없었다. 모든 시선이 신임 대통령에게 쏠려 있는 게 그나마 다행이었다. 겨우 정신을 집중하여 나 자신을 지탱했다. 어떻게든 새 대통령의 취임을 축하해야 했다.

지난 5년간 내 몸은 많이 상했다. 청와대 속의 시간은 나를 사정없이 할퀴며 내 몸을 갉아먹었다. 특히 고관절이 아파 재임 기간 동안 무척 힘이 들었다. 내색은 안 했지만 걷다가 넘어지지 않을까 두려웠다. 실제로 나는 3급 장애인이었다. 국가 행사나 외교 의전 행사에서 다리를 잘못 짚어 넘어지지 않도록 최선을 다했다. 다리에 힘이 빠지거나 헛디뎌 위험한 때도 있었다. 만일 넘어지면 국가가 넘어진다는 생각으로 조심했다. 행사가 시작되기 전에는 대한민국을 대표했으니 결코 넘어져서는 안 된다고 다짐했다. 다리가 아파도 나는 웃었다. 그리고 한 번도 넘어지지 않았다.

3월 15일 노무현 대통령이 대북 송금 사건 특별법안을 공포했다. 국무위원들은 단 한 사람만 제외하고 모두 반대했다. 정세현 통일부 장관은 "대북 사업

추진 과정이 공개되면 남북 대화와 민간 교류 등이 중단될 수도 있다"고 반대했다고 한다. 하지만 노 대통령이 이를 무시했다. 충격이었다. 나는 퇴임을 10여 일 앞두고 "이 문제가 사법적 심사의 대상이 되어서는 안 된다"고 간절하게 호소했다. 한반도 평화와 국가 이익에 크게 도움이 된다고 판단했기에 실정법상 문제가 있음에도 이를 수용했고, 이번 사태에 대한 모든 책임은 대통령인 내가 지겠다고 했다.

국민의 정부가 1억 달러를 북에 지원하려 한 것은 사실이었다. 잘사는 형이 가난한 동생을 찾아가는데 빈손으로는 갈 수 없는 것 아닌가. 하지만 법적인 문제가 있어 현대를 통해 제공했다. 현대는 1억 달러에 대한 또 다른 대가를 북으로부터 얻었다.

현대가 4억 불을 북에 송금하기로 합의했다는 사실을 보고받고 화를 냈지만 4억 불의 대가로 돌아오는 일곱 가지 사업 내용을 보니 수긍이 갔다. 나는 수에즈 운하 주식을 몰래 사들여 동방 항로를 확보한 디즈레일리(Benjamin Disraeli) 영국 총리가 생각났다. 이집트가 돈이 궁해서 수에즈 운하 주식을 팔려고 한다는 정보를 입수한 디즈레일리 총리는 이를 극비리에 매입하기로 했다. 수에즈 운하를 프랑스가 지배한다면 영국에게 심대한 타격이 있을 것은 명백했다. 막대한 구입 자금이 문제였다. 당연히 의회의 승인을 얻어 예산을 확보해야 하는데 그럴 경우 프랑스에 알려지고 국제 분쟁이 일어날 수도 있었다. 총리는 당시 가장 큰 재벌인 로스차일드(Rothschild) 회사에게서 돈을 차입하여 아무도 몰래 수에즈 운하 운영권을 확보했다. 나 역시 진정한 국익이 무엇인가를 따져 결심했다. 남과 북이 화해와 협력의 길을 열 수만 있다면 무슨 일인들 못하겠는가.

하지만 노 대통령이 우리 민족 문제를 어디로 끌고 갈 것인지 알 수가 없었다. 남북 관계는 정쟁의 대상이 아님을 그도 잘 알 것이다. 국가 책임자가 최고의 기밀을 그렇듯 대수롭지 않게 생각하면 앞으로 어느 나라가 우리 정부를 신뢰하고 대화하겠다고 나설 것인가. 노 대통령은 나와 국민의 정부가 추진하고 있는 정책들이 옳다고 했다. 그러고는 다른 길을 선택했다. 취임 초 첫 단추를 잘못 꿰었다. 국민의 뜻도 묻지 않았다. 남북 관계는 경색되고 국론은 분열될 것이었다. 부작용이 불 보듯했다. 그러나 나는 아무 말도 하지 않았다.

4월 22일 노무현 대통령과 부부 동반 만찬을 했다. 자리에 앉자마자 노 대통령이 "현대 대북 송금은 어찌된 일이냐"고 물었다. 참으로 이해하기 힘들었다. 몹시 황당하고 불쾌했지만 담담하게 말했다.

"현대의 대북 송금이 사법 심사의 대상이 되어서는 안 된다는 소신에 변함이 없습니다."

노 대통령은 나와 국민의 정부 대북 일꾼들을 의심했다. 그런 노 대통령을 당시로서는 이해하기 힘들었다. 또 민주당 지도부의 특검 방침에 대한 침묵도 이해할 수 없었다. 특히 한화갑 대표의 방관적 자세는 매우 실망스러웠다.

특검은 사정없이 진행되었다. 은행, 기업, 정부의 관련자들을 모두 불러 샅샅이 조사했다. 민감한 문제들이 돌출되어 당사자들을 곤혹스럽게 만들었다. 끝내 국민의 정부 이근영 금융감독위원장, 이기호 경제수석, 박지원 청와대 비서실장이 구속되었다. 그들은 죄인이 아니라 통일의 일꾼들이었다. 사건은 '현대 비자금 의혹'으로 번졌다. 박지원 전 실장이 현대로부터 150억 원을 뇌물로 받았다는 것이다. 그러나 이는 훗날 대법원 판결에서 무죄로 드러났다. 또 재판이 진행되는 도중에 정몽헌 회장이 자신의 집무실에서 투신자살하는 비극적인 사건이 일어났다. 대북 송금 특검은 이렇듯 우리 사회에 엄청난 파장을 몰고 왔다. 나는 이를 지켜보며 아프고 또 아팠다. 그러나 정 회장의 부인 현정은 씨가 나서서 남편의 유지를 이어간 것은 참으로 본받을 만했다. 그는 현대아산 회장으로 취임하여 남북 관계가 어려워졌음에도 의연하게 회사를 꾸려 나갔다. 경영도 잘하고 직원들도 잘 따르는 것으로 미루어 장차 큰 인물로 떠오를 것 같다.

기어이 미국이 이라크를 침공했다. 3월 20일 공격을 개시했다. 부시 정부는 평화를 지키겠다며 전쟁을 일으켰다. 그러나 전쟁으로 평화를 불러오겠다는 것이 얼마나 어리석은가. 부시 대통령은 이라크가 대량 살상 무기(화학 무기)를 보유하고 있다는 이유로 침공을 강행했다. 그러나 이라크에서 대량 살상 무기는 발견되지 않았다. 아마도 경제 침체로 인한 미국 국민들의 실망감과 9·11 테러로 조성된 불안감 등을 씻는 국면 전환용으로 침공을 감행한 것 같았다.

부시 대통령은 전쟁을 선택했지만 나는 미국이 반드시 역풍을 맞을 것으로 생각했다. 과연 세계가 미국을 비난했다. 전통적 우방의 국민들까지 등을 돌렸다. 전쟁은 지구전으로 진행되었고, 미국은 수렁 속으로 빠져들었다. 미국은 도처에서 전쟁을 벌여 막대한 군사비를 쓰고 군산복합체로 무기 생산에 막대한 자금을 소비했다. 미국은 눈덩이처럼 불어나는 국가 부채에 허덕이고 있다.

제1차 세계대전 이래 근 100년 동안 세계를 지배했던 팍스 아메리카 시대가 기울어 가고 있다. 미국은 경제·군사·과학 기술에서 세계 제일이었다. 그러나 점차 국내의 민심은 싸늘해지고 세계인의 관심으로부터도 멀어지고 있다. 이제 미국 주도의 세계 경제는 큰 변화가 올 것이다. 부시 정권은 미국의 위상을 수직으로 추락시켰다. 오만은 개인에게도 독이지만 국가에게도 독일 뿐이다. 부시 집권 시기는 미국뿐만 아니라 세계의 재난 시대였다.

협심증 증세가 있어 세브란스 병원에 입원했다. 심혈관 확장 수술을 받고 신장 혈액 투석을 처음으로 받았다. 5월 12일이었다. 참으로 막막했다. 앞으로 계속 신장 투석을 받아야 한다고 했다. 남은 생을 신장 투석 없이는 살 수 없다는 것이 나를 힘들게 했다. 퇴원하여 집에서 신장 투석을 받았다. 여생에 이런 난관이 기다릴 줄은 몰랐다. 받아들이기 정말 힘들었다. 의료진과 비서들은 좋은 말로 나를 위로했다. 해외여행도 얼마든지 갈 수 있다고 했다.

사실 나는 1997년 대통령 선거 기간 동안 건강은 양호하지만 신장 기능에 약간의 문제가 있다는 것을 알았다. 의료진 소견으로는 3년 후인 2000년부터는 신장 투석이 필요할지도 모르겠다는 것이었다. 하지만 재임 중에는 신장 투석 권유를 거부했다. 2002년 12월에는 한대석(연세대 신장전문의) 박사가 "더는 투석을 늦출 수 없다"며 혈관 확장 수술을 서둘렀다. 고민을 거듭했다. 하지만 국가 일을 하는데 누워 있을 수는 없었다. 투석에는 4시간 이상이 소요되었고, 투석 직후에는 정상적인 집무가 불가능했다. 나는 이를 퇴임 후로 미뤘다.

조지 부시 대통령이 쾌유를 기원하는 편지를 주한 미국 대사관을 통해 보내왔다.

"대통령께서 퇴원해 건강을 회복하고 있다는 소식을 접하니 기쁩니다. 과거 수십 년간 민주·인권 투쟁에서처럼 현재의 시련도 잘 이겨 내시리라 믿습니다."

부시 대통령을 떠올리면 마음이 무거워졌다. 지난 2001년 첫 정상 회담에서 부시 대통령은 매우 무례했다. 합의한 내용들을 뒤집고 기자 회견에서 북한 김정일 국방위원장에게 험담을 쏟아 냈다. 네오콘에게 포위되어 그들의 요구대로 대북 정책을 요리했다. 그런데 그 후 나의 진지하고도 집요한 설득에 부시 대통령은 자신의 생각을 바꿨다. 그리고 내게 함부로 대하지 않았다. 부시 대통령은 마침내 내게 사과했다. 2004년 김대중도서관을 방문한 반기문 외교부 장관이 말했다.

"부시 대통령은 2001년 정상 회담 때의 일을 매우 미안하게 생각하고 있었습니다. 이를 김대중 대통령에게 전해 달라고 했습니다."

5월 제8회 '늦봄통일상'을 수상했다. 문익환 목사 기념사업회는 한반도 평화와 통일을 위한 진전에 기여한 공로를 평가한다고 했다. 백범기념관에서 열린 시상식에 아내가 참석하여 상을 받았다. 또 8월에는 제7회 만해대상(평화부문) 수상자로도 선정됐다.

8월 27일 중국 베이징에서 6자 회담이 열렸다. 북한의 핵 문제를 해결하기 위해 남과 북, 그리고 미·중·일·러 등 한반도 주변의 4대국이 참여했다. 북한이 NPT 탈퇴 선언을 하고 IAEA 특별이사회가 북핵 문제를 유엔 안전보장이사회에 보고하기로 결의안을 채택한 이후에야 성사됐다.

미국은 북한이 제네바 합의를 완전 폐기하고 핵 개발을 공언하자 '북핵 문제 해결의 국제화'를 서둘렀다. 이에 6자 회담을 제안했다. 사실상 독자 해결을 포기한 것이었다.

부시 정권은 5개국의 '반북 연합 전선'을 형성하려 했다. 북한을 압박하고 봉쇄하여 붕괴시키려 했다. 그러나 미국의 전략은 5개국의 지지를 얻지 못했다. 미국은 여전히 선 핵 폐기를, 북한은 경제 지원 등과 연계한 일괄 추진을 주장했다. 6자 회담은 교착 상태에 빠졌고, 북한은 핵 개발을 계속했다. 부시 정권의 대북 강경 정책은 사태를 최악으로 몰고 갔다.

나는 이미 1971년 대통령 선거 때 미·중·일·소의 4대국의 한반도 평화 보장론을 주창했다. 여기에 남과 북을 합한 것이 이른바 6자 회담이었다. 나는 6자 회담에서 북한 핵 문제가 평화롭게 해결돼야 한다고 기회 있을 때마다 강조했다. 그리고 미국의 대북 강경 정책을 비판했다. 북한은 여전히 미국과 대화하고 싶어 했다. 그렇지만 미국의 네오콘들은 여전히 전쟁의 불씨를 살리며 여론을 몰고 다녔고, 미국 정부는 북한과의 약속을 번번이 어겼다.

민주당이 분당 사태를 맞았다. 주류와 비주류 간에 대립이 극심하더니 마침내 갈라섰다. 9월 20일 노 대통령을 따르는 신주류 의원들이 '국민참여통합신당'이라는 이름으로 원내 교섭 단체를 구성했다. 그날 노 대통령도 민주당을 탈당했다. 자신을 대통령으로 만들어 준 둥지를 떠났다. 통합신당은 11월 열린우리당 창당을 선언했다. 민주당은 이를 두고 "헌정 사상 일찍이 없었던 배신행위"라고 성토했다. 나는 노 대통령이 왜 저리 조급하게 서두르는지, 일부러 적을 만드는지 이해할 수 없었다. 원래 정당은 고정 지지층을 외면해서는 존립할 수가 없다. 그런데 산토끼를 불러들이려다가 집토끼마저 내쫓고 있는 형국이었다. 불행한 일이었다.

2003년 11월 3일 김대중도서관이 문을 열었다. 개관식에 노 대통령을 비롯하여 정당 대표 및 주한 외교 사절 등 300여 명이 참석했다. 또 빌 클린턴과 지미 카터 전 미국 대통령, 미하일 고르바초프 전 소련 대통령, 고이즈미 준이치로 일본 총리, 토니 블레어 영국 총리, 자크 시라크 프랑스 대통령, 예란 페르손 스웨덴 총리, 게르하르트 슈뢰더 독일 총리, 코라손 아키노 전 필리핀 대통령 등 20여 명의 정상급 인사들이 축하 메시지를 보내왔다. 노 대통령은 내게 외환 위기 극복, 지식 정보화 기반 구축, 남북 정상 회담을 업적으로 꼽으며 축하의 말을 했다.

"역사는 김 전 대통령의 민주주의와 평화, 통일에 대한 열정과 헌신을 영원히 기억할 것입니다."

나는 연세대학교 김대중도서관이 한반도 평화와 통일에 대한 국제적 연구 센터로서의 위상을 다지고, 나아가 세계 평화를 위해 중요한 역할을 해 줄 것으로 믿었다. 신동천 교수가 초대 관장을 맡았다.

2003년 연말에 뜻밖의 상을 받았다. 제11회 '춘사 나운규 예술 영화제'의 공로상 수상자로 선정된 것이다. 영화제조직위원회의 선정 사유는 이렇다.

"재임 중 스크린 쿼터를 지키고 표현과 창작의 자유를 보장했으며 1500억원의 영화 진흥 기금을 조성하는 등 한국 영화의 장기적인 발전에 버팀목이 되었다."

국민의 정부는 한국 영화의 르네상스를 맞게 했다는 자부심을 갖고 있다. 종전의 규제 위주의 정책에서 벗어났다. 영화업을 허가제에서 신고제로 전환했다. 그러나 스크린 쿼터 문제는 난제였다. 미국의 철폐 압력은 거셌지만 나는 미국 대표단을 직접 만나 설득했다. 국내 영화 산업 보호와 문화 다양성 보장을 구실로 버텼다.

그러나 언제까지나 우리 영화를 스크린 쿼터라는 보호 장치 속에 가둬 놓을 수는 없었다. 우리 영화 산업을 진흥시켜 외국 영화와 대적할 경쟁력을 갖춰야 했다. 정부는 할 수 있는 지원을 모두 했다. 2002년 5월 임권택 감독은 〈취화선〉으로 칸 국제 영화제에서 감독상을 받았다. 정부는 영화인으로는 처음 금관문화훈장을 서훈했다. 이후로 우리 영화는 주요 영화제에서 세계인의 시선을 사로잡았다. 한국 영화의 시장 점유율이 취임 초기에 25.1퍼센트에 불과했지만 2001년 50퍼센트, 2002년 48.3퍼센트, 2003년 53.5퍼센트로 높아졌다. 나는 참으로 기뻤다. 역시 우리는 내가 믿었던 대로 문화 강국이었다.

또 한 가지 특기할 점은 남북 화해로 소재의 제한이 없어졌다는 것이다. 분단을 소재로 한 많은 영화들이 제작되었다. 〈쉬리〉, 〈공동경비구역 JSA〉, 〈태극기 휘날리며〉, 〈실미도〉 등이 관객들에게 많은 사랑을 받았다.

나는 시상식에 기쁜 마음으로 아내와 함께 참석했다. 많은 영화인들이 나를 치켜세웠다.

"사람은 망각의 동물입니다. 그러나 잊지 말아야 할 것이 있습니다. 국민의 정부가 정책적으로 영화 산업의 인프라를 대폭 확충해 주어서 오늘 한국 영화가 르네상스를 맞는 결정적 계기가 되었습니다."

"우리 시대에 '선생'이라 호칭할 분이 많지 않은데 나운규 선생이 그런 분이고 또 평생을 민주화에 바친 김대중 선생이 그런 분입니다."

그런 말을 들으며 나도 모르게 눈시울이 뜨거워졌다. '그만한 일에 감격하다니……' 하며 나를 책망하다가 '지난 재임 기간 동안의 일들을 내 자신이 자랑스럽게 여기고 있다'는 생각을 했다.

물론 정부의 지원이 한국 영화 성장의 모든 이유일 수는 없었다. 무엇보다 영화인들이 각고의 노력과 비상한 예술혼을 발휘했기 때문에 가능했을 것이다. 그런 우리 민족의 잠재력이 대견하고 자랑스러웠다. 나는 "애국자이자 한국 영화의 대선각자인 나운규 선생 이름으로 주는 상이라 더욱 뜻이 깊다"는 말로써 작은 공로에도 불구하고 큰 상을 준 것에 감사했다.

가수 서태지 씨를 김대중도서관에서 만났다. 나는 그의 팬이었다. 그가 데뷔한 10년 전부터 관심을 가지고 지켜봤다. 선거 유세를 다닐 때면 차 안에서 그의 노래를 들으며 따라 불러 봤다. 내게는 곡이 너무 어려웠다. 결국 배우지 못하고 듣는 것에 만족해야 했다. 사회 문제를 노래에 담아 전달하는 열린 의식을 높이 평가했다. 음악 평을 하기에는 그 방면의 소양이 부족했지만 덕담 삼아 얘기해 주었다.

"록 음악을 우리 음악에 접목시킨 것이 대단히 돋보입니다. 대중 음악사에 남을 것입니다."

그러고 보니 생각나는 소리꾼과 가수들이 있다. 바로 안숙선 씨와 이미자 씨다. 1994년 7월 말 국립극장에서 열린 안숙선 명창의 〈수궁가〉 완창 발표회장에 간 적이 있다. 날이 무척 더웠다. 실내는 '소리'를 위해 어떤 냉방 장치도 가동하지 않았다. 무대 위의 명창이나 객석의 청중이나 부채 하나로 버텼다. 그렇게 3시간이 넘게 앉아 〈수궁가〉를 들었다. 작은 체구에서 어떻게 저런 소리가 나오는지 소름이 돋았다. 추임새를 넣다 보니 3시간이 짧게 느껴졌다. 집으로 초대하여 식사를 함께했다.

"민족의 혼이 담긴 국악을 이토록 잘 지켜 주셔서 감사합니다."

다시 봐도 곱고 섬세한 분이 어쩌면 그렇듯 객석을 호령하였는지 경이로웠다.

이미자 씨도 1994년 가을, 우리 집을 찾아왔다. 그는 데뷔한 지 30년을 맞았다고 했다. 그는 한국전쟁 이후 가장 고단했던 우리 민족의 한과 설움을 노래에 담아 왔다. 소박하고 겸손했다. '이미자 노래 30년' 기념 공연도 관람했다. 가수 신형원, 이선희 씨도 우리 집에 가끔 찾아왔다. 두 사람 모두 노래처럼 풋풋했다.

2004년 1월 29일 '김대중 내란 음모 사건' 재심 선거 공판에 출석했다. 사형 선고를 받은 지 23년 만에 무죄를 선고받았다. 공판이 끝난 후 소회를 밝혔다.

"법에 의해 신군부를 단죄했습니다. 국민과 역사는 반드시 승리한다는 것을 다시 깨달았습니다."

신군부의 헌정 질서 파괴에 대한 법률적 심판은 후세와 역사 발전을 위해 필요하다고 생각했다. 나는 대통령 재임 때에는 재심 신청을 하지 않았다. 사법부의 부담을 덜어 주고 싶었기 때문이다. 나는 1980년 신군부 법정의 무도한 판결이 무효가 되어 정의와 역사가 살아 있음을 밝히는 날이 되길 바랐다. 재심 공판에는 최재천 변호사가 시종 수고했다. 그의 논지는 매우 명쾌했다.

국회에서 헌정 사상 처음으로 현직 대통령 탄핵 소추안을 가결시켰다. 노무현 대통령이 17대 총선을 앞두고 선거 중립을 위반했다는 것이 이유였다. 노 대통령이 어느 회견에서 "열린우리당에 대한 압도적 지지를 기대한다"는 발언을 했는데 야당이 이를 문제 삼았다. 3월 12일 한나라당과 민주당이 함께 기습 상정하여 무기명 투표로 가결시켰다.

참으로 한심한 일이었다. 국민의 직접 투표로 선택을 받은 대통령을 국회에서 그만한 일로 탄핵을 할 수는 없는 일이었다. 그것도 최병렬, 조순형 같은 정당 대표들이 앞장을 섰다는 것이 믿기지 않았다.

국회는 곧바로 소추 의결서를 헌법재판소로 보냈다. 다수의 힘을 믿은 횡포였다. 나는 민심이 이를 용서하지 않을 것이라고 생각했다.

과연 전국에서 국회에 대한 질타가 쏟아졌다. 탄핵에 반대하는 촛불 시위가 잇따랐다. 시민 단체들은 민심에 대한 쿠데타로 규정했다. 국민적 분노가 폭발했다. 이러한 민심은 국회의원 선거로까지 이어졌다. 4월 15일 제17대 국회의원 총선거를 앞두고 열린우리당의 기세는 대단했다.

이때 민주당에서는 내가 나서 줄 것을 간절히 원했다. 한나라당보다는 민주당이 더 위기였다. 열린우리당에 참여를 거부한 사람들은 나를 쳐다봤다. 그들은 민주당이 나의 이념과 정책, 그리고 철학을 계승한 적자임을 외쳤다. 추미애 의원은 호남 지역에 내려가 삼보일배를 하며, 휠체어를 탄 아들 홍일이와 함께 지지를 호소했다. 민주당을 살려 달라고 했다. 그것이 나를 향한 외침임을 왜 모르겠는가. 그러나 나는 나서지 않았다.

선거 결과는 예상대로 열린우리당이 과반 의석을 차지했다. 민주당은 9석에 불과한 군소 정당으로 전락했다. 선거가 끝난 후 이정일 의원 등 민주당 당

512

선자 7명을 접견했다. 민주당의 패배를 어루만졌다.

"여러분은 지금 고통스러운 마음이겠지만 그것이 다시 출발할 계기가 될 수 있을 것입니다."

4월 22일 북한 평안북도 신의주 근처 룡천역에서 대형 폭발 사고가 발생했다. 주민 3000여 명이 죽거나 다쳤다고 했다. 참으로 가슴 아픈 일이었다. 김정일 국방위원장에게 위로 서신을 보냈다.

퇴임을 했지만 세계 곳곳에서 초청장이 날아왔다. 고마운 일이었다. 마음 같아서는 어디든 날아가 강연도 하고 석학들과 고담(高談)을 나누고 싶었다. 그러나 늘 건강이 발목을 잡았다. 5월 10일 프랑스, 노르웨이, 스위스 등 3개국 순방 길에 올랐다. OECD, 보네비크 노르웨이 총리, 세계보건기구(WHO)의 초청으로 퇴임 이후 첫 해외 방문이었다. 프랑스 파리에서 열린 'OECD 포럼 2004'에서 "21세기와 동아시아"라는 주제로 기조연설을 했다. 노르웨이 오슬로 노벨연구소에서는 "햇볕 정책—과거와 현재와 미래"라는 주제로 연설을 했다. 스위스 제네바에서 열린 제57차 WHO 총회에 참석하여 "건강과 빈곤 퇴치가 인류 행복의 시발점"이라는 주제의 특별 연설을 했다.

강연 후 이종욱 사무총장을 만나 세계보건기구가 그간 북한 동포들을 지원한 것에 감사한다고 말했다. 아울러 북한의 열악한 보건 환경 개선에 적극 나서 줄 것을 당부했다. 이 총장은 지속적으로 관심을 갖겠다고 말했다. 그런데 2년 후 갑자기 뇌경색으로 타계했다. 그는 한국인 최초로 국제기구 수장을 맡아 질병을 퇴치하고 인류의 건강을 지키는 데 열정을 바쳤다. 그가 있어 든든했는데 참으로 애석했다.

6·15 공동 선언 4주년을 맞아 남북 공동으로 토론회, 우리민족대회 등 다채로운 행사가 펼쳐졌다. 특히 국제 토론회는 김대중도서관과 북측 통일문제연구소가 함께 주최하여 6월 14일부터 나흘간 서울 그랜드힐튼 호텔에서 열렸다. 북한에서는 리종혁 아태위 부위원장 등 7명이 참가했다. 나는 참석자들

을 위해 환영 만찬을 주최하고, 특별 연설을 했다. 그러나 아쉽게도 남북이 공동 개최한 6·15 기념행사는 그 후로는 열리지 못했다.

6월 29일 중국 인민외교학회 초청으로 중국을 방문했다. 장쩌민 중앙군사위원회 주석과 만나 환담을 나눴다. 중국 측은 탕자쉬안 국무위원, 루추톈(盧秋田) 인민외교학회장, 우리 측은 김하중 주중 대사, 임동원 전 외교안보특보가 배석했다. 비록 퇴임했지만 장 주석은 내게 변함없는 우정을 보였다. 나는 장 주석에게 6자 회담의 중국 역할 등을 평가하고 내 구상을 설명했다.

"북한 핵 문제 등이 6자 회담을 통해 해결될 것을 믿습니다. 하지만 문제가 해결된 이후에도 6자 회담은 해체하지 말고 공동 협력체로 만들면 좋을 듯합니다. 한반도와 동북아의 평화를 보장하는 상설 기구로 존속하는 것이 바람직하다고 생각합니다."

그날 밤 중국 외교부장을 지낸 탕자쉬안 국무위원이 이에 대해 화답을 가져왔다.

"현실에 안주해서는 안 되며 6자 회담을 한반도의 새로운 평화 체제로 승화시켜야 한다는 대통령님의 의견에 동의합니다. 한반도에서 새로운 메커니즘이 탄생해야 하며 이는 남북한 상호 이익을 보호할 수 있어야 합니다."

나는 이를 비서관에게 공식으로 발표토록 했다. 한국과 중국 정부는 물론 6자 회담 관련국들이 이를 충분히 검토해 주기를 바랐다.

예란 페르손 스웨덴 총리, 월터 벨트로니(Walter Veltroni) 로마 시장, 고르바초프재단 초청으로 스웨덴과 이탈리아 로마를 방문하기 위해 11월 6일 출국했다. 스웨덴 팔메센터에서 "한반도 평화와 스웨덴에 거는 기대"라는 제목으로 연설을 했다. 이어서 로마에서 열린 노벨평화상 수상자 세계정상회의 개막식에 참석하여 기조연설을 했다. 고르바초프 전 소련 대통령, 레흐 바웬사 전 폴란드 대통령, 조지프 로트블랫(Joseph Rotblat) 전 퍼그워시(Pugwash) 회장, 호세 라모스 오르타 동티모르 외교장관, 베티 윌리엄스(Betty Williams) 여사 등 노벨평화상 수상자들과 공동으로 선언문을 채택했다. 북핵 문제와 중동 위기의 평화로운 해결, 핵확산금지조약 유지 등을 촉구했다.

2005년 1월 6일, 81회 생일을 맞았다. 노무현 대통령이 이병완 홍보수석을 통해 축하 메시지와 함께 난을 보냈다. 나는 이 자리에서 남북 관계의 진전을 위해 정부가 적극 노력할 것을 당부했다.

"지난해 6·15 행사 때 노 대통령이 오셔서 '많은 씨를 뿌려 줘서 고맙다'고 했습니다. 그때 나는 '씨 뿌리는 것도 중요하지만 물과 비료를 줘서 열매를 많이 맺도록 하고 그 열매가 국민에게 돌아가게 하는 것이 더욱 중요하다'고 말했습니다."

오후 정창영 연세대 총장의 예방을 받았다. 정 총장에게 "김대중도서관이 노벨평화상의 정신을 살려 한반도와 동아시아, 세계 평화에 공헌하는 '평화' 연구의 중심이 되길 바란다"고 각별히 부탁했다. 2000년 노벨평화상 상금 가운데 3억 원을 도서관 발전 기금으로 기탁했다.

오랫동안 내 곁을 지켰던 김한정 비서관이 미국 유학을 떠났다. 그의 성공을 기원했다. 1월 31일 후임에 양봉렬 전 미국 휴스턴 총영사를 임명했다.

2005년 2월 10일 북한이 핵무기 보유 선언을 했다. 그리고 미사일 발사 유예 조치도 철회해 버렸다. 대통령에 재선된 부시 대통령의 제2기 정권이 출범한 직후였다. 북한은 다시 5월에 핵 연료봉 추출을 완료했다고 발표했다. 사태가 악화되자 미국은 북한과의 접촉에 나섰다. 그리하여 6자 회담을 재개하고, 북핵 문제를 해결하기 위한 '9·19 공동 성명'을 채택했다. 제네바 합의와 유사한 포괄적 접근 원칙에 북한과 미국이 합의했다. 그 내용은 이러했다. 첫째, 북한은 핵무기를 완전히 포기한다. 둘째, 북한과 미국이 국교를 정상화한다. 셋째, 6자가 협력해서 한반도 평화 체제를 구축한다. 넷째, 미국은 북한에 식량과 에너지를 제공한다. 다섯째, 이 모든 것을 서로 동시에 책임지고(행동 대 행동) 시행한다.

그러나 미국은 다시 이를 준수하지 않았다. 네오콘들은 끊임없이 북을 괴롭혔다. 마카오에 있는 은행, 방코델타아시아(BDA)의 북한 계좌를 동결시키는 등 금융 제재 조치를 취했다. 북한은 이에 강력 반발했다. 이렇듯 북미 관계는 가다 서다를 반복하며 탈출구를 찾지 못하고 있었다.

3월 15일 음악가 윤이상 선생의 맏딸 윤정 씨를 만났다. 김대중도서관에서 윤이상 선생을 함께 회고했다. 선생은 내가 1973년에 납치당했을 때는 일본 도쿄까지 날아와 진상 규명을 촉구하는 회견을 했고, 1980년 사형을 선고받았을 때는 독일 내 종교인, 민주 인사들과 구명 운동을 펼쳤다. 내가 그것을 어찌 잊을 수 있겠는가. 그러나 그는 평화적 정권 교체를 보지 못하고 1995년 세상을 떠났다.

위대한 음악가에게 공산주의라는 이념의 덧칠을 해서 그의 조국 사랑과 맑은 영혼에 상처를 냈다. 그는 결국 살아서는 고국에, 고향 통영에 돌아오지 못했다. 그의 음악만이 환국하여 우리 마음을 적셨다. 참으로 애통한 일이었다. 나는 영상 메시지를 보내 윤이상평화재단 발족을 축하했다.

"윤이상 선생은 세계적인 음악가이며 민족 사랑의 상징이었습니다. 우리는 그분이 생존해 계실 때 제대로 모시지 못하고 고통과 치욕을 안겨 주었습니다. 참으로 부끄러운 일이라고 생각합니다."

미국 아시아재단 초청으로 아내와 출국했다. 샌프란시스코에서 열린 아시아재단 창립 50주년 기념 강연에서 "한국과 동북아 평화, 안보, 번영을 위한 한국의 전략적 역할"이라는 주제로 강연을 했다. 샌프란시스코 대학에서 명예 인문학 박사학위를 받고, "아시아에서의 인권과 사회 정의 추구"라는 제목의 연설을 했다. 캘리포니아 스탠퍼드 대학에서 "남북 관계와 한반도의 미래"를 주제로 강연을 했다.

국가정보원이 국민의 정부에서도 불법 도청이 있었다고 발표했다. 김영삼 정권에서 요인들을 불법 도청했던 안기부 내 '미림 팀' 수사의 불똥이 엉뚱한

516

곳으로 튀었다. 어처구니가 없었다. 나는 그토록 불법 도청을 근절하라고 지시했는데 국정원장들이 이를 무시했다니 믿기지 않았다. 불법 도청의 가장 큰 피해자는 누가 뭐래도 나였다. 그런데 내가 이를 놔두겠는가. 2005년 8월 5일 최경환 비서관을 통해 나의 입장을 정리해 발표토록 했다. 그는 신중하며 정확하게 내 의중을 읽었다.

"중앙정보부, 안기부의 최대 희생자로서 도청, 정치 사찰, 공작, 미행 감시, 고문을 없애라는 지시를 역대 국정원장에게 했다. 아울러 일체의 불법적인 정보 수집 등을 하지 못하도록 지시했다. 당선되자마자 도청 팀을 해체하도록 했다. 또한 국정원장이 보고를 할 때에도 이를 강조했으며, 그 어떤 불법 활동도 보고받은 바 없다."

검찰은 임동원, 신건 전 국정원장에 대해 통신비밀법 위반 혐의로 사전 구속 영장을 청구했다. 다시 비서관을 통해 이를 통박했다.

"국민의 정부는 도청 팀을 구조 조정하고 도청 기구도 파괴한 정부이다. 어떻게 그런 분들에게 이런 무도한 일을 할 수 있는가."

자식까지 감옥에 보내고 이제 정말로 마음고생은 끝난 줄 알았는데 다시 마음이 쓰였다. 이를 참아 내는 데 참으로 힘이 들었다.

미열과 염증 증상이 있어 주치의의 권유로 8월 10일 세브란스 병원에 입원했다. 언론에서는 내가 '불법 도청' 수사에 심기가 매우 불편하다고 보도했다. 그래서 몸만 아니라 마음의 병도 앓고 있다는 것이었다. 사실 그랬는지도 모른다. 검사 결과 세균성 폐렴이라고 했다. 많은 사람들이 문병을 왔다. 8·15 한민족축제에 참석한 북측 인사들도 문병을 왔다. 8월 21일 퇴원했다.

여름 나기가 힘들었다. 기력이 많이 떨어졌다. 호흡 곤란과 탈진으로 9월 22일 세브란스 병원에 다시 입원했다. 검진 결과 폐에 물이 차는 폐부종이라고 했다. 아내가 줄곧 병실을 지켰다. 기운이 없는데도 밥은 잘 넘어가지 않았다. 목소리도 제대로 나오지 않았다. 아내가 원기 회복에 좋다며 보신탕을 구해 와서 들라고 했다. 평소에 아내는 보신탕이라면 질색이었다. 어찌 인간으로서 그런 야만적인 행위를 할 수 있느냐고 했다. 그런 아내가 보신탕을 끓여 와 권했다. 아내의 정성과 사랑이 그 속에 들어 있었다. 사실 퇴임하면 아내와 여행을 하고 싶었다. 한 번도 가 본 적이 없는 아프리카 나라도 찾아가고 남미 나라 구석구석을 돌아보고 싶었다. 그러나 아내는 퇴임 후에도 내 병수발만 들었다. 보름 만에 퇴원하여 사저로 돌아왔다.

노벨평화상 수상 5주년을 맞았다. 기념행사의 일환으로 폰 바이츠제커 전 독일 대통령 내외를 초청하여 "독일 통일 경험과 한반도"를 주제로 하는 특별 대담을 했다. 한상진 서울대 교수의 사회로 진행된 이 대담은 연말 KBS 텔레비전에 방영되었다. 한 교수는 내게 우리 민족의 꿈과 희망인 한반도의 평화 체제 구축 방법에 대해서 물었다.

"현재로서는 6자 회담에서 북핵 문제를 해결하는 것이 중요합니다. 북핵 문제가 해결된 후에 미사일 문제, 여러 가지 화학 무기 문제도 해결될 것으로 생각합니다. 북핵 문제가 해결된 후에 6자 회담을 상설화해서 한반도와 동북아 안보를 책임지도록 해야 합니다. 더불어 한반도 평화 협정을 만들어 전쟁 상태를 종식시키고, 세계와 협력해서 세계 평화에 기여하는 나라가 되어야 합니다. 평화를 위해서는 남북 간에 가난한 사람들에게 희망을 주고, 세계의 가난하고 병들고 고통 받는 사람들을 지원하는 나라가 되어야겠습니다."

폰 바이츠제커 전 대통령이 내 말을 받았다.

"서두르지 마십시오. 우리가 이미 저지른 실수를 반복하지 마십시오. 우리는 화폐 통합을 서둘렀는데 당시 그렇게 해야 할 정치적인 이유는 있었지만 경제적으로 실수를 저지른 것과 마찬가지였습니다. 또한 예측할 수 없는 상황에 대해 준비를 철저히 해야 합니다. 이 자리를 빌려 통일에 대한 준비가 충분히 되어 있지 않았음을 고백합니다."

사회를 맡은 한상진 교수는 진정성이 있는 학자였다. 국민의 정부에서는 한국정신문화연구원과 정책기획위원회의 책임을 맡았다. 그는 관료가 되는

폰 바이츠제커 전 독일 대통령과 특별 대담을 했다. 독일 통일과 한반도 상황을 견주어 보는 시간을 가졌다.

것을 한사코 마다했지만 내가 제시한 직책들은 차마 거부하지 못했다. 만날 때마다 한반도 통일 방안과 우리 민족의 미래에 대해서 서로 묻고 답했다. 그 기억은 소중하게 남아 있다. 퇴임 후 우리 집을 찾아와 "아직 할 일이 많으십니다. 꼭 건강하셔야 합니다"라며 내 손을 쥐었다. 하지만 나는 우리 시대가 끝났음을 알고 있었다.

국민보다 반걸음만 앞서 가야

(2006. 1 ~ 2008. 5)

2006년 새해에 많은 정치인들이 찾아왔다. 여당 사람들에게 부디 민심을 살피라고 당부했다. 김근태 전 보건복지부 장관, 새로 선출된 김한길 원내대표 등 열린우리당 지도부를 만났다.

"과반수 의석을 주고 대통령을 만들어 준 지지층이 누구입니까. 열린우리당은 잃어버린 식구를 찾는 일에 집중해야 합니다. 국민의 손을 잡고 반걸음만 앞서 나가십시오."

나는 참여정부가 일련의 민주적 조치들을 펼치고 있음을 평가하지만 국민 의사를 수렴하는 데는 문제가 있다고 보았다. 현대 정치는 국민을 무시하고는 결코 성공할 수 없다. 민심보다 앞서 뛰거나, 뒤처져 낙오해서도 안 된다. 국민으로부터 고립된 뜀박질은 실패를 향한 돌진에 다름 아니다. 어떤 형태로든 정치에 참여하는 사람은 '국민과 함께'라는 이 엄숙한 원칙을 숙지해야 한다. 목적이 정의롭고 고상할수록 '국민과 함께'라는 방법상의 원칙은 더욱 지켜야 한다고 생각한다.

나는 참여정부와 열린우리당에게 겸손하라 일렀다. 국민에게 배우고, 국민과 같이 가라고 말했다. 그래야 집을 나간 토끼들이 돌아오고, 거기에 덧붙여 새로운 토끼들을 불러들일 수 있을 것이라고 조언했다.

2월 11일 아태민주지도자회의를 김대중평화센터로 명칭을 바꿨다. 그동안 김성재, 임동원, 김정길 전 장관이 이사장을 맡아 운영하다 명칭을 바꾸면서 내가 이사장으로 취임했다. 정세현 전 통일부 장관을 부이사장으로 임명했다. 김대중평화센터는 남북한 화해 협력, 한반도를 비롯한 동북아 및 세계 평화의 증진, 빈곤 퇴치 등의 활동을 펼치기로 했다.

3월 21일 영남대학교에서 명예정치학 박사학위를 받았다. 영남대는 정관에 "교주(校主) 박정희 선생의 창학 정신을 받든다"고 했으니 박정희 전 대통령이 교주였다. 처음에는 망설였지만 동서 화합을 위해 작은 보탬이라도 된다면 반대할 이유가 없었다. 오히려 기쁘게 받을 일이었다. 또 불행했던 과거사가 정리되었으면 하는 바람도 섞여 있었다.

기념 식수를 하고 '實事求是(실사구시)' 휘호를 전달했다. 그리고 기념 강연을 했다. 질의응답 시간에 한 여학생이 물었다.

"저처럼 정치가가 되고자 하는 새내기에게 좋은 말씀 부탁드립니다."

"정치인으로서 훌륭하게 성공하려면 다른 분야도 그렇지만 서생적 문제의식과 상인적 현실 감각을 가져야 한다고 생각합니다. 서생적 문제의식, 즉 원칙과 철학의 확고한 다리를 딛고 서서 그 기반 위에서 상인적 현실 감각을 갖춰야 합니다."

그리고 열린우리당 지도부에게 했던 것처럼 "국민의 손을 잡고 반걸음만 앞서 가라"고 조언했다.

'국민을 섬기는 리더십'은 강상중 도쿄대 교수와도 만나 수차례 얘기한 바 있었다.

나의 방북 계획이 구체적으로 검토되고 있었다. 처음 거론된 것은 2004년 연말이었다. 남과 북의 관계가 질척거리자 이부영 열린우리당 의장이 찾아와 '한반도 평화 특사'를 제의했다. 나는 이를 완곡하게 거절했다. 북한은 내가 아닌 노무현 대통령과 일을 해야 하기 때문이었다.

"전직 대통령이 중요한 것이 아니라 현 정권이 중요합니다. 북한도 나와 합의해서는 책임질 수 없고 현 대통령과 약속해야 책임 있게 해 나갈 수 있습니다."

내가 선뜻 응할 수 없는 이유는 또 있었다. 남북 정상 회담에서 합의한 김 위원장의 답방이 이뤄지지 않았기 때문이다. 김 위원장은 나와의 약속을 지키지 않고 있었다.

그런데 2005년 6월 방북한 정동영 통일부 장관에게 김정일 위원장이 "김 전 대통령을 좋은 계절에 초청하겠다"고 말했다. 그리고 내가 그해 8월 폐렴 증세로 입원해 있을 때 8·15 민족대축전 북측 대표인 김기남 노동당 비서와 림동옥 조평통 부위원장이 찾아와 김정일 위원장의 초청 의사를 다시 피력했다.

"김정일 국방위원장께서 대통령님의 건강을 걱정하고 빨리 쾌유하시라는 인사를 전하라 하셨습니다. 좋은 계절에 평양에 오시란 요청은 지금도 유효합니다."

그들은 분단 후 처음으로 동작동 국립현충원을 참배하기도 했다.

나는 여러 가지를 생각했다. 결론은 한반도의 평화를 위해서라면 작은 일이라도 해야 한다는 것이었다. 나는 "적절한 시기에 연락하겠다"고 답했다. 사실상 북측의 방북 요청을 수락했다.

2006년 들어 나의 방북은 대내외의 관심을 끌었다. 나는 특사가 아닌 개인 자격으로 북에 가겠다고 했다. 4월 25일 이종석 통일부 장관이 찾아와 남북 장관급 회담 결과를 설명하며 북쪽과 방북을 위한 실무 팀 구성 등을 협의했다고 밝혔다. 나는 "개인적인 방북인 만큼 방북 문제가 지나치게 이슈화되는 것은 바람직하지 않다"며 차분하게 준비해 달라고 당부했다.

정세현 전 통일부 장관과 최경환 비서관이 5월 16~17일 이틀간 금강산 호텔에서 북측 대표단을 만났다. 나의 방북과 관련된 제반 사안을 협의했다. 그리고 6월 하순 3박 4일 일정으로 방북한다는 데 합의했다. 하지만 우리는 열차로 가는 방안을, 북은 서해 직항로 이용을 주장하여 결론을 내지 못했다.

나는 열차로 방북하며 북한을 자세히 보고 싶었다. 기술적으로도 문제가 없었다. 또 나의 열차 방북이 실현되면 남북 철도 연결 사업이 더욱 활성화될 수도 있을 것이다. 그러나 결국 나의 방북은 이뤄지지 않았다. 약속한 6월 하순이 다가오고, 또 지나갔지만 북에서는 아무런 연락이 오지 않았다.

그러더니 7월 5일 북한이 미사일 6발을 차례로 발사했다. 북한에 대한 국제 사회의 비난이 어느 때보다 높았다. 북의 금융 제재 해제 요구를 거부하고 계속 북한을 궁지로 몰아넣는 미국 앞에서 북한은 또 한 번 극단적인 방법을 택했다. 그러나 그것은 냉전을 선호하는 무리들에게 강공의 빌미만을 제공할 뿐이다. 왜 그것을 모르는지, 북한의 단견이 너무 한심했다. 나의 방북도 어려워졌다. 북한이 왜 나를 초청하지 않았는지 알 것도 같았다. 초청을 '안 한 것'이 아니라 '못 한 것'이 분명했다.

6월 14일 광주 월드컵경기장에서 열린 6·15 공동 선언 발표 6돌 기념 민족통일대축전 개막식에 참석했다. 다음 날에는 노벨평화상 수상자 광주 정상회의에 참석했다. 세계 평화를 위협하는 현안을 논의하기 위해 1999년 처음 개최된 '노벨평화상 수상자 정상회의(World Summit of Nobel Peace Laureates)'는 2001년을 제외하고 6차례에 걸쳐 로마에서 개최됐으며, 로마가 아닌 도시에서 열리는 것은 이번이 처음이었다. 이날 행사에는 미하일 고르바초프, 시린 에바디(Shirin Ebadi), 리고베르타 멘추(Rigoberta Menchu) 등 개인 수상자 7명과 국제사면위원회, 국제적십자위원회, 핵전쟁방지 국제의학자 기구 등 수상 단체 대표 7명이 참석했다. '평화·인권의 별'들이 '민주화의 성지' 광주에 모인 참으로 뜻깊은 행사였다. 이틀 동안 "5·18 정신과 한국의 민주화", "동아시아의 민주주의 확산과 인권 신장", "동아시아 평화 확산을 위한 국제적 협력", "6·15 남북 공동 선언과 한반도의 평화" 등을 주제로 토론회를 가졌다.

노벨평화상 수상자들이 '평화 · 민주주의 정의'를 실천하기 위해 민주화의 성지인 광주에 모였다.

6월 18일 〈KBS 스페셜〉에 출연하여 고르바초프 전 소련 대통령과 "한반도 평화의 조건"이라는 주제로 대담했다. 그는 내가 구상하고 있는 6자 회담의 상설 기구화에도 명쾌하게 동의했다. 우리는 모든 면에서 의견이 일치했다. 사회를 맡은 문정인 연세대 교수의 대담 정리가 그것을 말해 주었다.

"교훈은 명백합니다. 강압과 대립보다는 화해와 협력, 급진적 변화보다는 점진적 변화, 일방주의보다는 다자주의 협력, 그리고 열린 마음으로 서로를 이해하고 안정을 모색할 때 동북아와 한반도에 평화와 번영이 온다는 것입니다."

7월 27일 자서전 집필을 위한 구술을 시작했다. 김대중도서관 구술사(Oral History) 프로젝트도 겸해서 진행했다. 자서전 작가인 김택근 『경향신문』 논설위원, 류상영 김대중도서관장, 최경환 비서관, 장옥추 국장, 장신기 연구원이 참여했다. 구술은 40여 차례 진행되었다.

강원룡 목사가 돌아가셨다. 8월 18일 빈소를 찾아 조문했다. 영전에서 그의 향기로운 삶을 얘기했다.

"강 목사는 이 땅의 민주화와 사회 정의, 남북 화해 협력을 위해 탁월한 지도력을 보여 주었습니다. 국민들의 마음에 영원히 기억될 것입니다."

강 목사는 민주화 동지였으며 시대의 목자였다. 그는 종교 간 화합을 위해 많은 일을 했다. 큰스님 등 많은 종교 지도자들이 빈소를 찾아 꽃을 바쳤다. 참으로 아름다운 삶이었다.

두 달 뒤에는 남쪽에서 부음이 올라왔다. 광주에서 홍남순 변호사가 영면에 들었다. 이 땅의 대표적인 인권 변호사로 의로운 삶의 본을 남겼다. 돌아보니 한 시대가 가고 있는 듯했다. 새로운 세상을 만들기 위한 격정의 순간들을 남기고 많은 이들이 떠나가고 있다. 이런저런 생각을 하고 있으면 내게도 죽음이 떠오른다.

9월 15일 프랑스『르 몽드 디플로마티크(Le Monde Diplomatique)』한국어판 창간호 회견을 했다. 나는 "미국의 네오콘들이 북한을 악용하고 있다"며 부시 정권은 당장 북한과 대화에 나설 것을 촉구했다.

"지금 북미 관계가 안 풀리는 것은 도처에서 제동을 걸고 있기 때문입니다. 북한은 대화를 간절히 바라는데, 미국의 네오콘은 마치 이스라엘이 팔레스타인에 장벽을 치듯 북한을 몰아붙이고 있습니다. 북핵 문제에 대해 네오콘은 손을 떼고 한국 의견을 존중해야 합니다."

9월 24일 임동원, 이장희, 백학순, 문정인, 김근식, 고유환 등 남북문제 전문가들을 초청하여 한정식당 '수정'에서 오찬을 함께했다. 미국이 북한을 압박하는 상황에서 북한이 어떤 대응을 할지 논의했다. 참석자 거의가 북한이 핵 실험을 강행할 것이라고 예상했다. 앞으로 한반도가 요동칠 것이라는 정세 분석을 내놓았다. 이를 심각하게 들었다.

그로부터 보름 후인 10월 9일 북한이 핵 실험을 강행한 것이다. 조선중앙

통신은 핵 실험 성공을 발표했다. 남쪽에서도 핵 실험 지진파를 감지했다. 참으로 북의 도발이 무모했다. 노무현 대통령은 이에 대해 "대화만 계속하자고 강조할 수 있는 입지가 없어진 것 아닌가 생각된다"고 말했다. 다음 날 노 대통령 초청으로 전직 대통령들과 오찬을 했다. 북한 핵 실험에 대해서 조언을 구하는 자리였다. 전두환, 김영삼 전 대통령이 참석했는데, 김 전 대통령이 대뜸 햇볕 정책을 공격했다. "김대중 전 대통령의 정책을 계승하여 포용 정책을 펴다가 이런 상황을 초래했다. 노 대통령과 김대중 전 대통령이 대국민 공개 사과를 하라"고 요구했다. 그의 독설은 한참 동안 계속됐다. 무례하기 이를 데 없었다. 맨 나중에 내가 말했다.

"햇볕 정책을 통해 남북 관계 발전은 제대로 해 왔고, 또 성과도 있었습니다. 문제는 북미 관계에 진전이 없기 때문입니다. 북한의 핵 개발이 어떤 단계에 왔든 이를 해체시켜야 하고, 또 북한이 더 이상 도발을 못하도록 대책을 마련해야 합니다. 세 가지를 생각할 수 있습니다.

첫째는 전쟁을 하는 것인데, 그것은 현재 이라크에 발목이 잡혀 있는 미국으로서도 그런 여유가 없고 우리 민족으로서도 절대 있어서는 안 됩니다. 둘째는 경제 제재를 하는 것인데, 북한에 고통을 주겠지만 그것을 구실로 휴전선이나 북방 한계선에서 도발을 할 수 있습니다. 또 중국이 협력하지 않으면 효과가 없습니다. 오히려 우리 경제만 크게 위축되고 외국 투자자들이 대거 철수할 것입니다. 셋째는 미국과 북한이 대화를 하는 것입니다. 미국에서도 민주당이나 베이커(James Baker) 전 국무장관 등이 북미 간 대화를 촉구하고 있습니다.

무엇이 현명한 방법인지는 다 알고 있지 않습니까. 차분히 대처해야 합니다. 유엔의 결의가 중요하고 미·중·일·러 4대국과 협의해야 합니다. 북한이 핵 실험을 하기 전에는 이를 막기 위해 앞장서야 했지만, 핵 실험을 한 이상 우리가 제재에 대해서 앞장설 필요는 없습니다."

노 대통령은 "국민들의 불안과 동요가 없도록 상황을 신중하게 관리하겠다"는 원론적인 입장만 밝혔다.

다음 날 나는 전남대 강연을 위해 광주의 한 호텔에 머무르고 있었다. 아침에 노 대통령에게서 전화가 왔다. "어제 불편하게 했던 일을 죄송하게 생각한다"고 말했다. 내가 일방적으로 당했다고 생각한 모양이었다. 나는 내가 모욕을 당한 것보다 노 대통령의 인식에 문제가 있음을 지적했다. 포용 정책의 한계를 인정한 발언과 햇볕 정책을 둘러싼 논란에 대해서 얘기했다.

"포용 정책이 무슨 죄가 있습니까. 포용 정책은 남북의 긴장을 완화시켰지 악화시킨 적이 없는데 어째서 그렇게 말씀하십니까. 죄 없는 햇볕 정책에 북한 핵 실험을 갖다 붙이는 데 동의할 수 없습니다. 햇볕 정책은 그리 만만한 것이 아닙니다."

그러자 노 대통령은 전적으로 동감한다고 답했다. 그 이후 정부는 차츰 대북 강경 구상에서 벗어났다.

전남대학교가 수여하는 명예문학 박사학위를 받았다. 마침 강연을 하는 자리가 마련되었기에 북한과 미국을 동시에 꾸짖었다.

"북한은 핵 무장을 단념해야 합니다. 미국의 거대한 핵 전략 앞에 별 성과도 얻지 못하면서 미국과 일본의 강경 정책만 부추기는 일은 그만두어야 합니다. 핵무기를 포기해야 합니다. 그 대가로 북미 양자 간의 직접 대화를 요구하는 것이 바람직합니다.

이번 북한의 핵 실험은 북한의 핵확산금지조약 탈퇴, 국제원자력기구 요원 추방, 북미 간 제네바 합의의 파기와 함께 미국의 대북 핵 정책의 실패를 입증하고 있습니다. 우리는 1994년 이래 주고받는 일괄 타결을 주장했습니다. 그러나 부시 정권은 이를 외면하다가 오늘의 실패를 가져온 것입니다."

수많은 언론의 인터뷰 요청이 쇄도했다. 특히 『뉴스위크』, 로이터, 미국 CBS, AP, 프랑스 『리베라시옹』 등 인터뷰 요청이 많았다. 이번 북한 핵 실험의 파장이 어느 정도인지를 알 수 있었다. 나는 인터뷰에서 "북한 핵 실험은 지난 6년 동안 계속된 부시의 대북 강경책이 실패한 것을 반증하는 것이다.

이제라도 미국은 대북 강경책에서 선회하여 북한과 대화를 해야 한다"고 역설했다. 얼마 후 11월 실시된 중간 선거에서 미국 의회의 다수당을 민주당이 차지하여 부시 대통령의 입지는 더욱 약화되었다. 결국 북미 간 대화를 시작한 미국은 2007년 2월 6자 회담에서 비핵화 1단계 조치인 2·13 합의문을 채택하게 되었다. 2·13 합의 이후 북미 양국은 '행동 대 행동' 원칙에 따라 서로의 합의를 착실히 진행했다. 북한은 1만 8000쪽 되는 핵 가동 기록 문서를 미국에 넘겨주고 영변의 냉각탑도 폭파했다. 그 진행 속도가 매우 빨랐다.

10월 28일 퇴임 후 처음으로 목포를 방문했다. 8년 만이었다. 목포역 광장을 시민들이 가득 메우고 있었다.

시민들과 〈고향의 봄〉, 〈목포의 눈물〉을 합창했다. 차창을 열고 목포 시내를 천천히 돌아봤다. 어디서 어떻게 소식을 들었는지 곳곳에 시민들이 몰려들었다. 손을 흔들며 "건강하시라"고 외쳤다. 그 표정들에는 구김이 없고, 티도 없었다. 잎 지는 가을인데도 고향은 따뜻했다. 다음 날 무안에 있는 전남 도청을 방문했다. 지난해 준공한 청사는 우람하면서도 말끔했다. 도청 전망대에 올라 목포와 무안 일대를 살폈다. 방명록에 '無湖南 無國家(무호남 무국가)'라고 썼다.

11월 2일 김대중도서관 전시관을 개관했다. 노무현 대통령을 비롯해서 많은 사람들이 참석했다. 밤에는 연세대 대강당에서 김대중도서관 후원의 밤이 열렸다. 이 자리에서 민주주의, 평화, 빈곤 퇴치의 세 가지 어젠다(의제)를 제시했다.

노 대통령이 이틀 후 다시 찾아왔다. 현직 대통령이 전직 대통령의 사저를 찾은 건 일찍이 없었던 일로 기억한다. 노 대통령이 감회에 젖어 응접실을 둘러봤다.

"옛날 여기 이 자리에 앉아 대통령님을 기다렸습니다. 지침을 받으러 오고, 돈도 얻으러 오고, 그랬습니다."

노무현 대통령과 김대중도서관 전시실을 둘러봤다.

나도 옛날 생각이 났다. 노 대통령은 도서관에 대해 많은 관심을 표명했다. 자신을 포함한 다른 대통령들은 기념관 만들기가 쉽지 않을 것 같다고 말했다.

"어떤 분은 감춰야 할 것들이 너무 많아서 전시할 수 없을 것이고, 저는 자료 같은 것도 변변치 않고, 또 간수하지도 않았습니다."

그런 솔직함 그리고 담백함이 노 대통령의 매력이었다. 권양숙 여사도 "판사 시절 법복 입은 사진도 한 장 없다"고 말했다. 노 대통령 내외에게 점심을 대접했다. 노 대통령은 북한의 핵 실험 이후 청와대에서 있었던 '불편한 오찬'이 못내 마음에 걸린 모양이었다. 나는 그의 표정에서 그걸 읽을 수 있었다.

우리는 말하지 않아도 말을 하고 있었다.

11월 12일 코리아 소사이어티가 주는 '2007 밴 플리트 상' 수상자로 선정되었다. 밴 플리트 상은 미 8군 사령관을 역임한 제임스 밴 플리트 장군의 이름을 따서 제정했다. 1992년부터 한미 관계 발전에 기여한 사람에게 수여했다.

홍업이가 국회의원에 당선되었다. 2007년 4월 23일 실시된 무안·신안 지역 보궐 선거에서 주민들의 선택을 받았다. 당당하게 명예 회복을 했다. 그렇게 기쁠 수가 없었다. 초심을 잃지 말고 열심히 의정 활동을 하라고 말해 주었다.

2007년 5월 12일 독일 베를린 자유대학이 수여하는 제1회 자유상을 받기 위해 출국했다. 16일 수상식 직후에 "베를린 선언과 한반도 평화"를 주제로 연설을 했다. 7년 전 이곳에서 '베를린 선언'을 발표했을 때가 생각이 났다. 베를린은 그사이 많이 발전해 있었다. 독일 통일 당시의 동서독 간의 경제적 격차도 많이 극복한 듯했다. 우리는 언제 통일을 이룰 수 있을까. 서글픔이 밀려왔다.

이번 독일 방문에서 특별한 사람을 만났다. 북한 출신 동독 유학생과 결혼한 지 1년 만에 남편을 북으로 떠나보내고 홀로 46년간 살아온 레나테 홍 여사를 만난 것이다. 그는 재혼하지 않고 두 아들을 키웠다고 한다. 나에게 남편을 꼭 생전에 만날 수 있도록 도와 달라고 했다. 그 사연이 참으로 애절했다. 그는 독일적십자사, 북한 대사관 등의 도움으로 2008년 7월 평양에서 꿈에도 그리던 남편을 만났다. 이산가족은 남북에만 있는 것이 아니었다.

또 독일 연방의회 앞에 있는 유태인 기념관도 방문했다. 그 규모와 크기에 정말 놀랐다. 축구장 두 개 정도의 넓이에 수백 개의 관이 놓여 있는 형상이었다. 수많은 유태인 희생자들의 사연을 보면서 인간이 이렇게 잔혹할 수 있나 생각했다. 과거사에 대해서 독일처럼 철저하게 반성하고 교육하는 곳은 세계 어디에도 없을 것이다.

6월 19일 미래학자 앨빈 토플러 박사가 우리 집을 찾아왔다. 그는 손정의 소프트뱅크 회장, 빌 게이츠 마이크로소프트 회장과 더불어 나를 도와 국민의 정부 정보화 사업에 가장 큰 영향을 준 인물이었다. 그는 사회의 변화 속도를 따라잡지 못해 겪는 어려움 즉, '미래 충격(Future Shock)'을 앞으로 인류는 더욱 빈번하게 겪을 것이라고 예측했다. 그렇지만 앞으로 신경학이나 유전학 등의 발달로 두뇌 자체가 변화하여 30~50년 후에는 이런 한계를 뛰어넘을 것으로 진단했다. 바야흐로 신인류의 등장인 셈이었다.

그의 이야기는 흥미로웠지만 한편으로는 소름이 돋았다. 미래 사회는 어떤 모습일지, 신인류는 어떻게 살아갈지……. 엄청난 물결이 인류를 덮치고 있는데도 정작 사람들은 이를 감지하지 못하고 있다. 박사의 말대로라면 앞으로 반세기는 인류에게 가장 고되면서도 혼란스러운 시대가 될 것이다. 시대 조류를 따라잡지 못해 심리적 공황에 빠진 사람들이 '원시로 돌아가자'며 집단으로 저항을 할 수도 있을 것이다. 이러한 나의 우려에 토플러 박사도 동의했다.

9월 17일 빌 클린턴 전 미국 대통령, 내셔널프레스클럽, 코리아 소사이어티 초청으로 미국 워싱턴과 뉴욕을 방문했다. 잭 프리처드(Jack Pritchard) 한미경제연구소장, 돈 오버도퍼 교수, 콜린 파월 전 국무장관, 에드윈 퓰러(Edwin Feulner) 헤리티지 재단 이사장, 매들린 올브라이트 전 국무장관, 웬디 셔먼 전 국무부 대북 정책 조정관, 로버트 루빈 전 재무장관, 데이비드 립튼 전 재무차관, 클린턴 전 대통령, 헨리 키신저 전 국무장관을 만났다. 대통령 재임 때 정치·경제·외교 분야 파트너들을 만나니 매우 반가웠다. 이기호 전 경제수석, 반기문 유엔 사무총장, 송민순 외교통상부 장관도 만났다.

나는 북한 핵 문제의 평화적 해결을 위해 내가 지닌 모든 상식과 논리를 동원하여 그들에게 호소하고 설득했다. 모두 내 의견에 동의했고 함께 노력하자며 격려해 주었다.

키신저 전 국무장관과의 대화는 언제나 유익했다. 내가 중국의 장래와 한중 관계에 대해서 물었다. 키신저 전 장관이 답했다.

클린턴 전 미국 대통령을 뉴욕에서 다시 만나 친필 휘호가 새겨진 항아리를 선물했다.

"중국은 물론 더 강해질 것입니다. 중요한 것은 중국을 파트너로 대하는 것입니다. 또 중국의 경제적·군사적 힘이 커질수록 미국과 한국이 계속 긴밀한 관계를 맺는 것 또한 중요합니다. 한국이 어느 한쪽을 무시하고 중국과 미국 사이를 왔다 갔다 한다면 그것은 위험합니다."

키신저 전 장관이 일본의 미래에 대해서 물었다. 내가 답했다.

"급격한 우경화가 우려스러운데 그것보다 젊은이들이나 젊은 국회의원들의 우경화가 더 걱정입니다. 이들은 과거 침략을 부인하고 피해국이었던 한국과 중국인들이 민감한 반응을 보이고 있습니다. 우경화의 근본 원인은 일본인들이 과거 침략에 대한 교육을 제대로 받지 않았기 때문입니다. 일본은 독일과 달라서 65세 이하 인구의 90퍼센트는 과거를 모르고 그래서 반성도 하지 않습니다. 최근에 프랜시스 후쿠야마(Francis Fukuyama)는 이러다가 일본이 국제적으로 고립될 것이라고까지 말했습니다."

키신저 전 장관은 야당 시절부터 나에게 많은 관심과 성원을 보내 주었다.

이에 대해 사의를 표하자 나에 대한 찬사로 답했다.

"그것은 대통령님이 훌륭한 비전, 훌륭한 상상력을 갖고 계신 분이기 때문입니다."

"세계적 대석학에게 그런 말을 들으니 큰 영광입니다. 그 말씀을 내 자서전에 꼭 넣도록 하겠습니다."

로버트 루빈 전 미국 재무장관(시티그룹 회장)과 립튼 전 재무차관을 만났다. 두 사람은 클린턴 정부에서 한국의 외환 위기를 지켜봤고, 나중에는 나의 '민주주의와 시장 경제'의 철학에 동감하여 국민의 정부를 적극 도왔다. 루빈 전 장관이 미국 경제를 걱정하며 말했다.

"미국 경제의 펀더멘털은 1998년 한국과 마찬가지로 재무, 교육부터 모든 부문에 걸쳐서 조정이 필요한데 이를 위해서는 대통령님 같은 인물이 필요합니다. 대통령님께서 차기 대통령 선거에 출마하시면 여기 있는 립튼이 선거 운동을 돕겠습니다."

"대통령 선거 출마 이야기는 과분하여 오늘밤 잠을 이루지 못할 것 같습니다."

모두 유쾌하게 웃었다. 우리는 외환 위기를 맞아 정책 방향을 잘 설정했고, 서로를 의심하지 않았다. 돌아보면 위기의 순간들이 얼마나 많았는가. 그래도 열심히 일했다. 이렇게 웃을 수 있으니 행복했다.

양봉렬 비서관이 외교부로 복귀하여 주 말레이시아 대사로 부임했다. 후임 비서관에 하태윤 외교통상부 본부대사를 임명했다.

10월 2일 노무현 대통령이 남북 정상 회담을 하러 평양으로 떠났다. 노 대통령은 군사 분계선을 걸어서 넘어갔다. 집에서 텔레비전 생중계를 지켜봤다. 화면 속의 김정일 위원장은 2000년과는 달리 활력이 없어 보였다. 나와 약속한 답방은 끝내 이뤄지지 않은 채 남과 북의 정상이 만났다. 하지만 늦게라도 정상 회담이 열렸으니 얼마나 다행인가. 다음 정부에서, 또 다음 정부에서도 통일이 올 때까지 정상 회담은 계속 열려야 했다.

나는 그동안 남과 북에게 정상 회담을 서둘러 해야 한다고 닦달도 하고 호소도 했다. 하지만 노 대통령 임기 말에야 성사되었음이 마음에 걸렸다. 남북 정상은 8개항에 합의하고 10·4 남북 공동 선언을 발표했다. 내용은 남북이 평화적으로 살아가는 문제, 경제 협력의 문제, 한반도 비핵화 문제가 망라되어 있었다. 퍽 만족스러웠다. 특히 서해평화특별지대 설정은 주목할 만했다. 1·2차 연평해전도 서해 북방 한계선 부근에서 일어났고 앞으로도 그런 충돌의 위험은 상존하고 있었기 때문이다.

그러나 야권에서는 재원 마련이 어렵다며 예의 '퍼 주기' 공세를 폈다. 임기 말의 노 정권은 이에 적절하게 대응하지 못했다. 나는 야당과 일부 언론에서 제기하는 '퍼 주기' 주장에 멀지 않아 그것은 '퍼 오기'가 될 것이라고 일갈했다. 북한은 말이 통하고 같은 전통을 가진 우리 민족이다. 가장 가까운 거리에 있고, 세계에서 임금은 가장 싸면서 가장 우수한 노동력을 지니고 있다. 또 북한에는 엄청난 양의 지하자원이 매장되어 있다. 한국상공회의소의 보고에 따르면 2조 달러의 가치가 있다고 한다. 북한과 공동 이익을 창출하면 '퍼 오기 시대'가 올 수 있다.

개성공단만 해도 그렇다. 공단이 들어선 땅은 서울을 공격하는 최전방 기지였다. 그곳에 있던 3개 여단과 장사포를 모두 뒤로 밀어내고 공단을 지었다. 만약에 문산을 북한에게 내주었다면 남쪽 사람들은 어떻게 생각하겠는가. 금강산도 해군의 요충지였던 장전항을 사실상 우리에게 내준 셈이다. 북한은 그야말로 먹기 위해, 살기 위해 자존심을 버린 것이다. 포용 정책은 이렇듯 북한 사회를 송두리째 흔들어 놓고 있는 것이다.

또 북한 저 너머 중앙아시아, 시베리아 일대에서는 노다지판이 벌어지고 있다. 광물 자원, 석유, 가스 등이 널려 있다. 남북 관계가 개선되어 '철의 실크로드'가 개통된다면 우리의 우수한 상품을 수출하고 대륙의 풍부한 자원을 들여오게 될 것이다. 흥부가 제비 다리를 고쳐 주었더니 보물이 쏟아지는 박씨를 물

어 왔듯이 작금의 '북한 돌보기'가 궁극에는 우리 민족에게 대운(大運)을 가져
올 것이다. 됫박으로 퍼 주고 말로 퍼 올 것이 분명하다.

사실 '퍼 주기' 논란은 많은 오해가 있다. 과거 서독은 20년 동안 동독에 평
균 32억 불을 매년 지원했다. 우리는 13년 동안 매년 1억 5000만 불을 북에
주었다. 이것은 1인당 연간 5000원을 모아 북한을 도운 셈이다. 그 대가로 우
리는 남북의 냉전 체제를 종식시키고 화해 협력의 시대를 열었다. 한반도 긴
장이 일거에 완화되어 지난 10년 동안 안보 불안 없이 살아온 것이다. 남북 대
치로 엄청난 비용의 국방비를 지출하는 것에 비하면 '퍼 주기' 논란은 전혀 이
치에 맞지 않다.

또 북한의 인권에 대해서 무관심하다고 비판하는 사람들이 있다. 이 또한
올바른 평가라고 할 수 없다. 인권에는 근대 이후에 일어난 언론, 집회, 출판,
결사의 자유 등 정치적 인권이 있다. 또 하나는 굶어 죽지 않아야 하는 권리,
건강한 삶을 살 권리, 안전하게 살아야 하는 권리 등 사회적 인권이 있다. 북
한에 식량, 비료, 의약품, 생필품 등을 지원하는 것은 원초적 권리인 사회적
인권을 도와주는 것이다. 북한 주민 수십만 명이 굶어 죽는 상황에서 우리가
얼마나 그들을 도와주고 있는가. 또 북한에서 수천 명이 탈북해 남쪽으로 왔
다. 우리는 그들에게 생활비까지 대 주며 보호하고 있다. 북한 인권 문제를
제기한 어느 나라도 북한 탈북자를 받지 않고 있는데 우리는 그들을 받고 있
다. 이렇듯 북한의 인권에 대해서 크게 기여하고 있는 것이다. 진정 북한의
인권을 생각한다면 하루 빨리 남북이 교류하고 협력해 북한이 스스로 자립할
수 있도록 도와주어야 한다. 그때 인권 문제는 자연히 해결될 것이다.

11월 23일 고은태 앰네스티 한국 지부장으로부터 사형제 폐지를 위해 노
력한 공로로 감사장을 받았다. 나는 대통령 재임 5년 동안 사형을 한 건도 집
행하지 않았다. 생명은 하느님이 주신 것이니 누구도 이를 함부로 말살할 수
없다. 불교에서도 만유불성(萬有佛性)이라 하여 모든 생명에 부처님이 있다
고 했다. 생명은 천부 인권이다. 민주적 권리의 진수이다. 비록 법(法)의 이름

일지라도 사람이 사람을 죽임은 또 다른 대죄이다. 법의 오심, 또는 정치적 의도에서 사형 제도를 악용하는 예도 빈번했다. 특히 정치적 의도에서 사형을 악용한 사례는 우리나라에서 자주 있었다. 나도 그렇게 당했지만, 인민혁명당 사건이 단적인 예이다.

사형 제도는 흉악범을 이 세상에서 말살함으로써 범죄를 근절하거나 대폭 감소시키겠다는 취지로 행하는 것이다. 그러나 사형 집행을 아무리 강행해도 범죄는 줄지 않고 오히려 증가하는 추세마저 보이고 있다. 사형 집행은 사람의 생명만 헛되게 말살시킬 뿐 사회의 안정과 평화에 도움이 되지 않는다. 오히려 사형제를 폐지함으로써 사회 분위기와 흉악범의 정서를 순화시켜 극악 범죄를 감소시키는 것을 기대할 수도 있는 것이다. 사형수가 개과천선한 실례는 무수하게 많다. 사람의 마음속에는 천사와 악마가 함께 있다. 환경, 교육, 신앙심, 자신의 노력 등에 따라서 얼마든지 천사가 악마를 누르고 이길 수 있다. 우리는 그런 기회를 박탈해서는 안 된다.

이미 131개 국가가 법적으로 사형 제도를 폐지하거나 10년 이상 사형을 집행하지 않았다. 유럽연합은 사형제 폐지가 가입 조건이다. 나는 사형제를 종신형제로 바꿔야 한다고 생각했다. 나의 신앙에서, 인권에 대한 소신에서 나온 것이다. 재임 중에 모든 사형수를 무기로 감형시키고자 했지만 부처 간 이견으로 몇 명만을 감형시켰다. 그것이 아직도 유감이다. 사형제 폐지는 인권 국가, 문명 국가의 대열에 합류하는 것이고, 진정 하느님이 바라는 일일 것이다. 참여정부에서도 사형이 집행되지 않아 실질적인 사형제 폐지 국가가 되었다. 머지않아 법으로도 사형제 폐지 국가가 되기를 기원한다.

노벨평화상 수상 7주년 기념으로 '버마(미얀마) 민주화의 밤' 행사를 가졌다. 미얀마에서는 몇 달 전 '샤프란 혁명'이라는 반군정 민주화 시위가 발생했다. '샤프란'이란 미얀마 승려들이 입고 있는 선황색 승복 색깔에서 비롯된 것인데, 당시 시위로 수천 명의 승려와 시민이 사망하거나 체포되었다. 군부 독재 18년 중 12년 이상을 연금 상태에 있던 아웅산 수지 여사는 또다시 감옥에 갇혔다고 한다.

미얀마의 역사는 우리와 닮았다. 60여 년 동안 영국과 일본의 식민 지배를 받고 1962년 군사 쿠데타로 군부 독재 정권이 집권한 뒤 '1988년 민주 항쟁'에서 군부의 무력 진압으로 수천 명의 사상자가 발생한 것 등이 매우 유사하다. 그래서 더 안타깝다. 나는 미얀마 민주 인사들을 만날 때마다 "민주주의는 피와 눈물이 필요하다"고 역설했다. 외부의 지원도 중요하지만 미얀마 민족 스스로 피와 땀과 눈물을 흘리지 않으면 진정한 민주주의를 이룩할 수 없다고 얘기했다. 이번 시위를 통해 오랜 군부 독재를 끝내고 민주화를 쟁취할 수 있기를 진정으로 기원했다. '버마 민주화의 밤' 행사에서 4만 불을 모금하여 전달했다.

12월 19일 대통령 선거 투표를 했다. 민주당 후보가 패했다. 표 차이가 너무 많이 나서 참담했다. 내가 정치를 하는 동안 민주당 후보가 이토록 무참하게 진 것은 처음이었다. 이듬해 총선 전망도 아주 어두워졌다. 잘못하면 일당 지배의 국회가 되고 오랜 전통인 양당제가 무너질 가능성도 있었다. 하지만 더욱 큰일은 묘책이 생각나지 않는다는 점이었다. 노 대통령 5년 동안에 민주당 지지 기반이 무너졌다. 대북 지원에 대한 특검, 분당 등은 잘못된 것이었다. 게다가 원칙도 없이 한나라당에 연립 정부를 제시하고 최대 지지 기반인 호남 사람들과 젊은이들을 실망시킨 것은 참으로 아쉬웠다.

곰곰 생각해 보니 우리 정치에서 사라져야 할 유산이 지연 말고도 또 하나가 있다. 바로 학연(學緣)이다. 나는 재임 기간 중에 고교 및 대학 학맥을 혁파하라고 그렇게 일렀는데도 학연은 사라지지 않았다. 성향이나 인품으로 보아 결코 학연에 매몰될 사람이 아닌데도 정작 그 소용돌이 한가운데 서 있는 것을 종종 봤다. 어떤 때는 나도 그런 것 아닌가 살펴보기도 했다. 내가 비교적 학연에서 자유로운 상고 출신이라는 게 다행으로 여겨지기도 했다.

이명박 당선인의 국정 운영이 걱정됐다. 과거 건설 회사에 재직할 때의 안하무인식 태도를 드러냈다. 정부 조직 개편안을 봐도 토건업식 밀어붙이기 기운이 농후했다. 통일부, 과기부, 정통부, 여성부 등이 폐지 및 축소되는 부처로 거론됐다. 내가 보기로는 현재와 미래에 우리를 먹여 살릴 부처였다. 그 단견이 매우 위태로워 보였다. 특히 북한에 대해서는 '선 핵 폐기 후 협력'이라는, 부시 대통령조차 폐기한 정책을 들고 나왔다. 대통령 후보로 나를 찾아왔을 때는 햇볕 정책에 공감한다고 여러 번 말했다. 그의 말대로 실용적인 사람으로 알고 대세에 역행하지 않을 것으로 믿었는데 내가 잘못 본 것 같았다. 나라와 국민을 위해 가장 보편적인 길을 찾는 것이 실용일진대, 그는 실용의 개념을 잘못 이해하는 것 같았다.

대통령 취임사도 실망스러웠다. 철학이나 비전은 거의 보이지 않았다. 정책을 나열만 했지 손에 잡히게 구체적인 내용은 별로 없었다. 남북 관계도 언제든 남북 정상 회담에 응하겠다는 것인데 적극적인 제안은 아니었다. 특히 1, 2차 남북 정상 회담에서 합의된 사항을 도대체 어떻게 하겠다는 것인지 답이 없었다.

1월 28일, 텔레비전 장편 드라마 〈이산〉을 보았다. 사도세자와 그 아들 정조의 운명을 보고 조선 시대 당쟁의 잔혹상을 새삼 절감했다. 그러나 정조 같은 영명한 군주가 살아남아서 20년 통치로 많은 업적을 남긴 것은 자랑스러운 일이다.

나는 드라마를 즐겼고, 특히 퇴임 후에는 사극을 많이 봤다. 재임 중 박권상 KBS 사장에게 한국사의 3대 인물을 주인공으로 사극을 만들면 어떻겠냐고 말한 적이 있다. 이순신, 전봉준, 장보고가 그들이었다. 순전히 일개 시청자의 견해였다. 이순신 장군은 말할 것 없지만 전봉준도 우리 역사에 참으로 자랑스러운 인물이라고 생각한다. 전봉준 장군과 동학 농민군이 부르짖은 반봉건주의는 당시 최고의 사상이었다. 시골 서당의 훈장이었는데도 노비 해방, 과부 개가, 토지 개혁, 세정 혁신 같은 내부 개혁과 반제국주의의 시대적 소명 의식을 지녔다는 것이 참으로 놀라웠다. 그리고 그는 이를 실천에 옮겨 수백 만 농민을 궐기시켰다. 해상왕 장보고도 대양과 대륙을 누비며 우리 민족의 기상을 떨쳤다.

국민들이 선양할 위대한 인물인 세 분의 일대기를 그 무대나 배경 등을 살려 연출하면 가장 드라마틱하게 그려 낼 수 있을 것 같았다. 내가 만일 방송국 피디라면 욕심을 낼 만한 인물들이라 여겨졌다. 퇴임 후 이순신과 장보고는 사극으로 만들어졌다. 이순신 장군을 그린 〈불멸의 이순신〉은 참으로 훌륭했다. 하지만 〈해신(海神)〉이라는 이름으로 만들어진 장보고는 실망스러웠다. 바다의 영웅으로 그리기보다는 국내 정치를 부각시켜 갈등만을 너무 키웠다는 느낌이었다.

2월 11일 손학규 대통합 민주신당과 박상천 민주당 대표가 통합을 선언했다. 당명은 통합민주당이었다. 노무현 대통령은 민주당을 깨고 열린우리당을 만들었지만 지방 선거, 보궐 선거, 그리고 대통령 선거까지 완패했다. 상처투성이다. 나는 이를 비판하고 대통합을 주장했는데 끝내 뜻을 이루었다.

2월 15일 목포로 내려갔다. 박준영 전남지사, 정종득 목포 시장 등이 출영했다. 고향 길은 언제나 따뜻하다. 진도 벽파진과 해남 우수영에서 이순신 장군과 우리 조상들이 일구어 낸 명량대첩 유적을 방문했다. '상유십이 미신불사(尙有十二 微臣不死)'의 위대한 용기와 자신감을 되새겼다.

12척의 병선을 가지고 133척의 대군과 맞선 이순신 장군과 장병들은 절세의 용맹과 지모로 왜군을 울돌목에서 대패시켰다. 전세가 울돌목에서 역전되었으니 실로 나라를 구한 곳이었다. 위대한 장군과 더불어 임진왜란과 정유재란의 전 과정에서 구국의 활동을 멈추지 않았던 전라도와 그 조상들은 찬양받아 마땅했다. 우수영 쪽 식당에서 울돌목의 거센 물줄기를 보았다. 그 기세가 장엄하여, 역사 속에서 뛰쳐나온 듯했다. 영원히 잊지 못할 감동이었다.

진도에서는 삼별초의 옛 터를 방문했다. 불과 9개월간의 항쟁이었지만 새로 왕조까지 세웠다. 우리 조상들의 반외세 정신과 자주 독립의 의지가 너무도 당당하게 느껴졌다. 곳곳에서 주민들이 손을 흔들어 환영했다.

한류(韓流)가 대단하다. 언론들은 멀리 아프리카에도 한류가 흐른다고 보도했다. 우리가 만든 영화, 드라마, 노래, 음식들이 세계인들을 사로잡고 있다. 한류는 우리 민족의 고졸한 문화유산에서 뽑아 올린 가장 성공한 소프트웨어인 셈이다.

확실히 우리 문화는 격조가 높다. 어떤 문화유산을 봐도 천박하지 않다. 숱한 이민족 문화가 흘러들어 왔어도 그것에 동화되지 않았다. 우리 것으로 그것들을 여과시켰다. 섞되 섞이지 않았다. 과거와 현재, 고유와 외래를 섞어 최상의 것을 생산하는 능력이 있다.

한번은 국립박물관에 가서 우리나라 전통 보자기를 관람한 적이 있다. 그 보자기를 만든 사람들은 평범한 우리 어머니요 누이들이었다. 가정의 부인들이 호롱불 밑에서 만든 것인데도 세계인들이 와서 보고 놀랐다. 어떤 그림이나 공예품보다 높이 평가했다. 조선 왕조 시대에 배우지도 못한 아낙들의 미적 감각이 실로 감동적이었다. 이렇듯 우리에게는 고품격의 문화 유전자가 흐르고 있다.

나는 일찍이 우리 문화와 이를 만든 국민들의 저력을 믿었다. 일본의 대중문화를 개방했을 때도 많은 사람들이 일본 문화의 속국이 될 것이라고 했지만 나는 우리 문화를 진정 믿었다. 어떤 사상과 철학도 우리나라에 들어와서 시들지 않았다. 나름의 뿌리를 내렸다. 그것은 우리에게 다른 문화를 흡수하는 여백과 여력이 있음이다.

3월 18일 월드비전 긴급구호팀장인 한비야 씨가 찾아왔다. 전 세계를 도보로 여행하며 재난 지역을 찾아가 지원하는 대단한 사람이다. 여러 인종의 세 아이를 입양하였다니 고개가 숙여졌다. 용기와 양심을 지니고 인류 사랑을 세계 곳곳에서 심고 있으니 그는 또 다른 차원의 '한류'였다.

4월 미국 포틀랜드와 보스턴을 방문했다. 일종의 강연 여행이었다. 포틀랜드 대학 보챔프(William Beauchamp) 총장으로부터 명예 박사학위도 받았다. "도전과 응전, 그리고 하느님"이라는 주제로 강연을 했다. 연설이 끝나자 기립 박수가 터졌다. 보챔프 총장은 "지금까지 많은 강연이 있었지만 가장 깊은 감명을 받았다"고 했다. 이렇게 나이 들었어도 감동을 줄 수 있다는 게 너무 기쁘고도 감사했다.

20일 보스턴에 도착해 하버드 대학을 방문했다. 망명 중 하버드 대학 국제문제연구소에서 수학한 이래 24년 만이었다. 감개무량했다. 파우스트(Drew Gilpin Faust) 총장을 만났고, 케네디 스쿨에서 "햇볕 정책이 성공의 길이다"라는 제목으로 강연을 했다. 나에게는 매우 중요한 연설이었다. 원고를 몇 번이나 다듬었다. 강연 후 옛날에 자주 들렀던 교수 클럽에서 옛 친구들과 오찬을 했다. 진리와 정의를 논했던 제임스 리치(James Leach), 에즈라 보겔(Ezra Vogel) 교수 등이 떠올랐다. 캠퍼스를 산책하며 회상에 잠겼다. 자주 들렀던 기념품 가게가 그대로 있었다. 손주들에게 줄 선물을 샀다.

나는 정치를 시작한 이래 연설문 작성에 심혈을 기울였다. 연설문에 많은 것을 담으려 했다. 집회가 있을 때면 연설 원고가 늘 걱정이었다. 원고가 완성이 안 되면 초조하기 이를 데 없었다. 하지만 연설문을 쓰는 것이 기쁨이기도 했다. 누군가를 향해 내 뜻을 펼친다는 것은 설렘이었다. 정치에 발을 들여놓은 이래 헤아릴 수 없이 많은 연설을 했다. 한때는 정치가 곧 연설이라는 생각이 들었다. 그래서 혼신의 힘을 다해 원고를 작성했다. 중요한 연설문은 산통이 대단했다. 호텔 방을 전전하며 구상하고 수없이 다듬었다.

내 연설에 때로는 환호하고 때로는 공분하던 청중들. 이제는 아득한 옛 이야기가 되었지만 그 순간들은 잊을 수가 없다. 장충단공원, 여의도광장, 보라

매공원 연설 등에는 100만 명이 넘는 인파가 몰렸다. 몰려든 청중 앞에서의 연설은 엄중했다. 당시의 연설은 내 생각을 전파하는 가장 유용한 수단이었다. 한마디 한마디가 그대로 청중들 가슴속을 파고들어야 했다.

연설문은 누가 들어도 알 수 있도록 쉽게 쓰려고 노력했다. 문장은 명료하고, 예는 쉽게 들었다. 미문은 경계했고 오해 소지가 있는 문구는 배격했다. 그리고 중요한 내용은 되풀이해서 전달했다. 청중들이 싫증을 낼 만큼 반복했다. 그래야 비로소 청중들이 '김대중 연설'로 인식했다.

대통령이 되어서는 연설 담당 비서들이 초안을 잡아 왔다. 하지만 대부분 내가 마무리 손질을 했다. 그들도 나름의 최선을 다해서 가져오지만 내 뜻을 정확히 읽지 못하거나 논점이 흐린 경우가 많았다. 이 때문에 한밤중이나 휴식 시간에도 원고를 썼다. 그래도 청와대에서는 이훈 비서가 내 생각을 읽어내는 데 능했다.

무슨 일이든 내가 잘 알아야 남을 설득할 수 있었다. 연설문을 작성하는 것은 일종의 공부였고, 현안에 대한 나의 입장을 정리하는 기회이기도 했다. 그리고 연설문은 진실해야 했다. 말의 유희나 문장의 기교에 빠지면 나의 가치와 철학, 그리고 의지가 없어지고 만다. 나는 내 연설문을 역사에 남긴다는 생각으로 썼다. 그래서 늘 진지했다.

재임 중에는 미국 의회(1998년 6월), 일본 의회(1998년 10월), 베를린 선언(2000년 3월), 노벨평화상 수상 연설(2000년 12월) 등이 기억에 남는다. 미국 의회 연설문은 현지에 가서도 퇴고를 거듭했다. 연설 직전에야 원고가 완성됐다. 당시 미국 상하원 의원들이 기립 박수를 보내 주었다. 참으로 뿌듯했다. 일본 의회 연설은 한일 관계의 미래를 설계하는 데 초점을 맞추었다. 베를린 선언은 대북 정책의 중요한 변화를 전 세계에 천명했고, 노벨평화상 수상 연설은 내 삶을 솔직하게 돌아보았다.

내 연설문은 어느 것 하나 허투루 작성하지 않았다. 정성을 들이고, 최선을 다했다. 내 자서전에는 연설문이 비교적 많이 실렸다. 그것은 어느 설명보다, 어느 비유보다 내 연설문이 더 정확할 때가 많기 때문이다. 또한 당시의 내 철학과 비전, 열정과 가치가 고스란히 녹아 있기 때문이다.

정상 회담에서도 나는 명확한 논리와 쉬운 어법으로 상대편이 편안하게 마음을 열 수 있도록 했다. 조리 있게 말하려고 노력했다. 대화 중에는 꼭 상대가 새길 만한 알맹이를 챙겨 넣었다. 그래서 준비를 많이 했다. 그러한 나의 스타일을 정확히 짚어내는 통역도 중요했다. 나는 강경화, 김일범 통역관을 신뢰했다. 특히 강 통역관은 내가 당선자 신분일 때 국회에서 외국 귀빈의 통역을 맡고 있었는데, 눈여겨보고 있다가 직접 발탁했다.

그래도 영원한 것은 있다

(2008. 5 ~ 2009. 6)

연일 촛불 시위가 벌어졌다. 한미 FTA 체결을 앞두고 쇠고기 수입 조건에 대한 지나친 양보가 국민의 반발을 샀다. 특히 광우병 우려에 대한 정부의 대처가 너무 안일한 것 같았다. 건강 주권을 찾겠다는 시민들의 외침을 정부는 진정성을 가지고 들어야 했다.

촛불 시위는 단순히 쇠고기 문제만은 아닌 것 같았다. 그 외에도 대운하와 영어 몰입 교육 시도, 교육비 격증, 물가 폭등, 인사의 극단적 편중, 임기제 공직자들 무단 퇴출, 남북 관계 악화 등이 내재되어 있다고 여겨졌다. 이명박 대통령이 지난 10년의 엄청난 변화를 제대로 인식하지 못하고 과거 유신 시대의 사고와 감각으로 국민을 대한다는 느낌이 들었다.

촛불 시위가 예사롭지 않았다. 인터넷과 휴대전화의 문자 메시지를 통한 직접민주주의는 아테네 광장에서 있었던 직접민주주의 이래 인류 역사상 처음일 것이다. 참으로 놀라운 우리 국민의 지혜와 힘이었다. 그 기반은 국민의 정부가 심혈을 기울여 이룩한 정보화 사회였다.

인터넷이나 문자 메시지에 아이디어나 의견을 올리면 순식간에 전국에 퍼지고 사이버 공간에서 토론을 거쳐 광장으로 나왔다. 그리고 집회가 끝나면 각자 돌아갔다. 행사는 유쾌한 문화 행사가 주류였다. 과거의 대중 집회와 달리 주최자도 기획자도 없었다. 선전도 동원도 하지 않았다. 물론 돈도 들지 않았다. 그런데도 대중적 파급력은 엄청났다.

이명박 정권 사람들은 '잃어버린 10년'을 외치며 과거로 돌아가기만 하면 된다는 오만에 차 있었다. 그들은 인류 최대의 격변기인 지식 정보화 시대가 온 것도 모르고, 그것이 지난 10년에 이뤄진 대혁명이라는 것도 모르고 있었다. 아니 나 자신도 시대의 대변화를 주장하면서도 이토록 우리 사회가 변한 줄은 몰랐다.

63빌딩 국제회의장에서 열린 6·15 8주년 기념식에서 "우리 민족을 생각한다"는 인사말을 했다.

"최근 촛불 집회는 2000년 전 그리스 아테네에서 시작된 직접민주주의 이래 처음으로 한국에서 다시 그 직접민주주의를 경험하고 있습니다. 이 민주주의는 인터넷과 문자 메시지를 통한 온라인과 거리에 모인 촛불 문화제의 오프라인의 연대 속에 행해지고 있습니다. 이제 평화적인 대중들이 직접민주주의의 중요한 정치 주체가 되었다는 것을 인정하고 국민 요구를 수렴하는 길을 찾아야 할 것입니다."

촛불 집회를 보면서 여러 생각이 들었다. 인류의 역사는 마르크스의 이론처럼 경제 형태가 주도하는 것이 아니라 지식인이 헤게모니를 쥐고 있다고 판단되었다. 봉건 시대에는 농민은 무식하고 소수의 왕과 귀족 그리고 관료만이 지식을 가지고 국가를 운영했다. 그러나 자본주의 시대는 지식과 돈을 겸해서 가진 부르주아지가 패권을 장악하고 절대 다수의 노동자·농민은 피지배층이었다. 그러다 산업 사회의 성장과 더불어 노동자도 교육을 받고, 거기에 지식인이 노동자와 합류해서 정권을 장악하게 되었다. 21세기 들어서는 전 국민이 지식을 갖게 되었고, 마침내 모두가 국정에 참여하기 시작했다. 직접민주주의의 시작, 그것을 나는 촛불 시위에서 보았다.

촛불 시위에 놀란 이명박 정부는 서울 시청 앞 서울광장을 철저하게 봉쇄했다. 정치 집회는 물론이요 일체의 행사도 막았다. 나는 2004년 서울광장이 조성된 이후 많은 기대를 했다. 서울광장이 월드컵 때 거리 응원의 산실이며 세계에 그 역동성을 과시한 명소였기에 소통의 광장으로 거듭날 것을 의심치 않았다. 많은 사람들이 나와서는 누구는 악기를 연주하고, 누구는 시국에 대해 열변을 토하고, 누구는 묘기를 부리는 시민들의 열린 광장이 될 것으로 믿었다.

나는 사이버 공간이 무한 팽창할수록 이렇듯 체온이 느껴지는 지상의 공간이 필요하다고 생각했다. 나는 인터넷 공간에 깊숙이 들어간 적은 없지만 우리 후손들은 이른바 '인터넷 고독' 같은 감정에 시달릴지도 모르는 일 아닌가. 물론 우리 민족에게 광장 문화가 제대로 발달되지 못한 것이 사실이다. 그러나 앞으로는 다르다. 민주주의 사회에서는 열린 공간이 필요하다. 인터넷에 의한 국민 참여 직접민주주의에서는 눈과 말로 확인하는 소통의 공간이 절실하다. 재임 중에 나는 여의도광장을 없애고 공원을 조성하는 서울시에 대해서 강한 유감을 표했다. 서울시의 여의도공원 조성은 내가 취임하기 전에 이미 시작했다. 1998년 4월 서울시 업무 보고에서 강덕기 시장 직무대행에게 말했다.

"여의도광장을 서울시가 없애 버렸습니다. 서울에는 이제 광장다운 광장이 없습니다. 어느 나라 수도에 그런 예가 있습니까. 여의도공원은 다른 곳에 얼마든지 만들 수 있습니다. 하필이면 광장을 없애 1100만 명이 사는데 광장 하나 없는 도시를 만들었느냐 이 말입니다."

질책이라기보다는 탄식이었다. 여의도광장은 사실 중국의 천안문광장이나 러시아의 붉은 광장에 비해 규모가 결코 작지 않았다. 도시 안의 큰 섬으로, 하늘이 내린 선물이었다. 만일 2002년 월드컵 응원을 여의도광장에서 펼쳤다면 또 다른 장관을 연출했을 것이다.

나는 새로 만든 서울광장 바닥에 잔디를 심은 것이 마뜩잖았지만 그래도 시민의 마당이 될 것을 의심하지 않았다. 그러나 서울광장은 자꾸만 멀어져 갔다. 도심 속의 외딴 섬이 되어 갔다. 촛불 시위 이후 시민들의 접근을 봉쇄했다. 왜 열린 마당을 두려워하는가. 왜 광장의 민심을 무서워하는가. 광장이 살아 있어야, 그 속의 시민들의 말이 건강해야 나라와 백성이 편안하다. 그것은 일찍이 광장을 가졌던 나라들의 역사가 말해 주고 있다.

7월 11일 금강산 관광객 중 여성 한 명이 새벽 산책을 나갔다가 북한군의 총격으로 사망했다. 관광객 통제 구역을 벗어나 북한군의 경계 지역에 들어갔다 변을 당했다. 매우 민감하고 불행한 사건이었다. 불길했다. 정부는 곧바로 남측 조사단의 현장 조사를 요구하고 금강산 관광을 잠정 중단시켰다. 북한은 '유감'을 표명했으나 책임은 남측에 있다며 현장 조사를 거부했다. 나는 대화를 통해 원만하게 해결되기를 바랐다. 이 사건으로 금강산 관광이 전면 중단되고, 개성공단이나 남북 간 추진되고 있고 여러 사업들에 지장이 없기를 바랐다. 그러나 사태는 악화되어 갔다.

얼마 후 새로 임명된 정정길 청와대 비서실장과 맹형규 정무수석이 인사차 방문했다. 나는 금강산 관광객 피격 사건과 당시 논란을 빚었던 독도 문제에 대해서 조언했다. 금강산 사고나 독도 문제는 현미경처럼 좁고 깊게 들여다보고, 남북 관계와 한일 관계 등은 망원경처럼 넓고 멀리 보라고 했다. 김형오 신임 국회의장이 인사를 왔길래 같은 얘기를 해 주었다.

촛불 시위와 인권 침해 등을 조사하기 위해 서울에 온 노마 강 무이코 (Norma Kang Muico) 국제앰네스티 동아시아 담당 조사관이 찾아왔다. 한국 지부 관계자들이 정부를 의식해서 우리 집 방문을 만류하자 "김대중 씨는 나의 영웅"이라며 우겼다고 했다. 내 앞에서 울음을 보였다. 나도 감동했다.

8월 4일 말레이시아 대학이 명예인문학 박사학위를 주었다. 몸이 좋지 않아 아내가 대신 참석해 받았다. 학위 수여문이 각별했다. 내 삶을 비교적 정확하게 알고 있었고, 표현의 격이 높았다. 말레이시아 대학의 수준을 짐작케 했다. 마지막은 이렇다.

김 전 대통령의 삶을 이렇게 조각조각 설명한다고 해서, 그의 인생 드라마 전부와 그 위대함을 다 담아낼 수 없을 것입니다. 다만, 우리가 오늘 하고자 하는 것은 너무나 많은 이들을 사로잡은 그의 인생을 돌아봄으로써 그의 삶의 핵심을 되새기고자 하는 것입니다.

8월 13일 생환 기념일을 맞아 가족들이 서교동 홍일이 집에 모였다. 자식들이 다 착하고 영민하다. 내게 가장 큰 행운은 서로 사랑하고 아끼는 화목한 가정이 있다는 것이다. 우리 가족은 나로 인해 수많은 박해를 받았다. 그러나 그러한 고난 속에서 서로 사랑하고 한데 뭉쳤다. 이웃에 대한 봉사와 정의로운 사회를 이루기 위한 노력 속에서 하나가 됐다.

대통령이 되기 전에는 주말마다 세 자식들과 며느리 그리고 일곱 손녀 손자 등 온 가족이 모여 점심을 먹었다. 이때가 가장 행복한 순간이었다. 착하고 건강하고 서로 아끼고 사랑하니 더 이상의 행복이 있겠는가. 하지만 그런 시간들이 요즘은 드문드문 찾아오고 있다. 특히 홍일이가 제 몸을 가누지 못할 정도로 많이 아프다. 차라리 내가 아팠으면, 이보다 덜 아플 것이다.

전북 변산반도로 여름휴가를 갔다. 고창 선운사를 찾았다. 목포상업학교 시절 여름 방학에 찾은 적이 있었다. 그때가 그리워 들렀다. 그때처럼 선운사 가는 길에는 거목이 햇빛을 가렸다. 정적과 유현(幽玄)의 분위기가 나그네의 마음을 조용한 회고와 사색의 경지로 이끌었다. 대웅전에 참배하고 시주했다. 주지 스님과 차를 마시며 대화를 나눈 후 숙소로 돌아왔다. 마침 바다로 해가 떨어지고 있었다. 창문 밖의 해안과 바다 풍경이 일품이었다. 낙조의 아름다움은 무어라 표현할 길이 없다.

9월 초 노르웨이 스타방에르에서 열린 노벨평화상 정상회의에 참석했다. 스타방에르는 노르웨이 남서부의 작고 아담한 항구 도시로서 석유, 정유업 관련 산업이 발달한 곳이다. 이곳에서 군나르 베르게 전 노벨위원회 위원장을 만났다. 무척 반가웠다. 회의에는 노르웨이 황세자, 노벨위원회 관계자, 환경 단체, 학자, 언론인, 기업가 등 약 500여 명이 참석했다. 3일간 개최되는 회의에서 세계적 이슈인 지구 온난화, 9·11 테러 이후 안보, 대중과의 소통, 유엔 밀레니엄 개발 목표 등을 토의했다. 나는 "대화의 힘(Power of Dialogue) — 공동의 이익을 목표로 하는 상호주의 대화"를 주제로 연설했다. 역사적 사실을 통해 검증된 공동 이익을 전제로 한 평화적 대화로 오늘날 세계의 갈등을 해결해 나가자고 주장했다. 많은 참석자들이 나의 연설에 공감했다. 유난히 멀게 느껴진, 아주 힘든 여정이었다.

미국 워싱턴, 뉴욕, 로스앤젤레스 등의 교포 신문들이 내가 거액을 미국에 도피시켰다고 대서특필했다. 명색이 언론이라는 데가 이런 작문 기사를 확인도 없이 내보내다니, 황당하고도 가증스러웠다. 또 국회에서는 검사 출신 한나라당 의원이 내가 100억 원의 CD(무기명 양도성 예금 증서)를 가지고 있다고 했다. 설(說)이라며 원내 발언을 했다. 처벌을 모면하려는 그 수법이 간교했다. 그러나 그는 이에 그치지 않고 모 라디오 방송 인터뷰 중에 아내가 6조 원을 은행에서 인출했다고까지 했다. 그 후 고소했지만 검찰에서도 수사를 지연시키고 있다.

나는 그동안 지역적 편향 집단과 사상적 극우 세력으로부터 엄청난 음해를 받아 왔다. 그러나 개의치 않았다. 하느님이 계시고 나를 지지하는 많은 국민이 있다. 그리고 당대에 오해하는 사람들도 내 사후에 역사 속에서 후회하게 될 것이라 확신한다. 바르게 산 자에게는 패배가 없다. 살아서 떳떳하고 죽어서도 승자가 되는 것이 나의 꿈이다.

MBC 라디오 〈김미화의 세계는 그리고 우리는〉에 출연했다. 이명박 대통령과 김정일 국방위원장이 맞붙어서 얘기를 하면 통할 것이라며 남북 정상 회담을 촉구했다. 평소 개그우먼으로 김미화 씨를 높이 평가했는데 시사 자키의 자질도 상당해서 놀라웠다.

10월 26일 중국인민학회와 선양시가 공동 주최한 '동북아 지역 발전과 협력 포럼'에 참석하여 기조연설을 했다. 행사를 마치고 단둥(丹東)으로 서둘러 이동했다. 그리고 죽기 전에 꼭 가고 싶었던 압록강을 찾았다. 강변에서 멀리 북한 땅 신의주를 보고 6·25 때 파손된 철교를 살폈다. 역사와 작품 속의 압

중국 단둥을 방문해 아내와 압록강 철교를 찾았다. 중국에 와서야 북녘을 볼 수 있는 현실이 서글펐다.

록강은 비장했다. 나는 상상 속의 압록강을 품고 살았다. 가서 보면 압록강이
내게 무슨 말이든 할 것 같았다. 하지만 실제로 보니 강물은 무심히 흐르고,
내게 아무 말도 들려주지 않았다. 국경이 되어 흐르는 강물에는 어떤 긴장감
도 없었다. 위화도에서 회군한 이성계의 고뇌와 야망도 느껴지지 않았다.

중국의 단둥 땅은 그 옛날 우리나라의 사절단, 상인, 유학생들이 말을 타거
나 걸어서 중국으로 가거나 고향으로 돌아온 역사의 현장이었다. 감회가 깊었
다. 북한으로 들어가는 물자의 8할이 여기 단둥에서 신의주로 들어간다고 했
다. 북한의 명줄이었다. 남과 북을 거쳐 유라시아 대륙을 관통하는 철의 실크
로드를 열면 북한도 크게 변할 것이다. 우리는 반도 국가지만 육로가 막혔고
바닷길만 열려 있어 어찌 보면 또 다른 섬이다. 육로가 열려 우리 상품을 실은
철마가 파리와 런던까지 달린다면 한반도에는 아마도 '압록강의 기적'이 일어
날 것이다. 그런 날이 하루속히 다가와 북한 주민들 살림살이도 단둥 사람들

처럼 넉넉하게 펴지기를 기원했다.

압록강 국경은 한가로웠다. 한반도의 휴전선에는 수십만의 군대가 대치하고 있지만 정작 압록강 주변은 풍경도 사람도 풀어져 있었다. 한반도의 허리는 우리 민족이 자른 것이 아니다. 강대국들의 힘과 힘이 충돌한 흔적이며, 우리에게는 통한의 상처이다. 그런데도 남과 북은 그걸 지우지 못하고 있다. 지구상에 마지막 분단국으로 남아 있다. 멀리서 봐도 북한 땅은 남루했다. 참으로 마음이 아팠다. 압록강은 북한 주민들을 그대로 두고 저 혼자 흘렀다.

갈망했던 오바마 후보가 미국 대통령으로 당선됐다. 미국은 물론 한국과 세계를 위해서도 경사처럼 여겨졌다. 지난 8년간 미국의 잘못된 선택으로 세계가 얼마나 큰 피해를 입었는가. 오바마 후보의 당선으로 미국이 그 위대성을 다시 한 번 과시했다. 미국이 밉다가도 '그래도 미국이다'는 생각이 든다. 오바마 후보의 당선은 링컨의 노예 해방에 버금간다고 볼 수 있다. 이로써 미국은 232년간 계속된 백인 중심 통치로부터 다인종 통치의 시대로 들어섰다. 이제 세계 각국과의 화해 협력의 시대가 열릴 것이다. 북한, 시리아, 이란까지 포함해서 지구촌에 평화의 기운이 움틀 것이다. 6자 회담은 순항할 것이고 동북아도 평화와 안전의 새 시대로 들어갈 수 있을 것이다. 오바마 당선자는 결코 교만하거나 힘을 앞세우면 안 된다. 전임자는 교만으로, 힘으로 자신과 미국 그리고 세계를 망쳤다. 오바마를 대통령으로 선택한 미국이 위대한 것이지, 그는 아직 검증되지 않았다. 그러나 오바마 당선자는 겸손으로, 그리고 대화로 평화를 가져올 것이다. 그는 해낼 수 있을 것이다. 그것은 나의 기도이기도 했다.

더욱이 부통령에 지명된 조지프 바이든(Joseph Biden) 상원의원은 나와 교유가 깊었다. 그는 외교적 식견이 뛰어났고 햇볕 정책을 적극 지지했다. 재임 시에는 청와대를 찾아와서 나와 넥타이를 바꿔 멨다. 그날따라 내 넥타이에는 이물질이 묻어 있었지만 아랑곳하지 않았다. 그 넥타이를 행운의 징표로

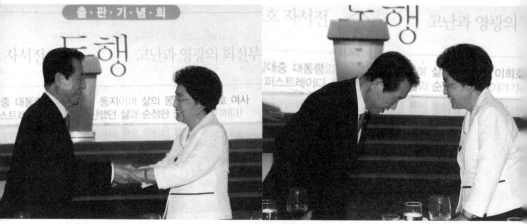

아내의 자서전 출판 기념회에서 손을 맞잡고 함께 기뻐했다. 또 내 곁을 지켜 줘서 고맙다고 고개 숙여 인사를 했다.

간직하겠다고 했다. 그의 성공에 덩달아 기분이 좋았다.

11월 11일 63빌딩 국제회의장에서 아내의 자서전 『동행—고난과 영광의 회전무대』 출판 기념회가 열렸다. 아내의 책은 세계 각국어로 번역될 것이고 길이 남을 것이다. 내 일보다 기쁘고 자랑스러웠다.

11월 27일 평양을 다녀온 강기갑 민노당 대표와 이영순 최고위원이 찾아왔다. 강 대표의 우국충정이 놀라웠다. 남북 관계가 칠흑 같은 밤 속을 걸어가는 형국이라며 조언을 달라 했다. 그의 통분이 그대로 느껴졌다.

나는 국민들이 야당을 걱정하고 있으니 힘을 합치고, 숨을 길게 쉬고 멀리 보라고 조언했다.

"오늘 참으면 내일 이길 수 있습니다. 느긋하지만 치열하게 준비해야 합니다. 뭉쳐야 합니다. 그러면 국민들이 용기를 내서 도와줄 것입니다. 우리는 역사의 길, 정도를 가는 사람들입니다. 시간문제일 뿐 결국 성공할 것입니다."

12월 16일 노벨평화상 수상 8주년 기념으로 '한반도 평화를 위한 대강연회'를 열었다. 미국의 신행정부 출범에 따른 한반도 정책 변화 가능성에 대해 한·미·일 석학들의 초청 강연을 들었다. 제임스 레이니 전 주한 미국 대사가

"미국 신정부와 한반도 평화"를 주제로, 돈 오버도퍼 교수가 "미국에서 본 남북 관계 전망"을 주제로, 이토 나리히코(伊藤成彦) 일본 중앙대 명예교수가 "동북아의 평화와 우호 관계 수립을 위한 북일 관계 정상화 방안"을 주제로, 임동원 전 통일부 장관이 "남북 관계 현황과 전망"을 주제로 연설했다. 나는 "남북 간 대화와 협력을 복원하자"를 주제로 연설했다. 이명박 정권이 들어선 이후 민주주의, 시장(서민) 경제, 남북 관계 등이 모두 후퇴하여 3대 위기에 직면했다고 진단했다.

백낙청 교수가 대강연회 준비위원장을 맡았다. 그는 우리 시대 '행동하는 양심'이다. 궂은일도 마다하지 않아서 사람이 없으면 그를 찾는다. 곁에 있어서 귀한 줄 모르지만 없으면 그 빈자리가 크다.

2009년 새해가 밝았다. 세배를 받고 덕담을 나누고 또 한 해 계획을 세웠다. 설날, 아내와 같이 윷놀이를 했다. 세 번 연달아 져서 30만원을 잃었다. 하루하루가 언제 어떻게 지나는지 몰랐다. 모처럼 시간을 내서 아내와 함께 집을 나섰다. 날씨는 몹시 추웠지만 볕이 좋았다. 점심 먹고 한강변을 드라이브했다. 아내와의 사이는 우리 결혼 이래 최상이었다. 아내를 사랑하고 존경한다. 그녀가 아니었으면 그 험하고 절망적인 고난의 세월을 이겨 내지 못했을 것이다. 아내 없이는 지금의 내가 있기도 어려웠지만 현재도 살기 힘들 것 같다.

날마다 둘이 건강하게 오래 살도록 하느님께 기도했다. 밤에 잠들기 전에는 함께 노래를 불렀다. 1년도 훨씬 더 됐다. 주로 〈고향의 봄〉을 불렀다. 그 순간은 행복했다. 지난해 연초에는 결혼 후 처음으로 양장점에 동행했다. 아내에게 옷 한 벌을 선사했다. 그리 힘든 일도 아닌데 진작 사 줄 걸 후회가 됐다. 일생 동안 나를 위해 희생한 아내에게 황혼녘에 겨우 옷 한 벌을 사 줬다. 아내가 좋아하는 모습을 보니 미안했다. 아내 없는 삶이란 상상만 해도 끔찍하다. 아내가 나보다 먼저 세상을 뜨지 않으면 좋겠다. 어떤 때는 아내와 같이 종일 같이 지낼 때가 있다. 그래도 기쁘고 즐겁다.

1월 21일 용산구에서 철거민 농성장을 경찰특공대가 습격하여 철거민 5명, 경찰관 1명이 사망하고 15명 정도가 부상을 입었다. 이주 대책도 세워 주지 않고 철거를 강행하자 주민들이 사생결단으로 대항했던 것이다. 참으로 야만적인 처사였다. 분노를 금할 수 없었다. 이 추운 겨울에 쫓겨나는 빈민들의 처지가 눈물겨웠다. 국민을 적으로 아는 정권, 권세만 있고 부자만 위하는 정권이다. 경찰의 인명 경시, 권력 만능 의식이 통탄스럽다. 그러나 내가 해 줄 것이 없으니 가슴이 아프다.

이명박 정부 1년이 지났다. 그동안 너무도 많은 문제점을 드러냈다. 무엇보다 냉전적 사고방식으로 '비핵 개방 3000' 정책을 밀어붙였다. 북한이 핵을 포기하고 개방하면 1인당 국민소득이 3000달러가 되도록 도와주겠다니 자존심 강한 북한이 이를 수용할 리가 없다. 동족에게 굴욕을 강요하는 정책이며 부시 정부가 6년 동안 추진했지만 실패한 정책이다. 당연히 북한은 이를 거부했다. 이로 인해 남북 경색은 상당히 오래가고 잘못하면 북한의 '통미봉남' 덫에 걸리게 될까 우려스러웠다. 김영삼 정권이 1994년 1차 핵 위기 때 "핵을 가진 자와 악수하지 않는다"는 강경한 태도로 일관하다가 제네바 회담에서 소외된 악몽이 떠올랐다. 북미 간에 합의된 46억 불짜리 경수로 건설 비용의 70퍼센트를 부담하고도 우리가 아닌 미국 이름으로 제공해야 했다. 한국 외교 사상 최악의 실패작을 다시 되풀이할 가능성이 컸다.

김하중 통일부 장관이 물러나고 강력한 반북주의자인 현인택 교수가 임명됐다. 문제의 '비핵 개방 3000'이라는 대북 정책을 작성하는 데 주도적으로 참여한 인물이란다. 앞선 두 정부에서 이룩한 10년의 공든 탑이 무너지려는가. 그런 적대적인 정책으로 회귀하려면 통일부가 왜 필요한 것인지 모르겠다. 이 대통령은 남북문제에 대한 철학이 없다.

2월 1일 인천 시내를 드라이브했다. 중국촌에 들러 점심을 먹었다. 중국촌 모습이 옛날과는 많이 달라졌지만 여하튼 부활한 것은 다행이다. 해방 후 우

554

리는 그 많은 화교들을 내몰다시피 했다. 온갖 불이익을 주어 도저히 영업할 수 없는 분위기를 만들었다. 화교들은 일본, 미국 등지로 뿔뿔이 흩어졌으니 가히 부끄러운 역사였다. 그러던 것이 최근에는 조선족, 중국, 베트남, 인도네시아, 필리핀 사람들이 대거 이주했다. 다문화 시대가 서서히 오고 있다. 어쩌면 다행한 일이다.

역사적으로 다원적 가치를 인정하고 관용을 베푼 나라가 융성했다. 다른 민족에게 기회와 동기를 부여했고, 그들의 열정은 강대국으로 성장하는 에너지가 되었다. 페르시아, 로마, 당(唐), 미국 등이 이에 속한다. 역으로 다른 민족을 배척하여 쇠망한 나라는 스페인, 유태, 나치스 독일, 군국주의 일본 등을 꼽을 수 있다.

한국이 앞으로 융성하려면 인종, 문화, 이념의 순혈주의에 빠져서는 안 된다. 신라, 고려, 조선 왕조를 보면 조선 왕조 시대에 이르러 유별나게 파벌적 순혈주의(당쟁), 종교적 순수성(배불숭유)이 두드러진다. 그래서 시대 흐름에 능동적으로 대처하지 못했고 국력은 쇠약해졌다.

이제 많은 나라에서 이민자들이 몰려오고 있다. 그들은 우리나라에서 꿈을 이루고자 누구보다 열심히 일할 것이다. 외국의 인재, 의욕에 찬 노동자들을 과감하게 받아들이고, 희망이 꺾이지 않도록 동기 부여와 배려를 해야 할 것이다.

퇴임 후 외국인 노동자와 중국 동포들로부터 감사패를 받은 일이 있다.

한국에 와서 일하고 있는 외국인 노동자와 중국 동포들을 위하여 법 제정의 초석을 놓아 주셨습니다. 소외당하고 힘들게 살아왔던 우리들이 '노동자의 신분'으로 당당하게 살아가도록 이끌어 주셨습니다. 관심과 사랑을 기억하며 감사의 마음을 이 패에 담아 드립니다.

아직도 이주 노동자들이 차별 대우로 설움을 받고 있는 현실인데도 이런 감사의 말을 받으니 마음이 편치 않았다. 그들의 곤궁함이 안쓰러웠다. 외국인 노동자들의 권익 향상은 더 이상 미룰 일이 아니다.

류상영 김대중도서관 관장이 안식년을 맞았다. 2월 3일 그간 많은 일을 했기에 그 노고를 치하했다. 후임에 김성재 연세대 석좌교수가 임명되었다.

김수환 추기경이 선종했다. 위대한 삶이었다. 성직자로서, 인권 수호자로서 가난한 사람을 위해서 참으로 국민의 존경과 사랑을 받은 일생이었다. 내가 감옥살이를 할 때는 진주에도, 청주에도 찾아왔다. 자상하고 따뜻했다. 2월 17일 명동성당에 마련된 빈소를 방문해서 애도를 표했다. 추기경의 시신 앞에서 감사를 드리고 천국영생을 빌었다. 평소보다 더 맑은 얼굴이었다. 역시 위대한 성직자의 사후는 달랐다. 추모객 행렬의 끝이 보이지 않았다. 명동성당을 온통 감싸고 있었다.

한국에 왔던 힐러리 클린턴 미 국무부 장관이 전화를 했다. 뜻밖이었다. 미국으로 돌아가는 전용 비행기 안에서였다.

"클린턴 전 대통령께서 안부를 전해 달라고 했습니다. 저의 남편도 대통령님과 함께 일했던 시절에 대해서 좋고 따뜻한 추억을 간직하고 있습니다. 1990년대 금융 위기와 북한과의 관계에서 대통령께서 보여 주신 지도력을 기억하고 있습니다."

남편인 클린턴 전 대통령도 나를 만나기를 바라고 있다고 했다.

오바마 대통령은 민주당 대권 후보 선출 과정에서 강력한 경쟁자였던 힐러리 상원의원을 국무장관에 전격 발탁했다. 용병술이 놀라웠다. 나는 힐러리 상원의원의 국무장관 임명을 누구보다 환영했다. 2000년 클린턴 대통령의 퇴임으로 중단된 북미 관계 정상화가 힐러리 국무장관을 통해 실현될 가능성이 매우 높다고 보았기 때문이다. 어찌 보면 이번 힐러리 국무장관의 전화는 단순한 안부 전화 이상의 깊은 뜻이 있는 듯했다.

힐러리 국무장관은 이날 스티븐 보스워스 전 주한 미 대사를 대북 정책 특별대표로 임명한다고 발표했다. 그는 나의 오랜 친구로서 한반도에너지개발

기구(KEDO) 대사, 주한 미 대사를 지냈고 북한을 여러 차례 방문했다. 작년 미국 보스턴을 방문했을 때 터프츠 대학 플레처 스쿨 학장으로 있던 그를 만나 북핵 문제의 본질과 해법에 대해 대화를 나누기도 했다.

보스워스 특별대표는 얼마 후 한국을 방문했을 때 나에게 전화를 했다. 나는 그에게 북한이 무리한 일을 하고 있으나 미국이 인내심과 지혜를 가지고 현명하게 대처하면 클린턴 정부에서 성공했던 것처럼 그런 상황을 만들 수 있을 것이라고 말했다. 그는 나의 말에 전적으로 공감하고, 최선을 다하겠다고 말했다. 우리는 다음번 방문에는 꼭 만나자고 했다. 비록 남북 관계가 악화되고 있지만 북미 관계 정상화를 통해 남북 관계도 좋아질 수 있다는 희망을 가졌다.

3월 13일, 하태윤 비서관이 주 이라크 대사로 가게 되었다. 영전을 축하했지만 이라크 치안이 불안해서 걱정되었다. 후임으로 김선홍 중국 칭다오 총영사가 부임했다.

나라가 걱정이다. 우익을 가장한 독재 세력이 고개를 쳐들고 있다. 한국의 우익은 친일파들을 뿌리에 두고 있다. 그들은 부와 권세를 붙들기 위해 두 가지를 택했다. 첫째로 해방된 후 이승만 박사에 접근했다. 김구 선생보다 모든 것이 열세였던 이 박사는 주저 없이 반민족 세력을 감쌌다. 둘째로 그들의 반민족 죄상을 은폐하려 반공을 면죄를 위한 대의로 삼았다.

친일 세력은 장면 민주 정권을 불과 1년여 만에 전복시켰다. 이것이 5·16 군사 쿠데타였다. 박정희의 18년 군정이 비극으로 끝나고 다시 군사 독재가 출현했다. 그러자 민주 세력은 격렬하게 저항했다. 마침내 국민의 힘으로 평화적 정권 교체를 이뤄 나와 노무현의 민주화 시대 10년이 펼쳐졌다. 10년이면 강산도 변한다고 했다. 세상이 바뀌어 민주주의는 반석에 선 것처럼 보였다. 국민들도 이를 의심치 않았다. 그러나 도저히 믿을 수 없는 일들이 일어나고 있다. 군사 독재 정치의 망령이 되살아나고 있다.

지난 10년의 민주 정부를 생각하면 오늘의 현실이 참으로 기가 막힌다. 믿을 수 없다. 꿈을 꾸고 있는 것 같다. 나는 정치에서 은퇴한 지 오래지만 반민주, 반국민 경제, 반통일로 질주하는 것을 좌시할 수 없다. 지난 50년간 반독재 투쟁에서 얼마나 많은 사람이 사형, 학살, 투옥, 고문을 당했는가. 어떻게 얻은 자유이고 남북 화해였던가. 그 자유와 남북 화해가 무너져 가고 있다. 늙고 약한 몸이지만 비장한 결심과 철저한 건강 관리로 내가 할 일을 다하자고 스스로 다짐했다.

언론과 주위 사람들이 나더러 이제 그만 쉬라고 했다. 나도 쉬고 싶었다. 하지만 시국이 엄중하고 나라가 위기에 처했으니 나라도 나서야 했다. 원로로서 뜬구름이나 잡는 얘기는 할 수 없다. 나는 그렇게 살아오지 않았다. 민주주의가 후퇴한다면 나의 삶은 아무 의미도 없다. 살아도 산 것이 아니며 죽어서도 어찌 편히 눈을 감을 것인가. 오늘날 민주주의의 역주행 사태를 보면 지하의 의사, 열사들이 뭐라 할 것인가. 가슴이 아팠다. 밤마다 아내와 손을 잡고 기도했다.

"예수님, 이 나라의 민주주의와 민생 경제와 남북 관계가 모두 위기입니다. 이제 저도 늙었습니다. 힘이 없습니다. 능력도 없습니다. 걱정이 많지만 어찌해야 할지를 모르겠습니다. 예수님께서 저희 부부에게 마지막 힘을 주십시오. 마지막 지혜를 주십시오. 나라와 민족을 살펴 주십시오."

나이가 드니 눈물이 많아진다. 하기야 나는 어렸을 때부터 잘 울었다. 도깨비가 나올까 봐, 어머니가 돌아가실까 봐 울었다. 그런 내가 그동안 거대한 독재 정권과 싸운 것은 아마도 그 눈물이 시켰을 것이다. 눈물처럼 맑은 것이 어디 있을 것인가. 독재 정권과 맞서 싸우다 희생된 젊은이들도 여리고 고왔다. 그들은 맑고 순수하기에 목숨을 던져 불의와 싸웠을 것이다. 그들을 생각하면 자꾸 눈물이 나왔다. 나는 죽을 때까지 불의와 싸울 것이다. 어찌 나 혼자 원로라고 대접받으며 고고한 척할 수 있단 말인가. 눈물을 닦고 다시 호통칠 것이다.

나는 오랫동안 대통령 중심제를 지지해 왔다. 이를 관철하기 위해서 목숨을 걸고 싸웠다. 그리고 국민과 함께 직선 대통령제를 쟁취하여 대통령직을 수행했다. 그러나 진정 내가 원하는 것은 정·부통령제였다. 우리나라에도 부통령이 있어야 한다. 정·부통령이 있다면 한쪽이 개혁적이라면 다른 한쪽은 보수적인 인물일 수 있고, 한쪽이 동쪽 출신이면 다른 한 사람은 서쪽 출신일 수도 있다. 또 대통령에 집중된 의전 부담도 줄일 수 있고, 대통령 유고 시에 국정 중단을 막을 수도 있다. 이렇듯 권력 상층부가 서로를 인정하면 망국적 이념 공세나 지역감정을 넘어설 수도 있을 것이다. 이런 이유로 1987년 민주화 항쟁 이후 직선제 개헌을 할 때 4년 중임제의 정·부통령제를 주장했다. 그러나 이미 알려진 대로 여당이 나와 김영삼 씨의 연대를 두려워해서 이를 극력 반대한 것이다.

지금도 정·부통령제를 마음에 두고 있지만 또 한편으로는 생각이 많이 달라졌다. 대통령제 하에서 10명의 대통령이 있었다. 이승만, 박정희, 전두환 같은 독재자들이 비극적 종말을 맞았지만 그 후로도 독재자나 그 아류들이 출현했다. 이를 막기 위해 이제는 대통령 중심제를 바꾸는 것도 고려해 봄직하다. 5년 단임제는 책임을 물을 방법이 없다. 이제 민의를 따르지 않는 독재자는 민의로 퇴출시켜야 할 때가 되었다. 이원 집정부제나 내각 책임제를 도입하는 것도 나쁘지 않다고 본다. 10년 동안의 민주 정부가 많은 것을 변화시켰고, 특히 우리 국민의 민주주의에 대한 의식이 매우 성숙했다고 보기 때문이다.

미국도 마찬가지다. 한때는 성공한 대통령 중심제 나라의 표본이었지만 부시 대통령의 8년 실정은 참담하다. 지구촌과 그 속의 인류에게 끼친 해악이 크다. 내정·외교 모든 분야에서 실패했다. 그러면서도 어떤 제어도 하지 못하고 꼼짝없이 그 속에서 살아야 했다. 그토록 우리가 문명과 이성을 발달시켰어도 지도자의 잘못 하나 바로잡을 수 없음이 속상하다. 그것이 변함없는 권력의 속성이라면 제도를 통해 예방책을 모색해야 할 것이다.

고향 하의도를 방문했다. 생의 마지막 방문이 될지두 몰랐다. 4월 24일에 하의 3도 농민운동기념관 개관식에 참석했다. "하의 3도 농민 운동가들에의 헌사"를 주제로 연설을 했다. 선산에 가서 배례했다. 하의대리 덕봉서원을 방문했다. 초암 선생에게 한문을 1년간 배운 곳이다. 이어서 하의초등학교에 들렀다. 어린이들의 활달하고 기쁨에 찬 태도에 감동했다. 여기저기 다니는 동안 부슬비가 왔다. 비서들이 만류했지만 큰바위얼굴 등 곳곳을 돌아봤다. 낙지를 잡아먹던 갯벌이 유년 시절에는 그토록 광활했는데 이제는 매우 작아 보였다. 줄었는지, 원래 그렇게 작았는지 알 수 없었다. 나이가 들면 다른 것은 졸아드는데 추억만은 계속 자라서 그런지도 모르겠다. 빗속에서도 하의도민의 환영 열기는 대단했다. 행복한 고향 방문이었다. 그러나 언제 다시 올지 몰랐다.

5월 4일 중국인민외교학회 초청으로 중국을 방문했다. 베이징 인민대회당에서 시진핑(習近平) 국가 부주석을 면담했다. 그는 중국의 차기 지도자이며 『타임』지가 선정한 세계 100대 인물 중 하나였다. 나를 각별히 환대했다.

"대통령님 재임 시절에 21세기 협력적 동반자 관계를 구축했습니다. 지금의 좋은 한중 관계는 대통령님 재임 중의 노력과 떼려야 뗄 수 없는 일입니다."

"지금 중국은 미국과 함께 세계의 양대 국가입니다. 두 나라가 세계의 운명을 어깨에 짊어지고 있습니다. 미국과 중국이 협력해서 오늘의 세계에 평화와 발전, 정의가 실현되도록 하길 바랍니다. 과거의 강대국은 지배 수탈을 했지만 오늘의 세계는 그것을 용납하지 않습니다. 협력하고 양보해서 새로운 인류 역사를 기록해 나가야 합니다."

또한 나는 중국이 6자 회담 의장국으로서 좀 더 적극적인 역할을 해 줄 것을 주문했다. 부시 정부 말기 북한은 영변 원자로 냉각탑을 폭파하는 등 어느 때보다 북핵 폐기 의지를 강하게 드러냈다. 그리고 민주당의 오바마 정부가 출범한 후 북핵 문제 해결의 희망은 어느 때보다 높았다. 그런데 지난 4월 초 북한은 어이없게 또 장거리 로켓을 발사했다. 이것이 새로 취임한 오바마 정부가 대북 정책을 수립하는 데 악재로 작용했다. 북한의 행태는 정말 한심했다.

시진핑 부주석을 중국에서 만났다. 북핵 문제와 관련 중국의 적극적인 역할을 당부했다.

그러나 이런 일은 과거에도 여러 번 있어 왔고 그 본질은 결국 북미 관계 정상화와 핵 포기의 일괄 타결이므로 6자 회담 의장국인 중국이 6자 회담을 재개하여 이 문제를 해결해 줄 것을 주문했다. 시진핑 부주석은 한반도 비핵화에 대한 중국의 입장은 명백하다며, 이를 위해 적극적이고 끊임없이 노력하겠다고 말했다.

5월 18일 방한한 클린턴 전 미국 대통령의 초청으로 하얏트 호텔 양식당에서 만찬을 했다. 그는 'C40 세계기후 정상회의' 참석차 방한했다. 우리는 북핵 문제와 6자 회담에 관해서 깊이 얘기했다. 그런데 실내가 너무 추웠다. 온몸이 덜덜 떨렸다. 비서들에게 냉방기 가동을 멈출 수 없느냐고 했지만 냉난방이 중앙 공급식이라 어쩔 수 없다고 했다.

나는 원래 추위를 잘 타는 체질이었다. 더욱이 몸이 쇠약해지면서 찬 공기는 절대 해로웠다. 하지만 클린턴 대통령이 그걸 알 리 없었다. 1998년 클린턴 대통령과 백악관에서 오찬을 할 때도 혼이 났다. 이것저것 가득 차려졌는데도 먹지를 못했다. 너무 춥다 보니 속에서 무엇인가 치어 올라오는 느낌이었다. 만일 뭐든 먹었다가 그 앞에서 토하기라도 하면 어쩔 것인가. 지금 생각해도 아찔한 순간이었다.

나는 국제 회의를 하러 갈 때면 여름에도 내복을 입고 갔다. 회의장은 보통 냉방 장치를 가동하여 춥기 때문이었다. 그날은 특히 심했다. 미처 내복도 입지 않았다. 오금이 오그라들고 이가 마주쳤다. 온몸이 떨렸지만 그 앞에서 웃었다.

"오바마 대통령은 대선 캠페인을 하면서 김정일 위원장을 만나겠다고 했고 '내 정책은 부시 대통령이 아닌 클린턴 대통령의 정책'이라고 했습니다. 북한은 오바마 정권의 출범에 상당한 기대를 걸었는데 미국이 아프가니스탄과 파키스탄 문제에 집중하고 있어 북한으로서는 초조해하고 있습니다. 오바마 대통령이 9·19 공동 성명을 이행하겠다고 선언하면 북핵 문제는 해결될 것입니다."

"옳은 정책입니다. 미국에 돌아가면 대통령께서 말씀하신 내용을 힐러리 클린턴 장관에게도 설명해서 잘 진전되도록 하겠습니다."

그것이 진정 내가 듣고 싶은 소리였다. 나는 미리 준비해 간 문서를 그에게 건네며 그것을 부인에게 전해 달라고 했다. 힐러리 국무장관이 이를 보고 다시 오바마 대통령에게 건의해 주면 좋겠다는 생각이었다. 내용은 1994년 1차 북핵 위기 때부터 현재까지의 진행 과정, 동구 공산권의 붕괴 사례, 북한의 최근 강경 태도의 진의, 북핵 문제에 대한 중국의 입장, 클린턴 정권에서의 성공 사례 등을 꼽았다. 문서의 마지막은 이렇다.

"오바마 대통령은 당선되기 전 북한 지도자와 만날 용의가 있다고 말했다. 그리고 당선된 후에는 자신의 대북 정책은 부시의 방식이 아니라 클린턴의 방식을 취할 것이란 말도 한 적이 있다. 힐러리 클린턴 국무장관은 지난 2월 아시아 소사이어티 연설에서 '북한이 핵을 진정으로 포기한다면 국교를 정상화하고 한반도 평화 협정을 맺을 용의가 있다'고 말했다. 이런 두 지도자의 말은 북한 당국에 큰 희망과 기대를 준 것이 사실이다. 그러나 시일이 지연되자 북한은 의심과 초조함 속에 여러 가지 강경한 말과 행동을 하기 시작했다. 나는 오바마 대통령과 클린턴 국무장관이 사태를 지연시키지 말고 9·19 선언에 입각해서 빠른 시일 안에 북한에 과감한 제안을 하는 것이 매우 필요하다고 생각한다. 그것이 성공의 길일뿐만 아니라 사태를 더욱 악화시키는 것을 막는 길이라고 생각한다."

노무현 대통령 내외 친인척과 측근들의 비리가 줄줄이 터졌다. 심지어 아들까지 의혹을 받았다. 줄지어 검찰의 조사를 받았다. 검찰은 혐의를 언론에 흘리고, 언론들은 이를 받아 경쟁적으로 보도했다. 여론 재판 양상이었다. 노 대통령 개인으로서도 불행이고, 같은 진보 진영 출신 대통령으로서 내게도 불행이었다. 그를 대통령으로 선출한 민주당도 불행이고, 5년간 국가 원수로 모셨던 국민으로서도 불행이었다.

5월 23일 토요일 오전, 집에서 독일 시사 주간지 『슈피겔(Der Spiegel)』과의 인터뷰를 막 마쳤을 때였다. 비서관이 노무현 전 대통령이 서거했다고 전해 주었다. 순간 나는 무언가에 뒤통수를 맞은 듯 멍해졌다. 너무도 큰 충격을 받았다. 민주 정권 10년을 같이한 사람으로서 내 몸의 반이 무너진 것 같은 심정이었다.

노 대통령은 고향 앞산에서 몸을 날려 스스로 죽음의 길을 택했다. 하루하루가 너무 가혹했을 것이다. 검찰은 해도 해도 너무했다. 노 대통령의 부인, 아들, 딸, 형, 조카사위 등을 마치 소탕 작전을 하듯 조사했다. 매일 법을 어기면서까지 수사 기밀을 발표하며 언론 플레이를 했다. 그리고 노 대통령의 신병 처리에 대해서도 여러 설을 퍼뜨렸다. 결국 노 대통령의 자살은 이명박 정권에 의해서 강요된 것이나 마찬가지였다.

노 대통령 장례위원회 측에서 내게 조사(弔辭)를 부탁했다. 나는 이를 수락했다. 그런데 정부에서 반대한다고 다시 알려 왔다. 내가 준비한 조사는 결국 읽지 못했다. 이제 비로소 그의 영전에 조사를 바친다.

존경하고 사랑하는 노무현 대통령, 이 무슨 청천벽력 같은 일입니까. 당신보다 스무 살도 더 먹은 이 몸이 조사를 하다니, 이 기막힌 현실이 믿기지 않습니다.

서거 소식을 전해 듣고 나는 '내 몸의 반이 무너진 것 같다'고 했습니다. 왜 그때 그런 표현을 했는지 생각해 봅니다. 그것은 우리가 함께 살아온 과거를 돌이켜 볼 때 그렇다는 것만이 아니었습니다. 나는 노 대통령 생전에 민주주의가 다시 위기에 처해 있는 상황을 보고 아무래도 우리 둘이 나서야 할 때가 머지않아 올 것 같다고 생각해 왔습니다. 그러던 차에 돌아가셨으니 그렇게 말했던 것입니다.

노무현 대통령, 당신, 죽어서도 죽지 마십시오. 우리는 당신이 필요합니다. 당신이 우리 마음속에 살아서 민주주의 위기, 경제 위기, 남북 관계 위기 이 3대 위기를 헤쳐 나가는 데 힘이 되어 주십시오. 당신은 저승에서, 나는 이승에서 힘을 합쳐 민주주의를 지켜 냅시다. 그래야 우리가 인생을 살았던 보람이 있지 않겠습니까. 당신같이 유쾌하고 용감하고, 그리고 탁월한 식견을 가진 그런 지도자와 한 시대를 같이했던 것을 큰 보람으로 생각합니다. 저승이 있는지 모르지만 저승이 있다면 거기서도 기어이 만나서 지금까지 하려다 못한 이야기를 나눕시다. 그동안 부디 저승에서라도 끝까지 국민을 지켜 주십시오. 위기에 처해 있는 이 나라와 민족을 지켜 주십시오.

노 대통령의 갑작스런 서거에 국민들은 큰 충격을 받았다. 전국의 분향소에는 500만 명이 넘는 국민들이 참배를 했다.

5월 29일 경복궁 앞에서 열린 노무현 대통령 영결식에 아내와 같이 참석했다. 볕이 너무 뜨거웠다. 나의 모든 것을 허물 듯이 햇살이 쏟아졌다. 무서울 정도였다. 권양숙 여사를 보니 눈물이 나왔다. 울 수밖에 없었다.

이 나라의 최대 암적 존재는 검찰이었다. 너무도 보복적이고 정치적이며, 지역 중심으로 뭉쳐 있었다. 개탄스러웠다. 권력에 굴종하다가 약해지면 물어뜯었다. 나라가 검찰 공화국으로 전락하고 있는 것 같아 우려스러웠다.

6월 11일은 매우 중요한 날이었다. 6·15 남북 공동 선언 9주년 기념행사가 있었다. 내가 연설을 하기로 돼 있었다. 그런데 아침부터 몸이 말을 듣지 않았다. 의료진들이 여러 가지 처방을 했지만 도무지 기운이 없었다. 김전우 간호부장에게 "나를 잘 살펴라"고 몇 번이나 당부했다. 약속 시간보다 늦게 행사장에 도착했다. 만장의 박수를 받으며 입장했다. 나는 혼신을 다해 말했다.

"여러분께 간곡히 피맺힌 마음으로 말씀드립니다. '행동하는 양심'이 됩시다. 행동하지 않는 양심은 악의 편입니다. 독재 정권이 과거에 얼마나 많은 사람들을 죽였습니까. 그분들의 죽음에 보답하기 위해, 우리 국민이 피땀으로 이룬 민주주의를 지키기 위해서, 우리가 할 일을 다해야 합니다. 사람들의 마음속에는 누구든지 양심이 있습니다. 그것이 옳은 일인 줄을 알면서도 행동하면 무서우니까, 시끄러우니까, 손해 보니까 회피하는 일도 많습니다. 그런 국민의 태도 때문에 의롭게 싸운 사람들이 죄 없이 세상을 뜨고 여러 가지 수난을 받아야 합니다. 그러면서 의롭게 싸운 사람들이 이룩한 민주주의를 우리는 누리고 있습니다. 이것이 과연 우리 양심에 합당한 일입니까.

이번에 노무현 대통령이 돌아가셨는데, 만일 노 전 대통령이 그렇게 고초를 겪을 때 500만 명 문상객 중 10분의 1인 50만 명이라도, '그럴 수는 없다. 전직 대통령에 대해 이럴 순 없다. 매일같이 혐의를 흘리면서 정신적 타격을 주고, 스트레스 주고, 그럴 수는 없다,' 50만 명만 그렇게 나섰어도 노 전 대통령은 죽지 않았을 것입니다. 얼마나 부끄럽고, 억울하고, 희생자들에 대해 가슴 아픈 일입니까.

저는 여러분께 말씀드립니다. 자유로운 나라가 되려면 양심을 지키십시오. 진정 평화롭고 정의롭게 사는 나라가 되려면 행동하는 양심이 되어야 합니다.

방관하는 것도 악의 편입니다. 독재자에게 고개 숙이고, 아부하고, 벼슬하고 이런 것은 말할 필요도 없습니다. 우리나라가 자유로운 민주주의, 정의로운 경제, 남북 간 화해 협력을 이룩하는 모든 조건은 우리의 마음에 있는 양심의 소리에 순종해서 표현하고 행동하는 것입니다. 선거 때는 나쁜 정당 말고 좋은 정당에 투표해야 하고, 여론 조사도 그렇게 해야 합니다. 그래서 4700만 국민이 모두 양심을 갖고 서로 충고하고 비판하고 격려한다면 어떻게 이 땅에 독재가 다시 일어나고, 소수 사람들만 영화를 누리고, 다수 사람들이 힘든 이런 사회가 되겠습니까.

우리 모두 행동하는 양심으로 자유와 서민 경제를 지키고, 평화로운 남북 관계를 지키는 일에 모두 들고 일어나서 안심하고 살 수 있는 나라, 희망이 있는 나라를 만듭시다."

인생은 생각할수록 아름답다

한반도는 중국의 만주, 러시아의 연해주
와 맞닿아 있다. 동쪽으로 일본, 서쪽으로 중국과 바다를 사이에 두고 서로 바
라보고 있다. 한반도는 군사 대국인 중국, 일본, 러시아 사이에 끼어 있다. 한
반도는 강대국들이 서로를 견제하는 군사적 요충지이다. 때문에 한반도는 과
거부터 열강의 각축장이 되어 왔다. 또한 태평양에서 대륙으로 나가는 반도이
기 때문에 미국이나 서구 여러 나라들도 한 발이라도 걸쳐 놓고 싶어 했다. 지
금은 미군이 주둔하고 있다. 한국처럼 4대 강국에 둘러싸여 있는 나라는 지구
상에 없다. 그러므로 우리나라는 세계에서 가장 외교가 필요한 나라이다. 외
교가 운명을 좌우한다고 해도 과언이 아니다. 국내 정치는 실수하더라도 고치
면 되지만 외교의 실패는 돌이킬 수 없다. 이 점은 한반도의 역사를 뒤져 보면
알 수 있다.

가깝게는 1894년 청일전쟁, 1904년 러일전쟁에서 중국, 러시아, 일본 3국
이 한반도의 지배권을 놓고 혈전을 벌였다. 두 번의 전쟁에서 일본이 승리했
고, 미국은 '가쓰라-태프트 밀약'을 통해서 일본의 한국 병탄을 승인했다. 이
때 조선이란 나라와 조선인의 안위는 그들의 안중에 없었다. 우리는 그런 줄
도 모르고 미국에 의존하여 외세를 물리치려 했다. 19세기 말 주변 4대국을

활용해서 조선의 독립을 유지할 기회가 있었지만 그리하지 못했다. 조선 왕조 말 실권을 거머쥔 대원군은 내정은 잘했지만 외교에는 실패했다. 세계의 흐름을 읽지 못하고 쇄국주의를 고집하다가 결국 나라의 쇠망을 초래했다.

반면에 주변국 관계를 잘 활용한 경우로 태국을 들 수 있다. 태국은 인도, 미얀마를 거쳐서 말레이시아로 온 영국과 인도차이나 3국을 점령한 프랑스 사이에 끼어 국운이 풍전등화의 상태였다. 그때 국민적 단결과 지혜를 발휘해서 태국과 같은 중립적인 나라가 양국 사이에서 완충 지대로 존재할 필요가 있다는 것을 양측에게 설득하여 독립을 유지했다.

이처럼 외교는 국운과 직결되어 있다. 우리에게 주변 4대국은 약이 될 수도 있고, 독이 될 수도 있다. 우리가 힘이 약하고 분열되어 있으면 서로 지배하려 들겠지만 강하고 단합해 있으면 우리와 협력하려 할 것이다. 모든 것이 우리에게 달려 있다.

한국은 지리적으로 작은 나라지만 지정학적으로는 매우 중요한 나라이다. 우리의 4강 외교는 '1동맹 3친선 체제'가 되어야 한다. 미국과는 군사 동맹을 견고히 유지하고 중국, 일본, 러시아와는 친선 체제를 유지해야 한다. 우리 예상대로 최근 중국이 경제·군사 대국으로 급부상했다. 나는 집권 후에 중국과 외교 관계를 격상시키고 교류 확대를 위해 최선을 다했다. 중국은 서해보다 넓은 시장이고, 대륙에서 발생한 황사를 우리가 마실 수밖에 없는 이웃이다. 그리고 우리네 동족 북한을 움직이고 있다. 중국은 이미 세계 양강의 위치에 올랐고, 우리 경제는 중국의 영향권을 벗어날 수 없게 되었다. 중국은 '한국은 미국 일변도'라는 인식을 가지고 있다. 우리는 이를 불식시키는 노력을 해야 한다. 뒤에 오는 이들은 내가 왜 4대국 정상 외교에 심혈을 기울였는지 제발 살펴봤으면 좋겠다. 거듭 말하지만 우리에게 외교는 명줄이나 다름없다. 한반도는 4대국의 이해가 촘촘히 얽혀 있는, 기회이자 위기의 땅이다. 도랑에 든 소가 되어 휘파람을 불며 양쪽의 풀을 뜯어먹을 것인지, 열강의 쇠창살에 갇혀 그들의 먹이로 전락할 것인지 그것은 전적으로 우리에게 달렸다. 나라를 책임진 사람들이나 외교관은 어느 누구보다 깨어 있어야 한다.

우리 민족은 일제 강점기, 해방, 한국전쟁, 군부 독재 등을 거쳐 마침내 평화적 정권 교체를 이뤘다. 질풍노도의 세월이었지만 고비마다 민중들의 삶은 피폐했다. 그래도 우리 국민들은 그때마다 다시 일어섰다. 칠전팔기(七顚八起)의 저력을 보였다.

국토가 분단되자 남쪽만이라도 정부를 세웠다. 공산군이 침략으로 부산까지 밀려갔어도 싸워서 이를 격퇴했다. 독재자가 출현하면 이에 굴복하지 않고 일어서서 싸웠다. 그리고 마침내 민주주의를 쟁취하고 평화적 정권 교체를 이뤄 냈다. 제2차 세계대전 이후 세계에서 독립한 150여 개 나라 중에서 민주주의와 시장 경제를 제대로 하는 나라는 우리 한국뿐이다.

우리 한국 국민은 높은 교육열과 지적 호기심을 지니고 있다. 지식 정보화 시대에 가장 알맞은 민족이다. 산업화 시대에는 맨 뒤에 서서 국운이 쇠퇴했지만 지식 정보화 시대에는 강국으로 떠오를 것이다. 높은 교육열, 지적 호기심에 민주주의가 합해져서 우리 문화가 세계의 주목을 받을 것이다. 그 첫 번째 현상이 한류이다.

프랑스 문명 비평가 자크 아탈리(Jacques Attali)는 한국은 앞으로 30년 내에 거점 국가가 될 것이라고 말했다. 미국 투자 은행인 골드만삭스는 한국이 앞으로 50년 내, 21세기 중반에는 미국 다음으로 발전하여 국민 1인당 소득이 8만 1000불이 될 것이라고 전망했다. 독일의 『디 벨트(Die Welt)』지는 앞으로 30년 내에 한국은 독일을 앞서 갈 가능성이 있다고 보도했다.

세계가 한반도를 주시하고 미래는 한민족에게 열려 있다. 그러나 거기에는 조건이 있다. 민주화가 반석 위에 서고 남북이 통일을 이뤄야 한다. 설사 통일이 늦어지더라도 남북이 화해 협력하여 한반도가 대륙과 해양을 잇는 평화의 다리가 돼야 한다. 바다로, 대륙으로 열려 있어야 한다. 그러기 위해서 가장 중요한 나라는 역시 북한이다. 민주화를 후퇴시키고 남과 북이 서로 반목하여 이러한 국운 융성의 기회를 놓친다면 천추의 한을 남길 것이다. 다시 독재와 냉전

동독과 서독을 잇는 베를린 글리니케 철교 앞에서 아내와 함께. 과거에는 냉전의 산물이었지만 통일 후에는 화합의 상징이었다.

을 불러들인다면 조상들에게 죄송한 일이고 후손들에게도 죄를 짓는 일이다.

북녘은 우리 민족이 살고 있는 우리 땅이다. 반세기가 넘게 분단되어 있지만 장구한 우리 역사에 비추면 그것은 찰나에 불과하다. 언젠가는 반드시 합쳐질 것이다. 남쪽이 잘살면 도와줘야 한다. 동생네가 끼니를 잇지 못하면 형이 쌀을 퍼다 주는 것은 당연한 일이다. 북한이 고자세를 취하며 엄포를 놓는 것도 약자의 강박 관념이다. 설득하고 다독이고 쓰다듬어야 한다. 북한의 자존심을 건드리지 말아야 한다. 설령 그들이 삿대질과 투정을 해도 가만가만 달랠 일이다. 적어도 이 땅에서 다시는 전쟁이 일어나지 않아야 한다. 남과 북이 다시 가난해지지 말아야 한다. 통일은 나중에 하더라도 끊어진 허리를 이어 한반도에 피가 돌게 해야 한다. 한반도에 사는 모든 생명붙이들에게 평화가 깃들어야 한다. 세상에 생명보다 위대한 것은 없다.

하지만 나는 낙관하고 있다. 역사는 긴 안목으로 보면 후퇴하지 않기 때문이다. 잠시 반동적으로 되돌아갈 수는 있지만 결국은 올바른 방향으로 나아간다. 그것은 민중의 의지로 역사가 움직이기 때문이다. 우리 근현대사가 그것을 증명한다.

일주일에 세 번씩(월, 수, 금)은 어김없이 신장 혈액 투석을 받았다. 서재에 마련된 침대에서 4시간 30분을 꼬박 누워 있어야 했다. 내 안의 모든 혈액이 빠져나가 기계 속을 거쳐 다시 몸속으로 들어왔다. 갈수록 힘이 들었다. 아침을 먹고 쉬고 있으면 비서가 "시간됐습니다" 하고 조용히 말했다. 보살핌에 내가 고마워해야겠지만 그들이 내게 미안해했다. 때로는 생명이 다할 때까지 투석 치료를 받아야 한다는 것이 마음을 울적하게 만들기도 했다. 아무도 내게 말을 안 했지만, 투석 치료를 받으면 5년을 넘기기 힘들다는 것도 알고 있었다. 하지만 치료를 받은 지 5년을 넘겨 지금도 지구인으로 살아가고 있다. 그것은 축복이다. 이렇게 하루하루 생명을 주는 여러 사람들이, 그리고 예수님이 감사했다.

오전 9시에 시작한 투석은 오후 1시 30분쯤에야 끝이 났다. 침대에 누우면 왕성하게 활동했던 젊은 날의 내 모습이 담긴 벽 사진이, 책장의 책들이 보였다. 천장의 전등이 쇠약한 나를 내려다보는 것 같기도 했다. 스윽스윽 기계음이 계속 들렸다. 어떤 때는 라디오를 듣다가 잠이 들기도 했다. 깨어나 벽시계를 보면 아직도 치료 시간이 남아 있기 일쑤였다.

투석 치료를 마치면 힘이 없고 정신이 몽롱했다. 내가 봐도 안색이 너무 창백했다. 그날은 다른 일을 볼 수가 없었다. 사실 퇴임 이후 투석 치료는 내 삶의 일상이었지만 늘 걱정되고 어떤 때는 두려웠다. 장석일, 한대석, 정남식 박사가 교대로 돌봐 주었다.

투석을 받지 않는 날은 아침부터 여유로웠다. 기분도 절로 좋았다. 별일이 없으면 점심을 먹고 아내와 거실에서 마당을 보았다. 참새들이 찾아와 시저귀고 꽃들은 방실거렸다. 커피 맛은 좋고 모든 것이 향기로우니 시간마저 달콤했다. 나는 뜰에 있는 나무와 화초들을 순서대로 다 외울 수 있었다. 장미꽃이 피면 아내더러 '꽃구경 값'을 내라고 했다. 내가 돌봤으니 내 것이라고 우겼다. 그러면 아내는 돈이 없다며 차용증을 써 주었다. 100만 원짜리도 있고, 10만 원짜리도 있었다. 내가 이를 보관하고 있는 줄 아내는 모를 것이다. 이 작은 뜰에 이렇듯 행복이 고여 있었다. 거실에서 30분 정도 그러한 행복을 마신 후 침실로 돌아와 낮잠을 잤다.

걷기가 매우 힘들었다. 집 안에서도 휠체어를 탔다. 그러나 나는 행복했다. 좋은 아내가 건강하게 곁에 있고, 비서들이 성심을 다해 애쓰고 있다. 김선홍, 윤철구, 최경환 비서관, 박한수, 장옥추, 박준희 국장, 조영민 경호부장, 김전우 간호부장, 박순남, 이영길, 이승현, 김선기, 변주경, 김진호 비서 등이 내 곁에 있다. 나는 복이 많은 사람이다.

내가 특별히 좋아하는 성경 구절은 「마태복음」에 나오는 예수님 말씀이다.

"내가 진실로 너희에게 이르노니 너희가 여기 내 형제 중에서 지극히 작은 자 하나에게 한 것이 곧 내게 한 것이니라." (「마태복음」 25장 40절)

예수님은 세상에 오신 후 줄곧 고통 받고 천대 받은 사람들 편에서 사셨다. 문둥병자, 소작인, 날품팔이, 떠돌이 등 사회에서 버려지고 인간 취급을 받지 못하는 사람들과 함께 계셨다. 사두개파, 바리세인 등 이른바 지배 계급의 위선과 폭정에 맞서 싸우다가 정치범으로 몰려 죽으셨다.

진실한 예수님의 제자가 되려면 예수님처럼 십자가를 지고 가야 한다. 십자가를 진다는 것은 결국 소외되고 고통 받는 사람들을 위해 불의와 싸우는 것이고, 힘 있는 자들에 대항하는 것이다. 그러면 필연적으로 가진 자들과 힘 있는 자들의 미움을 사고 박해를 받는다. 예수님에게도 유대 독립을 획책하고, 유대의 왕이 되려 했다는 누명이 씌워졌다.

마하트마 간디는 힌두교 신자였지만 20세기에 가장 예수의 제자다웠다. 사심 없는 이웃 사랑, 가난한 민중과 다름없는 검소한 생활, 적에 대한 관용을 실천한 성자의 삶이었다. 그러나 간디는 악을 보고 행동하지 않는 것을 폭력보다 더 나쁘다 했다. 이는 폭력을 시인하는 것이 아니라 악에 대한 투쟁을 더 중요하게 여겼기 때문이다. 악을 보면 절대 방관하지 말고 싸우되 철저히 비폭력으로 일관해야 한다는 것이다. 간디의 삶은 젊은 날부터 나에게 믿음과 영감을 주었다.

나는 모함받고 누명을 쓰고 박해를 받을 때 예수님의 삶을 떠올렸다. 악의 무리에 비폭력으로 저항하면 그 저항이 상대를 깨우치게 해서 결국 세상을 바꾼다는 것을 믿었다. 권력을 가진 자들은 무조건 나를 핍박하고 저주했다. 나를 알려고도 하지 않았다. 무조건 매도했다. 그럴 때마다 예수님의 최후를 떠올렸다. 군중들이 침을 뱉고 욕하며 돌을 던졌다. 그때 예수 편에 서려면 목숨을 걸어야 했다. 나는 감히 예수 편에 서려 했다. 진정한 용기는 성격에서 나오는 것이 아니라 진리에 대한 헌신에서 나온다.

바른 신앙은 목숨을 걸어야 하고, 바르게 산다는 것은 어떤 어려움이 닥쳐도 약자의 편에 서는 것이다. 나는 김철규 신부님이 토머스 모어라는 세례명을 주면서 "순교할 생각으로 정치를 해야 한다"는 말을 잊지 않고 살았다. 토머스 모어도 정치인이었다.

나는 1973년 납치되어 죽음 직전에 예수님을 만났다. 어렵거나 괴로운 일은 하느님과 상의하고 잘못했을 때는 용서를 빌면서 살아왔다. 인간의 내면에는 착한 마음과 악한 마음이 함께 있다. 종교를 통해 죄는 줄이고 선은 늘일 수 있으니, 내가 믿는 하느님은 내게 선을 많이 내려 주셨다. 나를 씻겨 주셨다.

가끔 손녀 손자들에게 나의 일생에 대해서 이야기해 주었다. 그리고 이웃 사랑이 삶의 핵심이라고 일러 줬다. 사랑은 베풀면 반드시 돌아오니 그 안에서 행복하기를 기원했다. 그들이 한없이 예쁘고, 그런 손녀 손자들을 내린 하느님께 감사드렸다.

내 삶은 20세기를 지나 새 천 년으로 이어졌지만 돌아보면 한줄기 섬광 같은 것이었다. 내가 꿈꾸었던 것들, 사랑한 것들은 지금 어디에 있는가. 내 이름을 연호하던 군중들은 어디에 있고 나를 협박하고 욕하던 무리들은 또 어디에 있는 것인가. 거짓과 증오가 닳아 없어진 세상에서 그들과 다시 만나고 싶다.

나는 많이 흘러왔으니 곧 바다로 들어갈 것이다. 한반도 남쪽 바다 조그만 섬에서 태어나 지구촌을 떠돌았다. 온갖 무늬의 시간들이 주어졌지만, 위대한 신은 내게 용기와 지혜를 내려 주셨다. 그리고 마침내 일할 수 있는 축복의 시간을 내려 주셨다.

나는 민주주의, 정의, 평화, 민족을 위해 살려고 노력했다. 중용의 철학 속에 일관된 인생을 살자고 늘 자신에게 다짐했다. 나는 내게 닥친 다섯 번 죽음의 고비, 6년 동안의 옥중 생활, 수십 년간의 감시와 연금, 망명 생활을 극복했다. 나는 모든 고난의 순간마다에 의미를 부여했다. 그것은 내가 살아 있음의 확인이었다. 그래도 어찌 흔들리지 않았겠는가. 내 고난에 동참하여 나를 일으켜 준 많은 사람들이 있었기에 가능했다. 그들이 진정 고맙다.

한순간이라도 정신을 놓으면 목숨을 잃는 칼날 위에 섰고, 때로는 부귀영화의 유혹을 받기도 했지만 그래도 매번 바른 선택을 했다고 생각한다. 돌아보면 아득하지만 들춰 보면 격정의 순간들이었다. 파란만장한 일생이었다. 민주주의를 위해 목숨을 바쳐 투쟁했고, 경제를 살리고 남북 화해의 길을 여는 데 혼신의 노력을 기울였다. 살아온 길에 미흡한 점은 있으나 후회는 없다. 나에게 가장 두려운 것은 역사의 심판이다. 우리들은 한때 세상 사람들을 속일 수 있지만 역사를 속일 수는 없다. 역사는 정의의 편이다.

나는 마지막까지 역사와 국민을 믿었다.

김대중 연보

1924 ~2009

1924. 1. 6	전남 무안군(현 신안군) 하의면 후광리 97번지에서 아버지 김운식(金云式), 어머니 장수금(張守錦)의 사이에서 태어나다. 1943년에 일제의 징병을 피하기 위해 1925년 12월 3일로 정정하여 출생 등록을 하다.
1933	초암(草庵) 김연(金鍊)으로부터 서당에서 한학 교육을 받다.
1934. 5. 12	4년제 하의공립보통학교 2학년에 편입하다.
1936. 9. 2	상급 학교 진학을 위하여 목포로 이사하여 목포제일공립보통학교로 전학하다.
1939. 4. 5	목포공립상업학교(5년제, 현 전남제일고등학교)에 수석으로 입학하다.
1943. 12. 23	목포공립상업학교를 졸업하다. 원래는 1944년 초에 졸업하기로 되어 있었으나 전시 특별 조치로 인하여 졸업이 앞당겨지다.
1944. 5	전남기선주식회사에 취업, 이후 회사 관리인으로 회사를 경영하는 등 청년 사업가로 활동하다.
1945. 4. 9	차용애(車容愛) 여사와 결혼, 슬하에 홍일과 홍업 두 아들을 두다.
1945. 8. 19	8·15 해방 후 몽양 여운형 선생이 이끄는 건국준비위원회에 참여하다.
1946. 2	목포 신민당 지부에 참여하였으나 좌경화 움직임이 보여 탈퇴하다.
1947. 2	50톤급 선박 1척을 구입하여 '목포해운공사'라는 회사명으로 연안 해운업을 시작하다.
1948 후반	상호를 '동양해운'으로 변경하다. 사업이 번창하여 한국전쟁 직전에는 70톤급 2척, 50톤급 1척 등 3척의 선박을 보유하다.
1950. 6. 25	사업 관계로 서울 출장 중에 6·25를 맞다. 8월 10일경 걸어서 목포로 귀가하다.
1950. 9. 28	공산군에 체포되어 목포형무소에서 총살 직전에 탈출하다.
1950. 10	선박 2척을 수리하면서 사업 재개를 준비하다. 또한 『목포일보』를 인수하여 1952년 3월까지 사장으로 재임하다.
1950. 11	해상방위대 전남 지구대 부대장으로 임명되어 1951년 10월까지 활동하다. 주로 한국군의 군수 물자를 해상으로 운송하는 업무를 수행하다.

1951. 3	'동양해운'을 '목포상선주식회사'로 상호 변경하다.
1952. 5. 25	부산 정치 파동이 발생하다. 이 사건을 계기로 반독재 민주화를 위하여 정계 진출을 결심하다.
1952. 7	해운 회사를 부산으로 옮기고 '흥국해운주식회사'로 상호 변경하다. 일본에서 중고 선박 3척을 추가로 도입하여 사업을 확장하다.
1954. 4. 21	대중(大中)에서 대중(大仲)으로 개명하다. 원래 할아버지가 대중(大仲)으로 작명해 주었으나, 호적에 이름을 올리는 과정에서 대중(大中)으로 기록되었고, 차후에 이 사실을 알고 1954년 4월에 대중(大仲)으로 호적을 정정하다. 그러나 1960년대 초에 다시 대중(大中)으로 정정하다.
1954. 5. 20	제3대 민의원 선거에서 무소속으로 목포에서 출마해 낙선하다.
1955. 4	서울로 상경하다. 이후 한국노동문제연구소 주간으로 활동하는 등 다양한 사회 활동을 전개하다.
1955. 10. 1	『사상계』 10월호에 「한국 노동 운동의 진로」를 기고하다.
1956. 6. 2	명동성당 노기남 대주교실에서 김철규 신부의 집전으로 영세를 받다. 대부는 장면 박사이며 세례명은 '토머스 모어'이다.
1956. 9. 25	민주당에 입당하다. 장면 박사의 지도 하에 민주당 신파로 활동하다.
1958. 4. 8	강원도 인제 선거구의 민주당 민의원 입후보 등록하다. 그러나 자유당의 방해 공작으로 등록이 무효되어 선거에 출마하지 못하다.
1959. 3. 11	민의원 선거 등록 무효와 관련하여, 대법원에 제소한 '선거 무효 및 당선 무효 확인 소송'에서 승소함에 따라, 인제 지역구의 민의원 선거 결과가 무효로 결정되다.
1959. 6. 5	제4대 민의원 선출을 위한 강원도 인제 재선거에 출마해 낙선하다.
1959. 8. 28	차용애 여사가 병사하다.
1960. 9	민주당 대변인으로 임명되어 8개월 동안 활동하다.
1961. 5. 13	강원도 인제에서 제5대 민의원 보궐 선거에 출마해 당선하다. 네 번째 도전에 성공하였으나 5·16 쿠데타로 국회의원 선서조차 하지 못하다.
1962. 5. 10	이희호(李姬鎬) 여사와 재혼, 슬하에 홍걸을 두다.
1963. 7. 18	민주당 재건에 참여, 대변인이 되다.
1963. 11. 26	제6대 국회의원 선거, 목포에 출마해 당선하다.

1964. 4. 20	국회 본회의에서 김준연 의원에 대한 구속동의안 상정 지연을 위해 5시간 19분 동안 의사 진행 발언을 하다.
1965. 5. 3	민중당이 창당되다. 민중당에서 대변인과 정책심의위원회 의장으로 활동하다.
1967. 2. 7	신민당이 창당되어 대변인으로 활동하다.
1967. 5. 15	첫 번째 저서 『분노의 메아리』 출간하다.
1967. 6. 8	제7대 국회의원 선거에서 박정희 정권의 집중적인 '김대중 낙선 전략'에도 불구하고 목포에서 당선되다.
1969. 7. 19	효창운동장에서 열린 3선 개헌 반대 시국 대연설회에서 "3선 개헌은 국체의 변혁이다"를 제목으로 연설을 하다.
1970. 9. 18	『내가 걷는 70년대』 출간하다.
1970. 9. 29	신민당 전당 대회에서 제7대 대통령 후보로 선출되다.
1970. 10. 16	대통령 후보 기자 회견을 통해 '한반도 평화 정착을 위한 미·소·중·일 4대국 보장, 비정치적 남북 교류 허용, 평화 통일론, 예비군 폐지'를 제창하다.
1971. 2. 3	미국 방문 중 워싱턴 내셔널프레스클럽에서 기자 회견을 갖고 3단계 통일 방안을 제시하다.
1971. 3. 13	『김대중 씨의 대중 경제 100문 100답』 출간하다.
1971. 4. 18	장충단공원에서 대통령 선거 유세를 개최하다.
1971. 4. 27	제7대 대통령 선거에서 낙선(46퍼센트 득표)하다.
1971. 5. 24	제8대 국회의원 선거 신민당 후보 지원 유세차 지방 순회 중 무안에서 의문의 교통사고를 당하다.
1971. 5. 25	제8대 국회의원(전국구)에 당선하다.
1972. 5. 10	어머니 장수금 여사 사망하다.
1972. 7. 13	7·4 남북 공동 성명 발표 후 외신 기자 회견에서 남북한 유엔 동시 가입을 제창하다.
1972. 10. 18	신병 치료차 일본 체류 중 유신 선포를 듣고 유신 반대 성명을 발표한 후 망명 생활을 시작하다.
1972. 10 ~ 1973. 8	미국과 일본을 오가면서 유신 반대 활동을 전개하다.

1973. 6. 28	『독재와 나의 투쟁』 일본어판을 출간하다.
1973. 8. 8	'도쿄 납치 실해 미수 사건' 발생, 중앙정보부 요원에 의해 일본 그랜드 호텔에서 납치 당해 수장될 위기에서 극적으로 생환하다.
1973. 8. 13	납치된 후 동교동 자택에 귀환하다. 귀국하자마자 가택 연금과 동시에 일체의 정치 활동을 금지당하다.
1974. 2. 25	아버지 김운식 옹 사망하다.
1974. 11. 27	재야 반유신 투쟁의 결집체인 '민주회복국민회의'에 참여하다.
1976. 3. 1	윤보선, 정일형, 함석헌, 문익환 등 재야 민주 지도자들과 함께 '3·1 민주 구국 선언'을 주도하다.
1976. 3. 10	'3·1 민주 구국 선언'에 서명한 인사들과 함께 정식 입건되어 서울구치소에 구속 수감되다.
1977. 3. 22	대법원에서 징역 5년, 자격 정지 5년형이 확정되다.
1977. 4. 14	진주교도소로 이감되다.
1977. 5. 7	진주교도소 수감 중 접견 제한에 항의, 단식 투쟁을 하다.
1977. 12. 19	서울대학병원으로 이송, 수감되다. 얼마 후 교도소 때보다 제한(접견 차단, 창문 봉쇄, 서신 제한, 운동 금지)이 더욱 심하자 항의 단식하다.
1978. 12. 27	옥고 2년 10개월 만에 형 집행 정지로 가석방된 후 장기 가택 연금당하다.
1979. 3. 1	윤보선, 함석헌, 문익환 등과 함께 '민주주의와 민족 통일을 위한 국민연합' 결성 주도, 공동의장으로 반독재 투쟁에 앞장서 세 차례 연행되다.
1979. 12. 8	박정희 대통령이 시해당한 10·26 사태로 긴급조치 9호가 해제되고, 가택 연금에서 해제되다.
1980. 3. 1	사면 복권되다.
1980. 3. 26	YWCA에서 9년 만에 대중 연설을 하다.
1980. 5. 13	민주화 시위가 격화되자 시국 성명을 통해 학생 시위 자제를 호소하다.
1980. 5. 16	김영삼 신민당 총재와 공동 기자 회견, 시국 수급 6개항(계엄령 해제, 정치범 석방, 정치 일정 연내 완결 등)을 제시하다.

1980. 5. 17	신군부의 비상계엄령 전국 확대 조치로 동교동 자택에서 연행되다.
1980. 8. 9	군 교도소에 수감되다.
1980. 9. 11	'내란 음모 사건' 결심 공판에서 '용공분자와 제휴하여 정권 탈취를 기도' 한 '내란 음모' 혐의로, '국가보안법', '계엄법', '반공법', '외국환관리법' 위반에 따라 군 검찰로부터 사형을 구형받다.
1980. 9. 13	'내란 음모 사건' 18차 공판에서 1시간 48분에 걸친 최후 진술을 하다.
1980. 9. 17	군사 재판에서 사형 선고를 받다.
1980. 11. 3	육군본부 계엄고등 군법 회의에서 항소가 기각되어 원심에서 결정된 형량대로 사형을 선고받다.
1980. 11. 6	이문영 등 '내란 음모 사건' 관련자 11명과 함께 육군본부 계엄고등 군법 회의의 항소심 판결에 불복하여 상고하다.
1981. 1. 23	대법원 전원합의체는 서울형사지법 대법정에서 열린 '내란 음모 사건' 상고심에서 김대중이 제기한 상고를 기각하고 사형을 확정하다. 그러나 1시간 뒤에 열린 국무회의에서는 '우방 국가들과 본인의 탄원 및 국민 화합을 위한다'는 명목 하에 '특별 감형에 관한 건'이 의결되어 김대중의 형량이 사형에서 무기형으로 감형되다.
1981. 1. 31	육군교도소에서 청주교도소로 이감되다.
1981. 11. 3	수감 중 '브루노 크라이스키 인권상'을 수상하다.
1982. 3. 2	무기에서 20년으로 감형되다.
1982. 12. 23	형 집행 정지로 석방, 가족과 함께 신병 치료차 미국 워싱턴으로 출국하다.
1983. 1. 31	『뉴스위크』지 회견, 한국 민주화와 인권 상황에 대한 입장을 표명하다.
1983. 5. 16	미국 에모리 대학에서 명예법학 박사학위를 받다.
1983. 7	'한국인권문제연구소' 창립하다.
1983. 7	워싱턴, 뉴욕 등에서 김영삼 단식 투쟁 지원 데모를 하다.
1983. 9	하버드 대학 국제문제연구소(CFIA)에서 객원 연구원으로 활동하다. 이듬해 논문 「대중 참여 경제론(Mass-Participatory Economy)」을 제출하다.
1983. 12. 23	옥중 서신을 묶은 『민족의 한을 안고』를 출간하다.

1985. 2. 8	망명 2년 2개월 만에 당국의 반대와 주위의 암살 걱정을 무릅쓰고 귀국하다. 김 포공항에서 대인 접촉이 봉쇄된 채 격리, 가택 연금에 처해지다.
1985. 2~1987. 6	수시로 가택 연금에 처해져 총 55회의 가택 연금을 당하다.
1985. 3. 6	정치 활동 규제에서 해금되었으나 사면 복권이 안 돼 여전히 정치 활동을 금지 당하다.
1985. 3. 18	김영삼과 민추협 공동의장직에 취임하다.
1985. 11	『대중경제론』(영어판), 『행동하는 양심으로』를 출간하다.
1986. 2. 12	신민당 민추협 중심의 대통령 직선제 개헌 청원 1000만인 서명 운동을 시작하다.
1986. 11. 5	전두환 정권이 자진해서 대통령 직선제를 받아들이면 대통령 선거에 출마하지 않을 용의가 있음을 선언하다.
1987. 4. 6	김영삼과 신당 창당을 선언하다.
1987. 4. 8~6. 25	78일간 가택 연금에 처하다.
1987. 7. 10	민정당 노태우 대표의 '6·29 선언' 후 '김대중 내란 음모 사건' 관련자 전원과 광주 민주 항쟁 관련자 15명 등 모두 2300여 명과 함께 사면 복권되다.
1987. 9. 8	16년 만에 광주를 방문해 망월동 묘역에 참배하다. 28년 만에 목포와 하의도를 방문하다.
1987. 10. 27	미국 최대 노조인 산별노조총연맹(AFL-CIO)에서 수여하는 '조지 미니(George Meany) 인권상'을 수상하다.
1987. 11. 12	평화민주당 창당, 대통령 후보 지명 전당 대회에서 당 총재 및 제13대 대통령 후 보로 추대되다.
1987. 12. 16	제13대 대통령 선거에서 낙선하다.
1988. 4. 26	제13대 국회의원(전국구)에 당선하다.
1988. 5. 18	야 3당 총재 회담, 5공 비리 조사, 광주 학살 진상 규명 등 5개항에 합의하다.
1988. 11. 18	국회 광주특위 청문회에 증인으로 참석, '김대중 내란 음모 사건'은 전두환 신군 부 세력의 정권 찬탈을 위한 조작극이었음을 증언하다.
1989. 8. 12	서경원 방북 사건 관련 혐의로 강제 구인되어 심야 수사를 받고 불구속 기소 되다.

1990. 1. 22	노태우-김영삼-김종필 3당 야합 반대 투쟁을 시작하다.
1990. 7. 27	평민당 전당 대회에서 총재로 재선출되다.
1990. 10. 8	'지자제 실시, 내각제 포기, 보안사 해체' 등을 요구하며 단식 투쟁을 13일간 하다.
1991. 4. 9	평민당, 이우정 등 재야 구야권 출신 등을 영입해 신민주연합당(신민당)으로 창당하다.
1991. 9. 10	이기택 민주당 총재와 신민당-민주당 통합을 선언하다.
1992. 3. 24	제14대 국회의원(전국구)에 당선하다.
1992. 5. 26	민주당 전당 대회에서 제14대 대통령 후보로 지명되다.
1992. 9. 7	러시아 외무성 외교대학원에서 「한국 사회에서의 민주주의의 생성과 발전 원리에 관하여(1945~1991)」라는 논문으로 정치학 박사학위를 취득하다.
1992. 12. 18	제14대 대통령 선거에서 낙선하다.
1992. 12. 19	정계 은퇴를 선언하다.
1993. 1. 26	영국으로 출국, 케임브리지 대학의 객원 연구원으로 연구 활동을 시작하다.
1993. 7. 4	영국에서 귀국하다.
1993. 12. 10	『새로운 시작을 위하여』 출간하다.
1994. 1. 27	아시아의 민주화와 남북 통일을 연구하기 위해 아시아·태평양 평화재단(아태재단)을 설립하다.
1994. 5. 12	미국 내셔널프레스클럽에서 북핵 해결을 위한 '일괄 타결', '카터 방북'을 제안하다.
1994. 9. 20	7월 8일 김일성 주석 서거 후 악화된 남북·북미 관계 회복을 위해 미국 방문, 헤리티지 재단의 초청으로 "강한 의지에 입각한 태양 정책"을 주제로 연설하다.
1994. 12. 2	아시아태평양민주지도자회의(FDL-AP) 설립, 상임공동의장에 취임하다.
1995. 7. 13	정계 복귀를 선언하다.
1995. 9. 5	새정치국민회의를 창당하다.
1997. 5. 19	새정치국민회의 전당 대회에서 제15대 대통령 후보로 선출되다.

1997. 10. 27	김종필 자민련 총재와 후보 단일화에 합의하다.
1997. 12. 18	대한민국 세15대 대통령에 당선하다.
1997. 12. 20	김영삼 대통령과의 회담에서 전두환, 노태우 두 전직 대통령의 특별 사면 복권에 합의하다. 외환 위기를 맞아 새정부 출범까지 한시적 기구로 '비상경제대책위원회' 구성에 합의하다.
1998. 1. 15	노동연구원에서 진행된 외환 위기 극복을 위한 노사정위원회 발족식에 참석하다.
1998. 2. 25	제15대 대통령에 취임하다.
1998. 3. 1	3·1절 기념사에서 남북 특사 교환을 제의하다.
1998. 10. 8	한일 정상 회담을 통해 '21세기를 향한 새로운 파트너십을 위한 공동 선언'에 합의하다.
1998. 12. 15	베트남 국가 주석과 정상 회담, 양국의 불행했던 과거를 청산하고 미래 지향적인 우호 협력 관계 발전을 위해 노력키로 합의하다.
1998. 12. 16	제2차 아세안+한·중·일 정상회의에서 '동아시아 비전 그룹' 구성을 제안하다.
1998. 12. 29	전국교직원노동조합(전교조)을 합법화하다.
1999. 7. 4	필라델피아 자유 메달을 수상하다.
1999. 9. 7	국민기초생활보장법을 제정하다.
1999. 11. 23	민주노총을 합법화하다.
2000. 1. 12	광주 민주화 운동 관련자 보상 등에 관한 법률을 개정하다.
2000. 1. 15	의문사진상규명에 관한 특별법, 민주화운동 관련자 명예회복 및 보상법, 제주 4·3 사건 진상규명법 등 3대 민주 개혁법을 제정하다.
2000. 1. 20	새천년민주당 창당, 총재에 취임하다.
2000. 3. 9	독일 베를린 자유대학에서 한반도의 냉전 구조 해체와 항구적 평화 및 남북 간 화해 협력을 위한 베를린 선언을 발표하다.
2000. 6. 13~15	분단 55년 만에 평양에서 남북 정상 회담 개최, 6·15 남북 공동 선언을 발표하다.
2000. 6. 26	국회, 헌정 사상 첫 인사 청문회를 개최하다.

2000. 8. 1	의약 분업을 전면 실시하다.
2000. 9. 2	비전향 장기수 63명을 북송하다.
2000. 9. 18	경의선 연결 기공식에 참석하다.
2000. 12. 10	노벨평화상을 수상하다.
2001. 1. 29	여성부 출범하다.
2001. 5	국가인권위원회법을 제정하다.
2001. 6. 29	국세청, 『조선일보』·『동아일보』·『국민일보』는 법인과 함께 사주를 조세범 처벌법 위반 혐의로, 『중앙일보』·『한국일보』·『대한매일』은 주요 탈루 당시 대표이사와 함께 법인을 검찰에 고발하다.
2001. 7	부패방지법을 제정하다.
2001. 8. 23	당초 계획보다 3년 앞당겨 IMF를 졸업하다.
2001. 11. 5	제5차 아세안+한·중·일 정상회의에서 동아시아자유무역지대(EAFTA) 창설과 민·관 합동으로 구성되는 '동아시아 포럼' 설치를 제안하다.
2002. 1. 14	낙동강·금강·영산강 특별법을 제정하다.
2002. 2. 20	부시 대통령과 경의선 남측 최북단 도라산역을 방문하다.
2002. 7. 11	정부 수립 후 처음으로 여성인 장상 이대 총장을 총리로 지명하다.
2002. 7. 27	광주 망월동 5·18 묘지를 국립묘지로 승격시키다.
2002. 9. 14	남북한 군 당국, 판문점 실무회담 통해 경의·동해선 연결 공사에 따른 DMZ 지뢰 제거 작업을 19일 동시 착수키로 합의하다. 휴전 이후 비무장지대가 처음으로 열리다.
2002. 11. 06	초고속 인터넷 가입자 1000만 명 돌파 기념행사에 참석하다.
2002. 12. 13	조지 W. 부시 미국 대통령으로부터 미군의 여중생 사망 사건과 관련해 사과 전화를 받다.
2003. 2. 15	한·칠레 자유무역협정(FTA) 서명식에 참석하다.
2003. 2. 24	제15대 대통령 퇴임 후 동교동으로 돌아오다.
2003. 5. 10	신촌 연세대 세브란스 병원에서 심혈관 확장 수술을 받다.
2003. 5. 12	세브란스 병원 입원 중에 처음으로 신장 혈액 투석을 받다.

2003. 5. 27　제8회 '늦봄통일상' 수상자로 선정되다.

2003. 6. 12　6·15 남북 정상 회담 3주년을 맞아 퇴임 후 처음으로 언론과 회견을 갖고 대북 송금 특검을 비판하다.

2003. 8. 8　만해대상을 수상하다.

2003. 10. 23　서울고등법원에 '김대중 내란 음모 사건'에 대해 재심을 청구하다.

2003. 11. 3　연세대학교 김대중도서관이 개관하다.

2003. 12. 9　칠레 정부로부터 칠레공화국 대십자훈장을 수여받다.

2003. 12. 15　'춘사 나운규 영화제'에서 공로상을 수상하다.

2004. 1. 29　'1980년 김대중 내란 음모 사건' 재심 선고 재판에 참석해 사형 선고를 받은 지 23년 만에 무죄를 선고받다.

2004. 5. 10　유럽 3개국(프랑스, 노르웨이, 스위스) 순방, OECD, 노벨위원회, WHO에서
~19　연설하다.

2004. 6. 15　남북이 공동으로 개최한 6·15남북 공동 선언 4주년 기념 국제 학술 대회에서 특별 연설을 통해 '김정일 위원장의 답방'을 제안하다.

2004. 6. 29　중국 방문. 장쩌민 군사위 주석 등 중국 지도자들을 면담하다.

2004. 11. 6　유럽 방문. 페르손 스웨덴 총리 및 참피 이탈리아 대통령과 회담하다. 노벨평화 상 수상자 세계정상회의에서 연설하다.

2004. 12. 6　말레이시아 쿠알라룸푸르 방문해 제2차 동아시아포럼(EAF) 총회 특별 연설을 하다.

2004. 12. 22　주요 연설 대담집 『21세기와 한민족』을 출간하다.

2005. 6. 12　독일 정부로부터 대십자훈장을 수여받다.

2005. 8. 10　미열과 염증 증상이 있어 연세대 세브란스 병원에 입원해 치료를 받은 후 8월 21 일 퇴원하다.

2005. 8. 16　병문안을 온 8·15 북측 당국 대표단으로부터 방북을 요청받다.

2006. 3. 21　영남대학교에서 명예정치학 박사학위를 받다.

2006. 11. 4　노무현 대통령 부부와 김대중도서관 전시실을 함께 관람하고 사저에서 오찬을 하다.

2006. 12. 7　코리아 소사이어티가 수여하는 '밴 플리트 상'을 받다.

2007. 5. 16	독일 베를린 자유대학에서 제1회 '자유상'을 수상하다.
2007. 9. 17~29	미국 뉴욕, 워싱턴을 방문하다. 클린턴 전 대통령, 헨리 키신저·메들린 올브라이트 전 국무장관 등을 만나 북핵 문제에 대해 논의하다.
2007. 10. 9	청와대에서 노무현 대통령으로부터 '2007 남북 정상 회담' 결과와 향후 추진 방향 등에 대해 설명을 듣다.
2007. 10. 30	일본 교토의 리츠메이칸 대학에서 명예법학 박사학위를 받다.
2008. 4. 22	24년 만에 하버드 대학을 방문해 "햇볕 정책이 성공의 길이다"를 제목으로 강연하다.
2008. 9. 11	노르웨이 스타방에르에서 열린 노벨평화상 수상자 정상회의에 참석하다.
2008. 10. 27	중국 랴오닝 성 선양에서 열린 '동북아 지역 발전과 협력 포럼' 개막식에 참석한 후 단둥 시에 있는 압록강 철교를 둘러보다.
2009. 5. 5	중국을 방문해 시진핑 국가 부주석을 면담하다.
2009. 5. 29	고 노무현 대통령 영결식에 참석하다. 헌화, 분향한 후 권양숙 여사를 만나 위로하다.
2009. 6. 11	6·15 공동 선언 9주년 기념행사에 참석해 "행동하는 양심이 되자"를 주제로 연설하다.
2009. 7. 13	폐렴 증상으로 연세대 세브란스 병원(서울)에 입원하다.
2009. 8. 18	서거하다.